# Son vrai visage

KARIN SLAUGHTER

# Son vrai visage

*Traduit de l'anglais (États-Unis) par*
ÈVE VILA

Harper Collins
POCHE

*Titre original :*
PIECES OF HER

Ce livre est publié avec l'aimable autorisation de HarperCollins Publishers, LLC, New York, U.S.A.



**HARPERCOLLINS FRANCE**

83-85, boulevard Vincent-Auriol, 75646 PARIS CEDEX 13
Tél. : 01 42 16 63 63

www.harpercollins.fr

ISBN 979-1-0339-0378-9

*Pour mes équipes HarperCollins.*

*Je suis personne ! Qui êtes-vous ?*
*Êtes – vous – Personne – aussi ?*
*Ainsi nous faisons la paire !*
*Ne le dites pas ! Ils le feraient savoir – c'est sûr !*

*Comme c'est ennuyeux – d'être – Quelqu'un !*
*Public – comme une Grenouille –*
*Qui crie son nom – tout le long de juin –*
*À un marécage béat !*

Emily DICKINSON
(Poésies complètes, traduites par Françoise Delphy,
p. 228, Flammarion, Paris, 2009.)

# Prologue

Pendant des années, même lorsqu'elle l'aimait, une part d'elle-même le haïssait avec cette puérilité qui rend détestable ce que l'on ne peut contrôler. Il était têtu, borné et usait de son charme pour faire oublier les erreurs qu'il commettait en permanence ; les mêmes, encore et toujours, car à quoi bon en tenter de nouvelles alors que les anciennes lui réussissaient si bien ?

Il était charmant. C'était bien là le problème. Elle était sous son emprise. Même lorsqu'elle finissait par le détester, il parvenait toujours à la récupérer, à la séduire de nouveau, si bien qu'elle ne savait plus qui était le serpent, et qui était le dresseur.

Il malmenait les gens, les faisait souffrir, puis trouvait de nouvelles personnes, plus attrayantes à ses yeux, et abandonnait les anciennes, brisées, dans son sillage.

Mais un jour son charme cessa d'opérer. Un tramway qui déraille. Un train sans conducteur. Ses erreurs se remarquaient, elles devenaient impardonnables. L'une d'elles eut des conséquences terribles : une vie ôtée, une condamnation à mort… Elle aussi faillit perdre la vie.

Comment pouvait-elle continuer à aimer un homme qui avait essayé de l'éliminer ?

Quand elle était avec lui – et elle était résolument à ses côtés durant sa longue chute en disgrâce –, ils avaient enragé contre le système : les foyers d'accueil. Les services des urgences. L'hôpital psychiatrique. Les conditions sordides. Le personnel qui néglige les patients. Les aides-soignants qui serrent trop les camisoles de force. Les infirmières qui détournent les yeux. Les médecins qui distribuent des comprimés. L'urine sur le sol. Les excréments sur les murs. Les internés, les codétenus, qui narguent, exigent, cognent, mordent.

Ce n'était pas l'injustice qui le stimulait le plus, c'était la rage, l'étincelle qu'elle provoquait en lui. L'attrait d'une cause toute neuve. La possibilité d'anéantir. Les jeux dangereux. La violence. La gloire. Leurs noms dans la lumière. Les enfants à qui l'on enseignerait leurs actes vertueux à l'école.

*Un penny, un nickel, un dime, un quarter, un billet de un dollar…*

Ce qu'elle avait tenu caché, le seul péché qu'elle ne pourrait jamais confesser, c'était qu'elle avait provoqué cette première étincelle.

Elle avait toujours cru – avec véhémence, avec grande conviction – que l'unique moyen de changer le monde était de le détruire.

# 20 AOÛT 2018

# 1

— Andrea… Andy, se reprit-elle, cédant à une demande réitérée un millier de fois par sa fille.

— Maman…

— Laisse-moi parler, chérie… S'il te plaît.

Andy acquiesça et se prépara au sermon tant attendu. Elle avait officiellement trente et un ans aujourd'hui. Elle végétait. Il fallait qu'elle commence à prendre des décisions au lieu de laisser la vie décider à sa place.

— C'est ma faute, lâcha Laura.

Andy, surprise, sentit ses lèvres gercées s'entrouvrir.

— De quelle faute tu parles ?

— Du fait que tu sois ici.

Andy montra le restaurant, les bras tendus.

— Au Rise-n-Dine ?

Les yeux de sa mère passèrent de la tête d'Andy à ses mains avant de voleter nerveusement jusqu'à la table. Des cheveux bruns sales ramenés en une queue-de-cheval négligée. Des demi-lunes sombres sous des yeux fatigués. Des ongles rongés jusqu'au sang. Les os des poignets saillant comme l'avant d'un navire. Une peau, claire d'ordinaire, aussi pâle qu'une eau de cuisson.

Le catalogue de ses imperfections n'incluait même pas encore sa tenue de travail. L'uniforme bleu marine tombait sur Andy comme un sac en papier. L'insigne argenté cousu sur sa poche poitrine était rigide, flanqué d'un palmier, le logo de Belle Isle, cerné par les mots *Division du Central de Police*. Andy avait des airs d'officier de police, des airs d'adulte, sans être tout à fait ni l'un ni l'autre. Cinq nuits par semaine, Andy s'asseyait dans une pièce sombre, froide et humide, avec quatre autres femmes. Elles répondaient aux appels de police secours, vérifiaient des plaques d'immatriculation et des permis de conduire, attribuaient des numéros de dossier. Puis, vers 6 heures du matin, Andy rentrait furtivement chez sa mère et, la plupart du temps, dormait pendant ses heures de veille.

— Je n'aurais jamais dû te laisser revenir, déclara Laura.

Andy pinça les lèvres. Les yeux baissés, elle contemplait les derniers morceaux de jaune d'œuf sur son assiette.

Laura tendit la main au-dessus de la table pour prendre celle d'Andy, attendit qu'elle lève les yeux.

— Ma douce. Je t'ai arrachée à ta vie. J'ai eu peur. J'ai été égoïste, ajouta-t-elle, les yeux remplis de larmes. Je n'aurais pas dû avoir autant besoin de toi. Je n'aurais pas dû te demander autant.

Andy secoua la tête, fixant de nouveau son assiette.

— Chérie.

Andy ne cessait de secouer la tête, parce que l'alternative consistait à parler et, si elle parlait, il lui faudrait dire la vérité.

Sa mère ne lui avait rien demandé.

Trois ans plus tôt, Andy avait marché jusqu'à son appartement merdique, au quatrième sans ascenseur, dans le Lower East Side. Elle redoutait la pensée même d'une nuit de plus dans le deux-pièces minable qu'elle partageait avec trois filles plus jeunes, plus jolies et plus douées qu'elle – sans en apprécier aucune en particulier – lorsque Laura avait appelé.

— Cancer du sein, avait dit Laura, sans chuchoter ni minimiser, mais en déballant tout avec son calme habituel. Stade trois. Le chirurgien retirera la tumeur, et pendant l'intervention il pratiquera une biopsie des ganglions lymphatiques pour estimer…

Laura avait détaillé la suite des opérations avec une précision toute scientifique, clinique, dont Andy ne saisissait rien, car ses capacités à décrypter le langage s'étaient temporairement volatilisées. Elle avait retenu « sein » plutôt que « cancer » et, immédiatement, avait pensé à la poitrine généreuse de sa mère. Planquée sous le pudique maillot une pièce à la plage. Surplombant le décolleté Empire de sa robe de fête pour les seize ans d'Andy, sur le thème d'*Orgueil et Préjugés*. Entravée par les bonnets rembourrés et les armatures irritantes des soutiens-gorge LadyComfort, quand, assise sur le canapé de son bureau, elle travaillait avec ses patients.

Laura Oliver n'était pas d'une beauté renversante, mais elle avait toujours été ce que les hommes qualifient de « bien faite ». Ou peut-être étaient-ce les femmes qui le disaient, à une autre époque. Laura n'était pas du genre maquillage à outrance et rangs de perles, mais elle ne quittait jamais la maison sans avoir bien coiffé ses cheveux gris coupés court, sans un pantalon repassé, et une culotte immaculée.

Le contraire d'Andy qui, le matin, arrivait tout juste à s'extraire de son lit. Elle devait sans cesse rebrousser chemin pour aller chercher son portable ou son badge professionnel, et même une fois ses baskets parce qu'elle était sortie en pantoufles.

Chaque fois que des gens à New York questionnaient Andy sur sa mère, elle pensait immanquablement à quelque chose que Laura avait dit au sujet de sa propre mère : « Elle savait toujours où étaient les couvercles des Tupperware. »

Andy ne daignait même pas refermer un sac de congélation.

Au téléphone, à plus de mille deux cents kilomètres de là, l'inspiration saccadée de Laura était le seul signe trahissant sa nervosité.

— Andrea ?

Les oreilles d'Andy, toutes bourdonnantes des bruits de New York, s'étaient recentrées sur la voix de Laura.

*Cancer.*

Andy s'était efforcée d'émettre un son. Elle en avait été incapable. C'était l'état de choc, la peur, une terreur débridée, parce que le monde avait soudain arrêté sa course, et que tout – les échecs, les déceptions, l'horreur de son existence new-yorkaise ces six dernières années – reculait, comme la vague d'un tsunami se retire avant de déferler. Des choses qui n'auraient jamais dû être exposées étaient subitement étalées au grand jour.

Sa mère avait un cancer.

Elle risquait de mourir.

*Elle pouvait mourir.*

— Donc, il y a la chimio, qui sera certainement très difficile, avait ajouté Laura.

Elle était habituée à combler les silences prolongés d'Andy, et avait appris longtemps auparavant que de l'obliger à s'y confronter avait plus de chances de finir en dispute qu'en une reprise courtoise de la conversation.

— Ensuite, je prendrai un médicament tous les jours, et point final. Le taux de survie après cinq ans est de 70 %, alors inutile de trop s'affoler, il faut juste passer ce cap.

Une pause pour respirer, ou peut-être dans l'espoir qu'Andy soit disposée à parler.

— Ça se soigne très bien, chérie. Je ne veux pas que tu t'inquiètes. Reste là où tu es. Il n'y a rien que tu puisses faire.

Un klaxon strident. Andy avait levé la tête. Dressée telle une statue au milieu d'un passage clouté. Elle était incapable de faire un pas. Elle sentait le téléphone chaud contre son oreille. Il était minuit passé. Des gouttes de transpiration roulaient le long de son dos, dégoulinaient de ses aisselles comme du beurre fondu. Elle percevait les rires enregistrés d'une sitcom, des bouteilles qui s'entrechoquaient et un cri perçant, appel au secours anonyme, du genre de ceux dont elle avait appris à se couper durant son premier mois en ville.

Silence trop prolongé de son côté. Sa mère l'avait finalement encouragée :

— Andrea ?

Andy avait ouvert la bouche sans réfléchir à ce qu'elle pourrait bien dire.

— Chérie ? avait poursuivi Laura, toujours avec cette patience et cette gentillesse qui lui étaient propres. J'entends les bruits de la rue, sinon je pourrais croire qu'on a été coupées.

Elle s'interrompit à nouveau.

— Andrea, j'ai vraiment besoin que tu me dises que tu as bien compris. C'est important.

Toujours bouche bée. Les odeurs d'égouts endémiques à son quartier s'étaient collées au fond de ses voies nasales, comme un spaghetti trop cuit sur un placard de cuisine. Autre klaxon strident. Autre femme appelant à l'aide. Autre bille de transpiration roulant le long de son dos avant de s'accumuler dans la bande élastique de sa culotte. L'élastique était déchiré là où son pouce la tirait vers le bas.

Andy ne savait toujours pas comment elle avait réussi à s'extirper de son état de stupeur, mais elle se rappelait les mots qu'elle avait fini par dire à sa mère :

— Je rentre à la maison.

Pas grand-chose pour témoigner des six années passées dans cette ville. Andy avait démissionné de ses trois boulots à temps partiel par texto. Donné sa carte de métro à une SDF qui l'avait remerciée, avant de lui hurler qu'elle était une salope. Elle avait emporté le strict nécessaire dans sa valise : ses T-shirts préférés, son vieux jean, plusieurs livres qui avaient survécu pas seulement au voyage depuis Belle Isle, mais à cinq déménagements différents dans des appartements de plus en plus pourris. De retour à la maison, Andy n'aurait plus besoin de gants, de longue doudoune, de cache-oreilles. Elle n'avait pas pris la peine de laver ses draps ni même de les enlever du vieux canapé Chesterfield qui lui servait de lit. Elle avait quitté LaGuardia à l'aube, moins de six heures après l'appel de sa mère. En moins de deux, la vie d'Andy à New York était soldée. Le seul souvenir qu'elle laissait à ses trois colocataires plus jeunes et plus douées, c'était une moitié de Filet-O-Fish abandonnée dans le frigo et sa part du loyer du mois suivant.

C'était il y a trois ans. La moitié du temps qu'elle avait passé à New York. Andy n'arrivait pas à s'empêcher, dans ses moments de déprime, d'aller faire un tour sur les pages Facebook de ses anciennes colocs. Elle se comparait à elles, même si cela lui faisait du mal. L'une d'elles s'était hissée au rang de cadre intermédiaire dans un blog de mode. L'autre avait lancé une start-up, qui créait des baskets sur mesure. La troisième était décédée, défoncée à la coke sur le yacht d'un type riche, et malgré tout, certaines nuits, quand Andy répondait aux urgences, et qu'au bout du fil un enfant de douze ans trouvait marrant d'appeler police secours en jouant à la victime d'une agression sexuelle, elle ne pouvait s'empêcher de penser qu'elle avait moins bien réussi que les trois autres.

Un yacht, merde.

Un *yacht*.

— Chérie ?

Sa mère tapa sur la table pour attirer son attention. La foule du déjeuner s'était clairsemée. Un homme assis à l'entrée lança un regard furieux par-dessus son journal.

— Où es-tu ? À quoi tu penses ?

Andy désigna une fois encore le restaurant, bras tendus, mais son geste parut artificiel. Toutes deux savaient à quoi elle pensait : elle était revenue à moins de huit kilomètres de son point de départ.

Andy était partie à New York pensant qu'elle trouverait là-bas une manière de briller et, en définitive, elle émettait autant de lumière qu'une vieille lampe-torche oubliée dans un tiroir de cuisine. Elle n'avait pas voulu devenir actrice ou mannequin, ni aucun des clichés habituels. Elle n'avait jamais rêvé d'être une célébrité. Elle aurait aimé les côtoyer : être la préposée aux cafés ou aux accessoires, la peintre des décors, la responsable des réseaux sociaux, l'assistante indispensable à la vie d'une star. Elle voulait se dorer à leur éclat. Être au cœur des choses. Rencontrer des gens. Se faire un réseau.

Son professeur à l'École d'art et de design de Savannah lui avait paru être un précieux contact. Elle l'avait ébloui par sa passion pour les arts ou, du moins, c'est ce qu'il avait prétendu. Qu'il lui ait dit ça alors qu'ils étaient au lit ne l'avait perturbée qu'après coup. Quand elle avait rompu, l'homme avait interprété les raisons qu'elle avançait – sa volonté de se concentrer sur sa carrière – comme une menace. Avant qu'elle comprenne ce qui se passait, et qu'elle puisse expliquer à son professeur qu'elle n'essayait pas de profiter de la situation, il avait tiré sur quelques ficelles et lui avait obtenu un boulot d'assistante de l'assistant du concepteur de décor dans un spectacle Off-Broadway.

*Off-Broadway !*

À deux pas de Broadway !

Il manquait deux semestres à Andy pour obtenir son diplôme en technique des arts de la scène.

Elle avait fait sa valise et était partie pour l'aéroport sans se retourner.

Deux mois plus tard, des critiques désastreuses sonnaient la fin du spectacle.

Tous les membres de l'équipe avaient rapidement retrouvé du travail, intégré d'autres troupes, sauf Andy qui s'était installée dans une existence new-yorkaise plus terre à terre. Elle fut serveuse, promeneuse de chiens, peintre d'enseignes, agent de recouvrement par téléphone, livreuse, surveillante de télécopieurs, préparatrice de sandwichs, responsable non syndiquée de l'alimentation en papier de photocopieurs et, pour finir, la ratée qui avait laissé un Filet-O-Fish à moitié mangé dans le frigo et l'équivalent d'un mois de loyer sur le plan de travail avant de retourner dans son trou paumé quelque part en Géorgie.

En réalité, tout ce qu'Andy avait rapporté à la maison, c'était un infime lambeau de dignité, et cette conversation avec sa mère allait en venir à bout.

Elle leva la tête et s'éclaircit la voix avant d'avouer :

— Maman, c'est gentil, mais ce n'est pas ta faute. Tu as raison, je voulais rentrer à la maison pour te voir. Mais je suis restée pour d'autres raisons.

Laura fronça les sourcils.

— Quelles autres raisons ? Tu adorais New York.

Elle avait détesté New York.

— Tu réussissais si bien là-bas.

Elle coulait.

— Ce garçon que tu voyais était fou de toi.

Et de tous les autres vagins de son immeuble.

— Tu avais tellement d'amis.

Dont aucun n'avait donné signe de vie depuis son départ.

— Bon, ajouta Laura en soupirant.

La liste d'encouragements avait été courte à défaut de pertinente. Comme d'habitude, elle avait lu en sa fille comme dans un livre ouvert.

— Ma chérie, je sais que tu as toujours voulu être différente. Quelqu'un de spécial. Avec un don, un talent hors du commun, je veux dire, parce que bien sûr tu es quelqu'un de spécial pour papa et moi.

Andy fit un effort pour relever les yeux.

— Merci.

— Tu *as* du talent. Tu *es* intelligente. Mieux qu'intelligente. Tu es *douée*.

Andy se passa les mains sur le visage, comme si elle pouvait s'effacer de cette conversation. Elle savait qu'elle avait du talent et qu'elle était intelligente. Le problème, c'était qu'à New York tout le monde avait du talent et de l'intelligence. Même le type derrière le comptoir de l'épicerie hispanique était plus drôle, plus vif, plus brillant qu'elle.

Laura insista :

— Il n'y a rien de mal à être normal. Regarde-moi. Les gens normaux ont des existences très riches.

— J'ai trente et un ans, je n'ai pas eu un seul vrai rendez-vous en trois ans, j'ai soixante-trois mille dollars de dettes pour un diplôme que je n'ai jamais obtenu et j'habite un studio au-dessus du garage de ma mère.

Andy s'efforça de reprendre sa respiration. Le fait d'avoir énuméré cette longue liste à voix haute lui faisait l'effet d'un étau se resserrant autour de sa poitrine.

— La question n'est pas : qu'est-ce que je peux faire d'autre ? Mais : qu'est-ce que je vais encore foirer ?

— Tu ne foires rien.

— Maman.

— Tu t'es habituée à la déprime. On s'habitue à tout,

surtout aux mauvaises choses. Mais la seule solution possible, maintenant, c'est de remonter. On ne peut pas tomber plus bas quand on est au sol.

— Tu as déjà entendu parler des sous-sols ?

— Les sous-sols ont un sol eux aussi.

— C'est la terre.

— Mais la terre, c'est juste un autre mot pour dire sol.

— Comme dans « six pieds sous terre ».

— Pourquoi es-tu toujours aussi morbide ?

Soudain, Andy se sentit démangée par l'envie de lui lancer une réplique acerbe. Elle la refoula. Elles ne pouvaient plus se disputer pour des histoires de sorties tardives, de maquillage, de jeans trop moulants, alors maintenant elle préférait ce genre de sujet : le sol des sous-sols. Le sens adéquat pour dérouler le papier-toilette. L'orientation des fourchettes dans le lave-vaisselle : dents en haut ou en bas. Le terme exact pour désigner un chariot dans une épicerie : chariot ou Caddie. L'erreur de prononciation de Laura quand elle appelait le chat « M. Perkins » au lieu de « M. Purrkins ».

— Je travaillais avec un patient l'autre jour, et il s'est passé quelque chose d'étrange, lança soudain Laura.

Le changement de sujet via une déclaration à suspense était l'une de ses techniques préférées pour éviter le conflit.

— Tellement étrange…, insista Laura pour l'appâter.

Andy hésita, puis l'encouragea à poursuivre par un hochement de tête.

— Il présentait une aphasie de Broca. Une paralysie du côté droit.

Laura était une orthophoniste agréée qui résidait au sein d'une communauté de retraités sur la côte. La plupart de ses patients avaient vécu des formes de congestion cérébrale débilitante.

— Avant, il était dans l'informatique, mais je suppose qu'on s'en moque.

— Qu'est-ce qu'il y a eu d'étrange ? demanda Andy, jouant le rôle qu'on attendait d'elle.

Laura sourit.

— Il me racontait le mariage de son petit-fils, et je n'avais aucune idée de ce qu'il essayait de me dire, mais j'ai cru entendre « Blue suede shoes ». Et là, j'ai eu un flash, une sorte de souvenir, qui remontait à la mort d'Elvis.

— Elvis Presley ?

Elle acquiesça.

— C'était en 1977, j'avais quatorze ans. J'étais plus du genre Rod Stewart qu'Elvis. Mais quand même. Il y avait des dames à choucroute très conservatrices dans notre église et elles pleuraient toutes les larmes de leurs corps parce qu'il était parti.

Andy sourit de la manière dont on sourit quand on n'a pas saisi quelque chose.

Laura lui renvoya le même sourire. La chimio du cerveau, même bien après son dernier traitement, lui laissait des séquelles. Elle avait oublié le sujet de son histoire.

— C'est juste un truc amusant dont je me suis souvenue.

— Je suppose que les dames à choucroute étaient un peu hypocrites ? lança Andy pour tenter de lui rafraîchir la mémoire. Je veux dire qu'Elvis était vraiment sexy, pas vrai ?

— Aucune importance, répondit Laura en tapotant la main d'Andy. Je te suis tellement reconnaissante. Tu m'as donné tant de force quand j'étais malade. Et puis cette intimité que nous partageons encore. Je chéris tout ça. C'est un cadeau.

La voix de sa mère se mit à trembler.

— Mais je vais mieux maintenant. Et je veux que tu vives ta vie. Je veux que tu sois heureuse, ou au moins que tu trouves la paix. Et je ne crois pas que tu y parviennes ici, ma puce. J'ai vraiment envie de t'aider, mais je sais que ça ne marchera pas tant que ça ne viendra pas de toi.

Andy leva les yeux vers le plafond. Observa au-dehors le centre commercial désert. Posa enfin le regard sur sa mère.

Laura avait les larmes aux yeux. Elle secouait la tête, comme émerveillée.

— Tu es formidable. Tu le sais ?

Andy eut un rire forcé.

— Tu es formidable parce que tu es toi-même, simplement, ajouta Laura, une main sur son cœur. Tu as du talent, tu es belle, et tu trouveras ta voie, ma chérie, et ce sera la bonne, quelle qu'elle soit, parce que c'est le chemin que tu te seras tracé.

Andy sentit sa gorge se serrer. Des larmes lui montèrent aux yeux. Tout autour d'elle, le calme. Elle entendait son sang filer à toute vitesse dans ses veines.

— Eh bien, lâcha Laura dans un rire (autre tactique bien rodée pour alléger un moment d'émotion). Gordon pense que je devrais te donner une échéance pour déménager.

Gordon. Le père d'Andy. Un avocat spécialisé en fiducies et successions. Sa vie entière n'était qu'échéances.

— Mais je ne vais pas t'en donner, ni d'ultimatum.

Gordon aimait aussi les ultimatums.

— Je dis que, si c'est ça ta vie, alors embrasse-la à bras ouverts. (Elle désigna l'uniforme qui déguisait sa fille en policier.) Accepte-la. Et si tu veux faire autre chose, alors fais autre chose. Tu es encore jeune. Tu n'as pas de prêt immobilier ni même de crédit auto. Tu es en bonne santé. Tu es intelligente. Tu es libre.

Elle acheva sa phrase en serrant à nouveau la main d'Andy.

— Pas avec le remboursement de mon prêt étudiant.

— Andrea, insista Laura, je ne veux pas être pessimiste, mais si tu continues à tourner en rond passivement, tu auras bientôt quarante ans et tu seras fatiguée de cette vie.

— Quarante, répéta Andy.

Un âge qui lui paraissait moins avancé au fur et à mesure qu'elle s'en rapprochait.

— Ton père dirait…

— « Chie ou dégage du pot. »

Gordon répétait sans cesse à Andy de se bouger, de faire quelque chose de sa vie, de faire *quelque chose*, simplement. Pendant longtemps, elle l'avait tenu pour responsable de sa léthargie. Quand vos parents étaient des personnes aussi motivées que douées, la fainéantise était une sorte de rébellion, non ? Suivre avec obstination et constance la voie de la facilité, alors que le chemin ardu était tellement… ardu ?

— Docteur Oliver ? s'enquit une femme d'âge mûr.

Interrompre un instant privilégié entre une mère et sa fille sembla totalement lui échapper.

— Je m'appelle Betsy Barnard. Vous avez travaillé avec mon père l'année dernière. Je voulais juste vous remercier. Vous avez accompli des miracles.

Laura se leva pour lui serrer la main.

— C'est très gentil de votre part, mais le mérite lui revient.

Elle glissa alors dans ce qu'Andy nommait le mode Dr Oliver la Guérisseuse, consistant à poser des questions ouvertes sur le père de cette femme, car elle ne se souvenait clairement pas de lui, mais elle réalisait un effort suffisamment adroit pour que la femme soit complètement dupée.

Laura désigna Andy de la tête.

— Voici ma fille, Andrea.

Betsy répliqua le signe de tête, avec un intérêt fugace. Elle rayonnait sous l'attention de Laura. Tout le monde aimait sa mère, quel que soit le mode adopté : thérapeute, amie, entrepreneuse, patiente atteinte d'un cancer, mère. Elle possédait une sorte de gentillesse extrême que son esprit vif, parfois acerbe, empêchait de devenir mielleuse.

Quelquefois, en général après quelques verres, Andy pouvait faire preuve de ces mêmes qualités envers des inconnus, mais, une fois qu'ils venaient à mieux la connaître, ils s'attardaient rarement dans les parages. Peut-être était-ce là le secret de Laura. Elle avait des douzaines, voire des centaines d'amis, mais aucun d'eux ne connaissait toutes ses facettes.

— Oh ! s'écria soudain Betsy. Laissez-moi à mon tour vous présenter ma fille. Je suis certaine que Franck vous a tout raconté à son sujet.

— Bien sûr. Franck n'y a pas manqué.

Andy surprit le soulagement sur le visage de Laura. Elle avait vraiment oublié le prénom de cet homme. Elle fit un clin d'œil à Andy, revenant un instant au mode maman.

— Shelly ! (Betsy gesticula frénétiquement en direction de sa fille.) Viens rencontrer la dame qui a aidé à sauver la vie de papi.

Une jeune fille blonde très jolie avança dans leur direction, en traînant des pieds. Timide, elle tirait sur les longues manches de son T-shirt rouge de l'université de Géorgie. Le bouledogue blanc sur sa poitrine portait un maillot rouge assorti. À l'évidence, elle était mortifiée. Encore à l'âge où on ne voulait pas de mère, à moins d'être en manque d'argent ou de compassion. Andy se souvenait de ce tiraillement qui ne remontait pas à si loin que ça. Vérité universelle : votre mère était l'unique personne au monde dont vous traduisiez le « Tu as de beaux cheveux » par « Tes cheveux sont affreux d'habitude, mais pour une fois ils sont bien ».

— Shelly, voici le Dr Oliver, dit Betsy Barnard en passant un bras possessif sous celui de sa fille. Shelly va intégrer l'UGA, l'université de Géorgie, à l'automne. N'est-ce pas, ma puce ?

— Je suis allée à l'UGA, moi aussi, renchérit Laura. Bien sûr, à cette époque, on prenait encore des notes sur des tablettes en pierre.

L'embarras de Shelly monta de quelques crans supplémentaires lorsque sa mère rit un chouïa trop fort à cette plaisanterie réchauffée. Laura essaya d'arranger la situation en questionnant poliment la jeune fille sur ses matières principales, ses rêves, ses aspirations. C'était le type d'indiscrétions que vous considériez comme un affront personnel à l'âge de Shelly, avant de comprendre, avec l'âge, que c'étaient les seules questions que les adultes savaient poser.

Andy baissa les yeux sur sa tasse de café à moitié pleine. Elle se sentit lasse sans raison. Les horaires de nuit. Elle n'arrivait pas à s'y habituer, elle ne les supportait qu'en enchaînant des siestes. En conséquence, elle finissait par voler du papier-toilette et du beurre de cacahuète dans les placards de sa mère, parce qu'elle n'avait jamais le temps d'aller à l'épicerie. C'était certainement pour cela que Laura avait insisté en faveur d'un déjeuner d'anniversaire au lieu d'un petit déjeuner, qui aurait permis à Andy de retourner dans sa grotte, au-dessus du garage, et de s'endormir devant la télé.

Elle but son restant de café. Si froid qu'il heurta le fond de sa gorge comme de la glace pilée. Elle chercha des yeux la serveuse. La fille avait le nez enfoui dans son téléphone, les épaules avachies. Elle ruminait un chewing-gum.

Andy réprima un élan vachard en se levant de table. Plus elle vieillissait, plus il lui était difficile de résister à l'envie irrépressible de devenir sa mère. Bien que, avec le recul, Laura lui ait souvent donné de bons conseils : tiens-toi droite ou, à trente ans, tu auras mal au dos. Porte de meilleures chaussures, prends de bonnes habitudes ou, à trente ans, tu le paieras.

Andy avait trente et un ans. Et elle payait tellement de choses qu'elle frisait la faillite.

— Vous êtes flic ?

La serveuse leva enfin les yeux de son téléphone.

— En cursus théâtre.

La fille plissa le nez.

— Je sais pas ce que ça veut dire.

— On est deux.

Andy se resservit un café. La serveuse continuait de lui lancer des regards en coin. Peut-être était-ce le déguisement de policier. La fille était du style à avoir de la MDMA ou au moins un sachet d'herbe planqué dans son sac à main. Andy se méfiait aussi des uniformes. Gordon lui avait dégoté le boulot. Elle le soupçonnait d'espérer la voir rejoindre les forces de police. Au début, Andy avait été révulsée par l'idée, parce qu'elle voyait les flics comme de sales types. Puis elle avait rencontré quelques vrais flics et réalisé que, pour la plupart, c'étaient des êtres humains convenables, faisant de leur mieux un boulot complètement pourri. Ensuite, elle avait travaillé au Central pendant un an et s'était mise à détester le monde entier, parce que les deux tiers des appels provenaient de crétins qui ne comprenaient pas ce qu'était une urgence.

Laura discutait toujours avec Betsy et Shelly Barnard. Andy avait vu cette même scène d'innombrables fois. Elles ne savaient pas comment prendre congé avec élégance, et Laura était trop polie pour leur demander de les laisser. Au lieu de retourner à leur table, Andy se dirigea vers la baie vitrée. Le snack se trouvait à un emplacement idéal dans le centre commercial de Belle Isle, dans un angle du rez-de-chaussée. Au-delà de la promenade, l'océan Atlantique s'agitait à l'approche d'une tempête. Des gens promenaient leur chien ou faisaient du vélo le long de l'étendue plane de sable compact.

Belle Isle n'était ni belle ni une île à proprement parler. Il s'agissait d'une péninsule conçue par l'homme, quand, dans les années 1980, le Service du génie civil avait dragué le port de Savannah. L'armée avait prévu que la nouvelle zone terrestre demeure une barrière inhabitée et naturelle contre les ouragans, mais l'État s'était rendu compte du potentiel financier d'un nouveau front de mer. Durant les cinq années de dragage, plus de la moitié de la surface fut recouverte de béton : des villas de bord de mer, des maisons mitoyennes, des ensembles d'appartements, des centres commerciaux. Le reste fut dédié à des courts de tennis et des parcours de golf. Les Nordistes à la retraite jouaient en plein soleil à longueur de journée, buvaient du martini au coucher du soleil et appelaient police secours quand leurs voisins laissaient trop longtemps leurs poubelles dans la rue.

— Nom de Dieu, chuchota quelqu'un, d'une voix mauvaise mais empreinte de surprise.

L'air avait changé. Unique description possible. Andy sentit le duvet sur sa nuque se hérisser. Un frisson lui parcourut l'échine. Ses narines se dilatèrent. Sa bouche s'assécha. Ses yeux s'embuèrent.

Un bruit, comme un bocal qui s'ouvre d'un coup.

Andy se retourna.

L'anse de sa tasse lui glissa des mains. Elle suivit des yeux sa trajectoire jusqu'au sol. Des éclats de céramique rebondirent sur le carrelage blanc.

Plus tôt, il avait régné un silence inquiétant, mais maintenant c'était le chaos. Des hurlements. Des pleurs. Des gens couraient, se baissaient brusquement, mains sur la tête.

*Série de détonations.*

Shelly Barnard gisait au sol, sur le dos, bras écartés, jambes tordues, yeux écarquillés. Son T-shirt rouge avait l'air mouillé, collé à sa poitrine. Du sang gouttait de son nez. Andy observait le fin trait rouge glisser le long de sa joue jusque dans son oreille.

Elle portait de minuscules boucles d'oreilles en forme de bouledogue.

— Non ! hurla Betsy Barnard. N…

*Détonation.*

Andy vit la femme vomir son arrière-gorge dans une pulvérisation de sang.

*Détonation.*

Le crâne de Betsy s'ouvrit sur le côté, d'un coup sec, comme un sac plastique.

Elle tomba sur le flanc. Au sol. Par-dessus sa fille. Sa fille morte.

*Morte.*

— Maman, chuchota Andy.

Mais Laura était déjà là. Elle courait vers Andy bras tendus, genoux pliés bien bas, bouche ouverte, yeux écarquillés de peur. Des points rouges parsemaient son visage telles des taches de rousseur.

Andy fut plaquée au sol et percuta la fenêtre de l'arrière de la tête. Elle perçut l'air expulsé par la bouche de sa mère quand elle eut le souffle coupé. La vision d'Andy se brouilla. Elle entendit un craquement. Leva les yeux. La vitre au-dessus d'elle se mua en toile d'araignée.

— S'il vous plaît ! hurla Laura.

Elle s'était retournée avec une roulade, agenouillée, puis mise sur ses pieds.

— S'il vous plaît, arrêtez.

Andy cligna des yeux. Elle les frotta de ses poings. Des

gravillons lui entamaient les paupières. De la poussière ? Du verre ? Du sang ?

— S'il vous plaît ! cria Laura.

Andy battit à nouveau des paupières.

Et une fois encore.

Un homme pointait un revolver sur la poitrine de sa mère. Pas un flingue de flic, mais un à barillet comme au Far West. Il était habillé pour le rôle : un jean noir, une chemise noire avec des boutons nacrés blancs, un gilet de costume en cuir et un chapeau de cow-boy noirs. Son ceinturon lui tombait bas sur les hanches. Un holster pour le revolver, un long étui en cuir pour le couteau de chasse.

Beau.

Son visage était jeune, sans rides. Il avait le même âge que Shelly, peut-être un petit peu plus.

Mais Shelly était morte. Elle n'irait pas à l'UGA. Elle n'aurait plus jamais honte de sa mère. Morte, elle aussi.

Et maintenant leur assassin pointait un revolver sur la poitrine de sa mère.

Andy se redressa.

Laura n'avait plus qu'un seul sein, le gauche, sur son cœur. Le chirurgien avait enlevé le droit et elle n'avait pas encore eu de chirurgie réparatrice, parce qu'elle ne supportait pas l'idée de retourner chez un autre médecin, de subir une autre intervention, et, là, ce meurtrier debout devant elle allait lui loger une balle à l'intérieur.

— Ma…

Le mot resta coincé dans la gorge d'Andy. Elle ne réussissait qu'à le penser…

*Maman.*

— Tout va bien.

La voix de Laura était calme, maîtrisée. Les mains tendues devant elle comme si elles étaient capables d'attraper les balles. Elle s'adressa à l'homme :

— Vous pouvez partir maintenant.

— Va te faire.

Il lança un regard furtif à Andy.

— Où est ton flingue, enfoirée de poulet ?

Le corps entier d'Andy se recroquevilla. Se rétracta pour former une boule.

— Elle n'a pas d'arme, indiqua Laura, d'une voix toujours posée. Elle est secrétaire au poste de police. Pas flic.

— Lève-toi ! hurla-t-il à Andy. Je vois ton insigne ! Lève-toi, sale flic ! Fais ton boulot !

— Ce n'est pas un insigne. C'est un écusson, intervint Laura. Restez calme.

Ses mains tapotèrent l'air, comme quand elle bordait Andy dans son lit le soir.

— Andy, écoute-moi.

— Non, c'est moi qu'on écoute, salopes !

De la salive jaillit de sa bouche. Il agita le revolver dans les airs.

— Debout, la flic. T'es la suivante.

— Non, fit Laura en lui barrant le passage. C'est moi.

Les yeux de l'homme, comme montés sur tourelle, revinrent se poser sur Laura.

— Tirez sur moi. Je veux que vous tiriez sur moi, lança Laura avec une assurance déconcertante.

La confusion brisa le masque de colère. Il n'avait certainement pas prévu ça. Les gens étaient censés être terrifiés, pas se porter volontaires.

— Tirez sur moi, répéta-t-elle.

Il dévisagea Andy par-dessus l'épaule de sa mère. Reporta son attention sur Laura.

— Allez-y. Il ne vous reste qu'une seule balle. Vous le savez. Il n'y a que six balles dans le revolver.

Elle leva les mains, montra quatre doigts à gauche, un à droite.

— C'est pour ça que vous n'avez pas encore appuyé sur la détente. Il ne reste qu'une seule balle.

— Tu ne sais pas…

— Seulement une.

Elle brandit le pouce pour la sixième balle.

— À l'instant où vous tirerez sur moi, ma fille sortira d'ici en courant. D'accord, Andy ?

*Quoi ?*

— Andy, répéta sa mère. Je veux que tu coures, ma chérie.

*Quoi ?*

— Il ne rechargera pas assez vite pour te blesser.

— Putain ! hurla l'homme, tentant de raviver sa rage. Ne bougez pas ! Aucune des deux.

— Andy…

Laura fit un pas vers le tireur. Elle boitait. Du sang s'écoulait d'un accroc dans son pantalon en lin. Quelque chose de blanc dépassait, peut-être un os.

— Écoute-moi, mon ange.

— Je t'ai dit, bouge pas !

— Passe par la porte de la cuisine, reprit Laura d'une voix ferme. Il y a une sortie à l'arrière.

*Quoi ?*

— Pas un pas de plus, salope. Aucune des deux.

— Tu dois me faire confiance, poursuivit Laura. Il ne peut pas recharger à temps.

*Maman.*

— Lève-toi.

Laura avança encore d'un pas.

— J'ai dit, lève-toi.

*Maman, non.*

— Andrea Eloise, dit-elle en adoptant le ton de la Mère, pas sa voix de maman. Lève-toi. Maintenant.

Le corps d'Andy se mit en pilotage automatique. Pied gauche à plat, talon droit en l'air, doigts à terre, une coureuse sur le bloc de départ.

— Arrête !

L'homme braqua soudain le revolver vers Andy, mais Laura bougea en conséquence. Il le ramena d'un geste brusque, elle suivit sa trajectoire, faisant obstacle de son corps. Protégeant Andy de la dernière balle.

— Tirez sur moi, dit Laura à l'homme. Allez-y.

— Putain, y en a marre.

Andy entendit un *clac*.

La pression sur la détente ? Le percuteur heurtant la balle ?

Elle ferma les yeux très fort. Se couvrit la tête de ses mains.

Mais rien ne se passa.

Pas de balle tirée. Pas de cri de douleur.

Pas le bruit de sa mère tombant morte au sol.

*Sol. Terre. Six pieds sous terre.*

Andy se recroquevilla et releva les yeux. L'homme avait ouvert l'étui de son couteau de chasse. Il l'en extirpait lentement.

Quinze centimètres d'acier. Cranté sur un bord. Tranchant de l'autre.

Il rengaina le revolver, fit sauter le couteau dans sa main dominante. Il ne pointait pas la lame vers le haut comme un couteau à viande, mais vers le bas, comme pour poignarder quelqu'un.

— Qu'allez-vous faire avec ça ? demanda Laura.

Il ne répondit pas. Il se contenta d'agir.

Deux pas en avant.

Le couteau décrivit un arc dans les airs, puis retomba d'un coup vers le cœur de sa mère.

Andy était paralysée, trop terrifiée pour se ressaisir, trop choquée pour faire quoi que ce soit à part regarder mourir sa mère.

Laura tendit la main comme si elle pouvait bloquer le couteau. La lame trancha directement le centre de sa paume. Laura ne s'effondra pas, ne poussa aucun cri : ses doigts enveloppèrent le manche du couteau.

Aucune lutte. Le meurtrier fut trop surpris.

Laura arracha le couteau des mains de l'homme, alors que la longue lame dépassait toujours de la sienne.

Il vacilla vers l'arrière.

Il contempla le couteau saillir de la main de Laura.

*Une seconde.*

*Deux secondes.*

*Trois.*

Il parut se souvenir du revolver sur sa hanche. Abaissa la

main droite. Enroula ses doigts autour de la crosse. L'argent du canon étincela. Sa main gauche pivota et se mit en coupe sous l'arme, lorsqu'il s'apprêta à tirer la dernière balle dans le cœur de Laura.

Sans un bruit, Laura balança le bras et planta la lame à revers dans le cou de l'homme.

*Crac,* tel un boucher qui débite une pièce de bœuf.

L'écho se réverbéra dans les coins de la pièce.

L'homme en eut le souffle coupé. Ouvrit une bouche de poisson. Écarquilla les yeux.

La main de Laura toujours rivée à son cou, prise entre le manche et la lame.

Andy vit ses doigts bouger.

Il y eut un cliquetis. Le revolver remua, quand il tenta de le lever.

Laura dit quelque chose, plutôt un grognement que des mots.

Il continua de lever le revolver. Essaya de viser.

Laura ramena la lame vers l'avant et la fit sortir par la gorge.

Sang, tendon, cartilage.

Aucune gouttelette ni gerbe cette fois. Le flot se répandit de son cou ouvert comme après la rupture d'un barrage.

Sa chemise noire devint encore plus noire. Les boutons nacrés adoptèrent diverses nuances de rose.

Le revolver tomba en premier.

Ses genoux heurtèrent le sol. Puis sa poitrine. Puis sa tête.

Andy observa les yeux de l'homme pendant sa chute.

Il était mort avant de toucher terre.

# 2

Quand Andy était en troisième, elle avait craqué pour un garçon qui s'appelait Cletus Laraby, surnommé Cleet. Une mèche de cheveux bruns retombait savamment sur son front. Il jouait de la guitare. Et c'était l'élève le plus brillant du cours de chimie. Alors Andy s'était mise à la guitare et avait feint un intérêt soudain pour la chimie.

Elle avait donc fini par participer à la fête de la science : Cleet s'était inscrit, donc Andy aussi.

Elle ne lui avait jamais adressé la parole.

Personne ne s'était demandé s'il était bien raisonnable de mettre du nitrate d'ammonium et des interrupteurs d'allumage dans les mains d'une gamine du club de théâtre, qui avait réussi de justesse son option sciences. À n'en pas douter, le Dr Finney était tellement ravie qu'Andy s'ouvre enfin à un autre domaine que l'art du mime qu'elle ferma les yeux sur la dangerosité de l'initiative.

Gordon aussi était comblé. Il avait emmené Andy à la bibliothèque, où ils avaient emprunté des ouvrages sur la construction mécanique et la conception de fusées. À la boutique de loisirs créatifs, il avait même rempli le formulaire pour obtenir une carte de fidélité. Au dîner, il lisait à voix haute des brochures de l'Association américaine pour la défense de la fuséologie.

Chaque fois qu'Andy séjournait chez son père, ils travaillaient ensemble dans le garage : avec des cales à poncer, Gordon modelait les ailettes et les épaulements des coiffes, tandis que, assise à son établi, elle esquissait des formes de fuselage.

Comme Cleet avait un autocollant des Goo Goo Dolls sur son sac à dos, Andy savait qu'il aimait ce groupe. Elle s'était donc inspirée d'un de leurs clips et avait conçu le tube de sa fusée sur le modèle d'un télescope steampunk. Elle avait songé à ajouter des ailes, parce que le morceau *Iris* en question était extrait du film *La Cité des anges,* et choisi de peindre le visage de Nicolas Cage, parce qu'il interprétait l'ange du film. Mais elle avait fini par privilégier l'option Meg Ryan, parce qu'elle s'était dit que Cleet la trouverait plus intéressante que Nicolas Cage.

Une semaine avant la fête, Andy devait remettre la totalité de ses notes et photographies au Dr Finney pour lui prouver qu'elle avait travaillé toute seule. Elle étalait les pièces à conviction sur le bureau du professeur quand Cleet Laraby était entré. Le garçon s'était arrêté pour regarder les photos, tandis qu'Andy joignait ses mains pour les empêcher de trembler.

— Meg Ryan, avait-il dit. Je pige. Tu vas faire sauter cette connasse, pas vrai ?

Un couperet glacial avait entrouvert les lèvres d'Andy.

— Ma copine adore ce film débile. Celui avec les anges, lança Cleet en lui montrant l'autocollant sur son sac à dos. Ils ont écrit cette chanson merdique pour la BO. C'est pour ça que je l'ai collé là, ma vieille, pour me souvenir de ne jamais brader mon art comme ces tarlouzes.

Andy n'avait pas esquissé un geste. Elle n'avait pas prononcé un seul mot.

*Copine. Débile. Merdique. Vieille. Tarlouzes.*

Andy avait quitté la classe du Dr Finney en abandonnant ses notes, ses livres et même son sac. Elle avait traversé la cafétéria et emprunté l'issue de secours – toujours ouverte pour que les dames de la cantine puissent fumer derrière la benne à ordures.

Gordon habitait à un peu plus de trois kilomètres de l'école. On était en juin. En Géorgie. Sur la côte. Le temps d'arriver chez lui, elle avait attrapé de sérieux coups de soleil, et baignait dans la sueur et les larmes. Elle s'était emparée de la fusée Meg Ryan et des deux Nicolas Cage. Les avait balancées dans la poubelle extérieure, les avait imprégnées d'essence à briquet avant de jeter une allumette dans la poubelle. Quelques instants plus tard, elle se réveillait sur le dos, allongée dans l'allée de Gordon : un voisin l'aspergeait avec le tuyau d'arrosage.

Le souffle des flammes avait roussi ses sourcils, ses cils, sa frange, les poils de son nez. L'explosion avait été tellement puissante que les oreilles d'Andy s'étaient mises à saigner. Le voisin lui hurlait au visage. Son épouse, une infirmière, les avait rejoints et tentait de parler à l'adolescente, mais Andy n'entendait qu'un son strident, comme lorsque son professeur de chorale soufflait dans son diapason à bouche…

*Iiiiiiiiii…*

Andy distingua ce son et rien d'autre que ce son durant quatre jours entiers.

Se réveiller. Essayer de dormir. Prendre un bain. Manger. S'asseoir devant la télévision. Lire les messages que sa mère et son père griffonnaient avec acharnement sur une ardoise.

*On ne comprend pas ce qui cloche.*

*Sans doute temporaire.*

*Ne pleure pas.*

*Iiiiiiiiii…*

C'était il y a plus de vingt ans. Andy n'avait que très rarement repensé à l'explosion depuis et, si elle y songeait à présent, c'était uniquement parce que le Son était de retour. Quand il réapparut, ou plutôt lorsqu'elle en prit conscience, elle était debout dans le snack, à côté de sa mère, installée sur une chaise. Trois morts gisaient au sol. Par terre. Le tireur, avec sa chemise noire encore plus noire. Shelly Barnard, sa chemise rouge encore plus rouge. Betsy Barnard, la mâchoire inférieure accrochée au bout de muscles et de tendons.

Andy leva les yeux. Des gens étaient plantés devant le restaurant. Des clients du centre commercial avec des sacs

Abercrombie et Juicy Couture, des cafés de chez Starbucks et des boissons de chez Icee. Quelques-uns pleuraient. D'autres prenaient des photos.

La jeune femme sentit alors une pression sur son bras. Laura s'efforçait d'éloigner sa chaise du regard des badauds. Aux yeux d'Andy, le moindre mouvement avait un aspect saccadé, comme un film en *stop motion*. D'une main tremblante, sa mère tentait de panser sa jambe ensanglantée avec une nappe. Le truc blanc qui dépassait n'était pas un os, mais un éclat de vaisselle brisée. Laura était droitière, mais le couteau qui saillait de sa main gauche la gênait pour bander sa jambe. Elle parlait à Andy, lui demandait probablement de l'aide, mais Andy n'entendait que le Son.

— Andy, dit Laura.

*Iiiiiiiiii…*

— Andrea.

Andy contemplait fixement la bouche de sa mère et se demanda si elle entendait son prénom ou si elle le lisait sur les lèvres.

— Andy, répéta Laura. Aide-moi.

La requête de sa mère parvint jusqu'à elle, étouffée, comme si Laura parlait dans un tuyau.

— Andy.

Inclinée vers l'avant, Laura prit les mains de sa fille dans les siennes. À l'évidence, elle souffrait. Andy s'agenouilla. Noua la nappe autour de la jambe.

*Serrez-la bien…*

Andy aurait donné ce conseil à un correspondant paniqué sur la ligne du Central. *N'ayez pas peur de lui faire mal. Nouez le tissu aussi serré que possible pour stopper l'hémorragie.*

C'était différent quand vos propres mains bandaient la plaie. Différent quand la souffrance s'inscrivait sur le visage de votre mère.

— Andy.

Laura avait attendu qu'elle relève la tête.

Les yeux d'Andy avaient du mal à faire la mise au point. Elle voulait être attentive. Elle *devait* être attentive.

Laura saisit Andy par le menton, la secoua durement pour l'extirper de sa stupeur.

— Ne parle pas à la police. Ne signe pas de déposition. Dis-leur que tu ne te souviens de rien.

*Quoi ?*

— Promets-le-moi, insista Laura. Ne parle pas à la police.

Quatre heures plus tard, Andy n'avait toujours pas témoigné, mais elle n'y était strictement pour rien : à aucun moment, les forces de l'ordre n'avaient cherché à l'interroger. Ni au snack, ni dans l'ambulance, ni en cet instant.

Elle était assise devant le bloc opératoire. Inclinée plus précisément : elle avait refusé de s'allonger, refusé le lit que lui proposait l'infirmière, parce qu'elle allait bien. Laura avait besoin d'aide. Et Shelly. Et la mère de Shelly, dont Andy avait oublié le prénom.

Qui était Mme Barnard, à part une mère ?

Adossée à la chaise, elle devait se tourner d'une certaine façon pour empêcher l'hématome sur sa tête de palpiter. La baie vitrée donnait sur la promenade. Andy se souvint de sa mère qui la plaquait au sol. Du coup violent à l'arrière de sa tête, lorsque son crâne s'était écrasé contre le verre. De la vitre en toile d'araignée. De la rapidité avec laquelle Laura s'était relevée. De son apparence, de sa voix, si calmes.

De sa façon de lever les doigts : quatre à gauche, un à droite, pour expliquer au tireur qu'il ne lui restait qu'une seule balle sur les six.

Andy se passa les mains sur le visage. Elle ne regarda pas la pendule, parce que, si elle avait vérifié l'heure chaque fois qu'elle le voulait, les minutes se seraient étirées à l'infini. Elle fit courir sa langue sur ses plombages. On lui avait retiré ceux en métal à la roulette, avant de les remplacer par un composite. Elle se rappelait encore le Son qui vibrait à l'intérieur de ses molaires. À l'intérieur de sa mâchoire. Qui remontait jusque dans son crâne. Un bruit tel un étau capable de faire imploser son cerveau.

*Iiiiiiiiii...*

Andy garda les yeux clos. Aussitôt, les images se mirent à défiler comme une soirée diapos chez Gordon.

*Laura levant la main.*

*Sa paume transpercée par la longue lame.*

*Arrachant le couteau des mains de l'homme.*

*Plantant la lame dans son cou d'un revers de main.*

*Du sang.*

*Tellement de sang.*

Jonah Helsinger. C'était le nom du meurtrier. Andy le connaissait : elle ne savait plus comment. Était-ce par la radio du Central quand elle roulait dans l'ambulance, avec sa mère ? Par les infos qui braillaient à la télé, quand on l'avait conduite dans la salle d'attente ? Sur les lèvres des infirmières, quand elles l'avaient fait monter dans le service de chirurgie ?

— Jonah Helsinger, avait soufflé une voix, comme on murmure que quelqu'un a un cancer. Le nom du tueur est Jonah Helsinger.

— Madame ?

Un officier de police de Savannah se tenait devant Andy.

— Je ne… je ne me souviens de rien, lança Andy en se remémorant les injonctions de sa mère.

— Madame, répéta l'agent.

La formule de politesse parut étrange à Andy, parce que la policière était plus âgée qu'elle.

— Je suis désolée de vous importuner, mais il y a un homme. Il dit être votre père, mais…

Andy leva les yeux vers le couloir.

Gordon était debout près des ascenseurs.

Elle se leva, courut sans réfléchir une seconde. Gordon la rejoignit à mi-chemin, la serra fort contre lui, si près qu'elle sentit le cœur de son père tambouriner dans sa poitrine. Elle enfouit son visage dans sa chemise blanche amidonnée. Il arrivait directement du travail, vêtu de son habituel costume trois-pièces. Ses lunettes de lecture encore juchées au sommet de la tête. Son stylo Montblanc accroché à sa poche de chemise. Elle sentit le métal froid contre la pointe de son oreille.

Dès le début de la fusillade, Andy avait certes pété les plombs, mais, une fois en sécurité dans les bras de son père, elle perdit le semblant de raison qui lui restait. Elle fut secouée de sanglots si violents qu'elle ne tint plus sur ses jambes. Gordon la souleva et la tira vers des chaises rangées contre le mur. Il l'agrippait si fort qu'elle devait inspirer par saccades.

— Je suis là, répétait-il, encore et encore. Je suis là, ma chérie. Je suis là.

— Papa, disait-elle entre chaque sanglot.

— Tout va bien, la rassura Gordon tout en lui caressant les cheveux. Tu es en sécurité maintenant. Tout le monde est en sécurité.

Andy était inconsolable. Elle pleura si longtemps qu'elle en éprouva de la gêne. Comme si c'était exagéré. Laura était en vie. Elles avaient traversé un drame horrible, mais Laura s'en sortirait. Et elle-même avait survécu et était saine et sauve.

— Tout va bien, murmura Gordon. Laisse-toi aller.

Andy renifla et ravala ses larmes. Elle s'efforça de retrouver une contenance. Chaque fois qu'elle croyait y parvenir, elle se remémorait un autre détail – le premier coup de feu, comme un bocal qui s'ouvre d'un coup sec ; le bruit lorsque sa mère avait planté le couteau dans la chair et les os –, et les larmes se remettaient à couler.

— Tout va bien, répétait Gordon, en lui caressant la tête avec patience. Tout va bien, mon ange.

Andy s'essuya le nez. Elle prit une inspiration entrecoupée. Gordon se redressa sur sa chaise et chercha son mouchoir sans relâcher son étreinte.

Andy sécha ses larmes, se moucha.

— Je suis désolée.

— Tu n'as pas à t'excuser, répondit Gordon en ôtant une mèche des yeux de sa fille. Tu es blessée ?

Elle secoua la tête. Se moucha jusqu'à ce que ses oreilles se débouchent d'un coup.

Le Son avait disparu.

Elle ferma les yeux, soulagée.

— Ça va ? demanda Gordon.

Sa main diffusait une douce chaleur dans le dos d'Andy, qui recouvrait peu à peu ses esprits. Andy ouvrit les yeux. Elle avait encore les nerfs à vif, mais il fallait qu'elle relate les événements à son père.

— Maman... Elle avait un couteau, et ce type, elle l'a tu...

— Chuuuut.

D'un geste, il lui intima le silence.

— Maman va bien. Nous allons tous bien.

— Mais...

Il reposa son doigt sur les lèvres d'Andy pour l'exhorter au silence.

— J'ai parlé avec le médecin. Maman est en salle de réveil. Sa main va guérir. Sa jambe va bien. Tout va bien.

Il haussa un sourcil, inclina légèrement la tête à droite, vers l'officier de police. La femme était au téléphone, mais de toute évidence elle les écoutait.

— Andy, tu es certaine que tu vas bien ? Ils t'ont auscultée ?

Elle acquiesça.

— Tu es fatiguée, ma chérie. Tu as travaillé toute la nuit. Tu as été témoin d'un drame atroce. On a attenté à ta vie. À la vie de ta mère. Tu es sous le choc, ça se comprend. Tu as besoin de repos, prends un peu de temps pour remettre tes souvenirs en ordre. D'accord ?

Il avait parlé d'un ton posé, et Andy réalisa alors que Gordon la préparait à l'interrogatoire.

Elle hocha la tête pour l'imiter. Pourquoi lui indiquait-il quoi dire ? Avait-il discuté avec Laura ? Sa mère avait-elle des ennuis ?

Elle avait tué un homme. Évidemment qu'elle avait des ennuis.

— Madame, puis-je vous poser quelques questions ?

intervint l'agent de police. Nom et prénom, adresse, date de naissance, ce genre de choses.

— Je vais vous répondre, officier, déclara Gordon qui attendit que la femme sorte son stylo et son carnet avant de s'exécuter.

Andy se glissa à nouveau sous le bras protecteur de son père. Elle déglutit avec peine et sa gorge émit un bruit sec.

Puis elle s'obligea à se reprendre : elle devait redevenir actrice de la situation et ne plus la vivre en spectatrice terrifiée.

Il ne s'agissait pas d'un règlement de comptes entre dealers, ni d'un époux violent qui aurait commis l'irréparable. Un gamin caucasien avait descendu deux femmes blanches avant de se faire tuer par une mère de famille, blanche elle aussi, dans un des centres commerciaux les plus huppés de l'État.

Des camionnettes d'infos allaient certainement débarquer d'Atlanta et de Charleston. Des avocats allaient intervenir au nom des familles, des victimes, mais aussi du centre commercial, de la ville, du comté. Une cohorte de forces policières venues de Belle Isle, Savannah, du comté de Chatham ou encore du bureau d'investigation de Géorgie allait déferler sur place. Des dépositions de témoins. Des prélèvements. Des photographies. Des autopsies. Des pièces à conviction.

Pour partie, le travail d'Andy au Central consistait à attribuer des numéros de dossier à des crimes de bien moindre envergure, et elle suivait leur progression durant les mois, voire les années précédant le procès. Mieux que quiconque, elle aurait dû savoir que les actes de sa mère seraient examinés à la loupe par toutes les strates du système pénal.

Comme par enchantement, l'ascenseur émit un *ding* bruyant. Le ceinturon en cuir de la flic couina, quand elle l'ajusta sur ses hanches. Les portes s'ouvrirent. Un homme et une femme pénétrèrent dans le couloir, tous deux vêtus de costumes froissés. Tous deux l'air fatigué. L'homme était chauve, et son nez boursouflé de coups de soleil pelait par plaques. La femme avait à peu près la même taille qu'Andy et au moins dix ans de plus, un teint olivâtre et des cheveux foncés.

Andy s'apprêta à se lever, mais Gordon la retint.

— Mademoiselle Oliver, dit la femme en sortant sa plaque. Je suis le lieutenant Lisa Palazzolo. Voici l'agent Brant Wilkes. Nous sommes de la police de Savannah. Nous assistons Belle Isle dans cette enquête. Nous souhaiterions nous entretenir avec vous à propos des événements de la matinée.

Elle remit la plaque dans sa poche de veste.

Andy ouvrit la bouche, mais elle ne se rappelait plus ce que sa mère lui avait demandé de dire ni des conseils de Gordon. Elle adopta donc sa réponse habituelle, qui consistait à garder le silence, et fixa son interlocutrice d'un regard vide.

— Le moment est mal choisi, lieutenant, intervint Gordon. Ma fille est en état de choc. Elle n'est pas prête à faire sa déposition.

Wilkes lâcha un grognement de désapprobation.

— Vous êtes son père ?

Andy oubliait toujours que Gordon était noir et qu'elle était blanche, mais il y avait systématiquement quelqu'un pour le lui rappeler.

— Oui. Je suis son père. Je suis Gordon Oliver, l'ex-mari de Laura. Le père adoptif d'Andrea.

Gordon s'exprimait d'un ton patient. Il y était habitué. Au fil des années, il avait apaisé des professeurs anxieux, des vendeurs inquiets et des agents de sécurité au racisme hargneux.

Pendant que Wilkes méditait sa réponse, un rictus tordit le coin de sa bouche.

— Nous sommes vraiment désolés pour ce qui s'est passé, monsieur Oliver, lança Palazzolo, mais nous devons poser quelques questions à Andrea.

— Comme je vous l'ai dit, pour l'instant, elle n'est pas en état, répéta-t-il en croisant les jambes, désinvolte, comme si cet entretien n'était que pure formalité. Andrea est une opératrice du Central, ce que vous aviez deviné à son uniforme, je n'en doute pas. Elle a travaillé toute la nuit. Elle est rompue de fatigue. Elle a été témoin d'une terrible tragédie. Elle n'est pas apte à faire une déposition.

— C'est effectivement une tragédie, approuva Palazzolo. Trois personnes sont mortes.

— Et ma fille aurait pu être la quatrième, répliqua Gordon qui gardait un bras protecteur autour des épaules d'Andy. Nous sommes tout disposés à prendre rendez-vous et à nous présenter demain au poste.

— Il s'agit d'une enquête criminelle en cours.

— Le suspect est mort, lui rappela Gordon. Il n'y a pas d'urgence, lieutenant. Un jour de plus ne fera aucune différence.

Wilkes grogna à nouveau.

— Quel âge avez-vous ?

Andy prit conscience qu'il s'adressait à elle.

— Elle a trente et un ans. Aujourd'hui.

Andy se remémora soudain le message vocal de Gordon, le matin même : un *Happy Birthday* complètement faux entonné de sa voix grave de baryton.

— Elle est un peu grande pour laisser son papa parler à sa place, déclara Wilkes.

Palazzolo leva les yeux au ciel, mais poursuivit quand même.

— Mademoiselle Oliver, nous apprécierions beaucoup que vous nous aidiez à retracer l'enchaînement des faits. Vous êtes le seul témoin à ne pas avoir encore fait de déposition.

Andy savait que c'était faux : Laura reprenait lentement connaissance après son anesthésie.

— Lieutenant, si…, intervint Gordon.

— Vous êtes son père ou son putain d'avocat ? le coupa Wilkes. Parce que nous pouvons vous faire sortir de…

Gordon se leva. Il dépassait Wilkes de trente bons centimètres.

— Il s'avère que je suis avocat, monsieur Wilkes. Je peux donc vous enseigner sans problème les droits constitutionnels de ma fille à refuser cet interrogatoire ou déposer directement une plainte officielle auprès de vos supérieurs.

Andy vit les yeux de l'homme rouler de droite à gauche. L'envie de remettre Gordon à sa place le démangeait.

— Brant, va faire un tour, suggéra Palazzolo.

Wilkes ne bougea pas.

— Brant, allez. Retrouve-moi à la cafétéria. Mange un morceau.

Wilkes lança un regard de pitbull à Gordon avant de s'éloigner d'un pas lourd.

— Monsieur Oliver, reprit Palazzolo, je sais que votre fille a traversé de nombreuses épreuves aujourd'hui, mais, même si Savannah n'est pas ce que l'on pourrait appeler une « ville paisible », les triples homicides ne courent pas les rues. Nous avons vraiment besoin de prendre sa déposition. Pour savoir ce qui s'est passé.

— Un double homicide, rectifia Gordon.

— Exact… Pouvons-nous nous asseoir ? demanda-t-elle en offrant à Andy un sourire de conciliation. J'ai travaillé toute la nuit moi aussi. Dix-huit heures d'affilée, et je n'en vois pas le bout.

Elle tira une chaise à elle avant que Gordon ait eu le temps de l'en dissuader.

— Écoutez, je vais vous dire ce que je sais, et ensuite, si Andrea le souhaite, elle pourra rectifier les faits. Ou pas. Dans les deux cas, vous connaîtrez notre version, dit-elle en désignant les autres chaises. C'est un marché honnête, monsieur Oliver. J'espère que vous l'accepterez.

Andy leva les yeux vers son père. Un triple homicide ? Pourquoi avait-elle l'impression que le lieutenant ne comptabilisait pas Laura parmi les victimes ?

— Monsieur Oliver ? fit Palazzolo en tapotant le dossier de sa chaise sans prendre place. Qu'en dites-vous ?

Gordon baissa les yeux sur Andy.

Elle avait vu ce regard des milliers de fois auparavant : *Souviens-toi de ce que je t'ai dit.*

Andy hocha la tête. Si elle était douée pour quelque chose, c'était bien pour garder le silence.

— Super, lança Palazzolo qui s'assit en gémissant.

Gordon poussa légèrement Andy pour s'installer lui-même en face du lieutenant, qui sortit son carnet, mais pas son stylo. Elle en parcourut rapidement les pages.

— Le nom du tireur est Jonah Lee Helsinger. Dix-huit ans. En terminale. Préadmis à l'université d'État de Floride. La jeune fille s'appelait Shelly Anne Barnard. Elle se trouvait au snack en compagnie de sa mère, Elizabeth Leona Barnard ; Betsy. Jonah Lee Helsinger est, *était* plutôt, l'ex-petit ami de Shelly. Selon le père de la victime, elle a rompu avec Helsinger il y a deux semaines. Elle voulait le faire avant son entrée à la fac, le mois prochain. Helsinger ne l'a pas bien pris.

Gordon s'éclaircit la gorge.

— Doux euphémisme.

Elle acquiesça, ignorant le sarcasme.

— Malheureusement, les forces de police ont traité de nombreuses affaires similaires au cours des années. Nous savons qu'en général les tueries ne sont pas des coups de tête. Ce sont des opérations bien planifiées, bien exécutées, minutieusement élaborées par l'esprit du tueur jusqu'à ce qu'un événement, par exemple une rupture ou un changement imminent dans leur vie, comme un départ pour l'université, mette le feu aux poudres. D'ordinaire, la première victime est un proche de sexe féminin, c'est pourquoi nous avons été soulagés d'apprendre que la mère de Helsinger n'était pas en ville ce matin. Des affaires la retenaient à Charleston. Mais les vêtements de Helsinger – le chapeau noir, le gilet et le ceinturon qu'il a achetés sur Amazon il y a six mois – nous indiquent qu'il a mûrement réfléchi à l'enchaînement des faits. Sa rupture avec Shelly a provoqué l'étincelle, mais le plan, tous les préparatifs lui trottaient dans la tête depuis des mois.

*Tueries.*

Le mot se répercuta dans la tête d'Andy.

— Ses victimes étaient toutes des femmes ? demanda Gordon.

— Il y a aussi un client du restaurant. Il a été touché à l'œil. Possible qu'il le perde. Pour en revenir à Jonah Helsinger, nous savons aussi que les tueurs de masse ont l'habitude de placer des explosifs chez eux pour faire un maximum de victimes. C'est pourquoi nous avons envoyé la brigade de déminage nettoyer la chambre de Helsinger avant notre entrée dans les lieux. Il avait raccordé une bombe artisanale à une poignée de porte. Installation défectueuse. Probablement trouvée sur Internet. Rien n'a fait boom, Dieu merci.

Andy ouvrit la bouche pour respirer. Elle s'était retrouvée face à face avec ce type. Il avait presque tué Laura. L'avait presque tuée, elle. Assassiné des gens. Essayé de les faire sauter.

Il avait probablement fréquenté le lycée de Belle Isle, le même qu'Andy.

— Helsinger, dit Gordon. Je connais ce nom.

— Oui, la famille est assez connue dans le comté de Bibb. Bref…

— Assez connue, répéta Gordon.

Il soupesa ces deux mots, mais Andy ne comprit pas pourquoi.

À l'évidence, Palazzolo, elle, saisit le sous-entendu. Elle soutint le regard de Gordon un instant avant de poursuivre.

— Bref… Jonah Helsinger a laissé des cahiers sur son lit. La plupart remplis de dessins. Des images dérangeantes, des trucs bizarres. Il possédait quatre autres armes de poing, un fusil d'assaut AR-15 et un fusil de chasse. Donc il a choisi le six-coups et le couteau pour une bonne raison. Nous croyons la connaître. Il y avait un dossier sur son ordinateur portable intitulé « Plan d'attaque » contenant deux documents et un PDF.

Andy fut parcourue d'un frisson. La veille au soir, alors qu'elle s'apprêtait à partir travailler, Jonah Helsinger, certainement allongé sur son lit, se préparait mentalement pour sa tuerie.

— Le PDF était un schéma du snack, une sorte de plan d'architecte. Un des documents listait des actions par ordre chronologique : lever à telle heure, douche à telle heure, nettoyage de l'arme, remplir le réservoir de la voiture. L'autre fichier ressemblait à un journal intime. Helsinger y a consigné le pourquoi et le comment des événements à venir.

Le lieutenant consulta de nouveau son carnet.

— Shelly et sa mère étaient ses premières cibles. Apparemment, elles avaient instauré ce rituel : un déjeuner tous les jeudis, au Rise-n-Dine. Shelly en a parlé sur sa page Facebook, elle a posté des photos de plats sur Snapchat ou ce genre de choses. M. Barnard nous a dit que sa femme et sa fille ont décidé de déjeuner ensemble une fois par semaine durant tout l'été, avant le départ de Shelly pour l'université.

— Avaient décidé, marmonna Gordon.

Dorénavant, l'existence des deux femmes se conjuguait au passé.

— Avaient, oui. Helsinger projetait de les tuer toutes les deux. Selon lui, la mère était responsable de leur rupture. Il a écrit dans son journal que c'était la faute de Betsy, qu'elle faisait constamment pression sur Shelly. N'importe quoi. En plus, cela n'a aucune importance, parce que nous savons tous qu'il est seul responsable, n'est-ce pas ?

— Exact, répondit Gordon d'une voix ferme.

Une nouvelle fois, Palazzolo soutint son regard d'un air entendu, avant de revenir à ses notes.

— Voilà quel était son plan : après avoir tué Betsy et Shelly, Helsinger allait prendre en otages tous les autres clients du restaurant. Il avait noté une indication de temps : 1.16. Pas un horaire à proprement parler, mais un timing. (Elle leva les yeux sur Andy, puis sur Gordon.) Vous voyez, nous pensons qu'il avait répété. La semaine dernière, à peu près à la même heure que la fusillade d'aujourd'hui, quelqu'un a lancé une pierre dans la baie vitrée qui donne sur la promenade. Nous attendons les images de télésurveillance. La brigade des cambriolages a classé l'incident. Il a fallu une minute seize secondes au premier flic du centre commercial pour rejoindre le snack.

Les agents du centre commercial n'étaient pas de simples vigiles, mais des agents de police engagés sur leur temps libre pour protéger les boutiques de luxe. Andy avait déjà repéré les pistolets sur leur hanche sans y accorder vraiment d'importance.

— Dans sa chronologie, Helsinger prévoyait d'abattre au moins un autre témoin pour que les flics le prennent au sérieux, poursuivit le lieutenant. Puis il comptait se faire tuer par les policiers. En voyant votre uniforme, il a cru qu'il pouvait accélérer son plan et a supposé que vous faisiez partie des forces de police. D'après ce que nous avons compris grâce aux autres témoignages, il voulait que vous lui tiriez dessus. Suicide par police interposée.

Sauf qu'Andy n'était pas flic.

*Lève-toi ! Fais ton boulot !*

C'est ce que Helsinger lui avait crié.

Puis la mère d'Andy avait dit : « Tirez sur moi. »

— C'est vraiment un sale type. *C'était* un sale type, le gamin Helsinger, dit Palazzolo qui ne lâchait pas Andy du regard. Ses notes le prouvent. Il a tout planifié avec minutie. Il savait qu'il allait massacrer des gens. Il espérait en assassiner d'autres encore quand quelqu'un ouvrirait la porte de sa chambre. Il a chargé la bombe artisanale avec des vis et des clous. S'il n'avait pas câblé la bombe sur la poignée de porte, la maison entière se serait volatilisée avec tous ses occupants. Nous aurions découvert des clous à deux pâtés de maisons à la ronde, plantés dans Dieu sait qui ou quoi.

Andy voulait acquiescer, mais elle était paralysée. Des vis et des clous projetés dans les airs. Qu'est-ce qu'il fallait avoir dans la tête pour confectionner un tel dispositif, pour charger tous ces projectiles dans l'espoir qu'ils mutilent des gens ou qu'ils les tuent ?

— Vous avez de la chance. Si votre mère n'avait pas été là, il vous aurait tuée. C'était vraiment un sale type.

Andy se savait dévisagée, mais elle garda les yeux rivés au sol.

*Sale type.*

Palazzolo ne cessait de le répéter, comme si elle approuvait la mort de Helsinger. Comme s'il avait eu ce qu'il méritait. Comme si, quels qu'aient pu être les actes de Laura, ils étaient absolument justifiés, parce que Jonah Lee Helsinger était un sale type.

Andy travaillait dans un poste de police. La plupart des gens qui se faisaient assassiner appartenaient à la catégorie des sales types, pourtant aucun des agents n'avait pour habitude de le rabâcher.

— Monsieur Oliver. Est-ce que votre femme a suivi un quelconque entraînement militaire ?

Gordon ne répondit pas.

— Ses antécédents sont plutôt banals, ajouta Palazzolo tout en feuilletant les pages de son carnet. Née à Providence, dans l'État du Rhode Island. A fréquenté l'université du Rhode Island. Un master et un doctorat de l'UGA. Vit à Belle Isle depuis vingt-huit ans. Le prêt de la maison est intégralement remboursé, bravo à elle. Elle pourrait la revendre un paquet d'argent mais, d'après mes informations, je ne vois pas bien où elle irait. Mariée une fois, divorcée une fois. Pas de dettes conséquentes. Règle ses factures à temps. N'a jamais quitté le pays. A pris une amende pour stationnement il y a trois ans et l'a payée en ligne. Elle a dû être l'une des premières à acheter ici. Vous avez grandi dans ce quartier, mademoiselle, n'est-ce pas ?

Andy contempla fixement la femme. Elle avait un grain de beauté sur le menton.

— Vous avez été à l'école à Belle Isle, puis à l'École d'art et de design pour vos études supérieures ?

Andy avait passé les deux premières années de sa vie à Athens pendant que Laura terminait son doctorat, mais, de son séjour à l'UGA, elle ne se souvenait que de la peur que lui inspirait la perruche du voisin.

— Mademoiselle Oliver…, fit Palazzolo d'un ton las.

D'évidence, elle avait l'habitude qu'on réponde à ses questions.

— Est-ce que votre mère a déjà pris des cours d'autodéfense ?

Andy examina le grain de beauté. Parsemé de poils courts.

— De yoga ? de Pilates ? de tai-chi ?

Palazzolo attendit. En vain. Puis elle ferma son carnet. Le remit sans sa poche. Porta la main à son autre poche et en sortit son téléphone. Elle tapota l'écran.

— Je vous le montre, parce que ça passe déjà aux infos, dit-elle en faisant glisser son doigt sur l'écran. L'un des clients du snack a jugé plus important de filmer ce qui se passait plutôt que d'appeler police secours ou de prendre la fuite.

Elle retourna le téléphone. L'image était sur pause. Jonah Helsinger se tenait debout à l'entrée du restaurant. Une poubelle dissimulait ses jambes. Derrière lui, le centre commercial était désert. D'après l'angle de vue, Andy déduisit que la serveuse n'était pas l'auteur de la vidéo. Elle se demanda si c'était l'homme au journal. Le téléphone était incliné par-dessus la salière et le poivrier. L'auteur essayait manifestement de cacher le fait qu'il filmait cet étrange gamin, accoutré comme dans un film de John Wayne.

En toute objectivité, le chapeau était grotesque : trop grand pour Helsinger, rigide au sommet, et les bords relevés de façon ridicule.

Andy l'aurait peut-être filmé aussi.

— Cette scène est plutôt violente, prévint Palazzolo. Aux infos, ils floutent les images. Êtes-vous d'accord pour la visionner ?

Elle s'adressait à Gordon, parce qu'à l'évidence Andy l'avait déjà vue.

Gordon réfléchit à la question, lissant sa moustache entre le pouce et l'index. Andy savait qu'il était capable de la supporter. Il se demandait juste s'il voulait la voir.

Il se décida enfin.

— Oui.

Le doigt de Palazzolo descendit le long du téléphone et tapota l'écran.

Au début, Andy se demanda si l'appareil avait détecté le contact, parce que Jonah Helsinger ne bougeait pas. Pendant quelques secondes, il resta planté derrière la poubelle, fixant l'intérieur du restaurant d'un regard vide, son chapeau de cow-boy perché sur son front brillant.

Deux femmes d'âge mûr, des flâneuses du centre commercial, se pavanaient avec fierté derrière lui. L'une d'elles repéra la tenue de western, donna un coup de coude à l'autre, et elles éclatèrent de rire.

En fond sonore, on passait « Dress You Up in My Love » de Madonna.

Quelqu'un toussa. Le bruit métallique vibra aux oreilles d'Andy. Elle se demanda si elle avait perçu ces bruits sur le moment, quand elle se trouvait dans le restaurant et qu'elle baratinait la serveuse sur ses études de théâtre, lorsqu'elle contemplait fixement par la fenêtre les vagues qui déferlaient au loin.

Sur l'écran, Helsinger tourna la tête à droite, puis à gauche, comme s'il balayait le restaurant du regard. Andy savait qu'il n'y avait pas grand-chose à voir. Le lieu était à moitié vide. Une poignée de clients savouraient une dernière tasse de café ou de thé avant de faire des courses ou de jouer au golf, ou encore, comme Andy, d'aller se coucher.

Helsinger s'éloigna de la poubelle.

Une voix d'homme lâcha : « Nom de Dieu. »

Andy se souvenait de ces mots-là, le mépris et la méchanceté qu'ils trahissaient, la pointe de surprise aussi.

Le pistolet s'éleva dans les airs. Un nuage de fumée s'échappa du canon. Une détonation.

Shelly reçut une balle à l'arrière de la tête. Elle s'écroula comme une poupée de chiffon.

Betsy Barnard se mit à hurler.

La deuxième balle manqua Shelly, mais un cri indiqua qu'elle avait touché quelqu'un d'autre.

La troisième balle succéda rapidement à la deuxième.

Une tasse explosa en mille morceaux. Des éclats traversèrent les airs.

Laura se détourna du tireur lorsqu'un fragment se logea dans sa jambe. La blessure n'imprima aucune expression sur son visage. Elle se mit à courir, mais pas dans l'intention de fuir. Elle était plus près de l'entrée du centre commercial que du fond du restaurant. Elle aurait pu plonger sous une table. Elle aurait pu s'échapper.

Elle courut vers Andy.

Andy se vit, debout, le dos tourné à la fenêtre. Sur la vidéo, elle laissa tomber sa tasse. La céramique vola en éclats. Au premier plan, Betsy Barnard se faisait assassiner. Une balle dans la bouche, une autre dans la tête, et elle s'effondra sur sa fille.

Puis Laura plaqua Andy au sol.

L'espace d'un instant, elle resta immobile avant de bondir.

Elle tapota l'air avec ses mains comme si elle bordait une couverture. L'homme en noir, Jonah Lee Helsinger, pointait son revolver sur la poitrine de Laura. Andy se vit au loin. Elle s'était roulée en boule. La vitre derrière elle dessina une toile d'araignée. Des pans entiers s'effondrèrent.

Assise à côté de Gordon, Andy se toucha la tête. Elle retira un morceau de verre de sa chevelure emmêlée.

Quand elle rebaissa les yeux sur le téléphone, l'angle de vue avait changé, l'image tremblotait. L'auteur de la vidéo se trouvait derrière le tireur. Il s'était allongé par terre, à l'abri d'une table renversée. Cette position offrait à Andy une perspective totalement différente. Au lieu de faire face au tireur, elle le voyait de dos. Au lieu de contempler le dos de sa mère, elle observait son visage. Laura brandissait six doigts pour montrer le nombre total de balles. Elle remuait le pouce pour lui signifier qu'il ne lui en restait qu'une.

*Tirez sur moi.*

C'est ce qu'avait dit Laura au gamin qui avait déjà assassiné deux personnes.

*Tirez sur moi.*

Chaque fois que Laura répétait ces mots sur la vidéo, ils résonnaient dans la tête d'Andy.

*Tirez sur moi, je veux que vous tiriez sur moi, tirez sur moi, à l'instant où vous tirerez sur moi, ma fille sortira…*

Au début de la tuerie, tous les clients du restaurant avaient hurlé, s'étaient baissés ou enfuis, voire les trois à la fois.

Laura, elle, avait compté le nombre de balles.

— Quoi ? marmonna Gordon. Qu'est-ce qu'il fait ?

Sur l'écran, Helsinger ouvrit le bouton-pression de l'étui qui pendait à son ceinturon.

— C'est un couteau, ça, dit Gordon. Je croyais qu'il s'était servi d'un pistolet.

Le revolver était rengainé. Le poing de Helsinger serra le couteau, lame vers le bas pour faire un maximum de dégâts.

Andy voulait fermer les yeux, mais elle éprouvait une envie irrépressible de revoir la scène, de contempler le visage de sa mère, parce que, à cet instant, quand Helsinger la menaçait avec le couteau de chasse, l'expression de Laura était pratiquement sereine, comme si, au tréfonds d'elle-même, on avait éteint un interrupteur.

Le couteau s'éleva en arc de cercle.

Gordon aspira de l'air entre ses dents.

Le couteau s'abattit en arc de cercle.

Laura leva la main gauche. La lame lui transperça la paume d'un coup. Ses doigts enveloppèrent le manche. Elle s'empara du couteau avec violence, puis, la lame toujours enfoncée dans la paume, elle la planta d'un revers de main dans le cou de l'homme. Sur le côté.

Helsinger écarquilla les yeux.

La main de Laura était rivée au cou du tueur, tel un message sur un panneau d'affichage.

Une brève pause, pas plus de quelques millisecondes.

Laura remua les lèvres. Un ou deux mots s'échappèrent de sa bouche entrouverte.

Puis elle croisa son bras droit sous le gauche, toujours emprisonné.

Elle enfonça la paume de sa main droite près de l'épaule droite de Helsinger.

Sa main repoussa l'épaule de l'homme.

La main gauche de Laura ramena la lame d'un coup sec vers l'avant de la gorge.

Du sang.

Partout.

La bouche de Gordon s'ouvrit toute grande.

La langue d'Andy se changea en coton.

La main droite repoussa, la main gauche tira.

La vidéo donnait l'impression que Laura retirait volontairement le couteau de la gorge de Helsinger.

Elle ne le tuait pas.

Elle l'assassinait.

— Elle ne… Elle…, fit Gordon, tout aussi surpris qu'Andy.

Il plaqua la main sur sa bouche.

Sur la vidéo, les genoux de Helsinger heurtèrent le sol. Sa poitrine. Son visage.

Andy se vit à l'arrière-plan. Le blanc de ses yeux dessinait des cercles presque parfaits.

Au premier plan, Laura gardait un air serein. Elle baissa les yeux sur le couteau qui lui transperçait la main, fit pivoter celle-ci – d'abord la paume, puis le dos – comme si elle avait repéré une écharde.

À cet instant, Palazzolo décida de mettre la vidéo sur pause.

Elle patienta un instant avant de proposer :

— Voulez-vous la revoir ?

Gordon déglutit avec peine, et Andy vit sa pomme d'Adam monter et descendre.

— Monsieur Oliver ?

Il secoua la tête, contempla le couloir.

Palazzolo éteignit l'écran. Remit le téléphone dans sa poche. Sans qu'Andy le remarque, le lieutenant avait éloigné sa chaise de Gordon. Palazzolo s'inclina en avant, les mains posées sur ses cuisses. Environ cinq centimètres séparaient ses genoux de ceux d'Andy. Elle déclara :

— C'est terrifiant. Cela doit être pénible à revoir.

Gordon secoua la tête. Il croyait que le lieutenant s'adressait à lui.

— Prenez tout le temps qu'il vous faudra, mademoiselle Oliver. Je sais que c'est difficile. N'est-ce pas ?

À nouveau, elle parlait à Andy, se penchant plus près ; au point de mettre Andy mal à l'aise.

Une main repoussait, l'autre tirait.

Repoussait l'épaule de l'homme. Tirait le couteau dans le cou.

L'expression de calme sur le visage de Laura.

« Je vous dirai ce que je sais, et ensuite, si Andrea le souhaite, elle pourra rectifier les faits », avait proposé Palazzolo.

Mais le lieutenant ne leur avait rien dit, ni montré, qui ne passât déjà aux informations. Et maintenant elle mettait la pression à Andy sans en avoir l'air, rognant sur son espace intime. Andy savait que c'était une technique d'interrogatoire, parce qu'elle avait lu quelques manuels d'entraînement, pendant ses pauses au travail.

*Rapport Horton sur l'audience policière : dépositions de témoins, interrogatoires de témoins hostiles et confessions.*

On mettait le sujet mal à l'aise sans que ce dernier comprenne l'origine de sa gêne.

Et si Palazzolo tentait de mettre Andy mal à l'aise, c'était parce qu'elle ne prenait pas sa déposition. Elle l'interrogeait.

— Vous avez de la chance que votre maman ait été là pour vous sauver. Certaines personnes qualifieraient son acte d'héroïque.

*Certaines personnes.*

— Qu'a-t-elle dit à Jonah avant sa mort ?

Andy observa l'espace entre elles s'amoindrir. Les cinq centimètres se réduisirent de moitié.

— Mademoiselle Oliver ?

Laura avait paru trop calme. C'était le problème. Trop calme et méthodique tout du long, surtout quand elle avait levé la main droite pour la placer sur l'épaule de Jonah.

Une main repoussait, l'autre tirait.

Elle ne craignait pas pour sa vie.

Son acte était réfléchi.

— Mademoiselle Oliver ? répéta Palazzolo. Qu'a dit votre mère ?

La question en suspens remplissait le minuscule espace entre elles : si Laura était réellement aussi calme, aussi méthodique, pourquoi n'avait-elle pas plutôt arraché l'arme des mains de Helsinger ?

— Andrea ?

Palazzolo posa les coudes sur ses genoux, et Andy distingua une odeur de café dans l'haleine du lieutenant.

— C'est un moment difficile pour vous, j'en suis consciente, mais nous tirerons tout ça très vite au clair, si vous me rapportez les paroles de votre mère avant le décès de Helsinger. Le téléphone n'a rien capté. Je pourrais envoyer la vidéo au labo de l'État, mais ce serait plus simple si vous nous disiez…

— Le père, intervint Gordon. Nous devrions prier pour le père.

Palazzolo ne le regarda pas, contrairement à Andy. Gordon n'était pas du genre à prier.

— Je ne peux pas imaginer… ce qu'on ressent quand on perd sa famille comme ça.

Il avait claqué des doigts sur le dernier mot, tout près de son visage, comme pour se réveiller de la transe dans laquelle la vidéo l'avait plongé.

— Je suis si content que ta mère ait été là pour te protéger, Andrea. Et pour se protéger elle-même.

Andy acquiesça. Pour une fois, elle avait une longueur d'avance sur son père.

— Écoutez-moi, vous deux, lança Palazzolo en s'adossant à sa chaise. Vous pensez que je ne suis pas de votre côté, je le sais, mais il n'est même pas question de côté ici. Jonah Helsinger était un sale type. Il avait un plan. Il voulait assassiner des gens, et c'est exactement ce qu'il a fait. Et vous avez raison, monsieur Oliver. Votre épouse et votre fille auraient pu être ses troisième et quatrième victimes. Mais je suis flic, et c'est mon boulot de poser des questions sur ce qui s'est vraiment passé dans ce snack. Et tout ce que je cherche, c'est la vérité.

— Lieutenant Palazzolo, répliqua Gordon qui paraissait s'être enfin ressaisi. Nous sommes tous deux sur cette terre depuis assez longtemps pour savoir que la vérité est sujette à interprétation.

— C'est juste, monsieur Oliver. C'est très juste. Vous savez, Andrea, je viens juste de réaliser que vous n'avez pas prononcé un seul mot depuis le début.

Sa main se posa sur le genou d'Andy avec un semblant d'affection.

— Tout va bien. N'ayez pas peur. Vous pouvez me parler.

Andy fixait le grain de beauté sur le menton de la femme, parce qu'elle n'arrivait pas à la regarder dans les yeux. Elle n'avait pas peur. Elle était désorientée.

Jonah Helsinger était-il toujours une menace quand Laura l'avait tué ? Parce qu'on pouvait légalement abattre un agresseur, mais, dans le cas contraire, il ne s'agissait plus de légitime défense.

Mais simplement de meurtre.

Andy essaya de repenser à ce matin, de combler les blancs grâce à la vidéo. Laura aurait-elle pu laisser le couteau dans la gorge de Jonah Helsinger, lui ôter son arme, et ensuite… Quoi ?

La police serait arrivée. Le Central aurait contacté une ambulance par radio, et pas un légiste. C'était un fait : même avec un couteau qui dépassait de son cou façon *Frankenstein*, Jonah Helsinger n'était pas mort. Il n'avait expulsé aucune goutte de sang ni par la bouche ni par le nez. Il arrivait toujours à bouger les bras et les jambes. Par conséquent, sa carotide et sa jugulaire étaient sûrement indemnes. Il aurait pu rester en vie si Laura ne l'avait pas achevé.

Alors, que se serait-il passé ensuite ?

Les urgentistes l'auraient stabilisé en vue du trajet pour l'hôpital et les chirurgiens auraient retiré le couteau sans prendre de risques. Pourtant, rien de tel ne s'était produit, parce que Laura avait posé sa main droite sur l'épaule de Jonah Helsinger et mis un terme à son existence.

— Mademoiselle Oliver, dit Palazzolo. Je trouve votre manque de communication très perturbant. Si tout va bien, pourquoi vous ne me parlez pas ?

Andy se força à regarder le lieutenant dans les yeux. Elle devait parler. C'était le moment de dire que Laura n'avait pas d'autre choix. *Ma mère a agi par légitime défense. Vous n'étiez pas là, moi si, et je jurerai solennellement devant n'importe quel jury que ma mère n'avait aucun autre choix que celui de tuer Jonah Helsinger.*

— Laura ? s'étonna Gordon.

Andy se retourna, enfin délivrée de cette spirale infernale. Elle s'était attendue à trouver sa mère allongée dans un autre lit d'hôpital, mais Laura était assise, bien droite, dans un fauteuil roulant.

— Je vais bien, dit Laura, mais son visage était contorsionné de douleur.

Elle était vêtue d'un peignoir blanc. Le bras ramené contre la taille, sanglé dans une écharpe fermée par un velcro. Ses doigts étaient maintenus bien raides par une sorte de gant de motard aux extrémités découpées.

— Je dois me changer, ensuite je serai prête à partir.

Gordon ouvrit la bouche pour protester, mais Laura le coupa.

— S'il te plaît. J'ai déjà dit au médecin que j'allais signer une décharge. Elle rassemble les papiers. Tu peux avancer la voiture ?

Elle parut contrariée, surtout lorsque Gordon ne bougea pas.

— Gordon, peux-tu s'il te plaît aller chercher ta voiture ?

— Docteur Oliver, intervint Palazzolo. Votre chirurgien m'a dit que vous deviez passer la nuit ici, et peut-être même rester en observation quelques jours supplémentaires.

Laura ne questionna pas la femme sur son identité ni ne lui demanda pourquoi elle avait parlé au chirurgien.

— Gordon, je veux rentrer à la maison.

— Madame, je suis le lieutenant Lisa Palazzolo de la…

— Je ne veux pas vous parler, lança Laura en levant les yeux vers Gordon. Je veux rentrer à la maison.

— Madame…

— Vous êtes dure d'oreille ? fit Laura. Cet homme est avocat. Il peut vous informer de mes droits légaux s'ils ne vous sont pas familiers.

Palazzolo fronça les sourcils.

— Ouais, on a déjà joué cet air-là, mais j'irai droit au but. Vous refusez officiellement d'être interrogée ?

— Dans l'immédiat, intervint Gordon, parce que rien ne le faisait se ranger davantage aux côtés de Laura que lorsqu'un inconnu la mettait en cause. Mon bureau vous appellera pour fixer un rendez-vous.

— Je pourrais la placer en garde à vue en tant que témoin clé.

— C'est une possibilité. Mais alors elle pourrait décider de rester à l'hôpital sur ordre du médecin et l'on vous interdirait tout échange avec elle.

— J'ai subi une anesthésie, déclara Laura. Je ne suis pas en état de…

— Vous aggravez la situation. Vous en avez conscience, n'est-ce pas ?

Palazzolo avait laissé tomber sa façade aimable, son air de « nous sommes de la même équipe ». Elle était clairement en rogne.

— Les seules personnes qui gardent le silence sont celles qui ont quelque chose à cacher.

— Mon bureau vous contactera quand elle sera disposée à parler, reprit Gordon.

Lorsque Palazzolo serra les dents, l'os de sa mâchoire ressortit de son visage comme un boulon. Elle acquiesça sèchement avant de s'en aller. Elle marcha jusqu'à l'ascenseur, sa veste oscillant derrière elle.

— Tu devrais rester à l'hôpital, Laura. Elle ne t'ennuiera pas. J'obtiendrai une ordonnance restrictive si je…

— Je rentre à la maison, dit Laura. Soit tu vas chercher ta voiture, soit j'appelle un taxi.

Gordon regarda l'aide-soignant posté derrière le fauteuil roulant pour obtenir son aide.

L'homme haussa les épaules.

— Elle a raison, mon vieux. Une fois la paperasse signée, on ne peut pas la garder ici si elle ne veut pas rester.

Gordon s'agenouilla devant le fauteuil.

— Chérie, je ne pense pas…

— Andrea… (Laura serra si fort la main d'Andy que ses os se déplacèrent.)… je ne veux pas être ici. Je ne peux pas me retrouver encore à l'hôpital. Pas toute une nuit. Tu comprends ?

Andy hocha la tête, parce que ça, au moins, elle le comprenait. Laura avait passé presque une année à faire des allers-retours entre son domicile et l'hôpital à cause des complications de son opération, deux pneumonies et un cas de *Clostridium difficile* assez sérieux pour lui bloquer les reins.

— Papa, elle veut rentrer à la maison.

Gordon marmonna à voix basse. Se leva. Enfouit la main dans sa poche. Fit tinter ses clés.

— Tu en es certaine ? demanda-t-il tout en sachant que Laura n'avait pas l'habitude d'hésiter. Va te changer. Signe tes papiers. Je t'attends devant.

Andy regarda son père s'éloigner. Un sentiment familier de culpabilité lui écrasa la poitrine : elle avait pris le parti de sa mère contre lui.

— Merci.

Laura relâcha la main d'Andy et se tourna vers l'aide-soignant.

— Pourriez-vous me trouver un T-shirt ou autre chose pour que je me change ?

Il se retira avec un hochement de tête.

— Andrea, poursuivit Laura à voix basse. As-tu dit quoi que ce soit à ce lieutenant ?

Andy secoua la tête.

— Tu parlais avec elle quand j'étais dans le couloir.

Le ton acerbe de Laura prit Andy au dépourvu

— Elle… elle a posé des questions. Je ne lui ai rien dit. Je n'ai pas parlé. Du tout.

— OK.

Laura essaya de bouger dans son fauteuil, mais, à en juger par sa grimace, sa jambe lui faisait trop mal.

— Ce dont nous avons parlé tout à l'heure, au snack. J'ai besoin que tu déménages. Ce soir. Il faut que tu partes.

*Quoi ?*

— Je sais, j'ai dit que je ne te donnerais pas d'échéance, mais je le fais, et c'est maintenant. (Laura refit une tentative pour changer de position.) Tu es une adulte, Andrea. Tu dois commencer à agir en tant que telle. Je veux que tu trouves un appartement et que tu déménages. Aujourd'hui.

Andy sentit son estomac tomber en chute libre.

— Ton père est d'accord avec moi, ajouta Laura, comme si cela donnait plus de poids à ses propos. Je te veux hors de chez moi. Du garage. Tu pars, OK ? Tu ne peux pas dormir là ce soir.

— Maman…

Laura aspira l'air entre ses dents et retenta de trouver une position confortable.

— Andrea, s'il te plaît, ne discute pas. J'ai besoin d'être seule ce soir. Et demain, et… Toi, tu dois partir. J'ai veillé sur toi pendant trente et un ans. J'ai mérité le droit d'être seule.

— Mais…

Andy ne parvint pas à terminer sa phrase.

*Mais des gens sont morts.*

*Mais tu aurais pu mourir.*

*Mais tu as tué quelqu'un, sans y être obligée.*

— C'est tout réfléchi. Descends et vérifie que ton père trouve la bonne entrée.

Gordon était déjà passé les chercher à l'hôpital.

— Maman…

— Andrea ! Pour une fois, peux-tu faire ce que je te demande ?

Andy voulut se couvrir les oreilles. De toute sa vie, sa mère ne s'était jamais montrée aussi froide. Un immense gouffre glacé les séparait.

— Va-t'en, lâcha Laura, la mâchoire serrée.

Andy tourna les talons et s'éloigna. Des larmes ruisselaient sur son visage. Par deux fois aujourd'hui, elle avait entendu ce même ton tranchant, et chaque fois son corps avait réagi avant que son esprit puisse la protéger.

Aucun signe de Gordon. Le lieutenant Palazzolo attendait toujours l'ascenseur. La femme ouvrit la bouche pour parler. Andy ne s'arrêta pas. Elle prit l'escalier. Ses pieds trébuchèrent sur les marches. Elle était ankylosée. La tête lui tournait. Les larmes roulaient sur ses joues comme des gouttes de pluie.

*Déménager ? Ce soir même ? Pour toujours ?*

Andy se mordit la lèvre pour stopper ses pleurs. Elle devait tenir le coup au moins jusqu'à ce qu'elle voie son père. Gordon arrangerait la situation. Il aurait un plan. Il serait capable de lui expliquer ce qui était arrivé à sa gentille maman attentionnée, bordel !

Andy accéléra le pas, s'élançant pratiquement au bas des marches. L'enclume qui pesait sur sa poitrine s'allégea un tout petit peu. Il devait y avoir une explication au comportement de Laura. Le stress. L'anesthésie. Le chagrin. La peur. La douleur. N'importe laquelle de ces raisons faisait ressortir le pire chez une personne. Alors, toutes confondues, il y avait de quoi vous rendre dingue.

C'était ça.

Laura avait juste besoin de temps.

Andy sentit son souffle s'apaiser. Au palier suivant, elle prit le virage de l'escalier et sa main moite glissa sur la rampe. Un de ses pieds cogna contre la marche, l'autre se déroba sous elle, et elle se retrouva sur les fesses.

*Putain.*

Andy enfouit la tête dans ses mains. Quelque chose d'humide glissa le long de ses doigts, un liquide trop épais pour être de la transpiration.

*Putain !*

Du sang coulait de son articulation. Elle porta la main à sa bouche. Ses mains tremblaient. Son cerveau vrillait à l'intérieur de son crâne. Son cœur manqua un battement.

Au-dessus d'elle, une porte s'ouvrit, puis se referma. Aussitôt, elle entendit des bruits de pas furtifs sur les marches.

Andy examina sa cheville qui, chose étonnante, allait bien. Son genou avait l'air fragile, mais rien de foulé ni de cassé. Elle se leva, prête à regagner le rez-de-chaussée, mais une vague de nausée remonta le long de sa gorge.

Au-dessus d'elle, les bruits de pas approchaient.

C'était déjà peu reluisant de vomir dans un lieu public. Pire était d'avoir un témoin. Andy devait trouver des toilettes. Au palier suivant, elle poussa la porte et courut le long d'un couloir jusqu'à ce qu'elle tombe dessus.

Elle dut se ruer à l'intérieur pour arriver à temps. Elle ouvrit la bouche et attendit de dégobiller, mais, à présent qu'elle était là, accroupie devant la cuvette, elle ne cracha que de la bile.

Andy vomit ses entrailles avant de tirer la chasse. Elle s'assit sur l'abattant fermé. S'essuya la bouche d'un revers de main. De la sueur dégoulinait dans son cou. Elle soufflait comme si elle avait couru un marathon.

— Andrea ?

*Putain.*

Ses jambes se rétractèrent sous elle, ses talons se crochetèrent au bord de la cuvette. Comme si, roulée en boule, elle allait devenir invisible.

— Andrea ?

Les grosses chaussures – un modèle conçu pour la police – de Palazzolo martelaient lourdement le carrelage. Elle s'arrêta pile devant les toilettes d'Andy.

Andy contemplait fixement la porte. Un robinet gouttait. Elle décompta six gouttes avant…

— Andrea, je sais que tu es là-dedans.

Andy leva les yeux au ciel face à l'absurdité de la situation.

— J'en conclus que tu n'aimes pas parler, dit Palazzolo. Alors peut-être que tu pourrais juste écouter ?

Andy attendit.

— Ta maman peut avoir beaucoup d'ennuis… Ou pas.

Le cœur d'Andy bondit à l'énoncé du *pas*.

— Ce qu'elle a fait… Je le comprends. Elle protégeait sa fille. J'ai un gosse. Je ferais n'importe quoi pour le petit bonhomme. C'est mon bébé.

Andy se mordit la lèvre inférieure.

— Je peux t'aider. Vous aider toutes les deux à vous en sortir.

Andy attendit à nouveau.

— Je vais laisser ma carte ici à côté du lavabo.

Andy continua d'attendre.

— Tu m'appelles, n'importe quand, de jour ou de nuit, et ensemble, toi et moi, on pourra réfléchir à ce qu'il te faudra dire pour que ce problème disparaisse… Je te propose d'aider ta mère, Andrea. C'est tout ce que je veux… Aider.

Andy leva à nouveau les yeux au plafond. Elle avait appris il y a très longtemps que les silences prolongés vous faisaient passer soit pour une simple d'esprit, soit pour une idiote.

— Voilà ce qu'il en est : si tu veux vraiment aider ta mère, tu dois me dire la vérité. Sur ce qui s'est passé.

Andy faillit éclater de rire.

— Ensuite, on verra. D'accord ?

Nouveau silence réfléchi.

— D'accord ?

*D'accord.*

— Je laisse ma carte près du lavabo, ma belle. De jour comme de nuit.

Andy écouta les gouttes tomber du robinet.

*Une goutte… Deux gouttes… Trois… Quatre… Cinq… Six…*

— Tu veux me faire un signe, par exemple tirer la chasse, pour m'indiquer que tu as entendu ?

Andy leva son majeur vers la porte.

— D'accord, dit Palazzolo. Eh bien, je vais supposer que

tu m'as écoutée. Ce que je veux dire, c'est que le plus tôt sera le mieux, OK ? Nous ne voulons pas avoir à traîner ta mère jusqu'au poste, lancer une procédure d'interrogatoire, tous ces trucs. Surtout qu'elle est blessée. D'accord ?

Un flash traversa la tête d'Andy, elle se vit : debout sur les toilettes, ouvrant la porte d'un coup de pied, et disant à la femme d'aller se faire foutre.

Puis elle comprit que la porte s'ouvrait vers l'intérieur, et donc qu'elle ne pourrait pas la défoncer d'un coup de pied. Alors elle patienta assise sur l'abattant, les mains autour des jambes, la tête entre les genoux, jusqu'à ce que le lieutenant s'en aille.

# 3

Andy attendit tellement longtemps, juchée sur les toilettes, que son genou craqua quand elle finit par descendre de son perchoir. Ses muscles ischio-jambiers vibraient comme des cordes de ukulélé. Elle ouvrit la porte des toilettes. Marcha jusqu'au lavabo. Ignora la carte du lieutenant pelliculée de doré brillant, et se rinça le visage à l'eau froide. Du sang coulait de sa blessure. Elle enveloppa la plaie de papier absorbant, puis ouvrit la porte des toilettes d'une main hésitante.

Elle inspecta le couloir. Pas de Palazzolo. Andy allait partir quand, à la dernière minute, elle saisit la carte du lieutenant. Elle la donnerait à son père. Elle lui raconterait ce qui s'était passé. Les flics n'étaient pas censés vous interroger en l'absence de votre avocat. Quiconque regardait *New York, Police judiciaire* le savait.

Un groupe de personnes patientait devant l'ascenseur. Pas de lieutenant là non plus, mais Andy privilégia malgré tout l'escalier. Avec prudence cette fois. Son articulation avait cessé de saigner. En sortant de la cage d'escalier, elle jeta son pansement de fortune dans une poubelle. Dans la salle d'attente de l'hôpital, l'air brassait des odeurs de produits chimiques et de vomi. Andy pria pour que la seconde odeur ne vienne pas d'elle. Elle baissa les yeux sur son T-shirt pour vérifier.

— Seigneur, marmonna quelqu'un.

La télévision.

La situation s'imposa à Andy avec la rapidité d'un coup de poing.

Toutes les personnes rassemblées dans la salle d'attente, au moins une vingtaine, contemplaient la vidéo du snack diffusée par CNN.

— Putain, lâcha un autre.

À la télévision, Laura levait tous les doigts d'une main et le pouce de l'autre pour montrer les six balles.

Helsinger planté devant elle. En chapeau de cow-boy. Gilet de cuir. Revolver dégainé.

Un bandeau défilait au bas de l'écran et avertissait les téléspectateurs de la nature choquante des images à suivre.

— Qu'est-ce qu'il fait ? demanda une femme.

Helsinger tira son couteau de l'étui accroché à sa hanche.

— Mais qu'est-ce que…

— Oh ! merde !

La foule contempla la suite en silence.

Certains retenaient leur souffle, d'autres criaient sous l'effet du choc. On se serait cru dans une salle de cinéma et pas dans une salle d'attente d'hôpital.

Andy était captivée, comme tous les autres. Plus elle regardait la scène, plus elle s'en dissociait. Qui était cette femme à la télévision ? Qu'était devenue Laura, pendant qu'Andy se recroquevillait contre la vitre brisée ?

— On dirait une mamie ninja, plaisanta quelqu'un.

Andy ne pouvait pas écouter. Ne pouvait pas rester dans cette pièce, dans cet hôpital, dans cette tourmente émotionnelle, alors que le lien qui l'avait toujours reliée à sa mère était coupé.

Elle se retourna et percuta un homme qui se tenait trop près d'elle.

— Désolé.

Il inclina sa casquette de base-ball. Un supporter de l'Alabama.

Andy n'était pas d'humeur à apprécier la galanterie. Elle fit un pas à gauche, il en fit un à droite. Et inversement, lorsqu'elle se décala vers la droite.

Il éclata de rire.

Elle lui décocha un regard furieux.

— Toutes mes excuses.

Alabama souleva sa casquette et lui fit signe de passer d'un geste ample.

Andy avança si vite que les portes coulissantes n'eurent pas le temps de s'ouvrir entièrement. Elle se cogna la main contre l'une d'elles.

— Mauvaise journée ?

Alabama l'avait suivie dehors. Il se tenait à une distance respectable, mais, malgré tout, il lui paraissait toujours trop près.

— Tout va bien ?

Andy lui lança un autre regard noir. N'avait-il pas vu la scène à la télévision ? N'avait-il pas compris qu'Andy était la fille inutile, dont la mère venait d'affronter un meurtrier sans pitié ?

Avant de devenir elle-même une meurtrière.

— Quelque chose ne va pas, officier ? demanda Alabama qui souriait toujours à Andy.

Elle baissa les yeux sur son déguisement d'agent. Le stupide écusson cousu dessus évoquait celui d'une éclaireuse – mais il avait bien moins de sens, puisqu'une éclaireuse devait faire preuve d'un minimum de mérite pour l'obtenir. Les seuls exploits d'Andy consistaient à répondre au téléphone et à aider ses interlocuteurs terrifiés pendant une réanimation cardio-pulmonaire ou à leur conseiller d'éteindre le moteur de leur voiture après un accident.

Jonah Lee Helsinger l'avait prise pour un flic.

Il avait cru qu'elle le tuerait. L'assassinerait. De sang-froid.

Andy fixa un instant ses mains, qui ne cessaient de trembler. Ses yeux se remplirent de larmes. Pourquoi n'arrêtait-elle pas de pleurer ?

— Tenez, lança Alabama en lui tendant un mouchoir.

Andy contempla l'étoffe blanche bien pliée. Elle avait cru que Gordon était le seul homme à garder un mouchoir sur lui.

— J'essaie juste d'aider une demoiselle en détresse, dit-il avec un large sourire, le mouchoir à la main.

Andy ne le prit pas. Pour la première fois, elle le dévisagea avec attention. Il était grand et mince, il approchait de la quarantaine. Jean et tennis. Le col de sa chemise blanche était ouvert, ses manches longues soigneusement retroussées. Il donnait l'impression d'avoir oublié de se raser, ou peut-être ce détail avait-il été mûrement réfléchi.

Une question traversa l'esprit d'Andy. Si soudaine qu'elle ne put la retenir :

— Vous êtes journaliste ?

Il rit en secouant la tête.

— Je gagne ma vie honnêtement.

— Vous êtes flic ? Détective ?

Comme il tardait à répondre, elle ajouta :

— S'il vous plaît, laissez-moi tranquille.

Il leva les mains en l'air en signe de reddition.

— Hé, on se calme. Je ne faisais que causer.

Andy n'avait pas envie de bavarder. Elle parcourut l'allée du regard en quête de la BMW blanche de Gordon.

Où était son père ?

Elle sortit son portable. Des alertes SMS et des appels manqués emplissaient l'écran d'accueil. *Mindy Logan. Sarah Ives. Alice Blaedel. Danny Kwon.* Ces dernières heures, une poignée de personnes s'étaient toutes subitement rappelé son numéro. Pour l'essentiel, c'étaient des membres de son ancien groupe de musique, de sa chorale ou encore des obsédés d'art dramatique, qu'elle n'avait pas revus depuis le lycée.

Elle supprima les annonces de son téléphone, afficha le contact *Papa* et envoya : « Dépêche. »

Alabama parut enfin saisir qu'elle n'était pas disposée à discuter. Il rangea le mouchoir dans la poche de son jean. Se dirigea vers un banc et s'assit. Là, il sortit son téléphone et fit courir ses pouces sur l'écran.

Andy jeta un coup d'œil derrière elle. Elle se demandait pourquoi Laura mettait autant de temps à sortir. Puis elle scruta l'aire de stationnement à l'affût de Gordon. Son père était probablement garé au parking. Elle en conclut qu'il serait là dans au moins vingt bonnes minutes : la préposée à la barrière se faisait un devoir de converser avec chaque conducteur.

Il ne lui restait plus qu'à s'asseoir. À trois bancs de distance d'Alabama. Les muscles d'Andy tiraient comme des élastiques trop tendus. Sa tête pulsait. Elle avait des brûlures d'estomac. Elle examina son écran à la recherche d'une éventuelle réponse de Gordon, mais il ne regardait jamais son téléphone au volant, par prudence.

Les portes coulissantes s'ouvrirent. À la vue de sa mère, Andy ressentit d'abord du soulagement, puis de l'appréhension. L'aide-soignant poussa le fauteuil roulant jusqu'au bord du trottoir. Laura portait un T-shirt « Centre hospitalier de Belle Isle » en coton rose bonbon, trop grand pour son corps menu. À l'évidence, elle souffrait. Son visage était blanc comme un linge et sa main valide se cramponnait fermement au bras du fauteuil.

— Ils ne t'ont rien donné ? s'enquit Andy.

Comme Laura ne répondait pas, l'aide-soignant se dévoua :

— L'anesthésie commence à s'estomper. Le médecin lui a proposé une ordonnance, mais elle ne veut pas la prendre.

— Maman…

Andy ne savait pas quoi dire. Laura ne lui accorda même pas un regard. Elle était repassée au mode Mère.

— Je vais bien, s'entêta Laura, les dents serrées. Vous avez une cigarette ?

— Mais tu ne fumes pas, intervint Andy.

Au même instant, l'aide-soignant sortit un paquet de Marlboro de la poche de sa chemise et sa mère en prit une.

L'homme plaça une main en coupe autour du briquet et Andy s'éloigna, chassée par l'odeur.

Laura ne sembla pas y prendre garde. Elle aspira une généreuse bouffée avant de recracher des nuages de fumée blanche en toussant. Elle tenait la cigarette sans élégance, pincée entre le pouce et l'index, comme une junkie.

— Je vais bien, dit Laura, dans un chuchotement rauque. J'ai juste besoin d'air.

Andy la prit au mot. Elle s'éloigna davantage, augmentant la distance entre elle et sa mère. Elle contempla le parking en priant pour que Gordon fasse vite. Elle se remit à pleurer. En silence. Elle ne savait pas quoi faire. Tout cela n'avait aucun sens.

— Il y a quelques cartons chez ton père, lança soudain Laura.

Les lèvres d'Andy se mirent à trembler. Le silence ne lui suffisait plus. Il lui fallait des réponses.

— Qu'est-ce que j'ai fait de mal ?

— Tu n'as rien fait de mal. Il faut juste que j'arrête de te couver. Tu dois apprendre à voler de tes propres ailes.

— En déménageant chez papa ? Maman, s'il te plaît…

Il y avait forcément une explication. Laura était quelqu'un de sensé.

Laura prit une dernière bouffée avant de tendre la cigarette à l'aide-soignant pour qu'il la termine.

— Emporte ce qu'il te faut pour la nuit. Ton père ne te gardera pas chez lui indéfiniment. Tu vas évaluer ton budget. Tu verras ce que tu peux te permettre. Tu pourrais déménager à Atlanta, ou même retourner à New York. Il faut que tu partes, Andrea, ajouta-t-elle en levant les yeux vers sa fille. J'ai besoin de solitude maintenant. J'ai mérité le droit d'être seule.

— Je n'ai pas… Je n'ai jamais…

— Arrête, ordonna Laura. Arrête, un point c'est tout.

C'était la première fois qu'elle s'adressait à sa fille sur ce ton. On aurait dit qu'elle la détestait.

*Pourquoi ?*

— Dieu merci, marmonna Laura.

La BMW de Gordon avança avec fluidité et s'immobilisa devant la rampe d'accès.

— Aidez-moi à me lever.

Laura tendit la main vers l'aide-soignant, mais le type coiffé de la casquette Alabama se retrouva soudain près d'elle.

— Ravi de vous être utile, madame, lança-t-il.

Si Andy n'y avait pas prêté attention, elle aurait sans aucun doute manqué l'expression qui traversa le visage de sa mère. De la panique ? de la peur ? du dégoût ?

— Et voilà.

— Merci, répondit Laura en se laissant faire.

Gordon contourna la voiture et lui ouvrit la portière.

— À partir de maintenant, je m'en occupe.

— Pas de problème, mon gars, rétorqua Alabama qui ne lâchait pas Laura pour autant.

Il l'aida à se baisser jusqu'au fauteuil passager, puis lui souleva délicatement les jambes, pendant qu'elle s'installait face à la route.

— Prenez soin de vous.

— Merci, fit Gordon.

— Tout le plaisir est pour moi, répondit Alabama en lui tendant la main. Je suis désolé que votre femme et votre fille se retrouvent dans cette situation.

— Euh… Oui. Merci.

Gordon était trop courtois pour rectifier son état civil, sans parler de refuser une poignée de main.

Alabama inclina sa casquette vers Andy, alors qu'elle grimpait à l'arrière de la voiture, et referma la portière avant qu'elle ait le temps de la lui claquer au nez.

Gordon s'installa au volant et prit un air de dégoût en sentant l'odeur de la cigarette.

— Tu as fumé ?

— Gordon, roule.

Il attendit qu'elle le regarde, mais elle n'en fit rien. Il enclencha alors le levier de vitesse, éloigna la voiture de l'entrée, dépassa le parking, puis se rangea sur le côté. Il se tourna vers Laura. Ouvrit la bouche. Aucun son n'en sortit.

— Non, dit-elle. Pas ici. Pas maintenant.

Il secoua la tête lentement de droite à gauche.

— Andy n'a pas besoin d'entendre ça.

Gordon ne paraissait pas s'en soucier.

— Le gamin était le fils de Bobby Helsinger. Tu le savais ?

Laura pinça les lèvres. Andy devina qu'elle était au courant.

— C'était le shérif du comté de Bibb, poursuivit Gordon. Un braqueur de banque lui a fait sauter la cervelle avec un fusil de chasse. C'était il y a six mois. D'après le lieutenant, Jonah Helsinger s'est transformé en machine de guerre à peu près au même moment.

*Le gilet et le ceinturon.*

Selon Palazzolo, Jonah les avait achetés sur Amazon il y a six mois.

— J'ai consulté la notice nécrologique sur mon téléphone. Jonah a trois oncles flics, deux cousins dans l'armée. Sa mère travaillait au bureau du procureur général à Beaufort avant de passer dans le privé. C'est un peu la famille royale des forces de l'ordre.

Gordon attendit en vain que Laura dise quelque chose.

— Tu m'entends ? Tu comprends ce que je te dis ?

Laura prit une brusque inspiration avant de parler.

— Famille royale ou pas, il a tué deux personnes.

— Il ne les a pas seulement tuées. Il a planifié ces meurtres. Il savait exactement ce qu'il faisait. Il avait des cartes et…

Gordon secoua la tête, comme s'il n'arrivait pas à croire à quel point elle était stupide.

— D'après toi, la famille du gamin va plutôt pencher pour la thèse de l'assassin sadique, ou plaider les troubles psychologiques parce que son héros de papa s'est fait flinguer par un braqueur ?

— Ils diront ce qu'ils veulent.

— C'est la première parole un peu sensée qui sort de ta bouche, dit sèchement Gordon. Les Helsinger vont dire exactement ce qu'ils veulent : que certes oui, ce pauvre fils de flic, dévasté par la mort de son père, méritait bien d'aller en prison pour ses crimes, mais certainement pas d'être sauvagement assassiné.

— Ce n'est pas…

— Ils vont s'en prendre à toi plutôt qu'à lui, Laura. Tu

as rendu service à ce gamin. On ne parlera plus de ce qu'il a fait, mais de ce quoi *toi* tu as fait.

Laura garda le silence.

Andy cessa de respirer.

— Tu es au courant pour la vidéo ? demanda Gordon.

Laura ne répondit pas, même si elle avait dû apercevoir la télévision en traversant la salle d'attente.

— Ce lieutenant nous a montré…

Gordon dut s'interrompre pour déglutir.

— … ton expression quand tu l'as tué, Laura. Ta sérénité. Ton air indifférent. Face à un adolescent mentalement perturbé et orphelin de père, tu crois que ça va peser comment dans la balance ?

Laura tourna la tête vers la fenêtre.

— Tu sais ce que ce lieutenant n'a pas arrêté de demander ? Encore et encore ?

— Les poulets posent toujours des tas de questions.

— Arrête de déconner, Laura. Qu'est-ce que tu lui as dit avant de le tuer, hein ? Qu'as-tu chuchoté à Helsinger ?

Laura continua de regarder fixement par la fenêtre.

— Quoi que tu lui aies dit… C'est un mobile. C'est la différence qui sépare un homicide justifiable – peut-être et seulement peut-être – de la peine de mort.

Andy sentit son cœur s'arrêter.

— Laura ?

Il cogna le volant du plat de la main.

— Putain ! Réponds-moi. Réponds-moi ou…

— Je ne suis pas idiote, Gordon, déclara Laura d'un ton glacial. Pourquoi crois-tu que j'aie refusé d'être interrogée ? Pourquoi penses-tu que j'aie demandé à Andrea de se taire ?

— Tu veux que notre fille mente à un lieutenant de police ? Qu'elle commette un parjure devant un tribunal ?

— Je veux qu'elle agisse comme à son habitude, qu'elle se taise.

Le ton de sa voix était calme, mais sa colère était si palpable qu'Andy sentit l'air vibrer de rage.

Pourquoi sa mère ne donnait-elle pas tort à Gordon ?

Elle n'avait pas eu le choix. Elle l'avait sauvée, elle. C'était de la légitime défense. Elle était horrifiée par son acte. Elle avait paniqué, avait réagi sans réfléchir. Ou elle avait eu si peur et elle était désolée – tellement désolée – d'avoir tué ce gamin. Pourquoi ne le disait-elle pas ?

Andy glissa une main dans sa poche. La carte du lieutenant était toujours humide à cause du lavabo.

*Palazzolo a tenté de me parler. Elle voulait que je me retourne contre toi. Elle m'a donné sa carte.*

— Laura, c'est extrêmement sérieux, reprit Gordon.

— Choix de mots intéressant, lança Laura en feignant un rire.

— Les flics se protègent entre eux. Tu ne le sais pas ? Ils se serrent les coudes, peu importe les situations. Leur esprit d'équipe à la con, ce n'est pas une légende urbaine propagée par la télé, ajouta Gordon d'une voix brisée par la colère. Tout ce truc va virer à la croisade en vertu du seul patronyme du gamin.

Laura inspira, puis expira lentement.

— J'ai juste… J'ai besoin de temps, Gordon. D'accord ? Je dois y réfléchir toute seule.

— Il te faut un avocat pénaliste pour réfléchir à ta place.

— Et il faut surtout que tu arrêtes de me dire quoi faire ! cria-t-elle, furieuse.

D'une main, Laura se couvrit les yeux.

— Est-ce que le harcèlement a déjà fonctionné avec moi ? Alors ?

Elle ne cherchait pas à obtenir de réponse. Elle se retourna vers Gordon pour lui hurler dessus.

— C'est pour ça que je t'ai quitté ! Il fallait que je m'éloigne de toi, que je te sorte de ma vie, parce que tu ne sais absolument pas qui je suis. Tu ne l'as jamais su et tu ne le sauras jamais.

Chaque mot semblait faire l'effet d'une gifle sur le visage de Gordon.

— Bon Dieu, lâcha Laura qui saisit la poignée au-dessus

de la portière et essaya de basculer son poids sur sa jambe valide. Tu vas conduire cette putain de voiture, oui ou non ?

Andy attendit que son père réplique à Laura qu'elle était libre de rentrer à pied, mais il n'en fit rien. Les yeux rivés droit devant lui, il passa la première, puis regarda par-dessus son épaule avant d'accélérer.

La voiture bringuebala vers la nationale.

Sans savoir pourquoi, Andy se retourna.

Alabama était toujours planté devant l'entrée. Il inclina sa casquette une dernière fois.

« Quelque chose ne va pas, officier ? » avait-il demandé à Andy.

Et cette drôle d'expression sur le visage de Laura quand elle l'avait aperçu...

Alabama attendait, droit comme un piquet. Gordon tourna à gauche au bout de l'allée de l'hôpital. Quand la voiture descendit la rue, Alabama, toujours cloué sur place, continuait de suivre leur progression du regard.

Andy l'observa jusqu'à ce qu'il ne soit plus qu'un point noir.

*Je suis désolé que votre femme et votre fille se retrouvent dans cette situation.*

Comment avait-il su que Gordon était son père ?

Andy resta sous la douche jusqu'à ce qu'il n'y ait plus d'eau chaude. Des pensées virevoltaient dans sa tête comme une nuée de moustiques. Elle ne pouvait battre des paupières sans revoir un détail du snack, de la vidéo, de l'interrogatoire, de la discussion dans la voiture.

Rien n'avait de sens. Sa mère était une orthophoniste de cinquante-cinq ans. Elle jouait au bridge, bordel. Elle ne tuait pas des gens, ne fumait pas et ne pestait pas contre les flics.

En se séchant les cheveux, Andy évita son reflet dans le miroir de la salle de bains. Sa peau avait la texture du papier abrasif. De minuscules bris de verre étaient encore incrustés dans son cuir chevelu. Les coins de ses lèvres gercées s'étaient mis à saigner. Elle avait toujours les nerfs à fleur de peau. Du moins, elle croyait que c'était les nerfs. Peut-être était-ce le manque de sommeil qui la rendait si instable, ou la descente d'adrénaline, ou le désespoir qu'elle éprouvait chaque fois qu'elle se remémorait les derniers mots de Laura avant son retour à la maison…

*Je ne changerai pas d'avis. Tu dois partir ce soir.*

Le cœur d'Andy était tellement à vif que le frôlement d'une plume aurait pu l'ouvrir en deux.

Elle fouilla parmi la pile de vêtements propres et dénicha un short de course doublé et une chemisette bleu marine. Elle s'habilla à la hâte et finit de boutonner son haut en marchant vers la fenêtre. Le garage était indépendant de la maison. L'appartement était sa grotte. Murs gris. Moquette grise. Stores occultants. Le plafond suivait l'inclinaison de la ligne de toiture, et seules deux minuscules lucarnes rendaient l'espace habitable.

Debout près de la petite fenêtre, elle baissa les yeux vers la maison de sa mère. Elle n'entendait pas ses parents se disputer, pourtant elle savait ce qui se passait. Un peu comme on sait qu'on a chopé une intoxication alimentaire. Elle était assaillie par un sentiment affreux, pesant : quelque chose ne tournait pas rond.

La peine de mort.

Où sa mère avait-elle appris à bloquer un couteau de cette manière ? Laura n'avait jamais fait l'armée. Et, d'après ce qu'Andy savait, elle n'avait jamais pris de cours d'autodéfense.

Ces trois dernières années, sa mère avait occupé chaque journée de son existence à combattre le cancer ou à supporter les terribles humiliations qui accompagnaient les traitements. Pas de temps libre pour s'entraîner au combat rapproché. Andy était même surprise que Laura ait pu lever le bras aussi vite. D'habitude, sa mère peinait à soulever un sac de courses, même de sa main dominante. Le cancer du sein avait envahi sa poitrine. Le chirurgien avait dû ôter une partie du muscle pectoral.

*L'adrénaline.*

Peut-être était-ce l'explication. On racontait toutes sortes d'histoires sur des mères qui soulevaient des voitures pour libérer leurs bébés ou qui réalisaient d'autres exploits incroyables pour protéger leurs enfants. Certes, ce n'était pas courant, mais cela arrivait.

Néanmoins, cela n'éclairait pas l'expression de Laura en pleine action. Vide. Comme si elle faisait son travail. Ni paniquée. Ni effrayée. Elle aurait tout aussi bien pu examiner le diagramme d'un patient.

Andy frissonna.

Le tonnerre grondait au loin. Le soleil ne déclinerait pas avant une bonne heure ; des nuages sombres et lourds annonçaient de la pluie. Andy entendait les vagues s'élancer à l'assaut de la plage. Des mouettes échafaudaient des projets pour leur dîner. Elle baissa la tête sur le pavillon bien ordonné de sa mère. La plupart des lumières étaient allumées. Gordon faisait les cent pas devant la fenêtre de la cuisine. Sa mère était assise à la table, mais Andy ne distinguait que sa main. Celle qui n'était pas sanglée à sa taille, mais qui reposait sur un set de table. Immobile, Laura pianotait du bout des doigts de temps à autre.

Gordon leva brusquement une main en l'air. Il gagna la porte de la cuisine.

Andy recula dans la pénombre. Elle entendit la porte se refermer dans un claquement. Elle risqua un coup d'œil à la fenêtre.

Gordon descendit les marches du perron. Le détecteur de mouvement déclencha soudainement les projecteurs. Son père leva la tête, une main sur les yeux. Au lieu de rejoindre l'appartement d'Andy, il s'arrêta sur la dernière contremarche et s'assit. La tête dans les mains.

Elle crut d'abord qu'il pleurait, mais réalisa ensuite qu'il tentait sans doute de recouvrer son sang-froid pour ne pas l'inquiéter.

Par le passé, elle n'avait vu Gordon pleurer qu'une seule fois. C'était au début de la procédure de divorce. Il ne s'était pas laissé aller, il n'avait pas sangloté. Ça avait été bien pire. Des larmes avaient roulé le long de ses joues, en un flot continu, comme la buée sur un verre. Il s'était essuyé les yeux du revers de la main. Un matin, il était parti travailler, confiant quant à la solidité de ses quatorze ans de mariage. Avant le déjeuner, il recevait les papiers du divorce. « Je ne comprends pas, avait-il dit à Andy. Je ne comprends pas. »

Andy ne se souvenait pas de son vrai père. À la seule pensée des mots « vrai père », elle avait l'impression de trahir Gordon, mais l'expression « donneur de sperme » lui semblait trop austère.

Son « père biologique » était un optométriste que Laura avait rencontré dans un hôtel. Ce qui était très étrange, parce que sa mère détestait voyager. Ils avaient fait connaissance aux Bahamas, mais on lui avait raconté l'histoire il y a tellement longtemps qu'une foule de détails avaient déserté sa mémoire.

Voici ce qu'elle savait : ses parents ne s'étaient jamais mariés. Andy était née la première année de leur vie commune. Son père biologique, Jerry Randall, avait trouvé la mort dans un accident de voiture, alors qu'il retournait pour quelques jours chez lui à Chicago. Andy avait dix-huit mois.

Contrairement aux parents de Laura, tous deux décédés avant la naissance d'Andy, ses grands-parents paternels étaient toujours de ce monde : Laverne et Phil Randall. Andy possédait une vieille photo d'elle, à deux ans, assise à cheval sur leurs genoux. Derrière eux, accrochée au mur lambrissé, une peinture représentait la plage. Le canapé semblait miteux. Ils avaient l'air de braves gens, et sans doute l'étaient-ils, mais ils avaient rompu tout lien avec Laura et Andy quand Gordon était entré dans leur vie.

Rejeter un homme tel que Gordon, comment était-ce possible ? Membre de la fraternité des Phi Beta Sigma, diplômé en droit à l'université de Georgetown, alors qu'il travaillait en tant que coordinateur bénévole pour Habitat for Humanity. Un homme qui jouait au golf, adorait la musique classique, présidait le club d'œnologie locale et qui avait choisi, par vocation, l'une des spécialités les plus ennuyeuses du droit : aider les gens fortunés à décider de ce qu'il adviendrait de leur argent après leur mort.

Que les grands-parents biologiques d'Andy aient rejeté le Noir le plus intello, le plus guindé de la Terre, uniquement à cause de sa couleur était suffisant pour qu'Andy se félicite de n'avoir aucun contact avec eux.

La porte de la cuisine s'ouvrit de nouveau. Gordon se leva. Déclencha les projecteurs. Laura lui tendit une assiette. Gordon dit quelque chose, mais Andy était trop loin pour percevoir le moindre son. Pour toute réponse, Laura claqua la porte.

Par la fenêtre de la cuisine, elle vit sa mère refaire le trajet jusqu'à la table, agripper le plan de travail, le montant de la porte, le dossier d'une chaise : tout ce qu'elle trouvait pour alléger la pression sur sa jambe.

Andy aurait pu l'aider. Elle aurait pu être en bas, en train de lui préparer un thé ou de l'aider à laver l'odeur d'hôpital, tout comme elle l'avait fait à de nombreuses reprises.

*J'ai mérité le droit d'être seule.*

Installée près du lit, la télé attira l'attention d'Andy. L'écran était petit. Il trônait auparavant sur le plan de travail, dans la cuisine de sa mère. Par habitude, Andy l'avait allumé dès son arrivée. Elle avait coupé le son. CNN diffusait la vidéo du snack.

Andy ferma les yeux, parce qu'elle en connaissait le contenu.

Elle inspira.

Expira.

Le climatiseur bourdonnait à ses oreilles. Le ventilateur au plafond émettait des cliquetis au-dessus de sa tête. Elle sentait l'air frais s'enrouler autour de son cou et de son visage. Elle était si fatiguée. Son cerveau était rempli de billes, qui roulaient avec lenteur. Elle avait sommeil, mais elle devait partir d'ici. Elle irait chez Gordon ce soir, puis, à la première heure demain, son père exigerait qu'elle commence à planifier son avenir. Gordon voulait toujours tout planifier.

Une portière de voiture s'ouvrit et se referma. Andy savait que c'était celle de son père : les villas résidentielles bien calibrées qui bordaient la rue de sa mère, tellement imposantes qu'elles occultaient littéralement le soleil, demeuraient inoccupées au plus chaud de l'été.

Elle perçut des bruits furtifs provenant de l'autre côté de l'allée. Puis les pas lourds de Gordon résonnèrent sur l'escalier en métal menant à l'appartement.

Andy attrapa un sac-poubelle. Elle était censée être en train d'emballer ses affaires. Elle ouvrit le premier tiroir de la commode et vida ses sous-vêtements dans le sac.

— Andrea ?

Gordon tapa à la porte avant d'entrer.

Il jeta un regard à la ronde. Difficile de savoir si Andy avait été cambriolée ou frappée par une tornade. Des vêtements sales tapissaient le sol. Des chaussures s'empilaient sur un carton renfermant deux placards à chaussures Ikea, encore empaquetés. La porte de la salle de bains était grande ouverte. Ses culottes menstruelles de la semaine précédente pendaient toutes raides au porte-serviette.

— Et voilà, fit Gordon en lui présentant l'assiette préparée par Laura, qui contenait un sandwich beurre de cacahuète et confiture, des chips et un gros cornichon. Ta mère voulait être sûre que tu manges un morceau.

*Qu'est-ce qu'elle a dit d'autre ?*

— J'ai demandé une bouteille de vin, mais j'ai gagné ça, ajouta-t-il en sortant une bouteille de bourbon Knob Creek de la taille d'une pinte de la poche de sa veste. Tu savais que ta mère avait du bourbon chez elle ?

Andy connaissait l'existence de la réserve secrète de sa mère depuis l'âge de quatorze ans.

— Bref, j'ai pensé que ça nous aiderait peut-être à calmer nos nerfs. À détendre l'atmosphère, dit-il en ouvrant la bouteille. Quelles sont les chances que tu retrouves des verres propres dans ce bazar ?

Andy posa l'assiette par terre. Elle passa les mains sous le canapé-lit et dénicha un paquet de verres en plastique.

Gordon se renfrogna.

— Je suppose que c'est toujours mieux que de boire au goulot.

*Qu'est-ce que maman a dit ?*

Il versa deux doigts de bourbon dans un verre.

— Mange quelque chose avant. Tu as l'estomac vide et tu es fatiguée.

Andy n'avait pas bu un seul verre depuis son retour à Belle Isle. Elle n'était pas sûre de vouloir briser cette belle lancée. Malgré tout, elle prit un verre et s'assit par terre en tailleur pour laisser la chaise à son père.

Il renifla le siège.

— Tu as adopté un chien ?

Andy aspira une gorgée de bourbon. Ses yeux larmoyèrent sous l'effet de l'alcool.

— On devrait porter un toast en l'honneur de ton anniversaire…

Elle pinça les lèvres.

— À ma magnifique fille, lança-t-il en brandissant son verre.

Andy leva le sien. Puis avala une autre gorgée.

Gordon, lui, ne but pas. Il fouilla dans la poche de son costume et en sortit une enveloppe blanche.

— Je t'ai apporté ça. Pardonne-moi, je n'ai pas eu le temps de faire un joli paquet.

Andy prit l'enveloppe. Elle en connaissait déjà le contenu. Gordon lui offrait invariablement des cartes-cadeaux parce qu'il connaissait le nom de ses magasins préférés mais n'avait aucune idée de ce qu'elle aimait dans ces magasins. Elle les renversa sur le sol. Deux cartes d'une valeur de vingt-cinq dollars valables dans la station-service au bas de la rue. Deux cartes iTunes d'un montant équivalent. Deux bons d'achat utilisables dans les magasins Target. Et pour finir, une carte-cadeau de cinquante dollars valable dans les magasins Dick Blick, spécialisés dans les fournitures pour beaux-arts. Elle ramassa un bout de papier. Son père avait imprimé un coupon pour « Un sandwich offert chez Subway pour un acheté au même prix ou à un prix inférieur ».

— Je sais que tu aimes bien les sandwichs. J'ai pensé qu'on pourrait y aller ensemble. À moins que tu veuilles y emmener quelqu'un d'autre.

— C'est super, papa. Merci.

Il fit tourner le bourbon dans son verre, sans y goûter.

— Tu devrais manger.

Andy mordit dans le sandwich. Elle leva les yeux vers Gordon. Il lissait à nouveau sa moustache, exactement comme il caressait les épaules de M. Purrkins.

— Je ne sais absolument pas ce qui se passe dans la tête de ta mère, lança-t-il.

Andy mâcha sa bouchée difficilement. Elle aurait tout aussi bien pu manger de la colle et du carton.

— Elle m'a dit de te dire qu'elle rembourserait ton prêt étudiant.

Andy avala de travers.

— J'ai eu la même réaction.

Ce prêt étudiant était un sujet épineux. Gordon avait proposé de refinancer la dette pour aider Andy à sortir des huit cents dollars d'intérêt par mois, mais, pour des raisons qu'elle ne s'expliquait pas, elle n'avait pas réuni tous les papiers avant la date butoir fixée par son père.

— Ta mère veut que tu retournes à New York. Pour poursuivre tes rêves. Elle a dit qu'elle t'aiderait à déménager. Financièrement, je veux dire. Elle est très généreuse tout à coup.

Du bout de la langue, Andy délogea le beurre de cacahuète plaqué à son palais.

— Tu peux venir chez moi cette nuit. On trouvera une solution demain. Un plan. Je... je ne veux pas que tu retournes à New York, mon ange. Tu n'avais pas l'air heureuse là-bas. J'avais l'impression que cette ville t'amputait d'un morceau de toi, d'un peu de ta Andy-tude.

Andy déglutit.

— Quand tu es rentrée à la maison, tu as si gentiment

pris soin de ta mère. Si gentiment. Mais peut-être était-ce trop demander. Peut-être que j'aurais dû t'aider davantage ou… Je ne sais pas. C'était une lourde responsabilité. Beaucoup de pression. Beaucoup de stress.

Sa voix trahissait sa culpabilité, comme s'il se sentait responsable du cancer de Laura.

— Maman a raison, il faut que tu commences à vivre ta vie. Que tu bâtisses une carrière et, pourquoi pas, peut-être fonder une famille, un jour. OK, je sais que je mets la charrue avant les bœufs, concéda-t-il en levant la main pour couper court à ses protestations. Mais quel que soit le problème, je ne pense pas que retourner à New York soit la réponse adaptée.

Gordon tourna la tête vers la télévision. Quelque chose avait attiré son regard.

— Ça date… du lycée. Qu'est-ce que ça…

*Enfoirés.*

CNN avait qualifié Alice Blaedel, l'une des amies d'Andy au lycée, de « proche de la famille ».

Andy retrouva la télécommande et alluma le son.

— … toujours la maman cool, disait Alice, qui n'avait pas adressé la parole à Andy une seule fois en plus de dix ans, à l'attention du journaliste. On pouvait lui parler de nos problèmes et elle ne nous jugeait pas, vous voyez ?

Alice haussait une épaule un mot sur deux, comme si on l'électrocutait.

— Je sais pas, c'est bizarre de la voir sur la vidéo, parce qu'on est du genre à dire waouh !, c'est Mme Oliver. Mais, en fait, c'est comme dans *Kill Bill,* quand la mère est tout à fait normale devant sa fille, mais qu'en secret c'est une machine à tuer.

La bouche d'Andy était toujours plâtrée de beurre de cacahuète, mais elle réussit à expulser les mots : « Machine à tuer ? »

Gordon lui prit la télécommande des mains, coupa le son et contempla fixement Alice Blaedel, dont la bouche, pour une raison inexplicable, remuait encore.

Andy versa un peu de bourbon dans son verre vide. Alice était sortie de la salle pendant *Kill Bill,* disant que c'était stupide, et aujourd'hui elle s'en servait de référence culturelle.

— Je suis certain qu'elle va regretter ses paroles, lança Gordon.

*Tout comme elle avait regretté de choper les verrues génitales d'Adam Humphrey.*

— Je n'avais pas réalisé que tu avais repris contact avec Alice.

— Je n'ai pas repris contact. C'est juste une salope égocentrique.

Andy avala le bourbon cul sec. La brusque chaleur dans sa gorge la fit tousser. Elle se resservit.

— Peut-être que tu devrais…

— Elles soulèvent des voitures. Certaines mères, je veux dire. L'adrénaline, ou un truc du genre, quand leurs enfants sont piégés, précisa Andy en levant les mains pour mimer l'action.

Gordon caressa sa moustache.

— Elle était si calme, ajouta Andy. Au snack.

Son père se cala contre le dossier de sa chaise.

— Les gens hurlaient. C'était terrifiant. Je ne l'ai pas vu tirer… Je n'ai pas vu la première fois. La seconde, si, dit Andy en se frottant la mâchoire. Tu sais, l'expression « Je vais t'exploser la cervelle ? » comme dans les films. C'est arrivé. C'est arrivé au sens propre. Maman a couru vers moi… C'est le seul moment où je l'ai vue avoir peur.

Andy repassa toute la scène dans sa tête. Les minuscules points rouge sang qui constellaient le visage de Laura. Ses bras tendus pour plaquer Andy au sol. Son expression terrorisée.

Il patienta.

— Tu as regardé la vidéo. Tu as vu ce que j'ai fait. Ou plutôt ce que je n'ai pas fait. J'étais paniquée. Inutile. Est-ce que c'est pour ça… C'est pour ça que maman est en colère contre moi ? Parce que j'ai été lâche ? osa finalement demander Andy.

— Absolument pas, répondit Gordon en secouant la tête, avec véhémence. Personne n'est lâche dans ce genre de situation.

Andy se demanda s'il avait raison et, surtout, si sa mère partageait le même avis.

— Andrea…

— Maman l'a tué.

Ces mots déposèrent un morceau de charbon brûlant au creux de son ventre.

— Elle aurait pu lui arracher le revolver des mains. Elle avait le temps de le faire, de le pointer vers le sol, mais au lieu de ça elle a tendu la main en l'air et…

Gordon la laissa parler.

— Je veux dire… Est-ce qu'elle avait le temps ? Peut-on supposer qu'elle était capable de faire des choix rationnels ? Elle avait l'air calme sur la vidéo. Sereine, c'est ce que tu as dit. Ou peut-être que nous avons tort tous les deux, parce que en réalité elle n'avait pas d'expression du tout. Aucune, pas vrai ? Tu as vu son visage. Le même que d'habitude.

Il acquiesça sans l'interrompre.

— Quand c'est arrivé, je ne l'ai pas vue de face. Je veux dire, j'étais derrière elle, pas vrai ? Quand c'est arrivé. Ensuite, j'ai vu la vidéo filmée sous un autre angle et ça… ça avait l'air différent.

Malgré sa confusion, Andy essaya de garder sa concentration. Elle mangea quelques chips en espérant que l'amidon absorbe l'alcool.

— Je me souviens du moment où Jonah avait le couteau planté dans le cou et qu'il levait le revolver : je me souviens clairement qu'il aurait pu tirer sur quelqu'un. Me tirer dessus. Il suffit de pas grand-chose pour appuyer sur la détente, pas vrai ?

Gordon hocha la tête.

— Mais de face… On voit le visage de maman, et on se demande si elle a pris la bonne décision. Si elle pensait que, oui, elle pouvait lui retirer le flingue des mains, mais qu'elle a choisi de ne pas le faire. Qu'elle a choisi de tuer ce type.

Pas par peur ni instinct de survie, mais… volontairement. Comme une machine à tuer.

Andy n'arrivait pas à croire qu'elle avait employé les mots malveillants d'Alice Blaedel pour décrire sa mère.

— Je ne pige pas, papa. Pourquoi maman n'a pas parlé à la police ? Pourquoi elle ne leur a pas dit que c'était de la légitime défense ?

Pourquoi est-ce qu'elle laissait tout le monde croire qu'elle avait délibérément commis un meurtre ?

— Je ne pige pas, répéta Andy. Ça m'échappe.

Gordon caressa à nouveau sa moustache. Cela devenait un tic nerveux. Il ne lui répondit pas immédiatement. Il avait l'habitude de choisir ses mots avec soin. En cet instant, toute conclusion semblait éminemment dangereuse. Aucun d'eux ne voulait avancer des propos qu'il ne pourrait retirer.

*Ta mère est une meurtrière. Oui, elle avait le choix. Et elle a choisi de tuer ce garçon.*

— Je ne comprends absolument pas comment ta mère a pu faire ce qu'elle a fait, finit par déclarer Gordon. Son raisonnement. Ses choix. Son comportement vis-à-vis de la police. On pourrait imaginer que son refus de parler, sa colère, relève du stress post-traumatique, ou peut-être que ce drame a réactivé quelque chose de son enfance, dont nous ne savons rien. Elle n'est pas du genre à évoquer le passé.

Il s'interrompit pour mettre de l'ordre dans ses pensées.

— Ce que ta mère a dit dans la voiture… Elle a raison. Je ne la connais pas. Je ne comprends pas ses motivations. Je veux dire, oui, je comprends bien que d'instinct, elle t'a protégée. Et j'en suis très heureux. Tellement reconnaissant. Mais *comment* elle l'a fait…

Son regard se posa un instant sur la télévision. Les pseudo-experts médiatiques. Quelqu'un montrait un plan du centre commercial de Belle Isle et retraçait l'itinéraire de Jonah Helsinger jusqu'au snack.

— Tout ça pour dire, Andrea, que je ne sais pas. Je ne sais pas.

Andy avait terminé son verre. Elle se resservit sous le regard vigilant de son père.

— Ça fait beaucoup d'alcool pour un estomac vide.

— Tu connaissais ce type à l'hôpital ? demanda Andy, la bouche pleine.

— Quel type ?

— Celui avec la casquette Alabama qui a aidé maman à monter dans la voiture.

Il secoua la tête.

— Pourquoi ?

— On aurait dit que maman le connaissait. Ou peut-être qu'elle avait peur de lui ou…

Andy s'interrompit pour avaler.

— Il savait que tu étais mon père, contrairement à la plupart des gens.

Gordon toucha les extrémités de sa moustache. À l'évidence, il essayait de se remémorer leur échange.

— Ta mère connaît beaucoup de gens en ville. Elle a beaucoup d'amis. Ce, qui, espérons-le, jouera en sa faveur.

— Tu veux dire sur le plan juridique ?

Il ne répondit pas.

— J'ai appelé un avocat pénaliste que j'ai déjà sollicité dans le passé. Il est agressif, c'est exactement ce dont ta mère a besoin dans l'immédiat.

Andy sirota le bourbon. Gordon avait raison : l'atmosphère se détendait. Ses yeux se fermaient tout seuls.

— Quand j'ai rencontré ta mère, elle m'a fait penser à un puzzle. Un magnifique puzzle aussi fascinant que complexe. Mais alors, j'ai réalisé que même si je me rapprochais d'elle, même si j'essayais toutes les combinaisons possibles, elle ne se livrerait jamais vraiment.

Il but enfin une gorgée de bourbon. Au lieu de l'engloutir d'un trait comme Andy, il le laissa couler le long de sa gorge.

— J'en ai trop dit. Je suis désolé, mon ange. La journée a été difficile, et on ne peut pas dire que j'aie réussi à arranger les choses.

Il montra un carton rempli de fournitures de dessin.

— Je suppose que tu veux l'emporter ce soir ?

— Je le prendrai demain.

Gordon la dévisagea avec attention. Quand elle était petite, elle piquait une crise chaque fois qu'elle n'avait pas ses fournitures à portée de main.

— Je suis trop fatiguée pour faire autre chose que dormir, expliqua Andy.

Elle omit de préciser qu'elle n'avait pas tenu un fusain ou un carnet de croquis depuis sa première année à New York.

— Papa, est-ce que je devrais discuter avec elle ? Pas pour lui demander de rester, mais pour savoir pourquoi elle veut que je parte.

— Je ne suis pas en mesure de te conseiller quoi que ce soit.

Ce qui voulait probablement dire qu'elle devrait s'abstenir.

Gordon perçut la tristesse de sa fille. Il se redressa sur sa chaise et posa les mains sur les épaules d'Andy.

— Ma chérie. Cette situation se résoudra d'elle-même. On parlera de ton avenir à la fin du mois, d'accord ? Ça nous laisse onze jours pour tout planifier.

Andy se mâchonna la lèvre. Gordon élaborerait un plan. Jusqu'au dixième jour, Andy penserait avoir beaucoup de temps pour y réfléchir, puis elle paniquerait.

— Pour ce soir, on prend ta brosse à dents, un peigne, le strict minimum, on emballera le reste demain. Et on ira chercher ta voiture. Je suppose qu'elle est toujours au centre commercial ?

Andy acquiesça. Elle l'avait complètement oubliée. La Honda de Laura était restée là-bas, elle aussi. À cette heure-ci, elles étaient probablement immobilisées par un sabot ou bien elles s'étaient fait enlever par la fourrière.

Gordon se leva. Il referma le carton de fournitures et le posa par terre, en dehors du passage.

— Je pense que ta mère a besoin de passer un peu de temps seule. Avant, elle avait l'habitude de faire ses virées, tu t'en souviens ?

Andy s'en souvenait parfaitement.

Le week-end, Andy et Gordon se lançaient dans un projet, ou bien Gordon réalisait le projet et Andy lisait à proximité, et soudain Laura déboulait dans la pièce, ses clés de voiture à la main, et annonçait : « Je pars pour la journée. »

Souvent, elle rapportait du chocolat pour Andy ou une bonne bouteille de vin à Gordon. Une fois, elle avait acheté une boule à neige au Tubman Museum de Macon, qui se trouvait à deux heures et demie de voiture. Chaque fois qu'ils demandaient à Laura où elle était partie et pourquoi, elle disait : « Oh ! j'avais juste besoin de faire un tour. »

Andy jeta un regard à la pièce exiguë et désordonnée. Soudain, elle ressemblait moins à une grotte et davantage à un taudis.

— On devrait y aller, déclara-t-elle avant que Gordon en ait eu l'occasion.

— Oui. Mais je laisse ça sur le perron, devant la maison de ta mère, répondit-il en empochant le bourbon.

Il hésita avant d'ajouter :

— Tu sais que tu peux toujours me parler, ma chérie. Je regrette juste que tu aies besoin d'être pompette pour le faire.

— Pompette.

Andy éclata de rire. Le mot était si absurde. Et puis, elle en avait ras le bol de pleurer.

— Papa, je crois… Je crois que j'aimerais passer un moment seule, moi aussi.

— OK, répliqua-t-il en appuyant chaque syllabe.

— Pas pour longtemps. Je me disais que je marcherais bien jusqu'à chez toi. C'est d'accord ?

Elle avait besoin d'une autre douche, et la perspective d'être enveloppée par une nuit humide et étouffante l'attirait.

— Bien sûr que oui. Je dirai à M. Purrkins de réchauffer le lit.

Gordon lui embrassa le sommet du crâne, puis attrapa le sac-poubelle rempli de sous-vêtements.

— Ne traînasse pas. Mon téléphone annonce de la pluie d'ici une demi-heure.

— Pas de traînassage, promit-elle.

Il ouvrit la porte, mais resta sur place.

— L'année prochaine, tout ira mieux, Andrea. Le temps remet les choses en perspective. On va surmonter ce drame. Maman redeviendra elle-même. Tu voleras de tes propres ailes. Ta vie rentrera dans l'ordre.

Elle brandit ses doigts croisés.

— Ça ira mieux, répéta Gordon. Je te le promets.

Il referma la porte derrière lui.

Andy entendit ses pas lourds marteler l'escalier métallique.

Elle n'en croyait pas un mot.

# 4

Andy se retourna dans son lit. De la main, elle balaya quelque chose sur son visage. Son cerveau ensommeillé lui indiquait que c'était M. Purrkins, mais son cerveau à demi éveillé lui suggéra que l'objet était bien trop mou pour être le chat rondouillard et tricolore de Gordon. Et qu'elle ne pouvait se trouver chez son père, parce qu'elle ne se souvenait absolument pas d'avoir marché jusque là-bas.

Elle se redressa trop rapidement et retomba à la renverse, étourdie. Elle lâcha un grognement. Elle pressa ses paupières du bout des doigts. Elle ne pouvait dire si elle était encore pompette à cause du bourbon ou si elle avait carrément la gueule de bois, mais le mal de tête dont elle souffrait depuis la fusillade lui donnait l'impression qu'une patte d'ours s'abattait sur son crâne.

*La fusillade.*

Cette tragédie portait un nom à présent et marquerait à tout jamais une rupture définitive avec sa vie d'avant.

Andy laissa retomber sa main. Elle cligna des yeux pour s'adapter à l'obscurité. La télévision silencieuse diffusait une faible lumière. Le ventilateur au plafond continuait d'émettre son cliquetis. Elle se trouvait toujours dans son appartement, étendue sur la pile de vêtements propres et pliés sur le canapé-lit. Son dernier souvenir était d'avoir cherché une paire de chaussettes.

La pluie tombait à verse sur le toit. Des éclairs zigzaguaient derrière les minuscules lucarnes.

*Merde.*

Elle avait traînassé malgré la promesse faite à son père. Maintenant, il ne lui restait plus qu'à le supplier de venir la chercher, ou choisir de marcher sous cette averse de mousson.

Elle se redressa lentement en position assise. La télévision capta son attention. CNN montrait une photo de Laura, vieille de deux ans. Un crâne chauve recouvert d'un foulard rose. Un sourire fatigué. La marche de sensibilisation au cancer du sein organisée à Charleston. Andy avait été rognée de l'image, mais sa main restait visible sur l'épaule de Laura. Quelqu'un – peut-être un ami, peut-être un inconnu – avait capté ce moment d'intimité et l'avait exploité en échange d'un crédit photo.

Des informations sur Laura apparurent sur un côté de l'écran, une sorte de CV : *Divorcée de 55 ans. Une seule enfant, adulte. Orthophoniste. Aucun entraînement connu aux techniques de combat.*

L'image disparut. La vidéo du snack débuta : un avertissement défilait en continu au bas de l'écran indiquant que cette vidéo était susceptible de heurter la sensibilité de certains spectateurs.

*Ils vont s'en prendre à toi plutôt qu'à lui, Laura. On ne parlera plus de ce qu'il a fait, mais de ce que* toi *tu as fait.*

Andy ne supporterait pas de la visionner encore une fois. D'ailleurs, elle n'en avait pas besoin, parce que, dès qu'elle clignait des yeux, elle revoyait tout en direct dans sa tête. Elle s'éloigna du lit d'un pas mal assuré. Retrouva son téléphone dans la salle de bains. 1 h 18 du matin. Elle avait dormi plus de six heures. Gordon ne lui avait pas envoyé de message, ce qui était en soi un miracle. Il était probablement aussi épuisé qu'elle. Ou peut-être supposait-il que Laura et Andy s'étaient réconciliées.

Si seulement.

Elle tapota l'icône SMS et sélectionna *Papa*. Ses yeux s'embuèrent. La lumière de l'écran lui fit l'effet d'un rasoir. Le cerveau d'Andy oscillait dans son crâne. Elle rédigea des excuses à la hâte, au cas où il se réveillerait, trouverait le lit d'Andy vide et paniquerait.

*Me suis endormie. Presque arrivée. T'inquiète pas j'ai un parapluie.*

L'info sur le parapluie était mensongère. Tout comme son arrivée imminente. Ou son conseil de ne pas s'inquiéter, parce qu'elle pourrait très bien se faire foudroyer en route.

En réalité, au vu de sa journée, les probabilités pour qu'Andy se fasse électrocuter paraissaient extrêmement élevées.

Elle regarda par la lucarne. La maison de sa mère était plongée dans l'obscurité, à l'exception d'une lumière dans son bureau. Il y avait peu de chances pour que Laura soit en train de travailler. Pendant sa maladie, elle avait dormi dans le fauteuil inclinable du salon. Peut-être avait-elle oublié d'éteindre la lumière et n'avait-elle pas eu le courage de retraverser le vestibule en boitant.

Andy se détourna de la fenêtre, aimantée par la télévision. Laura plantait le couteau d'un revers de main dans le cou de Jonah Helsinger.

Il fallait qu'Andy sorte d'ici.

Il y avait une lampe sur pied près de la chaise, mais l'ampoule avait grillé des semaines plus tôt. Les lumières du plafonnier lui serviraient de repère dans la nuit. Andy utilisa l'appli lampe de poche sur son portable pour traquer une vieille paire de baskets ne craignant pas la pluie et un poncho qu'elle avait acheté au supermarché, en se disant que cela pourrait lui être utile en cas d'urgence. Elle s'était d'ailleurs félicitée d'avoir eu ce réflexe d'adulte.

Ce qui expliquait pourquoi elle avait le poncho dans la boîte à gants de sa voiture. En effet, pourquoi se retrouverait-elle sous la pluie à moins d'être prise au dépourvu sans parapluie dans sa voiture ?

La foudre illumina chaque recoin de la pièce.

*Merde.*

Andy sortit un sac-poubelle d'un carton. Bien entendu, elle n'avait pas de paire de ciseaux. Avec les dents, elle découpa un trou qui correspondait approximativement à la circonférence de sa tête. Elle brandit son téléphone en l'air pour y voir plus clair.

La lueur de l'écran vacilla avant de s'éteindre.

Andy aperçut brièvement les mots *Batterie faible*.

Elle trouva le chargeur fiché dans une prise. Le câble était dans sa voiture. Sa voiture garée à quatre kilomètres de là, devant la boutique de vêtements pour hommes Zegna.

À moins qu'elle n'ait déjà été embarquée.

— Putain ! lâcha-t-elle dans un cri.

Elle passa la tête dans le trou du sac et fit un pas au-dehors. La pluie glissa le long de son dos. En quelques secondes, ses vêtements furent trempés, de sorte que le poncho se transforma en serpillière.

Andy continua à marcher.

La pluie amplifiait la chaleur de la journée. Des aiguilles chaudes piquèrent son visage lorsqu'elle s'engagea sur la route. Pas de réverbères dans cette partie de la ville. Le plus souvent, les gens achetaient une maison à Belle Isle avec l'idée de vivre dans une ville côtière typique du Sud, un brin surannée. Du moins aussi surannée que possible, sachant qu'une demeure en bord de mer dépassait les deux millions de dollars.

Trois décennies plus tôt, Laura avait déboursé cent dix-huit mille dollars pour acheter son pavillon sur la plage. L'épicerie la plus proche était un grand magasin, Piggly Wiggly, dans la banlieue de Savannah. La station-service vendait des appâts vivants et des pieds de porc vinaigrés dans de grands bocaux près de la caisse. Aujourd'hui, la maison de Laura faisait partie des six pavillons d'origine de Belle Isle. Le terrain lui-même valait vingt fois le prix de la maison.

Un éclair tomba du ciel. Andy leva aussitôt les bras comme si elle pouvait l'arrêter. La pluie s'était intensifiée. On n'y voyait pas à plus d'un mètre. Elle s'arrêta au beau milieu de la route. Un autre flash de lumière illumina les gouttes de pluie par saccades. Elle n'arrivait pas à se décider entre faire demi-tour et attendre une accalmie, ou continuer sa route.

Rester plantée au beau milieu de la rue comme une idiote lui parut la pire des options.

Andy bondit sur le trottoir. Ses baskets projetèrent de généreuses éclaboussures. Elle souleva les pieds et allongea le pas. Bientôt, elle démarra en petites foulées. Avant d'accélérer. Et d'accélérer encore.

Andy ne s'estimait pas douée pour grand-chose, mais elle savait courir. Pas si facile de balancer en continu un pied devant l'autre. De transpirer. De sentir son cœur battre à tout rompre. Son sang filer à toute allure dans ses oreilles. De nombreuses personnes en étaient incapables ou n'en avaient pas envie. Surtout en été, quand des mises en garde contre la chaleur incitaient les gens à ne pas sortir de chez eux, au risque de mourir.

Le claquement rythmé de ses baskets couvrait le chuchotement de la pluie. Andy dévia de la route qui menait chez Gordon. Elle ne voulait pas s'arrêter, pas encore. La promenade en bois se trouvait à plus de vingt-cinq mètres devant elle. La plage juste après. L'air iodé lui irritait les yeux. Elle n'entendait pas les vagues, mais elle s'imprégnait de leur vitesse, de leur implacable persévérance à avancer, quelle que soit la force de la gravité qui les rappelait vers le large.

Elle prit à gauche sur la promenade. Elle entama une lutte disgracieuse contre le vent et le sac-poubelle, avant de réussir à arracher le plastique et à le jeter bruyamment dans la benne à ordures la plus proche. Ses chaussures émettaient des bruits sourds contre les planches en bois. Une pluie chaude lui perforait la peau. Elle ne portait pas de chaussettes. Une ampoule irritait déjà son talon à cause du frottement. Son short était tout mouillé. Sa chemise lui collait au corps. Ses cheveux avaient la consistance de la résine. Elle aspira une grosse goulée d'air humide et l'expira en toussant.

*Le sang pulvérisé par la bouche de Betsy Barnard.*

*Shelly déjà morte, allongée au sol.*

*Laura le couteau dans la main.*

*Le visage de sa mère.*

*Son visage.*

Andy secoua la tête et projeta de l'eau tel un chien qui s'ébroue en sortant de la mer. Ses ongles entamaient ses paumes. Elle ouvrit les poings. D'un grand geste, elle écarta les cheveux de ses yeux. Imagina ses pensées reculer comme l'océan à marée basse. Gonfla ses poumons d'air. Redoubla d'efforts : les tendons et les muscles de ses jambes travaillaient de concert pour la maintenir à la verticale, durant cette succession de chutes rattrapées.

Andy eut un déclic. Elle n'avait jamais atteint l'euphorie du coureur, pas même à l'époque où elle avait tenté de s'astreindre à une sorte de planning sportif. Elle se contentait d'aller jusqu'au point où son corps la faisait suffisamment souffrir pour que son cerveau soit absorbé par la douleur plutôt que par des pensées sombres.

Pied gauche. Pied droit.

Inspirer. Expirer.

Gauche. Droit. Gauche.

*Respirer.*

La tension quitta lentement ses épaules. Sa mâchoire se relâcha. De nouveau cette douleur à la tête, mais plus faible cette fois. Les pensées d'Andy se mirent à vagabonder. Elle écouta la pluie, observa les gouttes tomber devant son visage. Qu'est-ce qu'elle ressentirait en ouvrant le carton de fournitures à dessin ? En sortant un crayon et un carnet de croquis ? En dessinant les éclaboussures projetées par ses baskets complètement flinguées ? Andy visualisa des traits, des lumières et des ombres, l'impact de sa basket dans la flaque, le sursaut du lacet figé en mouvement.

Laura avait failli mourir durant son traitement contre le cancer. Il ne s'agissait pas seulement de la toxicité des médicaments, mais des complications engendrées par le traitement. Les infections. Le *Clostridium difficile*. La pneumonie. La double pneumonie. Les staphylocoques. Le collapsus pulmonaire.

Maintenant, elle pouvait ajouter à la liste : Jonah Helsinger. Le lieutenant Palazzolo.

Et, désormais, Gordon n'avait plus le droit de se mêler de sa vie. Andy devait la laisser respirer.

Tous deux survivraient à la froideur de Laura tout comme ils avaient survécu à son cancer.

Gordon avait raison, le temps mettait les choses en perspective. Andy savait tout de la patience : attendre que le chirurgien sorte, que les radios soient interprétées, la biopsie mise en culture, la chimio, les antibiotiques, les antidouleurs, les piqûres contre la nausée, les draps propres, les oreillers changés et enfin, merveille, le sourire circonspect du médecin, quand elle avait annoncé à Laura et Andy que le scanner était parfait.

Andy n'avait qu'à attendre que sa mère revienne vers elle. Laura se battrait pour s'extirper de l'endroit sombre où elle se trouvait. Dans un mois, six mois, ou au prochain anniversaire d'Andy, elles se remémoreraient les événements de la veille et tout cela leur semblerait loin.

La promenade en bois était moins longue que ce qu'Andy avait imaginé. Elle retourna d'un bond sur la route à sens unique, qui longeait les demeures du front de mer. L'asphalte était solide sous ses pieds. Le rugissement de la mer s'estompa peu à peu derrière les maisons immenses. Le long de cette portion de route, la côte décrivait un virage pour épouser l'extrémité de l'île. Le pavillon de sa mère se dressait à quelque huit cents mètres de là. Andy n'avait pas l'intention de rentrer. Elle s'apprêtait à faire demi-tour, lorsqu'elle eut une révélation…

Son vélo.

Andy apercevait le vélo suspendu au plafond chaque fois qu'elle pénétrait dans le garage. Le trajet jusqu'à chez Gordon irait plus vite sur un deux-roues. Par ailleurs, étant donné la foudre, elle appréciait la perspective de mettre deux pneus en caoutchouc entre elle et l'asphalte.

Elle ralentit, trottina sur quelques mètres avant de passer à la marche rapide. L'intensité de la pluie diminua d'un cran. De grosses gouttes d'eau lui giflèrent le sommet du crâne, lui creusèrent la peau. Andy ralentit encore sa marche en apercevant la pâle lueur qui s'échappait du bureau. La maison était à plus de quarante mètres. À cette période de l'année, toutes les demeures de luxe construites à la chaîne dans le voisinage étaient inoccupées. Belle Isle était une ville essentiellement peuplée de « retraités migrateurs ». Un havre de paix pour les Nordistes durant les mois d'hiver rigoureux, tandis que la chaleur du mois d'août chassait les autres propriétaires.

En descendant l'allée, Andy jeta un coup d'œil par la fenêtre du bureau. Vide, du moins d'après ce qu'elle voyait. Elle se faufila par l'entrée latérale du garage. Les carreaux de la porte tintèrent, quand elle la referma. Le chuchotement de la pluie résonnait dans l'espace vide. Andy tendit la main vers l'ouvre-porte de garage pour allumer la lumière, mais elle se ravisa à la dernière minute, parce que la lumière ne s'enclenchait que lorsque la porte remontait, et le vacarme aurait réveillé un mort. Par chance, la lueur du bureau se diffusait à travers le verre de la porte latérale. Andy y voyait juste assez en plissant les yeux.

Elle gagna le fond de la pièce en laissant derrière elle une traînée sale d'eau de pluie. Son vélo pendait à l'envers attaché à deux crochets, que Gordon avait vissés au plafond. Les épaules d'Andy hurlèrent de douleur quand elle essaya de soulever les pneus hors des attaches. Une fois. Deux fois. Puis le vélo tomba, et elle faillit basculer à la renverse en essayant de le retourner dans le bon sens, avant qu'il touche le sol.

Voilà pourquoi, dès le départ, elle n'avait pas voulu suspendre ce putain de truc au plafond. Mais, bien entendu, elle ne le dirait jamais à Gordon.

Une des pédales lui avait écorché le tibia. Andy ne s'inquiéta pas du mince filet de sang qui coulait de sa blessure. Elle vérifia le dérailleur, s'attendant à y trouver une moisissure brune, mais elle découvrit que les pneus étaient flambant neufs. Andy y vit l'œuvre de son père. Pendant l'été, Gordon avait suggéré à maintes reprises qu'ils reprennent leurs promenades à vélo, le week-end. C'était tout lui de s'assurer que tout était prêt au cas où Andy dirait oui.

Elle s'apprêta à lever la jambe, mais s'interrompit en plein mouvement à cause d'un son métallique provenant de l'étage du dessus. Elle inclina la tête comme un chien de chasse, mais ne distinguait plus que le bruit blanc de la pluie. Elle essayait de se remémorer une blague de Jacob Marley quand le son résonna à nouveau. Andy resta aux aguets.

Génial. Elle était une lâche avérée. Elle ne savait pas quand se mouiller, au sens propre comme au figuré, et en plus elle devenait paranoïaque.

Andy secoua la tête. Il fallait qu'elle se dépêche. Elle prit place sur la selle et empoigna le guidon.

Son cœur bondit.

*Un homme.*

Debout derrière la porte. Un Blanc. Avec des yeux perçants. Un sweat à capuche sombre collé au visage.

Andy se figea.

Il mit ses mains en coupe sur la vitre.

Que faire ? Hurler ? Se taire ? Chercher une arme ? Reposer le vélo et se cacher dans un coin sombre ?

L'homme s'appuya davantage contre la vitre et inspecta le garage. Regarda à gauche, à droite, droit devant.

Andy tressaillit, rentra les épaules, comme si elle pouvait se recroqueviller au cœur de l'obscurité.

Le regard de l'homme était braqué sur elle.

Elle retint son souffle. Attendit. Trembla. Il la voyait. Elle était certaine qu'il la voyait.

Lentement, il détourna la tête, scruta l'obscurité à gauche, puis à droite. Il jeta un dernier coup d'œil à l'endroit où se trouvait Andy, avant de disparaître.

Elle ouvrit la bouche. Prit une brève inspiration. Se pencha sur le guidon et réprima une nausée.

L'homme de l'hôpital : celui avec la casquette de l'Alabama. Les avait-il suivis jusqu'à la maison ? Était-il resté à l'affût en attendant que la voie soit libre ?

Non. Alabama était grand et svelte. Le type à la porte

du garage était trapu, musclé, à peu près de la même taille qu'Andy, mais trois fois plus large qu'elle.

Le vacarme qu'elle avait entendu plus tôt provenait de ses pas sur les marches métalliques.

Il avait vérifié que l'appartement était désert.

Il avait vérifié que le garage était bien vide.

Et maintenant il allait probablement entrer par effraction dans la maison.

Andy tapota furieusement ses poches, puis elle se souvint que son portable était resté à l'étage, la batterie à plat. Laura s'était débarrassée de son téléphone fixe l'année dernière. Les demeures du voisinage n'avaient certainement pas de ligne non plus. Le trajet à vélo jusqu'à chez Gordon prendrait au moins dix bonnes minutes et, d'ici là, sa mère serait…

Le cœur d'Andy tressaillit avant de s'arrêter net.

Elle avait besoin de soulager sa vessie. Son estomac était rempli de punaises. Elle descendit de vélo avec précaution. Le cala contre le mur. La pluie tambourinait sans relâche. Par-dessus cette musique, Andy ne percevait que le claquement de ses propres dents.

Elle s'exhorta à avancer jusqu'à la porte. Tendit la main, saisit la poignée. Une sensation de froid se propagea dans ses doigts. L'homme en noir attendait-il de l'autre côté de la porte, adossé au garage, une batte dans les mains, armé d'un flingue ou prêt à l'étrangler ?

Andy était sur le point de vomir. L'eau gelée lui martelait la peau. Elle tenta de se rassurer en se disant que l'homme cherchait peut-être simplement un raccourci pour gagner la plage. Mais c'était peu probable. Surtout sous la pluie. Et sous la foudre.

Andy ouvrit la porte. S'accroupit bien bas, puis inspecta l'allée. Le bureau de Laura était toujours éclairé. Andy ne vit personne : aucune ombre, aucun projecteur allumé, aucun homme en sweat à capuche, un couteau à la main, près du garage, ni épiant la maison par une fenêtre.

Sa mère était capable de se défendre toute seule. Elle l'avait prouvé. Mais, durant la fusillade, elle avait deux mains valides. Maintenant, un de ses bras était harnaché à sa taille et elle pouvait à peine traverser la cuisine sur sa jambe blessée, en s'aidant du plan de travail.

Andy referma doucement la porte du garage. Elle mit ses mains en coupe contre la vitre, exactement comme l'homme en noir l'avait fait. Scruta l'obscurité. Elle n'arrivait à rien distinguer depuis l'extérieur, ni son vélo, ni les étagères de provisions, ni même la réserve d'eau.

Son soulagement ne fut que passager : l'homme n'avait pas remonté l'allée. Il avait tourné vers la maison.

Andy effleura son front. Elle transpirait sous la pluie. Peut-être que le type n'était pas entré dans le pavillon. Pourquoi un cambrioleur choisirait-il la plus petite maison de la rue, une des plus modestes de toute la ville ? Les demeures du voisinage regorgeaient d'équipements dernier cri. Tous les vendredis soir, le Central recevait au moins un appel d'un propriétaire tout juste arrivé d'Atlanta pour profiter d'un week-end de détente, qui découvrait que sa télé avait disparu.

L'homme avait pénétré dans l'appartement d'Andy. Il avait scruté l'intérieur du garage.

Il n'avait rien emporté. Il cherchait quelque chose.

*Quelqu'un.*

Andy longea la maison. Le détecteur de mouvement ne broncha pas. Les projecteurs étaient censés se déclencher. Du verre craqua sous sa basket. Des ampoules brisées ? Le détecteur de mouvement en morceaux ? Sur la pointe des pieds, elle jeta un coup d'œil par la fenêtre de la cuisine. À droite, la porte du bureau était entrouverte. À peine. L'ouverture étroite projetait un triangle de lumière blanche sur le carrelage de la cuisine.

Andy guetta un mouvement, une ombre. Rien. Elle recula. Les marches du perron se trouvaient sur sa gauche. Elle pourrait entrer dans la cuisine. Si elle allumait les lumières, si elle surprenait l'homme en noir, il y avait des risques qu'il tente de lui tirer dessus ou de la poignarder, comme Jonah Helsinger avait voulu le faire.

Les deux événements étaient forcément liés. C'était l'unique explication. On était à Belle Isle, pas à Atlantic City. Les types en sweat à capuche faisant du repérage dans les pavillons sous des torrents de pluie ne couraient pas les rues.

Andy marcha jusqu'à l'arrière de la maison. Le vent cinglant venu de l'océan la fit frissonner. Avec précaution, elle ouvrit la porte de la véranda. Le bruit de la pluie couvrit le grincement des gonds. Elle trouva la clé dans la soucoupe, sous les pensées.

Deux portes-fenêtres donnaient sur la chambre de sa mère. Andy remit ses mains en coupe sur la vitre. Contrairement au garage, elle voyait distinctement l'intérieur, jusqu'aux moindres recoins de la pièce. La veilleuse était allumée dans la salle de bains. Le lit de Laura était fait. Un livre trônait sur la table de nuit. La pièce était vide.

Andy pressa l'oreille contre la vitre, ferma les yeux et mobilisa tous ses sens pour tenter de capter un son : la voix de sa mère appelant à l'aide, des pas qui résonnent, du verre qui se brise, des bruits de lutte.

Elle ne distinguait que le balancement des rocking-chairs au gré du vent.

Durant le week-end, Andy avait rejoint sa mère dans la véranda pour regarder le soleil se lever.

— Andrea Eloise, avait dit Laura en souriant à sa fille par-dessus sa tasse de thé. Est-ce que tu savais qu'à ta naissance je voulais t'appeler Heloise ? Mais l'infirmière a mal compris et elle a écrit « Eloise ». Ton père a trouvé ce prénom si beau que je n'ai pas eu le cœur de lui dire qu'elle l'avait mal orthographié.

Oui, Andy le savait. Elle avait déjà entendu cette anecdote. Chaque année, à l'approche de son anniversaire, sa mère trouvait toujours un prétexte pour lui raconter comment on avait oublié le H à son prénom.

Collée à la vitre, Andy guetta encore un instant avant de se forcer à agir. Ses doigts tremblaient tellement qu'elle avait du mal à glisser la clé dans la serrure. Ses yeux s'emplirent de larmes. Elle n'avait jamais été aussi terrifiée. Pas même au snack, parce que, durant la fusillade, elle n'avait pas eu le loisir de réfléchir. Elle avait réagi, pas spéculé. Là, elle avait tout le temps de peser ses actes. Les scénarios qui tournoyaient dans son esprit étaient tous plus cauchemardesques les uns que les autres.

L'homme en noir pouvait faire du mal à sa mère – la blesser encore davantage. Il pouvait être en train d'attendre qu'Andy pénètre à l'intérieur en cet instant même. Peut-être était-il capable de tout : commettre un meurtre. Abuser d'elles. Il pourrait l'abattre sous les yeux de sa mère. Il pourrait violer l'une d'elles et obliger l'autre à regarder, ou il pourrait les tuer, puis les violer ou…

Lorsque Andy entra dans la chambre, ses genoux faillirent se dérober sous elle. Elle referma la porte coulissante, se recroquevilla quand le loquet émit un bruit sec. L'eau de pluie forma une flaque sur la moquette. Elle glissa les pieds hors de ses baskets. Ramena ses cheveux mouillés en arrière.

Écouta.

Un murmure provenait de l'autre côté de la maison.

Sur le ton de la conversation. Ni menaçant, ni hurlant, ni implorant à l'aide. Plutôt le genre de murmure qu'Andy avait l'habitude d'entendre quand elle allait se coucher et que ses parents discutaient.

*Diana Krall va passer au Fox, le week-end prochain.*

*Oh ! Gordon, tu sais bien que le jazz m'angoisse.*

Andy sentit ses paupières papilloter comme si elle était sur le point de s'évanouir. Tout tremblait. Son sang battait à ses tempes. Elle plaqua la paume de sa main à l'arrière de sa jambe pour s'obliger à avancer.

La maison formait une sorte de carré, desservi par un couloir en forme de fer à cheval. Le bureau de Laura se trouvait à l'emplacement de l'ancienne salle à manger, à l'avant de la cuisine. Andy gagna l'autre bout du couloir. Elle passa devant son ancienne chambre, aujourd'hui transformée en chambre d'amis, ignora toutes les photos de famille et les dessins d'école accrochés au mur.

— … faites n'importe quoi, dit Laura, d'un ton ferme et distinct.

Andy s'arrêta dans le séjour. Seul le vestibule la séparait du bureau de Laura. Les portes coulissantes étaient grandes ouvertes. Andy connaissait l'agencement de la pièce dans ses moindres détails. Un canapé, un fauteuil, une table basse en verre avec un vase rempli de pot-pourri, un bureau, un fauteuil de bureau, une bibliothèque, un meuble de rangement à tiroirs, sur le mur une reproduction de *La Naissance de Vénus* à côté de deux pages encadrées extraites d'un manuel intitulé *Physiologie et anatomie dans les pathologies du langage*.

Une photo d'Andy sur le bureau. Un sous-main en cuir d'une teinte vert vif. Un seul stylo. Un ordinateur portable.

— Eh bien ? dit Laura.

Sa mère était assise sur le canapé. Andy voyait un bout de son menton, l'extrémité de son nez, ses jambes décroisées, une main posée sur sa cuisse, l'autre attachée à sa taille. Le visage de Laura était légèrement incliné, et elle regardait la personne assise dans le fauteuil en cuir.

L'homme en noir.

Son jean était trempé. Une flaque s'élargissait sur le tapis à ses pieds.

— Réfléchissons à nos options, lança-t-il.

Sa voix était grave, et ses mots résonnèrent dans la poitrine d'Andy.

— Je pourrais parler à Paula Koontz.

Laura garda un instant le silence avant de répliquer :

— J'ai entendu dire qu'elle habitait Seattle.

— Austin. Mais bien tenté.

— Peu importe ce que vous me ferez, vous n'obtiendrez pas ce que vous voulez.

— Je ne vais pas te faire de mal. Juste te foutre la pire trouille de ta vie.

Les paupières d'Andy recommencèrent à papilloter. Il avait parlé avec conviction, presque avec jubilation.

— Vraiment ? répliqua Laura dans un rire forcé. Vous croyez qu'on peut m'effrayer ?

— Tout dépend à quel point tu aimes ta fille.

Plantée au beau milieu de son ancienne chambre, Andy claquait des dents. Des larmes coulaient sur ses joues. Elle n'arrivait pas à se souvenir comment elle était arrivée là. Elle haletait. Son cœur avait cessé de battre, ou alors il cognait si fort qu'elle ne le sentait plus.

Le téléphone de sa mère devait se trouver dans la cuisine. Elle le mettait toujours à charger la nuit.

*Sors de cette maison. Cours chercher de l'aide. Ne te mets pas en danger.*

Jambes tremblantes, Andy longea le couloir vers l'arrière de la maison. Dans un réflexe, sa main se tendit et saisit la poignée de porte menant à la chambre de Laura, mais elle s'obligea à continuer vers la cuisine.

Le téléphone de sa mère était posé à l'extrémité du plan de travail, tout près de l'entrée du bureau. Là où la porte entrouverte projetait un triangle de lumière.

Ils avaient cessé de parler. Pourquoi ne parlaient-ils plus ?

*Tout dépend à quel point tu aimes ta fille.*

Andy fit volte-face, s'attendant à trouver l'homme en noir, mais elle ne vit que l'encadrement de la porte ouverte, menant à la chambre de sa mère.

Elle pouvait encore courir. Elle avait le droit de partir, parce que sa mère voudrait qu'elle le fasse, qu'elle se mette à l'abri, qu'elle s'enfuie. Dans le snack, c'était l'unique souhait de Laura. Il en serait de même maintenant.

Andy fit un pas vers le plan de travail. L'espace d'un instant, elle eut l'impression d'être spectatrice de sa propre avancée. Ses pieds nus adhéraient au carrelage froid. Il y avait de l'eau sur le sol près de l'entrée latérale, probablement des traces laissées par l'intrus. La vision d'Andy se focalisa sur le portable de sa mère. Elle serra les dents pour les empêcher de claquer. Si l'homme en noir était encore assis dans le fauteuil, une distance de moins d'un mètre et une mince porte en bois la séparaient de lui. Elle tendit la main vers le téléphone. Retira délicatement le câble du chargeur. Recula lentement dans l'ombre.

— Dis-moi, lança l'homme en noir, sa voix portant jusque dans la cuisine. Tu as déjà fait un de ces rêves où l'on est enterré vivant ? Comme si tu t'étouffais ?

La bouche d'Andy s'assécha d'un coup. La pneumonie. Le collapsus pulmonaire. La respiration sifflante, terrifiante. Les tentatives désespérées pour respirer. Sa mère avait été terrifiée à l'idée de s'asphyxier. Elle était tellement obsédée par la peur de mourir étouffée à cause des fluides dans ses poumons que les médecins lui avaient donné du Valium pour l'endormir.

— Voilà ce que je vais faire : je vais mettre ce sac sur ta tête pendant vingt secondes. Tu vas avoir l'impression de mourir, mais je ne vais pas te tuer. Pas encore.

D'un doigt tremblant, Andy tenta d'allumer le portable de Laura. Elles avaient enregistré leurs deux empreintes digitales. Au contact du bouton, l'écran était censé se déverrouiller, mais rien ne se produisit.

— Ça ressemble un peu à une noyade. Très efficace comme technique, poursuivit Capuche.

— S'il vous plaît…, supplia Laura en s'étranglant sur le dernier mot. Rien ne vous oblige à faire ça.

Andy essuya son doigt sur le mur.

— Arrêtez ! cria sa mère, tellement fort qu'Andy faillit lâcher le téléphone. Écoutez-moi. Une minute. Écoutez-moi.

Andy rappuya sur *Home*.

— J'écoute.

L'écran se déverrouilla.

— Vous n'êtes pas obligé de faire ça. On peut trouver un terrain d'entente. J'ai de l'argent.

— Ce n'est pas l'argent qui m'intéresse.

— Vous ne l'aurez jamais. Ce que vous cherchez. Jamais je ne…

— On verra bien.

Andy pressa l'icône SMS. Six mois plus tôt, le Central

de Belle Isle avait adopté le système du « texto d'urgence ». Les alertes défilaient à toute vitesse en haut de leurs écrans.

— Vingt secondes, dit l'homme. Tu veux que je compte pour toi ?

Les doigts d'Andy parcouraient frénétiquement le clavier :

*419 Seaborne Ave homme armé danger imminent svp urgence*

— La rue est déserte, dit l'homme. Tu peux hurler aussi fort que tu veux.

Andy appuya sur la flèche d'envoi.

— Arrêtez…

Paniquée, Laura éleva la voix.

— S'il vous plaît !

Elle s'était mise à pleurer. Ses sanglots étaient étouffés comme si elle avait quelque chose dans la bouche.

— S'il vous plaît, implora-t-elle. Oh ! mon Dieu, s'il vous…

Silence.

Andy tendit l'oreille.

Rien.

Pas un cri, ni même un halètement, plus aucune supplication.

Un silence assourdissant.

— Un, compta l'homme. Deux. Trois.

*Gling.* Le verre épais de la table basse. Sa mère donnait sans doute des coups de pied. Quelque chose tomba avec bruit sur la moquette. Laura n'avait qu'une seule main libre. Elle pouvait à peine soulever un sac de courses.

— Quatre. Essaie de ne pas te pisser dessus.

Andy ouvrit grand la bouche, comme pour respirer à la place de sa mère.

— Cinq.

L'homme y prenait visiblement du plaisir.

— Six. Presque à mi-course.

Andy perçut un sifflement aigu, désespéré, exactement comme celui que sa mère avait poussé à l'hôpital, quand son poumon s'était affaissé à cause de sa pneumonie.

Elle saisit le premier objet lourd à portée de main. La poêle en fonte émit un crissement bruyant lorsque Andy la souleva de la cuisinière. Plus aucune chance de prendre l'homme par surprise, aucun retour en arrière possible. Andy ouvrit la porte d'un coup de pied. Il se tenait au-dessus de Laura. Ses mains entouraient le cou de sa mère. Il ne l'étranglait pas. Ses doigts scellaient le sac plastique transparent qui recouvrait la tête de Laura.

L'homme se retourna, alerté.

Andy balança la poêle à frire comme une batte.

Dans les dessins animés, le fond plat de la poêle percute toujours la tête du coyote comme le battant d'une cloche, l'assommant sur le coup.

Mais Andy avait incliné la poêle sur le côté. Le bord en fonte s'enfonça dans le crâne de l'homme avec un craquement sourd à vous soulever le cœur.

Pas un carillon, mais plutôt le bruit d'une branche d'arbre qui se détache.

La secousse fut si violente qu'Andy dut lâcher le manche.

La poêle percuta le sol avec fracas.

L'homme ne réagit pas immédiatement. Il ne tomba pas. Ne se déchaîna pas. Ne l'attaqua pas. Il se contenta de regarder Andy, apparemment désorienté.

Elle le dévisageait aussi.

Du sang empourpra lentement le blanc de son œil gauche, se déplaçant à travers les capillaires comme de la fumée, s'enroulant autour de la cornée. Ses lèvres remuèrent sans prononcer un mot. Il leva une main ferme pour se toucher le crâne. La tempe écrasée décrivait un angle net, correspondant parfaitement au rebord de la poêle. Il regarda ses doigts.

Pas de sang.

Andy plaqua une main sur sa gorge. Elle avait l'impression d'avoir avalé du verre.

Est-ce qu'il allait bien ? Assez bien pour lui faire du mal ? Pour asphyxier sa mère ? Pour les violer ? Pour les tuer toutes les deux ? Pour…

Des sortes de trilles s'échappèrent de la gorge de l'homme. Sa bouche s'ouvrit toute grande. Ses yeux roulèrent vers le plafond. Il tendit la main vers le fauteuil, genoux pliés, tentant de s'asseoir, mais il le manqua et s'écroula au sol.

Andy bondit en arrière comme si elle allait s'ébouillanter. Il était tombé sur le côté, les jambes comme désarticulées, les mains agrippées à son ventre.

Andy n'arrivait pas à détacher son regard de l'homme. En proie à la panique, elle attendait une réaction de sa part.

— Andrea, dit Laura.

Le cœur d'Andy vacilla comme la flamme d'une bougie. Ses muscles changés en pierre. Elle était figée dans cette posture, moulée comme une statue.

— Andrea ! hurla Laura.

Andy sursauta et sortit immédiatement de sa transe. Elle battit des paupières. Regarda sa mère.

Laura essaya de prendre appui sur le canapé. Le blanc de ses yeux était parsemé de points rouges. Ses lèvres étaient bleues. D'autres vaisseaux sanguins rompus ponctuaient ses joues de piqûres d'épingle. Le sac plastique, toujours noué autour de son cou, avait dessiné des marques profondes en forme de cercle sur sa peau. Elle avait ouvert le sac à coups d'ongles, tout comme Andy avait rongé le sac-poubelle poncho.

— Dépêche-toi, lança Laura d'une voix rauque. Regarde s'il respire.

La vision d'Andy se rétrécit. Elle fut prise de vertiges. Sa respiration devint sifflante tandis qu'elle essayait d'emplir ses poumons d'air. Elle se mit à hyperventiler.

— Andrea. Mon revolver, à la ceinture de son jean. Donne-le-moi. Avant qu'il se réveille.

*Quoi ?*

— Andrea, reprends-toi.

Laura glissa du canapé jusqu'au sol. Sa jambe recommençait à saigner. À l'aide de son bras valide, elle progressa lentement sur la moquette.

— Il faut récupérer le revolver. Avant qu'il reprenne connaissance.

L'homme remua les mains.

— Maman !

Andy bascula à la renverse contre le mur.

— Maman !

— Tout va bien, c'est…

L'homme fut pris d'une secousse aussi soudaine que violente, et il renversa le fauteuil en cuir. Ses mains décrivirent des cercles, qui se muèrent en tremblements. Ces secousses le saisirent aux épaules, remontèrent jusqu'à sa tête avant de gagner son torse. Ses jambes. En quelques secondes, son corps entier fut agité de convulsions.

Andy entendit un gémissement s'échapper de sa propre bouche. Il allait mourir. Il mourait.

— Andrea, dit Laura avec calme. Va dans la cuisine.

— Maman ! cria Andy.

Le dos de l'homme s'arqua en demi-cercle. Ses pieds battaient l'air. Qu'avait-elle fait ? Qu'avait-elle fait ?

— Andrea, répéta Laura. Va dans la cuisine.

Il émit un grognement. Andy se couvrit les oreilles, mais rien ne faisait obstacle au bruit. Elle regarda, horrifiée, les doigts de l'homme se recourber. Sa bouche écumait. Ses yeux roulèrent follement dans leurs orbites.

— Va dans la…

— Il est en train de mourir ! gémit Andy.

Le râle s'intensifia. Ses yeux avaient roulé si haut dans son crâne que ses orbites semblaient remplies de coton. De l'urine se répandit au niveau de l'entrejambe de son jean. Sa chaussure s'envola. Ses mains griffèrent l'air.

— Fais quelque chose ! hurla Andy. Maman !

Laura attrapa la poêle. Elle la souleva au-dessus de sa tête.

— Non !

Andy traversa la pièce d'un bond. Elle arracha violemment la poêle des mains de sa mère. Le bras de Laura sinua autour de la taille de sa fille, avant que celle-ci ait le temps de s'enfuir. Elle l'attira plus près, pressa sa bouche contre la tête d'Andy.

— Ne regarde pas, chérie. Ne regarde pas.

— Qu'est-ce que j'ai fait ? Qu'est-ce que j'ai fait ?

— Tu m'as sauvée, répondit Laura.

— Je n'ai… Je n'ai…

Les mots ne sortaient pas.

— Maman… Il est… Je ne… je ne peux pas…

— Ne regarde pas.

Laura essaya de lui couvrir les yeux, mais sa fille repoussa sa main.

Un silence total s'abattit sur la pièce.

Même la pluie avait cessé de marteler la fenêtre.

L'homme était devenu immobile. Les muscles de son visage s'étaient relâchés. Un œil fixait le plafond au-dessus de lui. L'autre regardait vers la fenêtre. Ses pupilles dilatées étaient aussi larges que des pièces de monnaie.

Andy sentit sa gorge se serrer.

Le bas du sweat de l'homme était remonté. Au-dessus de la ceinture blanche de son caleçon, Andy aperçut un tatouage de dauphin souriant. Il sortait de l'eau à la cime d'une vague. Le prénom *Maria* était écrit au-dessous, dans un lettrage travaillé.

— Est-ce qu'il est…

Andy était incapable de prononcer le mot.

— Maman, est-ce qu'il est…

Laura ne tergiversa pas.

— Il est mort.

— Je l'… l'… l'ai…

Andy expulsa le terme avec peine.

— Tu… tué…

— Andy ?

Laura avait changé de ton. Elle se tourna pour regarder par la fenêtre.

— Tu entends les sirènes ? Est-ce que tu as appelé la police ?

Andy continuait de fixer le tatouage de l'homme. Maria était-elle sa petite amie ? Sa femme ? Avait-elle tué le père de quelqu'un ?

— Andy ?

Laura avança sur la moquette en se tractant de sa main

valide. Elle tendit un bras sous le canapé. Elle cherchait quelque chose.

— Chérie, vite. Prends son portefeuille dans son pantalon.

Andy dévisagea sa mère.

— Prends son portefeuille. Maintenant.

Andy ne bougea pas.

— Alors regarde sous le canapé. Viens là. Tout de suite, ordonna Laura en claquant des doigts. Andy, fais ce que je te dis.

Andy rampa vers le canapé, tout en essayant de comprendre ce qu'elle était censée faire.

— Au fond, à l'angle, lui dit Laura. Dans le rembourrage, sous le ressort. Allonge bien la main. Vers le haut. Il y a une trousse à maquillage.

Andy s'allongea, appuyée sur son coude pour pouvoir enfoncer la main dans les entrailles du canapé. Elle trouva une trousse à maquillage en vinyle noir, avec une fermeture Éclair couleur cuivre. Elle était lourde, pleine à craquer.

Comment avait-elle atterri là ?

Laura tenait le portefeuille de l'homme. Elle en sortit du liquide.

— Écoute-moi. Prends ça. Il y a une ville appelée Carrollton, en Géorgie. Elle est sur la frontière ouest de l'État. Tu m'écoutes ?

Andy avait ouvert la fermeture Éclair. La trousse contenait un téléphone à clapet avec un cordon de chargement, une épaisse liasse de billets de vingt dollars, et une carte magnétique blanche sans étiquette, comme les cartes d'accès des chambres d'hôtel.

Laura tendit la main vers le cadre photo sur son bureau.

— Andy. Va au centre de stockage Get-Em-Go. Tu t'en souviendras ? G-e-t-e-m-g-o.

*Quoi ?*

— Prends son portefeuille. Jette-le dans la baie.

Andy baissa les yeux sur le portefeuille en cuir que sa mère avait lancé par terre et aperçut le permis de conduire de l'homme. Les yeux tellement gonflés à force de pleurer, elle ne parvint pas à lire son nom.

— Ne te sers pas des cartes de crédit, d'accord ? Seulement du liquide. Ferme les yeux.

Laura brisa le cadre photo contre le rebord du bureau. Le verre vola en éclats. Elle en sortit la photo. Il y avait une petite clé à cadenas scotchée à l'arrière.

— Tu vas avoir besoin de ça. Andy, tu m'écoutes ? Prends ça. Prends-la.

Andy prit la clé et la laissa tomber dans la trousse ouverte. Laura enfonça le portefeuille dans la trousse à maquillage à côté des espèces.

— Ça aussi. Box un-vingt. Tu dois t'en souvenir : un-vingt. Get-Em-Go à Carrollton.

Elle fouilla les poches de l'homme, y dénicha ses clés.

— Il conduit une Ford, apparemment. Il a dû se garer dans l'impasse au bout de Beachview. Tiens.

Andy prit les clés, sans réaliser ce qu'elle tenait à la main.

— Box un-vingt. Il y a une voiture à l'intérieur. Prends-la, et laisse la Ford. Décroche les câbles de batterie. C'est très important, Andy. Il faut que tu coupes l'alimentation du GPS. Tu t'en souviendras, chérie ? Débranche les câbles de batterie. Papa t'a montré à quoi ressemble une batterie. Tu t'en souviens ?

Andy acquiesça lentement. Elle se rappelait Gordon qui lui apprenait à distinguer les différents composants d'une voiture.

— Le numéro de box, c'est la date de ton anniversaire. Un-vingt. Dis-le.

— Un-vingt, répéta Andy avec peine.

— Les sirènes approchent. Il faut que tu partes. Maintenant.

Andy était pétrifiée. C'était trop. Beaucoup trop.

— Chérie, dit Laura en prenant le menton de sa fille au creux de sa main. Écoute-moi. Il faut que tu coures. Maintenant. Sors par-derrière. Trouve la Ford du type. Si tu n'y arrives pas, prends la voiture de papa. Je lui expliquerai plus tard. Il faut que tu roules vers le nord-ouest. D'accord ?

Elle agrippa l'épaule d'Andy et se releva avec peine.

— Andy, s'il te plaît. Tu m'écoutes ?

— Nord-ouest, murmura Andy.

— Essaie de rejoindre d'abord Macon, ensuite achète une carte routière, une vraie carte en papier, et cherche Carrollton. Le Get-Em-Go est à côté du Walmart.

Laura tira Andy par le bras pour la mettre sur ses pieds.

— Tu dois laisser ton téléphone ici. Ne prends rien avec toi. Écoute-moi, ajouta Laura en secouant sa fille. N'appelle pas papa. Ne l'oblige pas à mentir pour toi.

— Mentir pour…

— Ils vont m'arrêter pour ça, lâcha Laura en posant les doigts sur les lèvres d'Andy pour l'empêcher de protester. Tout va bien, chérie. Tout ira bien pour moi. Mais tu dois partir. Papa ne doit pas savoir où tu es. Tu comprends ? Si tu le contactes, ils le sauront. Ils remonteront à la source de l'appel et ils te trouveront. Par les appels téléphoniques, les e-mails, n'importe quoi. N'essaie pas de le joindre. N'essaie pas de m'appeler. Ni aucun de tes amis, ou qui que ce soit avec qui tu as déjà eu des contacts, d'accord ? Tu as compris ? Tu entends ce que je te dis ?

Andy hocha la tête, pour obéir aux attentes de sa mère.

— Continue de rouler vers le nord-ouest après Carrollton.

Laura guida sa fille vers la cuisine, le bras serré autour de sa taille.

— Quelque part loin, l'Idaho par exemple. Quand il n'y aura plus de danger, je t'appellerai sur le téléphone qui est dans la trousse.

*Plus de danger ?*

— Tu es forte, Andrea. Plus forte que tu ne le crois, ajouta Laura en tentant de retenir ses larmes. Je t'appellerai sur ce téléphone. Ne reviens pas à la maison avant d'avoir eu de mes nouvelles, d'accord ? Ne réponds que si tu reconnais ma voix. Il faut que tu sois certaine que c'est moi. Je dirai ces mots exacts : « Tu peux rentrer en toute sécurité. » Tu comprends ? Andy ?

Les sirènes se rapprochaient. Andy les entendait à présent.

Au moins trois voitures de patrouille. Il y avait un homme mort dans la maison. Andy l'avait tué. Elle avait assassiné un homme, et les flics allaient arriver d'une minute à l'autre.

— Andrea ?

— OK, souffla Andy. OK.

— Get-Em-Go. Un-vingt. D'accord ?

Andy acquiesça.

— Par-derrière. Tu dois courir, dit Laura en tentant de la pousser vers la porte.

Mais Andy ne pouvait partir sans savoir.

— Maman. Es-tu... Es-tu une espionne ?

— Une quoi ? répliqua Laura, l'air perplexe.

— Ou une tueuse à gages, ou un agent du gouvernement, ou...

— Oh ! Andy, non, répondit Laura tout en réprimant une envie de rire. Je suis ta mère. J'ai toujours été ta mère, personne d'autre.

Elle posa la paume de sa main sur le visage d'Andy.

— Je suis si fière de toi, mon ange. Ces trente et une années ont été un cadeau. Tu es ma raison de vivre. Je ne m'en serais jamais sortie sans toi. Tu comprends ? Tu es mon cœur. Tu es chaque goutte de sang qui coule en moi.

Les voitures de police étaient tout près, peut-être à deux rues de là.

— Je regrette tellement, lâcha Laura qui ne put retenir ses larmes plus longtemps.

Hier, elle avait tué un homme. On l'avait poignardée, pratiquement étouffée. Elle avait repoussé sa famille et n'avait, jusque-là, versé aucune larme.

— Mon ange. S'il te plaît, pardonne-moi. Tout ce que j'ai fait, je l'ai fait pour toi, mon Andrea Eloise. Tout.

Des pneus crissèrent en heurtant le trottoir. Les sirènes provenaient du devant de la maison.

— Cours, supplia Laura. Andy, s'il te plaît, ma chérie, s'il te plaît... Cours.

# 5

Andy courait le long du rivage. Le sable humide avait tapissé l'intérieur de ses baskets. Elle serrait fort la trousse à maquillage contre sa poitrine, et la maintenait fermée d'une main, parce qu'elle n'avait pas pris le temps de tirer la fermeture à glissière. Pas de lune, aucune lumière dans les vastes demeures du voisinage dupliquées à la chaîne. Rien, mis à part la brume sur son visage et les sirènes dans son dos.

Elle regarda par-dessus son épaule. Des faisceaux de lampes-torches bondissaient sur la façade de la maison de Laura. Des éclats de voix se propageaient le long de la plage.

— RAS à gauche !

— RAS à l'arrière !

Parfois, quand Andy restait en ligne lors d'un appel au Central, elle entendait dans le lointain les flics prononcer ces mêmes mots.

« C'est bon, vous pouvez raccrocher maintenant, disait-elle à son correspondant. La police va s'occuper de vous. »

Laura ne dirait rien aux flics. Quand ils entreraient, elle serait probablement assise à la table de la cuisine, impassible. Le lieutenant Palazzolo ne passerait plus aucun accord à compter de cette nuit. Laura serait arrêtée. Elle irait en prison, serait jugée et incarcérée.

Andy intensifia sa course, comme si elle pouvait échapper à la pensée de sa mère derrière les barreaux. Elle se mordit la langue jusqu'à sentir le goût métallique du sang. Le sable mouillé s'était mué en béton à l'intérieur de ses chaussures. Sans doute un retour de bâton de la part de son karma.

L'homme en noir était mort. Elle l'avait tué. Assassiné. Elle était une meurtrière, à présent.

Andy secoua la tête tellement fort que son cou craqua. Elle tenta de se repérer. Seaborne s'étendait sur presque cinq cents mètres avant de se terminer en impasse sur Beachview. Si elle manquait la bifurcation, elle se retrouverait dans une zone plus habitée, où quelqu'un pourrait jeter un coup d'œil par la fenêtre et appeler la police.

Andy essaya de compter ses pas. Elle parcourut cent, puis deux cents mètres avant de tourner à gauche, pour s'éloigner de l'océan. À l'entrée de toutes les belles demeures reproduites en série, des portails sécurisés empêchaient les étrangers venus de la plage de s'aventurer à l'intérieur des propriétés. Le règlement de la ville interdisait toute clôture permanente devant les dunes de sable, alors, comme moyen de dissuasion, les résidents avaient érigé des lattes en bois peu solides entourées de fil barbelé. Seuls quelques portails étaient directement branchés à des alarmes, mais tous affichaient des avertissements indiquant qu'une sirène se déclencherait en cas d'ouverture.

Andy s'arrêta devant le premier portail sur sa route. Passa la main sur le côté. Ses doigts frôlèrent une boîte en plastique d'où s'échappait un fil électrique.

Alarme.

Elle courut jusqu'au portail suivant et procéda à la même vérification.

Alarme.

Andy jura, sachant que le moyen le plus rapide pour rejoindre la rue consistait à escalader les dunes. Du pied, elle poussa les lattes en bois avec précaution. Le barbelé ploya et la clôture s'affaissa suffisamment pour être enjambée. Andy leva la jambe en faisant attention à ne pas accrocher son short aux barbelés. Des tiges d'avoine de mer craquèrent sous ses pas alors qu'elle gravissait la côte abrupte. Elle grimaça en pensant à la flore détruite. Le temps d'arriver à un chemin de pierre, elle boitait.

Andy plaqua sa main contre un mur, s'arrêta pour reprendre son souffle. Elle avait la gorge si sèche qu'elle fut prise d'une quinte de toux. Elle se couvrit la bouche. Ses yeux s'emplirent de larmes. Elle avait mal aux poumons. Une fois la toux calmée, elle laissa retomber sa main. Elle fit un pas et crut marcher sur du verre. Le sable dans ses baskets lui faisait l'effet de gravillons, ils entamaient sa peau. Andy retira ses chaussures, les secoua. La maille synthétique s'était transformée en râpe à fromage. Malgré tout, elle essaya de fourrer ses pieds à l'intérieur. La douleur la submergea. Elle saignait déjà.

Andy remonta le chemin pieds nus. Elle songea à tous les indices que le lieutenant Palazzolo trouverait en arrivant au pavillon : le visage de Laura, en particulier ses yeux injectés de sang, montrant toujours des signes de suffocation. Le sac plastique autour de son cou portant les empreintes du cadavre gisant sur le sol du bureau, près de la table basse renversée. Le côté du crâne enfoncé. L'urine qui trempait son pantalon. L'écume séchée sur ses lèvres. Ses yeux tournés vers deux directions différentes. Le sang gouttant de la jambe de Laura qui avait laissé des traînées sur la moquette. Les empreintes d'Andy sur le manche de la poêle.

Dans l'allée : les bris de verre des projecteurs. Le verrou sur la porte de la cuisine probablement forcé au pied-de-biche. Les flaques sur le carrelage de la cuisine indiquant le trajet de l'intrus. De l'eau encore révélant l'itinéraire d'Andy depuis la chambre jusqu'au couloir, puis jusqu'à la chambre d'amis et le salon. Dans un sens et dans l'autre.

Sur la plage, ses empreintes de pas dans le sable humide. Son sang, son ADN, sur le chemin de pierre, là où elle avançait désormais.

Andy serra les dents, jura en direction du ciel et se froissa les muscles du cou. Elle se recroquevilla, les épaules au niveau des genoux, ployant sous l'impact des actes atroces qu'elle avait commis. Rien ne tournait rond. Rien n'avait de sens.

Qu'était-elle censée faire ?

Elle devait parler à son père.

Andy marcha vers la route. Elle irait chez Gordon. Elle lui demanderait quoi faire. Il l'aiderait à prendre la bonne décision.

Andy s'arrêta.

Elle savait ce que lui conseillerait son père. Il lui interdirait de se livrer à la police, laisserait Laura porter le chapeau. Il ne la laisserait pas prendre le risque d'aller en prison pour le restant de ses jours.

Mais Palazzolo découvrirait les empreintes mouillées d'Andy dans la maison de Laura, ses traces dans le sable, son ADN sur les portails des propriétés voisines, et elle inculperait Gordon pour obstruction à la justice et complicité d'assassinat, vu qu'il aurait prêté assistance à sa fille après les faits.

Son père pourrait finir en prison. Il pourrait être radié du barreau.

*Ne l'oblige pas à mentir pour toi.*

Andy se souvint des larmes de sa mère, de son insistance quand elle lui avait dit que tout ce qu'elle avait fait, elle l'avait fait pour elle. Il fallait qu'elle fasse confiance à Laura et qu'elle suive ses directives. Andy continua de remonter l'allée. Selon les suppositions de sa mère, la Ford de l'homme serait garée dans l'impasse de Beachview Road. Elle lui avait aussi demandé de courir, alors Andy accéléra le pas, ses baskets dans une main, la trousse à maquillage dans l'autre.

Elle tournait au coin de la rue quand une lumière vive la cueillit en plein visage. À moitié baissée, Andy recula jusqu'au chemin de pierre. Elle crut tout d'abord qu'une patrouille de police l'avait éclairée avec son gyrophare. Puis elle risqua un coup d'œil et comprit qu'elle avait déclenché le détecteur de présence d'une des propriétés.

Andy remonta l'allée en courant. Elle resta en plein milieu de la rue, loin de tous les projecteurs susceptibles de s'activer sur son passage. Elle ne regarda pas en arrière, mais sa vision périphérique capta l'alternance de lumières rouge et bleu au loin. On aurait dit que toutes les voitures de patrouille de Belle Isle avaient répondu au texto d'urgence. Andy avait probablement quelques minutes, peut-être quelques secondes, avant que leur lieutenant ne leur ordonne de se déployer et de quadriller la zone.

Elle atteignit l'extrémité de la rue à sens unique. Beachview Drive se terminait en cul-de-sac sur Seaborne Avenue. À l'autre bout, un petit coude permettait aux véhicules d'urgence d'accéder à la plage. Laura avait supposé que la voiture du mort s'y trouverait.

Il n'y avait aucune Ford en vue.

*Merde.*

Une paire de phares approchait depuis Beachview. Andy paniqua, courant à gauche, puis à droite, avant de faire demi-tour et de plonger derrière un palmier, à l'instant où un Chevrolet Suburban noir passait à proximité. À en juger par l'énorme antenne flexible sur le pare-chocs, il s'agissait d'un véhicule de police.

Andy inspecta le haut de Beachview Drive et aperçut une allée privée envahie par des mauvaises herbes et des arbustes. Elle reconnut l'un des six pavillons originels de Belle Isle, appartenant aux Hazelton, un couple habitant à l'année en Pennsylvanie. Ces derniers avaient cessé de venir passer leurs vacances à Belle Isle des années auparavant.

Andy pouvait se cacher là-bas pour décider de la suite des opérations.

Elle inspecta Seaborne Avenue au cas où des voitures remonteraient en sens interdit et scruta la route à l'affût de phares éventuels. À petites foulées, elle remonta Beachview Drive, ses pieds nus giflant l'asphalte, jusqu'à la longue allée privée, recouverte de sable, des Hazelton.

Quelque chose clochait.

Des arbustes enchevêtrés étaient rabattus vers le sol.

Quelqu'un avait récemment emprunté l'allée en voiture.

Andy longea la végétation et se dirigea vers l'arrière de la maison, au lieu de suivre l'allée. Ses pieds saignaient tellement que le sable formait une couche sur ses plantes de pied. Elle continua d'avancer, à moitié baissée pour être le moins visible possible. Aucune lumière allumée dans la maison des Hazelton, mais Andy parvint tout de même à s'orienter. Elle réalisa qu'il était plus tard – ou plus tôt – qu'elle ne l'aurait cru. Ce n'était pas tout à fait l'aube, mais Andy se remémora une explication scientifique à propos des rayons du soleil réfléchis par la surface de l'Océan : ils illuminaient la plage avant même que le soleil apparaisse.

Quel que soit le phénomène, il lui permit de distinguer le pick-up Ford garé dans l'allée. Les pneus étaient plus gros que la normale. Des pare-chocs noirs. Des fenêtres teintées. Une plaque immatriculée en Floride.

Un autre pick-up était stationné à côté. Plus petit. Un Chevrolet blanc, probablement vieux de dix ans, assez quelconque. Il était immatriculé en Caroline du Sud, ce qui n'était pas inhabituel au vu de la proximité de Charleston, mais, d'après ce que savait Andy, les Hazelton résidaient toujours en Pennsylvanie.

La jeune femme approcha du Chevrolet avec précaution et se baissa pour examiner l'intérieur. Les fenêtres étaient ouvertes. La clé sur le contact. Une patte de lapin géante accrochée au porte-clés. Un dé en mousse pendait du rétroviseur. Andy ne savait pas si le pick-up appartenait aux Hazelton, mais il lui sembla que le vieux couple aurait très bien pu oublier la clé sur le contact. Le dé et le porte-clés en patte de lapin géante lui firent penser à leur petit-fils.

Andy réfléchit aux différentes possibilités.

Pas de GPS dans le Chevrolet. Personne pour signaler son vol. Devrait-elle le prendre à la place du Ford et laisser le pick-up du mort derrière elle ?

Andy se fia aux consignes de Laura. Sa mère lui avait dit de conduire le pick-up de l'homme en noir, et c'est ce qu'elle allait faire.

Andy avança vers le véhicule avec prudence. On avait remonté les vitres fumées jusqu'en haut et verrouillé les portières. Les clés se trouvaient dans la trousse à maquillage, autour d'un anneau duquel pendait un ouvre-boîte. Aucune trace des clés du domicile de l'homme, mais peut-être étaient-elles à l'intérieur du pick-up.

Au lieu d'appuyer sur la télécommande, Andy déverrouilla la portière manuellement. Dans l'habitacle, une eau de Cologne musquée se mêlait à l'odeur du cuir. Après avoir lancé la trousse à maquillage sur le siège passager, Andy se cramponna à la portière et s'installa sur le siège conducteur.

La portière se referma dans un claquement bruyant.

Andy inséra la clé dans le contact. La tourna lentement, comme si le pick-up allait exploser ou s'autodétruire au moindre faux mouvement. Le moteur émit un ronronnement sourd. Elle mit la main sur le levier de vitesse, mais s'interrompit dans son geste. Quelque chose clochait.

Un voyant aurait dû s'allumer sur le tableau de bord, mais rien ne se produisit. Andy posa les doigts sur le cache en plastique. Du papier cartonné, ou quelque chose de semblable, était scotché pour camoufler l'affichage. Elle tourna la tête. Le plafonnier ne s'était pas allumé non plus.

Andy songea à l'homme en noir, assis dans le pick-up, occupé à obscurcir toutes les lumières, avant de se garer chez les Hazelton.

Elle se souvint de la lumière dans le bureau de sa mère. La seule que Laura avait laissée allumée dans la maison. Andy s'était dit que sa mère avait oublié de l'éteindre, mais peut-être Laura n'avait-elle pas dormi dans le fauteuil relax. Peut-être était-elle assise sur le canapé de son bureau et attendait-elle que quelqu'un entre par effraction ?

*Mon revolver, à la ceinture de son jean.*

Pas un revolver, *mon* revolver.

Andy sentit sa bouche s'assécher.

Depuis quand sa mère possédait-elle un revolver ?

Une sirène hurla derrière elle. Andy se recroquevilla, mais la voiture de patrouille dépassa l'allée sans s'y engager. Elle actionna le levier de vitesse, ôta lentement son pied du frein, testa chaque cran de la boîte de vitesse jusqu'à trouver la marche arrière.

Les vitres teintées rendaient la marche arrière particulièrement laborieuse à travers l'allée Des branches d'arbre et des arbustes épineux éraflèrent les portières. Elle continua de reculer jusqu'à ce que ses roues percutent le rebord du trottoir de Beachview Drive.

Andy actionna la marche avant. Les phares étaient éteints et, dans cette obscurité, elle n'avait aucun moyen de trouver la commande d'allumage. Elle agrippa le volant à deux mains. Remonta les épaules au niveau des oreilles, comme si elle s'apprêtait à tomber d'une falaise.

Elle dépassa la route menant chez Gordon. Les gyrophares d'une voiture de police tournoyaient au bout de sa rue. Andy accéléra avant de se faire repérer, puis réalisa qu'on ne pouvait la voir étant donné qu'elle roulait tous feux éteints. Elle jeta un coup d'œil au rétroviseur et enfonça la pédale de frein. Les feux arrière ne s'allumaient pas non plus.

Ce n'était pas bon du tout.

C'était une chose d'occulter toutes les lumières, quand on était sur le point de commettre un crime, mais, quand on quittait les lieux et que la route grouillait d'officiers de police, conduire sans feux équivalait à écrire le mot *coupable* sur son front.

Un seul pont permettait d'entrer et de sortir de Belle Isle. Les voitures de police venues de Savannah fileraient à toute allure sur une voie, tandis qu'Andy essaierait de quitter la ville dans l'autre sens, baignée par les premiers rayons de soleil se reflétant sur l'Océan.

Elle se gara sur le parking du centre commercial de Belle Isle, bondit hors du pick-up et gagna immédiatement l'arrière du véhicule. Une sorte d'adhésif épais et noir recouvrait les feux. Elle tira un bord et découvrit que ce n'était pas de l'adhésif, mais une grande plaque magnétique dont la forme épousait parfaitement celle des feux stop et de recul.

Sur le moment, Andy ne comprit pas l'importance de ce détail. Elle lança les aimants à l'arrière du pick-up, s'installa derrière le volant et retira le papier cartonné du tableau de bord. Tout comme les feuilles magnétiques, le carton était découpé aux dimensions exactes. Un autre papier noir recouvrait la radio et d'autres boutons lumineux.

Andy finit par trouver comment allumer les phares et s'éloigna du centre commercial. Lorsqu'elle approcha du pont, elle sentit son cœur tambouriner contre son cou. Elle retint son souffle, puis s'engagea. Aucun véhicule sur la route. Aucune voiture à la bifurcation.

Alors qu'elle accélérait en direction de l'autoroute, elle aperçut trois voitures de patrouille en provenance de Savannah qui filaient à toute allure vers le pont, gyrophares allumés, sirènes éteintes.

Andy laissa échapper un soupir de soulagement.

Un panneau à côté de la route indiquait :

MACON 273

ATLANTA 399

Elle vérifia la jauge d'essence. Le réservoir était plein. Elle essaierait de faire les quatre heures de route jusqu'à Atlanta sans s'arrêter, puis elle achèterait une carte à la première station-service venue. Andy n'avait aucune idée de la distance qui la séparait de Carrollton, ni de comment dénicher le centre de stockage Get-Em-Go, à côté du Walmart.

*Le numéro de box, c'est la date de ton anniversaire. Un-vingt. Dis-le.*

— Un-vingt, répéta Andy à voix haute, complètement déboussolée.

Son anniversaire tombait la veille, le 20 août.

Pourquoi Laura avait-elle parlé du mois de janvier ?

# 6

Andy s'engagea dans la rue principale de Carrollton. Elle avait trouvé le Walmart avec facilité, mais, contrairement au grand magasin, le centre de stockage Get-Em-Go ne possédait pas de panneau lumineux gigantesque, repérable depuis l'autoroute.

Le détour par Atlanta s'était révélé pénible et – pire encore – d'aucune utilité. Andy avait hésité à se servir du système de navigation du pick-up, mais, en fin de compte, elle avait décidé de s'en tenir aux ordres de Laura. Une fois arrivée en ville, elle avait acheté une carte routière de la Géorgie. Le trajet Belle Isle-Carrollton aurait dû lui prendre quatre heures et demie environ. Mais, Andy ayant traversé Atlanta pendant l'heure de pointe de la matinée, il lui avait fallu six heures avant de rejoindre enfin le Walmart. Ses paupières étaient si lourdes qu'elle avait fait une sieste de deux heures dans le parking.

Comment les gens localisaient-ils les commerces avant l'ère d'Internet ?

À l'évidence, les Pages jaunes auraient fait l'affaire, mais il n'y avait pas de cabine téléphonique en vue. Andy avait déjà demandé son chemin à un vigile du Walmart et jugeait trop dangereux de continuer à se renseigner à droite à gauche. Elle pourrait éveiller les soupçons. Quelqu'un appellerait peut-être la police. Elle n'avait ni permis de conduire ni justificatif d'assurance. Ses cheveux trempés de pluie avaient séché en de folles torsades à moitié hirsutes. Elle conduisait un pick-up volé, immatriculé en Floride, et était habillée comme une ado venant de se réveiller après une soirée trop arrosée.

Andy avait gagné Carrollton dans un tel état de panique qu'elle n'avait pas pris le temps de se demander pourquoi sa mère l'y avait envoyée. Qu'y avait-il dans ce box ?

Pourquoi Laura cachait-elle une clé, un téléphone à clapet et de l'argent ? Qu'est-ce qu'Andy allait découvrir si elle parvenait un jour à localiser le Get-Em-Go ?

Après plus d'une heure de recherches, ces questions lui parurent bien vaines. Carrollton n'était pas un patelin paumé, mais ce n'était pas une métropole bourdonnante non plus. Andy avait décidé de conduire au hasard, sans but précis, persuadée qu'elle tomberait sur sa destination, mais à présent elle commençait à s'inquiéter.

*La bibliothèque.*

L'idée la percuta avec la violence d'une enclume. Elle était passée au moins cinq fois devant le bâtiment sans faire le lien. Les bibliothèques mettaient des ordinateurs à disposition et, plus important, permettaient un accès anonyme à Internet. Au minimum, elle localiserait le Get-Em-Go.

Andy fit demi-tour et s'engagea sur la voie qui menait à la bibliothèque. Les gros pneus heurtèrent le trottoir. Le parking était quasi désert. Elle roula jusqu'à l'extrémité opposée. Seulement deux autres voitures, de vieilles guimbardes, y stationnaient. Elle supposa qu'elles appartenaient au personnel. La petite bâtisse avait à peu près la même taille que le pavillon de Laura. La plaque près de la porte d'entrée indiquait l'horaire d'ouverture : 9 heures.

Dans huit minutes.

Elle contempla l'édifice trapu, les bords nets de la brique rouge, les pores granuleux du mortier. Bizarrement, sa vision devenait très perçante. Elle avait toujours la bouche sèche, mais ses mains avaient cessé de trembler et son cœur ne lui donnait plus l'impression qu'il allait exploser. Le stress et l'épuisement des derniers jours avaient atteint leur paroxysme aux environs de Macon. Mais, à présent, elle se sentait détachée. Elle n'éprouvait aucun remords.

Même quand elle songeait aux dernières minutes de l'homme en noir, à son agonie, elle n'arrivait pas à ressentir une once de pitié pour l'individu qui avait torturé sa mère.

À vrai dire, cette absence de remords la culpabilisait.

Elle se souvint d'une de ses amies de fac qui proclamait, des années auparavant, que n'importe qui était capable de commettre un meurtre. À l'époque, cette généralité avait agacé Andy. C'était le genre d'hypothèses stupides débattues pendant les fêtes universitaires : est-ce que tu serais capable de tuer pour te défendre ? Les mecs répondaient toujours oui, parce que, depuis l'enfance, ils étaient programmés pour donner cette réponse. Les filles avaient tendance à tergiverser, peut-être parce que, statistiquement, elles avaient un milliard de fois plus de chances de se faire agresser. Quand on posait la question à Andy, elle plaisantait en disant qu'elle se recroquevillerait en attendant la mort. Et c'est exactement ce qu'elle avait fait au snack.

Mais Andy ne s'était pas roulée en boule dans la cuisine de sa mère. Peut-être était-ce différent quand on menaçait quelqu'un que vous aimiez. Peut-être était-ce génétique.

Les suicides étaient fréquents dans certaines familles. En allait-il de même pour le meurtre ?

Andy aurait voulu voir son visage. Au moment où elle avait ouvert la porte du bureau d'un coup de pied et balancé la poêle dans la tête de l'homme, aucune pensée ne lui avait traversé l'esprit. Son cerveau était empli d'un bruit blanc. Sa tête et son corps totalement déconnectés. Elle n'avait pas songé à sa sécurité, ni à sauver sa mère. Elle avait seulement agi.

*Une machine à tuer.*

L'homme portait un nom. Andy avait regardé son permis de conduire avant de jeter le portefeuille dans la baie.

*Samuel Godfrey Beckett, résidant à Neptune Beach, Floride, né le 10 octobre 1981.*

Cette information l'avait déstabilisée. L'existence de l'homme en noir ne se cantonnait plus au bureau de Laura désormais. Un de ses parents adorait certainement la poésie irlandaise d'avant-garde pour l'avoir nommé ainsi. D'une certaine façon, ce renseignement donnait à sa vie plus de consistance que le tatouage *Maria*. Andy imaginait la mère de l'homme assise dans sa véranda, derrière sa maison, en train de contempler le lever du soleil, et demandant à son fils : « Tu sais d'où vient ton prénom ? », tout comme Laura racontait sans cesse à Andy l'anecdote du *H* volatilisé de son deuxième prénom.

Andy chassa cette image de sa tête.

Elle devait se souvenir que Samuel Godfrey Beckett était, selon le jargon du lieutenant Palazzolo, un *sale type*. De son vivant, Samuel, Sam ou Sammy avait probablement commis un paquet d'actions peu recommandables. On n'obscurcissait pas toutes les lumières de son pick-up, ni ne recouvrait ses feux arrière, sur un coup de tête. Tout cela avait été prémédité.

Et quelqu'un payait certainement pour ce genre de savoir-faire.

9 heures. Une bibliothécaire déverrouilla la porte et fit signe à Andy d'entrer.

Cette dernière lui répondit par un geste, puis attendit que la femme retourne à l'intérieur pour récupérer la trousse noire sous le siège. Elle ouvrit la fermeture cuivrée, inspecta le téléphone pour s'assurer que la batterie était chargée. Aucun appel manqué sur l'écran. Elle ferma le clapet et replaça le portable dans la trousse à côté de la carte magnétique, de la clé du cadenas et de l'épaisse liasse de billets.

À Atlanta, elle avait compté le magot. Seulement mille soixante et un dollars. Cette somme devrait lui suffire pour tenir jusqu'au coup de téléphone de sa mère, lui assurant qu'elle pouvait rentrer en toute sécurité.

Une pensée traversa son esprit : il lui faudrait sans doute élaborer un budget. Un budget à la Gordon. Pas un budget à la Andy, qui consistait à prier que le cash tombe du ciel. Elle n'avait aucun moyen de gagner sa vie. Elle ne décrocherait pas de boulot sans utiliser son numéro de Sécurité sociale et, ce paramètre mis à part, elle ne savait absolument pas combien de temps conserver cet emploi. Et, surtout, elle n'avait pas la moindre idée du type de poste auquel elle pourrait prétendre en Idaho.

*Continue de rouler vers le nord-ouest après Carrollton... Quelque part loin, l'Idaho par exemple.* Où donc sa mère était-elle allée pêcher cette idée ? Auparavant, Andy ne s'était rendue qu'en Géorgie, dans l'État de New York, en Floride et en Caroline. Elle ne savait rien de l'Idaho, excepté qu'il y avait probablement pas mal de neige et des tonnes de pommes de terre.

*Mille soixante et un dollars.*

Essence, repas, chambres d'hôtel.

Andy referma la trousse. Sortit du pick-up. Tira sur son haut ridiculement petit, qui était aussi flatteur qu'une pellicule de film étirable sur des pommes gaufrettes. L'air iodé avait rigidifié son short. Ses pieds lui faisaient tellement mal qu'elle boitait. Elle avait une entaille au tibia qu'elle ne se rappelait pas s'être faite. Elle avait besoin d'une douche, de sparadrap, de bonnes chaussures, d'un pantalon long, de T-shirts, de sous-vêtements... Ce millier de dollars et des poussières ne durerait probablement pas plus de quelques jours.

Elle faisait du calcul mental tout en marchant vers la bibliothèque. Grâce à l'une de ses anciennes colocataires, elle savait que la distance en voiture entre New York et Los Angeles équivalait à environ quatre mille huit cents kilomètres. L'Idaho se situait quelque part en haut à gauche des États-Unis – elle était nulle en géographie. Au nord-ouest en tout cas.

Andy estimait que la durée du trajet Géorgie-Idaho correspondait à peu près à la distance New York-Californie. Le voyage de Belle Isle jusqu'à Macon comptabilisait un peu moins de trois cent vingt kilomètres, soit deux heures et demie de route. Elle évaluait donc son trajet total à environ douze jours de conduite : onze nuits dans des motels bon marché, trois repas par jour, l'essence, l'équipement de première nécessité...

Andy secoua la tête. Lui faudrait-il douze jours pour gagner l'Idaho ?

Elle était vraiment nulle en maths aussi.

— Bonjour, dit la bibliothécaire. Il y a du café dans le coin là-bas.

— Merci, marmonna Andy, en culpabilisant parce qu'elle n'était pas contribuable dans la région et qu'elle ne devrait pas, en théorie, se servir gratuitement des équipements.

Pourtant, elle se versa une tasse de café et prit place devant un ordinateur.

Curieusement, l'écran lumineux la mit à l'aise. Elle avait été privée de téléphone et d'iPad toute la nuit. Andy n'avait pas pris conscience du temps qu'elle perdait à écouter Spotify, à parcourir Instagram et Snapchat, à lire des blogs, à répondre à des questionnaires pour savoir à quelle maison de Poudlard elle appartenait, jusqu'à ce qu'on lui retire les moyens d'y accéder.

Elle fixa l'écran d'ordinateur. But son café. Songea à adresser un e-mail à son père. Ou à lui téléphoner. Ou à lui envoyer une lettre.

*Si tu le contactes, ils le sauront. Ils remonteront à la source de l'appel et ils te trouveront.*

Andy reposa sa tasse. Elle saisit *Get-Em-Go Carrollton Géorgie* dans le moteur de recherche, puis cliqua sur la carte.

Elle faillit éclater de rire.

Le centre de stockage se trouvait à moins de cent mètres de la bibliothèque. Elle le savait parce que le terrain de foot du lycée séparait les deux. Andy aurait pu y aller à pied. Elle vérifia les horaires sur le site du Get-Em-Go. Le bandeau en haut de l'écran indiquait que les box étaient accessibles vingt-quatre heures sur vingt-quatre, mais que le bureau était ouvert de 10 heures à 18 heures.

Andy jeta un œil à la pendule. Elle avait cinquante minutes devant elle.

Elle ouvrit le service en ligne de cartes routières MapQuest et afficha des itinéraires depuis la Géorgie jusqu'en Idaho : 3 701 km. Trente heures de conduite, et pas douze jours.

Pas étonnant qu'elle ait redoublé son cours d'algèbre. Avant que son cerveau ne l'en empêche, elle avait sélectionné *imprimer.* Elle cliqua immédiatement sur *supprimer.* La bibliothèque faisait payer dix cents la page, mais l'argent n'était pas la question. Il lui faudrait approcher du comptoir et demander à récupérer les impressions, par conséquent la bibliothécaire verrait qu'elle se rendait en Idaho.

Dans ce cas, si quelqu'un d'autre, un type comme l'homme en noir, avec des plaques magnétiques sur ses feux arrière et du papier cartonné sur son tableau de bord, interrogeait la bibliothécaire sur le trajet d'Andy, alors la femme pourrait répondre.

*Ils remonteront à la source de l'appel et ils te trouveront. Par les appels téléphoniques, les e-mails, n'importe quoi.*

Andy méditait silencieusement l'avertissement de Laura. Manifestement, le *ils* désignaient ceux qui avaient engagé Samuel Godfrey Beckett. Mais dans quel but précis ? L'homme avait dit à Laura qu'il n'allait pas la tuer. Tout au moins, pas immédiatement. Il avait dit qu'il allait lui foutre la pire trouille de sa vie en l'asphyxiant avec le sac plastique. La connaissance d'Andy en matière de torture provenait essentiellement de Netflix. Si vous n'étiez pas un tortionnaire sadique à la *Saw*, alors vous étiez un tortionnaire hargneux à la *Jack Reacher*, et par conséquent vous cherchiez des informations.

Quelles informations une orthophoniste divorcée de cinquante-cinq ans pouvait-elle bien détenir qui vaillent la peine d'engager un homme de main pour les lui arracher par la torture ?

Qui plus est, à quelle période de sa vie Laura avait-elle réuni des informations d'une telle valeur ?

Tous les renseignements que le lieutenant Palazzolo avait fournis sur Laura, depuis sa naissance à Rhode Island en passant par son passage à l'UGA jusqu'à l'achat de la maison sur Belle Isle, coïncidaient avec ce qu'Andy connaissait du passé de sa mère. Il n'y avait pas d'interruption inexpliquée dans le récit de Laura. Elle n'était jamais sortie du pays.

Elle ne prenait même jamais de vacances, car elle vivait sur la plage.

Alors, que voulaient-ils lui arracher par la torture ?

Et qu'est-ce qui avait assez d'importance aux yeux de Laura pour qu'elle endure la torture plutôt que de leur livrer ?

Andy souffla bruyamment. Elle pouvait passer le reste de sa vie à tourner en rond.

Elle repéra le papier brouillon et les crayons près de l'ordinateur. Prit plusieurs feuilles et retranscrivit les indications jusqu'en Idaho : la 75S en direction de la 84E, puis vers la 80E, NE2E, 1-29S, 170E…

Andy contempla fixement le fatras de nombres et de lettres. Elle avait vraiment besoin d'une carte. Elle s'arrêterait à la frontière entre la Géorgie et l'Alabama. D'abord, elle irait au box de stockage, remplacerait le pick-up par la voiture dont Laura avait parlé, puis filerait vers le nord-ouest.

Elle soupira une nouvelle fois.

Andy trouvait qu'elle accordait beaucoup de foi à la parole de sa mère. Mais, si elle avait suivi son instinct, elle serait en ce moment même au funérarium en train de sangloter sur l'épaule de Gordon, pendant qu'il réglerait les obsèques de Laura.

Elle reposa les doigts sur le clavier. Jeta un coup d'œil par-dessus son épaule. Les bibliothécaires avaient disparu, probablement pour enregistrer les livres rendus ou pour s'exercer à imposer le silence aux usagers.

Andy cliqua sur Préférences sous l'onglet Google, et passa en mode Navigation privée pour masquer son historique de recherche. Elle aurait probablement dû le faire dès le départ. Ou peut-être sa prudence était-elle exagérée. Ou peut-être devrait-elle cesser de se reprocher son comportement paranoïaque et accepter définitivement le fait qu'elle était paranoïaque pour une foutue bonne raison.

Elle consulta en premier lieu le site de la *Belle Isle Review*.

Ils avaient consacré leur une à Laura Oliver, orthophoniste locale devenue une « machine à tuer ». Ils ne la qualifiaient pas directement de machine à tuer, mais ils citaient Alice Blaedel dès le premier paragraphe, ce qui revenait au même.

Andy parcourut rapidement l'article. Aucune mention d'un homme en sweat à capuche retrouvé mort une empreinte de poêle à frire dans la tête. Ni même un signalement concernant le vol du pick-up noir. Elle cliqua sur les autres articles et les lut à la hâte.

Rien.

Elle s'adossa à sa chaise, perplexe.

Derrière elle, la porte s'ouvrit. Un vieil homme entra en traînant des pieds, se dirigea droit vers le café, tout en se lançant dans une diatribe politique.

Andy ne savait pas à qui ces injures étaient destinées, mais elle ignora le coup de gueule du monsieur et afficha CNN.com. L'en-tête du site reprenait aussi la formule « machine à tuer ». Gordon avait vu juste sur pas mal de points, mais Andy savait que son père ne s'en féliciterait pas. L'existence pathétique de Jonah Lee Helsinger était mise en avant dès le deuxième paragraphe :

*Six mois plus tôt, le père de Helsinger, un shérif, vétéran et héros local, avait tragiquement trouvé la mort au cours d'une confrontation avec un homme armé. La police a toutes les raisons de croire que les pulsions meurtrières du jeune Helsinger se sont développées à la suite de cet incident.*

Andy jeta un œil sur FoxNews.com, au *Savannah Reporter*, à l'*Atlanta Journal Constitution*.

Tous les récits se concentraient sur Laura Oliver et sur les actes qu'elle avait commis au Rise-n-Dine. Aucune allusion à Samuel Godfrey Beckett ni même à la victime anonyme d'un meurtre, vêtue d'un sweat à capuche.

Laura avait-elle réussi à déplacer le corps ? Cela semblait impossible. Laura pouvait légalement refuser l'accès de sa maison à la police, mais le texto d'urgence envoyé de son téléphone constituait un motif suffisant pour y pénétrer. Et, dans l'hypothèse où elle aurait réussi à repousser les flics de Belle Isle, le conducteur de la Suburban noire banalisée ne se serait certainement pas accommodé d'un refus.

Plongée dans ses pensées, Andy tapotait machinalement la souris du bout du doigt.

Des gens au bras long essayaient d'étouffer l'affaire.

*Qui ?*

Ceux qui avaient envoyé l'homme en noir ? Ceux-là mêmes dont Laura craignait qu'ils ne remontent jusqu'à Andy ?

La jeune femme sentit son pouls cogner à la base de sa gorge. La moitié des forces de police avaient dû se retrouver devant le pavillon de Laura. Probablement Palazzolo, peut-être même le bureau d'investigation de Géorgie. Cela signifiait que ces gens avaient quelque influence auprès du gouverneur, voire des fédéraux.

Andy jeta un regard par-dessus son épaule.

Le vieil homme était appuyé au comptoir de l'accueil et essayait d'attirer l'une des bibliothécaires dans un débat politique.

Andy regarda l'heure au bas de l'écran, contempla les secondes se changer en minutes.

*Le numéro de box, c'est la date de ton anniversaire. Un-vingt.*

Andy posa son café et lança une recherche sur la date du 20 janvier 1987.

*Le 20 janvier 1987 était un mardi. Les personnes nées ce jour-là sont du signe du Verseau. Ronald Reagan occupait la fonction de président. La radio passait « Walk like an Egyptian » des Bangles. Le film* Toubib malgré lui *avec dans le rôle principal Richard Pryor trônait à la première place du box-office.* Tempête rouge, *le roman de Tom Clancy, figurait au top de la liste des best-sellers du* New York Times.

Andy effectua mentalement un compte à rebours de neuf mois et saisit *actualités, mai 1986* dans le moteur de recherche. Au lieu d'un historique détaillé par mois, elle obtint un aperçu général sur l'année :

*Les États-Unis bombardent la Lybie. L'affaire Iran-Contra. Le désastre nucléaire de Chernobyl. La perestroïka. La comète de Halley. L'explosion de* Challenger. *Le Premier ministre suédois assassiné. Meurtre au G-FAB d'Oslo. Prise d'otages sur le vol 73 Pan Am. Explosion d'un avion de la compagnie TWA au-dessus de la Grèce. Attentat à la bombe au Mercantile. Fusillade dans une banque de Miami contre des agents du FBI. Les débuts du show d'Oprah Winfrey. 38 401 cas avérés de sida dans le monde entier.*

Andy reparcourut la liste. Seuls quelques éléments lui étaient vaguement familiers. Elle pouvait passer la journée à les passer au peigne fin, mais ne trouverait pas grand-chose sans savoir quoi chercher.

*Paula Koontz.*

Ces dernières heures, ce nom lui revenait de temps à autre à l'esprit. Jamais de la vie sa mère n'avait fait allusion à une femme prénommée Paula. Tous les amis de sa mère vivaient à Belle Isle. Laura ne téléphonait à personne en dehors de ce cercle. Elle n'avait même pas de page Facebook, car elle prétendait vouloir couper les ponts avec ses connaissances de Rhode Island.

*Je pourrais parler à Paula Koontz.*

*J'ai entendu dire qu'elle habitait Seattle.*

*Austin. Mais bien tenté.*

Laura avait essayé de tendre un piège à son agresseur. Ou était-ce un test ? Mais dans quel but ?

Andy lança une recherche sur *Paula Koontz Austin Texas.*

Rien de spécifique sur Austin, mais apparemment Paula Koontz était un nom répandu chez les agents immobiliers du Nord-Est.

— Koontz, chuchota Andy.

Ce nom ne sonnait pas bien à l'oreille. Elle avait immédiatement pensé au romancier Dean Koontz, mais, tandis qu'elle se remémorait la scène, il lui sembla que l'homme avait plutôt prononcé « koontz-ah ».

Elle essaya *koontze, koontzee, khoontzah…*

Google proposa : *essayez avec l'orthographe koontah ?*

Andy cliqua sur la recherche conseillée. Rien, mais Google suggéra également *khoontey.* Elle continua de cliquer sur les suggestions et finit par atterrir sur l'annuaire de l'université du Texas à Austin.

Paula Kunde enseignait actuellement l'« Introduction à la poésie irlandaise féminine et à la pensée féministe » les lundi, mercredi et vendredi. Elle était directrice du département des études féminines. Son ouvrage, *La Madone et Madonna : Like a Virgin depuis Jésus-Christ à Ronald Reagan*, était disponible en livre de poche chez IndieBound.

Andy agrandit la photo de la femme, prise selon un angle peu flatteur. Certes en noir et blanc, mais cela n'améliorait pas beaucoup le rendu. Il était difficile de donner un âge à Paula, parce qu'elle avait visiblement passé beaucoup trop de temps au soleil. Elle avait le visage fatigué et buriné. Du même âge que Laura ou de quelques années son aînée, elle ne ressemblait à aucune des amies de sa mère, qui s'habillaient toutes en Eileen Fisher et ne sortaient jamais de chez elles sans une couche de crème solaire.

Paula Kunde évoquait une vieille hippie épuisée. Sa chevelure arborait un mélange de blond et de gris, et une frange balayée d'une mèche sombre, pas très naturelle. Sa chemise, sa robe, ou quel que soit le nom du vêtement qu'elle portait, exhibait un motif amérindien.

Ses joues creusées rappelaient à Andy sa mère en période de chimio.

Elle fit défiler les références à Kunde. Des publications dans *Théorie et présentation du féminisme*, plusieurs interventions en tant que principale oratrice lors de conférences sur le sujet. Kunde avait obtenu son diplôme de premier cycle à Berkeley et son master à Stanford, ce qui expliquait les influences hippies. Son doctorat provenait d'une université d'État à l'ouest du Connecticut, ce qui paraissait étrange, sachant que le Bryn Mawr College ou le Vassar College proposaient des cursus plus en lien avec son domaine d'études, et étaient bien plus réputés. À l'aune du diplôme inachevé en techniques des arts de la scène d'Andy, cela revenait à comparer un diamant à une crotte de chien.

Plus important, rien dans le CV de Paula Kunde n'indiquait qu'elle avait déjà croisé la route de Laura. La théorie féministe ne recoupait l'orthophonie d'aucune façon. Laura aurait plutôt eu tendance à tourner en dérision une ancienne hippie qu'à se lier d'amitié avec elle. Alors pourquoi sa mère avait-elle reconnu le nom de cette femme au beau milieu d'une scène de torture ?

— Désolée, l'interrompit soudain la bibliothécaire avec un sourire. Mais je dois te demander de ne pas boire ton café près des ordinateurs. Les règles s'appliquent à tout le monde.

Elle fit un mouvement de tête vers le vieux type qui lançait des regards furieux à Andy par-dessus sa propre tasse fumante.

— Pardon, fit Andy, qui s'excusait toujours démesurément. Je partais de toute façon.

— Oh ! rien ne t'y oblige…, reprit la femme, mais déjà Andy se levait.

— Je suis désolée.

Andy fourra les indications routières dans sa poche. En sortant, elle esquissa un sourire au vieil homme, qui ne lui retourna pas la politesse.

Dehors, ses yeux larmoyèrent immédiatement sous les vifs rayons du soleil. Il fallait qu'elle achète des lunettes de soleil avant de finir aveugle. Elle irait au Walmart. Il lui fallait aussi quelques affaires de première nécessité comme des sous-vêtements, un jean et un autre T-shirt, plus peut-être une veste si le climat de l'Idaho était froid à cette période de l'année.

Andy s'arrêta. Ses genoux chancelèrent.

Quelqu'un examinait l'intérieur du pick-up. Pas seulement un coup d'œil en passant, mais les mains en coupe sur la vitre à la façon dont l'homme en noir avait scruté le garage quelques heures plus tôt. L'individu portait une casquette de base-ball bleue, un jean et un T-shirt blanc. Son visage était assombri par le rebord de son couvre-chef.

Un cri resta coincé dans la gorge d'Andy. Son cœur tambourinait pendant qu'elle reculait. Ce qui était d'ailleurs assez stupide, parce que le type pouvait se retourner à n'importe quel instant et la repérer. Mais il n'en fit rien, même quand elle partit en courant et contourna l'arrière du bâtiment, la gorge tendue par le cri qu'elle réprimait.

Elle courut dans les bois et essaya désespérément de se remémorer le plan du quartier qu'elle avait étudié sur Google Earth. Le lycée derrière la bibliothèque, le centre de stockage d'aspect ramassé avec ses rangées d'édifices métalliques. Le soulagement qu'elle éprouva en apercevant la haute clôture du terrain de football fut immédiatement sapé par la peur d'avoir été suivie. À chaque pas, Andy tentait de se convaincre d'oublier sa paranoïa. Le type à la casquette ne l'avait pas repérée. Mais, dans le cas contraire, il n'y avait pas de raison de s'affoler. Le pick-up noir était un beau véhicule. L'homme pensait probablement à en acheter un, ou essayait de voir comment le fracturer. Ou peut-être qu'il la cherchait, elle.

*Vous croyez qu'on peut m'effrayer ?*

*Tout dépend à quel point tu aimes ta fille.*

Dans le bureau du Get-Em-Go, les lumières étaient éteintes. Un panneau sur la porte indiquait *fermé*. Une clôture grillagée, plus haute que celle du lycée, entourait les box. Les bâtiments bas, de plain-pied, avec leurs portes métalliques enroulables évoquaient un décor de *Mad Max*. Il y avait un portail de l'autre côté de l'allée. Un pavé numérique se trouvait à hauteur de voiture, mais il ne comportait pas de chiffres, seulement un carré de plastique noir doté d'un voyant rouge.

Elle ouvrit la fermeture Éclair de la trousse. Débusqua la carte magnétique blanche sans étiquette, la pressa contre le carré noir. Le voyant rouge passa au vert, et le portail émit un crissement en s'ouvrant.

Andy ferma les yeux. Tenta de se calmer. Elle avait le droit d'être ici. Elle avait une carte magnétique. Elle avait un numéro de box. Elle avait une clé.

Pourtant, elle pénétra dans l'enceinte du centre sur des jambes flageolantes. Elle trouverait des réponses dans le box, des renseignements sur sa mère. Peut-être des choses qu'elle préférait ne pas savoir. Que Laura ne voulait pas qu'elle apprenne… en tout cas, pas avant ce jour, pas avant que des hommes se lancent à ses trousses.

Andy essuya la transpiration sur sa nuque, jeta un coup d'œil derrière elle pour s'assurer qu'elle n'était pas suivie. Elle n'avait aucun moyen de savoir si elle était en danger. L'énorme complexe comptait au moins dix bâtiments, tous d'environ quinze mètres de long, fermés par des portes enroulables pareilles à une rangée de dents sales. Andy inspecta les panneaux jusqu'à ce qu'elle trouve le bâtiment cent. Elle descendit l'allée et s'arrêta devant le box un-vingt.

Son anniversaire.

Pas celui qu'elle avait fêté toute sa vie durant, mais le vrai, d'après Laura.

— Merde, marmonna Andy, qui ne savait plus à quoi se fier.

Le cadenas avait l'air neuf, ou tout au moins il n'était pas rouillé comme les autres. Andy fouilla dans la trousse et en sortit la minuscule clé. En déverrouillant le cadenas, elle ne put empêcher ses mains de trembler.

En premier, elle remarqua l'odeur qui régnait dans le box : un parfum de propre, presque de désinfectant. Le sol en béton semblait avoir été coulé la semaine précédente. Il n'y avait aucune toile d'araignée dans les angles. Pas d'éraflures ni d'empreintes de doigts sur les murs. Des étagères métalliques complètement vides tapissaient le mur du fond. Dans un angle, on avait relégué un minuscule bureau en métal flanqué de sa lampe.

Un break bleu foncé trônait au beau milieu de l'espace.

Andy trouva l'interrupteur. Elle referma la porte motorisée derrière elle. Immédiatement, la chaleur se fit suffocante, mais elle songea à l'homme qui regardait à l'intérieur du pick-up du mort et en conclut qu'elle n'avait pas le choix.

Elle examina la voiture : un véhicule carré qui aurait pu appartenir à la famille Pierrafeu. La peinture était immaculée. Les pneus avaient l'air flambant neufs. Un autocollant sur le pare-brise indiquait qu'on avait changé l'huile quatre mois plus tôt. À l'instar de tout le reste dans le box, elle était dénuée de toute trace de poussière, de traînée de crasse. On aurait dit qu'elle se trouvait dans un showroom.

Par la fenêtre ouverte, côté conducteur, Andy inspecta l'intérieur. Des poignées à manivelle commandaient l'ouverture des vitres. Une longue banquette en vinyle bleu foncé dépourvue de colonne centrale servait de siège à l'avant. La radio présentait de gros boutons en argent à enfoncer, à tourner, de commandes à faire coulisser. Un levier de vitesse dépassait du volant. Sur les parties planes du tableau de bord, des autocollants imitaient le fil du bois. Le compteur kilométrique affichait seulement 35 701 km.

Andy ne reconnut pas le logo sur le volant, un pentagone renfermant une étoile, mais des lettres métalliques en relief à l'extérieur de la voiture indiquaient *Reliant K traction avant.*

Elle contourna le véhicule et tendit la main pour ouvrir la boîte à gants. Andy recula brusquement d'un pas chancelant. Un pistolet en était tombé. Un revolver, identique à celui que Jonah Helsinger avait braqué sur la poitrine de Laura. Sur le côté, des marques d'éraflures, là où on avait effacé le numéro de série. Andy fixa l'arme usée gisant sur le plancher comme si elle attendait qu'elle se mette à bouger.

Elle n'en fit rien.

Andy dénicha le guide du conducteur.

*1989 Plymouth Reliant SE Break.*

Elle le feuilleta. Les schémas dataient, les illustrations étaient visiblement agencées à la main. Une voiture vieille de trente ans, avec quelques kilomètres à peine au compteur. Deux ans de plus qu'Andy. Entreposée dans un endroit qu'elle ne connaissait pas, dans une ville dont elle n'avait jamais entendu parler avant que sa mère lui ordonne d'y aller.

*Tellement de questions.*

Andy contourna la voiture par l'arrière, mais elle s'arrêta brusquement, fit demi-tour et se posta près de la porte fermée. Elle guetta les bruits du dehors pour s'assurer qu'une voiture ne venait pas de se garer, ou qu'un homme n'attendait pas de l'autre côté. Cédant un peu plus à sa paranoïa, elle s'allongea sur le ventre et regarda par la fente sous la porte.

Rien.

Andy se mit debout en repoussant le sol. S'essuya les mains sur son short. Poursuivit son examen du break par la plaque d'immatriculation.

*Canada.* La forme de la plaque était aussi carrée que la voiture : du bleu sur du blanc, une couronne dessinée entre les lettres et les numéros, les mots *Yours to discover*[1] tout en bas. La vignette pollution indiquait la date du 18 décembre, ce qui signifiait que la déclaration était à jour.

Grâce à son travail de standardiste au Central, Andy savait que le National Crime Information Centre partageait ses informations avec le Canada. Néanmoins, le système ne vérifiait que les véhicules volés. Si un flic arrêtait cette voiture, il vérifierait seulement que le nom du propriétaire enregistré correspondait bien à celui du permis de conduire.

Par conséquent, durant ces vingt-neuf dernières années, sa mère avait gardé une voiture intraçable, en secret, loin de tout regard.

Du regard d'Andy.

Elle ouvrit le hayon du break. Les ressorts s'activèrent en silence. Elle enroula la housse en vinyle qui dissimulait la zone de chargement. Un sac de couchage bleu marine, un oreiller, une glacière vide, une boîte de saucisses sèches Slim Jim, un pack d'eau, un fourre-tout de plage blanc rempli de livres de poche, de piles, d'une lampe-torche, d'un kit de premiers soins.

Dessous gisait une valise Samsonite bleu clair en faux cuir et à la fermeture Éclair dorée. De la taille d'un bagage à main. Sans roulettes. La valise était un modèle à double coque. Andy ouvrit d'abord le haut. Elle y trouva plusieurs articles, tous en trois exemplaires – jeans, culottes de soie blanches, soutiens-gorge assortis, chaussettes, polos blancs

1. « À vous la découverte. » (Toutes les notes sont de la traductrice.)

à boutons –, ainsi qu'une veste marron clair de la marque Members Only.

Aucun de ces vêtements ne ressemblait aux tenues habituelles de sa mère. Peut-être était-ce justement l'intérêt. Andy fit glisser son short sur ses jambes et enfila une culotte. Elle aimait mieux le coton, mais tout était préférable à ce short. Le jean était lâche au niveau de la taille, mais elle n'était pas en situation de se plaindre. Elle fourra les billets de vingt dans sa poche arrière. Changea de haut, mais garda son soutien-gorge, parce que Laura faisait deux tailles de bonnet de plus qu'elle. Du moins à l'époque.

Elle en déduisit que sa mère avait préparé ce sac avant le diagnostic de son cancer, trois ans plus tôt.

Andy retourna la valise. Elle dézippa l'autre côté.

*Putain.*

Des piles de billets. Encore des coupures de vingt, entourées par des bracelets couleur lavande indiquant deux mille dollars. D'anciens modèles, datant d'avant les hologrammes de sécurité. Andy compta les liasses. Dix en longueur, trois en largeur, quatre en profondeur.

Deux cent quarante mille dollars.

Elle referma la valise, remit la protection en vinyle sur le tout, puis rabattit le hayon.

Andy s'appuya à la voiture un instant, son esprit moulinait. Était-il judicieux de se demander où sa mère avait déniché tout cet argent ? Autant s'interroger sur le nombre de licornes dans les bois.

Les étagères derrière la voiture étaient vides, à l'exception de deux bouteilles d'eau de Javel, d'une brosse à récurer et d'une pile de chiffons blancs, bien pliés. Un balai à franges et un balai-brosse étaient calés tête en haut, dans un coin. Andy passa la main le long des étagères en panneaux de particules. Pas de poussière. Sa mère, qui n'était pourtant pas une maniaque de la propreté, avait récuré cet endroit du sol au plafond.

*Pourquoi ?*

Andy s'assit au bureau poussé dans l'angle. Elle alluma la

lampe. Fouilla les tiroirs. Une boîte de stylos. Deux crayons. Un bloc-notes grand format. Un porte-documents en cuir. Les clés de la Plymouth. Le tiroir à dossiers suspendus était rempli de classeurs vides. Andy les repoussa sur le côté. Elle tendit la main vers le fond et découvrit une petite boîte à chaussures au couvercle fixé par du ruban adhésif, qu'elle déposa sur le bureau.

Elle ouvrit le porte-documents en cuir. Deux poches. L'une contenait le reçu d'une carte d'immatriculation dans la province de l'Ontario pour une Plymouth Reliant bleue de 1989. Le nom du propriétaire enregistré était Daniela Barbara Cooper. La date d'immatriculation d'origine indiquait le 20 août, soit le jour qu'Andy avait toujours pris pour son anniversaire, mais deux années après sa naissance : 1989. Le reçu annuel d'immatriculation était agrafé dans un coin. Il présentait la date d'enregistrement : le 12 mai 2017.

L'année précédente.

Elle n'avait pas de calendrier pour confirmer, mais ce devait être aux alentours de la fête des Mères. Andy s'efforça de se souvenir. Était-elle allée chercher sa mère à l'aéroport avant de l'emmener déjeuner ? Ou était-ce l'année d'avant ? Laura ne quittait pas souvent Belle Isle, mais, une fois par an au moins, elle assistait à une conférence en lien avec son travail. Il en allait ainsi depuis l'enfance d'Andy, et celle-ci n'avait jamais pris la peine de vérifier. Pour quelle raison l'aurait-elle fait ?

Tout ce qu'elle savait, c'est que ce pèlerinage annuel revêtait une grande importance pour sa mère. Même quand Laura souffrait à cause de la chimiothérapie, elle avait obligé Andy à la conduire jusqu'à l'aéroport de Savannah pour assister à un truc d'orthophonie à Houston.

S'était-elle vraiment rendue à Houston ? Ou avait-elle fait un saut à Austin pour rendre visite à sa vieille amie, le professeur Paula Kunde ?

Une fois qu'Andy l'avait déposée à l'aéroport, elle avait pu se rendre n'importe où.

Andy fouilla l'autre poche du porte-documents. Deux

cartes plastifiées. La première, bleu clair, était un permis de conduire *Plus* délivré en Ontario, au Canada

Le *Plus* signifiait que le permis permettait de passer la frontière entre le Canada et les États-Unis par voie terrestre ou maritime. Par conséquent, impossible de prendre un vol jusqu'au Canada, mais un trajet en voiture ne posait aucun problème.

La photo sur le permis montrait Laura avant que le cancer ait rogné la rondeur de ses joues. Il expirait en 2024. Sa mère portait le même nom que la propriétaire de la Reliant, à savoir Daniela Barbara Cooper, née le 15 décembre 1964, information incorrecte, puisque sa date de naissance était le 9 avril 1963. Mais quelle importance ? Sa mère ne résidait pas non plus dans l'appartement 20 du 22 Adelaide Street West à Toronto, Ontario, après tout.

D. B. Cooper.

Andy se demanda si ce nom ne relevait pas d'une plaisanterie. Pourtant, étant donné le lieu où Andy se trouvait, qu'y avait-il de dingue à supposer que sa mère était en fait le célèbre pirate de l'air qui avait sauté en parachute avec des millions de dollars et dont on n'avait plus jamais entendu parler ensuite ?

Sauf que Cooper était un homme, et que, dans les années 1970, Laura évoluait en pleine adolescence.

*C'était en 1977, alors, j'avais quatorze ans. J'étais plus du genre Rod Stewart qu'Elvis.*

Andy sortit l'autre carte. Elle aussi délivrée en Ontario et portant le nom et la date de naissance de Daniela Cooper. Celle-ci indiquait *Health-Santé*. Andy se demanda pourquoi sa mère n'avait pas utilisé son assurance canadienne au lieu de dilapider la majorité de son épargne retraite pour payer son traitement contre le cancer.

Elle passa enfin à la boîte à chaussures. Scellée par du ruban adhésif, cachée dans le tiroir d'un bureau, à l'intérieur d'un box secret, fermé à double tour. Sur le dessus, le logo de la marque Thom McAn. La boîte, de petites dimensions, ne correspondait pas à des chaussures pour adultes. Quand

Andy était enfant, Laura l'emmenait toujours au centre commercial de Charleston pour en acheter de nouvelles avant la rentrée.

Le contenu ne pesait pas bien lourd, mais semblait d'une importance capitale. Comme une boîte de Pandore, renfermant tous les maux de l'univers de Laura. Andy connaissait le mythe : une fois que vous laissiez le Mal s'échapper, il ne restait plus que l'Espérance. Mais elle doutait très sérieusement que quoi que ce soit dans cette boîte puisse lui redonner espoir.

Andy ôta le ruban adhésif. Le côté collant s'était désagrégé. Elle souleva le couvercle sans aucune difficulté.

Des photographies : peu nombreuses, certaines en noir et blanc, d'autres aux couleurs estompées.

Un vieil élastique entourait un paquet de polaroids. Andy les choisit en premier, parce qu'elle n'avait jamais vu de photos de sa mère si jeune.

L'élastique se cassa dans ses mains.

Laura devait avoir la petite vingtaine sur ces photos. Les années 1980 battaient leur plein : ombre à paupières bleue, rouge à lèvres rose et blush s'étirant sur les joues telles les ailes d'un oiseau. Ses cheveux naturellement châtain foncé étaient blond platine et beaucoup trop permanentés. Les épaulettes géantes de son sweat-shirt blanc à manches courtes lui façonnaient une silhouette digne d'un personnage de *Dallas*.

Une seule raison empêchait Andy de sourire : à l'évidence, d'après cette photo, quelqu'un avait cogné le visage de sa mère à plusieurs reprises. Laura ne pouvait plus fermer son œil gauche tuméfié. Son nez était de travers. Des traces sombres de contusions encerclaient son cou. Impassible, elle fixait l'objectif. Elle était ailleurs, quelqu'un d'autre, alors qu'on cataloguait ses blessures.

Andy connaissait ce regard-là.

Elle prit le polaroid suivant dans la pile. Le sweat blanc soulevé montrait les hématomes sur l'abdomen de Laura.

La photo suivante se recentrait sur une entaille à l'intérieur de sa cuisse.

Andy avait vu l'horrible cicatrice pendant un des séjours de sa mère à l'hôpital ; sept centimètres et demi de long, rose et vive même après toutes ces années. En la voyant, Andy avait eu le souffle coupé.

« Patin à glace », avait dit Laura en roulant des yeux comme si ces trois mots expliquaient tout.

Andy prit l'autre pile de photos, qui détonnaient par leur différence. Pas des polaroids, mais des clichés d'une jeune enfant qui faisait ses premiers pas en tenue d'hiver rose. La date tamponnée au dos indiquait le 4 janvier 1989. La série montrait la petite fille en train de faire l'ange, de se rouler dans la neige, de lancer des boules, de faire un bonhomme de neige avant de le détruire quelques instants plus tard. Sur certaines photos, on pouvait distinguer la main désincarnée d'un adulte qui pendait mollement ou une jambe dépassant d'un épais manteau en laine.

Andy se reconnut dans la toute petite fille. Ses yeux avaient toujours eu cette forme en amande, un trait hérité de sa mère.

D'après la date au dos, elle devait avoir moins de deux ans au moment où avait été pris ce cliché. Durant cette période, Andy et Laura avaient vécu à l'UGA, le temps que Laura termine son diplôme.

Il n'y avait pas autant de neige à Athens et encore moins à Belle Isle. Andy n'avait aucun souvenir d'un périple dans le Nord pendant son enfance. Et Laura n'y avait jamais fait allusion. D'ailleurs, quand Andy avait révélé ses projets de déménagement à New York, les premiers mots de Laura avaient été : « Oh ! ma chérie, tu n'es jamais partie aussi loin de la maison. »

Les deux dernières photos de la boîte étaient attachées par un trombone.

Phil et Laverne Randall, les parents de son père biologique, étaient assis sur un canapé, une peinture représentant la plage accrochée sur le mur lambrissé derrière eux. Il y avait quelque chose de très familier dans les expressions de leurs visages, la manière dont ils étaient assis, jusqu'à l'ombre de la lampe sur pied projetée sur le dos du canapé.

Andy fit glisser le trombone pour voir la seconde photo.

Mêmes personnes, mêmes expressions, mêmes postures, mêmes ombres… mais cette fois Andy, âgée d'environ six mois, était assise à cheval sur les genoux des Randall.

Du doigt, elle suivit les contours épais de son visage de bébé.

À l'école, Andy avait appris à se servir de Photoshop pour, entre autres, superposer une image sur une autre. Elle avait oublié que, avant l'ère informatique, les gens devaient modifier les images à la main. Il suffisait de découper soigneusement quelqu'un au cutter sur une photo, puis de pulvériser de l'adhésif de montage au dos, avant de positionner la pièce découpée sur une autre photo.

Une fois que l'on était satisfait du résultat, on prenait une photo des images superposées. Pourtant, cela ne ressortait pas toujours bien. Les ombres étaient inadéquates. La position manquait parfois de naturel. Le procédé dans son ensemble exigeait une extrême délicatesse.

Ce qui rendait le savoir-faire de Laura d'autant plus impressionnant.

Aux prémices de l'adolescence, Andy, en proie au manque, avait souvent contemplé la photo des grands-parents Randall, tout en blâmant Laura ou, pire, Gordon. Parfois, elle scrutait les traits des Randall en espérant y trouver une quelconque forme d'explication. Comment leur intolérance pouvait-elle prendre le pas sur leur envie de connaître l'enfant unique de leur fils défunt ?

Andy ne s'était jamais attardée sur la partie de la photo où on la voyait bébé. Dommage. Un examen, même hâtif, lui aurait permis de remarquer qu'elle n'était pas vraiment assise sur les genoux des Randall.

Le terme « planer » aurait mieux convenu pour décrire l'image.

Le racisme des Randall était un sujet épineux qu'Andy

n'évoquait pas avec sa mère, tout comme elle évitait de mentionner les parents de Laura, Anne et Bob Mitchell, décédés avant sa naissance. Pas plus qu'elle ne l'interrogeait sur Jerry Randall, son père, mort dans un accident de voiture quand elle était toute petite et dont elle ne gardait aucun souvenir. Laura et Andy ne s'étaient jamais rendues sur sa tombe à Chicago. Ni sur la tombe de quiconque.

— On devrait se retrouver à Providence, avait proposé Andy à Laura lors de sa première année à New York. Tu me montreras où tu as grandi.

— Oh ! ma chérie, avait soupiré Laura. Personne n'a envie d'aller dans le Rhode Island. En plus, c'était il y a si longtemps que je suis sûre d'avoir tout oublié.

Il y avait toutes sortes de photos à la maison : en abondance même. Depuis les virées en randonnées jusqu'aux vacances à Disney World, en passant par les pique-niques sur la plage et les premiers jours d'école. Seule une poignée d'entre elles montraient Laura toute seule, parce qu'elle détestait qu'on la photographie. Aucune ne datait d'avant la naissance d'Andy. Laura possédait un seul cliché de Jerry Randall, le même dégoté par sa fille sur Internet dans les archives nécrologiques du *Chicago Sun Times*.

*Jerome Phillip Randall, vingt-huit ans, vendeur dans un magasin d'électronique et fervent admirateur des Bears de Chicago. Il laisse derrière lui une fille, Andrea, et ses parents, Phillip et Laverne.*

Andy avait compulsé d'autres documents, aussi : les actes de naissance et de décès de son père, tous deux délivrés par le comté de Cook dans l'Illinois. Les diplômes de Laura, son acte de naissance dans le Rhode Island, sa carte d'assurée sociale, son permis de conduire. Son extrait de naissance, au nom d'Andrea Eloise Mitchell, datant du 20 août 1987. L'acte de propriété de la maison de Belle Isle. Les carnets de vaccination. Le certificat de mariage. Le jugement de divorce. Les cartes grises. Les cartes d'assurance. Les relevés bancaires. Les relevés de carte de crédit.

Le permis de conduire de Daniela Barbara Cooper.

L'immatriculation du véhicule en Ontario. La carte d'assurance santé. Le break Plymouth avec un revolver dans la boîte à gants, les vêtements et l'argent dans le coffre qui patientaient dans le centre de stockage d'une ville inconnue.

La trousse à maquillage planquée à l'intérieur du canapé, dans le bureau de Laura. La clé du cadenas scotchée derrière la photo encadrée d'Andy.

*Tout ce que j'ai fait, je l'ai fait pour toi, mon Andrea Eloise. Tout.*

Andy étala les polaroids de sa mère sur le bureau. L'entaille sur sa jambe. L'œil au beurre noir. Les contusions sur le cou. L'abdomen roué de coups. Le nez cassé.

Les fragments épars d'une femme qu'elle n'avait jamais connue.

# 26 JUILLET 1986

*Ils ont essayé de nous enterrer.*
*Ils ne savaient pas que nous étions des graines.*

Proverbe mexicain

# 7

Les enfants de Martin Queller étaient bien trop gâtés. À l'américaine. Trop d'argent. Une trop bonne éducation. Trop de tout. L'abondance en toute chose les avait vidés de toute substance.

Laura Juneau trouvait douloureux d'observer la jeune fille en particulier. Ses yeux virevoltaient furtivement dans toute la pièce, incapables de se poser nulle part. Elle remuait sans cesse les doigts avec nervosité comme s'ils flottaient sur un clavier invisible. Son besoin de lier contact évoquait une pieuvre en quête de nourriture, qui étendait les bras tout autour d'elle à l'aveuglette.

Quant au garçon, eh bien, il avait du charme, et on pardonnait beaucoup de choses à un homme charmant.

— Excusez-moi, madame ? Avez-vous égaré votre badge ?

Le *politi* [1] était grand et élancé. Le fusil passé autour de son cou rappelait à Laura le jouet préféré de son plus jeune fils.

Laura le regarda d'un air confus en s'appuyant sur sa canne.

— J'avais prévu de m'enregistrer avant le débat.

— Puis-je vous escorter ?

Elle n'avait d'autre choix que de le suivre. Le surcroît de sécurité n'était ni surprenant ni dépourvu de raisons. Les protestataires manifestaient devant le centre de conférences d'Oslo : l'assortiment habituel d'anarchistes, d'antifascistes,

1. Un policier en norvégien.

de skinheads et de fauteurs de troubles, en même temps que quelques Pakistanais de Norvège s'insurgeant contre la récente politique en matière d'immigration. L'agitation avait gagné l'intérieur, où des soupçons persistaient autour du procès d'Arne Treholt, dont le jugement avait été rendu l'année précédente. L'ancien membre du parti travailliste purgeait une peine de vingt ans pour haute trahison. Certains croyaient que les Russes avaient d'autres espions encore implantés au sein du gouvernement norvégien. Plus nombreux étaient ceux craignant que le KGB ne se propage comme une hydre dans le reste de la Scandinavie.

Le *politi* se retourna pour s'assurer que Laura le suivait. La canne l'entravait, mais elle n'avait que quarante-trois ans, pas quatre-vingt-dix. Malgré tout, il creusa un sillon à travers la foule composée de vieux messieurs guindés en costume à épaulettes, arborant tous des badges avec leurs nom, nationalité et domaine d'expertise. Il y avait aussi les rejetons attendus des meilleures universités – MIT, Harvard, Princeton, Cal Tech, Stanford – ainsi que les participants habituels : Exxon, Tenneco, Eastman Kodak, Raytheon, DuPont et, en hommage au conférencier principal Lee Iacocca, une bonne poignée de cadres supérieurs de la Chrysler Motor Company.

La table de l'accueil se dressait sous une large banderole : *Bienvenue au G-FAB.* À l'image de toute la communication du Global Finance and Business Consortium, ces mots étaient déclinés en anglais, français, allemand et, par égard pour les hôtes de la conférence, en norvégien.

— Merci, dit Laura à l'officier, mais l'homme ne se laissa pas congédier.

Elle sourit à la jeune femme assise derrière la table et lui livra son mensonge bien rodé :

— Je suis le Dr Alex Maplecroft de l'université de Californie à Berkeley.

L'hôtesse feuilleta un classeur avec des cartes et sortit l'accréditation adéquate. Laura éprouva un bref soulagement en songeant que la jeune femme allait se contenter de lui tendre le badge, mais elle ajouta :

— Votre pièce d'identité, s'il vous plaît, madame.

Laura cala sa canne contre la table. Ouvrit la fermeture Éclair de son sac. Tendit la main vers son portefeuille. S'exhorta à maîtriser le tremblement de ses doigts.

Elle s'était entraînée pour cela, aussi. Pas formellement, mais dans sa tête. Elle avait répété toutes les étapes : approcher de la table de l'accueil, sortir son portefeuille de son sac, montrer sa fausse carte d'identité qui l'identifiait comme Alexandra Maplecroft, professeur en économie.

*Je suis vraiment désolée, mais pourriez-vous vous dépêcher ? Mon débat commence dans quelques minutes.*

— Madame, dit l'hôtesse qui ne regardait pas Laura dans les yeux, mais fixait ses cheveux. Auriez-vous la gentillesse de retirer votre pièce d'identité de votre portefeuille ?

Une autre consigne de sécurité que Laura n'avait pas anticipée. Elle s'aperçut que ses mains tremblaient lorsqu'elle s'efforça d'extraire la carte de la pochette en plastique. D'après le faussaire de Toronto, l'imitation des papiers d'identité atteignait la perfection, mais l'homme n'était-il pas un expert dans l'art de la tromperie ? Et si l'hôtesse décelait une imperfection ? Et s'ils détenaient une photo de la véritable Alex Maplecroft ? Est-ce que le *politi* embarquerait Laura de force, menottes aux poignets ? Les six derniers mois de minutieux préparatifs s'écrouleraient-ils par la faute d'une simple carte plastifiée ?

— Docteur Maplecroft !

Ils se retournèrent tous pour repérer la source du hurlement.

— Andrew, viens faire la connaissance du Dr Maplecroft !

Laura avait toujours su que Nicholas Harp était d'une beauté à couper le souffle. D'ailleurs, l'hôtesse d'accueil prit une brusque inspiration à son approche.

— Docteur Maplecroft, je suis ravi de vous revoir.

Nick serra la main de Laura dans les siennes. Le clin d'œil qu'il lui adressa visait manifestement à la rassurer, mais, à ce stade, rien n'aurait pu lui apporter du réconfort.

— J'ai assisté à votre cours à Berkeley. « Inégalités raciales et de genre dans les économies occidentales. » Je n'arrive pas à croire que je m'en souvienne.

Nick mentait avec une aisance qui déconcertait toujours Laura.

— Oui. Je suis ravie de vous revoir, monsieur…

— Harp. Nicholas Harp. Andrew !

Il fit un signe de la main à l'intention d'un autre jeune homme, certes beau mais moins que lui, habillé de façon semblable, pantalon beige et polo bleu clair au col boutonné. De futurs capitaines d'industrie, ces jeunes hommes. Des cheveux décolorés par le soleil. Une peau hâlée. Des cols droits retournés. Leurs pieds nus glissés dans des mocassins.

— Andy, dépêche-toi. Le Dr Maplecroft n'a pas la journée devant elle.

Andrew Queller parut troublé. Laura en comprenait la raison. Le plan stipulait qu'ils restent tous anonymes et séparés les uns des autres. Andrew jeta un coup d'œil à l'hôtesse derrière la table, et, à cet instant, il comprit pourquoi Nick avait risqué de compromettre leur couverture.

— Docteur Maplecroft, vous participez à la table ronde de Père à 14 heures, je crois ? « Les ramifications sociopolitiques du modèle de correction sociale Queller. »

— Oui, c'est exact, répondit Laura en s'efforçant d'insuffler un ton naturel à sa voix. Vous êtes Andrew, le cadet de Martin ?

— Je plaide coupable.

Andrew sourit à la jeune femme.

— Un problème, mademoiselle ?

Il donnait l'impression d'être dans son bon droit. L'hôtesse tendit à Laura le badge du Dr Alex Maplecroft, et Laura se sentit enfin légitime.

— Merci, dit Nick à la jeune fille, rayonnante sous son attention.

— Oui, merci.

Les mains de Laura étaient bien plus assurées quand elle épingla le badge sur le devant de son blazer bleu marine.

— Madame, fit le *politi* en prenant congé.

Laura récupéra sa canne. Elle voulait s'éloigner de la table.

— Pas si vite, docteur Maplecroft, lança le jeune homme en frappant dans ses mains. Pouvons-nous vous offrir un verre ?

Nick, comme à son habitude, ne pouvait résister à l'envie de faire le show.

— Il est très tôt, dit Laura, même si, en réalité, elle aurait bien volontiers bu quelque chose pour calmer ses nerfs. Je ne suis pas sûre de l'heure.

— Un peu moins de 13 heures, lui répondit Andrew en essuyant son nez rougi avec un mouchoir. Désolé, j'ai attrapé un rhume carabiné dans l'avion.

Elle essaya d'empêcher la tristesse de ternir son sourire. Depuis le début, Laura avait eu envie de le materner.

— Vous devriez aller vous chercher une soupe.

— Vous avez raison, répliqua-t-il en remettant son mouchoir dans sa poche. Nous vous verrons dans une heure, alors ? Votre débat a lieu dans le salon Raufoss. On a demandé à Père d'y être dix minutes à l'avance.

— Vous avez peut-être envie de vous rafraîchir avant, ajouta Nick en faisant un signe de tête en direction des toilettes pour dames.

La supercherie lui faisait tourner la tête.

— C'est même étonnant qu'ils aient daigné les ouvrir, docteur Maplecroft. Les épouses de ces messieurs sont toutes en virée shopping à Storo, le centre commercial. Vous êtes la seule femme au programme des conférences.

— Nick, l'avertit Andrew. La limite est ténue entre stupidité et intelligence.

— Aïe, mon vieux. Je sais qu'il est temps d'y aller quand tu te mets à citer des dialogues de *Spinal Tap*.

Nick adressa un autre clin d'œil à Laura avant de se laisser emmener par Andrew. La marée de vieux universitaires en costume se retourna quand les deux jeunes, si pleins de vie et de potentiel, avancèrent dans leur sillage.

Laura pinça les lèvres et inspira faiblement. Elle fit

semblant de chercher un accessoire dans son sac à main, tout en s'efforçant de recouvrer son équilibre mental.

Comme souvent quand elle se retrouvait à proximité de Nick et d'Andrew, Laura se remémora son fils aîné. Le jour où il s'était fait tuer, David Juneau avait seize ans. Le duvet sur son menton avait commencé à se muer en un semblant de barbe. Devant le miroir de la salle de bains, son père lui avait déjà montré quelle quantité de mousse à raser utiliser, comment tirer la lame jusqu'au bas de sa joue et la remonter le long de son cou. Laura se rappelait encore cette fraîche matinée d'automne, la dernière, et la façon dont le soleil avait caressé le visage de David pendant qu'elle lui versait un jus d'orange.

— Docteur Maplecroft ? Docteur Alex Maplecroft ?

La voix hésitait, arrondissant les voyelles à la scandinave.

Laura jeta un regard furtif en quête de Nick pour qu'il vienne la sauver une nouvelle fois.

— Docteur Maplecroft ?

Le Scandinave était convaincu qu'il tenait la bonne personne. Rien ne validait plus votre identité qu'un badge de conférence en plastique.

— Professeur Jacob Brunstad de la Norges Handelshøyskole. J'étais impatient de discuter…

— Je suis ravie de vous rencontrer, professeur Brunstad, répliqua Laura en lui accordant une solide poignée de main. Pourrions-nous converser après le débat ? Il se déroule dans moins d'une heure et j'ai besoin de relire mes notes. J'espère que vous comprendrez.

Il était trop poli pour protester.

— Bien entendu.

— Il me tarde de m'entretenir avec vous.

Laura planta sa canne dans le sol avant de faire volte-face.

Elle s'immergea dans la foule d'hommes à crinière blanche, bardés de pipes, cigarettes, mallettes et rouleaux de documents. Ils la fixaient indéniablement du regard. Elle se propulsa vers l'avant, tête bien haute. Elle avait suffisamment étudié le comportement du Dr Alex Maplecroft pour savoir que l'arrogance de cette femme était légendaire. Cachée au fond de classes bondées, Laura avait observé le professeur torturer les étudiants les plus lents ; elle l'avait aussi surprise en train de houspiller des collègues qui n'en venaient pas assez vite au fait.

Peut-être n'était-ce pas vraiment de l'arrogance, mais plutôt le mur que Maplecroft avait érigé afin de se protéger des regards soutenus jetés par des hommes en colère. Nick avait vu juste quand il avait annoncé que la célèbre professeur d'économie était la seule intervenante féminine du séminaire. Elle sentait sur son passage le poids des regards accusateurs – *pourquoi cette serveuse ne porte-t-elle pas d'uniforme ? Pourquoi ne vide-t-elle pas nos cendriers ?*

Laura hésita. Elle marchait droit vers un mur blanc où pendait une affiche vantant les vols Moonlight Special de la compagnie Eastern Airline. Mais, face à ces visages méprisants, elle se sentit incapable de faire demi-tour. Elle prit un virage serré à droite et se retrouva plantée devant la porte vitrée du bar.

Par chance, elle n'était pas fermée à clé.

À l'intérieur régnait une odeur de tabac froid mâtinée d'effluves de bourbon haut de gamme. Au-dessus d'une piste de danse en bois était suspendue une boule à facettes sombre. Les banquettes étaient séparées par des cloisons assez basses. Des miroirs pendaient du plafond. La montre de Laura indiquait toujours l'heure de Toronto, mais elle devina à la pièce vide qu'il était encore trop tôt pour prendre un verre digne de ce nom.

Après ce jour, la réputation du Dr Maplecroft serait le cadet de ses soucis.

Alors qu'elle s'asseyait au bout du bar, Laura entendit résonner les notes d'un piano. Elle appuya sa canne contre le mur. Elle sortit le paquet de Marlboro de son sac d'une main assurée. Une boîte d'allumettes était posée sur le cendrier en verre. L'éclat de la nicotine en feu apaisa ses nerfs en pelote.

Le barman poussa la porte battante. Il était corpulent et

aussi empesé que le tablier blanc qui enveloppait sa taille épaisse.

— Madame ?

— Gin-tonic, dit-elle d'une voix douce.

La cacophonie provenant du piano s'était transformée en une mélodie familière. Pas du Rossini ni même, étant donné l'endroit, du Edvard Grieg, mais un air lent qui montait crescendo en une volubilité bien connue.

Laura sourit tout en recrachant un panache de fumée.

Elle reconnut une chanson entendue à la radio du groupe norvégien a-ha, et se remémora le drôle de clip en dessin animé. « Take On Me » ou « Take Me On », ou une variante de ces mots répétés *ad nauseam* sur fond de synthé, avec un entrain persistant.

Quand Lila, la fille de Laura, était encore en vie, sa platine avait souvent braillé ce genre d'électro pop sucrée, de même que son walkman. Il lui arrivait même d'en chanter des morceaux à tue-tête sous la douche. Chaque voyage en voiture, si bref fût-il, débutait à l'identique : sa fille réglait la radio sur la station The Quake. Laura ne mâchait pas ses mots pour expliquer à sa fille pourquoi ces chansons idiotes lui tapaient sur les nerfs. Les Beatles. Les Stones. James Brown. Stevie Wonder. *Eux,* c'étaient des artistes.

Elle ne s'était jamais sentie aussi vieille que le jour où Lila lui avait montré un clip de Madonna sur MTV. Elle se souvenait du seul point à peu près positif qu'elle s'était forcée à relever : « Quel choix audacieux de porter ses sous-vêtements à l'extérieur. »

Laura extirpa un paquet de mouchoirs de son sac à main et s'essuya les yeux.

— Madame, dit le barman sur un ton d'excuse en posant délicatement le verre sur une serviette à cocktail.

— Puis-je me joindre à vous ?

Laura fut stupéfaite de découvrir Jane Queller près de son épaule. Jusque-là, elle n'était jamais entrée en contact avec la sœur d'Andrew. Laura s'empressa de masquer son trouble. Elle n'avait vu la jeune fille qu'en photo ou bien de très loin. De près, elle faisait plus jeune que ses vingt-trois ans. Sa voix était plus grave que ce que Laura avait imaginé.

— Je vous prie de me pardonner si je vous dérange, poursuivit Jane qui avait remarqué les larmes de Laura. J'étais assise là-bas et je me demandais s'il n'était pas trop tôt pour boire seule.

Laura se ressaisit à la hâte.

— Je crois que c'est le cas. Joignez-vous à moi.

Jane hésita.

— Vous êtes certaine ?

— J'insiste.

Jane s'assit et fit signe au barman de lui servir la même chose.

— Je m'appelle Jane Queller. Je crois vous avoir vue parler à mon frère, Andrew.

— Alex Maplecroft.

Pour la première fois depuis le début de cette entreprise, Laura ressentait de la culpabilité à l'idée de mentir.

— J'interviens dans le débat avec votre père dans… (elle inspecta la pendule sur le mur) quarante-cinq minutes.

Jane s'efforça avec candeur de dissimuler son émotion face à la nouvelle. Ses yeux se posèrent à la naissance des cheveux de Laura, comme les gens le faisaient si souvent.

— Votre photo ne figure pas dans le registre du séminaire.

— Je ne cours pas après les séances photo.

Laura avait entendu Alex Maplecroft prononcer ces mêmes mots à un cours magistral à San Francisco. De même que le professeur avait volontairement raccourci son prénom. Dissimuler son genre représentait pour elle le seul moyen de s'assurer que son travail était considéré avec sérieux.

— Père vous a-t-il déjà rencontrée en personne ?

Laura trouva la formulation un peu étrange : elle ne lui demandait pas si elle avait déjà rencontré Martin Queller, mais si son père l'avait rencontrée.

— Non, pas que je m'en souvienne.

— Alors, je crois que je vais apprécier au moins un des débats du vieux bonhomme.

Jane prit son verre dès que le barman l'eut posé.

— Je suis sûre que vous avez eu vent de sa réputation.

— Effectivement, répondit Laura en brandissant son verre pour porter un toast. Un conseil ?

Jane plissa le nez en réfléchissant.

— N'écoutez pas les cinq premiers mots qui sortent de sa bouche si vous tenez à votre estime personnelle.

— Est-ce une règle générale ?

— Elle est gravée sur les armoiries de la famille.

— Est-ce avant ou après le *« Arbeit macht frei* [1] » ?

Jane s'étrangla de rire, recrachant du gin-tonic sur le comptoir. Elle se servit de la serviette à cocktail pour essuyer les dégâts. Ses longs doigts élégants paraissaient inaptes à cette tâche.

— Puis-je vous en taxer une ?

Elle faisait allusion aux cigarettes. Laura fit glisser le paquet vers elle en la mettant en garde :

— Elles vous tueront.

— Oui, c'est ce que dit le Dr Koop.

Jane plaça la cigarette entre ses lèvres. Ouvrit la boîte d'allumettes, mais elles s'éparpillèrent aussitôt sur le comptoir.

— Mon Dieu, je suis vraiment désolée, dit la jeune femme en les rassemblant d'un air gêné. Jinx la maladroite a encore frappé.

La phrase paraissait rodée. Laura se figurait parfaitement Martin Queller en train de marteler à ses enfants qu'ils n'atteindraient jamais la perfection.

— Madame ?

Le barman était apparu, un briquet à la main.

— Merci.

Jane inspira profondément, les yeux fermés comme un chat savourant un rayon de soleil. Quand elle surprit le regard de Laura, elle rit en expulsant des bouffées de fumée.

— Désolée, je viens de passer trois mois en Europe. C'est bon de fumer une cigarette américaine.

1. « Le travail rend libre » en allemand.

— Je croyais que vous, les jeunes expats, vous adoriez fumer des gauloises, vous quereller au sujet de Camus et du tragique de la condition humaine ?

— Si seulement, répliqua Jane en toussant.

Laura sentit un élan maternel subit envers la jeune fille. Elle voulait lui arracher la cigarette des mains, mais elle savait que son geste serait vain. À vingt-trois ans, Laura aussi avait ardemment désiré que le temps s'accélère, elle avait eu hâte de pénétrer de plain-pied dans l'âge adulte, de s'installer, de devenir quelqu'un. À cette époque, elle était encore étrangère à l'envie d'attraper le temps avec des pincettes comme on le ferait d'un bout de mousseline mouillée. Elle n'avait pas imaginé qu'un jour son dos lui ferait mal quand elle monterait les escaliers, que son ventre s'affaisserait au fil des grossesses, que sa colonne vertébrale se déformerait à cause d'une tumeur cancéreuse.

— Opposez-vous à lui, poursuivit Jane qui tenait la cigarette entre le pouce et l'index, comme son frère. C'est mon conseil. Père n'encaisse pas la contradiction.

— J'ai risqué ma réputation à le contredire.

— J'espère que vous êtes prête à vous battre.

Elle désigna le bourdonnement en provenance de la salle de conférences, derrière la porte.

— Était-ce Jonah ou Daniel dans la fosse aux lions ?

— Jonah se trouvait dans le ventre de la baleine. C'était Daniel dans la fosse aux lions.

— Oui, bien sûr. Dieu a envoyé un ange pour fermer la gueule des lions.

— Votre père est-il aussi dur qu'on le prétend ?

Laura prit conscience trop tard du caractère acerbe de sa question. Les trois enfants Queller avaient, chacun à sa façon, trouvé un moyen de survivre dans l'ombre de leur père.

— Je suis certaine que vous serez capable de vous défendre contre Martin le Puissant. Vous n'avez pas été invitée ici sur un coup de tête. Gardez juste à l'esprit qu'une fois qu'il s'est fixé sur quelque chose, il n'en démordra pas. Tout ou rien, voilà la devise des Queller.

Jane ne semblait pas attendre de réplique. Elle parcourait du regard la pièce déserte, ses yeux revenant invariablement se poser sur le miroir derrière le bar. Le retour de la pieuvre du hall d'entrée, celle qui cherchait désespérément quelque chose, n'importe quoi, susceptible de lui restituer son entièreté.

— Vous êtes la plus jeune des enfants Queller ?

— Oui, ensuite il y a Andrew, et notre frère aîné, Jasper. Il a renoncé à une carrière dans l'armée de l'air pour intégrer l'affaire familiale.

— Consultant en économie ?

— Oh ! mon Dieu, non. Un métier qui rapporte. Nous sommes tous très fiers de lui.

Laura ignora le sarcasme. Elle connaissait en détail l'ascension de Jasper Queller.

— C'était vous à l'instant au piano ?

Jane leva les yeux au ciel en signe d'autocritique.

— Grieg paraissait trop cliché.

— Je vous ai vue jouer une fois.

Ce souvenir sincère fit naître une image dans l'esprit de Laura : Jinx Queller au piano, le public entier captivé tandis que ses mains flottaient sur le clavier. Faire coïncider l'image de cette artiste incroyablement sûre d'elle avec la jeune fille anxieuse assise à côté d'elle – ongles rongés à vif, coups d'œil furtifs au miroir – se révélait une tâche plutôt difficile.

— Vous ne vous faites plus appeler Jinx ?

Une nouvelle fois, elle leva les yeux au ciel.

— Une croix que je porte depuis l'enfance.

Laura savait par Andrew que Jane exécrait ce surnom familial. Elle se sentait coupable d'en savoir autant sur cette jeune fille qui ignorait tout de sa véritable identité, mais telles étaient les règles du jeu.

— Jane vous va mieux, je trouve.

— J'aime à le penser.

En silence, elle tapota sa cigarette pour en faire tomber la cendre. Le fait que Laura l'ait vue jouer l'avait visiblement agacée. Si l'on avait dû représenter Jane en peinture, on aurait figuré des traits d'angoisse irradiant de son corps. Elle finit par demander :

— Où m'avez-vous vue jouer ?

— Au Hollywood Bowl.

— L'année dernière ?

— En 1984.

Laura s'efforça de chasser la mélancolie de sa voix. Son mari l'avait invitée au concert à la dernière minute. Ils avaient dîné dans leur italien préféré. Laura avait bu trop de chianti. Elle se souvenait de s'être blottie contre son époux, quand ils marchaient vers le parking. Le contact de sa main sur sa taille. L'odeur de son parfum.

— C'était pendant le Jazz Bowl, avant les jeux Olympiques, lança Jane. Je jouais pour le Richie Reedie Orchestra. Il y avait un hommage à Harry James et… (elle plissa les yeux pour se souvenir) je n'étais pas dans le temps pendant *Two O'Clock Jump*. Par chance, les cuivres sont intervenus assez vite.

Laura n'avait pas remarqué cette erreur, ni aucune autre, seulement que la foule s'était levée à la fin.

— Vous ne vous souvenez de vos concerts que par vos erreurs ?

Elle secoua la tête, mais il y avait plus à en dire. Jane Queller avait été une pianiste d'envergure internationale. Elle avait sacrifié sa jeunesse à la musique. Elle avait abandonné le classique pour le jazz, puis le jazz pour le travail en studio. Elle avait joué dans quelques-unes des salles les plus prestigieuses.

Et, alors, elle s'était retirée.

— J'ai lu votre article sur la taxation à caractère punitif, dit Jane en levant le menton vers le barman pour commander un autre verre. Si vous vous demandez pourquoi : Père s'attend à ce que nous suivions sa vie professionnelle. Même à plus de neuf mille kilomètres.

— Comme c'est édifiant.

— Eh bien… Je dirais plutôt que c'est inquiétant. Il glisse

ses coupures de presse dans les lettres de ma mère pour économiser les frais postaux. « Ma chère fille, nous avons assisté à un dîner avec les Flanningan ce week-end. S'il te plaît, prépare-toi à répondre à des questions concernant le résumé ci-joint sur les variables macroéconomiques au Nicaragua. »

Jane observa le gin couler de la bouteille. Le barman se montrait visiblement plus généreux avec les belles jeunes femmes.

— Votre passage sur la politique budgétaire comme outil de répression des minorités m'a vraiment fait changer de perspective sur les réformes du gouvernement. Pourtant, aux dires de mon père, votre genre d'ingénierie sociale ruinera le monde.

— Seulement les hommes comme lui.

— Soyez prudente, lâcha Jane d'un ton grave en croisant le regard soutenu de Laura. Mon père n'aime pas être contredit. Surtout par une femme telle que vous.

Laura se remémora quelque chose que sa mère lui avait dit des années plus tôt :

— Les hommes n'ont jamais à se sentir mal à l'aise en présence des femmes. Alors qu'on inculque l'inverse aux femmes.

Jane laissa échapper un rire triste tout en écrasant sa cigarette dans le cendrier.

D'un geste, Laura commanda un autre gin-tonic, même si le premier lui causait déjà des aigreurs d'estomac. Il fallait que ses mains cessent de trembler, que son cœur arrête de tambouriner comme un lapin effrayé.

La pendule ne lui accorda que trente minutes pour se préparer.

Même dans les meilleures conditions, Laura ne s'était jamais sentie à l'aise lorsqu'il s'agissait de parler en public. Observatrice par nature, elle préférait se fondre dans la foule. Après le discours d'ouverture d'Iacocca, le débat Queller était celui qui connaîtrait la plus forte participation au sein du cycle de conférences. Les billets étaient épuisés depuis le jour même de leur mise en vente. Deux autres hommes devaient les rejoindre, un analyste allemand de la RAND Corporation et un cadre belge de la Royal Dutch Shell, mais l'attention des huit cents participants se porterait indubitablement sur les deux Américains.

Même Laura admettait que le CV de Martin Queller attire les foules. Ancien président de Queller Healthcare ; professeur émérite à la Queller School of Economics, de Long Beach ; ancien conseiller du gouverneur de Californie ; actuel membre du Conseil en développement économique du président ; tête de liste des candidats pressentis pour remplacer James Baker au secrétariat du ministère des Finances et, plus important encore, créateur de la Correction Queller.

Ce modèle les rassemblait tous ici. Bien qu'Alex Maplecroft ait réussi à se distinguer d'abord à Harvard, puis à Stanford et Berkeley, il y avait fort à parier qu'elle serait restée dans l'anonymat académique, n'étaient ses écrits et ses publications qui accomplissaient un exploit qu'aucun homme n'osait : à savoir remettre en question avec véhémence la moralité non seulement de la Correction Queller, mais de Martin Queller en personne.

Étant donné le statut de Martin dans la sphère économique et des affaires, sa démarche équivalait à clouer les *Quatre-vingt-quinze thèses* sur les portes de l'Église.

Laura se comptait elle-même volontiers parmi les convertis de Maplecroft.

En un mot, la Correction Queller avançait comme principe que la croissance économique du pays avait été soutenue historiquement par une minorité indésirable ou une classe ouvrière d'immigrés maîtrisées par des politiques discriminatoires de « correction sociale ».

Le progrès d'une masse sur le dos d'une autre.

Les immigrés irlandais érigèrent les ponts et les gratte-ciel de New York. Les travailleurs chinois construisirent la voie ferrée transcontinentale. Les travailleurs italiens alimentèrent l'industrie textile. Et ainsi se résumait la prétendue correction sociale : les Alien Land Laws. L'interdiction « No Irish, no

Blacks, no dogs ». L'Emergency Quota Act. Le Literacy Act. Le cas *Dred Scott v. Sandford*. Le Chinese Exclusion Act. Les lois Jim Crow. Le cas *Plessy v. Ferguson*. Les Bracero Programs. Les *Poll taxes*. L'opération Wetback.

Les recherches qui sous-tendaient la théorie de Martin étaient bien étayées. On aurait pu même la qualifier de « récapitulatif des faits » plutôt que de « théorie » à proprement parler. Le problème – tout du moins d'après Alex Maplecroft – tenait au fait que la Correction Queller n'était pas utilisée en tant que terme académique pour décrire un phénomène historique, mais plutôt comme la justification de la politique budgétaire et des réformes sociales actuelles. Une variante de l'expression « L'histoire se répète », mais sans l'ironie qui l'accompagne habituellement.

Certaines des propositions Queller de correction sociale les plus récentes comprenaient : une baisse de financement en faveur des personnes atteintes du sida afin d'amenuiser la population homosexuelle, des peines plus sévères à l'encontre des consommateurs de crack afro-américains, des condamnations à perpétuité pour les récidivistes, la privatisation des prisons et des établissements psychiatriques.

Dans la tribune du *Los Angeles Time*, Alex Maplecroft raillait l'idéologie de la Correction Queller par une phrase incendiaire : « L'on se demande si Hermann Göring a bien avalé cette capsule de cyanure finalement. »

— Docteur ?

Jane tira Laura de ses pensées.

— Cela vous dérange si…

La jeune fille voulait une autre cigarette. Laura agita le paquet pour en faire sortir deux.

Cette fois, le barman leur proposa du feu à toutes les deux.

Laura garda la fumée. Elle observait Jane en train d'observer le miroir.

— Pourquoi avez-vous abandonné les concerts ? s'enquit Laura.

Jane ne répondit pas immédiatement. On avait dû lui poser cette question des dizaines de fois. Elle s'apprêtait à fournir à Laura la même réponse toute faite, mais son expression s'altéra lorsqu'elle se retourna sur son siège.

— Savez-vous combien il y a de pianistes femmes célèbres dans le monde ?

Laura n'était pas une spécialiste de la musique – c'était plutôt le hobby de son mari –, mais un souvenir la titilla.

— Il y a une Brésilienne, Maria Arruda, ou… ?

— Martha Argerich, elle vient d'Argentine, mais pas mal tout de même, répliqua Jane en esquissant un sourire triste. Nommez-en une autre.

Laura haussa les épaules. En réalité, elle n'en avait pas encore nommé une seule.

— Dans les coulisses du Carnegie Hall, j'ai regardé autour de moi et j'ai pris conscience que j'étais la seule femme, poursuivit Jane. C'était arrivé auparavant, de nombreuses fois, mais je ne l'avais pas réalisé jusque-là.

Elle fit rouler sa cigarette sur le bord du cendrier pour faire tomber la cendre.

— Et ensuite mon professeur m'a lâchée, reprit-elle, les larmes aux yeux. Je suivais l'enseignement de Pechenikov depuis l'âge de huit ans, mais, selon lui, il m'avait emmenée le plus loin possible.

Laura éprouva le besoin de demander :

— Vous ne pouvez pas trouver un autre professeur ?

— Personne ne me prendra comme élève, répondit Jane en tirant sur sa cigarette. Pechenikov était le meilleur, alors je suis allée voir le deuxième plus renommé. Puis le troisième. Le temps que j'arrive aux chefs d'orchestre des collèges, j'ai compris qu'ils employaient tous le même code.

Elle soutint le regard fixe de Laura avec un air entendu.

— Quand ils disaient : « Je n'ai pas le temps de prendre une nouvelle élève », ils voulaient dire : « Je ne vais pas gaspiller mon talent et mon énergie pour une idiote qui va tout abandonner dès qu'elle tombera amoureuse. »

— Ah, dit Laura, parce que c'était tout ce qu'elle était capable de dire.

— C'est plus facile pour moi à certains égards, je

suppose. Chaque jour de ma vie, j'ai consacré trois ou quatre heures par jour à ma pratique. Le classique exige une telle rigueur. Il faut jouer chaque note telle qu'elle est écrite. L'énergie importe presque plus que le toucher. En jazz, vous pouvez jouer avec la mélodie. Et le rock… Vous connaissez les Doors ?

— Jim Morrison ? répliqua Laura, légèrement prise au dépourvu.

Jane tapota le comptoir du bout des doigts. Au départ, Laura ne distingua que quelques coups secs sur un rythme frénétique, puis, chose étonnante…

— « Love Me Two Times », déclara Laura en éclatant de rire.

— Manzarek jouait la partie clavier et la basse en même temps. C'est incroyable ce qu'il a réussi à faire, comme si chaque main opérait de façon tout à fait indépendante. Presque un dédoublement de la personnalité, mais les gens ne se focalisent pas sur la technique. Ils adorent juste le morceau.

Elle continuait de marteler le rythme tout en parlant.

— Si je ne peux pas jouer une musique que les gens apprécient à sa juste valeur, alors je veux jouer une musique que les gens adorent.

— Je suis contente pour vous.

Laura laissa les battements se poursuivre dans le silence un instant avant de demander :

— Vous avez dit avoir vécu en Europe ces trois derniers mois ?

— À Berlin, répondit Jane dont les mains se posèrent finalement sur le comptoir. Pour un remplacement, en tant que pianiste de studio au Hansa Tonstudio.

Laura secoua la tête. Elle n'en avait jamais entendu parler.

— C'est un studio d'enregistrement, près du Mur. Ils possèdent un espace, la Meistersaal, doté de la plus magnifique acoustique pour chaque genre musical : classique, musique de chambre, pop, rock. Bowie a enregistré là-bas. Iggy Pop aussi. Depeche Mode.

— Vous avez dû rencontrer des célébrités.

— Oh ! non. Ma partie est terminée quand ils arrivent. C'est la beauté de la chose. Il n'y a que moi et mon interprétation. Personne ne sait qui se trouve derrière le clavier. Tout le monde se fiche de savoir si vous êtes une femme, un homme, ou bien un caniche. Ils veulent que vous sentiez la musique, et je suis douée pour ça… pour sentir où vont les notes.

Une lueur d'enthousiasme sublima sa beauté naturelle.

— Si on aime la musique, si on l'aime vraiment, sincèrement, alors on la joue pour soi.

Laura acquiesça. Elle n'avait pas de repères musicaux à proprement parler, mais elle comprenait le fait que l'amour pur que l'on ressent pour quelque chose ne donnait pas seulement de la force, il vous propulsait vers l'avant.

— Vous renoncez à beaucoup.

— Vraiment ? (La curiosité de Jane parut sincère.) Mais comment puis-je renoncer à quelque chose qui ne m'a jamais été vraiment offert à cause de ce qui se trouve entre mes jambes ? répliqua-t-elle en lâchant un rire brusque. Ou qui ne se trouve *pas* entre mes jambes, ou ce qui pourrait éventuellement sortir de mon entrejambe dans le futur.

— Les hommes peuvent toujours se réinventer, dit Laura. Pour une femme, une fois que vous êtes mère, vous êtes mère pour toujours.

— Ce n'est pas très féministe de votre part, docteur Maplecroft.

— Non, mais vous me comprenez, parce que vous êtes un caméléon, comme moi. Si vous n'arrivez pas à jouer une musique que les gens apprécient à sa juste valeur, alors vous jouez une musique qu'ils adorent.

Laura espérait qu'un jour cela changerait, tout comme chaque matin, en se réveillant, elle espérait entendre l'atroce musique de Lila à la radio, observer Peter en train de courir partout dans le salon à la recherche de ses chaussures, et surprendre David qui parlait à voix basse au téléphone pour que sa mère ne découvre pas qu'il avait une petite amie.

— Vous devriez y aller.

Jane montra la pendule. L'heure était pratiquement écoulée.

Laura avait envie de prolonger la discussion, mais elle savait qu'elle n'avait pas le choix. Elle mit la main dans son sac pour prendre son portefeuille.

— C'est moi qui offre, proposa Jane.

— Je ne pourrais…

— Je devrais plutôt dire que c'est sur la note de la famille Queller.

— Très bien, accepta Laura.

Elle glissa au bas du tabouret et réprima une grimace de douleur lorsque son poids se porta sur sa jambe. Sa canne se trouvait là où elle l'avait laissée. Elle agrippa le pommeau d'argent, regarda Jane et se demanda si la jeune fille était la dernière personne avec qui elle aurait une conversation normale. S'il se révélait que ce fût le cas, elle en était heureuse.

— Ça a été un plaisir de bavarder avec vous, Jane.

— Pour moi aussi. Je serai au premier rang si vous cherchez un visage amical.

Laura éprouva une extrême tristesse en l'apprenant. Contrairement à ses habitudes, elle tendit la main et recouvrit celle de Jane. En sentant la peau fraîche de la jeune fille, elle se demanda depuis combien de temps elle n'avait pas touché un autre être humain pour y puiser du réconfort.

Les mots lui échappèrent :

— Vous êtes quelqu'un de formidable.

— Ça alors, lâcha Jane en rougissant.

— Ce n'est pas parce que vous avez du talent, ou que vous êtes belle, même si vous cumulez les deux sans aucun doute, c'est parce que vous êtes vous-même, simplement.

Laura prononçait là les mots qu'elle aurait aimé avoir le temps de dire à sa propre fille.

— Vous êtes merveilleuse.

Jane rougit de plus belle et s'efforça de trouver une réponse piquante.

— Non. (Laura ne laisserait pas l'ironie de la jeune fille gâcher cet instant.) Vous trouverez votre voie, Jane, et ce sera la bonne, quelle qu'elle soit, parce que c'est le chemin que vous vous serez tracé. C'est mon conseil.

Elle serra la main de la jeune fille une dernière fois.

Laura sentit le regard de Jane posé sur elle, pendant qu'elle traversait lentement la pièce. Elle était restée assise au bar trop longtemps. Son pied était engourdi. La balle logée dans son dos lui faisait l'effet d'un être vivant. Elle maudit l'éclat de métal, pas plus gros que l'ongle de son auriculaire, installé dangereusement près de sa moelle épinière.

Juste cette fois, cette dernière fois, elle aurait eu envie de se déplacer avec rapidité, de retrouver un peu de son ancienne agilité, et de terminer sa tâche avant que Jane ne prenne place au premier rang.

Les hommes importants avaient quitté le hall d'entrée, mais la fumée de leurs cigarettes et de leurs pipes persistait. Laura poussa la porte des toilettes pour dames.

Désertes, comme Nick l'avait prédit.

Elle marcha jusqu'à la dernière porte de cabinet. Elle l'ouvrit, puis la referma. Batailla avec le verrou. La targette coulissante ne voulait pas rentrer dans la fente. Elle la claqua deux fois, faisant résonner le métal, et enfin elle parvint à la verrouiller.

Laura fut prise d'un soudain étourdissement. Elle appuya les mains contre les murs. S'accorda quelques instants pour retrouver l'équilibre. Cumuler deux verres à la fatigue du décalage horaire était une erreur, mais, aujourd'hui plus que tous les autres jours, elle pouvait se pardonner ses choix malheureux.

Les toilettes, avec leur réservoir installé en hauteur sur le mur, semblaient dater de l'Antiquité. Elle passa la main derrière. Le cœur battant, elle tâtonnait à l'aveuglette. Elle sentit d'abord le ruban adhésif. Sa panique diminua à peine lorsque ses doigts remontèrent jusqu'au sac en papier.

La porte s'ouvrit.

— *Hej-hej ?* interrogea un homme.

Laura se figea, le cœur à l'arrêt.

— Bonjour ?

Il traînait un objet lourd sur le sol.

— C'est l'homme de ménage. Bonjour ?

— Un instant, cria Laura en retour, les mots étouffés dans la gorge.

— Homme de ménage, répéta-t-il.

— *Nej*, dit-elle, d'une voix stridente. Occupé.

Il lâcha un soupir contrarié.

Elle patienta.

Un autre soupir.

Un autre instant.

Finalement, il tira son accessoire quel qu'il fût en sens inverse. Claqua la porte si fort que la porte du cabinet fit glisser son fragile verrou et s'ouvrit en grinçant.

Laura sentit la targette enfoncer son doigt métallique dans le creux de ses reins.

Si invraisemblable que ce fût, un rire lui chatouilla l'arrière-gorge. Elle visualisa la scène : elle, jupe relevée et toute chiffonnée, debout, une jambe de chaque côté de la cuvette, la main passée derrière le réservoir.

Il ne manquait que le bruit d'un train et Michael Corleone.

Laura saisit le sac en papier. Le fourra dans son sac à main. Gagna les lavabos. Inspecta ses cheveux et son rouge à lèvres dans le miroir. Examina son reflet, tout en lavant ses mains tremblantes.

Son ombre à paupières détonnait. Dans sa vie de tous les jours, elle ne se maquillait quasiment jamais. En temps normal, elle ramenait ses cheveux en arrière pour dégager son visage, portait un jean, une des chemises de son mari et les baskets de son fils, qu'il abandonnait le plus souvent près de la porte.

En temps normal, un appareil photo se balançait à son cou tandis qu'elle courait frénétiquement dans tous les sens pour réserver des séances de travail, pour organiser des performances et des répétitions, pour s'entraîner, pour prévoir des repas, du temps pour cuisiner, du temps pour lire, et du temps pour aimer.

Mais plus rien n'était normal désormais.

Laura se sécha les mains avec une serviette en papier. Elle s'appliqua une touche de rouge à lèvres. Révéla ses dents blanches au miroir.

L'agent d'entretien patientait devant les toilettes pour dames. Il fumait, adossé à une énorme poubelle, d'où pendaient des pulvérisateurs de chaque côté.

Laura réprima un élan impérieux de lui présenter ses excuses. Elle vérifia que le sachet en papier se trouvait bien dans son sac. Tira sur la fermeture à glissière. La sensation de vertige l'assaillit à nouveau, mais elle réussit à s'en débarrasser. Elle ne pouvait rien pour son estomac barbouillé. Son cœur s'était changé en métronome et installé à la base de sa gorge. Elle sentait le sang pulser dans ses veines. Sa vision s'affina comme la pointe d'une punaise.

— Docteur Maplecroft ?

Une jeune femme en robe à fleurs, passablement agacée, surgit de nulle part à grands pas.

— Suivez-moi. Votre débat commence bientôt.

Laura essaya de suivre l'allure vive, voire paniquée, de son hôtesse. Elles avaient traversé la moitié du hall lorsque Laura réalisa qu'elle était essoufflée. Elle ralentit, laissa la main plus longtemps sur sa canne. Elle devait rester calme. Ce qu'elle s'apprêtait à faire ne tolérait pas la précipitation.

— Madame, implora la jeune fille, faisant signe à Laura de se dépêcher.

— Ils ne commenceront pas sans moi, répondit Laura, sans être toutefois certaine que Martin Queller daigne attendre.

Elle débusqua le paquet de mouchoirs dans son sac à main. Essuya la transpiration sur son front.

Une porte s'ouvrit à la volée.

— Mademoiselle, lança Martin Queller en claquant des doigts comme pour appeler un chien. Où est Maplecroft ?

Il observa un instant Laura.

— Café, deux sucres.

La jeune fille fit une tentative :

— Docteur…

— Café, répéta Martin visiblement énervé. Vous êtes sourde ?

— Je suis le Dr Maplecroft.

Interloqué, il lui jeta un autre coup d'œil. Puis un deuxième.

— Alex Maplecroft ?

— Alexandra, répondit Laura en lui présentant sa main. Je suis ravie de vous rencontrer en personne.

Un groupe de collègues s'étaient rassemblés derrière lui. Martin n'avait d'autre choix que de lui serrer la main. Son regard se posa sur ses cheveux. C'est ce qui la trahissait. La couleur de sa peau s'approchait de celle de sa mère blanche, mais elle avait hérité de la chevelure crépue de son père noir.

— Je comprends mieux à présent, lâcha Martin. Vous avez laissé votre expérience personnelle teinter vos recherches.

Laura baissa les yeux pour contempler la main blanche et dure qu'elle tenait.

— Teinter est un choix de mot intéressant, Martin.

— Dr Queller, la reprit-il.

— Oui, j'ai entendu parler de vous quand j'étais à Harvard.

Laura se tourna vers l'homme à la droite de Martin, l'Allemand sans doute, à en juger par le costume gris raffiné et la fine cravate bleu marine.

— Docteur Richter ?

— Friedrich, s'il vous plaît. Tout le plaisir est pour moi.

L'homme daigna à peine dissimuler un sourire et incita un autre intervenant à approcher : les cheveux gris, arborant une veste bleu turquoise, plutôt à la mode.

— Puis-je vous présenter notre confrère, *Herr* Dr Maes ?

— Enchantée de faire votre connaissance.

Laura serra la main du Belge et se tourna vers la jeune femme.

— Sommes-nous prêts à commencer ?

— Naturellement, madame.

La jeune fille les escorta à travers le hall jusqu'à l'orée de la scène.

La présentation avait déjà commencé. On avait baissé les lumières dans les coulisses. La jeune fille leur montra le chemin à l'aide d'une lampe de poche. Laura percevait le bourdonnement de voix masculines montant du public. Un autre homme, le présentateur, parlait dans un microphone. Son français était trop rapide pour que Laura parvienne à suivre. Elle lui fut reconnaissante de passer à l'anglais.

— Et maintenant, trêve de bavardages, n'est-ce pas ? Sans plus attendre, nous accueillons nos quatre intervenants.

Les applaudissements secouèrent le plancher sous les pieds de Laura. Des papillons s'agitèrent à l'intérieur de son estomac. Huit cents personnes. On avait accru l'éclairage de la salle. Juste derrière le rideau, elle apercevait le côté droit de l'auditorium. Le public, composé en majorité d'hommes, applaudissait debout en attendant que le spectacle commence.

— Docteur ? chuchota Friedrich Richter.

Ses confrères attendaient que Laura ouvre la marche. Même Martin Queller respectait les bases de la politesse en l'invitant à passer devant. C'était le moment tant attendu. Le moment qui l'avait extirpée de son lit d'hôpital, qui l'avait poussée à aller au bout de ces insupportables traitements, qui l'avait propulsée dans quatre avions successifs pour arriver jusqu'ici.

Et pourtant Laura était paralysée, réalisant soudainement ce qu'elle s'apprêtait à faire.

— Bon sang, lâcha Martin d'un ton impatient tandis qu'il pénétrait sur la scène à grands pas.

À sa vue, la foule rugit. On tapa des pieds. On agita les mains. On brandit les poings.

Friedrich et Maes accomplirent un mime à la Laurel et Hardy pour savoir qui des deux aurait l'honneur de laisser passer Laura.

Elle devait y aller. Elle devait le faire.

Maintenant.

L'air se fit étouffant tandis qu'elle avançait sur la scène. Malgré le vacarme des acclamations et des applaudissements, Laura était consciente du ferme martèlement de sa canne sur les planches en bois. Elle sentit ses épaules se voûter. Sa tête s'incliner. L'envie de rapetisser la submergea.

Elle leva les yeux.

Encore plus de lumières. La fumée de cigarette s'accrochait au plafond.

Elle fit face au public – pas pour voir la foule, mais pour trouver Jane. Assise au premier rang, comme promis. Andrew à sa gauche, Nick à sa droite, mais ce fut Jane qui attira l'attention de Laura. Elles échangèrent des sourires complices avant que Laura ne se retourne vers la scène.

Il fallait qu'elle se lance pour mettre un terme à tout cela.

Des microphones, pareils à des fusils, étaient braqués sur quatre sièges séparés par de petites tables. Laura n'avait pris part à aucune discussion concernant les places. Par conséquent, elle s'arrêta au niveau du premier siège. Des gouttes de transpiration perlaient sur sa lèvre supérieure. Les lumières crues semblaient des lasers. Elle prit conscience trop tardivement qu'elle aurait dû s'entraîner en vue de ce moment. Le fauteuil s'inspirait d'un design typiquement scandinave : magnifique à regarder, mais quasiment aussi bas que le sol, avec un dossier réduit au minimum. Pire encore, il pivotait.

— Docteur ?

Maes saisit le dossier du fauteuil voisin et le maintint immobile pour elle. Laura était donc censée s'asseoir au milieu. Elle se baissa pour se couler dans le siège, des spasmes douloureux parcoururent les muscles de ses épaules et de ses jambes.

L'homme lui proposa de mettre sa canne par terre.

— Oui, merci, fit Laura en agrippant son sac à main, posé sur ses genoux.

Maes prit place à sa gauche. Friedrich gagna l'autre côté et laissa le siège près de Laura vide.

Elle regarda la foule, par-delà l'extrémité pointue des micros. Les applaudissements faiblissaient. Les gens commençaient à se rasseoir.

Martin Queller n'était pas tout à fait prêt à les laisser s'installer. Il demeura debout, main levée bien haut dans les airs, pour saluer le public. Piètre spectacle pour quiconque se rappelait la repartie de Maplecroft comparant le Dr Queller à Göring. Après avoir salué la foule, Martin prit finalement place au centre de la scène.

À présent, le public s'installa. Les derniers applaudissements cessèrent progressivement. L'éclairage de la salle diminua d'intensité en faveur des projecteurs de la scène.

Laura battit des paupières, momentanément aveuglée. Elle attendit l'inévitable : à savoir que Martin Queller règle le micro à sa convenance et prenne la parole.

— De la part de mes confrères et de moi-même, je souhaiterais vous remercier pour votre présence, déclara-t-il. J'espère ardemment que nos échanges resteront animés et courtois, et surtout qu'ils seront à la hauteur de vos attentes.

Il regarda à gauche, puis à droite, tendant la main vers sa poche de poitrine pour en sortir une pile de fiches.

— Commençons avec ce que le camarade secrétaire général Gorbatchev a surnommé la « période de stagnation ».

Des éclats de rire montèrent de la foule.

— Docteur Maes, je vous laisse celle-là.

Il fallait bien l'admettre, Martin Queller savait prendre les rênes d'une salle. Sans aucun doute, il assurait le spectacle et suscitait l'envie en tournant autour du sujet que tous étaient venus voir débattre. Dans sa jeunesse, il avait certainement dû être séduisant, tout comme l'argent rend un homme ennuyeux subitement intéressant. L'âge lui avait réussi. Laura savait qu'il avait soixante-trois ans, mais ses cheveux foncés n'étaient que légèrement parsemés de gris. Son nez aquilin semblait moins marqué que sur les photos, qui à l'évidence avaient été sélectionnées pour mettre en avant son intellect plutôt que son physique. Les gens confondaient souvent personnalité et caractère.

— Que pensez-vous de Tchernenko, *Herr* Richter ?

La voix de Martin tonna sans l'appui du micro.

— Est-il probable que nous assistions à l'application complète des modestes réformes d'Andropov ?

— Eh bien, déclara Friedrich. Comme les Russes le

diraient eux-mêmes : « Lorsque l'argent parle, la vérité se tait. »

Il y eut quelques petits rires.

Laura remua sur son siège afin de soulager la douleur qui irradiait le long de sa jambe. Son nerf sciatique vibrait telles les cordes d'une harpe. Au lieu d'écouter la réponse intensément théorique de Friedrich, elle fixa un pan du public. Une rangée de projecteurs pendait d'une perche métallique. Un homme debout sur une plate-forme surélevée manœuvrait une caméra d'épaule Beta Movie. Il faisait tourner l'objectif à la main. L'éclairage avait probablement faussé l'autofocus.

Laura baissa les yeux sur sa main. Le pouce et deux de ses doigts présentaient encore des callosités, nées des années passées à ajuster la bague de mise au point de son Hasselblad.

Le mois précédant la mort de Lila, sa fille avait dit à Laura qu'elle voulait prendre des cours de photo, mais pas avec elle. Ce qui l'avait profondément blessée, étant donné qu'elle était photographe professionnelle. Mais un ami lui avait rappelé que les adolescentes ne voulaient plus rien apprendre de leurs mères jusqu'à ce qu'elles aient des enfants à leur tour, et Laura avait décidé d'attendre le bon moment.

Mais le temps était épuisé.

Entièrement à cause de Martin Queller.

— … la juxtaposition de la politique sociale et de l'économie, disait Martin. Donc, docteur Maplecroft, alors que vous désapprouvez ce que vous appelez le « ton atavique » de la Correction Queller, je cherche simplement à nommer un phénomène qui existe statistiquement.

Tandis que Martin prenait une inspiration avant de poursuivre, Laura se jeta à l'eau.

— Je me demande, docteur Queller, si vous saisissez que vos politiques ont des conséquences dans la réalité.

— Ce ne sont pas des politiques, ma chère. Mais des théories assignées à ce que vous-même avez décrit comme une éthique tribale.

— Mais, docteur…

— Si vous trouvez mes conclusions plutôt froides, alors je vous rétorquerais que la statistique est, en réalité, une maîtresse frigide.

Il semblait apprécier la tournure de phrase. Elle apparaissait dans nombre de ses éditoriaux et essais.

— Recourir à l'émotion ou à l'hystérie pour interpréter des données ouvre le champ au ridicule. Autant demander à un concierge quelle sera l'influence de l'éruption volcanique de Beerenberg sur la météo de Guam.

Laura mourait d'envie d'être celle qui, d'une baffe, effacerait ce sourire autosatisfait sur son visage.

— Vous dites que vos théories ne sont pas des politiques, mais, dans les faits, vos théories économiques ont été utilisées à des fins politiques.

— Vous me flattez, répliqua-t-il, bien que cela entérinait le point soulevé par Laura.

— Votre travail a influencé le Lanterman-Petris-Short Act en 1967.

Martin la fusilla du regard en entendant le commentaire, puis se retourna vers le public et déclara :

— Pour le bénéfice des Européens, vous devriez expliquer que le Patients' Bill of Rights fut un article de loi majeur passé dans l'État de Californie. Entre autres, il contribuait à mettre un terme à l'internement en hôpital psychiatrique des personnes contre leur gré.

— Et le projet de loi ne coupait-il pas les crédits accordés aux hôpitaux psychiatriques d'État ?

Le petit sourire narquois qui se dessinait sur ses lèvres révéla qu'il savait où menait cette discussion.

— Les coupures de crédits étaient temporaires. Reagan, le gouverneur de l'époque, réinstaura les crédits l'année suivante.

— Aux niveaux antérieurs ?

— Vous avez passé votre vie devant un tableau noir, Maplecroft. La réalité est différente. Le virage d'une politique gouvernementale ressemble à celui d'un navire de guerre. Il faut beaucoup de place pour apporter des corrections.

— Certains les qualifieraient plutôt d'« erreurs » que de « corrections ».

Laura leva la main pour couper court à sa riposte.

— Et l'année suivante connut une autre *correction* : l'incarcération de deux fois plus de personnes atteintes de maladies mentales.

— Eh bien…

— En Californie, la surpopulation des établissements pénitentiaires a engendré la naissance de gangs violents, a conduit à la réincarcération de milliers de personnes et a contribué à l'explosion des cas de VIH.

Laura se retourna vers le public.

— Churchill nous a dit : « Un peuple qui oublie son passé se condamne à le revivre. » Mon collègue semble dire : « Répéter notre histoire est le seul moyen de rester au pouvoir. »

— Des patients !

Il éructa le mot si fort qu'il résonna contre le mur du fond.

Dans le silence qui s'ensuivit, Laura demanda :

— Oui, monsieur ?

— Docteur, rectifia Martin en lissant sa cravate et en s'efforçant manifestement de garder son calme. Cette loi dont vous parlez fut intitulée à juste titre le « Patient's Bill of Rights ». Les patients qui ont quitté les hôpitaux psychiatriques d'État ont soit emménagé dans des foyers d'accueil, soit reçu un traitement en milieu ouvert afin de devenir des membres utiles à la société.

— Étaient-ils en capacité d'être utiles ?

— Bien sûr qu'ils l'étaient. C'est le problème avec les socialistes. D'après vous, le boulot du gouvernement consiste à dorloter l'homme du berceau jusqu'à la tombe. C'est précisément le type de raisonnement erroné qui a transformé la moitié de l'Amérique en État providence.

Il se pencha en avant et s'adressa au public.

— Je crois, et la plupart des Américains comme moi,

que chaque homme mérite une chance de se tenir sur ses deux jambes. Cela s'appelle le « rêve américain », et il est accessible à quiconque veut travailler pour l'obtenir.

Laura désigna sa canne.

— Et s'ils ne peuvent pas tenir sur leurs deux jambes ?

— Nom de Dieu ! C'est une figure de style.

Il se plaça de nouveau face au public.

— Le cadre du foyer d'accueil permet…

— Quels foyers d'accueil ? Ceux gérés par les services de Queller Healthcare ?

Il ne fut déstabilisé qu'un instant.

— La société est détenue à titre privé par un *blind trust*, c'est-à-dire une fiducie sans droit de regard. Je n'ai pas mon mot à dire sur les décisions prises.

— Ne savez-vous pas que les services de Queller Healthcare tirent plus de 30 % de leurs bénéfices annuels de la gestion des foyers d'accueil à destination des personnes atteintes de maladies mentales ? lança Laura en écartant les bras, paumes vers le haut. Quelle merveilleuse coïncidence que votre position de conseiller économique de l'État vous ait permis de préconiser que l'argent du gouvernement soit réaffecté à une industrie privée à but lucratif, dédiée à la santé, à laquelle votre famille doit une si grande partie de sa fortune.

Martin soupira. Il secoua la tête avec théâtralité.

— La société est sur le point d'entrer en Bourse, n'est-ce pas ? Vous avez embrigadé quelques investisseurs de haut vol pour vous assurer que vos chiffres restent élevés. Voilà pourquoi vous pressez le gouvernement de mettre en place vos politiques et pourquoi un retour en arrière est impossible. La fortune de votre famille va s'accroître de façon considérable quand le modèle Queller s'étendra au reste des États-Unis. N'est-ce pas ?

Martin soupira à nouveau, secoua la tête. Puis jeta un coup d'œil à la foule comme pour la mettre dans sa poche.

— J'ai l'impression que vous avez détourné ce débat selon votre propre ordre du jour, Maplecroft. Ce que je dis n'a pas une once d'importance. Vous vous êtes apparemment fait votre opinion. Je suis un homme malfaisant. Le capitalisme est un système cruel. Nous ferions mieux de cueillir des fleurs et de les tresser dans nos cheveux.

Laura prononça enfin les mots qui l'avaient fait mentir, voler, commettre un kidnapping et parcourir près de dix mille kilomètres en avion. Tout ceci dans le but de les balancer au visage de Martin Queller :

— Robert David Juneau.

Une fois encore, Martin fut pris au dépourvu, mais il recouvra ses esprits avec habileté, en s'adressant au public.

— Pour ceux d'entre vous qui ne lisent pas les journaux de la Californie du Nord, Robert David Juneau était un ouvrier noir du bâtiment qui…

— Un ingénieur, le coupa Laura.

Il se retourna, apparemment abasourdi qu'elle l'ait repris.

— Juneau était un ingénieur. Formé à l'institut de technologie Cal Tech. Ce n'était pas un ouvrier du bâtiment, mais il était bel et bien noir, si c'est le point que vous souhaitez mettre en avant.

Il la menaça du doigt.

— Rappelez-vous que c'est vous qui ramenez sans cesse tout ceci à la race.

— Robert Juneau a été blessé en visitant un chantier de construction dans le centre-ville de San Francisco, poursuivit Laura en s'efforçant d'empêcher sa voix de trembler tandis qu'elle s'adressait à la foule. L'un des ouvriers a commis une erreur. Ce sont des choses qui arrivent. Juneau s'est retrouvé au mauvais endroit au mauvais moment. Une poutrelle en acier l'a heurté ici à la tête.

Elle montra sa tête et, l'espace d'un instant, ses doigts palpèrent la cicatrice irrégulière sur le cuir chevelu de Robert.

— Son cerveau s'est mis à enfler. Il a subi une série d'accidents cérébraux durant l'intervention chirurgicale destinée à réduire le gonflement. Les médecins demeuraient réservés quant à son rétablissement, mais il a réussi à remarcher, à reparler, à reconnaître son épouse et ses enfants.

— Oui, aboya Martin. Nul besoin de dramatiser outre mesure. Il souffrait de blessures sévères au lobe frontal. La personnalité de l'homme a été altérée par l'accident de manière irrémédiable. Juneau était un père de famille convenable avant sa blessure. Par la suite, il est devenu violent.

— Vous aimez dessiner des lignes droites sur un monde tortueux, n'est-ce pas ? lâcha Laura, révulsée par la désinvolture de ses déclarations.

Elle laissa enfin son regard croiser celui de Jane au premier rang et s'adressa à la jeune fille, parce qu'elle voulait qu'elle sache la vérité.

— Robert Juneau était un homme bon avant sa blessure. Il s'est battu pour son pays au Vietnam. Le gouvernement lui a financé ses études et il a obtenu son diplôme. Il payait ses impôts. Il a économisé, a acheté une maison, payé ses factures, pris soin de sa famille, tendu les mains vers le rêve américain, et…

Laura marqua une pause pour déglutir.

— … et lorsqu'il s'est retrouvé incapable de se tenir sur ses deux jambes, lorsque l'heure est venue pour son pays de prendre soin de lui… (Elle se retourna vers Martin.) Des hommes comme vous ont dit non.

Martin poussa un soupir affligé.

— C'est un conte tragique, Maplecroft, mais qui va remplir un chèque pour des soins médicaux encadrés vingt-quatre heures sur vingt-quatre ? Cela représente trois médecins de garde, au moins cinq membres du personnel infirmier, des équipements, une infrastructure, des notes d'assurance, des secrétaires, des gardiens, du personnel de cafétéria, de la blanchisserie, des détergents, multipliés par le nombre de personnes atteintes de maladies mentales sérieuses en Amérique. Voulez-vous donner 80 % de votre revenu aux impôts comme c'est le cas dans le pays qui nous accueille aujourd'hui ? Si la réponse est oui, n'hésitez pas à déménager. Si la réponse est non, alors dites-moi où trouver l'argent…

— Nous sommes le pays le plus riche du…

— Parce que nous ne dilapidons pas…

— De vous ! hurla-t-elle soudain, et le calme du public gagna la scène. Et si nous obtenions l'argent de vous ?

Pour toute réponse, il se contenta de renifler.

— Robert Juneau a été mis à la porte de six foyers d'accueil, tous gérés par Queller Healthcare. Chaque fois qu'il revenait, ils inventaient une raison différente de le renvoyer.

— Je n'ai rien à voir avec…

— Savez-vous combien coûte l'enterrement de trois enfants ?

Laura visualisait encore ses bébés en cette fraîche journée d'automne. David chuchotait quelque chose à une fille au téléphone. À l'étage, Lila écoutait la radio en se préparant pour l'école. Peter courait partout dans le salon à la recherche de ses chaussures.

*Série de détonations.*

Un seul tir dans la tête abattit son plus jeune fils.

Deux balles ouvrirent la poitrine de David.

Lila avait glissé en descendant l'escalier au pas de course. Deux balles lui avaient perforé le sommet de la tête. L'une d'elles l'avait traversée de part en part.

L'autre était toujours logée dans la colonne vertébrale de Laura.

Dans sa chute, elle s'était cogné la tête contre la cheminée. Le revolver était un six coups. Robert l'avait rapporté du Vietnam, où il servait en tant que « rat des tunnels[1] ».

Ce jour-là, la dernière vision de Laura fut son mari qui appuyait le canon du revolver sous son menton et pressait la détente.

— Combien ? répéta Laura. Les cercueils, les vêtements,

1. Soldats chargés d'inspecter et de « nettoyer » les galeries souterraines creusées par les Viêt-congs pour s'y abriter et tendre des embuscades.

les chaussures – vous devez leur mettre des chaussures –, les Kleenex, la sépulture au cimetière, les pierres tombales, la location du corbillard, les porteurs de cercueil, le prêtre. Combien coûtent les obsèques d'un garçon de seize ans, d'une jeune fille de quatorze ans et d'un enfant de cinq ans ?

Elle savait qu'elle était la seule personne de l'assistance à pouvoir répondre à cette question, parce qu'elle avait rempli le chèque.

— Que valaient leurs existences, Martin ? Coûtaient-elles davantage à la société que le maintien d'un homme malade à l'hôpital ? Est-ce que ces trois bébés-là n'étaient rien de plus qu'une putain de *correction* ?

Martin parut à court de mots.

— Alors ?

Elle attendait. Tout le monde attendait.

— Il a servi dans l'armée. L'hôpital des vétérans…

— Était surpeuplé et dépourvu de financement ! Une liste d'attente d'un an pour être pris en charge par le ministère des Anciens Combattants. Aucun hôpital psychiatrique d'État pour l'accueillir, parce qu'il n'y avait pas de financement public. L'hôpital classique lui avait interdit son accès. Il avait déjà agressé une infirmière et blessé une aide-soignante. Ils savaient qu'il était violent, mais ils l'ont envoyé dans un foyer d'accueil, parce qu'il n'y avait pas d'autre lieu où le parquer. Un foyer d'accueil géré par Queller Healthcare.

— Vous… vous n'êtes pas Alex Maplecroft, dit Martin, qui l'avait finalement percée à jour.

— Non.

Elle plongea la main dans son sac. Trouva le sac en papier.

De l'encre de maculage.

Voilà ce qu'était censé contenir le sac.

En Californie, ils étaient tous tombés d'accord sur les paquets de poudre colorante rouge, fins et plats, plus petits et moins épais qu'un pager. Les banques camouflent la poudre explosive au milieu des piles de billets de banque, de sorte que les cambrioleurs se retrouvent maculés à l'encre indélébile quand ils essaient de compter leur butin.

Le plan consistait à humilier Martin Queller sur la scène internationale, souillé par le sang métaphorique de ses victimes.

Laura avait perdu toute foi en la métaphore quand son époux avait massacré ses enfants.

Elle prit une profonde inspiration et repéra Jane dans la foule.

La jeune fille pleurait. Elle secoua la tête, murmura imperceptiblement le mot que son père ne prononcerait jamais : « Pardon ».

Laura sourit. Elle espéra que Jane se souviendrait de ce qu'elle lui avait dit dans le bar. Elle *était* formidable. Elle *trouverait* sa propre voie.

L'étape suivante arriva vite, peut-être parce que Laura l'avait visualisée tellement de fois dans sa tête, aux rares instants où elle ne pensait pas à ses enfants ; l'odeur des pieds de David quand il était bébé ; le doux sifflotement entre les lèvres de Peter quand il coloriait avec ses crayons gras ; la ridule sur le front de Lila lorsqu'elle cherchait à cadrer une photo. Même Robert hantait parfois ses pensées. L'homme d'avant l'accident qui avait dansé au Hollywood Bowl sur l'air de piano de Jinx Queller. Le patient qui avait si désespérément voulu guérir. Le résident violent de l'hôpital. Le perturbateur qui s'était fait expulser de multiples foyers d'accueil. L'homme sans domicile arrêté à de nombreuses reprises pour vol, agression, ivresse sur la voie publique, mendicité agressive, nuisance publique, délit d'intention, tendances suicidaires, menaces terroristes.

« D'une certaine manière, vous avez de la chance, avait dit son oncologue à Laura après la fusillade. Si la balle était entrée dans votre dos trois centimètres plus bas, le scanner n'aurait jamais décelé le cancer. »

Laura enfouit sa main dans le sachet en papier.

Dès l'instant où elle l'avait retiré de derrière le réservoir, elle avait su qu'elle ne tenait pas les paquets piégés, mais quelque chose de mieux.

Un revolver six coups, exactement identique à celui de son époux.

D'abord, elle tira dans la tête de Martin Queller.

Puis elle pressa le canon du pistolet sous son menton et se donna la mort.

# 21 AOÛT 2018

# 8

Un peu engourdie, Andy conduisait l'énigmatique break Reliant K de sa mère, rempli d'argent tout aussi énigmatique, vers une destination que Laura avait sortie de son chapeau. Ou peut-être pas. Sa mère savait probablement ce qu'elle faisait, parce qu'on ne gardait pas un box secret, avec le nécessaire indispensable pour recommencer sa vie, à moins d'avoir un paquet de choses à cacher.

Les faux papiers d'identité. Le revolver au numéro de série effacé. Les photos d'Andy dans la neige, qu'elle n'avait jamais vues, serrant la main d'une personne dont elle ne se souvenait pas.

Les polaroids.

Andy les avait glissés dans le fourre-tout de plage à l'arrière de la Reliant. Elle aurait pu passer le reste de sa journée à les contempler en essayant d'imaginer les choses affreuses qui étaient arrivées à la jeune femme sur les photos. Battue. Frappée à coups de poing. Mordue : l'entaille sur la jambe y faisait penser, comme si un animal avait arraché sa chair.

Cette jeune femme était sa mère.

Qui avait infligé ces horreurs à Laura ? Est-ce que c'étaient ceux qui avaient envoyé l'homme en noir ? Qui suivaient certainement sa piste en ce moment même ?

Andy ne s'avérait pas particulièrement douée quand il s'agissait de jouer les fugitives. Elle était déjà arrivée à Birmingham quand elle s'était rendu compte qu'elle n'avait pas décroché les câbles de batterie dans le camion de la victime. Laura lui avait demandé de mettre le GPS hors service. Est-ce qu'il fonctionnait moteur éteint ? Le contact avec le satellite semblait relever de l'ordinateur de bord, ce qui impliquait que ce dernier devait être allumé, et la voiture en marche.

*N'est-ce pas ?*

Le dispositif de repérage LoJack contre le vol des véhicules possédait sa propre batterie. Andy le savait grâce à son travail au Central et aux déclarations de vol. Elle savait aussi que Ford disposait d'un système d'exploitation propre à la marque, Sync, mais il fallait s'enregistrer pour activer le service de surveillance en temps réel. Andy ne pensait pas qu'un type qui prenait la peine d'occulter toutes les lumières de son véhicule abandonnerait son anonymat pour se servir des commandes vocales et localiser le restau mexicain le plus proche.

*N'est-ce pas ?*

Qu'est-ce qui se passerait si on venait à découvrir le pick-up ? Andy visualisa mentalement l'enquête, tout comme elle l'avait fait en s'enfuyant de chez sa mère.

Premièrement, la police devrait identifier l'homme en noir, alias Samuel Godfrey Beckett. Étant donné la vocation du type, il y avait de grandes chances pour qu'il soit fiché. Un scan de ses empreintes suffirait donc à obtenir son nom. Ensuite, ils trouveraient l'immatriculation du camion et lanceraient un avis de recherche par téléphone, ce qui créerait une alerte qui s'afficherait sur l'écran de chaque voiture de patrouille en Géorgie et dans les États alentour.

Encore fallait-il que ces hypothèses se concrétisent dans la réalité. Il y avait des tas d'avis de recherche à longueur de journée. Les officiers de patrouille en négligeaient beaucoup, même ceux hautement prioritaires, parce qu'ils avaient un milliard de tâches à accomplir sur leur temps de travail, y compris celle de ne pas se faire tirer dessus, et s'arrêter pour lire une alerte ne représentait pas une priorité absolue.

Andy n'était pas sortie d'affaire pour autant. Si les flics ne trouvaient pas le pick-up, les bibliothécaires, ou plus vraisemblablement le vieil homme grincheux, signaleraient sûrement le véhicule abandonné. Ensuite, les flics débarqueraient. L'officier communiquerait le numéro d'immatriculation, prendrait connaissance de l'avis de recherche, avertirait Savannah. Les agents de la police scientifique trouveraient les chaussures d'Andy ainsi que sa chemisette, ses empreintes digitales et son ADN partout dans la cabine.

Andy sentit son estomac se nouer.

Elle pouvait expliquer la présence de ses empreintes sur la poêle à frire – Andy faisait souvent cuire des œufs dans la cuisine de sa mère –, mais voler le camion d'un mort et franchir des frontières avec équivalait à placarder une étiquette indiquant *coupable* sur son front. Et si Palazzolo inculpait Andy pour le meurtre de l'homme en noir, le procureur pourrait demander la peine de mort.

*La peine de mort.*

Prise de vertige, elle ouvrit la bouche pour respirer. Ses mains se remirent à trembler. De grosses larmes roulèrent le long de ses joues. Les arbres se brouillèrent derrière les vitres. Elle ferait mieux de se rendre. Arrêter de fuir. Elle avait laissé sa mère dans la merde. Aucune importance que Laura lui ait demandé de partir. Elle aurait dû rester. Au moins, elle n'aurait pas été si seule.

Cette vérité fit remonter un sanglot dans sa gorge.

*Reprends-toi*, s'exhorta-t-elle. *Arrête ça.*

Elle agrippa le volant. Battit des paupières pour chasser ses larmes. Laura lui avait demandé d'aller en Idaho. Il fallait qu'elle aille en Idaho. Une fois qu'elle y serait, qu'elle aurait traversé la frontière, elle pourrait sangloter à longueur de journée jusqu'à ce que le téléphone sonne et que Laura lui dise qu'elle pouvait rentrer à la maison en toute sécurité. Suivre les ordres de Laura, voilà l'unique moyen de s'en sortir.

Laura lui avait aussi demandé de débrancher la batterie de la Ford.

— Merde, marmonna Andy.

« Ce qui est fait est fait », aurait dit Gordon. Le caractère irrévocable de cette affirmation desserra les courroies qui lui oppressaient la poitrine. En plus, cela avait le mérite d'être vrai. Que les flics découvrent le pick-up Ford ou pas et ce qu'ils en feraient ensuite était totalement hors de son contrôle.

Pour l'instant, elle n'avait à se préoccuper que d'une seule question : lors de ses recherches à la bibliothèque, à quel moment exactement avait-elle activé le mode Navigation privée sur Google ? Parce que, une fois que les flics auraient découvert le camion, ils discuteraient avec les bibliothécaires, qui leur diraient qu'Andy s'était servie de l'ordinateur. Elle était certaine que les employés de la bibliothèque opposeraient une résistance à toute intrusion – c'étaient en général de fervents défenseurs du premier amendement –, mais l'obtention d'un mandat pour fouiller l'ordinateur ne nécessiterait qu'une heure. Ensuite, un technicien mettrait cinq secondes à peine pour retrouver l'historique d'Andy.

Elle ne doutait pas d'avoir activé le mode Navigation privée avant de taper « Paula Kunde à Austin, Texas », mais l'avait-elle fait avant ses recherches d'itinéraires pour l'Idaho ?

Impossible de s'en souvenir.

Seconde préoccupation : et si ce n'étaient pas les flics qui interrogeaient les bibliothécaires ? Et si les ennemis omniscients de Laura engageaient quelqu'un pour rechercher le camion de l'homme en noir, bavarder avec les bibliothécaires et fouiner dans l'ordinateur ?

Andy s'essuya le nez avec sa manche et ralentit son allure, parce que la Reliant était secouée comme un paquet de croquettes dès qu'elle dépassait le quatre-vingt-dix.

En abandonnant le pick-up, avait-elle mis l'existence d'autres personnes en danger ? Avait-elle risqué sa propre vie en cherchant un itinéraire vers l'Idaho ? Andy repassa mentalement la matinée en revue. Entrer dans la bibliothèque. Se verser un café. S'asseoir devant l'ordinateur. Elle avait d'abord consulté la *Belle Isle Review*, non ? Puis cliqué sur Navigation privée ?

Elle accordait beaucoup trop de crédit au mode incognito

de Google. Il lui parut très peu probable qu'une option aussi basique puisse tenir en échec un expert informatique de la police scientifique. Andy aurait sans doute dû effacer la mémoire-cache, l'historique et tous les cookies, comme elle avait appris à le faire après cette fois atroce où Gordon était tombé par hasard sur les scènes érotiques de la série *Outlander,* qu'Andy avait visionnées sur son portable.

Andy s'essuya à nouveau le nez. La chaleur lui monta aux joues. Elle aperçut un panneau routier.

FLORENCE 8 km

Andy supposa qu'elle suivait toujours la bonne direction. Elle ne s'était pas arrêtée pour acheter de carte et planifier son trajet jusqu'en Idaho. Après son départ du box, l'unique objectif avait été de s'éloigner le plus possible de Carrollton. Elle gardait à portée de main ses griffonnages de la bibliothèque, avec les indications d'autoroutes, et elle se fiait surtout au recto de la carte routière de Géorgie, qui présentait un petit aperçu de celle des *48 États mitoyens d'Amérique*, vendue au prix de 5,99 dollars, hors frais de port. Andy avait grandi en regardant des croquis comme celui-ci, ce qui expliquait pourquoi elle avait atteint la vingtaine avant de comprendre comment le Canada et l'État de New York pouvaient se partager les chutes du Niagara.

Elle avait établi un plan : après l'Alabama, elle couperait par un bout du Tennessee, puis un coin de l'Arkansas, elle passerait par le Missouri, traverserait un minuscule bout du Kansas, puis le Nebraska, le Wyoming, et enfin elle se suiciderait si elle n'arrivait pas dans ce putain d'Idaho.

Andy se pencha en avant et posa le menton sur le volant tout tremblotant. Les vertèbres au bas de son dos s'étaient transformées en figues de Barbarie. Les arbres se brouillèrent à nouveau. Elle ne pleurait plus, mais elle était complètement épuisée. Ses paupières ne cessaient de papilloter, comme si on les avait enduites de colle.

Elle se redressa sur son siège. Appuya sur les gros boutons blancs de la radio. Tourna la molette d'avant en arrière. Ne réussit qu'à capter des sermons, des reportages sur des fermes et de la country, mais pas de la bonne country, plutôt du genre à déclencher une furieuse envie de se planter un crayon dans l'oreille.

Andy ouvrit la bouche et hurla aussi fort qu'elle le put.

Certes, cela faisait du bien, mais elle ne pouvait pas s'égosiller ainsi jusqu'à la fin de sa vie.

À un moment donné, il faudrait qu'elle dorme un peu. Les cinq heures et demie de route depuis Belle Isle l'avaient éreintée. Jusqu'à présent, depuis Carrollton, le trajet avait duré quatre heures et demie de plus à cause de la circulation. Embouteillages qu'elle ne pouvait apparemment pas éviter quel que soit son itinéraire. Il était pratiquement 15 heures. À part quand elle avait dormi comme une souche dans son appartement et la sieste devant le Walmart, elle ne s'était pas réellement reposée depuis son départ au Central deux jours plus tôt. Entre-temps, Andy avait survécu à une fusillade, vu sa mère se faire agresser, avait angoissé devant le bloc opératoire, avait subi un interrogatoire de police et avait finalement tué un homme. Alors au vu de la situation, pas étonnant qu'elle ait envie de vomir, de hurler et de pleurer.

Sans parler de sa vessie qui faisait l'effet d'une bouillotte au creux de son ventre. Elle n'avait fait qu'une seule halte depuis le box : sur la bande d'arrêt d'urgence de l'autoroute. Planquée entre les portières ouvertes de la voiture, elle avait attendu que les véhicules s'éclaircissent avant de s'accroupir pour se soulager dans l'herbe, parce qu'elle était terrifiée à l'idée de laisser la Reliant sans surveillance.

Deux cent quarante mille dollars.

Andy ne pouvait abandonner une telle somme en liquide dans la voiture, pendant qu'elle courait jusqu'à un Burger King. Quant à emporter la valise avec elle, autant porter une enseigne lumineuse pour la signaler aux voleurs. Qu'est-ce que Laura pouvait bien fabriquer avec autant de liquide ? Combien de temps lui avait-il fallu pour économiser tout ça ?

Avait-elle braqué une banque ?

Ce n'était pas si insensé que cela. Cela expliquerait

l'argent, la fausse carte d'identité canadienne et même le flingue dans la boîte à gants.

Le cœur d'Andy s'emballa à l'idée du revolver.

Voilà le problème : les braqueurs de banque restaient rarement impunis. Le risque était très élevé, sachant que le FBI se chargeait de toutes les enquêtes en lien avec les fonds assurés par le gouvernement fédéral. Andy pensait que, à l'origine, la loi avait quelque chose à voir avec Bonnie et Clyde, John Dillinger ou le fait que le gouvernement veillait à ce que les gens ne craignent pas pour la sécurité de leur argent.

Quoi qu'il en soit, elle ne voyait pas sa mère enfiler une cagoule et dévaliser une banque.

Cela dit, avant la fusillade du snack, elle ne l'aurait pas imaginée poignarder un gamin dans le cou non plus. Ni commettre toutes les conneries insensées que Laura avait faites ces dernières trente-six heures : planquer la trousse à maquillage, la clé derrière la photo, le box, la boîte à chaussures Thom McAn.

Andy se remémora alors la photo d'elle, toute petite, dans la neige et laissa libre cours à ses angoisses. Se pouvait-il que Laura l'ait kidnappée quand elle était enfant ? Sa mère avait-elle trouvé un bébé abandonné dans un Caddie ou sans surveillance dans une aire de jeux, et décidé de l'enlever ?

Elle jeta un coup d'œil au rétroviseur. La forme de ses yeux, la même que ceux de Laura, lui confirmait qu'elle était bien sa fille.

Sur les polaroids, Laura avait reçu des coups si sérieux que sa lèvre inférieure était fendue. Peut-être que Jerry Randall était un homme violent. Qu'il frappait Laura, jusqu'au jour où elle avait craqué et emmené Andy en 1989. Et, depuis, Jerry n'avait jamais cessé de les traquer.

Andy lâcha un petit rire.

C'était le scénario d'un film avec Julia Roberts. Ou avec Jennifer Lopez. Ou Kathy Bates. Ou Ashley Judd, Kerri Russell, Ellen Page…

De nombreuses fictions mettaient en scène des femmes qui en avaient ras le bol de se faire tabasser.

Mais, d'après les polaroids, on avait réellement battu sa mère. Alors peut-être Andy n'était-elle pas complètement à côté de la plaque.

Elle finit par secouer la tête.

Laura n'avait pas dit « il » peut suivre ta trace. Elle avait dit « ils ».

Dans les films, on utilisait en général le pluriel pour désigner des sociétés malfaisantes, des présidents corrompus ou des milliardaires assoiffés de pouvoir, à la pointe de la technologie, et dotés de fonds illimités. Andy fit défiler chaque scénario en intégrant sa mère au cœur d'un vaste complot. Elle prit finalement une décision : arrêter de se référer à Netflix en matière de crime.

La sortie vers Florence était immédiate. Andy ne pouvait s'accroupir une fois encore sur l'autoroute. Elle n'avait pas déjeuné, parce qu'elle ne supportait pas l'idée de manger un énième hamburger dans un véhicule. La partie de son cerveau toujours capable de réfléchir lui stipula qu'elle ne pourrait engloutir les trente-quatre heures de route jusqu'en Idaho sans dormir. À un moment donné, il lui faudrait s'arrêter dans un hôtel, et donc trouver une solution concernant l'argent.

Sa main avait enclenché le clignotant avant qu'elle ait pu regretter son geste. Elle s'engagea avec fluidité vers la sortie. Andy avait tenu tellement longtemps grâce à l'adrénaline qu'il ne lui restait pratiquement plus d'énergie pour avancer. Elle aperçut les panneaux de six hôtels différents. Elle prit à droite aux feux de signalisation parce que c'était le plus simple. Elle progressa en roue libre jusqu'au premier motel, qu'elle avait choisi uniquement parce que c'était le plus proche. Toute préoccupation relative à la sécurité et à la propreté relevait d'un luxe qui appartenait à son ancienne vie.

Pourtant, son cœur s'emballa lorsqu'elle sortit de la Reliant. Le motel était un bâtiment en béton, compact, à un étage. Le design datait des années 1970, et une galerie longée par une balustrade ouvragée entourait l'étage supérieur. Andy avait marché à reculons sur le parking pour ne pas quitter le break des yeux. Elle serrait la trousse à maquillage dans sa main tout en approchant du hall d'entrée. Elle jeta un œil au téléphone à clapet. Laura n'avait pas appelé. À force d'inspecter sans cesse l'écran, elle avait épuisé la moitié de la batterie.

La réception était assurée par une femme d'âge mûr. Cheveux ramenés sur le haut de la tête. Permanente aux boucles serrées. Elle sourit à Andy, qui se retourna brièvement vers la voiture. Le hall d'entrée était percé d'immenses fenêtres. La Reliant se trouvait à l'endroit où elle l'avait laissée, intacte. Andy ne savait pas si elle avait l'air bizarre à tourner sans cesse la tête dans tous les sens, mais, à ce stade, rien ne lui importait à part de s'écrouler dans un lit.

— Bonjour, dit la femme. Nous avons des chambres à l'étage si tu veux.

Andy sentit s'éteindre les derniers vestiges de son cerveau éveillé. Elle avait entendu les paroles de la femme, mais elles n'avaient aucun sens.

— À moins que tu préfères une chambre au rez-de-chaussée ?

La femme paraissait en douter.

Andy était incapable de prendre une décision.

— Euh…

Elle avait la gorge tellement sèche qu'elle pouvait à peine parler.

— … OK.

La femme décrocha une clé du mur.

— Quarante dollars pour deux heures. Soixante pour la nuit.

Andy plongea une main dans sa trousse à maquillage. En extirpa quelques billets de vingt.

— Toute la nuit, alors.

La femme lui rendit un des billets. Elle fit glisser le registre dans sa direction.

— Nom, plaque d'immatriculation, marque et modèle du véhicule.

Elle aperçut la voiture par-dessus l'épaule d'Andy.

— Eh ben, ça fait longtemps que j'ai pas vu un de ces trucs. Ils en fabriquent encore au Canada ? On dirait que tu viens de la sortir d'un garage d'occasion.

Andy nota les renseignements relatifs à la voiture. Elle dut vérifier la plaque trois fois avant de réunir la bonne combinaison de chiffres et de lettres.

— Tout va bien, mon chou ?

Andy sentit une odeur de frites. Son estomac gargouilla. Un snack était rattaché au motel. Des box en vinyle rouge, une surenchère de chromes. Son estomac émit un autre grognement.

Quelle était la priorité, manger ou dormir ?

— Ça va ?

Andy se retourna. Visiblement, la femme attendait qu'elle s'exprime.

La réceptionniste se pencha sur le comptoir.

Andy déglutit avec difficulté. Dans l'immédiat, elle devait éviter tout comportement étrange. Ne pas attirer l'attention.

— Merci, fut la première chose qui lui vint. Je suis juste fatiguée. J'arrive de… J'ai conduit toute la journée. Pour rendre visite à mes parents. Dans l'I… Iowa.

La femme s'esclaffa.

— Mon ange, tu as dépassé l'Iowa il y a plus de neuf cent cinquante kilomètres, je pense.

*Merde.*

Andy fit une autre tentative.

— C'est la voiture de ma grand-mère.

Elle peina à inventer un mensonge convaincant.

— Je veux dire, j'étais à la plage. La plage en Alabama. Sur la côte du Golfe. Dans une ville qui s'appelle Mystic Falls.

Nom de Dieu, elle avait l'air d'une dingue. Elle sortait le nom de cette ville de la série *Vampire Diaries*.

— Ma grand-mère descend toujours dans le Sud l'hiver. Vous savez, les retraités qui…

— Oui, je vois.

Elle baissa les yeux sur le nom qu'Andy avait noté dans le registre.

— Daniela Cooper. C'est joli.

Andy la fixa sans ciller. Pourquoi avait-elle écrit ce nom-là ?

— Chérie, tu devrais peut-être te reposer un peu, dit la réceptionniste en poussant la clé dans sa direction sur le comptoir. À l'étage, au coin. Je pense que tu t'y sentiras plus en sécurité.

— Merci, parvint à répondre Andy.

Le temps de grimper derrière le volant, elle se retrouva de nouveau en larmes. Le snack était tout près. Elle devrait prendre un truc à manger. Son estomac lui faisait tellement mal qu'elle n'arrivait pas à savoir si elle avait faim ou la nausée.

Andy sortit de la voiture. La trousse serrée dans ses deux mains, elle parcourut les six mètres qui la séparaient du snack. Le soleil cognait sur le sommet de son crâne. Elle transpirait abondamment. Arrivée à la porte, elle s'arrêta. Jeta un regard en arrière, vers la voiture. Est-ce qu'il valait mieux qu'elle prenne la valise ? De quoi aurait-elle l'air ? Elle pouvait la monter à la chambre, mais comment la laisser là-bas alors que…

Le snack était désert, seule une serveuse lisait le journal derrière le comptoir. En premier, Andy fila aux toilettes, parce que sa vessie ne lui laissait pas le choix. Elle était tellement pressée qu'elle ne se lava pas les mains. La voiture n'avait pas bougé quand elle ressortit. Aucun homme en casquette de base-ball et jean bleu ne regardait par la vitre. Personne ne s'enfuyait avec une Samsonite de 1989 à la main.

Elle dénicha un box près de la fenêtre avec vue sur le parking. Elle cala la trousse à maquillage entre ses cuisses. Le menu était gigantesque : il y avait de tout en abondance, des tacos au poulet frit. Ses yeux distinguaient les mots, mais son cerveau ne parvenait pas à traiter l'information. Elle n'arriverait jamais à choisir. Elle pourrait commander un assortiment, mais cela attirerait l'attention. Elle ferait sûrement mieux de partir, de conduire encore un peu, de trouver un autre motel où elle n'agirait pas comme une idiote. Ou alors, elle pourrait juste poser la tête dans ses mains et rester ici, sous l'air conditionné, quelques minutes, le temps de remettre ses pensées en ordre.

— Ma pauvre petite.

Andy releva d'un coup la tête de la table, désorientée.

— Tu es épuisée, n'est-ce pas ? lui dit la femme du motel. Je leur ai dit de te laisser dormir.

Andy sentit son ventre se serrer. Elle s'était assoupie à nouveau. Et encore une fois en public. Elle baissa les yeux. La trousse se trouvait toujours entre ses cuisses. Il y avait de la salive sur la table. Elle la nettoya avec une serviette. Elle s'essuya la bouche d'un revers de main. Tout vibrait. Elle avait l'impression que son cerveau était écrasé par la pointe d'un presse-agrumes.

— Tu devrais monter dans ta chambre maintenant, insista la femme. Ça se remplit un peu ici.

Le restaurant était vide à l'arrivée d'Andy, mais, à présent, les clients affluaient.

— Pardon, dit-elle.

— Pas de souci, répondit la réceptionniste en lui tapotant l'épaule. J'ai demandé à Darla de te mettre une assiette de côté. Tu veux la manger ici ou l'emporter dans ta chambre ?

Andy la regarda fixement.

— Prends-la. Comme ça, tu pourras aller te coucher directement après.

Andy acquiesça, heureuse que quelqu'un lui dise quoi faire.

Puis elle se souvint de l'argent.

Elle se retourna et tendit le cou vers la voiture. La Reliant bleue était toujours garée devant la réception. Est-ce que quelqu'un avait ouvert le coffre ? La valise était-elle toujours à l'intérieur ?

— Ta voiture n'a rien.

La femme lui tendit une boîte en polystyrène.

— Emporte ton repas. Ta chambre est la dernière de

l'étage. Je n'aime pas installer les jeunes filles au rez-de-chaussée. Les vieilles comme moi, on accueille volontiers un inconnu qui frappe à notre porte, mais toi… (Elle lâcha un gloussement rauque.) Reste dans ton coin et tout ira bien.

Andy prit la boîte, qui pesait l'équivalent d'un bloc de ciment. Elle posa la trousse à maquillage par-dessus. Lorsqu'elle se leva, ses jambes vacillèrent. Son estomac gargouilla. Elle ignora volontairement les gens qui la fixaient pendant qu'elle retournait sur le parking. Elle batailla avec les clés pour ouvrir le hayon. Elle n'arrivait pas à choisir quoi emporter à l'intérieur, alors elle se chargea comme une mule : balança le sac en toile par-dessus son épaule, cala le sac de couchage sous son bras, saisit la poignée de la valise et contrebalança le poids de sa main libre, munie de la trousse à maquillage.

Andy réussit à arriver au premier palier avant de s'arrêter pour réajuster son chargement. Ses épaules semblaient près de céder. Soit elle était encore épuisée du voyage, soit elle avait perdu toute sa masse musculaire après dix heures passées dans la voiture.

Elle balaya les numéros du regard en longeant l'étroite galerie de l'étage. Devant quelques portes traînaient des barbecues hibachi calcinés, des canettes de bière vides et des boîtes à pizza graisseuses. Une forte odeur de tabac flottait dans l'air. Elle se remémora Laura en train de taxer une cigarette à l'aide-soignant devant l'hôpital.

Andy regrettait l'époque où sa plus grande inquiétude portait sur la manière dont Laura avait tenu sa cigarette. Entre l'index et le pouce, comme une junkie.

Une porte s'ouvrit dans son dos. Une main laissa tomber une boîte à pizza vide sur la galerie en béton. La porte se referma en claquant.

Andy essaya de calmer les battements de son cœur, qui avait explosé au creux de sa gorge lorsque la porte s'était ouverte. Elle prit une profonde inspiration avant de souffler lentement. Elle recala le sac de couchage sous son bras. Songea à son père et dressa une liste des choses qu'elle devait arrêter de faire. Un : ne plus paniquer chaque fois qu'elle entendait un bruit. Deux : ne plus s'endormir dans les lieux publics. Plus facile à dire qu'à faire. Trois : trouver comment dissimuler tout cet argent. Quatre : localiser une autre bibliothèque pour lire la *Belle Isle Review*. Cinq : arrêter de se comporter bizarrement, parce que, dans l'immédiat, si les flics suivaient sa trace, la première personne suspecte à laquelle les témoins penseraient, ce serait elle.

Ensuite, ils trouveraient le nom de Daniela Cooper ainsi que les renseignements sur le véhicule, et ce serait terminé.

Andy regarda la route. Il y avait un bar de l'autre côté de la rue. Des enseignes lumineuses occupaient toutes les fenêtres. Le parking était rempli de pick-up. Un air de honky-tonk résonnait faiblement. À cet instant, elle eut tellement envie d'un verre que son corps se tendit en direction du bar comme une plante vers le soleil.

Elle posa la valise et déverrouilla la porte de sa chambre. C'était le genre d'endroit à petits prix que Laura réservait pour les vacances, quand Andy était petite. L'unique fenêtre donnait sur le parking. Au-dessous, le climatiseur faisait un bruit de ferraille. Il y avait deux lits *queen size* recouverts de dessus-de-lit poisseux, et une table en plastique flanquée de deux chaises. Andy posa volontiers la boîte en polystyrène sur la table. La commode avait un espace prévu pour les valises. Elle y déposa la Samsonite. Laissa tomber le sac en toile, la trousse à maquillage et le sac de couchage sur le lit. Baissa le store et referma le fragile rideau occultant. Ou tout au moins essaya. La tringle du rideau s'arrêtait à deux centimètres et demi du bord de la fenêtre. La lumière entrait à flots par cet interstice.

Un écran plat était accroché au mur. Les câbles pendaient comme des vrilles de vigne. Par habitude, Andy attrapa la télécommande et alluma la télé.

CNN. Le présentateur météo était debout devant une carte. Andy ne s'était jamais sentie aussi soulagée face à une alerte ouragan.

Elle coupa le son. S'assit à la table. Ouvrit la boîte en polystyrène.

Du poulet frit, de la purée, des haricots verts, un muffin au maïs. Elle aurait dû être dégoûtée, mais un borborygme digne d'un chœur d'alléluia monta de son estomac.

Andy n'avait pas de couverts, mais ce n'était pas une première pour elle. Elle mangea la purée à l'aide de la cuisse de poulet, puis dévora cette dernière. Ensuite, elle s'attaqua aux haricots verts qu'elle attrapa avec les doigts, utilisa le muffin comme une éponge pour nettoyer la moindre parcelle de peau et saucer le jus des haricots qui lui avait échappé. Ce ne fut qu'après avoir refermé la boîte vide qu'elle se rendit compte que ses mains étaient affreusement sales. La dernière fois qu'elle les avait lavées, c'était dans la douche de son appartement. La chose la plus propre qu'elle ait touchée depuis était probablement le bureau du box secret.

Elle leva les yeux vers la télévision. Comme par enchantement, on était passé de l'ouragan à sa mère. Un arrêt sur image montrait Laura dans le snack, les mains en l'air, qui indiquait à Jonah Helsinger le nombre de balles.

Son geste paraissait tellement bizarre : quatre doigts levés à la main gauche, un à la droite. Pourquoi ne pas lever tous les doigts d'une main pour figurer les cinq balles ?

Soudain, une photo se substitua à l'image. Le cœur d'Andy fit un étrange saut périlleux à la vue de Laura. Elle portait sa tenue réservée aux sorties du soir : une simple robe noire agrémentée d'un foulard en soie coloré. Andy s'agenouilla devant la télé pour en examiner les détails. La poitrine de Laura était plate d'un côté. Ses cheveux coupés court. Derrière elle, une étoile lumineuse coiffait un arbre de Noël. La main sur sa taille devait appartenir à Gordon, bien que l'image ait été rognée. La photo datait probablement de la dernière fête de Noël organisée au cabinet de Gordon, fête que Laura n'avait jamais manquée, même à l'époque où ils voulaient s'entretuer. Elle souriait à l'objectif, avec l'expression légèrement réservée qui correspondait au mode Épouse.

Elle ralluma le son.

« … si par hasard cela se produisait. Ashleigh ? »

Andy avait raté le reportage. La caméra passa sur Ashleigh Banfield, qui disait : « Merci, Chandra. Nous recevons un flash info sur une fusillade à Green County, en Oregon. »

Andy rappuya sur le bouton pour éteindre le son. Elle s'assit au bord du lit, observa le visage d'Ashleigh Banfield s'incruster dans un petit carré à côté d'une maison délabrée, encerclée par une équipe du SWAT. Le bandeau indiquait : *Un homme tue sa mère, ses deux enfants, garde en otage sa femme blessée, puis se commande une pizza et une bière.*

Une autre tuerie.

Andy zappa. Elle avait envie de revoir la photo de Laura, d'apercevoir la main de Gordon. MSNBC. Fox. Les chaînes d'infos locales. Toutes montraient la confrontation en direct avec l'homme qui voulait de la pizza après avoir assassiné presque tous les membres de sa famille.

Était-ce une bonne ou une mauvaise chose : non pas que l'homme ait tué sa famille, mais que les chaînes d'infos couvrent l'événement en direct ? Est-ce que cela signifiait qu'ils étaient passés à autre chose ? Dresseraient-ils le portrait d'une autre « machine à tuer » ?

Andy secoua la tête avant de s'interroger : qu'en était-il de l'histoire de Samuel Godfrey Beckett retrouvé mort dans le pavillon du bord de mer de Laura Oliver ? C'était le dernier scoop en date. La victime avait été abattue avec une poêle à frire, apparemment par une femme qui, quelques heures plus tôt, avait tué le fils d'un officier de police.

Et pourtant le bandeau au bas de l'écran ne présentait que les gros titres habituels : démission d'un autre sénateur, probablement pour cause de harcèlement sexuel, un tireur abattu par des policiers, accroissement des taux d'intérêt, augmentation des frais de santé, chute des marchés boursiers.

Rien à propos de l'homme en noir.

Andy fronça les sourcils. Cela n'avait aucun sens. Laura avait-elle réussi à interdire l'accès de sa maison à la police ? Mais comment ? Le texto qu'Andy avait envoyé à police secours leur fournissait un motif valable pour enfoncer la porte. Alors pourquoi toutes les chaînes d'infos n'étaient-elles pas en train de beugler : « La machine à tuer frappe à nouveau » ? Malgré l'intervention du SWAT en Oregon, la chaîne aurait dû afficher une photo d'identité judiciaire de Laura ou, pire encore, une vidéo d'elle, menottes aux poignets, devant la prison, et pas une photo prise lors d'une fête de Noël.

Le cerveau d'Andy croulait sous les questions.

Elle bascula à la renverse sur le lit. Ferma les yeux. Quand elle les rouvrit, aucune lumière ne provenait de l'interstice. Elle regarda le réveil. 21 h 30.

Il valait mieux qu'elle se rendorme, mais ses yeux refusaient de se fermer. Elle fixa les taches marron sur le plafond, dont la texture évoquait du pop-corn. Que faisait sa mère en cet instant ? Était-elle chez elle ? Discutait-elle avec Gordon dans un parloir, de l'autre côté d'une épaisse vitre en verre ? Andy tourna la tête vers la télévision. Toujours l'histoire du SWAT, même après plusieurs heures. Ses narines se dilatèrent. Une odeur âcre émanait du dessus-de-lit, comme si un ours y avait dormi. Andy renifla sous ses bras.

*Beurk.*

C'était elle, l'ours.

Elle inspecta le verrou de la porte. Fit glisser le loquet. Coinça une chaise sous la poignée. Quelqu'un pourrait toujours casser la grande fenêtre pour pénétrer à l'intérieur. Dans ce cas, elle serait foutue de toute façon. Elle ôta son jean, son polo et ses dessous. Son soutien-gorge était dégoûtant. L'armature avait mis la peau à vif sous son aisselle. Elle le balança dans le lavabo et fit couler de l'eau froide.

Le savon de l'hôtel avait la taille d'un caillou et exhalait les derniers effluves d'un bouquet de fleurs agonisant. Elle l'emporta dans la douche et, entre le savon et le shampoing, la minuscule salle de bains dégagea bientôt les senteurs d'une maison close. Tout au moins, l'idée qu'Andy s'en faisait.

Elle coupa l'eau. Se sécha avec la serviette de l'hôtel, aussi moelleuse qu'une feuille de papier. Le savon se désagrégea dans ses mains lorsqu'elle tenta d'éradiquer le fumet de son soutien-gorge. Elle s'enduisit de lait pour le corps bon marché offert par l'hôtel et revint dans la chambre. Puis elle s'essuya les mains sur la serviette pour retirer le lait, avant de les repasser sous l'eau pour enlever les peluches de la serviette.

Elle déroula le sac de couchage sur le lit. Dézippa un côté. La matière était épaisse, garnie d'une sorte de duvet synthétique, avec une doublure extérieure en nylon imperméable. Une doublure intérieure en flanelle. Pas le genre de truc utilisable à Belle Isle. Finalement, Laura n'avait peut-être pas sorti l'idée de se rendre en Idaho de son chapeau.

Andy ouvrit la valise et ramassa l'étage supérieur des billets de vingt. Dix en longueur, trois en largeur, fois deux mille dollars, cela faisait… un paquet de blé à cacher dans un sac de couchage.

Elle étala les piles en une couche homogène au bas du sac, aplatit le nylon et remonta la fermeture Éclair. Elle entreprit de rouler le sac par le bas, mais les billets faisaient une bosse. Andy inspira profondément. Elle déroula le sac. Enfouit sa main jusqu'au fond et rapprocha les piles du centre. Enroula le sac avec soin en partant du haut, l'attacha avec la lanière en velcro, puis fit un pas de côté pour évaluer son travail.

On aurait dit un sac de couchage normal.

Un peu plus lourd, soit, mais pas au point d'attirer l'attention et de révéler qu'une petite fortune s'y nichait.

Elle se retourna vers la valise. Il restait un tiers de l'argent. Dans les films, les sales types atterrissaient toujours dans des gares avec consignes, qui leur permettaient de planquer le fric. Andy douta que la ville de Florence, en Alabama, possède la moindre gare.

La meilleure solution consistait à répartir l'argent. Elle ferait sûrement bien d'en cacher un peu dans la voiture. Il y aurait un espace près de la roue de secours, sous le coffre. Ainsi, si elle n'avait pas le sac de couchage avec elle, elle pourrait toujours sauter dans la voiture. En suivant le même raisonnement, elle devrait en cacher une partie dans son sac à main. Sauf que son sac était resté dans son appartement.

Andy dénicha le bloc-notes de l'hôtel et y écrivit : *sac à main* tout en haut, puis *savon, lait pour le corps, soutien-gorge.*

Elle vida le contenu du fourre-tout blanc. Une lampe de poche. Des piles. Trois livres de poche neufs, populaires environ un milliard d'années plus tôt. Le kit de premiers secours renfermait quelques pansements. Andy en mit un sur son tibia égratigné. Soudain, elle se souvint de s'être blessée avec la pédale de son vélo. Elle désinfecta ses ampoules avec des lingettes imprégnées d'alcool. Il faudrait plus que des pansements pour que ses pieds entrent dans autre chose que des Crocs. Sur le côté de son pied, une coupure avait l'air assez sérieuse. Elle y colla un pansement et pria pour qu'elle guérisse.

La bande élastique lui donna une idée. Elle pourrait s'attacher une partie du cash autour de la taille. Cela la gênerait un peu pour conduire, mais l'idée n'était pas mauvaise, pour garder une partie de l'argent à proximité.

Ou peut-être pas. Andy se souvenait d'une anecdote entendue sur radio NPR, à propos de flics qui arrêtaient des gens dans les régions rurales et leur confisquaient leur liquide. Confiscation civile. La plaque d'immatriculation canadienne ferait d'elle le pigeon idéal.

Andy ouvrit la trousse, puis le téléphone. Aucun appel.

Elle sortit le permis de conduire au nom de Daniela Cooper. En partant du box, Andy avait emporté la fausse carte d'identité, l'assurance maladie et la carte grise. Elle examina la photo de sa mère. Leur ressemblance était indéniable. Même des inconnus la remarquaient. Certes, leurs yeux les trahissaient immanquablement, mais elles avaient aussi, toutes les deux, le visage en forme de cœur et les cheveux de la même nuance châtain. Andy avait oublié à quel point les cheveux de sa mère avaient été foncés par le passé. Après les traitements contre le cancer, ils étaient devenus d'un gris magnifique. Aujourd'hui, Laura les portait courts, mais la Laura sur le permis avait les cheveux détachés, à longueur d'épaules. La chevelure d'Andy était de la même longueur, mais elle les attachait toujours en queue-de-cheval, pour éviter d'avoir à les coiffer.

Elle observa son reflet dans le miroir, face au lit. Elle avait les traits tirés. Des demi-cercles noirs sous les yeux. En cet instant, elle faisait plus que ses trente et un ans, c'était certain, mais pourrait-elle se faire passer pour la femme de la photo ? Andy tint le permis à bout de bras. Ses yeux passèrent du miroir à la photo. Elle froissa ses cheveux mouillés. Tira sur sa frange. Est-ce que cela la faisait paraître vingt-six ans de plus ?

Un seul moyen d'obtenir un avis sincère.

Andy rinça son soutien-gorge dans le lavabo. Le savon de l'hôtel lui donnait un relent de Miss Havisham, la vieille fille du roman de Dickens, ce qui était tout de même une amélioration. Elle le tapota avec la serviette pour le sécher et, de fait, le recouvrit de peluches, puis le passa au sèche-cheveux jusqu'à ce qu'il ne soit plus que légèrement humide. Elle se sécha les cheveux, en les froissant plus qu'à l'accoutumée, les ramena vers l'avant, et les coiffa comme sur la photo du permis canadien. Elle enfila un autre jean, un autre polo blanc. Elle grimaça en glissant ses pieds dans les Crocs. Il lui fallait des chaussettes et de vraies chaussures. Elle ajouta ces articles à sa liste.

Elle saisit une liasse de deux mille dollars en billets de vingt, la divisa en deux et fourra une moitié dans chacune de ses poches arrière. Le jean était vieux, il datait de l'époque où les fabricants cousaient des poches vraiment utilisables sur les vêtements féminins. Malgré tout, les billets dépassaient comme de gros téléphones portables. Elle en transféra quelques-uns dans sa poche avant. Elle se regarda dans le miroir et fut satisfaite du résultat.

Andy ramassa quelques liasses de plus et les dissimula entre le matelas et le sommier à ressorts. D'autres se retrouvèrent pliées dans la serviette humide, qu'elle disposa avec art, par terre dans la salle de bains. Le reste tapissa le fond du *tote bag*. Elle fourra les livres de poche par-dessus, ainsi que le kit de premiers secours et la trousse à maquillage.

Après toutes ces manigances, il ne restait qu'une seule rangée de billets au fond de la valise. Dix en longueur, trois en largeur fois deux mille dollars, cela faisait… un paquet d'argent à garder dans une valise. Elle n'avait plus qu'à la refermer et à la laisser en évidence. Si quelqu'un entrait par effraction dans la chambre, avec un peu de chance, il serait tellement excité par le cash contenu dans la Samsonite qu'il ne chercherait pas le reste.

Andy balança le *tote bag* par-dessus son épaule et quitta la chambre. L'air nocturne lui sauta au visage comme une bouffée de chaleur sortie d'un four. En descendant l'escalier, elle parcourut le parking du regard. Il y avait quelques fourgonnettes de l'entreprise de réparation Serv-Pro, un camion rouge orné d'un autocollant Trump sur un côté et un drapeau des Confédérés de l'autre, ainsi qu'une Mustang des années 1990, dont le pare-chocs avant tenait à grand renfort de chatterton.

Le snack avait fermé ses portes. À la réception, les lumières étaient toujours éclairées. D'après Andy, il était environ 22 heures. L'employé à l'accueil gardait le nez collé à son téléphone.

Elle grimpa derrière le volant de la Reliant et déplaça la voiture jusqu'à l'autre extrémité du parking. Le bâtiment était équipé d'un éclairage de sécurité, mais plusieurs ampoules ne marchaient plus. Andy rejoignit l'arrière du break et ouvrit le hayon. Elle vérifia que personne ne l'observait, puis souleva le plancher de l'espace à bagages.

*Bordel.*

Encore plus d'argent, cette fois des billets de cent, empilés tout autour de la roue de secours.

Andy repoussa vivement la plaque et la remit en place. Ferma le hayon et garda la main appuyée sur l'arrière du break. Son cœur bondissait contre ses côtes.

Devait-elle se réjouir que sa mère ait réparti l'argent comme elle-même en avait eu l'intention ? Ou péter les plomb parce que Laura avait tellement mûri son plan d'évasion qu'un demi-million de dollars gisait dans le coffre d'une voiture intraçable ?

Andy se demanda alors quelle place elle était censée occuper dans cette disparition si méticuleusement préparée, vu que, jusqu'ici, toutes ses découvertes ne suggéraient qu'une seule personne en cavale.

Elle s'interrogea : laquelle des Laura était sa véritable mère, celle qui lui avait ordonné de la laisser tranquille ou celle qui, soi-disant, n'avait jamais eu rien d'autre que le bien-être de sa fille en tête ?

— Bon, marmonna-t-elle en chassant cette pensée de son esprit.

La nouvelle Andy qui faisait des calculs, planifiait des itinéraires, réfléchissait aux conséquences de ses actes et gérait des problèmes d'argent était asticotée par l'ancienne Andy qui avait désespérément besoin d'un verre.

Elle prit le *tote bag* en guise de sac à main et avança vers le bar en face du motel. Une demi-douzaine de pick-up stationnaient sur le parking. Des panneaux publicitaires étaient placardés sur tous les véhicules : Plomberie de Joe, Serrurier de Bubba, Knepper Koupe. Andy examina plus attentivement ce dernier pick-up, qui appartenait apparemment à un jardinier. Le logo, une sauterelle moustachue avec une paire de cisailles, promettait : « Nous kouperons votre gazon pour lui redonner sa forme ! »

Lorsque Andy franchit la porte d'entrée, toutes les paires d'yeux se posèrent sur elle. Elle fit semblant d'évoluer dans son élément, tâche assez complexe étant donné qu'elle était la seule femme du bar. Une télévision braillait dans un coin. Une émission sportive. La plupart des types étaient assis seuls ou à deux dans un box. Deux hommes interrompirent leur partie de billard pour observer l'avancée d'Andy dans la pièce.

Il y avait un seul client au comptoir, mais son attention était rivée à la télévision. Andy prit place aussi loin de lui que possible, son derrière perché sur le tabouret, le *tote bag* coincé entre son bras et le mur.

Le barman approcha d'un pas nonchalant et balança un torchon blanc sur son épaule.

— Tu veux quoi, poupée ?

*Qu'on ne m'appelle pas poupée, déjà.*

— Une vodka glace, demanda-t-elle, parce que, pour la première fois depuis la fac, la dette de son prêt étudiant ne lui dictait pas son choix de boisson.

— T'as tes papiers ?

Elle sortit le permis de Laura et le fit glisser vers lui.

Il y jeta un rapide coup d'œil.

— Vodka glace, hein ?

Andy le regarda fixement.

Il prépara son verre sous ses yeux, avec beaucoup plus de glace qu'elle ne l'aurait voulu.

Elle retira un billet de sa poche arrière. Attendit qu'il parte, essaya de ne pas se ruer sur la vodka comme un gnou sur un plan d'eau. Courage liquide, c'est ainsi que ses colocataires appelaient les premiers verres de la soirée. Quel que soit le nom donné, ils visaient à faire taire la voix intérieure qui vous rappelait sans cesse ce qui foirait dans votre vie.

Andy siffla son verre d'une traite. La sensation brûlante de l'alcool le long de sa gorge détendit les muscles de ses épaules pour la première fois depuis des décennies, lui sembla-t-il.

Le barman revint avec sa monnaie. Elle la laissa sur le comptoir et fit un signe de tête vers son verre. Il en versa un autre, puis s'appuya contre le bar pour regarder la télé. Un type à moitié chauve, vêtu d'un costume, discutait de l'éventuel licenciement d'un entraîneur de football.

— Conneries, marmonna l'homme au bout du bar.

Il se frotta la mâchoire, rendue râpeuse par une barbe de trois jours. Le regard d'Andy se posa sur sa main. Les doigts étaient longs et fins, à l'image de sa personne.

— Je n'arrive pas à croire ce que cet abruti vient de dire.

— Tu veux que j'éteigne ? demanda le barman.

— Un peu, ouais. Pourquoi est-ce que je voudrais continuer à écouter cette merde ?

L'homme ôta sa casquette de base-ball bordeaux et la balança sur le bar. Il passa les doigts dans sa chevelure épaisse. Puis se tourna vers Andy et resta bouche bée sous l'effet du choc.

Alabama.

De l'hôpital.

Elle en était certaine.

— Je te connais, dit-il en pointant le doigt sur elle. Pas vrai ?

La peur lui clouait la bouche.

Que faisait-il ici ? L'avait-il suivie ?

— Tu étais à…

Il se leva. Il était plus grand que dans son souvenir, plus mince.

— Tu me suis ou quoi ? lâcha-t-il en récupérant sa casquette avant d'avancer vers elle.

Elle repéra la porte. Il lui bouchait le passage. Se rapprochait. L'homme se planta juste devant elle.

— C'est toi, pas vrai ?

Il attendit une réponse qu'Andy ne pouvait donner.

— Celle de l'hôpital ?

Andy était acculée contre le mur. Elle n'avait nulle part où aller.

L'expression de l'homme passa de la contrariété à l'inquiétude.

— Tu vas bien ?

Andy ne parvenait pas à répondre.

— Hé, mon pote, lança Alabama au barman. Qu'est-ce que tu lui as servi ?

Le barman parut insulté.

— Bordel, qu'est-ce que tu…

— Désolé, l'interrompit Alabama en levant une main tout en gardant les yeux rivés sur Andy. Qu'est-ce que tu fais ici ?

Elle n'arrivait pas à avaler sa salive, encore moins à parler.

— Dis-moi franchement. Tu m'as suivi ?

Le barman les écoutait désormais.

— Elle vient du Canada, dit-il, comme si cela pouvait clarifier la situation.

— Le Canada ?

Alabama avait croisé les bras, l'air troublé.

— Ça, c'est une coïncidence qui fout les jetons. J'ai vu cette fille hier à Savannah. Je t'ai dit que ma grand-mère était malade. J'ai dû descendre là-bas en voiture. Et maintenant voilà cette demoiselle juste devant moi, la même que j'ai croisée devant l'hôpital le jour de mon départ. Bizarre, pas vrai ?

Le barman acquiesça.

— Bizarre.

— Tu vas me parler oui ou non ? demanda Alabama à Andy.

— Ouais, répéta le barman. Qu'est-ce qui se passe, ma petite ? Tu suis ce type ? Mais bon, tu pourrais être suivi par pire que ça, mon pote.

— Très drôle… Et toi, tu t'expliques ou est-ce qu'il faut que j'appelle les flics ?

— Je…

Andy ne pouvait pas le laisser téléphoner à la police.

— … je ne sais pas…

Elle se rendit compte que ce n'était pas suffisant.

— J'ai rendu visite, dit-elle. À ma mère. Et…

*Putain, putain, putain.* Qu'est-ce qu'elle pouvait dire ? Comment renverser la situation ?

Son Gordon mental lui souffla la solution. Andy essaya de s'exprimer d'une voix forte.

— Et qu'est-ce que *vous*, vous faites ici ?

— Moi ?

Elle prit l'air indigné.

— Je suis juste de passage. Pourquoi est-ce que vous me suivez ?

— Quoi ?

La question sembla le prendre de court.

— Oui, vous, dit-elle, parce que sa présence ici était à peu près aussi improbable que la sienne. Je reviens de chez mes parents. C'est pour ça que je suis ici.

Elle redressa les épaules.

— Quelle est votre explication ? Pourquoi vous êtes ici ?

— Pourquoi je suis ici ?

Il passa le bras dans le dos. Andy se tint prête à voir surgir un insigne de police ou, pire, un flingue.

Mais il sortit son portefeuille. Il n'y avait pas d'insigne, juste son permis de conduire délivré en Alabama. Il lui fourra sous le nez.

— Je vis ici.

Andy lut le nom à la hâte.

*Michael Benjamin Knepper.*

Il se présenta :

— Mike Knepper. Le *K* ne se prononce pas.

— Mi'e ?

La blague avait échappé à Andy.

Il lâcha un éclat de rire étonné. Un large sourire apparut sur son visage.

— Putain de merde, je ne peux pas croire qu'en trente-huit ans personne ne m'ait jamais sorti cette blague.

Le barman riait lui aussi. À l'évidence, ils se connaissaient, ce qui était logique, parce qu'ils avaient à peu près le même âge. Dans une ville aussi petite, ils avaient sûrement fréquenté la même école.

Andy sentit la tension dans sa poitrine s'alléger un peu. Alors, c'était bien une coïncidence.

*Vraiment ?*

Elle n'avait pas examiné la photo de son permis avec attention. Elle n'avait pas vu de quelle ville il venait.

— T'es une marrante, fit Mike qui remettait déjà son portefeuille dans sa poche. Qu'est-ce que tu bois ?

— Vodka, répondit le barman.

Mike leva deux doigts en s'asseyant sur le tabouret à côté d'elle.

— Comment va ta mère ?

— Ma…

Andy se sentit soudain étourdie par l'alcool. Quelque chose ne tournait pas rond. Elle ferait mieux d'arrêter de boire.

— Hé ? demanda Mike. T'es toujours là ?

— Ma mère va bien. Besoin de repos, c'est tout.

— Tu m'étonnes.

Il se gratta la mâchoire. Elle essaya de ne pas regarder ses doigts. Il faisait homme, voilà ce qui ne cessait d'attirer l'attention d'Andy. Ses ex-petits amis avaient toujours ressemblé à des ados. Le dernier en date se rasait une fois par semaine, et elle devait le mettre en garde chaque fois qu'elle s'apprêtait à évoquer les coups de fil reçus au Central.

— Voilà pour vous.

Le barman posa une bière Sam Adams devant Mike et un verre de vodka devant Andy. Avec moins de glaçons et plus d'alcool. Il fit un signe à Mike avant de rejoindre l'autre bout du bar.

— Aux coïncidences, fit Mike en levant sa bière.

Andy heurta son verre contre sa bouteille. Elle éloigna son regard des mains de l'homme et prit une gorgée avant de se raviser.

— T'es toute belle.

Andy sentit une rougeur remonter le long de son cou.

— Bon, reprit Mike. Qu'est-ce que tu fais à Muscle Shoals ?

Elle sirota un peu de vodka pour s'accorder un temps de réflexion.

— Je croyais qu'on était à Florence ?

— Kif-kif, répliqua-t-il, un sourire en coin.

Ses yeux marron étaient mouchetés d'éclats terre de Sienne. Flirtait-il avec elle ? Non, impossible. Il était trop beau. Et Andy avait toujours eu l'air d'une petite fille.

— Tu vas me dire pourquoi tu es ici ou je dois deviner ?

Andy en aurait pleuré de soulagement.

— Devine.

Il plissa les yeux dans sa direction comme si elle était une boule de cristal.

— Les gens viennent ici soit pour le déstockeur de livres, soit pour la musique, mais comme ta coiffure fait un peu rock, alors je pencherais pour la musique.

Elle apprécia le compliment sur ses cheveux, même si elle ne pigeait rien à sa déduction.

— Bon choix.

— Tu devrais visiter les studios.

Il fixait la bouche d'Andy d'une manière flagrante. Ou peut-être n'était-ce pas flagrant. Peut-être qu'elle imaginait l'éclat dans ce regard magnifique, parce que, de toute sa vie, aucun homme n'avait jamais flirté aussi ouvertement avec elle.

— Personne ne joue vraiment les soirs de semaine, mais il y a un bar là-bas près de la rivière…

— À Tuscumbia, suggéra le barman.

— Exact. Bref, pas mal de musiciens sortent dans les clubs pour travailler de nouveaux morceaux. Jette un œil en ligne, tu verras qui joue où.

Il sortit son téléphone de sa poche arrière. Elle l'observa faire le code, uniquement composé de 3.

— Ma mère a une anecdote à ce sujet. Quand elle était gamine, elle a vu George Michael jouer pour la première fois sa chanson, « Careless Whisper ». Tu la connais ?

Andy secoua la tête. Il faisait seulement preuve de gentillesse. Il ne flirtait pas. Elle était la seule femme ici, et c'était l'homme le plus beau du bar, donc, a priori, rien de choquant à ce qu'il vienne discuter avec elle.

Mais devait-elle poursuivre la conversation ? Il s'était trouvé à l'hôpital. Maintenant, il était ici. Quelque chose clochait. Elle aurait mieux fait de partir. Mais elle n'en avait aucune envie.

Chaque fois que le pendule du doute l'éloignait de lui, le charme de Mike parvenait à la ramener dans sa direction.

— Et voilà.

Mike posa son téléphone sur le bar pour qu'elle voie l'écran. Il avait affiché un site qui recensait une flopée de noms qu'elle n'avait jamais entendus. C'étaient des clubs situés à proximité, dans lesquels elle ne mettrait jamais les pieds.

Par politesse, Andy fit semblant de lire la liste. Puis elle se demanda s'il attendait qu'elle suggère d'y aller ensemble, ensuite elle imagina à quel point ce serait gênant si elle invitait Mike à sortir et qu'il répondait non, puis elle termina son verre en une gorgée et, d'un geste, en commanda un autre.

— Alors, où est-ce que tu vas ? l'interrogea Mike.

Andy faillit lui dire, mais elle conservait malgré tout une once de bon sens tapie sous la flatterie enivrante de son attention.

— Qu'est-ce qui arrivé à ta tête ? s'enquit-elle.

Elle ne l'avait pas remarqué avant, mais il avait d'étranges sutures transparentes qui refermaient une coupure sur sa tempe, assez sérieuse.

— Une débroussailleuse m'a balancé une pierre au visage. C'est moche ?

Rien ne pouvait le rendre moche.

— Comment savais-tu que c'était mon père ?

Le sourire en coin refit son apparition.

— La débroussailleuse ?

— L'homme avec nous. Au volant de la voiture. À l'hôpital hier ou avant-hier ou… peu importe, répliqua Andy qui avait perdu la notion du temps. Tu as dit à mon père que tu étais désolé pour lui et sa famille. Comment savais-tu que c'était mon père ?

Mike se frotta à nouveau la mâchoire.

— Je suis du genre fouineur, admit-il avec un mélange de gêne et de fierté. La faute à mes trois sœurs aînées. Elles me cachaient toujours des choses, alors je suis devenu fouineur par instinct de survie.

— Je n'ai pas bu au point de ne pas remarquer que tu ne répondais pas à la question.

Andy n'exprimait jamais ses pensées aussi clairement, ce qui aurait dû l'alerter, mais elle en avait assez d'être terrifiée à longueur de temps.

— Comment savais-tu que c'était mon père ?

— Ton téléphone. Je t'ai vue afficher les textos et il y avait écrit *Papa* tout en haut, et tu as tapé « Dépêche ». Je n'arrive pas à les contrôler ces deux-là, ajouta-t-il en montrant ses yeux du doigt.

Comme pour confirmer ses dires, son regard se reporta à nouveau sur la bouche d'Andy.

Andy sollicita son dernier soupçon de bon sens pour se retourner vers le comptoir. Elle fit rouler son verre entre ses mains. Il fallait qu'elle arrête de faire l'idiote avec cet homme. Mike flirtait avec elle, alors que personne ne le faisait jamais. Il était à l'hôpital, et maintenant elle tombait sur lui à des centaines de kilomètres de là, dans une ville dont elle n'avait jamais entendu parler avant de croiser un panneau de sortie. En mettant de côté ses agissements criminels à elle, c'était foutrement louche qu'il se retrouve ici. Sans parler du fait qu'il la draguait ouvertement.

Mais Mike vivait ici. Le barman le connaissait. Et ses explications tenaient debout, surtout à propos de Gordon. Elle se souvenait qu'il rôdait autour d'elle devant l'hôpital pendant qu'elle écrivait son texto et se rappela le regard noir qu'elle lui avait lancé, le poussant à s'asseoir sur le banc près des portes.

— Pourquoi tu es resté ?

— Resté où ?

— Devant l'hôpital, répondit-elle en fixant son visage à la recherche d'un signe de mensonge. Tu t'es éloigné, mais tu n'es pas rentré. Tu t'es assis sur le banc dehors.

— Ah, fit-il en buvant une lampée de bière. Eh bien, je t'ai dit que ma grand-mère était malade. Ce n'est pas quelqu'un de gentil. Ce qui rend la situation difficile parce que, comme ma grand-mère le disait elle-même : « Quand quelqu'un est mourant, on oublie que c'était un trou du cul. » Mais à ce moment-là, quand tu m'as vu dehors, elle n'était pas encore morte. Elle était vivante et elle n'arrêtait pas de nous critiquer, mes sœurs et moi – surtout mes sœurs –, alors j'avais besoin d'une pause.

Il prit une autre gorgée. Lui jeta un regard oblique.

— OK, ce n'est pas entièrement vrai.

Andy se sentit bête, parce qu'elle avait gobé toute l'histoire.

— J'ai vu les infos et… (Il baissa la voix.) Je ne sais pas, c'est un peu bizarre, mais je t'ai repérée dans la salle d'attente, je t'ai reconnue sur la vidéo et j'ai eu envie de te parler.

Andy en perdit la parole.

— Je ne suis pas un pervers, lâcha-t-il dans un rire. J'ai conscience qu'un pervers dirait la même chose, mais un truc est arrivé quand j'étais gamin, et…

Il se pencha vers elle, baissa de nouveau la voix.

— … un type est entré chez nous par effraction, et mon père l'a abattu.

Andy posa une main sur sa gorge.

— Ouais, c'était plutôt moche. Enfin, j'étais gamin, alors je n'ai pas réalisé à quel point c'était violent. En plus, on a découvert que le type sur lequel il a tiré sortait en fait avec une de mes sœurs. Bon, elle avait rompu avec lui, et il avait tout un attirail merdique sur lui, comme des menottes, un bâillon et un couteau, et bref…

Il chassa tout cela d'un geste.

— Cette histoire me rendait malade. D'un côté, ce type allait kidnapper ma sœur et sûrement lui faire beaucoup de mal. De l'autre côté, mon père avait tué quelqu'un. Je t'ai vue et j'ai pensé, elle, elle sait ce que ça fait, ajouta-t-il en haussant les épaules. Pour la première fois de ma vie, peut-être.

Andy porta le verre à ses lèvres, mais s'abstint de boire. L'histoire sonnait trop juste. Quelque part, dans un recoin de sa tête, retentissait le bruit métallique d'une sonnette d'alarme. La coïncidence semblait trop énorme. Il était à l'hôpital. Il était ici. Il avait vécu une expérience semblable à la sienne.

Mais il y avait le permis de conduire. Et le pick-up dehors. Et, à l'évidence, c'était un habitué du bar, et des coïncidences avaient lieu parfois, sinon le mot n'existerait pas.

Andy contempla le liquide transparent dans son verre. Il fallait qu'elle sorte d'ici. Elle prenait trop de risques.

— … n'est pas logique, disait Mike. Si tu regardes le moment où…

— Quoi ?

— Laisse-moi te montrer.

Il se leva. Retourna le tabouret d'Andy pour qu'elle se retrouve face à lui.

— Donc, je suis le sale type avec le couteau dans le cou, OK ?

Andy acquiesça, réalisant juste à l'instant qu'il parlait de la vidéo du Rise-n-Dine.

— Pose le revers de ta main gauche ici sur le côté gauche de mon cou, comme ta mère.

Il avait déjà pris la main gauche d'Andy et l'avait placée en position. La peau de Mike était chaude contre sa main.

— Donc sa main gauche est piégée au niveau de son cou, elle croise son autre bras en dessous et pose sa main droite ici, poursuivit-il.

Il saisit la main droite d'Andy et la plaça juste sous son épaule droite à lui.

— C'est logique d'après toi de croiser le bras pour aller poser ta main là-bas ?

Andy examina le placement de ses mains. C'était inconfortable. Un bras était tordu sous l'autre. Le talon de sa paume atteignait à peine la partie charnue de l'épaule de Mike.

*Une main qui pousse, une main qui tire.*

*Le calme sur le visage de Laura.*

— OK, enchaîna Mike. Garde ta main gauche où elle est, rivée à mon cou. Pousse-moi avec la droite.

Elle poussa, mais pas fort, parce que son bras droit était pratiquement tendu. L'épaule droite de Mike recula à peine. Le reste de son corps ne bougea pas. La main gauche d'Andy, bloquée au niveau du cou, était restée fermement en place.

— Maintenant, ici. Pousse.

Il déplaça la main droite d'Andy au centre de sa poitrine.

Cette fois, c'était plus facile de le repousser avec force.

Mike recula d'un pas. Si un couteau transperçait la main gauche d'Andy, il serait ressorti directement du cou de Mike.

— Tu me suis ? demanda Mike.

Andy se repassa mentalement les gestes, visualisa Laura avec le couteau, qui poussait et tirait…

— Ne le prends pas mal, mais nous savons tous les deux que ta mère savait ce qu'elle faisait. On n'attrape pas un couteau comme ça pour ensuite tenir le gars par l'épaule. Si tu comptes le tuer, tu le pousses fort, au milieu de la poitrine.

Andy acquiesça. Elle commençait à comprendre. Laura n'avait pas repoussé Jonah. Sa main droite avait cherché à atteindre son épaule. Elle tentait de l'agripper.

— As-tu regardé ses pieds sur la vidéo ? la questionna Mike.

— Ses pieds ?

— Tu ferais un pas en avant, pas vrai ? Si tu avais l'intention d'arracher ce couteau d'un coup sec, tu contrebalancerais le mouvement avec un pied devant, l'autre derrière. Logique. Mais ce n'est pas ce qu'elle fait.

— Qu'est-ce qu'elle fait ?

— Elle écarte son pied vers l'extérieur, comme ça.

Il fit glisser ses pieds dans le prolongement de ses épaules, comme un boxeur, ou comme quelqu'un qui ne veut pas perdre l'équilibre, parce qu'il essaie d'empêcher une autre personne de bouger.

— C'est Helsinger qui se met à reculer. Observe la vidéo. On le voit lever le pied, c'est clair comme de l'eau de roche.

Andy n'avait rien remarqué. Elle avait pris sa mère pour une espèce de machine à tuer sans pitié, alors qu'en fait elle avait posé la main droite sur l'épaule de Jonah Helsinger pour le retenir, pas pour commettre un meurtre atroce.

— Tu es sûr qu'il reculait volontairement ? Et pas pour retrouver l'équilibre ? demanda Andy.

— C'est l'impression que ça me donne.

Andy rejoua cette séquence familière dans sa tête. Est-ce que Jonah avait vraiment reculé ? Il avait rédigé une lettre d'adieu. Ses pulsions suicidaires ne faisaient aucun doute.

Mais un gamin de dix-huit ans était-il réellement capable de faire un pas en arrière avec un couteau dans la gorge, sachant quelle mort atroce l'attendait ?

— Elle a dit quelque chose, pas vrai ?

Andy faillit répondre, mais Mike n'y prêta pas attention.

— Les geeks liront sur ses lèvres. Mais là où je veux en venir, c'est que tout le monde a bloqué sur les visages au lieu d'observer les pieds.

L'esprit d'Andy tournait à plein régime pour traiter toutes ces informations. Avait-il raison ? Ou était-ce un illuminé qui s'efforçait de répandre des théories conspirationnistes ? Andy le croyait-elle parce qu'elle cherchait désespérément une autre explication ?

— Écoute, je vais faire pleurer le colosse.

Andy hocha la tête. Elle avait besoin de temps pour réfléchir. Elle devait revoir la vidéo.

— Ne me suis pas cette fois, plaisanta Mike.

Andy ne rit pas. Elle le regarda gagner le fond du bar et disparaître dans un couloir. La porte des toilettes grinça en s'ouvrant et se referma en claquant.

Andy se frotta le visage. Elle était plus qu'éméchée à force d'enchaîner les verres. Elle avait besoin de réfléchir aux commentaires de Mike sur la vidéo du snack. Et d'analyser son sentiment de culpabilité. Depuis le début, elle avait pris sa mère pour une tueuse. Ni elle ni Gordon n'avait songé un instant que Laura essayait de faire le bien.

Alors pourquoi Laura n'avait-elle rien dit aux flics ? Pourquoi avait-elle si clairement agi en coupable ? Et bon sang, d'où venait l'homme en noir ? Qu'en était-il du box ?

Chaque fois qu'Andy percevait un brin de logique, tout dérapait à nouveau.

Elle tendit la main vers son verre.

Mike avait laissé son téléphone sur le bar.

Elle avait vu son code. Six 3 successifs.

Le barman regardait la télévision. Les joueurs de billard se disputaient à propos d'un coup. Le long couloir était toujours désert. Elle entendrait forcément la porte lorsque Mike sortirait des toilettes. Comme quand il y était entré.

Andy saisit le téléphone. Elle composa le code. L'écran d'accueil afficha une photo de chat en arrière-plan, et curieusement, elle se dit qu'un homme qui avait un chat sur son téléphone ne pouvait pas être mauvais. Andy tapota le moteur de recherche Safari. Elle afficha la *Belle Isle Review*. Sur la page d'accueil apparut la nouvelle photo de Laura prise à la fête, celle qu'elle avait vue sur CNN. Gordon n'était pas rogné cette fois. Andy parcourut le texte, qui dans les grandes lignes racontait une histoire identique à celle de la veille.

Elle le fit défiler vers le bas en quête d'autres infos. Elle fut davantage soulagée qu'alarmée en découvrant les gros titres :

*Cadavre retrouvé sous le Yamacraw Bridge*

Andy lut les détails en diagonale. Blessure à la tête. Pas de papiers d'identité. Jean et sweat à capuche noir. Tatouage de dauphin sur la hanche. Récupéré par des pêcheurs. Pas de soupçons d'homicide. Les personnes susceptibles de détenir des informations étaient priées de se présenter à la police.

Andy entendit la porte des toilettes s'ouvrir. Elle referma le navigateur, retourna sur l'écran d'accueil. Pressa le bouton pour verrouiller le téléphone. Elle l'avait reposé sur le comptoir, lorsque Mike surgit dans le couloir.

Andy sirota sa vodka.

Un corps non identifié ?

Une blessure à la tête ?

Pas d'homicide suspecté ?

Mike gémit en se rasseyant sur le tabouret.

— J'ai dû soulever sept mille kilos de caillasses aujourd'hui.

Andy émit un murmure compatissant, mais elle était perdue dans ses pensées. Le Yamacraw Bridge enjambait la rivière Tugaloo. Comment le corps de l'intrus s'était-il retrouvé là-bas ? Laura n'avait pas pu l'y trimballer toute seule. La surveillance de la police mise à part, elle n'avait qu'un bras et une jambe valides.

Que se passait-il, bon sang ?

— Y a quelqu'un ? fit Mike en tapotant le comptoir avec ses articulations, pour attirer l'attention d'Andy. C'est l'heure d'aller au lit. Je démarre un gros boulot demain. Je te raccompagne à ta voiture ?

Andy se dit que ce n'était pas une bonne idée de rester seule dans ce bar. Elle jeta un regard autour d'elle à la recherche du barman.

— Il mettra ça sur ma note.

Mike glissa son téléphone dans sa poche. Il fit signe à Andy de passer devant et demeura à distance jusqu'à ce qu'elle arrive à la porte, ensuite il tendit la main pour la lui ouvrir.

Dehors, la chaleur était un brin moins atroce que plus tôt dans la journée. Andy s'offrirait une autre douche avant de se coucher. Peut-être qu'elle baisserait la clim avant de grimper dans son sac de couchage. Ou peut-être qu'elle prendrait directement la route, car avoir rencontré Mike ici était particulièrement suspect. Qu'il lui dise exactement ce qu'elle voulait entendre l'était tout autant. En plus de cela, il la reconduisait à sa voiture et saurait donc forcément où elle allait ensuite.

Knepper Koupe. Au fond du pick-up s'entassait tout un équipement : une débroussailleuse, un aspirateur souffleur à feuilles, quelques râteaux et une pelle. Les parois latérales du pick-up étaient maculées de traînées de terre et d'herbe. Mike se trouvait au bar à son arrivée, et non l'inverse. Son pick-up lui servait sans aucun doute à entretenir des pelouses. Il avait un permis de conduire avec son nom dessus. Il avait une note au bar, bon sang. Soit c'était un psychopathe extralucide, soit Andy devenait dingue.

Il donna un petit coup sur le pick-up.

— C'est mon camion.

— J'aime la sauterelle.

— Tu es très belle.

Andy fut prise de court.

Il éclata de rire.

— C'était bizarre, pas vrai ? Je viens de faire ta connaissance. Je veux dire, de vraiment faire ta connaissance. On a flirté dans un bar et c'était agréable, mais ça reste tout de même étrange qu'on se retrouve tous les deux ici au même moment, pas vrai ?

— Tu n'arrêtes pas de dire tout haut ce que je pense tout bas, mais tu le dis comme si c'était normal au lieu d'être inquiétant.

Andy eut envie de se plaquer une main sur la bouche. Elle n'avait pas voulu exprimer ses réflexions à voix haute.

— Il faut que j'y aille.

— Très bien.

Elle n'y alla pas. Pourquoi lui avait-il dit qu'elle était belle ?

— Tu as…

Il tendit la main pour retirer quelque chose des cheveux d'Andy. Une peluche laissée par la serviette du motel.

Andy prit la main de Mike dans la sienne, parce que, apparemment, l'Andy fétichiste des mains se révélait foutrement plus audacieuse que l'Andy habituelle.

— Tu es vraiment belle.

Il le dit comme s'il était impressionné. Comme s'il était sincère.

Andy pencha la tête pour l'appuyer contre sa paume. Son contact était rugueux sur sa joue. Les enseignes lumineuses du bar saisissaient la nuance terre de Sienne dans les yeux de Mike. Elle voulait se fondre en lui. Cela lui faisait un bien fou d'être regardée, d'être touchée par quelqu'un. Par ce corps. Par cet homme étrange, attirant.

Et alors il l'embrassa.

Au début, Mike se montra hésitant, mais ensuite les doigts d'Andy glissèrent dans ses cheveux, leur baiser se fit plus profond, et soudain toutes les terminaisons nerveuses d'Andy devinrent folles. Ses pieds quittèrent le sol. Il la fit reculer jusqu'au pick-up, se pressa contre elle. Sa bouche était sur son cou, ses seins. La moindre cellule d'Andy le désirait. Elle n'avait jamais été aussi submergée par le désir. Elle baissa la main pour le caresser, et…

— Porte-clés, dit-il.

Il riait, alors Andy l'imita. Elle avait peloté le porte-clés dans sa poche avant.

Ses pieds retouchèrent terre. Ils avaient tous deux le souffle court.

Elle se pencha pour l'embrasser à nouveau, mais Mike se détourna.

— Pardon. Je suis… Je…, bégaya-t-il d'une voix rauque.

*Oh ! bon sang.*

Andy avait envie de disparaître sous terre.

— Il faut…

Il posa les doigts sur la bouche d'Andy pour l'interrompre.

— Tu es si belle. Là-dedans, je n'avais qu'une seule idée, t'embrasser.

Il suivit le dessin de ses lèvres avec son pouce. Il lui donna l'impression d'être sur le point de l'embrasser à nouveau, mais il recula d'un pas et préféra glisser une main dans sa poche.

— Tu m'attires. Je veux dire, c'est clair, tu m'attires vraiment, mais…

— S'il te plaît, ne dis rien.

— Il faut que je t'explique, poursuivit-il, parce que ses sentiments à lui primaient en cet instant. Je ne suis pas ce genre de type. Tu sais, le genre qui drague des femmes dans les bars et qui les emmène sur le parking et…

— Je n'allais pas…, le coupa Andy, mais elle mentait, parce qu'elle était sur le point de le faire. Je ne…

— Pourrais-tu…

Andy patienta.

Mike ne termina pas sa phrase. Il se contenta de hausser les épaules avant de dire :

— Je ferais mieux d'y aller.

Elle s'attendait à plus parce qu'elle était débile.

Il sortit les clés de sa poche et passa les doigts dans la boucle du porte-clés. Puis il rit.

*S'il te plaît, ne fais pas de blague sur le fait que j'ai peloté ton porte-clés.*

— Je pourrais... Je veux dire, je devrais te raccompagner à...

Andy s'en alla. Elle traversa la route, le visage en feu. Il la regarda partir, comme devant l'hôpital.

— Idiote, idiote, idiote, murmura Andy. C'est quoi ce bordel ? C'est quoi ce *bordel* ?

En grimpant l'escalier du motel, elle se dégoûtait elle-même. Le pick-up de Mike s'engagea sur la route. Il leva les yeux vers elle alors qu'elle longeait la galerie. Andy regrettait de ne pas avoir de bazooka pour l'abattre. Ou de revolver pour se suicider. Elle n'avait jamais couché avec un inconnu. Même pas à la fac. Qu'est-ce qui clochait chez elle ? Pourquoi prenait-elle des décisions aussi débiles ? Elle était une criminelle en cavale. Ne pouvait faire confiance à personne. Et même si Mike avait un permis de conduire d'Alabama, ça prouvait quoi ? Laura en avait bien un d'Ontario, putain de merde. Elle avait une voiture sous un faux nom. Mike pouvait très bien avoir fait enregistrer son pick-up sous une fausse identité. Le panneau avec la sauterelle était magnétique, pas fixé avec de l'adhésif permanent. Les barmen se montraient toujours amicaux avec leurs clients, la façon dont il s'était adressé à Mike ne prouvait donc rien.

Andy inséra la clé dans la serrure et ouvrit la porte de sa chambre à toute volée. Elle était tellement énervée que c'est à peine si elle remarqua que la valise et le sac de couchage n'avaient pas bougé.

Elle s'assit sur le lit, la tête dans les mains, et réprima un sanglot.

Mike s'était-il joué d'elle ? Dans quel but ? Était-il un obsédé intéressé par Andy, parce qu'il l'avait vue sur la vidéo du snack ? À l'évidence, il avait passé un paquet de temps à visionner l'affrontement entre Laura et Jonah Helsinger. Certainement le genre de type à tenir un blog complotiste et à écouter en boucle ces illuminés qui passaient à la radio.

Mais il avait dit qu'elle était belle. Et il disait vrai sur le fait d'être excité. À moins qu'entre le moment d'ouvrir la porte du bar et la marche vers le camion, il ait eu le temps de glisser une canette de Coca dans son pantalon.

*Merde !*

Ce stupide porte-clés.

Andy se leva. Elle devait faire les cent pas. Se repasser la moindre putain d'idiotie qu'elle avait commise. Un baiser trop profond ? Avec trop de salive ? Pas assez de langue ? Ses seins étaient peut-être trop petits. Ou, bon sang, non…

Elle huma son soutien-gorge, qui dégageait les effluves répugnants du savon de l'hôtel.

Les hommes étaient-ils sensibles à ce genre de détails ?

Andy se couvrit les yeux et s'écroula sur le lit.

Le souvenir de sa main qui caressait ce foutu porte-clés dans la poche de Mike lui ramena le feu aux joues. Il s'était probablement senti insulté. Ou alors il ne voulait pas abuser d'une fille qui avait l'air si maladroite. Quel genre d'imbécile prenait une patte de lapin pour le pénis d'un homme ?

Mais quel genre d'homme adulte gardait une patte de lapin géante dans sa poche ?

*Ce type-là.*

Andy laissa tomber ses mains.

Ouvrit la bouche toute grande.

Le pick-up.

Pas le pick-up sauterelle de Mike ou celui du macchabée, mais le vieux Chevrolet tout déglingué qu'elle avait vu garé dans l'allée des Hazelton, tôt ce matin.

Ce matin…

Après qu'Andy avait tué un homme. Après qu'elle avait couru le long de la plage à la recherche du Ford, parce que Laura lui avait dit de le faire.

Pas un, mais deux pick-up stationnaient dans l'allée des Hazelton.

Les vitres étaient baissées. Andy avait regardé à l'intérieur de la cabine. Elle avait songé à voler le vieux Chevrolet au lieu du Ford. Cela aurait été facile, parce que la clé était sur le contact. Elle l'avait vue distinctement dans les premières lueurs du jour.

Elle était accrochée à un porte-clés patte de lapin, en tout point identique à celui que Mike Knepper avait sorti de sa poche et enroulé autour de ses doigts.

# 31 JUILLET 1986

*Cinq jours après la fusillade d'Oslo*

# 9

Jane Queller s'éveilla, trempée de sueur. Elle avait encore pleuré dans son sommeil. Son nez était à vif. Elle avait mal partout. Elle fut secouée de tremblements incontrôlables. Son cœur palpita sous l'effet de la panique. Dans la semi-obscurité, elle se crut retournée à Berlin, puis dans la chambre d'hôtel à Oslo, et elle finit par comprendre qu'elle avait dormi dans sa chambre d'enfant, dans la maison de Presidio Heights. Le papier peint rose. La housse et les oreillers de satin assortis. Du rose encore sur le tapis, le sofa, la chaise de bureau. Des affiches, des peluches, des poupées.

Sa mère avait entièrement décoré la chambre, parce que Jane n'avait jamais eu le temps de le faire elle-même. Depuis l'âge de six ans, presque chaque minute de son existence s'était écoulée devant un piano. À s'entraîner. Jouer. Apprendre. Se produire sur scène. Faire une tournée. S'évaluer. Échouer. Se remettre. Réussir. Dompter.

Lorsque Jane avait débuté son apprentissage, Martin se tenait derrière elle, suivant les notes des yeux. Il posait les mains sur les épaules de sa fille et exerçait une légère pression lorsqu'elle commettait une erreur. Pechenikov avait émis une condition avant de prendre Jane comme élève : Martin ne pourrait plus assister aux cours. Néanmoins, qu'elle se trouve à Tokyo, Sydney ou New York, et même pendant ses trois mois d'isolement à Berlin, Jane sentait toujours l'ombre de son père rôder derrière elle. Jugeant sa vie. Ses triomphes. Ses échecs.

Jane frissonna à nouveau. Elle jeta un coup d'œil dans

son dos, comme si Martin avait pu être là. Elle s'assit et s'adossa à la tête de lit. Tira les draps autour d'elle.

Qu'avaient-ils fait ?

Nick lui soutiendrait qu'ils n'avaient rien fait. Laura Juneau avait appuyé sur la détente. Cette femme était en paix avec sa décision. Elle aurait pu abandonner l'opération à n'importe quel moment. Le meurtre de Martin et son suicide représentaient des actes courageux ; des actes qu'elle avait perpétrés seule.

Pourtant, pour la première fois depuis six ans que Jane fréquentait Nicholas Harp, elle se montra incapable de le croire.

Ils avaient tous poussé Laura sur cette scène : Jane, Andrew, Nick, les autres cellules. Conformément au dessein de Nick, chacun d'eux incarnait le rouage d'une machine décentralisée. Un homme mystérieux avait aidé la cellule de Chicago à infiltrer l'entreprise qui fabriquait l'encre de maculage, les paquets censés se trouver dans le sac en papier kraft. La cellule de New York avait travaillé sur les documents en collaboration avec le faussaire de Toronto. San Francisco avait payé les billets d'avion, les chambres d'hôtel, les courses en taxi et les repas. Comme l'ombre de Martin derrière Jane, ils s'étaient tous tenus, invisibles, derrière Laura Juneau, lorsqu'elle avait sorti le revolver de son sac et pressé deux fois la détente.

Avaient-ils tous perdu la raison ?

Ces dix-huit derniers mois, Jane s'était réveillée chaque matin, assaillie par le doute. Ses émotions oscillaient violemment comme le battant d'une cloche. Un instant, elle jugeait leur comportement absurde : à faire des manœuvres au pas de course, à s'entraîner en vue d'une évasion et à s'initier au maniement des armes. N'était-ce pas ridicule ? Pourquoi Jane devrait-elle apprendre le combat rapproché ? Pourquoi avait-elle besoin de mémoriser les emplacements des planques et de comprendre les plans de fausses parois et de compartiments secrets ? Ils n'étaient qu'une poignée, tous âgés de moins de trente ans, convaincus qu'ils avaient les moyens, le pouvoir, de mener à bien des actes de résistance hors normes.

N'était-ce pas la définition exacte du terme « délirant » ?

Pourtant, la minute suivante, Nick prenait la parole, et Jane était alors persuadée sans l'ombre d'un doute que leurs actes étaient complètement rationnels.

Jane se prit la tête dans les mains.

Elle avait aidé une femme à assassiner son père. À planifier sa mort. Elle avait su ce qui allait se produire et elle n'avait rien dit.

Oslo avait confisqué tout scepticisme, tout doute. C'était réel à présent. Tout cela arrivait réellement.

Jane perdait la raison.

— Te voilà réveillée. Bois ça.

Nick entra dans la chambre, une tasse dans une main, un journal dans l'autre. Vêtu uniquement d'un caleçon.

Jane prit la tasse. Thé chaud et bourbon. La dernière fois qu'elle avait avalé un verre, c'était avec Laura Juneau au bar. Le cœur de Jane battait la chamade alors, tout comme il martelait sa poitrine en cet instant. Laura l'avait comparée à un caméléon. Et elle avait eu raison. La femme ne savait absolument pas que Jane appartenait au groupe. Elles avaient bavardé comme des inconnus, puis des intimes, et finalement Laura était partie.

« Vous êtes quelqu'un de formidable, avait-elle dit à Jane avant de partir. Vous êtes formidable, parce que vous êtes vous-même, simplement. »

— D'autres fédéraux viennent d'arriver, dit Nick qui observait l'allée en contrebas depuis la fenêtre. Vu leurs voitures pourries, je dirais qu'ils sont du FBI.

Il adressa à Jane un sourire en coin, comme si la présence de fédéraux supplémentaires, en plus de la CIA, de la NSA, d'Interpol, des agents du fisc et des services secrets auxquels ils avaient déjà parlé, n'était qu'une broutille.

— Tu seras Bonnie et je serai Clyde.

Jane avala son thé. Elle avait à peine goûté le liquide chaud qu'il lui brûla l'estomac. Martin avait été assassiné cinq jours plus tôt. Ses obsèques auraient lieu le lendemain. Nick paraissait carburer au stress ; il devenait presque frivole lors des entretiens qui prenaient de plus en plus la tournure d'interrogatoires. Jane voulait lui hurler au visage que c'était réel, qu'ils avaient tué quelqu'un, que ce qu'ils planifiaient de faire ensuite pourrait tous les envoyer en prison pour le restant de leurs jours… ou pire.

Elle murmura plutôt :

— J'ai très peur, Nicky.

— Chérie.

Il se coula sur le lit, la serra dans ses bras avant qu'elle le demande. Les lèvres près de son oreille.

— Tout ira bien. Fais-moi confiance. J'ai traversé bien pire. Ça va te rendre plus forte. Ça te rappelle pourquoi on fait tout ça.

Jane ferma les yeux pour s'imprégner de ses paroles. Elle avait perdu de vue leur but. Pourquoi pleurait-elle son père ? Pendant de nombreuses années, elle avait sincèrement cru que les coups lui avaient enlevé toute once d'amour envers Martin. Alors pourquoi était-elle à ce point dévastée par la culpabilité ? Pourquoi souffrait-elle chaque fois qu'elle se remémorait sa mort ?

— Arrête.

Nick devinait toujours ses tourments.

— Pense à autre chose. Un souvenir heureux.

Jane secoua la tête. Elle n'avait pas le talent de Nick pour compartimenter. Elle ne pouvait même pas fermer les yeux sans voir la tête de Martin exploser. La balle l'avait touché à la tempe. Cerveau, tissus, os avaient éclaboussé Friedrich Richter comme la boue souille une roue de voiture. Puis Laura avait pressé une nouvelle fois la détente et le sommet de son crâne avait pulvérisé le plafond.

*Pardon.* Quelques secondes plus tôt, Jane avait articulé le mot en silence à l'adresse de la femme.

Est-ce que Laura savait pourquoi Jane s'était excusée ?

— Allez, dit Nick en serrant l'épaule de Jane pour

la ramener au présent. Tu te souviens de notre première rencontre ?

Jane secoua la tête, uniquement pour chasser les images violentes de son esprit. Le pistolet. Les explosions. Les éclaboussures et les fines gouttelettes.

— Allez, Jinx, dit Nick pour l'amadouer. As-tu oublié notre première rencontre ? Ça fera six ans en décembre. Tu le savais ?

Jane s'essuya le nez. Bien sûr qu'elle le savait. L'instant où elle avait aperçu Nick pour la première fois était gravé dans chaque fibre de son être : Andrew et Nick, rentrés de la fac pour le week-end, chahutaient et se bousculaient comme des écoliers dans le hall d'entrée. Jane était sortie comme une furie du petit salon pour se plaindre du raffut. Nick lui avait souri, et elle avait senti son cœur se gonfler d'air comme une montgolfière et menacer de s'envoler de sa poitrine.

— Jinx ?

Il ne reconcerait pas tant qu'elle ne jouerait pas le jeu, alors elle s'y plia :

— Tu m'as à peine remarquée.

— Tu n'étais même pas majeure.

— J'avais dix-sept ans.

Elle détestait qu'il la traite comme une enfant. Comme Andrew, il n'avait que trois ans de plus qu'elle.

— Et tu m'as ignorée tout le week-end, parce que, Andy et toi, vous couriez après ces filles vulgaires de North Beach.

Il rit.

— Tu ne m'aurais jamais donné ma chance si j'étais tombé à tes pieds comme tous les autres imbéciles.

Personne n'était jamais tombé aux pieds de Jane. Les hommes la regardait soit avec une admiration émerveillée, soit avec ennui, comme si elle était une poupée dans une boîte en verre. Nick était le premier des amis d'Andrew à la voir comme une femme.

D'une caresse, il lui ramena les cheveux en arrière. Sa

bouche frôla l'oreille de Jane. Il chuchotait toujours pour lui dire les choses importantes :

— Je ne t'ai pas ignorée *tout* le week-end.

Jane ne parvint pas à empêcher son cœur de flotter à nouveau. Même là, en ce terrible instant, elle se souvenait encore du frisson qui l'avait parcourue quand Nick l'avait surprise dans la cuisine. Elle lisait un magazine. Il était entré d'un pas tranquille. Jane avait dit quelque chose de cassant pour le faire déguerpir, et il l'avait embrassée, sans prononcer un seul mot, avant de sortir de la pièce à reculons, et de refermer la porte derrière lui.

— J'étais quasiment orphelin quand je t'ai rencontrée. Je n'avais personne. J'étais complètement seul. Puis je t'ai eue toi.

Il tenait la nuque de Jane dans sa main et prit un air sérieux tout à coup.

— Dis-moi que tu es toujours avec moi. Je dois savoir.

— Bien sûr.

Il avait agi à l'identique à Oslo, puis une nouvelle fois dans l'avion du retour, et lors de leur première nuit à San Francisco. Il paraissait terrifié à l'idée que ces trois mois de séparation aient affaibli la détermination de Jane.

— Je suis avec toi, Nick. Pour toujours.

Il fouilla le regard de la jeune femme à la recherche d'un signe, d'une quelconque indication trahissant un mensonge, tout comme les autres lui avaient menti sa vie durant.

— Je suis à toi, répéta-t-elle d'un ton ferme. Chaque parcelle de moi est tienne.

— Gentille fille.

Il lui offrit un sourire hésitant. Tellement de gens l'avaient blessé auparavant.

Jane avait envie de le prendre dans ses bras, mais il détestait qu'elle devienne collante. Elle préféra incliner le visage pour qu'il l'embrasse. Nick s'exécuta et, pour la première fois depuis des jours, Jane respira à nouveau.

— Ma chérie, murmura-t-il à son oreille.

Il glissa les mains sous son caraco. Sa bouche gagna

les seins de Jane, qui fut enfin autorisée à l'enlacer. Elle n'avait pas envie de sexe, mais elle savait qu'un autre non heurterait ses sentiments. Ce qu'elle désirait le plus, c'était l'après. Quand il la serrait dans ses bras, lui disait qu'il l'aimait et que tout allait bien se passer.

Ce serait le moment de lui dire.

Nick la rallongea sur le lit, et les mots que Jane s'était répétés en silence tout le mois dernier affleurèrent à ses lèvres : *Je suis à la fois terrifiée, soulagée, enchantée, folle de joie, angoissée, paniquée, transportée, épouvantée à l'idée que tu me quittes parce que…*

*Je suis enceinte.*

— Y a quelqu'un ?

Ils se redressèrent. Jane agrippa les draps et les remonta jusqu'à son cou.

— Réveillés, les amis ? Tout le monde est visible ?

Andrew frappa à la porte avant de risquer un œil dans la chambre.

— Jamais, répondit Nick.

Il continuait de serrer un des seins de Jane sous le drap. Elle essaya de se dégager, mais le bras de Nick serpenta autour de sa taille pour l'en empêcher. Il lui caressa le creux des reins, le regard rivé sur Andrew.

— Deux autres agents viennent de se garer devant, enchaîna Nick.

— J'ai vu.

Andrew s'essuya le nez d'un revers de manche. Il combattait toujours le rhume attrapé en Norvège. Il dit à Nick ce que Jane n'osait formuler.

— Ne sois pas agressif envers eux, Nicky. S'il te plaît.

Leurs regards se croisèrent. La main de Nick caressa le dos de Jane. Descendit plus bas. Elle sentit une bouffée de chaleur remonter le long de son cou et gagner son visage. Elle détestait qu'il fasse ce genre de choses devant Andrew.

— Peut-être qu'on devrait se toucher le nez comme dans *L'Arnaque*, répliqua Nick.

— C'est la vraie vie, là ! lâcha Andrew d'une voix stridente.

Ils étaient terrifiés à l'idée que la maison soit sur écoute. Ces derniers jours, ils marchaient tous sur des œufs.

— Notre père s'est fait assassiner. Une femme kidnapper. Il faut que tu prennes la situation au sérieux.

— Je n'ai pas besoin qu'on me dise quoi faire.

Nick mordit l'épaule de Jane avant de gagner la salle de bains d'une démarche militaire.

Jane remonta encore les draps sur elle, le regard braqué sur la porte de la salle de bains. Elle avait envie de le suivre, de le supplier d'écouter Andrew, mais elle était incapable de contredire Nick.

— Jane…, dit Andrew.

Elle lui fit signe de se retourner pour qu'elle s'habille.

Il s'exécuta :

— Mère a demandé après toi.

Jane enfila une paire de collants. Elle les trouva serrés à la taille lorsqu'elle se leva.

— Tu étais au téléphone avec Ellis-Anne ce matin ?

Andrew ne répondit pas. Le sujet de son ex-petite amie était devenu tabou.

Malgré tout, elle risqua :

— Vous êtes restés deux ans ensemble. Elle a…

— Jane, répéta Andrew à voix basse.

Depuis leur retour, il essayait de lui parler de Martin, mais Jane redoutait qu'une discussion avec lui n'ouvre en elle une brèche impossible à refermer.

— Tu devrais consulter un médecin, poursuivit-elle.

Ses doigts bataillèrent avec les perles minuscules qui fermaient son chemisier. D'un coup sec, elle décrocha un pantalon pendu à un cintre.

— J'ai l'impression… (Andrew bougea lentement la tête de droite à gauche.) J'ai l'impression qu'il me manque quelque chose à l'intérieur. Comme si on m'avait retiré un organe. C'est étrange, non ?

Jane essaya de remonter la fermeture Éclair latérale de

son pantalon. Ses doigts étaient malhabiles. Elle essuya la transpiration sur ses mains. Le pantalon la serrait. Tous ses vêtements la serraient, parce qu'elle était enceinte, parce qu'ils avaient tué leur père et qu'ils allaient probablement tuer encore d'autres personnes avant la fin.

— Andy, je ne peux pas…

Elle s'interrompit, un sanglot dans la gorge.

*Je ne peux pas te parler. Je ne peux pas t'écouter. Je ne peux pas être près de toi, parce que tu vas dire tout haut ce que je pense tout bas et nous allons finir par nous déchirer.*

Comment avait fait Laura Juneau ?

Pas physiquement – Jane était présente, elle avait assisté au moindre détail du meurtre et du suicide. Mais comment Laura avait-elle fait pour appuyer sur cet interrupteur intérieur qui l'avait métamorphosée en une tueuse sans pitié ? Comment cette femme douce et cultivée avec qui Jane avait fumé au bar pouvait-elle être cette même personne qui avait sorti un flingue de son sac et abattu un homme, avant de se suicider ?

Jane ne cessait de revoir cette expression d'absolue sérénité sur le visage de Laura Juneau. C'était le faible sourire sur les lèvres de la femme qui l'avait trahie. Visiblement, Laura était en paix avec ses actes. Aucune hésitation. Pas un instant de réflexion ni de doute. Lorsqu'elle avait porté la main à son sac pour en sortir le revolver, elle aurait tout aussi bien pu être à la recherche d'un paquet de chewing-gum.

— Jinx ?

Andrew s'était retourné, les yeux emplis de larmes. Par réaction, les pleurs de Jane redoublèrent.

— Laisse-moi t'aider.

Elle le regarda tirer sur la fermeture latérale de son pantalon. Son haleine dégageait une odeur écœurante. Sa peau semblait moite.

— Tu as perdu du poids, constata Jane.

— Il est là, dit-il en pinçant avec malice le nouveau bourrelet de graisse qui entourait sa taille à elle. Nick dit qu'on s'en sortira. Et il a toujours raison, n'est-ce pas ?

Ils sourirent, mais aucun d'eux ne rit tout haut, parce qu'ils ne savaient pas si Nick écoutait de l'autre côté de la porte.

— On devrait se ressaisir.

Jane trouva un mouchoir en papier. Elle le tendit à Andrew, puis en prit un pour elle. Ils se mouchèrent. Andrew toussa. Le bruit dans sa poitrine évoquait des billes qui s'entrechoquent.

Elle posa une main sur le front de son frère.

— Tu dois voir un médecin.

Il haussa les épaules et demanda :

— Quand ?

La porte de la salle de bains s'ouvrit. Nick sortit, nu. Il se séchait les cheveux avec une serviette.

— Qu'est-ce que j'ai raté ?

— Je descends avant que Jasper vienne nous chercher, proposa Andrew.

— Tu y vas aussi, dit Nick à Jane. Mets les bottes. Elles sont plus intimidantes.

Jane dénicha une paire de chaussettes noires dans le tiroir et les passa par-dessus ses collants. Elle brandit quelques paires de bottes avant que, d'un hochement de tête, Nick lui confirme qu'elle tenait les bonnes. Elle se penchait en avant pour refermer les boucles lorsqu'elle sentit Nick se presser derrière elle. Il parlait à Andrew, et simultanément ses mains lui frottaient le bas du dos.

— Jane a raison. Tu devrais prendre le temps d'aller chez le médecin. On ne peut pas se permettre que tu sois malade pour le... les obsèques.

Alors que Jane finissait d'attacher ses bottes d'équitation, de la bile remonta le long de sa gorge. Elle ne savait pas si c'était à cause de ses horribles nausées matinales ou de la peur. Depuis le début, Nick jouait inutilement sur les mots. L'idée qu'un agent du FBI soit assis dans une camionnette de surveillance au bas de la rue, suspendu à ses lèvres, l'excitait terriblement.

— Mets-les K-O, ma chérie, lui chuchota-t-il au creux de l'oreille.

Elle acquiesça, puis s'adressa à Andrew :

— Prête.

Nick lui donna une claque sur les fesses lorsqu'elle quitta la pièce. Jane se sentit rougir jusqu'à la racine des cheveux, exactement comme tout à l'heure. Il était vain de lui demander d'arrêter, parce que cela ne ferait que l'encourager.

Andrew laissa Jane le précéder dans l'escalier. Elle s'efforça de maîtriser la chaleur qui avait gagné son visage. Elle savait que Nick avait grandi sans amour, qu'il aimait montrer qu'il s'était fait une place dans le monde, mais elle détestait qu'il la traite comme un trophée de chasse.

— Ça va ? s'enquit Andrew.

Jane se rendit compte qu'elle avait posé une main sur son ventre. Elle n'avait pas parlé du bébé à Andrew ni à quiconque. Au début, elle s'était convaincue que c'était parce qu'elle voulait l'annoncer à Nick en premier, mais, au fil des semaines, elle avait pris conscience de sa terreur à l'idée qu'il ne veuille pas du bébé et qu'elle doive expliquer à tout le monde pourquoi elle n'était plus enceinte.

« La prochaine fois, lui avait-il dit la fois précédente. La prochaine fois, on le gardera. »

— Mademoiselle Queller ?

Un homme les attendait dans le couloir de l'entrée. Son portefeuille était ouvert sur un bouclier doré.

— Je suis l'agent Barlow du FBI. Voici l'agent Danberry.

Danberry était planté dans le petit salon, les mains dans le dos. Il ressemblait à une version amoindrie de Barlow : moins de cheveux, moins de confiance en soi, et même moins de dents – il lui manquait une canine supérieure. Il avait discuté avec Jasper, qui portait son uniforme de réserve de l'Air Force. Des médailles et des galons colorés s'alignaient sur la poitrine du frère aîné de Jane. Jasper avait douze ans de plus qu'elle et l'avait toujours soutenue, protégée. Il avait assisté à ses concerts, s'était intéressé à sa scolarité, et l'avait même emmenée au bal de promo quand elle n'avait eu personne pour l'y accompagner. Jane avait toujours vu en lui un adulte miniature, une figure héroïque qui jouait avec ses petits soldats et lisait des ouvrages d'histoire militaire, mais c'était surtout quelqu'un sur qui elle pouvait compter pour foutre la trouille de sa vie à n'importe quel garçon qui oserait lui faire du mal ou pour grappiller du liquide afin de s'acheter du rouge à lèvres.

— Mademoiselle Queller ? répéta l'agent Barlow.

— Pardon, s'excusa Jane en prenant un mouchoir dans la boîte, sur la table basse.

Barlow parut contrit.

— Toutes mes condoléances.

Jane sécha ses larmes et s'observa dans le miroir derrière le sofa. Elle avait la peau à vif. Les yeux gonflés. Le nez rouge. Elle pleurait depuis presque cinq jours d'affilée.

— Prenez votre temps, suggéra Barlow, mais de toute évidence il avait hâte de commencer.

Jane se moucha aussi silencieusement que possible.

Nick les avait fait répéter pendant des heures, mais rien ne pouvait préparer Jane au stress d'un véritable interrogatoire. La première fois, elle avait sangloté de façon incontrôlable, paniquée à l'idée de dire ce qu'il ne fallait pas. Les fois suivantes, elle avait pris conscience que ses larmes étaient une bénédiction, parce qu'on s'attendait justement à ce qu'elle pleure. Andrew aussi avait élaboré une stratégie. Quand on lui posait une question pénible, il reniflait et s'essuyait les yeux, avant de détourner la tête, pour réfléchir à sa réponse.

Nick les rendait nerveux : pas seulement Jane et Andrew, mais quiconque dans la pièce. Il semblait tirer un plaisir pervers à narguer les agents, en poussant la situation jusqu'à la limite, puis en inventant une explication innocente pour éviter la catastrophe.

La veille, alors qu'elle observait son comportement en présence des agents des services secrets, Jane s'était demandé s'il était suicidaire.

— Jinx ? s'enquit Jasper.

Ils attendaient tous qu'elle s'assied. Elle se percha sur le bord du sofa. Andrew prit place à côté d'elle. Barlow s'installa sur le canapé d'en face, les mains sur les genoux.

Seuls Jasper et Danberry restèrent debout, l'un pour faire les cent pas et l'autre, de toute évidence, pour inspecter la pièce. Au lieu de poser une question, Danberry ouvrit une boîte en onyx posée sur une étagère et jeta un œil à l'intérieur.

En face d'elle, Barlow sortit un carnet de sa poche de poitrine et le feuilleta. Ses yeux se déplaçaient de droite à gauche, tandis qu'il lisait ses notes en silence.

Jane regarda Andrew, puis Jasper, qui haussa les épaules.

C'était nouveau. Les autres agents avaient démarré par des banalités, posé des questions sur la maison, la décoration. En général, Andrew se chargeait de leur faire la conversation. Le petit salon, comme le reste de la maison, renfermait un méli-mélo d'œuvres gothiques et classiques, avec un mobilier aux formes élancées et du papier peint en velours qui alternait avec les panneaux d'acajou foncé. Les lustres jumeaux avaient appartenu à un ancêtre Queller qui avait collaboré à leur conception avec M. Tiffany. La table basse était taillée dans des séquoias, abattus par la branche maternelle de la famille. Un homme adulte tenait facilement debout dans la cheminée. La rumeur disait que le tapis avait été dérobé à une famille japonaise, envoyée dans un camp de détention pendant la guerre.

Andrew remua sur le sofa. Jasper se remit à arpenter la pièce.

Barlow tourna une page de son calepin. Dans le silence, le bruit évoqua du papier de verre. Danberry avait incliné la tête sur le côté pour lire les titres au dos des livres.

Jane devait s'occuper les mains. Elle repéra un paquet de cigarettes sur la table basse. Andrew craqua une allumette. Il n'arrivait pas à rester complètement immobile. Il ne cessait de taper du pied. Jane se demanda ce que cela ferait si elle tendait la main pour bloquer sa jambe. Ou si elle invitait Barlow à prendre la parole. Ou si elle criait aussi fort que possible jusqu'à ce que tout le monde parte et qu'elle puisse retrouver Nick à l'étage.

À l'évidence, il s'agissait d'une tactique de manipulation. Barlow et Danberry les poussaient à bout pour qu'ils commettent des erreurs.

En silence, Jane passa en revue les questions que les autres agents leur avaient posées.

*Aviez-vous déjà rencontré la véritable Alexandra Maplecroft ? Qu'est-ce que Laura Juneau vous a dit à la conférence ? Pourquoi ne vous êtes-vous pas rendu compte que c'était une usurpatrice ? Où se trouve la vraie Alexandra Maplecroft d'après vous ?*

Kidnappée.

La réponse à cette dernière question était de notoriété publique. La demande de rançon figurait en première page du *San Francisco Chronicle* de la veille…

*Nous détenons le Dr Alexandra Maplecroft, un instrument du régime fasciste…*

— Mademoiselle Queller ? dit finalement Barlow qui avait levé les yeux de son carnet. Je vais résumer ce que nous savons déjà grâce aux précédents entretiens.

Jane parvint tout juste à acquiescer. Son corps sous tension était devenu rigide. Il y avait quelque chose de différent chez ces deux hommes. Avec leurs costumes froissés, leurs cravates maculées, leur dent manquante et leur atroce coupe de cheveux, ils ressemblaient aux fédéraux des parodies télé, mais on ne les aurait pas envoyés ici si c'étaient des agents de deuxième ou troisième ordre.

— Allons-y, dit Barlow. Vous n'aviez jamais rencontré Laura Juneau avant la conférence. Mais son nom vous était familier parce qu'à l'époque où son époux a tué ses enfants, l'histoire était dans le journal. Vous reveniez de Berlin où vous avez remplacé une amie dans un studio pendant deux mois. Vous…

— Trois, rectifia Jasper.

— Exact, trois mois. Merci, major Queller.

Barlow poursuivit, les yeux rivés sur Jane :

— Vous n'avez jamais rencontré la vraie Alexandra Maplecroft auparavant et vous ne connaissiez son nom que par l'intermédiaire de votre père, parce qu'elle était une adversaire qui…

— Non, l'interrompit Jasper. Pour être adversaires, il faut être égaux. Maplecroft représentait un désagrément.

— Merci encore, major.

Manifestement, Barlow avait envie que Jasper se taise.

— Mademoiselle Queller, j'aimerais revenir tout d'abord sur votre discussion avec Mme Juneau dans le bar.

Jane battit des paupières et revit l'expression ravie de Laura, lorsque, assise au comptoir, elle avait reconnu le rythme de « Love Me Two Times ».

— Mme Juneau vous a-t-elle abordée ou bien était-ce l'inverse ?

Jane avait la gorge tellement nouée qu'elle toussa avant de parler.

— C'est moi. J'étais au piano, je jouais quand elle est entrée. J'ai deviné qu'elle était américaine à…

— Sa façon de s'habiller, conclut Barlow. Vous aviez très envie de bavarder avec une concitoyenne, après un si long séjour en Allemagne.

Jane éprouva une sorte de vertige étrange. Pourquoi avait-il terminé la phrase à sa place ? Essayait-il de prouver qu'il avait discuté avec les autres agents, qu'ils avaient comparé leurs notes, ou tentait-il seulement de la faire avancer ?

Ou, plus effrayant encore, Nick les avait-il trop fait répéter ? Le choix des termes, des gestes, des commentaires était-il tellement rodé qu'ils s'étaient fait repérer ?

Jane entrouvrit les lèvres. Elle gonfla ses poumons d'air.

— De quoi Mme Juneau et vous-même avez-vous discuté ?

Jane sentit un poids lui oppresser la poitrine. Soudain, la pièce lui parut étouffante. Elle posa sa cigarette dans le cendrier, tenta de l'aligner avec le creux de la rainure. Sa main se remit à trembler. Ne sachant que faire, elle opta pour la vérité.

— Elle m'avait vue jouer il y a quelques années. Nous avons évoqué ce concert. Et la musique en général.

— Bach, Beethoven, Mozart ? Chopin ? Chacopsky ?

Barlow paraissait sortir des noms de son chapeau.

*Tchaïkovski*, faillit rectifier Jane, mais elle se ravisa au dernier moment parce que… Et si c'était un piège ? Avait-elle dit autre chose à un autre agent ?

Andrew toussa. Il ramassa la cigarette que Jane avait laissée se consumer dans le cendrier.

— Mademoiselle Queller ? l'encouragea Barlow.

Jane attrapa les mouchoirs et se moucha. Elle contrôla son élan de panique.

« Collez à la vérité. » Nick les avait coachés en ce sens. « Veillez seulement à ne pas dire toute la vérité. »

Jane essaya de ne pas précipiter son débit de paroles.

— Eh bien. Nous avons parlé d'Edvard Grieg, parce qu'il est norvégien. De a-ha, le groupe de pop, également norvégien. De Martha Argerich, d'Argentine. Je ne sais plus pourquoi on l'a évoquée, mais on en a parlé.

— Avez-vous vu Juneau aller aux toilettes ?

Barlow dévisagea Jane avec attention pendant qu'elle secouait la tête.

— Avez-vous été aux toilettes avant la fusillade ?

— La conférence était longue. J'y suis certainement allée.

Jane prit conscience du tremblement dans sa voix. Était-ce une bonne chose ? Est-ce que cela rendait son histoire plus crédible ? Elle regarda Danberry. Il tournait en rond dans la pièce tel un requin. Pourquoi ne posait-il pas de questions ?

— On a retrouvé des traces d'adhésif derrière un réservoir de toilettes. Nous pensons que le revolver était caché à cet endroit.

— Fantastique, lâcha Jasper. Alors vous avez des empreintes. Affaire classée.

— Ils portaient des gants. Mademoiselle Queller, on nous a dit qu'avant le meurtre vous aviez entendu parler de Laura et de Robert Juneau. Qu'en est-il du Dr Maplecroft ?

— Juneau et Maplecroft dans le petit salon, brailla Nick en choisissant cet instant pour faire son entrée. Bon Dieu, on dirait des personnages du Cluedo version canadienne. Lequel avait le chandelier ?

Tout le monde s'était retourné vers Nick, debout dans l'entrée. D'une manière ou d'une autre, il avait réussi à réquisitionner tout l'air de la pièce. Jane l'avait vu agir ainsi à d'innombrables reprises. Quand il arrivait dans un endroit, il pouvait influer sur l'ambiance à sa guise, comme un DJ avec la molette d'une platine.

— Monsieur Harp, dit Barlow. Ravi que vous puissiez vous joindre à nous.

— Tout le plaisir est pour moi.

Nick pénétra dans la pièce, affichant un large sourire d'autosatisfaction. Jane garda le regard braqué sur Barlow, qui observait les traits fins de Nick. L'agent conserva un air neutre, mais elle perçut son aversion. La beauté et le charme du jeune homme œuvraient soit en sa faveur, soit contre lui. Il n'y avait jamais d'entre-deux.

Nick se cala dans le sofa entre Jane et Andrew, et passa un bras possessif sur les épaules de Jane.

— Alors, messieurs. Je suppose que vous avez déjà établi qu'aucun de nous ne connaissait ni Maplecroft ni Juneau avant l'assassinat de Martin ?

Il fit courir ses doigts dans la chevelure de Jane.

— Cette perte a brisé sa malheureuse fille. Je ne savais pas qu'il était possible de contenir autant de larmes.

Barlow soutint le regard de Nick un instant avant de se tourner vers Andrew.

— Pourquoi M. Harp et vous n'étiez-vous pas sur le même vol, au départ de San Francisco ?

— Nick est parti un jour plus tôt, répondit Andrew qui sortit son mouchoir et s'essuya le nez. Des affaires l'appelaient à New York, je crois.

— Quelles sortes d'affaires ?

Andrew eut l'air perplexe, parce que Barlow n'adressait pas ses questions à Nick.

— Major Queller, dit Barlow en tournant ostensiblement la tête vers Jasper. Comment votre famille a-t-elle fait la connaissance de M. Harp ?

— Nick est avec nous depuis des années.

Jasper s'exprimait d'un ton calme, ce qui était surprenant parce qu'il n'avait jamais aimé Nick.

— Nous l'avons emmené en voyage, nous avons passé des vacances ensemble. Ce genre de choses.

— Sa famille vit sur la côte Est, ajouta Andrew. Nick était orphelin, ici, en quelque sorte. Mère et Père l'ont accueilli comme un membre de la famille.

— On l'a envoyé ici à l'âge de quinze ans, n'est-ce pas ? s'enquit Barlow.

Il attendit, mais nul ne pipa mot.

— Il s'est attiré des ennuis avec la police chez lui ? Sa mère l'a expédié chez sa grand-mère à l'autre bout du pays ?

— Nick nous a tout raconté à ce propos, répliqua Andrew en jetant un coup d'œil nerveux à Nick. Le chemin était ardu, mais, malgré tout, il a réussi à entrer à Stanford.

— Exact.

Barlow retourna à ses notes. Ils refirent le coup du silence.

Nick feignait l'indifférence. Il épousseta des peluches imaginaires sur son pantalon. Il adressa un rapide clin d'œil à Jane. Néanmoins, elle ressentait la tension qui gagnait son corps. Le bras passé derrière ses épaules s'était crispé. Les doigts de Nick s'enfonçaient dans sa peau.

Était-il furieux contre elle ? Fallait-il qu'elle prenne sa défense ? Devrait-elle dire aux agents que Nick était un homme bon, qu'il était parvenu à se sortir du caniveau, qu'ils n'avaient pas le droit de le traiter de cette façon parce qu'il…

Perdait.

Nick ne le savait pas encore, mais il avait perdu la partie à la seconde où il était entré dans la pièce. Il s'était moqué des agents du gouvernement des jours durant, pestant contre leur stupidité, se vantant de sa propre intelligence. Il n'avait pas réalisé qu'ils étaient tout aussi capables que lui de jouer la comédie.

Jane prit une inspiration saccadée. Elle s'était remise à pleurer. Rien n'était plus terrifiant que de l'observer se sortir du pétrin à coups de poing.

— Monsieur Queller.

Barlow posa son regard sur Andrew.

— M. Harp vous avait-il dit avoir assisté au cours magistral du Dr Maplecroft ?

Andrew lança à Jane un regard effrayé, qui reflétait exactement les sentiments de sa sœur : Que fallait-il dire ? Que voulait Nick ?

— Je peux répondre à cette question-là, si vous le souhaitez, proposa Nick.

— Pourquoi pas ? répondit Barlow en s'adossant au sofa.

Derrière lui, Danberry ouvrit et referma une autre boîte.

Nick les fit patienter.

Il tendit la main vers la cigarette dans le cendrier. Il inhala avec bruit, puis recracha un jet de fumée. Tapota la cigarette pour faire tomber la cendre. L'aligna avec la rainure du cendrier en marbre. Se laissa aller en arrière contre le dossier. Repassa un bras derrière Jane.

Enfin, il leva les yeux et feignit la surprise en constatant qu'ils attendaient.

— Oh ! vous voulez que je réponde maintenant ?

Danberry croisa les bras.

Jane ravala un flot de bile qui remontait rapidement dans sa gorge.

— Avez-vous une trace écrite de ma présence à ce cours ?

— D'après son assistant, le Dr Maplecroft n'est pas une adepte des registres de présence.

— Dommage.

— Nous parlerons aux étudiants cette semaine.

— Une sacrée entreprise, à n'en pas douter, répliqua Nick. Combien y a-t-il de gamins à Berkeley maintenant, trente, quarante mille ?

Barlow laissa échapper un profond soupir. Il rouvrit son calepin. Reprit un passage en s'adressant à Andrew.

— À la conférence, lorsque M. Harp a abordé Laura Juneau, qui à ce moment-là se faisait passer pour le Dr Maplecroft, M. Harp a dit avoir assisté à l'un des cours magistraux du Dr Maplecroft. L'officier de police et la jeune fille qui travaillait au contrôle l'ont tous les deux entendu.

Andrew répondit :

— Je n'étais pas présent durant cette partie de la conversation, mais je suis certain que Nick peut…

— Êtes-vous au courant que M. Harp a été condamné pour drogue ?

— Êtes-vous au courant que M. Queller aussi ? répliqua Nick d'un ton sec.

— Bon Dieu, marmonna Jasper.

— Je m'assure juste qu'ils ont tous les éléments, ajouta Nick. C'est un crime de mentir à un agent du FBI. N'est-ce pas, agent Danberry ?

Danberry garda le silence. Néanmoins, Jane devina qu'il avait noté l'absence de Nick quand ils s'étaient tous deux présentés. Jane aurait pu lui dire qu'il était en haut des marches. Elle avait appris à la dure que Nick écoutait toujours furtivement aux portes.

— Il y a deux ans, j'ai été condamné pour possession de cocaïne, admit Andrew. J'ai effectué des travaux d'intérêt général pour que mon casier soit effacé.

— Ce genre de choses ne reste pas longtemps secret par les temps qui courent, n'est-ce pas ? ajouta Nick.

Barlow confirma avec malice :

— En effet.

Jane essaya de ne pas grimacer alors que Nick lui passait les doigts sans ménagement dans les cheveux avant de s'adresser à à Barlow :

— J'ai rencontré Laura Juneau dans le salon de la compagnie aérienne KLM à Schiphol. Nous étions tous deux en route pour Oslo. Elle m'a demandé si le siège à côté de moi était libre. J'ai dit oui. Elle s'est présentée comme étant le Dr Alexandra Maplecroft. et m'a confié m'avoir reconnu parce que j'avais assisté à l'un de ses cours, ce qui pouvait être vrai, mais franchement, messieurs, j'étais complètement défoncé durant la majorité des cours, alors je ne suis pas un témoin très fiable.

— En effet, répliqua Barlow.

Danberry ne disait toujours rien. Il avait rejoint le piano

à queue, un Bösendorfer Imperial, à l'opposé de la pièce. Jane refréna un frisson d'agacement lorsqu'il fit glisser ses doigts sans bruit sur les touches de basse supplémentaires.

— Donc, monsieur Harp, d'après ce que vous vous rappelez, vous avez rencontré le Dr Maplecroft pour la première fois à l'aéroport d'Amsterdam, puis une seconde fois à Oslo ?

— C'est exact, approuva Nick.

Jane aurait pleuré de soulagement lorsqu'il revint enfin au scénario prévu.

— Pour me montrer courtois, j'ai feint de reconnaître la femme que je croyais être le Dr Maplecroft. Puis je l'ai revue à la conférence et, là encore, j'ai feint de la remettre, dans l'unique but de me montrer poli. Donc je pense que le mot clé ici est « feindre », messieurs, ajouta-t-il en haussant une épaule. Elle a feint de me connaître. J'ai feint de la connaître. Mais un seul de nous avait de sombres desseins.

Barlow nota quelque chose dans son carnet.

Andrew reprit son rôle :

— À la conférence, Nick m'a présenté Juneau comme étant le Dr Maplecroft. J'ai reconnu le nom, à défaut du visage. Il n'y a pas beaucoup de photographies de Maplecroft en circulation, comme vous le savez, j'en suis sûr, maintenant que vous la recherchez. J'ai dit un mot à la fausse Maplecroft au sujet de sa présence à la table ronde de Père. Elle n'avait pas de badge, alors j'ai demandé s'il y avait un problème d'inscription. (Il haussa les épaules exactement comme Nick l'avait fait.) Voilà l'étendue de mon échange avec cette femme. Quand je l'ai revue, elle assassinait mon père.

Jane tressaillit. Elle ne put s'en empêcher.

— C'est une explication très méthodique, déclara Barlow.

— Comme la majorité des explications. Je me méfie de celles qui sont complexes, répliqua Nick en lissant une jambe de son pantalon. Mais vous voyez, messieurs, j'ai l'impression d'avoir déjà raconté tout ça à vos confrères. Comme nous tous ici, encore et encore. Alors, je crois que je vais partir.

Aucun agent n'esquissa un geste pour l'arrêter.

Nick ne montra qu'une brève hésitation avant d'embrasser Jane sur la bouche, puis de traverser la pièce à grandes enjambées. Jane sentit son cœur lâcher quand il tourna à gauche plutôt qu'à droite. Il ne montait pas l'attendre à l'étage.

Il partait.

La porte d'entrée s'ouvrit et se referma. Le bruit vibra en elle comme un couteau planté dans le cœur. Elle dut entrouvrir les lèvres pour aspirer de l'air. Elle était déchirée entre le soulagement de le voir partir et la peur de ne jamais le revoir.

— Je suis désolé que Nick se comporte comme un con, dit Jasper à Barlow. Mais il a raison sur un point. Nous ne pouvons pas continuer ainsi. Nos réponses ne vont pas changer.

— Il s'agit d'une enquête en cours. Les gens qui ont orchestré l'assassinat d'Oslo détiennent toujours le Dr Maplecroft.

— Ce qui est une tragédie, poursuivit Jasper. Néanmoins, il n'y a rien que ma famille puisse faire à ce sujet.

— Dans leur demande de rançon, les ravisseurs du Dr Maplecroft ont exigé que la société de votre père admette sa culpabilité. Ils l'accusent d'être responsable de la tuerie commise par Robert Juneau.

— C'est une société familiale, répondit Jasper qui avait pris la relève de la société l'année précédente. Les kidnappeurs ont aussi demandé un million de dollars, ce qui est grotesque. Nous ne pouvons endosser la responsabilité des actes d'un malade mental. Savez-vous combien de foyers dirige Queller Healthcare ? Uniquement dans la baie de San Francisco ?

— Quinze, souffla Andrew, mais Jane fut la seule à l'entendre.

— Les kidnappeurs se font appeler l'Armée du monde en mutation, insista Barlow. Vous n'en avez jamais entendu parler ?

Jane et Andrew secouèrent la tête.

À l'autre bout de la pièce, Danberry referma le couvercle du piano.

Le cœur de Jane bondit dans sa poitrine. L'ivoire allait jaunir à l'abri de la lumière.

Jasper nota son tourment.

— Est-ce qu'il ne doit pas rester ouvert ? s'enquit-il.

Elle hocha la tête. Nick lui dirait de laisser jaunir les touches. De sécher les répétitions. D'arrêter de se donner à fond. Martin ne pourrait plus la punir depuis la tombe.

— Major Queller ? l'encouragea Barlow qui attendait une réponse. Avez-vous entendu parler de l'Armée de…

— Bien sûr que non.

Jasper était sur le point de perdre son calme, mais il se ressaisit rapidement.

— Je n'ai pas à vous expliquer à quel point ces mensonges sont préjudiciables à la société. Nous sommes censés ouvrir notre capital cette semaine. Nous avons quelques puissants investisseurs que ce désordre rend très nerveux. Les accusations proférées par les kidnappeurs sont absurdes. Nous ne torturons pas les malades, bon sang. Nous ne sommes pas en Russie soviétique.

Danberry fit une tentative :

— Major Queller…

— Mon père était un homme bon, insista Jasper. Ses prises de position étaient discutables, je l'admets, mais il avait toujours le bien de sa famille à l'esprit, le bien du pays aussi. C'était un patriote. Sa mission dans la vie consistait à servir les autres, et c'est ce qui l'a conduit à sa mort.

— Personne ici n'est en désaccord avec cela.

— Écoutez, reprit Jasper en modérant son ton. De toute évidence, Laura Juneau avait une case en moins. Nous ne saurons peut-être jamais pourquoi elle…

— Le pourquoi est assez clair, l'interrompit Andrew. Robert Juneau a été mis à la porte d'une demi-douzaine de foyers d'accueil Queller. Il aurait dû être hospitalisé, mais il n'avait aucun hôpital où aller. Tu peux dire que le système l'a laissé tomber, mais nous sommes le système, Jasper. Queller est le système. Par conséquent…

— Par conséquent, ferme ta gueule, Andy ! (Jasper jeta un regard noir à son frère.) Toutes ces conneries pourraient ruiner la société. Et les investisseurs se retireraient définitivement. Tu comprends ça ?

— J'ai besoin d'air, déclara Jane en se levant.

Andrew et Barlow firent de même. La tête lui tournait. Elle avait l'estomac à l'envers. Elle s'éloigna en gardant les yeux rivés au sol. Elle avait l'impression d'être sur un manège à sensation. Elle avait envie de vomir, de pleurer ou simplement de rester assise, seule, et d'essayer de comprendre ce qui se passait.

Où Nick était-il parti ?

Était-il furieux contre elle ? Avait-elle commis une erreur ? Avait-elle gardé le silence, alors que Nick aurait voulu qu'elle le défende ? Serait-il en colère ? Allait-il l'écarter à nouveau ?

Jane ne serait pas capable de le supporter, cette fois. Elle n'y arriverait pas. Pas maintenant.

Pas alors qu'elle portait son enfant.

Au lieu d'aller aux toilettes ou de faire une halte à la cuisine pour laisser un message désespéré sur le répondeur de Nick, elle gagna l'arrière de la maison et sortit.

Debout dans le patio, les yeux fermés, elle essaya de respirer. L'air frais desserra la sangle qui ceignait sa poitrine. Elle leva les yeux vers le ciel nuageux. Aperçut un minuscule éclat de soleil derrière le pont du Golden Gate. Le brouillard matinal s'attachait encore à la péninsule vallonnée des Marin Headlands. L'air était frais, mais Jane n'avait pas envie de rentrer prendre un pull.

Des indices sur la table en fer forgé trahissaient le passage de sa mère : une tasse de thé maculée de rouge à lèvres, un cendrier plein, le journal maintenu par un presse-papiers en verre.

Jane parcourut des yeux la une du *Chronicle*, bien qu'elle connaisse la lettre de rançon par cœur. Nick avait jugé le texte d'une grande intelligence, même quand Jane s'était inquiétée que cette lettre ne les fasse passer pour les super méchants d'un dessin animé…

*Ceci est un message adressé par l'Armée du monde en mutation. Nous avons kidnappé le Dr Alexandra Maplecroft, un instrument du régime fasciste, un pion du jeu dangereux joué par Martin Queller et sa société prétendument de services à la santé. Nous exigeons des excuses pour l'implication de Martin Queller dans le massacre de la famille Juneau et d'autres familles à travers toute la région de la Californie. Queller Healthcare doit être neutralisée. Ils ont systématiquement exploité, torturé et battu des patients au sein de leurs structures. D'autres vies seront perdues si…*

— Belle baraque.

Jane sursauta.

L'agent Danberry se tenait dans l'embrasure de la porte. Une cigarette éteinte aux lèvres. Il contempla le paysage avec une franche admiration.

— Pardon, de mon appartement, je vois l'allée, que je partage avec mon voisin. Si j'ouvre la fenêtre, je sens la gerbe des junkies qui comatent sur le trottoir d'en face.

Jane ne sut quoi dire. Son cœur martelait si fort sa poitrine qu'elle était certaine qu'il le voyait bouger sous son chemisier.

— Ils l'ont fermé il y a quelques années, dit-il en ôtant la cigarette de ses lèvres. Le pont. Des rafales de vent. Ce piano là-dedans vaut probablement plus cher que ma voiture, pas vrai ?

Le Bösendorfer lui paierait certainement cinquante nouvelles voitures, mais il n'était pas ici pour discuter piano.

— À quoi servent les touches supplémentaires ?

Il patienta.

Jane s'essuya les yeux. Elle ne pouvait pas rester là à pleurer. Il fallait qu'elle dise quelque chose – n'importe quoi – à propos du pont, du brouillard, de la vue, mais la panique brouillait son esprit, au point que même la remarque la plus anodine ne parvenait pas à se frayer un chemin jusqu'à sa bouche.

Danberry acquiesça, comme s'il s'y était attendu. Il alluma sa cigarette tout en fixant le pont au-delà des arbres. Dans le lointain, le bruit strident des cornes de brume s'élevait des rochers.

Jane leva, elle aussi, les yeux vers le pont. Elle songea à la première fois où elle s'était retrouvée avec Nick à l'arrière de la maison pour contempler l'apparition du brouillard.

À cet instant, à ses côtés, Jane avait pris conscience qu'elle n'avait jamais apprécié cette vue à sa juste valeur. Seul Nick mesurait leur chance.

— Je vous ai vue jouer une fois, déclara Danberry.

Jane savait ce qu'il faisait : il essayait de l'amener sur un terrain familier pour la mettre à l'aise.

— Ma femme m'a traîné dans un club sur Vallejo Street. Le Keystone Korner. C'était il y a longtemps. J'ai entendu dire qu'ils ont déménagé de l'autre côté de la baie.

Il tira une chaise pour Jane. Elle n'eut d'autre choix que de s'asseoir.

— Je sais que c'est difficile pour vous.

Jane s'essuya les yeux du bout des doigts. La peau brûlée par les larmes.

Il prit un siège sans qu'on l'y invite.

— Que faisiez-vous en Allemagne ?

Jane connaissait la réponse à cette question, tout au moins celle qu'elle était censée donner.

— Mademoiselle Queller ?

Elle se força à parler :

— Je travaillais.

Sa voix était à peine plus forte qu'un chuchotement. Il fallait qu'elle se ressaisisse. Ils avaient répété cet interrogatoire. Comme un concert. Elle avait toutes les notes en tête. Il ne lui restait plus qu'à les jouer.

Elle se frotta la gorge pour en détendre les muscles.

— C'était temporaire. Je remplaçais une amie à Berlin, en tant que pianiste de studio.

— Berlin Ouest, j'espère.

Il sourit, alors Jane l'imita.

— Je sais ce que vous pensez : nous savons ce que vous avez fait là-bas. Nous savons où vous habitiez. Nous savons où vous travailliez, où vous déjeuniez. Que vous êtes passée quelquefois à l'Est, notamment pour prendre votre vol en direction d'Oslo, ce qui n'est pas inhabituel là-bas, n'est-ce pas ? Les billets sont moins chers.

Il jeta un œil sur la maison derrière lui.

— Non pas que vous ayez besoin de faire des économies, mais qui peut laisser filer une bonne affaire ?

Jane sentit la panique faire son grand retour. Savait-il vraiment tout ou était-ce un piège ?

— Comment c'était, l'Allemagne de l'Est ?

Elle essaya de voir au-delà de sa question. La prenaient-ils pour une communiste ? une espionne ?

Il tapota sa cigarette dans le cendrier plein à craquer.

— J'ai ouï dire que tout le monde vous observe, poursuivit-il. Tout ce que vous faites, à qui vous parlez, ce que vous dites. Un peu comme moi là, pas vrai ?

Il sourit à nouveau. Jane aussi.

— Ils leur laissent écouter de la musique là-bas ?

Jane se mâchouilla la lèvre. Elle entendit la voix de Nick dans sa tête : *S'ils essaient de te mettre à l'aise, laisse-les croire qu'ils y arrivent.*

— Un peu de Springsteen, peut-être Michael Jackson ? ajouta Danberry.

Elle expulsa les mots bien rodés :

— La musique populaire est mal vue, mais elle n'est pas complètement *verboten.*

— La musique, c'est la liberté, pas vrai ?

Jane secoua la tête. Elle n'avait pas de script à ce sujet.

— C'est comme… (Il tendit la main, doigts écartés.) Elle émeut les gens. Les inspire. Leur donne envie de danser ou d'attraper une fille par la main et de s'amuser. Elle a du pouvoir.

Jane se retrouva à hocher la tête, parce que c'était exactement ce qu'elle avait ressenti en observant les concerts improvisés par les étudiants dans le parc de Treptow. Elle avait brûlé d'envie de le raconter à Nick, mais elle devait se montrer prudente à propos de l'Allemagne, parce qu'elle ne voulait pas qu'il se sente exclu.

— Vous êtes politisée ? questionna Danberry.

Elle secoua la tête. Elle devait jouer le jeu.

*Ils sauront que tu n'as jamais voté.*

— Je n'ai jamais voté.

— Vous faites pas mal de bénévolat, pourtant. Soupe populaire. Centres d'hébergement pour SDF. Même ce service pour malades atteints du sida qu'ils ont ouvert à l'université de Californie, à San Francisco. Bon sang, vous n'avez pas eu peur de l'attraper ?

Jane l'observa fumer sa cigarette.

— La mort de Rock Hudson m'a foutrement choqué. J'aurais jamais cru qu'il en était.

Il fixa le Golden Gate avant de demander :

— Votre papa jouait les entremetteurs ?

*Ne réponds pas à la question si tu ne la comprends pas.*

— Vous êtes partie trois mois en Allemagne. Votre petit ami est resté ici à courir les filles avec votre frère, ajouta-t-il en lui lançant un coup d'œil avant de reposer son regard sur le pont. Ellis-Anne MacMillan nous a dit que sa rupture avec Andrew était très inattendue. Mais elles le sont en général.

*Ne réagis pas sous l'effet de la surprise.*

— Donc, est-ce que Martin a emmené M. Harp en Norvège pour ça ? Pour que vous vous rabibochiez ?

*Contente-toi de leur donner des faits. Ne les noie pas d'explications.*

— Nick et moi, nous n'avions pas rompu, répondit Jane. J'étais à Berlin pour mon travail. Il devait rester ici pour le sien.

Jane savait qu'elle ferait mieux d'arrêter de parler, mais elle n'y arrivait pas.

— Père lui a proposé un emploi chez Queller. Il voulait probablement que Nick soit à Oslo avec lui. Le débat avec Maplecroft revêtait une grande importance. Nick est très charmant, d'une compagnie agréable. Les gens l'apprécient toujours. Père ne faisait pas exception. Il voulait aider Nick à grimper les échelons.

— Les types comme ça se ramassent toujours.

Jane serra la mâchoire. Elle dut détourner les yeux, pour qu'il ne capte pas la colère dans son regard. Elle n'avait jamais supporté qu'on dénigre Nick. Il avait tellement souffert enfant. Les gens comme Danberry ne comprendraient jamais.

Danberry éteignit la cigarette du bout du pied et balança le mégot dans le cendrier.

— Il a du charisme, n'est-ce pas ? Joli visage. Esprit vif. Bien habillé. Mais ce n'est pas tout, pas vrai ? Il a ce truc qu'ont certains gars. Qui fait qu'on a envie de les écouter. De les suivre.

Le vent se leva à nouveau et froissa les bords du *Chronicle*. Jane replia le journal. Elle aperçut les gros titres accrocheurs : « 1 000 000 $ de rançon ou la prof meurt ! »

Un titre ridicule pour un manifeste ridicule. Nick les avait tous fait passer pour des détraqués.

— « Mort à l'insecte fasciste qui se nourrit de la vie du peuple », précisa Danberry.

Jane ne reconnut pas cette tirade comme faisant partie de la demande de rançon. Elle feignit de parcourir le journal.

— Ce n'est pas là-dedans. J'évoquais le kidnapping de Patty Hearst. C'est comme ça que la Symbionese Liberation Army signait tous ses pavés interminables dans les années 1970…

Il étudia son visage.

— Votre famille a une autre maison pas loin de chez les Hearst, pas vrai ? Plus haut, dans Hillsborough ?

— J'étais gamine quand ça s'est passé.

Son rire indiqua qu'il la considérait toujours comme une gamine.

— Jimmy Carter n'a pas pu libérer les otages, mais il a réussi à faire sortir Patty Hearst de sa cellule.

— Je vous ai dit que je ne suivais pas la politique.

— Même pas à l'université ? Mon vieux m'a dit que

tout être humain est socialiste jusqu'à ce qu'il doive payer des impôts.

Elle mima encore le sourire de l'agent.

— Savez-vous d'où vient le terme « symbionaise » ?

Jane attendit.

— Leur chef, Donald DeFreeze, ce con, ne connaissait pas l'adjectif « symbiotique », alors il a inventé le terme « symbionaise ».

Danberry se pencha en arrière sur sa chaise, posa une cheville sur un genou.

*Plus ils s'approcheront de leur objectif, plus ils deviendront désinvoltes.*

— C'était un homme noir, un taulard en cavale qui purgeait une peine minimale de cinq ans pour avoir volé une prostituée, et, comme un paquet de taulards, il avait pas mal de charisme, et les gamins qui l'ont suivi – tous blancs, des bourgeois, la plupart à la fac –, eh bien, ils n'étaient pas débiles. Ils étaient pires. C'étaient de véritables adeptes. Ils le plaignaient, parce que c'était un pauvre Noir en prison et qu'ils étaient des enfants gâtés qui avaient tout. Ils croyaient vraiment toute la merde qui sortait de sa bouche à propos des insectes fascistes, et tout ce beau monde vivait ensemble comme des scouts. Comme je disais, il avait ce truc-là. Du charisme.

*Fais attention aux mots qu'ils répètent, parce que c'est le nœud de l'histoire.*

— Il avait convaincu tous les membres de son cercle qu'il était plus malin qu'il ne l'était en réalité. Plus intelligent. Le fait est que ce n'était qu'un escroc de plus qui dirigeait une secte pour se taper les jolies filles et passer pour un dieu aux yeux des garçons. Il savait quand les gens se détachaient de lui. Il savait comment les ramener vers lui. Ses adeptes étaient comme des yo-yo qu'il faisait revenir en place d'un mouvement de poignet.

Les yeux de Danberry se posèrent sur le pont. Ses épaules étaient détendues. Il joignit les mains et les posa sur son ventre.

*Établis un contact visuel. N'aie pas l'air crispé.*

— Bref. Ce qui s'est passé, c'est que la majorité des gamins qui l'ont suivi ont fini avec une balle dans la tête ou sont morts brûlés. Et je dois vous dire qu'il n'y a rien d'exceptionnel là-dedans. Ces groupes anarchistes pensent agir pour le bien, jusqu'à ce qu'ils atterrissent en prison ou à la morgue, allongés sur le dos.

Jane s'essuya les yeux. Elle parvenait à voir son petit jeu, mais elle était incapable de l'arrêter.

Que ferait Nick à sa place ? Comment renverrait-il tout ça à la gueule de Danberry ?

— Mademoiselle Queller. Jinx, reprit Danberry.

Il se pencha en avant, ses genoux touchant presque sa jambe.

*Ils envahiront ton espace pour essayer de t'intimider.*

— Écoutez, je suis de votre côté. Mais votre petit copain…

— Avez-vous déjà vu quelqu'un se faire tirer une balle dans la tête ?

Le regard stupéfait confirma à Jane qu'elle avait trouvé le bon angle. Comme Nick, elle se nourrit de l'erreur de l'agent.

— Vous étiez si désinvolte, quand vous parliez de ces gamins qui finissaient avec une balle dans la tête. Je me demandais si vous saviez à quoi cela ressemblait.

— Je ne…

Il moulina pour faire machine arrière.

— Ce que je voulais dire…

— Il y a un trou, un trou noir pas plus gros qu'une pièce de dix cents, juste ici…

Du doigt, elle désigna sa propre tempe, à l'endroit où Martin Queller avait été touché.

— Et de l'autre côté, là où la balle ressort, on voit cette bouillie sanglante, et on prend conscience que tout ce qui constitue cette personne-là, tout ce qui fait qu'elle est elle-même, barbouille le sol. Un truc qu'un agent d'entretien va nettoyer et balancer dans les tuyaux d'évacuation. Disparu. À jamais.

— Je… Pardon, mademoiselle Queller. Je ne…

Jane se leva. Elle retourna à l'intérieur en claquant la porte derrière elle. Elle s'essuya le nez du revers de la main, tandis qu'elle longeait le couloir. Elle ne pouvait pas maintenir cette façade plus longtemps. Elle devait sortir d'ici. Trouver Nick. Lui raconter ce qui se passait.

Son sac à main était posé sur le buffet. Jane le fouilla à la recherche de ses clés, puis elle réalisa que Nick les avait prises.

Où était-il allé ?

— Jinx ?

Jasper était resté dans le petit salon. Assis sur le sofa aux côtés d'Andrew. Tous deux avaient un verre à la main. Même l'agent Barlow, debout près de la cheminée, sirotait un fond de whisky.

— Que se passe-t-il ? s'enquit Jasper qui se leva à son entrée dans la pièce.

— Tu vas bien ? demanda Andrew en se redressant lui aussi.

Ils avaient l'air inquiets, presque en colère. Aucun d'eux n'avait jamais supporté de la voir contrariée.

Elle fit un geste de la main pour les calmer.

— Je vais bien. S'il vous plaît, est-ce que l'un de vous peut me donner ses clés ?

— Prends les miennes, répondit Jasper en tendant ses clés à Andrew. Andy, tu la conduis. Elle n'est pas en état.

— Je ne suis pas…

— Où veux-tu aller ? questionna Andrew qui se dirigeait déjà vers la penderie pour attraper leur veste.

Jasper avait la main dans sa poche.

— Tu as besoin d'argent ?

Jane n'avait pas la force de lutter contre ses deux frères.

— Non. J'ai besoin de trouver…

Elle était consciente que Barlow écoutait.

— D'air. J'ai besoin d'un peu d'air.

— Il n'y en avait pas assez à l'arrière ? lança Barlow.

Jane lui tourna le dos. Elle n'attendit pas Andrew. Attrapa son sac à main sur la table. Sortit par la porte principale, descendit le perron. La Porsche de Jasper était garée à côté du garage.

— Je l'ai, déclara Andrew qui avait couru à petites foulées pour la rattraper.

Il se baissa pour ouvrir la portière.

— Andy…

Jane lui agrippa le bras. Ses genoux faiblirent. Elle tenait à peine debout.

— Tout va bien, dit-il en l'aidant à monter dans la voiture. Reste calme.

— Non, objecta-t-elle. Tu ne comprends pas. Ils savent.

# 10

Ils avaient trop peur pour parler franchement dans la voiture. Jasper ne faisait pas partie des leurs, mais ils étaient les seuls à le savoir. Le FBI, la CIA, la NSA ou qui que soit d'autre avait pu cacher des micros dans une fente à l'intérieur de la Porsche. Même le téléphone de la voiture pouvait être sur écoute.

Avant Oslo, avant que la moindre division des forces de l'ordre ait envahi la propriété sur Presidio Heights, avant que l'agent Danberry ait acculé Jane à l'arrière de la maison, ils avaient jugé Nick paranoïaque, à la limite du ridicule, quand il leur avait dit d'agir comme si chaque lieu familier était sur écoute, comme si quelqu'un les espionnait en permanence. Pour parler sans retenue, ils étaient censés trouver un parc ou choisir un café au hasard. Ils devaient se faufiler dans des ruelles, traverser des bâtiments, donner des mots de passe, connaître les techniques d'interrogatoire, s'exercer à la légitime défense et s'entraîner encore et encore jusqu'à maîtriser leur rôle sur le bout des doigts.

Leurs témoignages étaient trop exacts.

Jane s'en rendait compte à présent. Tandis qu'elle se repassait les conversations de ces cinq derniers jours, elle vit comment les agents chargés des interrogatoires avaient consigné certaines formulations, certains gestes dans leurs bloc-notes, pour les comparer plus tard.

*J'ai feint de reconnaître la femme que je croyais être le Dr Maplecroft.*

*Un seul de nous avait de sombres desseins.*

*J'avais très envie de bavarder avec une concitoyenne, après un si long séjour en Allemagne.*

— Arrête-toi, ordonna Jane à Andrew.

La peur lui nouait l'estomac. Elle ouvrit la portière avant même que la voiture soit complètement à l'arrêt. Ses bottes bondirent par-dessus le trottoir. Ils étaient entrés dans la ville. Pas d'herbe, uniquement du béton. Jane n'eut d'autre choix que de vomir sur le trottoir.

*J'ai rencontré Laura Juneau dans le salon de la compagnie aérienne KLM à l'aéroport de Schiphol.*

*J'ai deviné qu'elle était américaine à sa façon de s'habiller.*

Ses haut-le-cœur étaient tels que Jane se retrouva sur les genoux. Son estomac se serra et expulsa une bile sombre. Depuis le meurtre, elle n'avait avalé que du pain grillé et des œufs. Elle sentit le goût amer du thé que Nick avait préparé ce matin remonter le long de sa gorge.

Nick. Elle devait retrouver Nick pour qu'il arrange la situation.

— Jinx.

Elle sentit la main d'Andrew sur son épaule. Son frère s'était agenouillé à côté d'elle.

Jane s'accroupit sur les talons. S'essuya la bouche. Ses doigts étaient agités d'un tremblement dont elle n'arrivait pas à se débarrasser. C'était comme si ses os vibraient sous la peau.

*Ils savent. Ils savent. Ils savent…*

— Tu vas bien ?

Elle lâcha un rire irrépressible.

— Jane…

— Aucun de nous ne va bien. Le piège se referme sur nous. Ils ont parlé à Ellis-Anne.

En prononçant les mots, elle remit un peu de bon sens dans cette folie.

— Je l'ai laissée en dehors de tout ça. Elle ne sait rien.

— Ils savent tout. Tu ne vois pas, Andy ? Ils nous prennent pour une secte.

— Comme le Temple du Peuple ? La Famille Manson ? lança Andrew dans un rire.

Jane ne riait pas.

— Qu'est-ce qu'on va faire ?

— On obéit au plan, dit-il à voix basse. Il est fait pour ça. En cas de doute, laisse le plan te montrer la voie.

— Le plan, répéta Jane, mais sans la vénération de son frère.

Ce putain de plan débile. Élaboré avec tant de soin, débattu sans relâche, à la stratégie si réfléchie.

Qui sonnait tellement faux.

— Allez, l'exhorta Andrew. On va se dégoter un café et…

— Non.

Elle devait rejoindre Nick. Il trouverait une solution. Ou peut-être y avait-il déjà réfléchi. La seule pensée de Nick aux commandes apaisa instantanément ses nerfs à vif. L'échange avec Danberry et Barlow faisait peut-être partie d'un plan secret plus vaste. Nick agissait ainsi parfois : il donnait l'impression qu'ils marchaient tous sur la voie d'un train qui arrivait en sens inverse et leur révélait à la dernière minute qu'il en était le rusé conducteur et qu'il les ramenait à bon port. Il les testait à longueur de temps. Même quand elle était à Berlin, Nick avait demandé à Jane de faire des choses, de se mettre en danger, juste pour s'assurer qu'elle obéirait.

Il avait tellement de difficultés à faire confiance. Tous les membres de sa famille lui avaient tourné le dos. Il avait été contraint de vivre dans la rue et était finalement parvenu à se hisser dans la société sans l'aide de personne. Encore et encore, il avait fait confiance à des personnes qui l'avaient blessé. Il n'y avait rien d'étonnant à ce que Jane doive faire ses preuves en permanence.

*Ils étaient comme des yo-yo qu'il faisait revenir en place d'un mouvement de poignet.*

— Jane, reprit Andrew.

Les mots de Danberry résonnaient dans sa tête. Était-elle un yo-yo ? Faisaient-ils tous partis d'une secte dirigée par

Nick ? En quoi était-il différent de Jim Jones ? Le Temple du Peuple avait démarré par de merveilleuses actions. Nourrir les sans-abri. Prendre soin des personnes âgées. Travailler à éradiquer le racisme. Puis, une décennie plus tard, plus de neuf cents personnes, dont de nombreux enfants, trouvaient la mort en avalant un mélange de Kool-Aid et de cyanure.

*Pourquoi ?*

— Jane, allez, répéta Andrew. Les flics ne savent rien. Rien avec certitude.

Jane secoua la tête pour chasser ses sombres pensées. Nick avait dit que la police essaierait de les séparer, que leurs psychés seraient disséquées sous toutes les coutures dans l'espoir qu'ils se retournent les uns contre les autres.

*Si personne ne parle, alors personne ne saura.*

Est-ce que Nick croyait réellement aux trucs délirants qui sortaient de sa bouche, ou était-ce ainsi qu'il ramenait Jane vers lui ? Elle avait passé six ans de sa vie à lui courir après, à lui faire plaisir, à l'aimer, à se battre à ses côtés, à rompre avec lui. Elle revenait toujours. Peu importe comment, elle trouvait toujours le chemin du retour.

— Allez. Partons d'ici.

Jane se laissa soulever par Andrew.

— Emmène-moi à l'appartement de Nick.

— Il n'y sera pas.

— On l'y attendra.

Jane remonta en voiture. Elle tendit la main vers son sac pour prendre un mouchoir en papier. Elle avait l'impression que sa bouche pourrissait de l'intérieur. Peut-être était-ce le cas. Peut-être que tout pourrissait, même l'enfant qu'ils avaient conçu.

Elle anticipa la réaction ironique de Nick : *problème résolu.*

Andrew tourna la clé. Il éloigna la Porsche du trottoir en zigzaguant.

— Tout va bien se passer. On doit juste rouler un peu. Peut-être qu'on fera un saut chez Nick ?

Son ton affable déstabilisa Jane, mais elle réalisa qu'il

bavardait en pensant aux potentiels micros installés dans la voiture.

— Danberry a comparé Nick à Donald DeFreeze.

Andrew lui adressa un regard circonspect. Il saisit immédiatement la signification du commentaire.

— Field Marshal Cinque ? Est-ce que cela fait de toi une Patricia Hearst ?

— Ils croient que nous sommes une secte, répéta Jane.

— Est-ce que les Hare Krishna conduisent des Porsche ?

Andrew ne réalisa pas qu'elle attendait une vraie réponse. Il parlait toujours à l'intention d'un auditeur fantôme.

— Allez, Jinx. C'est n'importe quoi. Les flics n'aiment pas Nick, c'est tout, ce qui se comprend. Il se comporte comme un trou du cul sans aucune raison. Une fois qu'ils auront compris qu'il se moque d'eux, ils passeront à autre chose et iront interroger les véritables coupables.

Jane se demanda si Andrew n'avait pas pointé la vérité sans le faire exprès. Pourquoi fallait-il que Nick fasse constamment marcher les gens ? Ils étaient censés prendre cela au sérieux… et depuis Oslo, tout était devenu terriblement sérieux. Avec leurs futures actions à San Francisco, Chicago et New York, ils s'attireraient les foudres du gouvernement fédéral. Nick ne pouvait continuer à s'approcher ainsi du soleil. Ils finiraient tous par atterrir en prison.

— Ce n'est rien, la rassura Andrew. Nous ne sommes pas une secte, Jinx. Nick est mon meilleur ami depuis sept ans. Tu sors avec lui depuis six. Ces agents se focalisent sur lui parce qu'il faut bien qu'ils bloquent sur quelqu'un. Ils ont toujours besoin d'un bouc émissaire. Même le tueur en série David Berkowitz accusait le chien de son voisin.

Ces propos désinvoltes ne réconfortèrent nullement Jane.

— Et s'ils ne passent pas à autre chose ?

— Il faudra bien. Notre père a été assassiné sous nos yeux.

Jane grimaça.

— Le FBI ne nous laissera pas tomber. Jasper y veillera. Ils attraperont celui qui a fait ça.

Elle secoua la tête. Des larmes ruisselaient le long de ses joues.

C'était précisément ce qui l'inquiétait.

La voiture s'inclina dans un virage serré.

Jane porta une main à sa gorge. Les nausées menaçaient de revenir. Elle regarda au-dehors, observa les maisons se brouiller. Elle songea à Nick parce que c'était la seule chose qui l'empêchait de s'effondrer. Jane devait cesser de douter de lui, ne fût-ce qu'en pensée. Nick ne tolérait pas une seule chose : la déloyauté. C'était tout l'intérêt de ses tests pendant qu'elle se trouvait à Berlin : envoyer Jane dans un bar de motards près du point de passage de la rue Bornholm, lui faire parvenir par avion un sachet de cocaïne qu'elle devait vendre à un étudiant d'université, la dépêcher dans un poste de police pour déclarer le vol d'un vélo imaginaire.

À l'époque, Nick lui avait dit qu'il l'aidait à s'entraîner, qu'il perfectionnait l'adaptabilité de Jane face aux situations dangereuses. Qu'elle ait pu se faire violer dans le bar, arrêter pour la coke ou inculper pour fausse déclaration ne lui avait jamais traversé l'esprit.

Ou peut-être que si.

Jane inspira profondément quand Andrew prit un autre virage. Elle se retint à la poignée et l'observa se faufiler dans la circulation en jetant à peine un regard par-dessus son épaule.

*Manœuvres d'évitement.*

À maintes reprises, ils avaient fait des allers-retours jusqu'à San Luis Obispo, trois ou quatre voitures à la fois, pour travailler leur conduite. Comme on pouvait s'y attendre, Nick était le meilleur de tous, mais Andrew le talonnait de près. Ils avaient tous deux un esprit compétitif par nature. Ils partageaient le même mépris pour la vie, qui leur permettait d'accélérer dangereusement et de faire des embardées sans aucun cas de conscience.

Andrew toussa dans le creux de son coude pour ne pas soulever les mains du volant. Ils s'enfonçaient plus profondément dans la ville. Ses yeux étaient braqués sur la route.

À la lumière du jour, elle voyait la légère cicatrice dans son cou, trace que la corde avait laissée quand il avait essayé de se pendre. C'était il y a trois ans, après son overdose de médicaments, mais avant la fois où il s'était envoyé assez d'héroïne pour provoquer un arrêt cardiaque. Jasper l'avait retrouvé pendu au sous-sol. La corde était fine, une corde à linge en fait, avec un fil métallique qui avait entamé sa peau.

Jane était submergée par un mélange de chagrin et de regret chaque fois qu'elle apercevait la cicatrice. À l'époque de cette tentative, elle détestait son frère. Pas parce qu'Andrew était plus âgé ou qu'il se moquait d'elle à cause de ses genoux noueux ou de sa gêne en société, mais parce que, durant la majeure partie de sa vie, Andrew avait été un toxicomane capable de tout pour assouvir son addiction. Se battre avec Jasper. Voler de l'argent à ses parents. Rejeter Jane avec acharnement.

*Cocaïne. Anxiolytiques. Héroïne. Speed.*

Elle avait douze ans lorsqu'on diagnostiqua la dépendance d'Andrew et, comme la plupart des enfants de douze ans, elle ne distinguait la détresse de son frère qu'à travers la loupe de ses propres privations. En grandissant, Jane avait dû accepter que sa vie épouse les méandres imposés par son frère. Comprendre que la famille entière serait à jamais l'otage de ce que Martin appelait la « faiblesse » d'Andrew. Les arrestations, les centres de soins, les comparutions au tribunal, les faveurs demandées, l'argent tendu sous la table, les dons aux partis politiques… absorbaient en permanence l'attention de ses parents. Jane n'avait jamais eu de vie normale, mais Andrew lui confisquait tout espoir d'une existence paisible, parfois ordinaire.

Lorsqu'elle eut seize ans, Jane avait perdu le fil des réunions de famille à propos du problème Andrew ; les cris, les torts rejetés mutuellement, les accusations, les corrections, les sermons et l'espoir. C'était le pire de tout : l'espoir. Cette fois-ci, il va peut-être décrocher. Peut-être qu'à cet anniversaire, à ce Thanksgiving ou à ce Noël, il va arriver complètement sobre.

Et peut-être, oui peut-être, que ce concert, qui était tellement important pour Jane – le premier où elle avait pu choisir sa musique, auquel elle avait consacré des milliers d'heures de répétition –, ne serait pas assombri par une autre overdose, une autre tentative de suicide, une autre hospitalisation, une autre réunion de famille où Martin vociférerait, Jasper lancerait des regards noirs et Jane sangloterait, pendant qu'Andrew implorerait une autre chance, et qu'Annette boirait jusqu'à l'hébétude.

Puis, soudain, grâce à Nick, Andrew était devenu clean.

Leur arrestation pour possession de cocaïne deux ans auparavant avait été une révélation pour tous les deux, mais pas de la manière attendue, espérée sans relâche. Ils s'étaient fait arrêter par un adjoint du shérif du comté d'Alameda, autrement Martin aurait fait sauter l'inculpation comme d'habitude. L'adjoint d'Alameda avait eu trop de problèmes avec de riches gamins pourris gâtés par le passé. Il était déterminé à voir l'affaire passer au tribunal. Il avait menacé de contacter la presse s'ils échappaient à la justice.

Ainsi, Andrew et Nick finirent par se retrouver au Queller Bayside Home, le dernier foyer d'où Robert Juneau s'était fait expulser.

Là, Laura avait rencontré Nick, qui lui avait présenté Andrew. Puis Nick avait élaboré un plan, et ce plan-là avait donné à Andrew une raison urgente de décrocher.

La Porsche stoppa net dans un crissement. Ils étaient arrivés devant l'immeuble de Nick, un bâtiment bas et trapu. Une balustrade métallique plutôt branlante longeait la galerie à l'étage. Il ne vivait pas dans le meilleur quartier de la ville, mais ce n'était pas le pire non plus. L'endroit était propre. Les sans-abri tenus à distance. Malgré tout, Jane détestait l'idée que Nick ne vive pas sur Presidio Heights avec le reste de la famille.

À présent, c'était possible.

*N'est-ce pas ?*

— Je vais jeter un œil, dit Andrew. Tu restes ici.

Jane ouvrit la portière avant que son frère puisse l'en

empêcher. Un sentiment d'urgence la submergea. Tous les doutes qu'elle avait éprouvés durant la dernière demi-heure trouveraient une fin dans les bras de Nick et obtiendraient des réponses. Plus vite elle serait près de lui, mieux elle se porterait.

— Jinx, l'appela Andrew dans son dos. Jinx, attends-moi.

Elle se mit à courir, trébuchant sur le trottoir, gravit les marches en métal rouillé. Ses bottes rigides lui faisaient mal, mais Jane s'en moquait. Elle avait la sensation que Nick était dans son appartement. Qu'il attendait. Qu'il se demandait ce qui leur avait pris autant de temps, si peut-être ils ne tenaient plus à lui, s'ils avaient perdu foi en son plan.

Elle *avait* perdu foi. Elle *avait* douté de lui.

Elle n'était pas idiote. Elle était monstrueuse.

Jane accéléra sa course. Chaque pas lui donnait l'impression de l'éloigner davantage. Andrew trottinait derrière elle, l'appelait, lui demandait de ralentir, de s'arrêter, mais Jane en était incapable.

Elle avait laissé l'agent Danberry pénétrer son esprit. Nick n'était pas un escroc ni le gourou d'une secte. C'était un rescapé. Dans son premier souvenir, il voyait sa mère baiser avec un officier de police, en uniforme, qui la payait avec de l'héroïne. Il n'avait jamais connu son père. Des proxénètes l'avaient battu et abusé sexuellement. Il avait fréquenté des douzaines d'établissements scolaires avant de traverser le pays en stop pour retrouver sa grand-mère. Celle-ci l'avait détesté au premier regard, le réveillait au beau milieu de la nuit pour lui donner des coups de pied et lui hurler dessus. Elle l'avait flanqué à la rue, puis il avait vécu dans un foyer pour sans-abri pendant qu'il terminait le lycée. Que Nick ait réussi à intégrer Stanford malgré toutes ces épreuves démontrait qu'il était plus futé, plus intelligent qu'on pouvait le croire.

Et en particulier l'agent Danberry avec sa dent manquante et son costume à trois sous.

— Jinx !

Andrew l'appela depuis l'autre bout de la galerie. Il

marchait lentement parce qu'il n'arrivait plus à courir. Elle l'entendait tousser à dix mètres.

Jane chercha la clé dans son sac à main... Pas celle attachée au porte-clés, mais celle pour les urgences qu'elle gardait dans une poche fermée. Ses mains tremblaient tellement qu'elle laissa tomber la clé. Elle se baissa pour la ramasser. Ses paumes étaient couvertes de transpiration.

— Jinx...

Andrew se plia en deux, mains sur les genoux. Il avait du mal à respirer.

Jane ouvrit la porte.

Son univers bascula, sortit de son axe.

Nick n'était pas là.

Pire, ses affaires s'étaient volatilisées. L'appartement pratiquement vidé. Tous ses précieux biens – le canapé en cuir sur lequel il avait passé des heures à réfléchir, les consoles en verre, les luminaires, le luxueux tapis marron –, tout avait disparu. Ne restait qu'un gros fauteuil rembourré, face au mur du fond. Le magnifique ensemble table et chaises de cuisine, en cuivre et verre, s'était évaporé. La grande télévision. La chaîne stéréo avec ses immenses haut-parleurs. Sa collection de disques. Même les murs étaient nus. Toutes ses précieuses œuvres d'art s'étaient envolées, tout comme les dessins d'Andrew.

Elle faillit tomber à genoux. Elle posa une main sur sa poitrine et sentit son cœur se déchirer en deux.

Est-ce que Nick les avait abandonnés ?

L'avait-il abandonnée, elle ?

Elle plaqua une main sur sa bouche pour s'empêcher de hurler. Avança jusqu'au centre de la pièce sur des jambes flageolantes. Plus de magazines, de livres, plus aucune paire de chaussures près de la porte, donnant sur la galerie. Chaque accessoire manquant était une flèche qui lui transperçait le cœur. Jane avait tellement peur qu'un engourdissement la saisit. Les pires pensées virevoltèrent dans sa tête...

Il l'avait quittée. Il savait qu'elle doutait de lui. Qu'elle avait cessé de croire en lui, ne fût-ce qu'un instant. Il avait disparu. Il avait fait une overdose. Il avait rencontré quelqu'un d'autre.

Il avait essayé de se suicider.

Ses jambes se dérobèrent sous elle lorsqu'elle essaya de longer le couloir. Nick avait menacé de se suicider plus d'une fois et cette pensée était tellement effroyable pour Jane que, chaque fois, elle avait poussé des cris d'enfant en le suppliant de rester avec elle.

*Je ne peux pas vivre sans toi. J'ai besoin de toi. Tu es ma raison de vivre. S'il te plaît, ne me quitte jamais.*

Andrew était dans l'entrée.

— Jane ? Jane, où es-tu ?

La porte de la chambre était fermée. Elle dut se soutenir au mur, le long du couloir, pour atteindre la salle de bains – une brosse à dents, un dentifrice, pas de parfum, pas de nécessaire de rasage, pas de brosse ni de peigne.

D'autres flèches lui perforèrent le cœur.

Jane marqua une pause devant la chambre. Sa main parvint à peine à saisir la poignée. L'air se fit trop rare pour remplir ses poumons. Son cœur avait interrompu ses battements réguliers.

Elle poussa la porte.

Un son étranglé jaillit de sa gorge.

Envolés, le lit et sa couette moelleuse. Envolées, les tables de chevet et les lampes assorties. La commode ancienne, restaurée par Nick avec amour. Juste un sac de couchage déroulé sur le sol nu.

La porte de la penderie était ouverte.

Jane se remit à pleurer, sanglotant presque de soulagement, lorsqu'elle aperçut les vêtements suspendus à la tringle. Nick adorait ses vêtements. Il ne partirait jamais sans.

— Jinx ?

Andrew était à côté d'elle, il la soutenait.

— J'ai cru…

Finalement, ses genoux s'affaissèrent au sol. Elle eut de nouveau la nausée.

— J'ai cru qu'il…

— Retournons là-bas.

Andrew la remit sur ses pieds et la porta quasiment hors de la pièce.

Jane remonta le couloir, blottie contre lui, ses pieds traînant sur le sol nu. Il l'emmena au salon. Appuya sur l'interrupteur. Jane plissa les yeux sous l'effet de la lumière crue. Il manquait jusqu'aux luminaires. Des ampoules nues pendaient des douilles. À part l'énorme fauteuil qui semblait venir de la rue, tous les biens auxquels Nick tenait avaient disparu.

Ses vêtements se trouvaient dans la penderie. Il n'abandonnerait pas ses vêtements.

*N'est-ce pas ?*

— Est-ce que… Andrew, où…

Elle n'arrivait pas à parler.

Andrew posa un doigt sur ses lèvres pour lui signifier que quelqu'un les écoutait peut-être.

Jane secoua la tête. Elle ne pouvait plus jouer à ce jeu-là. Elle avait besoin de mots, de garanties.

— Tout va bien.

Andrew lui lança un nouveau regard prudent, comme si elle passait à côté de quelque chose d'important.

Jane jeta un regard circulaire à la pièce, prête à tout pour une miette de compréhension. Que pouvait-elle bien rater dans cet espace dépouillé ?

*L'espace dépouillé.*

Nick s'était débarrassé de ses affaires. Il les avait soit vendues, soit données. Déjouait-il ingénieusement les plans de la police pour qu'elle n'ait aucun endroit où dissimuler les dispositifs d'écoute ?

Jane n'en pouvait plus. Elle s'assit par terre, le visage inondé de larmes. Voilà la réponse. Nick ne les avait pas quittés. Il faisait chier les flics. L'appartement quasiment vide n'était rien d'autre qu'un nouveau jeu.

Andrew était visiblement inquiet.

— Je vais bien.

Elle essuya ses larmes et se sentit soudain ridicule d'avoir fait une telle scène.

— S'il te plaît, ne dis pas à Nick que j'étais si chamboulée. S'il te plaît.

Andrew ouvrit la bouche pour répondre, mais il fut pris d'une quinte de toux. Jane grimaça en entendant la toux grasse, encombrée. Il toussa encore, et encore, et finalement gagna la cuisine où il dénicha un verre qui séchait près de l'évier.

Jane s'essuya le nez d'un revers de main. Elle regarda autour d'elle et remarqua une petite boîte en carton, à côté de l'affreux fauteuil. Son cœur palpita à la vue de la photo encadrée posée dessus.

Il avait pratiquement tout donné sauf ceci…

Jane et Nick, à Noël dernier, dans la maison de Hillsborough. Souriant à l'objectif, mais sans se regarder, malgré le bras possessif que Nick avait posé sur ses épaules. Les trois semaines précédentes, Jane était en tournée. Elle était revenue et avait retrouvé Nick nerveux et distrait. Il lui avait assuré que rien ne clochait. Jane l'avait supplié de lui parler. Cela avait duré des heures, du coucher au lever du soleil, et finalement il lui avait raconté sa rencontre avec Laura Juneau.

Il fumait une cigarette devant le portail principal du Queller Bayside Home. C'était après le coup de filet dans le comté d'Alameda. Andrew et lui exécutaient la peine exigée par le tribunal. Que Nick ait rencontré Laura était pur hasard. Des mois durant, elle avait cherché un moyen de pénétrer dans les foyers Queller. Elle avait abordé d'innombrables patients et membres du personnel, en quête de quelqu'un, n'importe qui, susceptible de l'aider à prouver que son époux s'était fait avoir par le système.

En Nick, Laura avait trouvé un auditeur véritablement compatissant. Durant la majeure partie de sa vie, les puissants lui avaient dit qu'il ne comptait pas, qu'il n'était pas assez intelligent, qu'il ne venait pas de la bonne famille ou qu'il n'avait pas sa place parmi eux. Il avait dû être encore plus facile de convaincre Andrew. Son frère avait passé l'essentiel de sa vie obnubilé par ses propres désirs et besoins. La perspective de diriger cette attention vers l'existence tragique d'une autre personne lui offrait une issue hors des ténèbres.

« Je me suis senti tellement égoïste quand j'ai entendu son histoire, avait raconté Andrew à Jane. Je croyais souffrir, mais je n'avais aucune idée de ce qu'était la véritable souffrance. »

Jane ne savait pas à quel stade Nick avait rameuté d'autres personnes. C'est ce qu'il faisait le mieux : réunir des laissés-pour-compte, des gens comme lui qui estimaient que leurs voix ne comptaient pas. Cette nuit de Noël dans la maison de Hillsborough, lorsque Nick avait enfin parlé du plan à Jane, des douzaines de personnes dans d'autres villes étaient prêtes à changer le monde.

Laura avait-elle soulevé l'idée en premier ? Pas seulement Oslo, mais San Francisco, Chicago et New York ?

Queller Healthcare faisait du tort aux gens dans l'État de Californie, mais l'ouverture de son capital insufflerait assez de liquidité à la société pour transposer son programme à l'échelle nationale. La concurrence appliquait à l'évidence le même business-plan. Nick avait raconté des histoires à Jane au sujet de centres de soins en Géorgie et en Alabama qui jetaient des patients à la rue. Une institution dans le Maryland s'était fait prendre alors qu'elle abandonnait ses patients atteints de handicap mental à des arrêts de bus au plus froid de l'hiver. L'Illinois avait une liste d'attente qui courait sur des années.

Comme Nick l'avait expliqué, Martin serait leur première cible, mais un changement significatif nécessitait des actes de résistance tout aussi significatifs. Ils devaient montrer au reste du pays, au reste du monde, ce qui arrivait à ces pauvres patients mis de côté. Il leur fallait s'inspirer de ACT-UP, du Weather Underground, du United Freedom Front, et ébranler ces institutions corrompues jusque dans leurs fondations.

Ce qui était fantastique.

*N'est-ce pas ?*

En vérité, Nick était toujours soit révolté, soit enthousiasmé par quelque chose. Il écrivait à des politiciens pour exiger d'eux certaines mesures. Envoyait des lettres incendiaires aux rédacteurs en chef du *San Francisco Chronicle*. Faisait du bénévolat aux côtés de Jane dans des foyers pour SDF et dans des dispensaires pour les malades atteints du sida. Dessinait en permanence des inventions incroyables ou griffonnait des notes en vue de nouvelles entreprises. Jane l'encourageait sans cesse, tout en sachant que Nick n'allait généralement jamais au bout de ses idées. Selon lui, les gens susceptibles de l'aider étaient soit trop idiots, soit trop intransigeants, ou bien il se lassait et passait simplement à autre chose.

Jane avait supposé que Laura Juneau serait une de ces passades. Par la suite, elle avait pris conscience que, cette fois, c'était différent : Andrew était impliqué lui aussi ; ils étaient tous deux extrêmement sérieux quant à leur plan. Jane ne pouvait faire machine arrière. Elle redoutait que Nick continue sans elle. Qu'on la tienne à l'écart. Une voix intérieure persistait à lui rappeler qu'elle avait besoin de Nick bien plus qu'il n'avait besoin d'elle.

— Jinx.

Andrew attendait qu'elle lui prête attention. Il tenait la photographie de Noël. Il ôta le dos du cadre. Une minuscule clé était scotchée au carton.

Jane se retint de lui demander ce qu'il fabriquait. Elle jeta un coup d'œil nerveux à la pièce. Nick lui avait dit que des caméras pouvaient être dissimulées dans les lampes, glissées dans des plantes en pots ou cachées derrière les conduits de climatisation.

Elle remarqua qu'il avait retiré tous les tuyaux. Rien ne restait à part les bouches béantes des conduits qu'il avait coupés à l'intérieur des murs.

*Ce n'est de la paranoïa que si tu as tort.*

Andrew tendit la clé à Jane. Elle la glissa dans sa poche arrière. Il reposa la photo à sa place sur la boîte en carton.

Avec le moins de bruit possible, il bascula le lourd fauteuil sur le côté.

— Qu'est-ce…

Le mot lui échappa avant qu'elle ait eu le temps de le retenir. Jane lui lança un regard interrogatif.

Qu'est-ce qui se passait, bordel ?

Pour toute réponse, Andrew posa une nouvelle fois les doigts sur ses lèvres.

Il lâcha un grognement en s'agenouillant. Arracha le tissu à la base du fauteuil. Jane étouffa les questions qui affluaient à ses lèvres. Elle se contenta d'observer son frère désosser le fauteuil. Il détacha une partie des ressorts métalliques. Enfouit profondément la main dans la mousse et en retira une boîte en fer rectangulaire, d'environ dix centimètres d'épaisseur, un peu plus large et longue qu'une feuille au format A4.

Les muscles de Jane se crispèrent, tandis qu'elle songeait à tout ce qu'elle pouvait contenir : des armes, des explosifs, d'autres photographies, des choses que Jane ne voulait pas voir, parce que Nick ne cachait rien sans raison.

Andrew posa la boîte par terre. Il s'accroupit sur ses talons. Il tentait de reprendre son souffle, même si, pour tout effort, il n'avait fait que renverser le fauteuil. Les lumières crues n'avantageaient pas son teint. Il avait l'air encore plus malade. Les demi-cercles sombres sous ses yeux étaient ourlés de minuscules vaisseaux sanguins éclatés. Le sifflement dans sa respiration ne s'était en rien atténué.

— Andy ?

Il cala la boîte sous son bras.

— Allons-y.

— Et si Nick…

— Tout de suite.

Il remit le fauteuil sur ses pieds. Il attendit que Jane le précède, puis qu'elle referme la porte à clé.

Jane retraversa la galerie en silence. Elle entendait leurs

pas lourds marteler le béton, le claquement net de ses bottes, les coups durs des mocassins d'Andrew. Le sifflement émis par son frère s'intensifia. Jane s'efforçait de marcher avec lenteur. Au premier palier, près des marches, il tendit la main pour l'arrêter.

Jane leva les yeux vers lui. Le vent ébouriffait les cheveux d'Andy. Un rayon de soleil découpa un trait fin sur son front. Elle se demanda comment il réussissait à tenir debout. Son visage avait revêtu une pâleur cadavérique.

Elle se sentit suffisamment en sécurité pour lancer :

— Qu'est-ce qu'on fait, Andrew ? Je ne comprends pas pourquoi on part. On ne devrait pas attendre Nick ?

Il l'interrogea à son tour :

— À la maison, tu as entendu Jasper dire à ces fédéraux quel homme bon était papa ?

Dans l'immédiat, Jane était incapable de plaisanter à propos de Jasper. Elle était terrifiée à l'idée qu'il soit entraîné dans cette affaire, qu'aucun d'eux ne maîtrisait.

— Andrew, s'il te plaît, tu veux bien me dire ce qui se passe ?

— Jasper a pris la défense de Père parce qu'il est exactement comme lui.

Jane réfréna une envie de lever les yeux au ciel. Elle n'arrivait pas à croire qu'il remettait cela maintenant.

— Ne te montre pas aussi cruel. Jasper t'aime. Il t'a toujours aimé.

— C'est toi qu'il aime. Et ça me va. C'est bien qu'il veille sur toi.

— Je ne suis pas une enfant qui a besoin d'une nounou.

Jane ne parvint pas à chasser l'irascibilité dans sa voix. Ils se disputaient au sujet de Jasper depuis qu'ils étaient petits. Andrew voyait toujours le pire en lui alors que Jane le considérait comme son sauveur.

— Sais-tu combien de fois Jasper m'a emmenée dîner, quand Père était dans un de ses mauvais jours, combien de fois il m'a aidée à choisir mes vêtements quand Mère était trop soûle, combien de fois il a essayé de me parler musique ou m'a écoutée pleurer à cause des garçons, ou…

— J'ai compris. C'est un saint. Tu es sa parfaite petite sœur. Viens là.

Andrew s'assit sur les marches.

Jane prit place à contrecœur sur la marche au-dessous. Elle pourrait dire tant de choses sur Jasper, blessantes pour Andrew : par exemple, chaque fois que ce dernier faisait une overdose, qu'il disparaissait ou finissait à l'hôpital, Jasper, et nul autre, s'assurait que Jane allait bien.

— Donne-moi la clé.

Elle l'extirpa de sa poche et la lui tendit. Jane le dévisagea pendant qu'il introduisait la clé dans le cadenas. Il respirait toujours avec peine et transpirait abondamment malgré la fraîcheur de la brise.

— Là.

Andrew ouvrit enfin le couvercle de la boîte en fer.

Jane vit qu'elle était remplie de dossiers. Elle reconnut le logo du Queller Healthcare imprimé au bas des pages. Andrew lui tendit une pile de dossiers.

— Jette un œil à ça. Tu sais que Père a dégoté un boulot pour Nick au sein de la boîte ?

Jane se mordit la langue pour s'empêcher de rétorquer d'un ton sec qu'elle savait évidemment que son petit ami travaillait pour la société de son père. Elle parcourut les formulaires, classés dans des chemises, en tentant de comprendre pourquoi ils avaient assez d'importance pour que Nick les cache. Elle reconnut aisément des dossiers de patients renfermant des codes de facturation et des formulaires d'admission. Martin les ramenait systématiquement à la maison dans sa serviette, puis Jasper s'était mis à l'imiter quand il avait rejoint la société.

— Nick a fureté un peu partout, poursuivit Andrew.

Cette information n'était pas un scoop non plus. Nick était leur homme de l'intérieur, comme il aimait à le dire. Jane survola les formulaires. Des noms de patients, des numéros de Sécurité sociale, des adresses, des codes de facturation, des courriers adressés à l'État, aux membres du corps médical, à la comptabilité. Le Queller Bayside Home. La Queller Hilltop House. Le Queller Youth Facility.

— On a déjà vu ces trucs. Ils font partie du plan. Nick va les envoyer à la presse, rétorqua Jane.

Andrew examina les chemises jusqu'à ce qu'il trouve ce qu'il cherchait.

— Lis celui-ci.

Jane ouvrit le dossier. Elle reconnut immédiatement le nom inscrit sur le formulaire d'admission.

*Robert David Juneau.*

Elle haussa les épaules. Ils savaient que Robert avait séjourné à Bayside. Tout le monde le savait. C'était là où tout avait commencé.

— Jette un coup d'œil aux dates d'admission.

Elle lut à voix haute :

— 1-22 avril, 1984 ; 6-28 mai, 1984 ; 21 juin-14 juillet, 1984.

Elle leva la tête vers Andrew, désorientée, parce que rien de ceci ne leur était inconnu. Queller avait escroqué le système. Les patients qui demeuraient plus de vingt-trois jours dans les établissements étaient considérés comme des malades en soins longue durée, ce qui signifiait que l'État payait un tarif journalier moindre pour leurs soins. Pour contourner cette loi, Martin avait mis au point un stratagème. Il mettait les patients à la porte avant que leur séjour atteigne la durée maximale des vingt-trois jours, puis les réadmettait quelques jours plus tard.

— On va sortir ça après Chicago et New York, dit Jane. Nick a préparé les enveloppes pour la presse et les antennes du FBI.

Andrew s'esclaffa.

— Tu vois vraiment Nick rester assis à remplir une centaine d'enveloppes ? À lécher des timbres et à écrire des adresses ? Regarde la page suivante.

Du doigt, il désigna le dossier que Jane tenait dans les mains.

Elle était trop stressée, trop épuisée, pour jouer aux devinettes, mais malgré tout elle tourna la page. Elle aperçut d'autres dates et les résuma à l'intention d'Andrew.

— Vingt-deux jours en août, puis de nouveau en septembre, ensuite en… Oh !

Jane contempla fixement les chiffres. Le dégoût que lui inspirait son père s'amplifia encore.

Robert Juneau avait assassiné ses enfants, avant de se donner la mort, le 9 septembre 1984. D'après les informations de son dossier, il avait été admis et réadmis dans d'autres centres durant les six mois suivants.

*Les centres Queller.*

Son père ne s'était pas contenté de tirer profit des blessures de Robert Juneau. Il avait fait en sorte que les bénéfices continuent de tomber, même après que l'homme eut commis un massacre et un suicide.

Jane fut forcée de déglutir avant de demander :

— Laura savait que Père faisait ça ? Je veux dire, elle savait avant Oslo ?

Andrew acquiesça.

Ses mains tremblaient lorsqu'elle baissa la tête.

— Je me sens idiote, dit-elle. Depuis hier, je n'arrêtais pas de repenser à ces moments débiles où Père n'était pas un monstre. Je me sentais coupable, mais il était…

— C'était un monstre. Il exploitait la souffrance de milliers de personnes et, quand la société aurait ouvert son capital, il en aurait exploité des centaines de milliers de plus, pour son seul intérêt financier. On devait l'arrêter.

Aucune des paroles prononcées par Nick ces cinq derniers jours n'avait réussi à la tranquilliser davantage par rapport à leurs actes.

Elle parcourut le dossier de Robert Juneau jusqu'à la fin. Queller avait gagné des centaines de milliers de dollars depuis la mort de Robert Juneau. Elle découvrit des factures réglées, des codes de facturation et des preuves que le gouvernement avait couvert le traitement d'un patient qui n'avait jamais eu besoin ni d'un lit propre, ni de médicaments, ni de repas.

— Tourne-la…

Mais Jane cherchait déjà le rapport d'intervention. Un cadre supérieur devait approuver les multiples réadmissions, de sorte qu'un comité consultatif puisse se réunir afin de discuter du meilleur plan d'action pour fournir au patient l'aide dont il avait besoin. Tout au moins, c'était ce qui était censé se produire, parce que Queller Healthcare travaillait soi-disant pour le bien-être des patients.

Jane examina le document jusqu'en bas de la page en quête du nom du cadre. Son cœur chuta jusqu'au creux de son ventre. Elle connaissait cette signature aussi bien que la sienne. Elle était apparue sur des formulaires scolaires et des chèques en blanc qu'elle emportait au centre commercial pour s'acheter des vêtements, quand elle allait se faire couper les cheveux ou qu'elle avait besoin d'argent pour de l'essence.

Jasper Queller.

Ses yeux s'emplirent de larmes. Elle brandit le formulaire vers la lumière.

— On a dû l'imiter ou…

— Tu sais bien que non. C'est sa signature, Jinx. Probablement faite avec son putain de Montblanc que Père lui a offert quand il a quitté l'Air Force.

Le cœur de Jane se mit à palpiter. Elle voyait où tout cela les menait.

— S'il te plaît, Andrew. C'est notre frère.

— Tu dois accepter les faits. Je sais que tu considères Jasper comme ton ange gardien, mais il prenait part à tout ça depuis tout ce temps. Tout ce que Père faisait, il le faisait aussi.

Jane secouait inlassablement la tête, même si la preuve se trouvait sous son nez. Jasper savait que Robert Juneau était décédé. Il avait évoqué avec Jane les récits dans les journaux. Il avait été aussi horrifié qu'elle d'apprendre comment Queller avait laissé tomber ce patient.

Et ensuite il avait aidé la société à gagner de l'argent grâce à cela.

Jane attrapa les autres dossiers, inspecta les signatures, parce qu'elle était certaine qu'il y avait erreur. Plus elle les étudiait, plus son désespoir grandissait.

La signature de Jasper figurait sur chacun des documents.

Elle s'efforça d'encaisser son abattement.

— Tous ces patients sont morts ?

— La plupart. Certains ont quitté l'État. Leurs références sont toujours utilisées pour facturer les traitements. Jasper et Père gonflaient les chiffres. Les investisseurs devenaient nerveux à l'idée que l'introduction en Bourse ne soit pas assez élevée.

*Les investisseurs.* Martin les avait intégrés à la société quelques années plus tôt pour racheter ses concurrents. Jasper était obsédé par le groupe, comme s'il s'agissait d'une sorte de monolithe omniscient capable de les détruire sur un coup de tête.

— On doit arrêter Jasper, lâcha Andrew. Si la société entre en Bourse, il sera assis sur des millions de dollars, le prix du sang. On ne peut pas laisser faire.

Jane frissonna de panique. Cela avait commencé à l'identique avec Martin. Une mauvaise révélation avait succédé à une autre, puis, tout à coup, Laura Juneau lui tirait une balle dans la tête.

— Je sais que tu veux le défendre, mais c'est indéfendable.

— On ne peut pas…

Jane dut s'interrompre. C'était trop. Tout ceci la dépassait.

— Je ne lui ferai pas de mal, Andy. Pas comme à Père. Je me moque de ce que tu racontes.

— Jasper ne mérite pas une balle. Mais il doit payer.

— Qui sommes-nous pour jouer…

Elle s'interrompit à nouveau, parce qu'ils s'étaient pris pour Dieu à Oslo et qu'aucun d'eux n'avait cillé jusqu'à la seconde où tout fut terminé.

— Qu'est-ce que tu vas faire ?

— Les diffuser à la presse.

Jane lui agrippa le bras.

— Andy, S'il te plaît. Je t'en supplie. Je sais que Jasper

n'a pas été un frère exemplaire pour toi, mais il t'aime. Il nous aime tous les deux.

— Père aurait dit la même chose.

Ses mots lui firent l'effet d'une gifle.

— Tu sais que c'est différent.

Andrew serrait les dents.

— Il y a des sommes d'argent bien définies dans le système, qui sont destinées aux soins de ces personnes, Jinx. Jasper a dérobé ces sommes pour satisfaire les investisseurs. Combien de Robert Juneau sont là, dehors, à cause des agissements de notre frère ?

Il avait raison, elle le savait, mais c'était Jasper.

— On ne peut pas…

— Inutile de nous disputer, Jinx. Nick a déjà tout mis en place. C'est pour ça qu'il m'a dit de venir ici d'abord.

— D'abord ? répéta-t-elle, inquiète. Avant quoi ?

Pour toute réponse, Andrew se passa les mains sur le visage, le seul signe révélant que quelque chose l'ennuyait.

— S'il te plaît.

Elle ne cessait de répéter ce mot. Ses larmes ruisselaient sans interruption.

*Pense à ce que la destruction de Jasper me fera à moi*, voulait-elle lui dire. *Je suis incapable de blesser une autre personne.*

— Jinx, il faut que tu saches, cette décision ne nous revient pas.

Elle saisit le sous-entendu. Nick voulait une revanche : pas seulement pour les mauvaises actions que Jasper avait commises, mais pour l'avoir regardé de haut, lui avoir posé des questions acerbes sur son milieu, lui avoir bien fait comprendre qu'il n'était pas l'un d'entre eux.

Andrew replongea la main dans la boîte métallique. Jane se recroquevilla quand il en ressortit un paquet de polaroids. Il retira l'élastique et le fit claquer autour de son poignet.

— Ne fais pas ça, chuchota Jane.

Il l'ignora et examina chaque photo avec attention, un catalogue des raclées endurées par Jane.

— Je ne pardonnerai jamais à Père de t'avoir fait ça.

Il lui montra le gros plan sur son ventre roué de coups. La première fois, pas la dernière, que Jane avait été enceinte.

— Où était Jasper quand ça s'est passé, Jane ?

La colère d'Andrew s'était embrasée. Impossible de le faire taire.

— Je reconnais ma part de responsabilité. J'étais raide. Je n'en avais rien à foutre de moi, sans parler des autres. Mais Jasper ?

Jane contempla le parking. Ses larmes coulaient en continu.

— Jasper était à la maison quand ça s'est passé, pas vrai ? Enfermé dans sa chambre ? Il faisait semblant de ne pas entendre les cris ?

Ils avaient tous fait semblant de ne pas les entendre quand Martin s'en prenait à l'un d'eux.

— Putain.

Andrew scruta la photo suivante, celle qui montrait la profonde entaille dans sa jambe.

— Ces derniers mois, chaque fois que mon courage faiblissait, Nick les ressortait pour nous rappeler à tous les deux ce que Père te faisait endurer.

Il indiqua à Jane le gros plan sur son œil tuméfié.

— Combien de fois Père t'a-t-il cognée ? Combien de coquarts on a fait semblant de ne pas remarquer au petit déjeuner ? Combien de fois Mère ou Jasper se sont-ils moqués de ton manque de coordination ? « Jinx l'Empotée », c'est bien comme ça qu'on te surnommait tous, non ? Je ne laisserai plus personne te faire de mal. Jamais.

Jane en avait tellement marre de sangloter, mais elle semblait incapable de s'arrêter. Elle avait pleuré sur la famille brisée de Laura Juneau. Elle s'était écroulée en imaginant le départ de Nick. Pour une raison inexplicable, elle avait même pleuré Martin, et maintenant elle pleurait de honte.

Andrew renifla bruyamment. Il remit l'élastique autour des polaroids et les laissa retomber dans la boîte.

— Je ne vais pas te demander si tu savais pour le flingue.

Jane serra les lèvres. Elle garda les yeux rivés sur le parking.

— Je ne vais pas te le demander non plus.

Il respira difficilement, émit un sifflement.

— Donc, Nick…

— S'il te plaît, ne le dis pas.

Jane posa la main à plat sur son ventre. Elle aspirait ardemment à la même sérénité que Laura Juneau, à la justesse de sa cause.

— Laura avait le choix, déclara Andrew. Elle aurait pu partir lorsqu'elle a découvert le flingue dans le sac.

Les mêmes mots prononcés par Nick n'avaient apporté à Jane aucun réconfort. Elle savait que Laura n'aurait jamais fait machine arrière. La femme était déterminée, parfaitement en paix avec son choix. Heureuse, même. Ce n'est pas rien de maîtriser son destin. Ou, comme Nick l'avait dit : « de partir en butant un bâtard ».

— Elle avait l'air gentille, lâcha Jane.

Pour rester occupé, Andrew referma le couvercle de la boîte, vérifia le cadenas.

— Elle avait l'air vraiment vraiment gentille, répéta-t-elle.

Il s'éclaircit la gorge plusieurs fois avant de répondre.

— C'était une personne merveilleuse.

Son ton trahissait sa douleur. Nick avait chargé Andrew de s'occuper de Laura. Il était son unique contact avec le groupe. C'était Andrew qui avait expliqué tous les détails à Laura, qui lui avait donné de l'argent, qui lui avait transmis les renseignements sur les vols, sur l'endroit où rencontrer le faussaire à Toronto, sur la manière de se présenter, sur les mots de passe qui lui ouvriraient cette porte ou refermeraient telle autre.

— Pourquoi lui as-tu parlé ? À Oslo ? la questionna-t-il.

Jane secoua la tête. Elle ne pouvait répondre ça. Nick les avait prévenus que l'anonymat constituait leur unique protection au cas où la situation déraperait. Jane, empressée de suivre ses ordres, s'était réfugiée dans le bar, puis Laura Juneau y était entrée. Le débat allait commencer dans moins d'une heure. Il était trop tôt pour prendre un verre, et Jane savait qu'elle n'aurait pas dû boire de toute façon. Le piano avait toujours réussi à la calmer, mais, pour une raison incompréhensible, elle s'était sentie attirée par Laura, assise seule au bar.

— On devrait y aller, dit Andrew.

Jane ne protesta pas. Elle se contenta de le suivre en silence jusqu'au bas de l'escalier, puis dans la voiture.

Elle tenait la boîte en fer sur ses genoux lorsqu'il démarra le moteur et s'enfonça dans la ville.

Jane lutta pour chasser Jasper de ses pensées. Elle ne pouvait pas non plus demander à son frère où ils allaient. Andrew ne gardait pas le silence uniquement à cause des éventuels appareils d'écoute. Son instinct lui disait qu'il y avait sûrement autre chose. Le temps que Jane avait passé à Berlin l'avait éjectée du cercle, d'une certaine manière. Elle l'avait remarqué à Oslo, et cela lui parut particulièrement évident maintenant qu'ils étaient tous de retour à la maison. Nick et Andrew avaient fait de longues marches tous les deux, s'étaient dissimulés dans des coins tranquilles, baissant la voix, allant jusqu'à cesser leurs conversations lorsque Jane apparaissait.

Au début, elle avait cru qu'ils la ménageaient, mais maintenant elle se demandait s'ils ne lui cachaient pas d'autres choses.

Y avait-il d'autres boîtes planquées ?

Qui Nick avait-il l'intention de faire souffrir encore ?

La voiture atteignit le sommet d'une colline. Jane ferma les yeux pour s'abriter de la brusque luminosité du soleil. Elle laissa son esprit se porter à nouveau sur Laura Juneau. Jane voulait comprendre ce qui l'avait poussée à aborder la femme dans ce bar. C'était précisément la chose à ne pas faire. Nick l'avait mise en garde à plusieurs reprises : il fallait qu'elle reste éloignée de Laura, leur interaction ne ferait qu'attirer l'attention des flics.

Il avait eu raison.

Même en le faisant, elle savait qu'il avait raison. Peut-être que c'était une manière de se rebeller contre Nick. Ou peut-être avait-elle été aimantée par la ferme détermination de Laura. Les lettres cryptées d'Andrew révélaient sa révérence pour cette femme et sa détermination sans faille.

*Pourquoi ?*

— Cherche une place, lui demanda Andrew.

Ils avaient déjà rejoint Mission District. Jane connaissait ce quartier. Elle s'y était faufilée quand elle était étudiante pour écouter des groupes punk dans l'ancienne caserne de pompiers. Au coin se trouvait un foyer pour sans-abri et une soupe populaire où elle travaillait souvent en tant que bénévole. Le quartier accueillait des activités marginales depuis l'époque reculée des Frères franciscains, qui y avaient établi leur première mission à la fin des années 1700. Les combats d'ours, les duels et les courses de chevaux avaient cédé la place aux étudiants démunis, aux sans-abri et aux toxicomanes. Une énergie violente émanait des entrepôts abandonnés et des logements décrépits pour immigrants. Partout des graffitis anarchistes. Des trottoirs jonchés d'ordures. Des prostituées au coin des rues. C'était le milieu de la matinée, pourtant une teinte sombre, terne, crépusculaire nimbait toute chose.

— Tu ne peux pas garer la Porsche de Jasper ici. On va la lui voler.

— Personne ne l'a jamais touchée les fois d'avant.

*Les fois d'avant,* songea Jane. *Tu veux dire toutes les fois où le frère que tu prétends détester est descendu jusqu'ici au milieu de la nuit pour venir à ton secours ?*

Andrew se faufila dans une place entre une moto et une vieille caisse calcinée. Il s'apprêta à sortir de la voiture, mais Jane posa une main sur la sienne. Sa peau était rêche. Il y avait une plaque sèche sur son poignet, sous sa montre. Elle allait émettre un commentaire là-dessus, mais elle craignit que les mots ne perturbent cet instant.

Ils ne s'étaient pas retrouvés seuls tous les deux depuis leur départ de la maison. Depuis que Laura Juneau s'était tiré une balle dans le crâne. Depuis que les *politi* les avaient précipités, Nick et elle, hors de l'auditorium.

Les agents de police avaient pris Nick pour Andrew, et le temps qu'ils comprennent pourquoi Jane hurlait le nom de son frère, Andrew tambourinait déjà contre la porte à coups de poing.

Il avait l'air presque fou. Du sang avait taché le devant de sa chemise, dégouliné de ses mains, trempé son pantalon. Le sang de Martin. Alors que tout le monde s'éloignait de la scène en courant, Andrew s'était rué dans l'autre sens. Il avait écarté les agents de sécurité. Était tombé sur les genoux. Le jour suivant, Jane découvrit une photographie de cet instant dans un journal : Andrew tenait sur ses genoux ce qui restait de la tête de son père, les yeux levés au plafond, la bouche ouverte dans un cri.

— C'est marrant, déclara Andrew. Je ne me rappelais pas que j'aimais Père avant de la voir pointer le flingue sur sa tête.

Jane acquiesça, parce qu'elle avait ressenti la même chose : son cœur s'était déchiré, elle avait anticipé l'acte avec des sueurs froides.

Quand Jane était petite, elle avait l'habitude de s'asseoir sur les genoux de Martin pendant qu'il lui faisait la lecture. Il avait installé Jane devant son premier piano, démarché Pechenikov pour perfectionner l'apprentissage de sa fille, assisté à des récitals, des concerts et des représentations. Martin gardait un carnet dans la poche poitrine de son costume, dans lequel il notait les erreurs de Jane. Lui donnait un coup de poing dans le dos lorsqu'elle s'affalait sur le clavier. Fouettait ses jambes avec une règle en métal quand elle ne répétait pas assez. L'avait gardée éveillée de si nombreuses nuits, en lui hurlant dessus, lui disant qu'elle était bonne à rien, qu'elle gâchait son talent, faisait tout de travers.

— Il y a toutes ces choses que je voulais lui dire, poursuivit Andrew.

Une fois encore, Jane fut incapable de stopper ses larmes.

— Je voulais qu'il soit fier de moi. Pas maintenant, je savais que c'était impossible maintenant, mais un jour.

Andrew se tourna pour lui faire face. Il avait toujours été maigre, mais aujourd'hui, à cause du chagrin, ses joues étaient tellement creuses qu'elle discernait la forme des os en dessous.

— Tu penses qu'un jour il l'aurait été ? Que Père aurait enfin été fier de moi ?

Jane connaissait la vérité, mais elle répondit :

— Oui.

Il reporta son regard sur la rue.

— Paula est arrivée.

Jane sentit le fin duvet sur ses bras et son cou se hérisser.

Paula Evans, affublée de ses habituelles rangers, sa robe droite sale et ses mitaines, cadrait parfaitement avec le décor. Ses cheveux ébouriffés frisottaient. Ses lèvres étaient rouge vif. Pour une raison inconnue, elle avait noirci le dessous de ses yeux au crayon gris anthracite. Elle vit la Porsche et leur fit un doigt d'honneur de chaque main. Au lieu de se diriger vers la voiture, elle avança d'un pas lourd vers l'entrepôt.

— Elle me fait peur, avoua Jane. Il y a quelque chose qui cloche chez elle.

— Nick lui fait confiance. Elle fait tout ce qu'il lui demande.

— C'est ce qui m'effraie.

Jane haussa les épaules en observant Paula disparaître dans l'entrepôt. Si Nick jouait à la roulette russe avec leur avenir, Paula était l'unique balle dans le flingue.

Jane sortit de la voiture. L'air dégageait une puanteur mêlée de graisse qui lui rappelait Berlin Est. Elle laissa la boîte métallique sur le siège pour enfiler sa veste. Elle trouva ses gants en cuir et son foulard dans son sac à main.

Andrew cala la boîte sous son bras avant de fermer la voiture à clé.

— Reste près de moi, lui dit Andrew.

Ils pénétrèrent dans l'entrepôt et le traversèrent jusqu'au

fond. Jane n'était pas venue ici depuis trois mois, mais elle connaissait l'itinéraire par cœur. Ils le connaissaient tous parce que Nick leur avait fait étudier des plans, monter et descendre des allées au pas de course, foncer dans des cours intérieures et même se glisser derrière des grilles d'égout.

Ce qui paraissait dingue jusqu'à aujourd'hui.

La paranoïa s'empara de Jane tandis qu'elle avançait le long du sentier bien connu. Une allée les conduisit dans la rue voisine. Ils se fondirent dans le décor malgré leurs vêtements coûteux. Des friperies et des appartements décrépits étaient remplis d'étudiants venus des environs. Des journaux froissés en boule colmataient les fenêtres brisées. Les poubelles débordaient de détritus. Une odeur écœurante de marijuana les accueillit.

La planque se trouvait entre la 17e et Valencia, à un pâté de maisons de Mission District. À une certaine époque, c'était un bâtiment de l'époque victorienne habité par une seule famille, mais aujourd'hui il était scindé en cinq deux-pièces, où apparemment logeaient un dealer, un groupe de strip-teaseuses et un jeune couple atteint du sida, qui avaient tout perdu. À l'image de beaucoup d'immeubles du quartier, la maison avait été condamnée. Et, comme souvent, les habitants s'en moquaient.

Ils grimpèrent les marches branlantes du perron qui menaient à la porte d'entrée. Pour la centième fois, Andrew jeta un coup d'œil par-dessus son épaule avant de pénétrer à l'intérieur. Le hall d'entrée était si étroit qu'il dut se mettre en biais pour franchir la porte de la cuisine ouverte. La cour à l'arrière abritait une sorte d'ancienne remise convertie en pièce à vivre. Une rallonge orange qui reliait la maison à la remise faisait office de réseau électrique. Il n'y avait pas d'eau courante. L'étage supérieur tenait en un équilibre précaire sur ce qui, à l'origine, devait servir d'espace de stockage. Les notes de « Bring the Boys Back Home » de Pink Floyd pulsaient contre les fenêtres fermées, le volume à fond.

Andrew leva les yeux vers l'étage, puis regarda encore

une fois derrière lui. Il tapa deux coups à la porte. Marqua une pause. Un autre, et la porte s'ouvrit à la volée.

— Bande de débiles !

Paula attrapa Andrew par la chemise et le tira brusquement à l'intérieur.

— Qu'est-ce qui vous est passé par la tête, putain ? On avait dit de l'encre de maculage. Qui a mis ce putain de flingue dans le sac ?

Andrew arrangea sa chemise. La boîte en fer était tombée par terre. Il fit une tentative :

— Paula, nous…

L'air se refroidit.

— Comment tu m'as appelée ?

L'espace d'un instant, Andrew ne réagit pas. Dans le silence, Jane n'entendait plus que le disque qui passait à l'étage. Elle laissa tomber son sac au sol, au cas où elle devrait aider son frère. Paula serrait les poings. Nick leur avait demandé de n'utiliser que leurs noms de code et, à l'instar de tout ce qui sortait de la bouche de Nick, Paula considérait cet ordre comme parole d'Évangile.

— Désolé, dit Andrew. Je voulais dire Penny. Penny, peut-on parler de ça plus tard ?

Paula ne céda pas.

— Tu es aux commandes maintenant ?

— Penny, arrête ça, intervint Jane.

Paula se retourna d'un bloc vers elle.

— Ne me…

Quarter s'éclaircit la gorge.

Jane sursauta. Elle ne l'avait pas vu en entrant. Il était assis à la table. Une pomme rouge à la main. Il leva le menton vers Jane, puis Andrew, en signe de solidarité.

— Ce qui est fait est fait, lança-t-il.

— Tu te fous de ma gueule, bordel ? répliqua-t-elle, les mains sur les hanches. C'est un meurtre, espèces de débiles. Vous savez ça ? Nous faisons tous partie d'un complot pour meurtre.

— En Norvège, ajouta Quarter. Même s'ils réussissent à nous extrader, on prendra sept ans, au max.

Paula poussa un grognement dégoûté.

— Tu crois que le gouvernement des États-Unis va nous laisser passer en jugement dans un pays étranger ? C'était toi, pas vrai ? interrogea Paula en pointant le doigt sur Jane. Tu as mis le flingue dans le sac, DéBile ?

Jane refusa de se laisser intimider.

— Tu es furax contre moi parce que Nick ne t'a pas parlé du flingue ou parce qu'il préfère me baiser moi plutôt que toi ?

Quarter gloussa.

Avec un soupir, Andrew se pencha pour ramasser la boîte en fer. Il se figea.

Ils s'immobilisèrent tous.

Il y avait quelqu'un dehors. Jane entendit un piétinement. Elle retint son souffle en attendant le signal : deux coups, puis un silence, puis un autre coup.

*Nick ?*

À cette éventualité, le cœur de Jane bondit, mais, malgré tout, elle restait torturée par l'angoisse, jusqu'à ce qu'elle ouvre la porte et voie le sourire sur son visage.

— Salut, les potes.

Nick déposa un baiser sur la joue de Jane et lui chuchota à l'oreille :

— La Suisse.

Jane éprouva un élan d'amour envers lui.

*La Suisse.*

Ils rêvaient d'un petit appartement à Bâle, dans le quartier étudiant, la Suisse n'ayant aucun traité officiel d'extradition avec les États-Unis. Nick avait parlé de ce projet d'évasion cette même nuit de Noël où il lui avait révélé son plan. Jane avait été stupéfaite par le fait qu'il ait été capable de se concentrer avec une telle lucidité non seulement sur le bazar qu'ils provoqueraient, mais aussi sur la manière dont ils échapperaient aux conséquences.

« Ma chérie, avait-il murmuré à son oreille. Tu ne sais pas que je pense à tout ? »

— Bon, fit Nick en frappant dans ses mains. Alors, soldats ? Comment allons-nous ?

— Celle-ci a flippé, déclara Quarter en désignant Paula.

— Pas du tout, soutint Paula. Nick, ce qui s'est passé en Norvège était…

— Exceptionnel !

Il la saisit par le bras, son excitation irradiait la pièce comme un rayon de lumière.

— C'était énorme ! L'événement le plus important du siècle pour tout Américain !

Paula battit des paupières, et Jane vit l'esprit de la femme adopter instantanément le point de vue de Nick.

Ce dernier remarqua clairement son revirement lui aussi.

— Oh ! Penny, si seulement tu avais été là-bas pour assister au spectacle. La salle entière sous le choc. Laura a sorti le revolver à l'instant précis où Martin versait dans le lyrisme à propos des coûts des produits d'entretien. Ensuite… (Il mima un flingue avec ses doigts et son pouce.) Pan ! Un coup de feu qui a résonné partout dans le monde. Grâce à nous.

Il adressa un clin d'œil à Jane, puis tendit les bras pour inclure le groupe.

— Merde, soldats. Ce que nous avons fait, ce que nous ferons bientôt, n'est rien de moins qu'héroïque.

— Il a raison, dit Andrew qui se hâtait toujours de soutenir les propos de Nick. Laura avait le choix. Nous avions tous le choix, pas vrai ?

— Tout juste, lâcha Paula, pressée d'être la première à manifester son accord. On savait tous dans quoi on s'engageait.

Nick regarda Jane, attendant qu'elle acquiesce.

Quarter grogna, mais sa loyauté n'était jamais remise en doute.

— Qu'est-ce qui se passe avec les flics ? demanda-t-il à Nick.

Jane fit une tentative :

— L'agent Danberry…

— Ce n'est pas juste les flics, la coupa Nick qui semblait transporté. C'est chaque instance fédérale du pays. Et Interpol. C'est ce que nous voulions, les gars. Le monde a les yeux rivés sur nous. Nos actes, à New York, Chicago, Stanford, ce qui s'est déjà produit à Oslo, cela va changer le monde.

— C'est vrai, affirma Paula, une fidèle répétant les mots du prédicateur.

— Savez-vous à quel point il est rare d'amorcer des changements ?

Les yeux de Nick brillaient toujours de détermination. C'était contagieux. Ils se penchèrent tous vers lui : ils buvaient littéralement chacune de ses paroles.

— Est-ce que chacun de vous sait à quel point il est rare que de simples personnes comme nous fassent bouger les choses dans l'existence de… Eh bien, ce sera la vie de millions de personnes, n'est-ce pas ? De millions de malades, ou bien d'autres encore qui ne se doutent pas que leurs impôts sont utilisés pour remplir les caisses de sociétés sans scrupule, alors que de vraies personnes, les gens ordinaires qui ont besoin d'aide, sont laissées sur le carreau.

Il regarda autour de lui et établit un contact visuel avec chacun d'eux. Nick se nourrissait de cela, de savoir qu'il les inspirait tous et les propulsait sur le chemin menant à la gloire.

— Penny, ton travail à Chicago va ébranler le monde entier. On enseignera aux écoliers le rôle que tu as joué dans tout ça. Ils sauront que tu t'es battue pour quelque chose. Et Quarter, ton aide logistique… Il est inimaginable de penser qu'on en serait là sans toi. Tes plans à Stanford sont les piliers de toute l'opération. Et Andrew, notre cher Dime. Mince, la façon dont tu t'es occupé de Laura, ta manière d'assembler toutes les pièces. Jane…

Paula poussa un autre grognement.

Nick posa les mains sur les épaules de Jane et pressa ses lèvres sur son front.

— Jane. Toi, ma chérie. Tu me donnes la force. Tu me

rends capable de conduire nos glorieuses troupes vers la grandeur.

— On va se faire choper, lâcha Paula. Vous le savez, pas vrai, les gars ?

Apparemment, cette perspective ne la mettait plus hors d'elle.

— Et alors ? répliqua Quarter qui avait sorti son couteau et pelait la pomme. Tu as peur maintenant ? Tous tes beaux discours et aujourd'hui…

— Je n'ai pas peur, protesta Paula. J'en suis. J'ai dit que j'en étais, alors j'en suis. Tu peux toujours compter sur moi, Nick.

— Gentille fille.

Nick frotta le dos de Jane. Elle se lova contre lui comme un chaton. C'était si simple pour lui. Il lui suffisait de poser la main au bon endroit, de dire le mot qu'il fallait, et elle se rangeait résolument à ses côtés.

Était-elle un yo-yo ?

Ou avait-elle raison de le suivre parce que Nick voyait juste ? Ils devaient réveiller les consciences. Ils ne pouvaient pas rester là, les bras croisés, alors que tant de personnes souffraient. La passivité était impensable.

— Très bien, soldats. Le flingue à Oslo était une surprise, je sais, mais ne voyez-vous pas à quel point la situation joue en notre faveur aujourd'hui ? Laura nous a rendu un immense service en appuyant sur la détente et en sacrifiant sa vie. Ses paroles résonnent bien plus que si elle les avait hurlées derrière des barreaux. C'est une martyre… une martyre glorifiée. Et nos prochains actes, les étapes que nous franchirons pousseront les gens à réaliser qu'ils ne peuvent plus avancer comme des moutons. Les choses doivent changer. Les gouvernements et les sociétés doivent changer. Nous seuls pouvons concrétiser cette évolution. C'est notre devoir de réveiller tous les autres.

Ses disciples enthousiastes lui renvoyaient tous un sourire radieux. Même Andrew rayonnait sous les éloges de Nick.

Leur dévotion aveugle ouvrait justement la brèche qui permettait à l'angoisse de s'insinuer en Jane.

Les choses avaient changé pendant son séjour à Berlin. L'énergie qui régnait dans la pièce se révélait plus cinétique.

Quasi fataliste.

Paula avait-elle, elle aussi, vidé son appartement ?

Quarter s'était-il débarrassé de ses biens les plus précieux ?

Andrew avait rompu avec Ellis-Anne. Il était malade, malgré tout, il refusait toujours d'aller chez le médecin.

Leur adulation était-elle une forme de maladie ?

Tous parmi eux, à l'exception de Jane, avaient fréquenté un établissement psychiatrique ou quelque chose d'approchant. Nick avait subtilisé leurs dossiers chez Queller ou, pour les membres des autres cellules, quelqu'un les lui avait fournis. Il connaissait leurs espoirs, leurs peurs, leurs dépressions, leurs tentatives de suicide, leurs troubles de l'alimentation et, plus important, Nick savait comment exploiter ces renseignements avec efficacité.

Des yo-yo que Nick dirigeait d'un coup de poignet.

Quarter mit la main dans sa poche. Il claqua une pièce de vingt-cinq cents, un *quarter,* sur la table près de la pomme pelée avant d'annoncer :

— OK, c'est parti. L'équipe de Stanford est prête.

*Maniaco-dépression. Troubles de la personnalité schizoïde. Récidive violente.*

Paula se laissa tomber sur une chaise et posa une pièce d'un cent, un *penny*, sur la table.

— Chicago est prêt depuis un mois.

*Comportement antisocial. Cleptomanie. Anorexie mentale.*

Nick lança une pièce de cinq cents, un *nickel,* dans les airs. Il la rattrapa dans sa paume et la lâcha sur la table.

— New York est impatient de se mettre en marche.

*Sociopathie. Troubles du contrôle des impulsions. Dépendance à la cocaïne.*

Andrew regarda à nouveau Jane avant de mettre la main dans sa poche. Il plaça une pièce de dix cents, un *dime,* avec les autres et s'assit.

— Oslo a terminé.

*Troubles anxieux. Dépression. Idées suicidaires. Pharmacopsychose.*

Ils se retournèrent d'un bloc vers Jane. Elle mit la main à la poche de sa veste, Nick l'arrêta.

— Monte ça à l'étage, tu veux bien, chérie ? dit-il en lui tendant la pomme que Quarter avait pelée.

— Je peux le faire, proposa Paula.

— Tu peux te taire ?

Nick ne lui demandait pas de la fermer. Il lui posait une question.

Paula se rassit.

Jane prit la pomme. Le fruit laissa une tache humide sur son gant en cuir. Elle tâtonna sur le panneau secret jusqu'à ce qu'elle trouve le bouton à pousser. Une des idées astucieuses de Nick pour compliquer au maximum l'accès à l'escalier. Jane décrocha le panneau, puis se servit du crochet pour le refermer solidement derrière elle.

Elle entendit distinctement le déclic lorsque le mécanisme de déverrouillage se remit en place.

Jane grimpa les marches avec lenteur et tenta de discerner leurs paroles. La chanson de Pink Floyd, qui braillait dans un minuscule haut-parleur, rendait la tâche impossible. Seule la voix forte de Paula couvrait la partie instrumentale de « Comfortably Numb ».

— Enculés ! répétait-elle en s'efforçant d'impressionner Nick par sa fervente dévotion. Ils vont voir ces putains d'enfoirés !

Une fois en haut de l'escalier, Jane perçut une excitation quasiment bestiale monter à travers les lattes du plancher. De l'encens brûlait à l'intérieur de la pièce fermée à clé. Elle sentit l'odeur de la lavande. Apparemment, Paula avait apporté un de ses talismans vaudous pour garder les esprits en paix.

Laura Juneau mettait de la lavande dans sa maison. C'était l'un des nombreux détails qu'Andrew avait réussi à disséminer dans ses lettres codées. Comme le fait qu'elle aimait la poterie. Que, comme Andrew, elle peignait plutôt bien. Qu'elle revenait à peine du jardin et qu'elle était agenouillée dans le salon, à la recherche d'un vase dans le placard, lorsque Robert Juneau avait ouvert la porte d'entrée avec sa clé.

Une seule balle dans la tête de son fils de cinq ans.

Deux balles dans la poitrine d'un ado de seize ans.

Deux balles de plus dans le corps d'une jeune fille de quatorze ans.

Une des balles s'était logée dans la colonne vertébrale de Laura.

La dernière, l'ultime, avait été tirée sous le menton de Robert Juneau et lui avait transpercé le crâne.

*La chlorpromazine. Le Valium. Le Xanax. Des soins jour et nuit. Des médecins. Des infirmières. Des comptables. Des gardiens. Des produits d'entretien.*

— Sais-tu combien ça coûte de se voir confier un homme à temps plein ? avait demandé Martin à Jane.

Ils étaient assis à la table du petit déjeuner, le journal étalé devant eux. Les gros titres racoleurs rapportaient l'horreur de la tuerie : *Un homme assassine sa famille avant de se suicider.* Jane avait demandé à son père comment cela avait pu arriver, pourquoi Robert Juneau avait été mis à la porte de tellement de foyers Queller.

— Pratiquement cent mille dollars par an.

Martin remuait son café avec une antique cuillère en argent de Liberty & Company, qui avait été offerte à un membre éloigné de la famille Queller.

— Tu sais combien de voyages en Europe cela représente ? De voitures pour tes frères ? Combien de virées en voiture, de tournées et de leçons avec ton précieux Pechenikov ?

*Pourquoi avez-vous arrêté les concerts ?*

*Parce que je ne pouvais plus jouer avec du sang sur les mains.*

Jane trouva la clé suspendue au crochet et l'introduisit dans le verrou. De l'autre côté de la porte, le disque était arrivé à la partie où David Gilmour prend la relève du chœur.

Elle pénétra dans la pièce. L'odeur de lavande l'enveloppa. Un vase en verre contenait des fleurs fraîchement coupées. De l'encens brûlait dans un cendrier en métal. Jane comprit qu'il n'était pas censé repousser les mauvais esprits, mais couvrir l'odeur de merde et de pisse du seau placé près de la fenêtre.

Il n'y avait que deux fenêtres dans ce petit espace : une donnait sur le bâtiment victorien, sur le devant, l'autre sur la maison qui se trouvait dans la rue derrière eux. Jane ouvrit les deux dans l'espoir que le courant d'air atténue un peu l'odeur.

Elle se retrouva plantée au milieu de la pièce, la pomme pelée à la main. Le morceau se poursuivit avec le solo guitare. Jane suivait mentalement les notes. Visualisait les doigts sur les cordes. Elle avait joué de la guitare pendant un temps, puis du violon, du violoncelle, de la mandoline et, par pur plaisir, du violon à cordes en acier.

Puis Martin lui avait dit qu'elle devait choisir entre bien jouer de plusieurs instruments ou atteindre la perfection avec un seul.

Jane souleva le saphir de la platine.

Elle les entendait discuter en bas. D'abord la toux d'Andrew avec son inquiétant bruit rauque. Les petits apartés de Nick. Quarter leur demanda à tous de baisser d'un ton, mais Paula lança un autre « ces putains de flics paieront » qui noya toutes leurs voix.

— Allez, lança Nick d'un ton taquin. On est si près du but. Savez-vous à quel point on sera influents quand tout ça sera terminé ?

*Quand tout ça sera terminé…*

Jane posa une main sur son ventre et traversa la pièce.

Est-ce que ce serait jamais terminé ?

Pourraient-ils continuer après cela ? Pourraient-ils élever un enfant dans ce monde qu'ils essayaient de bâtir ? Y avait-il réellement un appartement qui les attendait en Suisse ?

Jane se souvint : Nick avait vendu ses meubles. Retiré

les luminaires de son appartement. Il dormait à même le sol. Était-ce là un homme qui croyait en un possible futur ?

Un homme capable d'être père ?

Jane s'agenouilla près du lit.

— Ne dites pas un mot, prévint-elle sur le ton de la menace.

Elle baissa le bâillon qui obstruait la bouche de la femme.

Alexandra Maplecroft se mit à hurler.

# 23 AOÛT 2018

# 11

Andy souleva un lourd carton rempli de vieilles baskets à l'arrière de la Reliant. D'épaisses gouttes de pluie giflaient la surface cartonnée. De la vapeur s'échappait de l'asphalte. Le ciel s'était enfin ouvert en deux après des jours d'une chaleur éprouvante, si bien que maintenant, en plus de la même température, Andy devait aussi gérer l'humidité. Elle piquait des sprints entre le hayon et le box de stockage ouvert, baissant la tête chaque fois qu'un rayon de lumière s'immisçait entre les nuages de l'après-midi.

Elle avait pris exemple sur sa mère et loué deux garde-meubles différents dans deux États différents pour dissimuler les millions de dollars en liquide qu'elle avait découverts dans la Reliant. En réalité, Andy avait surpassé Laura. Elle ne s'était pas contentée d'empiler l'argent par terre dans le box, comme Skyler dans la série *Breaking Bad*. En fait, elle avait dévalisé l'arrière-boutique d'un magasin de l'Armée du Salut, de Little Rock, puis avait planqué les espèces sous de vieux vêtements, du matériel de camping et des jouets cassés.

Ainsi, si quelqu'un l'observait, il penserait qu'Andy faisait comme la plupart des Américains, c'est-à-dire qu'elle payait pour entreposer un amas de conneries dont elle ne voulait plus, au lieu de les donner à des gens qui en avaient réellement besoin.

Andy retourna à la voiture au pas de course et attrapa un autre carton. La pluie éclaboussa l'intérieur de ses baskets flambant neuves. Ses nouvelles chaussettes se transformèrent en sables mouvants. Andy avait fait une halte dans un autre Walmart, en repartant du premier garde-meuble, à Texarkana, côté Arkansas, et portait enfin des vêtements qui ne dataient plus des années 1980. En plus d'un grand sac en bandoulière et d'un ordinateur portable à trois cent cinquante dollars, elle avait des lunettes de soleil, des sous-vêtements qui ne bâillaient pas et, bizarrement, une raison d'être.

« Je veux que tu vives ta vie, avait dit Laura dans le snack. J'ai vraiment envie de t'aider, mais je sais que ça ne marchera pas tant que ça ne viendra pas de toi. »

Assurément, Andy était toute seule à présent. Mais qu'est-ce qui avait changé ? Elle n'arrivait pas à mettre le doigt sur ce qui avait changé en elle. Ce qui était certain, c'est qu'elle en avait assez de dériver d'une catastrophe à une autre comme une amibe à l'intérieur d'une boîte de Petri. Était-ce d'avoir pris conscience que sa mère était une menteuse invétérée ? Était-ce la honte de s'être montrée si crédule ? Le fait qu'un tueur à gages l'ait suivie jusqu'en Alabama, et qu'au lieu d'écouter son instinct et de se tirer elle avait essayé de coucher avec lui ?

Son visage s'empourpra de honte. Elle fit glisser un autre carton hors de la Reliant.

Andy était restée à Muscle Shoals assez longtemps pour voir le pick-up de Mike Knepper passer deux fois devant le motel en deux heures. Elle avait attendu jusqu'à être certaine qu'il ne reviendrait pas. Puis elle avait chargé le coffre et reprit la route.

Dopée à la caféine après avoir avalé une tasse au McDonald's, et encore terrifiée à l'idée de s'arrêter pour aller aux toilettes et de laisser la voiture sans surveillance, Andy avait tremblé durant tout le trajet jusqu'à Little Rock. Le voyage jusqu'en Arkansas avait duré cinq heures, et elle avait senti le poids de chacune d'elles peser sur son âme.

Pourquoi Laura lui avait-elle menti ? De qui avait-elle si peur ? Pourquoi lui avoir dit d'aller en Idaho ?

Plus important encore, pourquoi Andy continuait-elle à obéir aveuglément aux ordres de sa mère ?

Andy était incapable de répondre à ces questions, et le manque de sommeil n'arrangeait pas les choses. Elle avait fait une halte à Little Rock, parce qu'elle avait entendu parler de cette ville et s'était arrêtée au premier hôtel avec parking souterrain, pour cacher la Reliant au cas où Mike la suivrait.

Andy avait garé le break à reculons de sorte qu'un voleur potentiel aurait des difficultés à accéder au hayon. Puis elle était remontée en voiture et avait avancé un peu pour prendre le sac de couchage et le fourre-tout dans le coffre avant de reculer de nouveau. Elle s'était présentée à l'hôtel, où elle avait dormi pratiquement dix-huit heures d'affilée.

La dernière fois qu'elle avait sommeillé aussi longtemps, Gordon l'avait emmenée chez le médecin, parce qu'il redoutait qu'elle ne soit narcoleptique. Le sommeil de l'Arkansas lui fut bénéfique. Elle ne s'agrippait plus au volant, ne sanglotait plus dans sa voiture vide ni n'inspectait le téléphone de Laura toutes les cinq minutes. Elle ne se faisait plus de mouron pour tout cet argent qui l'enchaînait à la Reliant et ne se préoccupait même plus de savoir si Mike l'avait suivie depuis qu'elle avait rampé sous la voiture et vérifié qu'il n'y avait pas de mouchard collé au GPS.

*Mike.*

Avec le K muet de son nom de famille, sa sauterelle débile sur son pick-up, et son baiser tout aussi débile dans le parking… C'était forcément un baiser de psychopathe, parce qu'il était évidemment là-bas pour suivre Andy, ou la torturer, ou lui faire subir un truc horrible, et à la place il l'avait séduite.

Pire encore, elle s'était laissé séduire.

Andy saisit le dernier carton à l'arrière de la voiture et entra dans le box presque honteuse. Elle le laissa tomber par terre. S'assit sur un tabouret en bois avec un pied bancal. Se frotta le visage. Elle avait les joues en feu.

*Idiote,* se sermonna-t-elle en silence. *Il t'a percée à jour.*

La douloureuse vérité était qu'il n'y avait pas grand-chose à raconter sur la vie sexuelle d'Andy. Elle ressortait toujours sa liaison avec son prof de fac pour avoir l'air avertie, mais elle taisait le fait qu'ils n'avaient couché ensemble que trois fois et demie ; que le type était drogué et pratiquement impuissant. Sans parler du fait qu'ils finissaient en général sur son canapé pendant qu'il planait et qu'Andy regardait les rediffusions de la série *Les Craquantes*.

Pourtant, il valait mieux que son petit copain du lycée. Ils s'étaient rencontrés à l'atelier théâtre, ce qui aurait dû lui mettre la puce à l'oreille. Mais ils étaient devenus meilleurs amis. Et ils avaient décidé d'un commun accord de vivre leur première fois ensemble.

Après coup, Andy était déçue, mais elle avait menti pour ne pas le blesser. Il était tout aussi déçu qu'elle, mais il ne lui avait pas retourné la politesse.

« Tu mouilles trop », lui avait-il dit avec un frisson surjoué, et même si, à la phrase suivante, il lui avait avoué qu'il était probablement homo, cette humiliante critique s'était gravée dans l'esprit d'Andy pour les futures dix années et demie.

*Tu mouilles trop.* Elle rumina cette phrase tout en fixant le rideau de pluie à l'extérieur du box. Aujourd'hui, elle dirait tellement de choses à ce connard, s'il acceptait seulement son invitation sur Facebook.

Ce qui l'amenait à son copain de New York. Andy l'avait trouvé si gentil, si doux et si attentionné. Puis elle s'était retrouvée dans la salle de bains dans l'appartement d'une amie, où elle l'avait surpris en train de parler à ses potes.

« On dirait la ballerine d'une boîte à bijoux, leur avait-il confié. À la seconde où tu l'inclines, la musique s'arrête. »

Andy secoua la tête comme un chien. Elle courut jusqu'à la voiture, attrapa la Samsonite bleu clair et la traîna jusqu'au box. Porte fermée, elle enfila des vêtements secs. Elle ne pouvait rien faire pour ses baskets, mais au moins ses chaussettes n'écorchaient plus ses pieds déjà douloureux. Le temps qu'elle fasse remonter le portail, la pluie avait faibli : son premier coup de bol depuis des jours.

Andy se servit d'un cadenas acheté à Walmart pour verrouiller le loquet du garde-meuble de Texarkana. Elle avait choisi un code à lettres plutôt qu'à chiffres et avait opté pour FUCKR, parce qu'elle se sentait d'une humeur particulièrement hostile quand elle l'avait programmé. Pour le Hook 'Em & Store, en périphérie d'Austin, au Texas, elle avait opté pour le terme plus évident de KUNDE, comme dans…

*Je pourrais parler à Paula Kunde.*

*J'ai entendu dire qu'elle habitait Seattle.*

*Austin. Mais bien tenté.*

Un peu plus tôt à Little Rock, Andy avait décidé qu'elle ne conduirait pas comme une amibe jusqu'en Idaho, conformément aux ordres de Laura. Si elle ne pouvait obtenir des réponses de sa mère, alors peut-être pourrait-elle les soutirer au professeur Paula Kunde.

Elle leva la main pour refermer le hayon du break. Le sac de couchage et le fourre-tout étaient toujours remplis d'espèces, mais elle décida de les laisser dans la voiture. Elle ferait probablement mieux d'entreposer la petite glacière et le paquet de saucisses sèches dans le box, mais il lui tardait trop de se remettre en route.

Le moteur de la Reliant pétarada joyeusement lorsqu'elle démarra. Au lieu de suivre la direction de l'autoroute inter-États, elle prit la première à droite, vers le McDonald's. Elle passa au drive pour commander un grand café et demander le mot de passe du wi-fi.

Andy choisit une place sur le parking à proximité du bâtiment. Elle renversa son café par la fenêtre, parce qu'elle était certaine que son cœur allait exploser si elle ingérait une dose supplémentaire de caféine, sortit son nouvel ordi du sac et se connecta au réseau.

Elle fixa le curseur qui clignotait sur la barre de recherche.

Comme d'habitude, Andy hésita un instant à créer un faux compte Gmail et à envoyer un mot à Gordon. Elle avait rédigé toutes sortes de brouillons dans sa tête en se faisant passer pour une responsable de Habitat For Humanity ou pour une membre de Phi Beta Sigma, en inventant un message crypté qui ferait savoir à son père qu'elle allait bien.

*Je me demandais si vous connaissiez ce coupon génial chez Subway, avec un sandwich offert pour un acheté ?*

*J'ai lu une anecdote sur le bourbon Knob Creek et j'ai pensé que vous pourriez l'apprécier !*

Comme d'habitude, Andy se ravisa. Dans l'immédiat, sa confiance en sa mère n'était guère à son apogée, mais elle ne pouvait prendre le moindre risque de mettre Gordon en danger.

Elle tapa l'adresse web de la *Belle Isle Review.*

La photo de Laura et de Gordon à la fête de Noël faisait toujours la une.

Andy examina le visage de sa mère. Comment la femme qu'elle connaissait si bien et qui souriait à l'objectif pouvait-elle être la même qui l'avait dupée pendant de si nombreuses années ? Andy zooma sur la photo. Elle ne s'était jamais préoccupée de la bosse sur le nez de sa mère. Avait-il été cassé avant de se consolider de travers ?

D'après les polaroids contenus dans la boîte métallique, c'était plausible.

Connaîtrait-elle jamais la vérité ?

Andy fit défiler la page jusqu'en bas. L'article sur le corps échoué sous le Yamacraw Bridge n'avait pas été actualisé non plus. L'identité de l'homme en sweat à capuche demeurait inconnue. Aucun rapport sur son véhicule volé. Ce qui impliquait que Laura n'avait pas seulement maintenu un bataillon d'officiers de police hors de sa maison, mais qu'elle avait aussi réussi à traîner un homme de quatre-vingt-dix kilos jusqu'à sa Honda avant de le balancer dans la rivière à plus de trente bornes de là.

Avec un bras en écharpe sur la poitrine et en tenant à peine sur ses jambes.

Sa mère était une criminelle.

C'était la seule explication sensée. Andy avait cru Laura passive et conventionnelle, alors que toutes les preuves la désignaient comme un être logique et perfide. Les millions de dollars en liquide ne provenaient certainement pas de son travail d'orthophoniste. Les faux papiers d'identité étaient déjà flippants en eux-mêmes, mais Andy avait pris du recul et réalisé que Laura avait donc également des contacts – un faussaire – susceptibles de les lui fabriquer. Chaque fois que sa mère avait franchi la frontière avec le Canada pour renouveler son permis ou les plaques de la voiture, elle avait enfreint la loi fédérale. Andy doutait que le fisc soit au courant pour le liquide, ce qui était un délit supplémentaire. Laura n'avait pas peur de la police. Elle savait qu'elle pouvait refuser un interrogatoire et opposait un flegme surnaturel aux forces de l'ordre. Cela ne lui venait pas de Gordon, ce qui signifiait que Laura l'avait appris toute seule.

Ce qui voulait dire que Laura Oliver n'était pas une *gentille*.

Andy referma l'ordinateur portable et le replaça dans le sac bandoulière. Il n'avait pas assez de mémoire pour enregistrer la liste de choses que sa mère devait expliquer à Andy. À ce stade, la manière dont elle s'était débarrassée du cadavre de l'homme en noir ne figurait même pas au top trois.

La pluie tapotait le pare-brise. Des nuages sombres s'étaient amoncelés. Andy sortit du parking et suivit les panneaux en direction de l'université du Texas à Austin. Le campus tentaculaire s'étalait sur seize hectares très bien situés. Il y avait une fac de médecine et un hôpital, une fac de droit et toutes sortes de cursus en lettres et sciences sociales. Bien qu'elle ne possède pas sa propre équipe de football, on comptait d'innombrables drapeaux et autocollants sur les voitures de la ville à la gloire des Longhorn, l'association sportive de l'université.

D'après l'emploi du temps affiché sur le site web de l'école, le Dr Kunde avait donné un cours le matin même, intitulé « Les perspectives féministes sur la violence domestique et l'agression sexuelle », suivi d'une heure de permanence à l'écoute des étudiants. Andy jeta un coup d'œil à l'heure affichée sur la radio. Même en supposant que la permanence de Paula se soit terminée plus tard, qu'elle ait fait une pause déjeuner, ou qu'elle ait retrouvé un collègue pour travailler, elle était probablement rentrée chez elle à cette heure-ci.

Andy avait essayé d'approfondir ses recherches sur les antécédents de cette femme, mais elle n'avait pas dégoté grand-chose sur Internet à propos de Paula Kunde. Le site de l'université d'Austin recensait des tonnes d'articles universitaires et de conférences, mais rien sur sa vie privée. ProfRatings.com ne lui décernait qu'une demi-étoile, mais lorsque Andy fouilla les critiques émises par les étudiants, elle vit qu'ils se plaignaient en majeure partie des mauvaises notes que le Dr Kunde refusait de modifier ou qu'ils rédigeaient de longues diatribes bourrées d'adverbes clamant que Paula était une salope trop sévère – contribution typique de sa génération à l'enseignement supérieur.

Lors de son enquête sur Google, elle trouva facilement l'adresse du professeur. À Austin, les dossiers fiscaux étaient enregistrés en ligne. Il suffit à Andy d'entrer le nom de la femme, et non seulement elle constata qu'elle avait systématiquement payé sa taxe foncière ces dix dernières années, mais encore Andy put cliquer sur *Google street view* et voir de ses yeux la maison de plain-pied située à Travis Heights.

Après avoir tourné dans la rue de Paula, Andy inspecta à nouveau la carte. Elle avait étudié la *street view* sur son portable, telle une cambrioleuse en repérage, mais les images avaient été prises au cœur de l'hiver, quand tous les arbustes et les arbres étaient en dormance… Rien à voir avec les jardins luxuriants, fleuris en abondance, devant lesquels elle passait. Avec ses jardins décorés avec goût et les voitures hybrides garées dans les allées, le quartier dégageait une ambiance très branchée. Malgré la pluie, des coureurs téméraires faisaient leur jogging. Chaque maison arborait un coloris et un style bien particuliers la différenciant des propriétés voisines. Des arbres centenaires. Des rues larges. Des panneaux solaires et même une éolienne miniature très étrange, installée devant un pavillon à l'allure décrépite.

Andy était si absorbée par l'excentricité des façades

qu'elle passa devant celle de Paula sans la remarquer. Elle descendit vers South Congress Avenue et fit demi-tour. Cette fois, elle se concentra sur les numéros des boîtes aux lettres.

Paula Kunde habitait dans une maison aux allures d'atelier, avec un côté un peu décalé, assez raccord avec l'ambiance du voisinage. Un vieux modèle de Prius blanche stationnait devant la porte close du garage. Au-dessus, Andy aperçut des lucarnes enfoncées dans le toit. Elle se demanda si Paula Kunde logeait aussi une fille dont elle n'arrivait pas à se débarrasser. Ce serait une bonne entrée en matière, ou au moins un sujet de conversation qui pourrait aider Andy à se faire inviter à entrer par Paula.

Ce serait peut-être le moment tant attendu.

Toutes les questions qu'elle s'était posées sur sa mère pourraient avoir trouvé leurs réponses quand Andy remonterait dans la Reliant.

À cette pensée, ses genoux se changèrent en caoutchouc alors qu'elle descendait de voiture. La conversation n'avait jamais été son fort. Elle balança son nouveau sac par-dessus son épaule et en vérifia le contenu pour occuper son cerveau, tandis qu'elle avançait vers la maison : des espèces, l'ordinateur, la trousse à maquillage de Laura, le téléphone prépayé, ainsi qu'une crème pour les mains, du collyre et du gloss à lèvres – soit le strict nécessaire afin de se sentir à nouveau humaine.

Andy examina les fenêtres de la maison. À l'intérieur, toutes les lumières paraissaient éteintes. Paula n'était peut-être pas chez elle. La Prius pouvait appartenir à un locataire. Ou Mike avait pu remplacer son pick-up.

À cette pensée, un frisson lui parcourut la colonne vertébrale. Elle se fraya un chemin jusqu'à la porte d'entrée. Des pétunias dégarnis pendaient de jardinières en bois. Des parcelles desséchées où rien ne poussait émaillaient le jardin parfaitement entretenu et révélaient les endroits les plus exposés au soleil texan. Andy jeta un coup d'œil derrière elle en gravissant les marches du perron.

*Je ne vais pas te faire de mal. Juste te foutre la pire trouille de ta vie.*

Peut-être était-ce pour cette raison que Mike l'avait embrassée. Il savait que les menaces n'avaient pas marché avec Laura, alors il avait décidé de s'en prendre à Andy, qu'il utiliserait comme moyen de pression.

— Qui êtes-vous, putain de merde ?

Andy était tellement absorbée par ses pensées qu'elle n'avait pas vu la porte d'entrée s'ouvrir.

Paula Kunde serrait une batte de base-ball en aluminium dans ses mains. Elle portait des lunettes de soleil aux verres foncés. Un foulard autour du cou.

— Y a quelqu'un ?

Elle attendit, la batte toujours levée vers l'arrière, prête à frapper.

— Qu'est-ce que tu veux, fillette ? Vas-y, parle.

Andy s'était entraînée dans la voiture, mais la vue de la batte de base-ball l'avait complètement déstabilisée. Elle ne put que bredouiller un :

— Je-je-je…

— Merde.

Finalement, Paula abaissa la batte et l'appuya contre l'encadrement de la porte. Elle ressemblait à sa photo de fac, mais en plus âgée et en beaucoup plus furieuse.

— Tu es étudiante ? C'est au sujet d'une note ? Je t'avertis, espèce de débile, je ne vais pas changer ta note. T'auras tout le trajet du retour pour sécher tes larmes.

— Je…, risqua à nouveau Andy. Je ne suis pas…

— Mais qu'est-ce qui cloche chez toi, bordel ?

Paula tira sur le foulard autour de son cou. De la soie. Il faisait bien trop chaud pour en porter un, et en plus de cela il n'allait ni avec son short ni avec sa chemise sans manches. Elle baissa son long nez vers Andy.

— À moins que tu te mettes à parler, bouge ton cul…

Andy paniqua lorsque la femme fit mine de refermer la porte.

— Non ! Il faut que je vous parle.

— À quel sujet ?

Andy la dévisagea. Sa bouche tenta de former des mots. Le foulard. Les lunettes. La voix éraillée. La batte près de la porte.

— À propos de vous et de celui qui a tenté de vous asphyxier. Avec un sac. Un sac plastique.

Les lèvres serrées de Paula dessinèrent un trait fin sur son visage.

— Votre cou, poursuivit Andy en touchant le sien. Vous portez ce foulard pour cacher les marques et vos yeux ont certainement…

Paula retira ses lunettes de soleil.

— Qu'est-ce qu'ils ont ?

Andy s'efforça de masquer son effroi. Un œil était d'un blanc laiteux. L'autre était marbré de rouge comme si elle avait pleuré, ou été étranglée. Ou les deux.

— Qu'est-ce que tu fais ici ? Tu veux quoi ?

— Discuter… Ma mère. Je veux dire, vous la connaissez ? Ma mère ?

— Qui est ta mère ?

*Bonne question.*

Paula regarda une voiture passer devant sa maison.

— Tu vas dire quelque chose ou rester plantée là, la gueule ouverte comme un petit poisson ?

Andy sentit sa détermination s'évaporer. Elle devait trouver quelque chose. Elle ne pouvait pas abandonner maintenant. Tout à coup, elle se rappela un jeu appris en art dramatique, un exercice d'impro appelé « Oui, et ». Il fallait accepter l'affirmation de l'autre et s'en servir pour alimenter la conversation.

— Oui, et je suis perdue parce que j'ai récemment découvert des trucs sur ma mère que je ne comprends pas.

— Je n'ai pas l'intention de participer à ton *bildungsroman*[1]. Alors tire-toi ou j'appelle la police.

Andy faillit hurler.

1. En allemand, le terme signifie « roman d'apprentissage ».

— Oui, c'est ça, appelez la police. Et ensuite ils viendront.

— C'est le but en général, quand on appelle la police.

— Oui, répéta Andy qui comprenait en quoi le jeu nécessitait la participation des deux personnes. Et ils poseront des tas de questions. Des questions auxquelles vous n'avez pas envie de répondre. Par exemple, pourquoi votre œil a des pétéchies.

Paula regarda par-dessus l'épaule d'Andy.

— C'est ta voiture dans mon allée, le truc qui ressemble à une boîte géante de serviettes hygiéniques ?

— Oui, c'est une Reliant.

— Enlève tes chaussures si tu comptes rentrer. Et arrête ton numéro à la con de « Oui, et ». On n'est pas à l'atelier théâtre.

Paula la laissa sur le pas de la porte.

Andy se sentit à la fois étrangement terrifiée et excitée d'avoir réussi à aller aussi loin.

Le moment était venu. Elle allait découvrir la vérité sur sa mère.

Elle laissa tomber son sac par terre. Posa la main sur la table du vestibule. Une coupelle en verre remplie de pièces cliqueta contre le plateau en marbre. Elle ôta ses baskets et les laissa devant la batte de base-ball en aluminium. Fourra ses chaussettes humides dans ses chaussures. Tira sur le devant de sa chemise et descendit les quelques marches qui menaient au salon, en contrebas. Elle était tellement nerveuse qu'elle transpirait à grosses gouttes.

La femme avait un sens du design très dépouillé. Rien de rustique à l'intérieur, mis à part quelques pans de lambris çà et là. La pièce était recouverte de blanc du sol au plafond.

Andy suivit le couloir du fond, guidée par le bruit tranchant d'un couteau. Elle misa sur une porte battante, la poussa juste assez pour passer la tête et découvrit une cuisine, nimbée elle aussi de blanc : plans de travail, placards, jusqu'aux luminaires. Les seules touches colorées provenaient de Paula Kunde et de l'écran de télévision muet fixé au mur.

Paula lui fit signe d'approcher en agitant un long couteau de chef.

— Allez, entre. Il faut que je mette les légumes à cuire avant que l'eau s'évapore.

Andy ouvrit la porte toute grande et pénétra dans la pièce. Elle huma le fumet d'un bouillon de cuisson. De la vapeur s'élevait d'une grosse casserole posée sur la gazinière.

Paula découpait des brocolis en bouquets.

— Tu sais qui a fait ça ?

— Fait ça…

Andy comprit qu'elle parlait de l'homme en noir. Elle secoua la tête. Ce n'était qu'un demi-mensonge. L'homme qui avait torturé sa mère avait été envoyé par quelqu'un. Un homme dont Laura connaissait sans aucun doute l'identité. Et il était très probable que Paula Kunde détienne des informations à son sujet.

— Il avait des yeux bizarres, comme… C'est tout ce que j'ai pu dire aux flics. Ils voulaient faire venir un dessinateur de portraits-robots, mais à quoi bon ?

— Je pourrais…

Andy fut rattrapée par son ego. Elle avait failli lui proposer de dessiner l'homme, mais elle n'avait rien esquissé, même pas un gribouillage, depuis sa première année à New York.

— Bon sang, petite, grogna Paula. Si je gagnais un billet de un dollar chaque fois que tu laisses une phrase en suspens, je suis putain de sûre que je ne vivrais plus au Texas.

— Je…

Andy tenta d'élaborer un mensonge, mais une question la taraudait. L'agresseur était-il venu ici en premier ? Elle avait peut-être mal compris les paroles échangées dans le bureau de Laura. Peut-être Mike avait-il été envoyé à Austin tandis que l'homme en noir se chargeait d'intimider Laura à Belle Isle.

— Si vous avez une feuille, je pourrais peut-être vous faire son portrait ? proposa Andy.

— Là-bas.

D'un mouvement d'épaule, elle lui désigna un petit coin bureau au bout du comptoir.

Andy ouvrit le tiroir. Elle s'attendait à trouver le bazar habituel – des doubles de clés, une lampe de poche, quelques pièces qui traînent, des stylos en pagaille –, mais il n'y avait que deux objets : un crayon bien appointé et un bloc de papier.

— Alors, l'art, c'est ton truc ? s'enquit Paula. Tu tiens ça de quelqu'un de ta famille ?

— Je…

Andy n'avait pas besoin de regarder le visage de Paula pour savoir qu'elle avait encore laissé une phrase en suspens.

Elle préféra feuilleter le bloc, dont toutes les feuilles étaient vierges. Andy ne s'octroya pas le loisir de remettre en question son talent ou de se convaincre que son orgueil était démesuré, juste parce qu'elle osait croire qu'il lui restait un brin d'habileté dans les doigts. À la place, elle tapota la pointe aiguë du crayon pour la casser et ébaucha les traits du visage de l'homme en noir, d'après ses souvenirs.

Paula hocha la tête avant qu'Andy ait terminé.

— Ouaip. Ça ressemble à ce bâtard. Surtout les yeux. On devine pas mal de choses sur quelqu'un à son regard.

Andy scruta l'œil gauche et vide de Paula.

— Comment tu sais de quoi il a l'air ?

Andy ne répondit pas à la question. Sur la page suivante, elle dessina un autre homme, avec une mâchoire carrée et une casquette de base-ball Alabama.

— Et ce type ? Vous l'avez déjà vu par ici ?

Paula examina le dessin.

— Nope. Il était avec l'autre gars ?

— Peut-être. Je n'en suis pas sûre, ajouta-t-elle en secouant machinalement la tête. Je ne sais pas. Je ne sais rien, en fait.

— Ça, j'ai pigé.

Andy devait gagner du temps pour réfléchir. Elle remit le bloc et le crayon dans le tiroir. Cette conversation partait en vrille. Elle n'était pas idiote au point de ne pas saisir qu'on se moquait d'elle. Elle était venue chercher des réponses, pas des questions supplémentaires.

— Tu lui ressembles, lâcha Paula.

Andy sentit un éclair la foudroyer de la tête aux pieds.

*Tu lui ressembles, tu lui ressembles, tu ressembles à ta mère.*

Lentement, Andy se retourna.

De la pointe du gros couteau de chef, Paula désigna ses yeux.

— Le regard, surtout. Et la forme de ton visage, comme un cœur.

Andy se figea sur place. Elle se repassait en boucle les mots de Paula dans sa tête, parce que son sang tambourinait si fort contre ses tempes qu'elle avait du mal à entendre le reste.

*Le regard... La forme de ton visage...*

— Elle n'a jamais été aussi timide que toi. Tu dois tenir ça de ton père ?

Andy n'en avait aucune idée. Elle avait l'impression de ne plus rien savoir, à part qu'elle devait s'appuyer au comptoir et bien serrer les genoux pour ne pas s'effondrer.

Paula se remit à émincer des légumes.

— Que sais-tu sur elle ?

— Que...

Andy peinait à s'exprimer. Des abeilles avait envahi son ventre.

— Qu'elle a été ma mère pendant trente et un ans.

— En voilà un calcul intéressant.

— Pourquoi ?

— Bonne question.

Le claquement du couteau contre la planche à découper résonna dans la tête d'Andy. Il fallait qu'elle pose ses propres questions. Pendant les sept heures de trajet, elle en avait dressé une liste entière dans sa tête et maintenant...

— Pourriez-vous...

— Un billet de un dollar, petite. Je pourrais quoi ?

Andy fut prise de vertige. Son corps replongea dans l'étrange engourdissement des jours précédents. Ses bras et ses jambes voulaient flotter vers le plafond, son cerveau s'était déconnecté de sa bouche. Elle ne pouvait pas retomber dans ses anciens travers. Pas maintenant. Pas si près du but.

— Pouvez…

Andy fit une troisième tentative :

— Comment vous la connaissez ? Ma mère ?

— Je ne suis pas une balance.

*Une balance ?*

Paula avait levé la tête de ses légumes et affichait un air impénétrable.

— Je n'essaie pas de jouer à la salope. Bien que, je l'avoue, c'est un peu ma spécialité.

Elle débita simultanément un bouquet de céleris et une botte de carottes en petits dés. Les morceaux avaient tous la même taille. Le couteau bougeait si vite qu'on l'aurait cru immobile.

— J'ai appris à cuisiner en prison. Il fallait être rapide.

*En prison ?*

Paula mit ses mains en coupe autour des légumes et les porta jusqu'à la cuisinière. Elle les lâcha au-dessus de la cocotte.

— J'ai toujours voulu apprendre. Il m'a fallu plus d'une décennie pour qu'on m'accorde ce privilège. Seules les plus âgées ont le droit de manier les couteaux.

*Plus d'une décennie ?*

— J'en déduis que tu n'as pas vu ça quand t'as fait tes recherches.

Andy réalisa qu'elle avait la langue collée au palais. Elle était trop stupéfaite pour traiter toutes ces révélations.

*Balance. Prison. Plus d'une décennie.*

Depuis des jours, Andy se répétait que Laura était une criminelle. Entendre quelqu'un confirmer sa théorie lui fit l'effet d'un coup de poing dans le ventre.

— Je paie pour que ça reste en dehors des résultats les plus fréquents sur Internet. Ce n'est pas donné, mais…

Elle haussa les épaules, le regard à nouveau posé sur Andy.

— Tu m'as vraiment cherchée sur Google, pas vrai ? Tu as trouvé mon adresse grâce aux registres de la taxe foncière. Examiné mon emploi du temps, lu les critiques de mes connards d'étudiants ?

Elle souriait. Elle avait l'air d'apprécier l'effet qu'elle faisait.

— Puis tu as regardé mon CV, et tu t'es demandé : Berkeley, Stanford, West Connecticut State University. Quelle est l'intruse ? Pas vrai ?

Andy ne parvenait pas à acquiescer.

Paula se mit à découper une pomme de terre.

— Il y a un établissement correctionnel fédéral pour femmes près de l'université du Connecticut. À Danbury. On avait le droit de suivre un cursus supérieur par le passé. Mais plus maintenant. Martha Stewart est venue y faire un séjour, mais c'était après mes vingt piges.

*Vingt piges ?*

Paula jeta un coup d'œil à Andy.

— Mes collègues sont au courant. Ce n'est pas un secret. Mais je n'aime pas en parler, non plus. Ma période révolutionnaire est révolue. Beaucoup de choses sont révolues à mon âge.

Andy baissa les yeux sur ses mains. Ses doigts lui évoquaient des moustaches de chat. Quel crime atroce fallait-il commettre pour passer vingt ans dans une prison fédérale ? Est-ce que Laura aurait dû purger la même peine derrière les barreaux, si elle n'avait pas volé un paquet de fric, si elle ne s'était pas enfuie et bâti une nouvelle vie, pendant que Paula Kunde comptait les jours avant de pouvoir travailler en cuisine ?

— Je ferais mieux de…

Andy avait la gorge tellement nouée qu'elle arrivait à peine à avaler de l'air. Il fallait qu'elle réfléchisse, mais elle n'y arriverait pas dans cette cuisine étouffante sous le regard vigilant de cette femme.

— Partir, je voulais dire. Je ferais mieux de…

— On se calme, Bambi, la coupa Paula en s'attaquant à une autre patate. Je n'ai pas rencontré ta mère en prison, si c'est ça qui te fait flipper. Bien sûr, qui peut dire ce que tu as en tête, puisque tu ne me poses pas vraiment de questions.

Andy avala le coton qui lui tapissait la gorge. Elle essaya de se remémorer ses questions.

— Comment… Comment la connaissez-vous ?

— C'est quoi son nom déjà ?

Andy ne comprenait pas les règles de ce jeu cruel.

— Laura Oliver. Mitchell, je veux dire. Elle s'est mariée et aujourd'hui…

— Je sais comment fonctionne le mariage.

Paula trancha un poivron en deux. À l'aide de l'extrémité pointue de la lame, elle en extirpa les graines.

— Déjà entendu parler de QuellCorp ?

Andy réussit à secouer la tête et demanda :

— Le labo pharmaceutique ?

— À quoi ressemble ta vie ?

— Ma vie…

— Bonnes écoles ? Voiture de rêve ? Super boulot ? Copain mignon qui va faire une vidéo sur YouTube quand il te demandera en mariage ?

Andy releva le ton acerbe de Paula. Elle n'adoptait plus son air détaché. Le sourire sur son visage s'était mué en rictus.

— Euh…

Andy commença à se rapprocher de la porte.

— Je dois vraiment…

— C'est une bonne mère ?

— Oui.

Cette réponse-là sortit sans encombre, sans qu'Andy y réfléchisse.

— Qui chaperonne les soirées à l'école, qui fait partie de l'association des parents d'élèves, qui prend des photos de toi au bal de fin d'année ?

Andy acquiesça à tout, parce que c'était vrai.

Paula tourna le dos à Andy pour se laver les mains à l'évier.

— Je l'ai vu assassiner ce gamin aux infos. Même si, d'après ce qu'ils ont dit, elle a été innocentée. Elle essayait de le sauver apparemment. Ne bouge pas, s'il te plaît.

Andy demeura parfaitement immobile.

— Je n'étais pas…

— Je ne te parlais pas à toi, petite. « S'il te plaît » est une construction patriarcale visant à ce que les femmes s'excusent d'avoir un vagin.

Elle s'essuya les mains sur un torchon de cuisine.

— Je parlais de ce que ta mère a dit avant d'assassiner ce garçon. C'est partout aux infos.

Andy regarda la télévision muette fixée au mur. La vidéo du snack repassait encore. Laura levait les doigts de sa manière étrange, quatre à gauche, un à droite. Le sous-titrage défilait, mais Andy était incapable d'analyser l'information.

— Les spécialistes ont donné leur opinion, dit Paula. Ils prétendent savoir ce que ta mère a dit à Helsinger : « S'il te plaît, ne bouge pas », comme dans « S'il te plaît, ne bouge pas ou l'intérieur de ta gorge fera floc par terre ».

Andy posa une main sur son cou. Son pouls cognait furieusement contre ses doigts. Elle aurait dû être soulagée d'apprendre que sa mère était tirée d'affaire, mais la moindre fibre de son corps lui enjoignait de quitter cette maison. Personne ne savait qu'elle était là. Paula pouvait l'éventrer comme un cochon et nul n'en saurait rien.

Paula posa les coudes sur le comptoir. Elle harponna Andy de son unique œil valide.

— C'est marrant, pas vrai ? Ta gentille petite maman bute un gamin de sang-froid, mais elle s'en tire parce qu'elle a pensé à dire « s'il te plaît, ne bouge pas » au lieu de « *hasta la vista* ». Laura Oliver la Veinarde.

Paula parut faire rouler la formule sur sa langue.

— Tu as vu l'expression sur son visage, quand elle l'a fait ? Elle m'a pas semblé contrariée le moins du monde, la nénette. Elle avait l'air de savoir exactement ce qu'elle faisait, n'est-ce pas ? Et elle était en paix avec ça. Comme toujours.

Andy se figea à nouveau, mais pas de peur. Elle voulait entendre ce que Paula avait à dire.

— D'un calme olympien. Elle n'a jamais versé une larme sur le passé. Les ennuis glissent sur elle comme l'eau sur le dos d'un canard. C'est ce qu'on disait d'elle. Je veux dire, ceux d'entre nous qui disaient quelque chose. Tu connais Laura Oliver, mais tu ne la *connais* pas. Il n'y a que la surface. L'eau qui dort n'est pas profonde. Tu as remarqué ?

Andy voulut secouer la tête, mais elle était paralysée.

— Désolée de te le dire, petite, mais ta mère ne fait que raconter les pires conneries. Cette DéBile a toujours été une actrice qui interprète le rôle de sa vie. Tu n'as pas remarqué ?

Andy fit non de la tête.

*Mode Maman. Dr Oliver la Guérisseuse. Épouse de Gordon.*

— Reste ici, ordonna Paula en sortant de la pièce.

Andy n'aurait pas pu la suivre même si elle l'avait voulu. Ses pieds nus lui donnaient l'impression d'être collés au carrelage. Rien de ce que cette terrifiante inconnue lui avait dit sur Laura n'était nouveau. Pourtant, à la façon dont Paula l'avait formulé, Andy comprit que les différentes facettes de sa mère n'étaient pas les fragments d'un tout. Elles formaient en réalité un camouflage.

*Tu ne sais absolument pas qui je suis. Tu ne l'as jamais su et tu ne le sauras jamais.*

— Tu es toujours là ? lança Paula de l'autre côté de la maison.

Andy se frotta le visage. Elle devait oublier les paroles de Paula pour l'instant et foutre le camp d'ici. Cette femme était dangereuse. De toute évidence, elle essayait de la manipuler. Andy n'aurait jamais dû venir ici.

Elle ouvrit le tiroir du bureau. Arracha les dessins de l'homme en noir et de Mike, les fourra dans sa poche arrière, puis poussa la porte de la cuisine.

Elle fut accueillie par Paula Kunde qui pointait un fusil de chasse sur sa poitrine.

— Merde !

Andy bascula en arrière contre la porte battante.

— Garde les mains en l'air, espèce de conne.

Andy leva les mains.

— Tu es câblée ?

— Quoi ?

— Sur écoute. T'as un micro ?

Paula tapota d'abord le devant de la chemise d'Andy, puis ses poches, descendit le long de ses jambes et remonta par le dos.

— Est-ce qu'elle t'a envoyée ici pour me piéger ?

— Quoi ?

Paula enfonça le canon dans le sternum d'Andy.

— Allez, parle, espèce de petite guenon. Qui t'envoie ?

— Per... personne.

— Personne, répéta Paula dans un grognement. Dis à ta mère que tu as bien failli m'avoir avec ton numéro de lapin pris dans les phares. Mais, si je te revois un jour, j'appuierai sur la détente de ce truc jusqu'à ce qu'il ne reste plus une seule balle. Et ensuite je m'occuperai d'elle.

Andy maîtrisait sa vessie avec peine. Chaque parcelle de son corps tremblait. Elle garda les mains levées, les yeux sur Paula, et marcha à reculons dans le couloir. Elle manqua trébucher sur les marches qui menaient au salon en contrebas.

Paula posa le fusil sur son épaule. Elle lança un autre regard à Andy pendant quelques secondes avant de retourner dans la cuisine.

Lorsqu'elle fit demi-tour pour se mettre à courir, Andy ravala une montée de bile. Elle dépassa le canapé à toute blinde, monta l'unique marche jusqu'au vestibule et trébucha à nouveau sur le carrelage. Une douleur lui irradia le genou, mais elle se rattrapa à la console. Quelques pièces de monnaie furent éjectées de la coupelle en verre et cliquetèrent sur le sol. Chacun de ses nerfs lui paraissait pris dans un piège à ours. Elle enfonça péniblement un pied dans sa chaussure. Puis réalisa que ses putains de chaussettes étaient roulées en boule à l'intérieur. Elle jeta un œil par-dessus son épaule, fourra les chaussettes dans son sac bandoulière et engouffra ses pieds dans les baskets. Sa main transpirait tellement qu'elle eut du mal à tourner la poignée de la porte d'entrée.

*Putain !*

Mike était planté sur le perron.

Il fit un large sourire à Andy, le même que devant le bar à Muscle Shoals, avant de déclarer :

— Quelle étrange coïnci…

Andy attrapa la batte de base-ball.

Mike projeta ses mains en l'air tandis qu'elle inclinait la batte au-dessus de son épaule.

— Holà, holà, holà ! Allez, ma belle. Parlons de…

— Ferme ta gueule, espèce de psychopathe !

Andy serra la batte si fort qu'elle en eut des crampes aux doigts.

— Comment tu m'as retrouvée ?

— Eh bien, c'est une histoire marrante.

Andy souleva la batte d'un geste brusque.

— Attends ! Frappe-moi ici… (Il désigna son flanc.) Tu me fractureras une côte facilement. Je m'effondrerai probablement comme un foutu sac à merde. Ou alors tu me cognes au milieu de la poitrine. Il n'y a rien de tel que le plexus solaire mais…

Andy balança la batte, mais pas fort, parce qu'elle n'essayait pas de le frapper.

Mike en bloqua aisément l'extrémité avec la main. Dans son mouvement, il avait reculé d'un pas. Ses jambes étaient écartées d'une largeur d'épaule. Ou d'une largeur de pied, ce qu'Andy découvrit aussitôt, dès qu'elle lui flanqua un coup dans les testicules, aussi fort qu'elle le put.

Il se laissa tomber comme un sac.

— Put…

Il toussa et toussa encore. Il appuyait les mains sur son entrejambe et se roulait par terre sur le perron. Ses lèvres écumaient, de la même façon que l'homme en noir, mais cette fois c'était différent, parce qu'il n'allait pas mourir, seulement souffrir.

— Bien joué.

Andy sursauta.

Paula Kunde se tenait dans son dos. Le fusil toujours posé sur l'épaule.

— C'est le type du second dessin, pas vrai ? s'enquit-elle.

La peur que lui inspirait Paula fut annihilée par sa rage envers Mike. Elle en avait ras le bol des gens qui la traitaient comme un mannequin pour crash test. Elle tapota les poches de Mike. Trouva son portefeuille, son stupide porte-clés patte de lapin. Il n'opposa absolument aucune résistance. Il était trop occupé à étreindre son entrejambe.

— Attends, lâcha Paula. Ta mère ne t'a pas envoyée ici, pas vrai ?

Andy fourra le portefeuille et les clés dans son sac. Elle se dirigea vers le corps de Mike qui se tordait de douleur.

— J'ai dit attends !

Andy s'arrêta. Elle fit volte-face et lança à Paula le regard le plus haineux qu'elle put.

— Tu vas avoir besoin de ça.

Paula fouilla au fond de la coupelle remplie de monnaie et dénicha un billet de un dollar plié. Elle le tendit à Andy.

— Clara Bellamy. Illinois.

— Quoi ?

Paula claqua la porte si fort que la maison trembla.

Qui était donc Clara Bellamy ?

Mais surtout, pourquoi écoutait-elle une putain de cinglée ?

Elle enfouit le billet de un dollar dans sa poche tout en descendant les marches. Mike continuait de souffler comme un pot d'échappement cassé. Andy essaya de chasser ses remords, pourtant elle se sentait coupable de l'avoir blessé. Elle monta dans la Reliant, s'éloigna et tourna au coin de la rue. C'est alors qu'elle aperçut le pick-up blanc de Mike garé à l'angle.

*L'enfoiré.*

Il avait remplacé la pancarte magnétique sur la portière. « George entretient vos pelouses. »

Andy freina d'un coup sec et arrêta la Reliant devant le pick-up. Elle ouvrit le hayon qui émit un bruit sec, trouva le paquet de saucisses séchées et le déchira. Rien à part des saucisses séchées. Elle s'empara de la petite glacière, qu'elle n'avait pas ouverte dans le box de Laura ni à aucun moment pendant sa virée en voiture depuis l'enfer.

*Quelle conne.*

Un mouchard était scotché sur le dessous du couvercle. Petit, d'un noir de jais, environ de la taille d'un vieil iPod. La lumière rouge clignotait, renvoyant les coordonnées de son emplacement à un satellite quelque part dans l'espace. Mike avait dû le mettre là pendant qu'Andy dormait comme une bûche dans le motel de Muscle Shoals.

Elle balança le couvercle de la glacière dans la rue comme un frisbee. Puis tendit la main vers le hayon et en sortit le sac de couchage et le fourre-tout de plage. Elle jeta un regard à l'avant du pick-up de Mike, saisit deux débroussailleuses et un lot de taille-haies à l'arrière et les laissa tomber sur le trottoir. Les panneaux magnétiques s'enlevèrent facilement des portières. Elle les claqua sur le capot de la Reliant. Andy songea à lui laisser la clé, mais qu'il aille se faire foutre. Tout l'argent était stocké dans les différents garde-meubles. Il pourrait conduire un moment la maxi-boîte de serviettes hygiéniques avant de les trouver.

Elle grimpa dans le pick-up de Mike. Son sac bandoulière finit sur le siège à côté d'elle. Le volant avait un revêtement bizarre en similicuir. Une paire de dés pendait au rétroviseur. Andy enfonça la clé dans le contact. Le moteur s'alluma en vrombissant. Dave Matthews roucoula dans les haut-parleurs.

Andy s'éloigna du trottoir. En roulant vers l'université, elle visualisa mentalement une carte. Elle imaginait qu'elle avait environ mille six cents kilomètres devant elle, ce qui correspondait approximativement à vingt heures de conduite, soit deux jours entiers si elle les morcelait convenablement. Dallas en premier, puis tout droit vers l'Oklahoma, le Missouri et enfin l'Illinois, où elle espérait foutrement trouver une personne ou n'importe quoi répondant au nom de Clara Bellamy.

# 31 JUILLET 1986

# 12

Les cris d'Alexandra Maplecroft évoquaient une sirène de plus en plus stridente. Une voiture de police. Le FBI. Un fourgon cellulaire.

Jane savait qu'elle aurait dû intervenir pour faire cesser les hurlements, mais elle n'arrivait à rien, à part rester plantée là, à écouter les appels désespérés de cette femme.

— Jane ! appela Andrew d'en bas.

La voix de son frère extirpa Jane de sa transe. Elle batailla pour remettre le bâillon en place. Maplecroft se débattit sur le lit, tirant sur les liens qui lui entravaient les poignets et les chevilles. Elle projetait la tête d'un côté à l'autre. Le bandeau glissa. Un de ses yeux tourna désespérément sur lui-même avant de fixer Jane. Soudain, elle réussit à libérer une de ses mains, puis un pied. Jane se pencha pour la plaquer sur le lit, mais elle ne fut pas assez rapide.

Maplecroft lui balança un coup de poing tellement fort en plein visage que Jane bascula à la renverse, des étoiles dansant littéralement devant les yeux.

— Jane ! s'écria Andrew.

Elle distingua les pas qui montaient bruyamment les marches.

Maplecroft les entendit aussi. Elle s'escrima tellement sur les cordes que le cadre de lit en métal se renversa. Elle tenta furieusement de détacher son autre main et projeta sa jambe de droite à gauche pour se libérer de ses liens.

Jane essaya de se lever. Ses jambes flageolaient. Ses pieds n'arrivaient pas à adhérer au sol. Du sang ruisselait le long de son visage, lui obstruant la gorge. Tant bien que mal, elle trouva la force de repousser le sol. La seule idée qui lui traversa l'esprit fut de se ruer sur Maplecroft et de prier pour que son poids suffise à la maintenir au sol jusqu'à l'arrivée du renfort.

Quelques secondes plus tard, la porte s'ouvrit à la volée.

— Jane !

Andrew la rejoignit en premier. Il l'aida à se relever et l'entoura d'un bras.

Maplecroft était debout, elle aussi. Au milieu de la pièce, les poings levés comme un boxeur, une cheville encore ligotée au lit. Les vêtements déchirés, les yeux hagards, les cheveux emmêlés, collés à son crâne par la crasse et la transpiration. Elle hurla quelque chose d'inintelligible tout en se balançant d'un pied sur l'autre.

Paula pouffa de rire et bloqua la porte.

— Laisse tomber, salope.

— Laissez-moi partir ! hurla Maplecroft. Je ne dirai rien à personne. Je ne…

— Arrêtez-la, dit Nick.

Jane ne savait pas ce qu'il voulait dire par là jusqu'à ce qu'elle voie Quarter lever son couteau.

— Non…, s'écria-t-elle, mais il fut trop rapide.

Quarter abaissa le bras. La lame étincela dans la lumière.

Jane resta rivée sur place, impuissante, à regarder le couteau décrire un arc de cercle.

Mais il s'arrêta dans sa course.

Maplecroft avait intercepté le couteau avec sa main.

La lame transperçait le centre de sa paume.

Le choc les figea comme une grenade incapacitante. Nul ne pipa mot. Ils étaient tous sonnés.

Excepté Maplecroft.

Elle savait exactement ce qu'elle faisait. Alors qu'ils demeuraient pétrifiés, elle se tordit le bras et s'apprêta à projeter la lame d'un revers de main vers Jane.

Le poing de Nick jaillit en zigzaguant et percuta Maplecroft en plein visage.

Du sang gicla de son nez. La femme décrivit un demi-cercle et, d'un geste sauvage, trancha l'air avec la lame qui lui transperçait la main.

Nick lui redonna un coup de poing.

Jane entendit le *crac* distinct d'un nez qui se brise.

Maplecroft perdit l'équilibre, traînant le cadre de lit au bout de son pied.

— Nick..., risqua Jane.

Il cogna la femme une troisième fois.

La tête de Maplecroft partit brusquement en arrière. Elle commença à tomber, mais sa jambe toujours attachée la ramena sur le côté. Sa tempe rebondit avec un ignoble *pang* contre le rebord métallique du lit, avant que la femme percute le sol. Une mare de sang s'étendit sous elle, ruissela sur le bois, s'insinua dans les fentes entre les lattes.

Ses yeux étaient écarquillés. Ses lèvres ouvertes sur une bouche béante. Son corps immobile.

Ils la contemplèrent. Personne ne parla jusqu'à ce que...

— Bon Dieu, chuchota Andrew.

— Elle est morte ? demanda Paula.

Quarter s'agenouilla pour vérifier, mais il bondit en arrière lorsque Alexandra Maplecroft cligna des yeux.

Jane poussa un cri avant de se couvrir la bouche des deux mains.

— Merde, murmura Paula.

Une flaque d'urine se forma entre les jambes de la femme. Ils purent presque entendre le bruit que fit l'âme du professeur en quittant son corps.

— Nick, souffla Jane. Qu'est-ce que tu as fait ? Qu'est-ce que tu as fait ?

— Elle...

Nick eut l'air effrayé. Il n'avait jamais l'air effrayé d'habitude.

— ... je ne voulais pas...

— Tu l'as tuée ! s'écria Jane. Tu l'as frappée et elle est tombée et elle...

— C'était moi, dit Quarter. C'est moi qui lui ai donné un coup de couteau.

— Parce que Nick t'a demandé de le faire !

— Je n'ai pas…, risqua Nick. J'ai dit de l'arrêter, pas de…

— Qu'est-ce que tu as fait ?

Jane sentit sa tête osciller rageusement d'un côté et de l'autre.

— Qu'est-ce qu'on a fait ? Qu'est-ce qu'on a fait ?

Elle ne répéterait jamais assez cette question. Cela dépassait les limites de la raison. Ils étaient tous psychotiques. Tous, sans exception.

— Comment as-tu pu ? demanda-t-elle à Nick.

— Il t'a protégée, DéBile, éructa Paula, incapable ou peu disposée à chasser la dérision de sa voix. C'est ta faute.

— Penny, dit Andrew.

Nick secoua la tête.

— Jinx, tu dois croire…

— Tu l'as frappée… Tu l'as tuée…

Jane s'étrangla. Ils avaient tous regardé la scène. Elle n'avait pas besoin de la rejouer pour eux. Maplecroft avait tourné sur elle-même, hors d'état de nuire dès le premier coup de poing. Nick aurait pu l'attraper par le bras, mais il l'avait frappée deux fois de plus et maintenant son sang s'insinuait entre les lattes.

— C'est toi qui l'as laissée se détacher, lâcha Paula. Adieu à la demande de rançon. C'est notre unique moyen de pression qui pisse sur sa propre tombe, là par terre.

Jane marcha jusqu'à la fenêtre ouverte sur l'arrière et tenta de remplir ses poumons d'air. La scène lui était insupportable. Nick avait franchi la limite. Paula lui trouvait des excuses. Andrew gardait le silence. Quarter était capable de tuer pour lui. Ils avaient tous complètement perdu la tête.

— Chérie…, fit Nick.

Jane se cramponna au rebord de la fenêtre et regarda l'arrière de la maison, de l'autre côté de la ruelle, parce qu'elle était incapable de poser les yeux sur Nick. En cette fin de matinée, une paire de voilages roses s'enroulait avec mélancolie dans la brise. Elle avait envie de rentrer chez elle, dans son lit. Effacer Oslo, rembobiner les deux dernières années de sa vie et quitter Nick avant qu'il les ait tous attirés au fond du gouffre.

— Jane, dit Andrew d'un ton patient.

Elle se retourna, mais pas pour regarder son frère. Ses yeux trouvèrent instinctivement la femme allongée au sol.

— S'il te plaît, ne me dis pas de me calmer…

Maplecroft cligna à nouveau des yeux.

Jane ne hurla pas comme la première fois, parce que, plus cela se produisait, plus cela paraissait normal. C'est ainsi que Nick les avait eus. Les manœuvres, les répétitions et l'état de paranoïa permanent les avaient tous hypnotisés et poussés à croire que ce qu'ils faisaient n'était pas seulement justifié, mais nécessaire.

Cette fois, Paula rompit le silence.

— On doit terminer le boulot…

Jane se contenta de la fixer du regard.

— … lui mettre un oreiller sur la tête, ou lui couvrir la bouche avec les mains et lui pincer le nez. À moins que vous vouliez essayer de la poignarder en plein cœur ? De la noyer dans un seau de pisse ?

Jane sentit un flot de bile remonter le long de sa gorge. Elle fit volte-face, mais pas assez vite. Du vomi gicla sur le sol. Elle appuya ses mains contre le mur. Ouvrit la bouche et essaya de ne pas gémir.

Comment pouvait-elle faire naître un enfant dans un monde aussi violent ?

— Putain, dit Paula. Tu peux regarder ton propre papa se faire abattre, mais une nénette se cogne la tête…

— Penny, lâcha Andrew en guise d'avertissement.

Nick tenta de poser une main sur le dos de Jane, mais elle l'ignora.

— Jinx, je n'avais pas l'intention de le faire. J'ai juste… Je n'ai pas réfléchi. Elle t'a fait du mal. Elle essayait de recommencer.

— Plus la peine, fit Quarter qui avait posé deux doigts sur le cou de la femme. Elle n'a plus de pouls.

— Ben, putain, marmonna Paula. Quelle surprise.

— Ça n'a pas d'importance. Ce qui est fait est fait, dit Andrew en fixant Jane. Tout va bien. Je veux dire, non, bien sûr que tout ne va pas bien, mais c'était un accident, et on doit passer à autre chose, parce que des choses plus importantes sont en jeu.

— Il a raison, approuva Quarter. Il reste encore Stanford, Chicago, New York.

— Vous savez que j'en suis toujours, intervint Paula. Je ne suis pas comme Mlle Princesse là. Tu aurais dû t'en tenir à ton travail de bénévolat avec les autres filles de riches dans ton genre. Je savais que tu te dégonflerais à la seconde où les choses se corseraient.

Jane s'autorisa enfin à regarder Nick. Sa poitrine se soulevait. Il avait toujours les poings fermés. La peau était arrachée le long de ses articulations. Le long des jointures qui avaient bombardé de coups le visage d'Alexandra Maplecroft.

Qui était cet homme ?

— Je ne peux pas…

Jane commença sa phrase, mais ne put la terminer.

— Tu ne peux pas quoi ? répliqua Nick en essuyant le revers de sa main pleine de sang sur son pantalon.

Plus de sang encore sur la manche de sa chemise. Jane baissa les yeux sur son propre pantalon. Des barres obliques rouges lui zébraient les jambes. Des mouchetures parsemaient son chemisier.

— Je ne peux pas…

— Ne peux pas quoi ? Jinx, parle-moi. Qu'est-ce que tu ne peux pas faire ?

*Faire ça, participer à ça, blesser d'autres personnes encore, vivre avec des secrets, vivre avec la culpabilité, donner la vie à ton enfant, parce que je ne serai jamais, au grand jamais, capable de lui avouer que tu es son père.*

— Jinxie ?

Nick s'était remis de son état de choc. Un demi-sourire aux lèvres, il attrapa les bras de Jane avant de déposer un baiser sur son front.

Elle voulait résister. Mais son corps avança vers lui. Il la prit dans ses bras, et elle se laissa réconforter par la chaleur de son étreinte.

Le yo-yo reprenant place de lui-même.

Andrew proposa :

— Descendons et…

Soudain, Quarter émit un son de déglutition.

Son corps entier fut pris d'une secousse, ses bras s'envolèrent dans les airs. Du sang jaillit de sa poitrine.

Une milliseconde plus tard, Jane entendit le craquement tonitruant d'un fusil qui ouvrait le feu, le bruit du carreau qui se brisait.

Elle était déjà allongée au sol lorsqu'elle réalisa ce qui se passait.

Quelqu'un leur tirait dessus.

Jane distingua les points rouges des lunettes de fusil glisser follement le long des murs comme s'ils étaient dans un film d'action. La police les avait retrouvés. Ils avaient localisé la voiture de Jasper, quelqu'un du voisinage les avait signalés ou ils avaient été suivis. Mais rien n'avait d'importance désormais. Quarter était mort. Tout comme Alex Maplecroft. Ils allaient tous mourir dans cette horrible pièce, près du seau de merde et du vomi de Jane qui recouvrait le sol.

Une balle fit éclater le reste du verre. Une autre siffla à travers la pièce. Ils entendirent une nouvelle détonation avant d'être tout à coup noyés par un flux continu de coups de feu.

— Bougez ! hurla Nick en renversant le matelas pour obstruer la fenêtre de devant. Allez, soldats ! Allez !

Ils s'étaient entraînés à ce genre d'exercice. À l'époque, cela avait paru grotesque, mais Nick les avait préparés en vue de ce scénario précis.

À moitié accroupi, Andrew courut vers la porte restée ouverte en haut de l'escalier. Paula rampa en direction de la fenêtre arrière. Jane s'apprêtait à la suivre, mais une balle lui frôla la tête en sifflant. Elle s'aplatit à nouveau par terre. Le vase de fleurs vola en éclats. Des trous transperçaient les parois fragiles, laissant s'infiltrer des traits de lumière à travers la pièce.

— Par ici ! cria Paula qui était déjà à la fenêtre.

Jane se remit à ramper, mais elle s'arrêta, hurlant, quand le corps de Quarter tressauta dans les airs. Ils lui tiraient dessus. Elle entendit le suçotement écœurant des balles qui perforaient la chair morte. La tête de Maplecroft se fendit en deux. Du sang éclaboussa l'ensemble de la pièce. Os. Cerveau. Tissu.

Une explosion provint du rez-de-chaussée ; la porte d'entrée fut soufflée.

— FBI ! FBI !

Les voix des agents retentissaient dans le hall. Jane distingua le piétinement des bottes à l'étage inférieur, des coups de poing qui martelaient les murs à la recherche d'un escalier.

— Ne m'attendez pas !

Andrew avait refermé la porte. Jane l'observa soulever le lourd montant qui s'insérait dans les fixations de chaque côté du chambranle de la porte.

— Jane, dépêche ! s'écria Nick.

Il aidait Paula à orienter l'échelle à coulisse par la fenêtre de derrière. C'était trop lourd pour une personne seule. Ils le savaient grâce aux exercices d'entraînement. Deux personnes sur l'échelle. Une seule personne pour barrer la porte. Un matelas contre la fenêtre.

*Baissez-vous et courez, bougez vite, ne vous arrêtez sous aucun prétexte.*

Paula fut la première à sortir par la fenêtre. L'échelle branlante émit un bruit métallique lorsqu'elle avança sur les mains et les genoux vers la maison de l'autre côté de la ruelle. La distance entre les deux fenêtres était de quatre mètres cinquante. En dessous gisait un amas d'ordures en train de rouiller, remplies d'aiguilles et d'éclats de verre.

Personne n'irait de son plein gré dans cette fosse. Pas à moins que l'échelle ne se brise et qu'ils n'atterrissent six mètres plus bas.

— Allez, allez, allez ! s'égosilla Nick.

Le martèlement au rez-de-chaussée augmentait de volume. Les agents recherchaient toujours l'escalier. Le bois commençait à voler en éclats, tandis qu'ils transperçaient les murs à coups de crosse de fusil.

— Putain ! beugla un homme. Allez chercher la masse !

Jane grimpa sur l'échelle en deuxième. Ses mains étaient moites de transpiration. Le métal froid irritait ses genoux. L'échelle vibra à cause de la masse qui cognait contre les murs, au-dessous.

— Grouille ! lâcha Paula qui avait les yeux rivés sur l'amas d'ordures.

Jane risqua un coup d'œil et vit que trois agents du FBI en veste bleue s'agitaient au cœur des détritus à la recherche d'un moyen d'entrer.

Un coup de feu retentit… tiré non pas par les agents, mais par Nick. Il se penchait à la fenêtre et couvrait Andrew qui progressait sur l'échelle. L'avancée de son frère était lente. Il serrait la boîte en métal sous son bras et ne pouvait utiliser qu'une seule main. Jane ne se souvenait même pas qu'il l'avait montée à l'étage.

— Connards ! hurla Paula tout en agitant le poing vers les agents en bas. Putains de connards de flics fascistes !

Elle retirait une sorte d'excitation malsaine de ce massacre.

Andrew glissa sur l'échelle. Jane en eut le souffle coupé. Elle l'entendit jurer. Il avait failli lâcher la boîte.

— S'il te plaît, implora-t-elle.

*Oublie la boîte. Oublie le plan. Il faut qu'on sorte de là, qu'on retrouve la raison.*

— Nickel ! hurla Paula. Lance-le-moi !

Elle parlait du flingue. Nick le balança au-dessus des quatre mètres cinquante de vide. Paula l'attrapa des deux mains, à l'instant où Andrew descendait de l'échelle.

Jane le prit dans ses bras avant même que ses pieds ne touchent le sol.

— Enculés !

Paula se mit à tirer sur les agents du FBI. Les yeux fermés, la bouche ouverte, elle hurlait comme une folle – rien d'étonnant à cela étant donné qu'elle était réellement dérangée. Ils l'étaient tous et, s'ils mouraient ici, aujourd'hui, ils l'auraient bien mérité.

— Prends ma main !

Andrew tendit le bras vers Nick, le tira d'un coup sec sur les derniers centimètres. Ils tombèrent tous deux sur le sol à la renverse.

Jane demeurait à la fenêtre. Elle regardait la remise de l'autre côté. Ils avaient trouvé l'escalier. Les snipers avaient cessé de tirer. Un agent, un homme d'âge mûr, taillé dans la même étoffe que Danberry et Barlow, se tenait debout juste en face d'elle.

Il leva son flingue et le pointa sur la poitrine de Jane.

— Idiote !

Paula tira Jane au sol pour la faire accroupir à la seconde où le coup de feu partit. Elle leva les mains pour repousser l'échelle de la fenêtre.

Ils entendirent le métal heurter la maison, puis se fracasser au milieu des débris.

— Suivez-moi, lança Andrew qui avait pris la tête du groupe et traversait la pièce accroupi.

Ils étaient au bas de l'escalier, au rez-de-chaussée, lorsqu'ils entendirent des voitures s'arrêter au-dehors, dans la rue. De toute façon, sortir par la porte de devant n'avait jamais fait partie du plan.

Andrew palpa le mur du bout des doigts. Il trouva un autre bouton caché, accéda à un panneau secret et révéla les marches menant au sous-sol.

C'était la raison pour laquelle Nick avait choisi cette remise sur deux niveaux après des mois de recherche. Il avait dit au groupe qu'il leur fallait un lieu sûr pour garder Alexandra Maplecroft, mais qu'ils avaient aussi besoin d'un itinéraire d'évasion sécurisé. Il y avait très peu de sous-sol dans Mission District, du moins d'après la ville. La nappe phréatique était trop élevée, le sable trop marécageux. Le sous-sol peu profond sous le bâtiment victorien était un des nombreux vestiges datant de l'arsenal d'origine. Les soldats s'étaient réfugiés dans les cachots quand le quartier du Mission avait été assiégé. Nick avait découvert ces passages à l'époque où il était SDF. Un tunnel reliait la maison à un entrepôt situé à une rue de là.

Nick raccrocha le panneau pour fermer l'accès derrière eux. Jane fut parcourue d'un frisson ; la température avait considérablement chuté. Au bas de l'escalier, Andrew essayait d'écarter la bibliothèque qui obstruait l'entrée du tunnel.

Nick dut l'aider. La bibliothèque glissa sur le béton. Jane aperçut des éraflures sur le sol et pria pour que le FBI ne les repère pas trop vite.

Paula colla une lampe de poche dans la main de Jane et la poussa dans le tunnel tandis que Nick aidait Andrew à tirer sur la corde qui remettait la bibliothèque en place. Cette mission aurait dû revenir à Quarter. C'était le menuisier du groupe, celui qui avait transformé tous les croquis de Nick en de véritables projets fonctionnels.

Et maintenant il était mort.

Jane alluma la lampe-torche avant que la bibliothèque ne les plonge dans une totale obscurité. Elle était censée les diriger à travers le tunnel. Nick l'avait fait courir ici des douzaines de fois, parfois avec une lampe allumée, d'autres fois dans le noir. Jane n'y était pas descendue depuis trois mois, mais elle se rappelait tous les rochers irréguliers susceptibles d'accrocher une chaussure ou de provoquer une chute.

Comme celle qu'avait faite Alexandra Maplecroft.

— Arrête de traîner, siffla Paula en poussant durement Jane dans le dos. Bouge !

Jane trébucha sur une pierre dont elle connaissait pourtant l'emplacement. Les entraînements ne comptaient pas. On ne pouvait simuler l'adrénaline. Plus ils s'enfonçaient profondément sous terre, plus elle souffrait de claustrophobie. Le cône de lumière était trop étroit. L'obscurité trop oppressante. Elle sentit un cri monter dans sa gorge. L'eau provenant de Mission Creek s'infiltrait par la moindre fissure et clapotait sous leurs pas. Le tunnel mesurait quatorze mètres cinquante de long. Jane posa une main sur la paroi pour retrouver l'équilibre. Son cœur s'enfonçait dans sa gorge. Elle avait encore envie de vomir, mais elle n'osait pas s'arrêter. À présent qu'elle avait quitté les bras apaisants de Nick, la même question ne cessait de virevolter à l'intérieur de sa tête…

Qu'est-ce qu'ils fabriquaient, bordel ?

— Plus vite, fit Paula en poussant Jane encore une fois. Grouille.

Jane accéléra la cadence. Elle tendit les bras car elle savait qu'ils approchaient du but. La lampe de poche repéra enfin le dos en bois de la seconde bibliothèque. Jane ne demanda pas d'aide. Elle ménagea une ouverture assez grande pour qu'ils passent en se serrant un peu.

Ils clignèrent tous des yeux sous la brusque lumière. Les murs du sous-sol étaient troués de fenêtres en hauteur. Jane voyait des pieds avancer d'un pas traînant. Elle grimpa les marches en courant, enclencha une espèce de pilotage automatique et prit à droite comme le plan le prévoyait. Vingt-sept mètres plus loin, elle tourna à gauche, poussa une porte, se faufila par une ouverture dans le mur et découvrit le fourgon garé dans un renfoncement caverneux d'un ancien entrepôt à épices, toujours imprégné d'une forte odeur de poivre noir.

Paula dépassa Jane en courant. La première personne à atteindre le fourgon devait prendre le volant. Jane était deuxième, alors elle tira la porte latérale. Nick se dirigeait déjà vers la porte industrielle, fermée par un verrou.

8-4-19.

Ils connaissaient tous la combinaison.

Andrew balança la boîte métallique à l'intérieur du fourgon. Il essaya de monter, mais perdit l'équilibre et tomba en arrière. Jane lui agrippa le bras, prête à tout pour le tracter à l'intérieur tandis que Nick remontait la porte industrielle et rejoignait le fourgon à toute allure. Jane se chargea de refermer la porte coulissante derrière lui.

Paula sortait déjà le véhicule de l'entrepôt. Elle s'était attaché les cheveux et avait enfoncé un chapeau marron sur sa tête. Une veste assortie recouvrait le haut de sa robe droite. La lumière du soleil tranchait comme un rasoir à travers le pare-brise. Jane garda les paupières bien fermées, des larmes ruisselant le long de ses joues. Elle gisait sur le dos, allongée entre Nick et Andrew. Ils étaient installés sur un matelas de futon, mais chaque bosse et chaque nid-de-poule de la chaussée se répercutait avec violence dans ses os. Elle tendit le cou pour essayer de voir par la fenêtre. Ils gagnèrent Mission District en quelques secondes, puis tournèrent pour s'enfoncer plus avant dans la ville. Là, les sirènes les dépassèrent en sifflant.

— Reste calme, chuchota Nick.

Il tenait Jane par la main, elle-même agrippée à Andrew et tellement reconnaissante d'être au milieu des deux, saine et sauve, vivante, qu'elle ne pouvait s'arrêter de pleurer.

Ils restèrent sur le dos, se cramponnant les uns aux autres, jusqu'à ce que Paula leur dise qu'ils avaient atteint l'autoroute 101.

— Chicago est à trente heures d'ici, déclara Paula qui devait hurler pour se faire entendre par-dessus les bruits de la route résonnant dans le fourgon comme la roulette d'un dentiste. On s'arrêtera à Idaho Falls pour leur faire savoir qu'on est en route pour la planque.

*La planque.*

Une ferme aux abords de Chicago avec une grange rouge, des vaches, des chevaux, mais quelle importance. Ils ne seraient jamais plus en sécurité nulle part.

— On changera de conducteur à Sacramento après avoir déposé Nick à l'aéroport, ajouta Paula. On respectera les limites de vitesse et le code de la route. Pas question d'attirer l'attention.

Elle répétait les instructions données par Nick. Lui qui prétendait toujours avoir un plan en tête, même quand tout partait en vrille.

C'était de la folie. C'était de la folie pure.

— Bon sang, on a eu chaud, lâcha Nick en offrant à Jane un de ses sourires canailles tandis qu'il se redressait et étirait les bras.

Lui aussi possédait cet interrupteur intérieur, à l'image de Laura Juneau lorsqu'elle avait assassiné Martin, avant de se suicider. Jane le voyait clairement, à présent. Pour Nick, tout ce qui s'était passé dans le hangar appartenait au passé désormais.

Jane se détourna et dévisagea Andrew, toujours allongé à ses côtés. Son visage était blême. Des traînées de sang lui quadrillaient les joues. Jane ne voulait pas en connaître l'origine. Quand elle se remémorait la remise, elle ne voyait que la mort, le massacre et les balles qui ricochaient tout autour d'eux comme des moustiques.

Andrew toussa au creux de son bras. Jane tendit la main pour lui toucher le visage. Sa peau était moite.

— Contents de vous être entraînés, pas vrai, soldats ? s'exclama Nick.

Tout comme Andrew, son visage était éclaboussé de sang. Ses cheveux retombaient sur son œil gauche. Il avait cet air familier d'euphorie, comme si tout s'était parfaitement déroulé.

— Imagine-toi avancer sur cette échelle pour la première fois sans avoir répété la manœuvre…

Jane se redressa. Elle aurait dû aller vers Nick, mais elle s'adossa contre le renflement au-dessus du pneu. Pourrait-elle appeler Jasper ? Serait-elle capable de trouver un téléphone, de le supplier de l'aider, et d'attendre que son grand frère débarque d'un coup et les sauve tous ? Comment lui expliquerait-elle qu'elle avait contribué à l'assassinat de leur père ? Comment pourrait-elle le regarder dans les yeux et lui raconter que tout ce qu'ils avaient fait jusque-là n'était pas le résultat d'une démence collective ?

*Une secte.*

— Jinx ? s'enquit Nick.

Elle secoua la tête. Même Jasper ne pouvait plus rien pour elle désormais. Et comment le récompenserait-elle s'il essayait de la sauver ? En le rendant complice d'une organisation qui voulait l'envoyer en prison pour escroquerie ?

Nick rampa sur les genoux vers la boîte verrouillée que Quarter avait boulonnée au sol. Il composa la combinaison sur le verrou…

6-12-32.

Ils connaissaient tous la combinaison. Jane l'observa soulever le couvercle. Il en sortit une couverture, une thermos remplie d'eau. Tous les ingrédients du plan d'évasion. Il y avait des saucisses sèches, une petite glacière, des fournitures d'urgence et, cachés sous un double fond, deux cent cinquante mille dollars en liquide.

Nick versa un peu d'eau dans la tasse de la thermos. Il la tendit à Andrew.

— On ne connaît même pas son vrai nom, dit Jane.

Ils la dévisagèrent.

— Quarter, précisa-t-elle. On ne connaît pas son nom, ni l'endroit où il habite, ni qui sont ses parents. Il est mort, et on ne sait même pas qui prévenir.

— Il s'appelait Leonard Brandt, répondit Nick. Pas d'enfants. Jamais marié. Il vivait seul au 1239 Van Duff Street. Il travaillait comme menuisier dans le comté de Marin. Bien sûr que je sais qui il est, Jinx. Je connais chaque personne impliquée, parce que je suis responsable de leur vie. Et je ferai tout ce qu'il faut pour essayer de tous vous protéger.

Jane n'arrivait pas à deviner s'il mentait ou pas. Les traits de Nick étaient brouillés par le flot constant de ses larmes.

— Tu n'as pas l'air d'aller si bien que ça, vieille branche, fit Nick à l'intention d'Andrew en replaçant la tasse sur la thermos.

— Je ne me sens pas si bien que ça, répondit-il en tentant de réprimer une quinte de toux.

Nick saisit Andrew par les épaules tandis que ce dernier

lui agrippait les bras. Ils auraient pu démarrer une mêlée de football.

— Écoute, dit Nick. Nous avons traversé un moment difficile, mais nous avons remonté la pente. Vous vous reposerez à la planque, Jane et toi. Je serai de retour de New York dès que je pourrai, et on regardera le monde s'effondrer ensemble. OK ?

— OK.

*Mon Dieu.*

Nick tapota la joue d'Andrew puis traversa le fourgon pour se glisser près de Jane, parce que c'était à son tour d'écouter le discours d'encouragement qui la ramènerait vers lui.

— Chérie…

Le bras de son amant lui enserra la taille. Ses lèvres lui effleurèrent l'oreille.

— … tout va bien, mon amour. Tout va bien se passer.

Les larmes de Jane coulèrent de plus belle.

— On aurait pu mourir. Nous tous, on aurait pu…

Nick posa ses lèvres au sommet de sa tête.

— Pauvre chérie. Tu ne me crois pas quand je te dis qu'on va tous s'en sortir ?

Jane ouvrit la bouche et s'efforça de remplir d'air ses poumons secoués de tremblements. Elle voulait le croire, si désespérément. Elle se remémora les seules choses qui importaient en cet instant : Nick était sain et sauf. Andrew était sain et sauf. Le bébé aussi. L'échelle, le tunnel, le fourgon… Le plan les avait sauvés. *Nick* les avait sauvés.

Il avait obligé Jane à continuer son entraînement pendant son séjour à Berlin. Si loin de tout, Jane avait trouvé que c'était idiot de passer en revue les gestes chaque matin, les mains qui fouettaient l'air, l'une devant l'autre, les poings qui boxaient, comme si elle allait partir en guerre. Sa plus grande motivation pour revenir à San Francisco résidait dans la perspective de mettre une raclée à Paula à chaque entraînement. Mais, une fois seule à Berlin, Jane s'était retrouvée à dériver… loin de sa détermination, loin du plan, loin de Nick.

— Qu'est-ce que tu fais de beau, ma chérie ? lui demandait-il à l'autre bout de la ligne internationale, qui grésillait.

— Rien, mentait-elle. Tu me manques trop pour faire autre chose que déprimer et cocher les jours du calendrier.

Il manquait vraiment à Jane, mais seulement une certaine partie de lui. La partie séduisante. Aimante. Sûre d'elle. Celle qui ne poussait pas tout délibérément, presque de manière hédoniste, jusqu'au point de rupture.

Avant d'être mise à l'écart, en sécurité, à Berlin, Jane n'avait jamais réalisé, aussi loin qu'elle se souvienne, qu'elle avait toujours eu une boule de peur qui sommeillait au creux du ventre. Pendant des années, elle s'était dit que la névrose était la rançon du succès pour une artiste, mais en réalité, ce qui l'obligeait à marcher sur des œufs, à s'autocensurer, à conformer ses émotions aux attentes, c'était la présence écrasante des deux hommes de sa vie. Tour à tour, ils la terrifiaient. Avec leurs mots. Leurs menaces. Leurs gestes. Et parfois, de temps à autre, avec leurs poings.

À Berlin, pour la première fois, Jane avait fait l'expérience d'une vie sans peur.

Elle fréquentait des boîtes de nuit. Elle dansait avec des Allemands dégingandés, défoncés, aux mains couvertes de tatouages. Elle assistait à des concerts, des vernissages et des réunions politiques clandestines. S'asseyait dans des cafés où elle se disputait avec d'autres à propos de Camus, fumait des gauloises et discutait de la tragique condition humaine. Durant ces quelques mois, Jane entrevoyait parfois ce à quoi sa vie aurait pu ressembler. Elle était une artiste d'envergure internationale. Elle avait travaillé pendant deux décennies pour en arriver là, et pourtant…

Elle n'avait jamais été enfant. Elle n'avait jamais été adolescente, ni même vraiment célibataire. Elle avait appartenu à son père, puis à Pechenikov et ensuite à Nick.

À Berlin, elle n'appartenait à personne.

Nick claqua des doigts sous le nez de Jane.

— Ohé. Reviens avec nous, ma chérie.

Jane prit conscience qu'ils avaient discuté sans elle.

— On parlait du moment où diffuser les dossiers de Jasper, précisa Nick. Après Chicago ? Après New York ?

Jane secoua la tête.

— On ne peut pas. S'il te plaît. On a fait souffrir assez de personnes.

— Jane, intervint Andrew. Nous ne le faisons pas par caprice. Des gens ont souffert, certains sont morts, pour cette cause. On ne peut pas faire machine arrière parce qu'on s'est dégonflés. Pas alors qu'ils ont pris des balles pour nous.

— Littéralement, précisa Nick, comme si Jane avait besoin qu'on le lui rappelle. Laura et Quarter croyaient vraiment en ce que nous faisons. Comment les laisser tomber à présent ?

— Je ne peux pas, leur dit-elle à tous les deux.

Il n'y avait rien de plus à ajouter. Elle n'en pouvait plus, tout simplement.

— Tu es épuisée, mon amour.

Nick resserra son bras autour de la taille de Jane, mais il ne lui dit pas ce qu'elle voulait entendre : qu'ils allaient arrêter maintenant, que les dossiers de Jasper seraient détruits, qu'ils se fraieraient un chemin jusqu'en Suisse et qu'ils essaieraient d'expier les ravages commis.

— Nous devrions nous relayer pour dormir, ajouta Nick avant d'élever la voix pour que Paula l'entende. Je m'envolerai pour New York au départ de Chicago. C'est trop tendu pour moi de sortir de Sacramento. Paula, tu resteras avec ton équipe et tu t'assureras qu'ils se préparent pour Chicago. Nous synchroniserons nos montres une fois à la planque.

Jane attendit que Paula intervienne, mais elle resta anormalement silencieuse.

— Jinx ? demanda Andrew. Tu vas bien ?

Elle acquiesça, mais il devinait qu'elle mentait.

— Je vais bien, répéta-t-elle, incapable d'empêcher sa voix de trembloter.

— Va t'asseoir avec Penny, Andrew. Maintiens-la éveillée. Jane et moi, on va dormir et on prendra le tour suivant.

Jane voulait lui dire que non, qu'Andrew devrait dormir

en premier, mais elle n'en avait pas l'énergie et, en outre, son frère luttait déjà pour se mettre à genoux.

Elle le regarda ramper jusqu'à l'avant du fourgon. Il s'assit à côté de Paula. Jane entendit un grognement s'échapper de ses lèvres, alors qu'il tendait le bras vers la radio. La station d'informations n'était qu'un faible murmure. Ils auraient dû l'écouter, mais Andrew tourna le bouton jusqu'à ce qu'il trouve une station qui passait de vieux tubes.

— Il a besoin de voir un médecin, Nick.

— Nous avons des problèmes plus importants que celui-là.

Jane savait très bien de quel problème il parlait : non pas que la situation ait dérapé, mais qu'elle doute de lui.

— Je t'ai dit que ce qui est arrivé à Maplecroft était un accident, murmura-t-il. Je suis devenu dingue quand j'ai vu ce qu'elle avait fait à ton magnifique visage.

Jane se toucha le nez. La douleur fut instantanée. Il s'était passé tellement de choses depuis ce moment affreux qu'elle avait oublié le coup de poing de Maplecroft.

— Je sais que j'aurais dû seulement l'agripper, ou… Je ne sais pas ce qui m'est arrivé, chérie. J'étais tellement en colère. Mais pas incontrôlable. Pas complètement. Je t'ai promis que ça ne se reproduirait jamais…

*Se reproduire.*

Jane essaya de ne pas penser au bébé qui grandissait en elle.

— … chérie. Dis-moi que ça va. Entre nous. Dis-le-moi, s'il te plaît.

Jane acquiesça à contrecœur. L'énergie lui manquait pour le contredire.

— Mon amour.

Il l'embrassa sur la bouche avec une passion surprenante. Elle fut incapable de convoquer le moindre désir lorsque leurs langues se touchèrent. Malgré tout, elle le prit dans ses bras, parce qu'elle avait désespérément besoin de se sentir normale. Ils n'avaient pas fait l'amour à Oslo, même après trois mois de séparation. Ils étaient tous deux trop nerveux. Puis la fusillade avait eu lieu, et ils avaient été terrifiés à l'idée de prononcer des paroles compromettantes ou de commettre un faux pas. Une fois retournés à San Francisco, Nick l'avait laissée seule jusqu'à ce matin. Jane n'avait pas eu envie de lui, mais elle se rappelait qu'elle désirait ardemment l'*après*. Être serrée dans ses bras. Appuyer l'oreille contre sa poitrine et écouter le battement régulier, satisfait, de son cœur. Lui annoncer la nouvelle du bébé. Contempler son expression de bonheur.

Il n'avait pas été heureux la première fois.

Nick déposa un chaste baiser sur le front de Jane.

— Allez, mon amour. Dormons un peu.

Jane se laissa tirer vers le matelas du futon. La bouche de Nick s'approcha de son oreille, mais seulement pour effleurer sa peau du bout des lèvres. Il l'enveloppa de tout son corps. Jambes entremêlées, bras serrés, il forma un oreiller pour sa tête avec le creux de son coude. Au lieu du sentiment de tranquillité qu'elle éprouvait habituellement, Jane eut l'impression d'être prisonnière d'une pieuvre.

Elle fixa le plafond du fourgon. L'esprit vide de toute pensée. Elle était trop exténuée. Son corps lui parut engourdi, mais pas comme auparavant. On ne lui tirait pas dessus, elle ne s'inquiétait pas au sujet de l'interrogatoire de Danberry, elle ne pleurait pas Martin ni ne redoutait qu'ils se fassent tous attraper. Elle contempla son futur et prit conscience qu'elle ne s'en sortirait jamais. Même si chaque élément du plan de Nick fonctionnait, même s'ils réussissaient à s'échapper en Suisse, Jane vivrait toujours à l'intérieur d'une roue de charrette.

La respiration de Nick ralentit. Elle sentit son corps se détendre et songea à se libérer de son étreinte, mais elle n'en avait pas la force. Jane cligna des paupières et se laissa aller, s'endormit pour ce qu'elle crut juste un instant. Mais ce n'est qu'une fois garés sur le parking d'une station-service à la frontière du Nevada qu'ils se réveillèrent tous deux.

Ils étaient les uniques clients. Le pompiste à l'intérieur décrocha à peine son regard de la télévision lorsqu'ils descendirent du fourgon.

— Casse-croûte ? demanda Paula.

Comme personne ne répondait, elle courut à grandes enjambées jusqu'au magasin, les mains enfoncées dans les poches de sa veste marron.

Andrew actionna la pompe à essence. Il ferma les yeux et s'appuya contre le fourgon pendant que le réservoir se remplissait.

Nick ne parla à personne. Il ne tapa pas dans ses mains ni n'essaya de mobiliser les troupes. Il marchait à quelques mètres d'eux, les mains dans ses poches arrière, contemplant la route au loin. Jane l'observa lever les yeux vers le ciel, puis tourner le regard vers l'horizon, sur le vaste paysage teinté de brun.

Chacun d'eux était d'humeur sombre. Jane n'aurait su dire si c'était l'effet du choc post-traumatique ou d'une fatigue débilitante. Parmi eux flottait le sentiment presque tangible qu'ils avaient atteint un point de non-retour. L'euphorie vertigineuse qu'ils avaient ressentie en parlant de cavale comme des gangsters dans un film de James Cagney s'était fait éventrer par la réalité.

Nick était le seul à pouvoir les dévier de cette chute libre. Jane avait assisté à cela tellement de fois par le passé : Nick entrait dans une pièce, et la situation s'améliorait instantanément. Elle en avait été témoin ce matin dans la remise. Andrew et Jane se disputaient avec Paula, qui était sur le point de tous les tuer, puis Nick les avait ressoudés en un même groupe. Tout le monde se tournait vers lui pour sa force, sa détermination à toute épreuve.

*Son charisme.*

Nick s'éloigna de la route. Sans un regard pour Jane, il se dirigea vers les toilettes, sur le côté du bâtiment. Les épaules avachies. Les pieds traînant sur l'asphalte. Le cœur de Jane se brisa à ce spectacle. Elle ne l'avait vu ainsi qu'à de rares occasions, tellement abîmé dans sa dépression qu'il pouvait à peine lever la tête.

C'était sa faute à elle.

Elle avait douté de lui, l'unique trahison que Nick ne

pouvait supporter. C'était un homme, pas un dieu omniscient. Oui, ce qui s'était passé dans la remise était horrible, mais ils étaient toujours en vie. Nick y avait veillé. Il avait élaboré des manœuvres et dessiné des croquis pour planifier leur fuite, avait insisté pour qu'ils s'entraînent jusqu'à ce qu'ils n'aient plus de forces. Pour garantir leur sécurité. Pour les maintenir sur la bonne voie. Pour qu'ils gardent le moral, l'esprit concentré et le cœur motivé. Nul autre que lui n'était en mesure d'accomplir toutes ces choses.

Et nul autre, en particulier Jane, n'avait pris le temps de réfléchir au poids que ces responsabilités faisaient peser sur ses épaules.

Elle suivit Nick jusqu'aux toilettes pour hommes. Avant de pousser la porte, elle n'avait pas réfléchi à ce qu'elle trouverait, mais, lorsqu'elle l'aperçut, elle se sentit immédiatement coupable.

Les mains cramponnées au lavabo. La tête baissée. Il leva les yeux sur Jane, son visage inondé de larmes.

— Je sors dans une minute.

Il se détourna et attrapa une poignée d'essuie-tout.

— Peut-être que tu pourrais aider Penny à…

Jane l'enlaça. Elle appuya le visage contre son dos.

Il rit, mais pour lui-même.

— On dirait que je craque.

Jane le serra aussi fort qu'elle l'osait.

La poitrine de Nick se souleva, et il prit une inspiration tremblotante. Il la recouvrit de ses bras et déplaça son poids sur elle. Jane le soutint. C'était ce qu'elle faisait le mieux.

— Je t'aime, lui dit-elle en l'embrassant sur la nuque.

Il se méprit sur ses intentions.

— Je crains de ne pas être en état de faire des frasques, ma Jinx, mais ta proposition compte beaucoup pour moi.

Jane ne l'en aima que davantage d'essayer de paraître sûr de lui. Elle le fit se retourner, posa les mains sur ses épaules, tout comme Nick le faisait avec tout le monde. Elle porta sa bouche à son oreille et prononça les mots qui importaient le plus à ses yeux, pas « Je t'aime », mais…

— Je suis avec toi.

Nick battit des paupières, puis il rit, gêné par son accès d'émotions.

— Vraiment ?

— Vraiment.

Jane l'embrassa sur la bouche et, de façon inexpliquée, tout lui parut sensé. Ses bras autour d'elle. Son cœur battant tout contre le sien. Même se retrouver plantés au beau milieu de ces immondes toilettes pour hommes lui paraissait logique.

— Mon amour, dit-elle. Mon unique amour.

Nick et Jane étaient censés dormir durant le restant du trajet. Il l'entoura à nouveau de ses bras et jambes, une fois allongés sur le futon. Cette fois, Jane se lova contre lui. Au lieu de fermer les yeux pour dormir, elle se mit à parler : des bêtises sans intérêt d'abord, comme la joie éprouvée la première fois qu'elle avait joué un morceau à la perfection, ou l'excitation causée par une *standing ovation*. Elle ne se vantait pas, elle lui donnait des éléments de contexte, parce que rien n'était comparable à l'euphorie totale qu'elle avait ressentie la première fois où il l'avait embrassée, la première fois où ils avaient fait l'amour, la première fois qu'elle avait pris conscience qu'il était à elle.

Parce que Nick s'était donné à elle, tout aussi sûrement que Jane s'était donnée à lui.

Elle lui raconta comment son cœur s'était élevé dans les airs, pareil à une montgolfière, lorsqu'elle l'avait aperçu pour la première fois chahuter avec Andrew dans le hall d'entrée. Comment son cœur avait battu la chamade quand Nick était entré dans la cuisine, l'avait embrassée, avant de reculer comme un voleur. Puis elle lui raconta à quel point elle s'était languie de lui à Berlin. À quel point le goût de sa bouche lui avait manqué. Comment aucune de ses occupations ne réussissait à chasser le souvenir de sa peau.

Ils traversèrent l'Utah, le Wyoming ainsi que le Nebraska avant de finalement arriver en Illinois. Durant les vingt-huit heures de route jusqu'à la banlieue de Chicago, Jane passa pratiquement chaque instant de veille à expliquer à Nick combien elle l'aimait.

Elle était un yo-yo. Elle était Patricia Hearst. Elle avait bu le Kool-Aid au cyanure. Elle prenait ses ordres du chien du voisin.

Jane se moquait de faire partie d'une secte ou que Nick soit Donald DeFreeze. En fait, elle se fichait du plan. Son rôle était terminé, de toute façon. Les autres cellules figuraient en première ligne maintenant. Bien entendu, elle était toujours scandalisée par les atrocités perpétrées par son père et son frère aîné. Elle pleurait la perte de Laura et de Robert Juneau. Elle se sentait coupable pour ce qui était arrivé à Quarter et Alexandra Maplecroft dans le hangar. Mais Jane n'était pas obligée de croire à leur cause et à leur motivation.

Tout ce qu'elle avait à faire, c'était de croire en Nick.

— Tourne à gauche ici, dit Paula en s'agenouillant derrière le siège conducteur.

Elle posa la main sur l'épaule de Jane, geste inquiétant, parce que Paula ne vous touchait jamais à part pour vous faire mal.

— Cherche une allée sur la droite. Elle est un peu cachée par les arbres.

Jane aperçut l'allée quelques mètres plus loin. Elle enclencha le clignotant, même si le fourgon était le seul véhicule à des kilomètres.

Paula donna un coup de poing dans le bras de Jane.

— DéBile.

Jane l'entendit disparaître à l'arrière du fourgon. Le moral de Paula était remonté parce que Nick avait retrouvé sa joie de vivre. Il en avait été de même avec Andrew. L'effet était magique. À l'instant où ils avaient capté le sourire décontracté de leur leader, tout sentiment d'inquiétude ou de doute s'était envolé.

Jane en était l'origine.

Andrew bougea sur le siège passager alors que les pneus rebondissaient sur l'allée de gravier.

— Jinx ?

— Nous y sommes, lâcha Jane dans un long soupir de soulagement lorsqu'ils franchirent une rangée d'arbres.

La ferme était exactement comme elle se l'était représentée d'après les lettres cryptées d'Andrew. Des vaches broutaient dans les pâturages. Une énorme grange rouge surplombait une petite maison de plain-pied peinte de la même couleur. Des marguerites poussaient dans le jardin. Il y avait un petit coin d'herbe et une palissade blanche. L'endroit idéal pour élever un enfant.

Jane posa une main sur son ventre.

— Tu vas bien ? demanda Andrew.

Elle regarda son frère. Le sommeil n'avait pas amélioré son état. Contre toute attente, il avait l'air plus mal qu'avant.

— Je dois m'inquiéter ?

— Absolument pas.

Son sourire n'avait rien de convaincant.

— Nous pourrons nous reposer ici. Être en sécurité.

— Je sais, répondit Jane, bien qu'elle ne pourrait pas se sentir en sécurité avant que Nick revienne de New York.

Le pneu avant heurta une ornière dans l'allée de gravier. Jane grimaça quand des branches d'arbres fouettèrent la paroi latérale du fourgon. Elle dit une prière de remerciement lorsqu'elle gara le fourgon à côté de deux autres voitures devant la grange.

— Bonjour, Chicago ! lança Nick tout en faisant glisser la portière latérale.

Il bondit au sol. Étira ses bras, cambra le dos, le visage levé vers le ciel.

— Bon Dieu, qu'est-ce que c'est bon de sortir de cette boîte de conserve.

— C'est clair, grogna Paula tout en tentant de s'étirer.

Elle n'avait que quelques années de plus que Nick, mais la rage semblait avoir recroquevillé son corps sur lui-même.

Jane soupira à nouveau lorsque ses pieds touchèrent la

terre ferme. L'air était vif, la température considérablement plus basse qu'en Californie. Elle se frictionna les bras pour se réchauffer, tout en contemplant l'horizon. Le soleil pendait lourdement au-dessus de la cime des arbres. Elle estima qu'il était environ 16 heures. Elle ne savait plus quel jour, où ils se trouvaient exactement, ou ce qui allait se passer ensuite, mais elle était tellement soulagée de sortir du fourgon qu'elle en aurait pleuré.

— Reste ici, lui ordonna Paula qui se dirigeait vers la maison d'un pas lourd, ses bottes soulevant un nuage de poussière.

Elle avait retiré ses mitaines, essuyé le trait noir charbonneux sous ses yeux. De dos, ses cheveux frisottaient en mèches rebelles. L'ourlet de sa robe était dégoûtant. Comme tous les autres, elle avait des traînées de sang sur ses vêtements.

Jane regarda la ferme par-delà la silhouette de Paula. Elle devait oublier le sang. Car elle avait promis de soutenir Nick. À cent pour cent.

Tout ou rien. Façon Queller.

La porte d'entrée s'ouvrit. Une petite femme apparut, ses épaules étroites enveloppées dans un châle. Près d'elle, un homme grand, aux cheveux longs et à moustache en guidon savamment dessinée, tenait un fusil de chasse. Il aperçut Paula, mais n'abaissa pas le fusil avant qu'elle ait déposé une pièce d'un penny dans la paume ouverte de la femme.

C'était l'idée de Nick. Penny, nickel, quarter, dime : chacun représentant une cellule, chaque cellule se servant de pièces pour se prouver mutuellement que ses membres pouvaient communiquer en toute sécurité. Nick savourait le jeu de mots sur leur nom, l'Armée du monde en mutation. Il les avait tous obligés à s'habiller en noir, jusqu'aux sous-vêtements, et à s'aligner comme des soldats, pendant qu'il leur déposait une pièce dans la main pour leur assigner leur nom de code.

*Ce con ne connaissait pas l'adjectif « symbiotique », alors il a inventé le terme « symbionaise ».*

Jane serra les dents et bannit de son esprit les mots de Danberry.

Son choix était fait.

— Je ne sais pas vous, soldats, mais moi je meurs de faim. Et toi, Andy ? Est-ce qu'il faut nourrir le rhume et affamer la fièvre ou le contraire ? demanda Nick en passant un bras autour des épaules d'Andrew.

— Je crois que c'est : donnez-leur à tous les deux du whisky et un somme dans un vrai lit.

Andrew traîna les pieds jusqu'à la maison, Nick à ses côtés. Ils étaient tous les deux visiblement fatigués, mais l'énergie de Nick les aidait à tenir, comme toujours.

Jane ne les suivit pas dans la maison. Elle voulait se dégourdir les jambes et jeter un œil à la ferme. La perspective d'un instant solitaire dans le silence l'attirait. Elle avait grandi en ville. La maison de Hillsborough était trop près de l'aéroport pour être considérée comme vraiment à la campagne. Alors que les filles de son âge apprenaient à monter à cheval et partaient camper avec les Jeannettes, elle restait assise devant son piano cinq ou six heures d'affilée pour perfectionner la motricité fine de ses doigts.

Sa main, comme toujours, se fraya un chemin jusqu'à son ventre.

Sa fille jouerait-elle du piano ?

Jane se demanda comment elle pouvait être si sûre de porter une fille. Elle voulait lui donner un prénom merveilleux, pas quelconque comme Jane ou idiot comme Jinx, ou le Janey rigolo dont Nick l'affublait parfois. Elle voulait transmettre à cette petite fille toutes ses forces et aucune de ses faiblesses, comme cette boule de peur ensommeillée qui lui nouait le ventre.

Jane fit une halte près de la barrière en bois. Deux chevaux blancs paissaient dans le champ. Elle sourit quand ils se poussèrent du museau.

Andrew et elle resteraient ici au moins une semaine, peut-être davantage. Quand Nick reviendrait de New York, ils se feraient oublier pendant quelques jours supplémentaires avant de se rendre au Canada. Leur rêve, c'était la Suisse, mais Jane ne pouvait s'empêcher d'imaginer à quoi ressemblerait la vie avec un bébé dans une ferme comme celle-ci. Accompagner son enfant jusqu'au bout de l'allée et attendre le car scolaire. Cacher des œufs de Pâques dans des ballots de foin. Sortir les chevaux dans les champs et pique-niquer dans l'herbe : Jane, son bébé et Nick.

« La prochaine fois, lui avait dit Nick lors de sa dernière grossesse. On le gardera la prochaine fois. »

— Bonjour ! lança la femme mince au châle à l'intention de Jane. Pardon de t'embêter. Ils demandent après toi. Tucker peut déplacer le fourgon dans la grange. Spinner et Wyman sont déjà à l'intérieur.

Jane hocha la tête d'un air solennel. Les lieutenants de chaque cellule s'étaient tous vu attribuer des noms de code d'après les anciens secrétaires du Trésor des États-Unis. Quand Nick avait parlé à Jane de son idée pour la première fois, elle avait eu du mal à se retenir de rire. Maintenant, elle convenait que le secret avait une raison d'être. Quarter avait emporté avec lui l'identité des membres de la cellule de Stanford.

— Oh ! lâcha la femme qui s'était arrêtée net, la bouche arrondie par la surprise.

Jane fut également sous le choc en distinguant ce visage bien connu. Elles ne s'étaient jamais rencontrées auparavant, mais elle connaissait Clara Bellamy grâce aux magazines, aux journaux et aux affiches placardées sur le State Theater du Lincoln Center, le centre culturel de New York. Elle était danseuse étoile, une des dernières muses de Balanchine, jusqu'à ce qu'une blessure au genou ne l'oblige à se retirer.

Clara reprit sa marche vers Jane, souriante.

— Tu dois être Dollar Bill.

— On m'appelle « D. B. », c'est plus simple que Dollar Bill. Penny pense que ça signifie « DéBile ».

— C'est Pennyble pour toi. (Clara avait visiblement capté le mauvais caractère de Paula.) Enchantée, D. B. Moi, c'est Selden.

Jane lui serra la main, puis elle rit pour lui faire comprendre que l'éventualité d'une telle rencontre dans une ferme isolée en périphérie de Chicago était délirante.

Clara passa son bras sous celui de Jane, tout en se dirigeant à pas lents vers la ferme. Elle boitait légèrement.

— On vit dans un drôle de monde, n'est-ce pas ? Je t'ai vue au Carnegie il y a quatre ans. J'étais émue aux larmes. Concerto pour piano n° 24 en *do* mineur de Mozart, je crois.

Les lèvres de Jane s'infléchirent en un sourire. Elle adorait parler à de véritables amateurs de musique.

— Cette robe verte était incroyable.

— J'ai bien cru que ces chaussures allaient me bousiller les pieds.

Elle sourit de compassion.

— Je me souviens que c'était juste après le concert d'Horowitz au Japon. Voir un homme si talentueux échouer de manière si spectaculaire... Tu devais être sur des charbons ardents en marchant sur cette scène.

— Non, répliqua Jane, surprise par sa propre franchise, mais quelqu'un comme Clara Bellamy comprendrait. Chaque note que je jouais éveillait un sentiment de déjà-vu, comme si je l'avais déjà jouée à la perfection.

Clara acquiesça pour lui signifier qu'elle saisissait.

— Un moment de grâce. J'en ai vécu quelques-uns, moi aussi. Trop peu. C'est comme une drogue, non ?

Elle avait interrompu sa marche.

— Ça a été ta dernière prestation en classique, n'est-ce pas ? Pourquoi as-tu arrêté ?

Jane avait trop honte pour répondre. Clara Bellamy avait cessé de danser parce qu'elle n'avait pas d'autre choix. Elle ne comprendrait pas sa décision de renoncer.

— Pechenikov a raconté à qui voulait l'entendre que tu manquais d'ambition, poursuivit Clara. Ils disent toujours ça à propos des femmes, mais ça ne peut pas être vrai. J'ai vu ton visage quand tu étais sur scène. Tu ne jouais pas juste de la musique. Tu *étais* la musique.

Jane regarda la maison par-dessus l'épaule de Clara. Elle

voulait garder le moral pour Nick, mais le souvenir de sa vie sur scène lui fit monter les larmes aux yeux. Elle avait adoré jouer du classique, puis avait été séduite par l'énergie du jazz, et finalement elle avait fini par apprécier la solitude du studio, sans aucun commentaire sur son travail que celui de l'homme qui fumait à la chaîne de l'autre côté de la vitre insonorisée.

— Jane ?

Elle secoua la tête pour chasser son chagrin. Comme à l'accoutumée, elle ne raconta qu'une partie de la vérité, un fragment auquel son interlocuteur pourrait s'identifier.

— Je croyais que mon père était fier de moi quand je jouais. Et puis un jour j'ai pris conscience que tout ce que je faisais, chaque récompense, chaque concert, chaque article dans les journaux le célébrait, lui. C'est ce qu'il en retirait. Pas de l'admiration pour moi, mais de l'admiration pour lui-même.

D'un hochement de tête, Clara indiqua qu'elle saisissait.

— J'avais une mère comme ça. Mais tu vas vite reprendre le piano…

Subitement, Clara posa sa paume sur le ventre rond de Jane.

— … tu auras envie de jouer pour elle.

Jane sentit sa gorge se serrer.

— Comment…

Elle caressa la joue de Jane.

— Ton visage. Il est plus plein que sur les photos. Et tu as ce petit ventre arrondi, bien sûr. Tu le portes haut, c'est pourquoi j'ai supposé que c'était une fille. Nick doit être…

— Tu ne peux pas lui dire, lança Jane en plaquant une main sur sa bouche, comme si elle refoulait le désespoir dans sa voix. Il ne le sait pas encore. Il faut que je choisisse le bon moment.

Clara parut surprise, mais elle acquiesça.

— Je comprends. Ce que vous traversez n'est pas facile. Il te faut un peu de distance avant de le lui annoncer.

Jane changea de sujet.

— Comment t'es-tu retrouvée impliquée dans le groupe ?

— Edwin…

Clara éclata de rire, avant de se corriger.

— … Tucker, je veux dire. Il a rencontré Paula quand ils étaient à Stanford. Il faisait du droit. Elle était en sciences politiques. Ils ont eu une petite liaison, je suppose. Mais il est à moi maintenant.

Jane s'efforça de dissimuler sa surprise. Elle n'imaginait pas Paula étudiante, encore moins ayant une liaison.

— Il gère les problèmes juridiques qui se présentent ?

— C'est ça. Nick a de la chance de l'avoir. Tucker a traité quelques vilains soucis de contrat pour moi, quand mon genou a sauté. On s'est bien entendus. J'ai toujours été attirée par les hommes avec une pilosité faciale intéressante. Quoi qu'il en soit, Paula a présenté Tucker à Nick, enfin Nickel. Tucker m'a présenté Nickel, et, bon, tu sais comment ça se passe lorsqu'on rencontre Nick. On croit le moindre mot qui sort de sa bouche. J'ai de la chance qu'il n'essaie pas de me vendre une voiture d'occasion…

Jane rit pour imiter Clara.

— … Je ne suis pas une vraie croyante. Je veux dire, oui, je comprends ce que vous faites et, bien sûr, c'est important, mais je suis une poule mouillée quand il s'agit de prendre des risques. Je préfère remplir quelques chèques et fournir un havre de paix.

— Ne minimise pas tes actes. Ta contribution est importante, quoi qu'il en soit. La plus importante en fait, puisque tu nous gardes en sécurité.

— Mon Dieu, tu parles comme lui.

— C'est vrai ?

Jane le savait, mais c'était le prix à payer pour s'être donnée à Nick. Elle commençait à devenir lui.

— Je veux des tas de bébés, dit Clara. Je ne pouvais pas quand je dansais mais maintenant… J'ai acheté cette ferme pour y élever mes enfants. Pour qu'ils grandissent heureux et en sécurité. Edwin apprend à s'occuper des vaches. Je me suis mise à la cuisine. C'est pour ça que j'aide Nick.

Je veux contribuer à bâtir un monde meilleur pour mes enfants. Nos enfants.

Jane dévisagea la femme, à la recherche d'un sourire qui la trahirait.

— J'y crois vraiment, Jane. Je ne suis pas en train de te raconter des craques. C'est génial d'en être, même en périphérie. Et je ne me mets pas vraiment en danger, même s'il y a toujours un risque. L'un de vous pourrait finir dans une salle d'interrogatoire. Imagine la couverture médiatique que vous obtiendriez en révélant mon implication…

Elle lâcha un rire surpris.

— … tu sais, je suis un brin jalouse, parce que vous êtes plus célèbres que moi. En fait, je vous déteste déjà de monopoliser tous les journaux.

Jane ne rit pas, parce qu'elle avait été sous le feu des projecteurs assez longtemps pour savoir que la femme ne plaisantait pas réellement.

— Edwin pense que tout ira bien. J'attache beaucoup d'importance à son avis.

— Est-ce que tu…

Jane s'interrompit, parce qu'elle était sur le point de dire exactement ce qu'il ne fallait pas.

*Tu sais que Quarter s'est fait abattre ? Que Maplecroft s'est fait tuer ? Et si les bâtiments ne sont pas réellement déserts et que nous tuons un agent de sécurité ou de police ? Et si nous n'agissons pas pour le bien ?*

— Est-ce que je quoi ?, demanda Clara.

— Un médicament contre la toux, lâcha Jane, la première chose qui lui vint à l'esprit. Tu en as ? Pour mon frère…

Clara fronça les sourcils en signe de compassion.

— Pauvre Andy. Son état s'est vraiment dégradé, n'est-ce pas ? Ça a été un choc. Mais toutes les deux, on a vu ça tant de fois auparavant, n'est-ce pas ? Quand on évolue dans le milieu artistique, on connaît forcément des douzaines d'hommes extraordinaires qui ont été contaminés.

*Contaminé ?*

— Jane ?

Nick était debout dans l'embrasure de la porte ouverte.

— Tu viens ? Il faut que tu voies ça. Que vous voyiez ça toutes les deux.

Clara hâta le pas.

Jane trouva à peine la force de soulever les jambes.

Elle avait la bouche sèche. Son cœur bondit dans sa poitrine. Elle lutta pour continuer à avancer. Pour remonter l'allée. Les marches du perron. Passer la porte d'entrée. Pénétrer dans la maison.

*Contaminé ?*

À l'intérieur, Jane dut s'appuyer contre le mur, stabiliser ses genoux pour ne pas s'effondrer. L'engourdissement était de retour. Ses muscles devenaient liquides.

*Mais toutes les deux, on a vu ça tant de fois auparavant.*

Jane avait rencontré tellement d'hommes jeunes, vigoureux, qui avaient toussé comme Andrew. Qui avaient le même teint pâle. La même lourdeur des paupières. Un saxophoniste de jazz, un premier violoncelle, un ténor, un chanteur d'opéra, un danseur, et puis un autre…

*Tous morts.*

— Viens, chérie, dit Nick en faisant signe à Jane d'entrer dans la pièce.

Ils étaient tous réunis autour de la télévision. Paula avait pris place sur le canapé à côté de l'homme, qui devait être Tucker. Les deux autres, Spinner et Wyman, une femme et un homme, étaient installés sur des chaises pliantes. Clara s'assit par terre – les danseurs s'asseyent toujours au sol.

Nick était agenouillé et réglait le volume du poste.

— Andrew s'est endormi. C'est incroyable, Jinx. Apparemment, ils ont diffusé des émissions spéciales ces deux derniers jours.

Jane voyait la bouche de Nick remuer, mais c'était comme si le son traversait une masse d'eau.

Il s'assit sur ses talons, rendu euphorique par leur notoriété.

Jane regarda, parce que tous les autres fixaient le poste.

Dan Rather présentait un reportage sur les événements de

San Francisco. La caméra passa à un reporter, planté devant la demeure de l'ère victorienne, située devant la remise.

— D'après des sources appartenant au FBI, des dispositifs de mise sur écoute ont permis d'établir qu'Alexandra Maplecroft a été assassinée par les conspirateurs. Le coupable présumé est leur leader, Nicholas Harp. Son complice Andrew Queller a été rejoint par une deuxième femme qui a facilité leur fuite à travers le bâtiment adjacent.

Jane eut un mouvement de recul en voyant le visage de Nick, puis celui d'Andrew, apparaître d'un coup. Paula était figurée par une vague silhouette, avec un point d'interrogation en son milieu. Jane ferma les yeux. Elle visualisa la photo d'Andrew qu'elle venait d'apercevoir, qui datait d'un an, au moins. Ses joues étaient rougeaudes. Il avait noué un foulard au motif joyeux autour de son cou. Une fête d'anniversaire ou peut-être une cérémonie ? Il avait l'air heureux, animé, plein de vie.

Elle rouvrit les yeux.

Le reporter à la télévision disait :

— La question à présent consiste à savoir si Jane Queller est une autre otage ou une complice volontaire. À vous, Dan, à New York.

Dan Rather rassembla ses papiers et les empila sur le bureau.

— William Argenis Johnson, un autre des conspirateurs, a été abattu par des tireurs embusqués, alors qu'il essayait de s'échapper. Un homme marié, père de deux enfants, qui travaillait en tant qu'étudiant de troisième cycle à l'université de Stanford…

Nick éteignit le son. Il n'eut pas un regard pour Jane.

— William Johnson…, chuchota-t-elle tout haut, parce qu'elle ne comprenait pas.

*Il s'appelait Leonard Brandt. Pas d'enfants. Jamais marié. Il vivait seul au 1239 Van Duff Street. Il travaillait comme menuisier dans le comté de Marin.*

— Un putain de point d'interrogation ? s'écria Paula qui se leva d'un bond et se mit à arpenter la pièce. C'est tout ce que je mérite ? En attendant, la pauvre Jinx Queller s'en tire en toute impunité, bordel. Et si je leur écrivais une putain de lettre et que je leur racontais que tu es foutrement volontaire, apte et consentante ? Ça te plairait, hein DéBile ?

— Penny, la coupa Nick. On n'a pas le temps pour ça. Soldats, écoutez-moi. Nous devons passer à la vitesse supérieure. C'est bien plus important que ce que j'avais espéré. Où en sommes-nous avec Chicago ?

— Les bombes sont prêtes, répondit Spinner, comme si elle leur annonçait que le dîner était servi. Il nous reste plus qu'à les planquer dans le parking souterrain, puis à nous installer à quinze mètres du bâtiment pour appuyer sur la télécommande.

— Fantastique ! fit Nick en frappant dans ses mains. Ça doit être pareil avec les explosifs pour New York. Je me repose quelques heures, puis je me remets au volant. Même sans parler de ma photo aux infos, le FBI va renforcer la sécurité dans les aéroports. Je ne suis pas sûr que ma carte d'identité tienne la route avec ce genre de contrôle.

Wyman dit :

— Le maquilleur de Toronto…

— Est cher. On a dépensé un paquet de blé pour les papiers d'identité de Maplecroft, parce que, si Laura n'était pas entrée dans la salle de conférences, rien de tout ceci n'aurait compté…

Nick se frotta les mains. Jane voyait presque son cerveau à l'œuvre. C'était la partie qu'il avait toujours adorée, pas les préparatifs, mais les maintenir tous sous son charme.

— … Nebecker et Huston m'attendent en lieu sûr à Brooklyn. On conduira le fourgon jusqu'en ville après les heures de pointe, on mettra en place les dispositifs et on reviendra le lendemain matin pour les déclencher.

— Quand veux-tu que mon équipe s'installe ? demanda Paula.

— Demain matin. Placez les explosifs à la première heure demain matin avant que quelqu'un se pointe pour travailler, barrez-vous aussi loin que possible, puis faites-moi péter ce truc !

— Carrément, putain !

Paula leva le poing en l'air. Les autres l'imitèrent.

— Nous entrons en action, soldats ! déclara Nick en hurlant pour couvrir le vacarme. On va les obliger à se battre et à nous écouter ! On doit démolir le système pour pouvoir l'améliorer.

— T'as foutument raison ! s'écria Wyman.

— J'en suis, putain ! lança Paula qui faisait toujours les cent pas comme un animal prêt à bondir hors de sa cage. On va leur montrer à ces enculés de flics !

Jane regarda autour d'elle. Ils étaient tous survoltés, frappant dans les mains, tapant des pieds, poussant des cris comme s'ils regardaient un match de football.

— Hé ! Écoutez ! Écoutez ! dit Tucker.

Il s'était levé, les mains en l'air pour solliciter l'attention. C'était Edwin, l'amoureux de Clara. Avec sa moustache guidon et ses cheveux ondulés, il ressemblait davantage à Friedrich Nietzsche qu'à un avocat, mais Nick lui faisait confiance, alors ils lui faisaient tous confiance.

— Souvenez-vous, vous avez légalement le droit de refuser de répondre à toute question posée par les représentants de la loi. Demandez aux flics : « Suis-je en état d'arrestation ? » S'ils répondent non, alors partez. S'ils répondent oui, bouclez-la... Ça ne vaut pas seulement pour les flics, mais pour tout le monde, surtout au téléphone. Apprenez mon numéro par cœur. N'oubliez pas, vous avez légalement le droit d'appeler votre avocat. Clara et moi, on sera en ville, et on se tiendra prêts au cas où il me faudrait venir en prison.

— C'est parfait, Tuck, mais on n'en arrivera pas là. Et rien à foutre du repos. Je pars tout de suite !

Il y eut une autre série de cris et d'acclamations.

Nick souriait comme un dingue.

— Va réveiller Dime, ordonna-t-il à Clara. J'ai besoin

de quelqu'un pour me relayer au volant. C'est juste douze heures, mais je pense…

— Non, l'interrompit Jane.

Elle ne l'avait pas simplement dit. Elle l'avait hurlé.

Le silence s'abattit sur la pièce. Jane avait tout gâché. Personne ne souriait plus.

— Merde, dit Paula. Tu vas te remettre à chouiner ?

Jane l'ignora.

Nick, seul, comptait. Il avait l'air désorienté, probablement parce qu'il n'avait jamais entendu Jane dire *non* auparavant.

— Non, répéta-t-elle. Andrew ne peut pas. Tu ne peux rien lui demander de plus. Il a rempli sa part à Oslo, et c'est terminé et…

Jane pleurait à nouveau, mais pour une raison différente cette fois-ci. Elle ne faisait pas le deuil d'un événement passé, mais redoutait plutôt ce qui allait se produire très bientôt.

Jane les percevait nettement à présent : chaque signe qu'elle avait manqué durant les mois, les jours précédents. Les frissons soudains d'Andrew. L'épuisement. La faiblesse. Les plaies dans la bouche qu'il avait mentionnées en passant. Les maux d'estomac. Les étranges rougeurs sur son poignet.

*Une contamination.*

— Jinx ?

Nick attendait. Ils attendaient tous.

Jane longea le couloir. Elle n'avait jamais visité la maison auparavant, si bien qu'elle dut ouvrir et refermer plusieurs portes avant de trouver enfin la chambre où dormait Andrew.

Son frère gisait à plat ventre dans le lit, entièrement habillé. Il n'avait pas pris la peine de se dévêtir ni de se mettre sous les couvertures, voire d'ôter ses chaussures. Jane posa une main sur son dos. Elle guetta le mouvement ascendant et descendant de sa respiration, avant de s'autoriser elle-même à inspirer.

Elle lui ôta doucement ses chaussures. Le fit rouler sur le dos avec précaution.

Andrew grogna, mais ne s'éveilla pas. Un souffle rauque s'échappait de ses lèvres gercées. Sa peau avait la couleur du papier. Elle voyait le bleu et le rouge des veines et des artères aussi nettement que sur une planche anatomique. Elle déboutonna partiellement la chemise de son frère et découvrit les lésions violet foncé sur sa peau. La maladie de Kaposi. Il avait probablement d'autres lésions encore dans les poumons, la gorge, et peut-être même le cerveau.

Jane s'assit sur le lit.

En tant que bénévole, elle n'avait pas tenu plus de six mois dans le service réservé aux malades atteints du sida, sur le campus de l'université de Californie, à San Francisco. Regarder tant d'hommes en franchir la porte d'entrée tout en sachant qu'ils n'en sortiraient jamais vivants s'était révélé trop douloureux. Jane s'était dit que leur dernier râle, lorsqu'ils suffoquaient, était le pire son qu'elle entendrait jamais.

Jusqu'à ce jour, où elle entendait ce même son sortir de la poitrine de son propre frère.

Jane reboutonna soigneusement sa chemise.

Une couverture en lainage bleu reposait sur le dossier d'un rocking-chair. Elle en recouvrit Andrew, embrassa son front. Il était si froid. Ses mains. Ses pieds. Elle borda la couverture tout autour de son corps et lui caressa la joue.

Jane avait dix-sept ans quand elle avait découvert une vieille boîte à cigares dans la boîte à gants d'Andrew. Elle avait d'abord cru qu'il piquait les cigares de Martin, mais elle avait ouvert le couvercle et étouffé un cri de surprise. Un briquet en plastique. Une cuillère en argent tordue provenant de l'un des précieux services de sa mère. Des boules de coton tachées. Le fond d'une canette de Coca. Une poignée de cotons-tiges dégoûtants. Un flacon de crème. Une longueur de tube en caoutchouc pour faire un garrot. Des seringues à insuline, dont la pointe était souillée de points noirs de sang. De minuscules cristaux qu'elle identifia, grâce à des années passées en coulisses, comme de l'héroïne *black tar*.

Cela faisait dix-huit mois qu'Andrew avait décroché. Après avoir rencontré Laura. Après que Nick eut élaboré un plan.

Mais c'était trop tard.

— Jinx ?

Nick se tenait dans l'encadrement de la porte. D'un signe de tête, il l'invita à le rejoindre dans le couloir.

Jane passa devant lui et se rendit à la salle de bains. Elle s'enserra la taille, frissonnante. La pièce était vaste et froide. Une baignoire en fonte trônait sous la fenêtre qui prenait l'eau. Les toilettes dataient de la préhistoire, avec leur réservoir installé en hauteur, au-dessus de la cuvette.

Comme à Oslo.

Nick referma la porte derrière lui.

— Alors, qu'est-ce qui te met les nerfs en pelote, miss Queller ?

Jane aperçut son reflet dans le miroir, mais ne reconnut pas son visage. L'arête de son nez était pratiquement noire. Du sang séché recouvrait ses narines. Que ressentait-elle ? Elle ne savait plus.

*Un engourdissement.*

— Jinx ?

Elle se détourna du miroir. Fixa Nick. Son visage lui parut étranger. Leur lien avait été brisé. Il avait menti quand il avait dit connaître le nom de Quarter. Il avait menti au sujet de leur avenir et chaque fois qu'il avait prétendu que son frère n'était pas mourant.

Et là, il avait l'insolence de regarder sa montre.

— Qu'est-ce qui se passe, Jinx ? On n'a pas beaucoup de temps.

— De temps ?

Elle dut répéter le mot pour en saisir toute l'insensibilité.

— Tu te préoccupes du temps ?

— Jane…

— Tu m'as volée…

Elle avait la gorge tellement nouée qu'elle arrivait à peine à parler.

— … tu m'as dépossédée.

— Chérie, qu'est-ce que tu…

— J'aurais pu être ici avec mon frère, mais tu m'as envoyée loin. À des milliers de kilomètres.

Jane serra les poings. Elle savait ce qu'elle éprouvait désormais : de la rage.

— Tu es un menteur. Tout ce qui sort de ta bouche est mensonge.

— Andy était...

Elle le gifla violemment.

— Il est malade ! lâcha-t-elle si fort que sa gorge lui fit mal. Mon frère a le sida, et tu m'as envoyée en Allemagne !

Nick se toucha la joue du bout des doigts. Il baissa les yeux sur sa main ouverte.

On l'avait giflé auparavant. Au fil des années, il avait raconté à Jane les maltraitances qu'il avait subies, enfant. La mère prostituée. Le père absent. La grand-mère violente. L'année de vagabondage. Les choses affreuses que les gens l'avaient obligé à faire. Le dégoût de soi, la haine et la peur que cela se produise malgré toute l'énergie qu'il emploierait à s'enfuir.

Jane ne comprenait que trop bien ces émotions. Depuis l'âge de huit ans, elle savait ce qu'était la volonté farouche de fuir. Fuir la main de Martin qui lui bâillonnait la bouche au beau milieu de la nuit. Fuir toutes les fois où il lui attrapait l'arrière de la tête pour l'enfoncer dans un oreiller.

Nick était au courant.

Ce qui expliquait pourquoi ses histoires étaient si efficaces. Jane avait vu la chose se produire encore et encore à chacune de ses rencontres. Ses histoires reflétaient vos peurs les plus sombres. C'est ainsi que Nick vous attrapait : il s'immisçait dans les brèches communes.

— Qu'est-ce que tu veux que je te dise, Jinx ? Oui, Andy a le sida. Oui, je le savais quand tu es partie pour Berlin.

— Est-ce qu'Ellis-Anne...

La voix de Jane s'éteignit. La petite amie d'Andrew depuis deux ans. Si douce et fidèle. Elle avait appelé tous les jours depuis Oslo.

— ... elle est séropositive, elle aussi ?

— Elle va bien, répondit Nick d'un ton qui transpirait l'autorité et la raison, le même qu'il avait adopté pour mentir à propos du vrai nom de Quarter. Elle a fait un test le mois dernier. Écoute, tu as raison sur toute la ligne. Et c'est horrible. Je sais que c'est bientôt la fin pour Andrew. Je sais que l'avoir amené ici n'a probablement fait qu'accélérer son déclin. Et je me suis tellement inquiété pour lui, mais le groupe entier dépend de moi, attend que je le dirige et… je ne peux pas m'autoriser à réfléchir. Il faut que je regarde vers l'avant, sinon je n'ai plus qu'à me rouler en une boule de chagrin complètement inutile. Je n'en ai pas le droit, et toi non plus, parce que j'ai besoin de toi, chérie. Tout le monde pense que je suis fort, mais je le suis seulement quand tu es à mes côtés.

Jane n'arrivait pas à croire qu'il lui servait un de ses discours de ralliement.

— Tu sais comment ils meurent, Nick. Ben Mitchell… Tu te souviens de lui ? s'enquit Jane en baissant la voix, comme si elle disait un sacrement. J'ai pris soin de lui dans le service, mais ses parents ont finalement accepté qu'il meure chez eux. Ils l'ont emmené à l'hôpital et aucune des infirmières n'a voulu le toucher, parce qu'elles avaient peur d'être contaminées. Tu t'en souviens, je te l'ai raconté. Ils ne lui ont même pas donné de morphine. Tu te rappelles ?

Le visage de Nick était impassible.

— Je m'en souviens.

— Il s'étouffait à cause du liquide dans ses poumons. Ben a vécu presque huit minutes d'agonie avant de mourir, et il était conscient de chaque seconde…

Elle attendit, mais Nick ne pipa mot.

— … il était terrifié. Il ne cessait de crier, il se griffait le cou, suppliait les gens de l'aider. Personne ne le secourait. Sa propre mère a dû quitter la pièce. Tu te souviens de cette histoire, Nick ? N'est-ce pas ?

— Je m'en souviens.

— C'est ce que tu veux pour Andrew ?

Elle patienta, mais à nouveau il resta silencieux.

— Il tousse exactement comme Ben. Exactement comme

Charlie Bray. Il lui est arrivé la même chose. Charlie est rentré chez lui en Floride et…

— Tu n'es pas obligée de me refaire tout le topo, Jinx. Je t'ai dit que je me souvenais de ces histoires. Oui, leur mort était atroce. Tout était atroce. Mais nous n'avons pas le choix.

Elle avait envie de le secouer.

— Bien sûr que si, nous avons le choix.

— C'était l'idée d'Andy de t'envoyer à Berlin…

Jane savait qu'il disait vrai, tout comme elle savait que Nick était un véritable chirurgien quand il s'agissait de greffer ses idées dans l'esprit des autres.

— … il pensait que si tu étais au courant de sa maladie, tu… Je ne sais pas, Jinx. Que tu ferais un truc idiot. Que tu nous pousserais à arrêter. À tout arrêter. Il croit en ce que nous faisons. Il veut que nous allions au bout. C'est pour ça que je l'emmène à Brooklyn. Tu peux venir aussi. Prendre soin de lui. Le garder en vie assez longtemps pour…

— Stop, l'interrompit-elle, car elle ne pouvait en entendre davantage. Je ne vais pas laisser mon frère mourir d'asphyxie à l'arrière de cet immonde fourgon.

— Il ne s'agit plus de sa vie, s'entêta Nick. Il s'agit de sa contribution. C'est comme ça qu'Andy veut mourir. Selon ses propres mots, comme un homme. C'est ce qu'il a toujours voulu. Les overdoses, la pendaison, les médocs et les seringues, les endroits malfamés, traîner avec les mauvaises personnes. Tu sais quel enfer a été sa vie. Il est devenu clean pour ce plan. Pour ce que nous faisons… nous tous. C'est ce qui lui a donné la force d'arrêter la drogue, Jane. Ne lui enlève pas ça.

Exaspérée, elle serra les poings.

— Il le fait pour toi, Nick. Il suffirait d'un seul mot de toi et il irait à l'hôpital mourir en paix.

— Tu le connais mieux que moi ?

— Je te connais mieux, *toi*. Andy ne recherche qu'une chose : ton approbation, comme tous les autres. Mais là, c'est différent. C'est cruel. Il va s'étouffer comme…

— Oui, Jane, j'ai pigé. Il s'étouffera avec le liquide dans

ses poumons. Il va vivre huit minutes d'une insoutenable terreur, et c'est… Bref, c'est terrible, mais il faut que tu m'écoutes très attentivement, chérie, parce que ce moment est très important. Tu dois choisir entre lui et moi.

*Quoi ?*

— Si Andy ne peut pas faire le voyage avec moi, alors tu dois m'accompagner à sa place.

*Quoi ?*

— Je ne peux plus te faire confiance, poursuivit Nick en haussant les épaules. Je sais comment ton esprit fonctionne. À la minute où je vais partir, tu emmèneras Andy à l'hôpital. Tu resteras avec lui, parce que c'est ce que tu fais, Jinx. Tu restes avec les gens. Tu as toujours été dévouée : prête à t'asseoir avec des sans-abri au foyer d'accueil, à servir la soupe populaire, à essuyer la bave qui coule de la bouche des mourants dans le service des contaminés. Je ne dirai pas que tu es un bon petit toutou, parce que c'est cruel. Mais ta fidélité envers Andrew nous enverra tous en prison, parce qu'à l'instant où tu entreras dans l'hôpital, la police t'arrêtera, et ils sauront que nous sommes à Chicago. Je ne peux pas laisser faire ça.

Elle en resta bouche bée.

— Je te donne cette unique chance. Il faut que tu choisisses ici et maintenant : lui ou moi.

Jane en eut le vertige. C'était impossible.

Il la dévisagea avec froideur, comme si elle était un spécimen sous verre.

— Tu aurais dû savoir qu'on en arriverait là, Jane. Tu es naïve, mais tu n'es pas idiote… Choisis.

Elle dut se tenir au lavabo pour ne pas glisser au sol.

— C'est ton meilleur ami, répliqua-t-elle dans un souffle. C'est mon frère.

— J'ai besoin de connaître ta décision.

Jane entendit un son aigu siffler à ses oreilles, comme si son crâne avait été heurté par un diapason. Elle ne savait pas ce qui se passait.

— Tu me quittes ? Tu romps avec moi ? s'enquit-elle d'une voix tremblante, en proie à la panique.

— J'ai dit lui ou moi. C'est ton choix, pas le mien.

— Nick, je ne peux pas…

Elle ne savait comment achever sa phrase. C'était un test ? Est-ce qu'il faisait comme d'habitude : il évaluait sa loyauté ?

— … Je t'aime.

— Alors, choisis-moi.

— Je… Tu sais que tu es tout pour moi. J'ai abandonné…

Elle tendit les bras pour montrer l'univers entier, parce qu'il ne restait rien. Son père. Jasper. Sa vie. Sa musique.

— … S'il te plaît, ne me fais pas choisir. Il est en train de mourir.

Nick la fixa d'un air glacial.

Un gémissement s'échappa de la bouche de Jane. Elle savait de quoi Nick avait l'air quand il en avait fini avec quelqu'un. Six ans de sa vie, son cœur, son amour se volatilisaient sous ses yeux. Comment pouvait-il tout envoyer valser si aisément ?

— Nicky, s'il te plaît…

— La mort imminente d'Andrew devrait faciliter ton choix. Quelques heures de plus avec un mourant ou le reste de ta vie avec moi… Choisis.

— Nick…

Jane fut interrompue par un autre sanglot. Elle avait l'impression de mourir. Il ne pouvait pas la quitter. Pas maintenant.

— … Ce ne sont pas de simples heures. Il va être terrifié…

Jane ne pouvait songer à ce qu'Andrew allait traverser si on l'abandonnait.

— … tu ne peux pas vouloir ça. Je sais que tu me testes. Je t'aime. Bien sûr que je t'aime. Je suis avec toi, je te l'ai dit.

Nick tendit la main vers la porte.

— S'il te plaît !

Jane l'agrippa par le devant de la chemise. Il détourna la tête lorsqu'elle essaya de l'embrasser. Jane appuya son visage contre sa poitrine. Elle pleurait si fort qu'elle pouvait à peine parler.

— S'il te plaît, Nicky. S'il te plaît, ne m'oblige pas à choisir. Tu sais que je ne peux pas vivre sans toi. Je ne suis rien sans toi. S'il te plaît !

— Alors, tu viendras avec moi ?

Elle leva la tête vers lui. Elle avait pleuré si fort si longtemps que ses paupières lui faisaient l'effet de fil de fer barbelé.

— J'ai besoin que tu le dises, Jane. J'ai besoin d'entendre ton choix.

— Je ne pe… peux pas…, bredouilla-t-elle. Nick, je ne peux pas…

— Tu ne peux pas choisir ?

— Non… je…

Son cœur faillit s'arrêter net lors de cette révélation soudaine :

— … je ne peux pas l'abandonner.

Le visage de Nick demeura indéchiffrable.

— Je…

Jane parvint tout juste à déglutir. Elle avait la bouche sèche et elle était terrifiée, mais elle se savait agir pour le mieux.

— … je ne laisserai pas mon frère mourir seul.

— Très bien.

Nick tendit de nouveau la main vers la porte, mais alors quelque chose le fit changer d'avis.

L'espace d'un instant, elle crut qu'il allait lui dire que c'était d'accord.

Mais il ne le fit pas.

Ses mains surgirent de nulle part, la repoussèrent à travers la pièce. La tête de Jane partit brusquement en arrière, brisa la vitre de la fenêtre.

Elle était frappée de stupeur. Elle se toucha l'arrière du crâne, prête à y trouver du sang.

— Pourquoi tu as…

Nick lui donna un coup de poing dans le ventre.

Jane s'effondra à genoux. De la bile jaillit de sa bouche. Elle sentit le goût du sang. Un spasme d'une telle violence lui transperça le ventre qu'elle se plia en deux, son front collé au sol.

Nick l'agrippa par les cheveux, lui tira la tête en arrière d'un coup sec. Il était agenouillé devant elle.

— Qu'est-ce que tu croyais qu'il allait se passer, Janey, qu'on allait s'enfuir vers un petit appart en Suisse pour y élever notre bébé ?

*Le bébé…*

— Regarde-moi.

Les doigts de Nick lui entourèrent le cou. Il la secoua comme une poupée.

— Tu étais assez bête pour croire que je te laisserais le garder ? Que je me transformerais en un vieux bonhomme gras qui lit le journal du dimanche pendant que tu fais la vaisselle et qu'on parle du projet de classe de Junior ?

Jane était incapable de respirer. Elle enfonçait ses ongles dans les poignets de Nick. Il l'étranglait.

— Tu ne comprends pas que je sais tout de toi, Jinx ? Nous n'avons jamais été deux personnes distinctes. Notre vie n'a un sens que quand on est ensemble, dit-il en resserrant sa prise des deux mains. Rien ne peut s'interposer entre nous. Pas un bébé qui pleurniche. Pas ton frère mourant. Rien. Tu m'entends ?

Elle le griffa, cherchant désespérément de l'air. Il lui cogna la tête contre le mur.

— Je te tuerai avant que tu puisses me quitter.

Il la regarda dans les yeux et, cette fois, Jane sut qu'il disait vrai.

— Tu m'appartiens, Jinx Queller. Si jamais tu essaies de me quitter, je brûlerai la terre entière pour te ramener. Tu comprends ? lui demanda-t-il en la secouant à nouveau. Tu comprends ?

Les mains de Nick étaient trop serrées. Jane sentit une obscurité approcher lentement la périphérie de sa vision. Ses poumons vibrèrent. Sa langue ne voulait plus rester dans sa bouche.

Le visage de Nick luisait de transpiration. Son regard lançait des flammes. Il affichait son habituel rictus autosatisfait.

— Regarde-moi. Quel effet ça fait d'étouffer, ma chérie ? Est-ce que c'est ce que tu imaginais ?

Ses paupières se mirent à papilloter. Pour la première fois depuis des jours, la vision de Jane était nette. Il ne lui restait plus de larmes.

Nick les lui avait confisquées, comme il lui avait pris tout le reste.

# 26 AOÛT 2018

# 13

Andy était assise dans un box, au fond d'un McDonald's, en périphérie de Big Rock, dans l'Illinois. Elle était si heureuse de sortir du pick-up de Mike après deux jours et demi de conduite monotone qu'elle s'était offert un milk-shake. Elle se préoccuperait des potentiels problèmes de cholestérol et du manque d'exercice plus tard.

Elle avait déjà assez de sujets d'inquiétude. Andy avait passé le premier jour du voyage à ressasser toutes les erreurs qu'elle avait commises et qu'elle continuait probablement de commettre : elle n'avait jamais examiné la glacière de la Reliant à la recherche d'un traceur GPS, avait laissé le revolver sans numéro de série dans la boîte à gants, ce qui signifiait que Mike allait forcément le trouver. Elle avait sans doute brisé les testicules de ce dernier, lui avait dérobé son portefeuille et violait la loi fédérale en franchissant plusieurs frontières entre États au volant d'un véhicule volé.

Le plus important étant : Mike avait-il entendu Paula dire à Andy de chercher Clara Bellamy en Illinois, ou avait-il été trop préoccupé par l'implosion de ses testicules ?

Elle finirait tôt ou tard par le découvrir.

La jeune femme mâchouilla la paille de son milk-shake. Observa l'écran de veille de son ordinateur portable. Elle ferait mieux de garder sa névrose au sujet de Mike au chaud en attendant le moment d'aller dormir, moment où elle aurait besoin d'un sujet de tourment. Pour l'instant, elle devait réfléchir au délit qui avait bien pu envoyer Paula

Kunde vingt ans en prison et pourquoi elle nourrissait une rancune si tenace envers Laura.

Jusqu'à maintenant, des obstacles avaient gêné les recherches informatiques d'Andy. Trois nuits passées dans trois motels différents, le portable posé sur le ventre, n'avaient débouché sur rien d'autre qu'un rectangle rouge sur son abdomen.

L'itinéraire le plus simple pour débusquer des saloperies sur les gens passait toujours par Facebook. La nuit où Andy avait quitté Austin, elle avait créé un faux compte sous le nom de « Stefan Salvatore » et utilisé le logo des Longhorn du Texas comme photo de profil. Comme on pouvait s'y attendre, Paula Kunde n'apparaissait pas sur les réseaux sociaux. ProfRatings.com permit à Andy de se connecter grâce à ses identifiants Facebook. Elle alla sur la page critique de Paula, où figurait sa note d'une étoile et demie, et envoya des douzaines de messages en mode privé aux détracteurs de la professeure les plus virulents. Un message chaque fois identique :

*Mec ! ! ! Kunde vingt ans en taule fédérale ? ! ? ! Des détails, obligé ! ! ! La salope veut pas changer ma note ! ! !*

Andy n'avait rien reçu en retour que : « Quelle putain de salope, j'espère que tu vas la tuer », mais elle savait qu'au bout d'un moment quelqu'un se lasserait et ferait le genre d'enquête sur la Toile qui exigeait le numéro de carte de crédit des parents.

Un tout-petit hurla à l'autre bout du McDonald's.

Andy regarda sa mère l'emmener aux toilettes. Elle se demanda si elle était déjà venue dans ce McDonald's avec Laura. Sa mère lui avait raconté que son père biologique, Jerry Randall, était né et décédé à Chicago, dans l'Illinois, et Laura n'avait certainement pas choisi cette ville au hasard.

*N'est-ce pas ?*

Andy aspira bruyamment le fond de son milk-shake. À présent, le temps était venu de plonger dans l'absurde stock de mensonges imaginé par sa mère. Elle examina le petit bout de papier à côté de son coude. À la seconde où Andy s'était sentie en sécurité, en banlieue d'Austin, elle s'était rangée sur le côté de la route et avait griffonné des détails issus de sa conversation avec Paula Kunde.

*Vingt ans à Danbury ?*

*QuellCorp ?*

*Connaissait l'homme en noir, mais pas Mike ?*

*31 ans – calcul intéressant ?*

*Laura ne fait que raconter les pires conneries ?*

*Fusil de chasse ? Qu'est-ce qui l'a fait changer d'avis ? Clara Bellamy ? ? ?*

Andy avait démarré avec les recherches les plus simples. Les archives de l'établissement pénitentiaire fédéral Danbury étaient accessibles par le biais du localisateur de détenus sur BOP.gov, mais Paula Kunde n'était pas listée sur le site. Elle n'était pas non plus inscrite sur les pages des anciens étudiants de l'UC-Berkeley, de Stanford ou de la West Connecticut University. L'explication la plus plausible était qu'elle s'était mariée et, mettant les constructions patriarcales de côté, avait changé de patronyme.

*Je sais comment fonctionne le mariage.*

Andy avait déjà épluché les registres de mariage et de divorce d'Austin, puis des comtés environnants. Elle avait fait de même dans l'ouest du Connecticut, le comté de Berkeley et à Palo Alto, avant de décider qu'elle perdait son temps, parce que Paula avait pu prendre l'avion pour Vegas et se faire passer la bague au doigt. Mais, pour commencer, qu'est-ce qui faisait croire à Andy qu'une cinglée brandissant un fusil lui avait dit la vérité sur son séjour en prison ?

« Balance » et « vingt piges » revenaient dans toutes les émissions sur la prison. Il suffisait de les prononcer avec une certaine assurance, ce dont Paula Kunde ne manquait pas, pour se faire passer pour une ex-détenue.

Quoi qu'il en soit, la recherche sur le BOP menait à une impasse.

Andy tapota la table du bout des doigts tout en examinant la liste. Elle s'efforça de se remémorer leur conversation dans la cuisine. Il y avait eu un avant et un après bien distincts. La rupture ayant eu lieu au moment où Paula était allée chercher son fusil de chasse et avait dit à Andy de foutre le camp.

Andy n'arrivait pas à comprendre ce qu'elle avait dit de mal. Elles avaient discuté de Laura et du fait qu'elle racontait les pires conneries… des conneries de la pire sorte… puis Paula lui avait dit d'attendre avant de la menacer avec son arme.

Andy secouait la tête, parce que cela n'avait aucun sens.

La suite s'était révélée encore plus inexplicable, parce qu'il avait fallu qu'Andy inflige une raclée à Mike pour que Paula lui lâche le nom de Clara Bellamy. Andy pouvait le prendre au premier degré et supposer que Paula avait été impressionnée par son accès de violence, mais quelque chose lui disait qu'elle était sur la mauvaise piste. Paula était sacrément intelligente. Les débiles n'allaient pas à Stanford. Elle avait mené Andy par le bout du nez dès l'instant où elle lui avait ouvert sa porte et la manipulait certainement encore en cet instant même, mais deviner le but ultime d'une détraquée dépassait de beaucoup les talents de déduction de la jeune femme.

Elle revint sur ses notes et se concentra sur le détail qui la turlupinait le plus :

*31 ans – calcul intéressant ?*

Paula était-elle allée en prison trente et un ans plus tôt, tandis qu'une Laura enceinte s'enfuyait avec un million de dollars et une fausse carte d'identité pour mener une vie merveilleuse sur la plage, jusqu'à ce que, soudain, la vidéo du snack apparaisse aux infos nationales et permette aux méchants de la localiser ?

Le même homme avait étranglé Laura et Paula, donc, les deux femmes avaient des informations que quelqu'un d'autre cherchait.

Qui étaient ces hommes mystérieux capables de remonter une piste à partir d'e-mails et d'appels téléphoniques ?

Andy revint à l'ordinateur et saisit QuellCorp.com une nouvelle fois, car, désormais, il ne lui restait plus qu'à revenir sur ses pas et à voir si elle avait laissé passer un détail lors de ses vingt dernières visites du site.

L'écran de lancement affichait une photo avec un effet de zoom lent : on s'approchait d'un groupe multiculturel de jeunes scientifiques en blouse de labo qui fixaient avec intensité un becher rempli d'un liquide luisant. Des violons en fond sonore donnaient l'impression que Léonard de Vinci venait tout juste de découvrir le remède contre l'herpès.

Andy coupa le son.

Elle connaissait cette entreprise pharmaceutique de la même façon que tout un chacun connaissait les pansements. QuellCorp fabriquait tout, depuis les lingettes pour bébé jusqu'aux médicaments contre la dysfonction érectile. La seule information qu'Andy dénicha sous l'onglet *historique* fut qu'un homme nommé Douglas Paul Queller avait fondé l'entreprise dans les années 1920, et que ses descendants l'avaient vendue dans les années 1980. Puis, au début des années 2000, QuellCorp avait simplement absorbé le monde entier, parce que c'est ce que font toutes les multinationales malveillantes.

Les gens qui la poursuivaient pouvaient très bien avoir été engagés par une multinationale malveillante. C'était l'intrigue de la plupart des films de science-fiction qu'Andy avait vus, d'*Avatar* en passant par tous les *Terminator*.

Elle referma le site de QuellCorp et afficha la page Wikipédia de Clara Bellamy.

S'il était troublant que Laura connaisse Paula Kunde, il était tout aussi étrange que Paula Kunde connaisse une femme comme Clara Bellamy. Elle avait été danseuse étoile, ce qui, d'après une autre page Wikipédia, était un honneur décerné uniquement à une petite poignée de femmes. Clara avait dansé pour George Balanchine, un chorégraphe dont même Andy connaissait le nom. Elle avait fait des tournées dans le monde entier. S'était produite sur les scènes les plus prestigieuses. Avait atteint le sommet de son art. Puis une affreuse blessure au genou l'avait obligée à se retirer.

Parce que Andy n'avait rien de mieux à faire après avoir

conduit toute la journée, elle avait visionné pratiquement tout le contenu qu'offrait YouTube sur Clara Bellamy. Il existait d'innombrables représentations et interviews en compagnie de toutes sortes de gens célèbres, mais sa vidéo préférée montrait le premier Festival Tchaïkovski mis en scène par le New York City Ballet.

Comme Andy adorait le théâtre, elle avait immédiatement remarqué le décor spectaculaire, avec ses tubes translucides en arrière-plan qui donnaient l'illusion que la scène était entourée de glace. Elle avait cru que regarder des femmes minuscules virevolter sur la pointe des pieds, accompagnées d'une musique pour personnes âgées, l'ennuierait, mais quelque chose chez Clara Bellamy lui évoquait un colibri et l'empêchait de détourner le regard. Pour une femme dont Andy n'avait jamais entendu parler, Clara avait été extraordinairement célèbre. Elle avait fait la couverture de *Newsweek* et du *Time*, et était apparue à de nombreuses reprises dans le *New York Times Magazine* ainsi que dans la rubrique « Goings On About Town » du *New Yorker*.

Puis les recherches d'Andy s'étaient heurtées à une impasse. Ou, pour être exact, à un péage. Sur beaucoup de sites, elle n'avait le droit qu'à un certain nombre d'articles gratuits, si bien qu'elle devait prioriser ses choix étant donné qu'il lui était impossible de payer par carte de crédit pour élargir son accès.

D'après ses déductions, Clara avait disparu de la vie publique vers 1983. La dernière photo dans le *Times* présentait la femme, tête baissée, un mouchoir sous le nez, alors qu'elle quittait les obsèques de George Balanchine.

Comme pour Paula, Andy supposait que Clara Bellamy s'était mariée à un moment donné et avait adopté le nom de son époux. Même si les raisons qui poussaient quelqu'un qui avait travaillé si durement pour se faire un nom à finir par en changer d'un coup étaient difficilement compréhensibles. Clara n'avait pas de page Facebook, mais il existait un ancien forum de discussion dédié à sa personne, aujourd'hui clôturé, ainsi qu'un groupe obsédé par la minceur dont l'activité consistait essentiellement à commenter le poids de la jeune femme.

Andy n'avait pas réussi à retrouver la trace d'un éventuel mariage ou divorce de Clara Bellamy à New York, ni dans le comté de Cook de Chicago, ni même dans les régions alentour, mais elle avait déniché un article intéressant dans le *Chicago Sun Times* à propos d'une action en justice intervenue après la blessure de Clara.

La danseuse étoile avait poursuivi une société nommée EliteDream BodyWear pour le non-règlement d'un contrat publicitaire. L'avocat qui l'avait représentée n'était pas cité dans l'article, mais la photo qui l'accompagnait montrait Clara à la sortie du palais de justice avec un moustachu dégingandé qui, aux yeux d'Andy, incarnait parfaitement l'avocat hippie, ou un hipster essayant d'y ressembler. Et le plus important, lorsque le photographe avait appuyé sur le déclencheur, l'avocat hippie regardait droit vers l'objectif.

Andy avait suivi plusieurs cours de photo à l'École d'art et de design de Savannah. Elle savait à quel point il était inhabituel d'avoir une photo prise sur le vif, sans que la personne cligne des yeux ou remue les lèvres. L'avocat hippie avait défié la loi des probabilités. Ses lèvres étaient légèrement entrouvertes et sa moustache guidon aux boucles ridicules, parfaitement en place. Sa longue chevelure soyeuse reposait bien droite sur ses épaules. L'image était si nette qu'Andy pouvait même voir l'extrémité de ses oreilles dépasser de ses cheveux, comme de minuscules pistaches.

La jeune femme partit du principe que l'avocat hippie n'avait pas dû tellement changer au fil des années. Un trentenaire qui s'inspirait de Wyatt Earp en matière de pilosité faciale, ne se réveillait pas un beau matin de la soixantaine, conscient de son erreur.

Elle tapa une nouvelle recherche : *Chicago+avocat+moustache+cheveux*

En quelques secondes, elle tomba sur un groupe nommé les Fiduciaires Funkadelic, qui se qualifiaient eux-mêmes de « hair band ». Ils jouaient tous les mercredis soir dans un bar appelé l'EZ Inn. Chacun des membres avait une pilosité faciale singulière : soit un bouc diabolique, soit des rouflaquettes, et tous ou presque portaient les cheveux longs, le plus souvent relevés en un chignon. Andy zooma sur les visages des huit membres et repéra rapidement la boucle familière d'une moustache guidon chez le batteur.

« Edwin Van Wees », indiquait la légende.

Andy se frotta les yeux. Elle était fatiguée d'avoir conduit toute la journée et d'avoir fixé un écran d'ordinateur toute la nuit. C'était presque trop facile.

Elle retrouva la vieille photo du journal pour la comparer. Le batteur était un peu plus grassouillet, un peu moins chevelu et moins séduisant, mais elle savait qu'elle tenait le bon type.

Andy regarda par la fenêtre et prit un instant pour savourer sa chance. Edwin saurait probablement comment contacter Clara Bellamy.

Elle ouvrit une nouvelle fenêtre du navigateur.

Tout comme Clara, Edwin Van Wees n'avait pas de page Facebook, mais elle réussit à débusquer un site – à l'évidence créé par Edwin en personne – le présentant comme « partiellement à la retraite, mais toujours disponible pour parler concerts et solo batterie ». Elle cliqua sur l'onglet *À propos*. Edwin était un avocat formé à Stanford, ancien membre de l'ACLU, l'Union américaine pour les libertés civiles. Durant sa longue et brillante carrière, il avait défendu des artistes, des anarchistes, des agitateurs et des révolutionnaires, qui avaient joyeusement posté des photos d'eux, souriant, à côté de l'avocat qui leur avait évité la prison. Même certains d'entre eux qui avaient fini derrière les barreaux faisaient son éloge. Il était tout à fait sensé qu'un excentrique comme Edwin connaisse une femme aussi dérangée que Paula Kunde.

*Ma période révolutionnaire est terminée.*

Andy croyait dur comme fer qu'Edwin Van Wees savait où se trouvait Clara Bellamy. Elle le déduisait à la façon familière dont elle lui touchait le bras sur la photo. Mais aussi au regard mauvais qu'Edwin lançait à l'homme derrière l'objectif. Andy avait peut-être tendance à surinterpréter, mais si son prof de photo, celui du cours « Émotions de la lumière dans la photographie en noir et blanc », l'avait chargée de trouver un cliché montrant une femme fragile qui s'agrippe à son protecteur, Andy aurait choisi cette image-là.

Le tout-petit se remit à hurler.

Sa mère l'empoigna et le ramena aux toilettes.

Andy ferma l'ordinateur et le fourra dans son sac bandoulière. Elle jeta les restes de son repas à la poubelle et regagna le pick-up de Mike. Le titre « Interstate Love Song » des Stone Temple Pilots jouait toujours. Andy tendit la main pour l'éteindre, mais elle ne put s'y résoudre. Le fait d'apprécier la musique de Mike l'agaçait au plus haut point. Toutes ses compilations sur CD étaient géniales, de Dashboard Confessional à Blink-182, en passant par l'étonnante collection de titres de J-Lo.

Elle jeta un coup d'œil au panneau McDonald's avant de s'engager sur la route. 14 h 20. Une heure plutôt correcte pour passer à l'improviste. Sur son site, Edwin Van Wees avait indiqué l'adresse de son bureau, situé dans une ferme à environ une heure et demie de route de Chicago. Elle en déduisit qu'il travaillait de chez lui, et serait donc très probablement à la maison à cette heure-ci. Andy avait cartographié l'itinéraire sur Google Earth : elle avait zoomé d'avant en arrière sur les terres cultivées luxuriantes, localisé la vaste grange rouge d'Edwin et la maison assortie, avec son toit de métal éclatant.

Depuis le McDonald's, il ne lui fallut que dix minutes pour trouver la ferme. Elle faillit manquer l'allée, dissimulée par une épaisse rangée d'arbres. La route était déserte. Andy se rangea sur le bas-côté un peu avant le tournant. Le moteur qui tournait au ralenti fit vibrer nerveusement le plancher du pick-up.

La jeune femme n'était pas aussi nerveuse que lorsqu'elle s'était garée devant la maison de Paula. Elle avait appris à ne plus prendre pour argent comptant tout ce qu'on lui racontait. Peut-être Edwin Van Wees lui braquerait-il un fusil sur la poitrine, à l'image de Paula Kunde. Il était logique que cette dernière l'envoie vers quelqu'un de peu enclin à la renseigner. Durant le trajet depuis Austin, Paula avait eu un paquet de temps pour appeler Clara Bellamy et la prévenir que la fille de Laura Oliver allait peut-être la rechercher. Et si Clara était toujours en contact avec Edwin Van Wees, elle avait pu téléphoner…

Andy se frotta le visage. Elle pouvait passer le reste de la journée à tergiverser, ou aller vérifier par elle-même. Elle braqua le volant et s'engagea dans l'allée. Sur plus de huit cents mètres, les arbres bordant le chemin de terre lui bloquèrent toute visibilité, mais bientôt elle aperçut le sommet de la grange rouge, puis un pré immense avec des vaches, et enfin la petite ferme au vaste porche et des tournesols plantés dans le jardin.

Andy se gara devant la grange. Il n'y avait pas d'autres voitures en vue, ce qui était mauvais signe. La porte d'entrée ne s'ouvrit pas. Aucun rideau ne voleta, aucun visage n'apparut furtivement à la fenêtre. Malgré tout, elle n'était pas assez bête pour repartir sans taper à la porte.

Elle s'apprêtait à descendre du pick-up lorsqu'elle se rappela le téléphone prépayé sur lequel Laura était censée l'appeler, quand la voie serait libre. À vrai dire, aux environs de Tulsa, elle avait perdu espoir qu'il sonne un jour. La *Belle Isle Review* lui avait fourni l'essentiel des faits : le cadavre de l'homme en noir n'avait toujours pas été identifié. Après avoir analysé la vidéo du snack, la police était parvenue à la même conclusion que Mike. Laura avait essayé d'empêcher Jonah Helsinger de se suicider. Elle ne serait pas inculpée pour son assassinat. La famille du tireur se plaignait toujours, mais, droit policier ou pas, l'opinion publique leur avait tourné le dos, et le procureur de district était une girouette politique de la pire espèce. En résumé, quel que soit le danger qui tenait Andy loin de chez elle, soit il n'avait aucun rapport avec cela, soit il faisait partie du tissu de mensonges colossal élaboré par Laura.

La jeune femme ouvrit la trousse à maquillage et jeta un œil au téléphone pour s'assurer que la batterie était chargée, avant de le glisser dans sa poche arrière. Elle repéra le permis de conduire de Laura et sa carte d'assurée sociale. Examina la photo de sa mère et s'efforça de ne pas prêter attention au manque qui lui pinça le cœur, préférant contempler son reflet dans le rétroviseur. Peut-être était-ce dû à son alimentation merdique, au manque de sommeil ou au fait qu'elle portait les cheveux lâchés, mais, chaque jour passant, elle ressemblait de plus en plus à sa mère. Les trois derniers réceptionnistes d'hôtel lui avaient à peine lancé un coup d'œil lorsqu'elle leur avait tendu le permis.

Elle remit la carte dans son sac à côté d'un portefeuille en cuir noir.

Le portefeuille de Mike.

Ces deux derniers jours, Andy avait soigneusement évité d'ouvrir le portefeuille et d'admirer son beau visage, surtout quand elle était allongée dans son lit, la nuit, et qu'elle essayait de ne pas penser à lui, parce que c'était un psychopathe et qu'elle était pathétique.

Elle leva les yeux sur la ferme, puis observa l'allée et se décida à inspecter le portefeuille.

— Oh ! putain de merde, marmonna-t-elle.

Andy tomba sur quatre permis de conduire. Tous des faux, de sacrément bonne qualité : Michael Knepper d'Alabama, Michael Davey d'Arkansas, Michael George du Texas, Michael Falcone de Géorgie. Un petit rabat épais en cuir divisait le portefeuille en deux. Andy l'ouvrit.

*Merde alors.*

Il possédait une fausse plaque de marshal des États-Unis. Andy en avait déjà vu une vraie, une étoile dorée à l'intérieur d'un cercle. Celle-ci semblait une bonne imitation, aussi convaincante que tous les faux papiers d'identité. Quel que soit son faussaire, il avait fait du sacré bon boulot.

Soudain, on frappa un petit coup à la vitre.

— Putain ! s'écria Andy qui avait brusquement levé les mains en l'air et lâché le portefeuille.

Elle resta bouche bée, parce que la personne qui avait cogné à la vitre ressemblait carrément à Clara Bellamy.

— C'est toi, dit la femme, un sourire éclatant aux lèvres. Qu'est-ce que tu fais assise là dans ce pick-up tout sale ?

Andy se demanda si ses yeux lui jouaient des tours, ou si elle avait visionné tellement de vidéos sur YouTube qu'elle voyait Clara Bellamy partout. La femme était certes plus âgée, son visage ridé, ses longs cheveux étaient devenus poivre et sel, mais, sans aucun doute, Andy dévisageait Clara Bellamy en chair et en os.

— Allez, viens. Il gèle dehors. Rentrons.

Pourquoi parlait-elle à Andy comme si elle la connaissait ?

Clara ouvrit la portière et tendit la main pour aider Andy à descendre.

— Mon Dieu, lâcha Clara. Tu as l'air épuisée. Est-ce qu'Andrea t'empêche de dormir à nouveau ? Tu l'as laissée à l'hôtel ?

Andy ouvrit la bouche, mais elle n'avait rien à répondre. Elle croisa le regard de Clara et se demanda qui cette femme croyait voir quand elle la dévisageait fixement.

— Qu'est-ce qui se passe ? s'enquit Clara. Tu as besoin d'Edwin ?

Andy eut du mal à répondre.

— Euh… Est-ce qu'il… Est-ce qu'Edwin est là ?

Clara inspecta l'espace devant la grange.

— Sa voiture n'est pas là. Je viens juste de coucher Andrea pour la sieste, dit la femme, comme si, deux secondes plus tôt, elle n'avait pas demandé si Andrea était à l'hôtel.

Le prénom Andrea la désignait-il elle, ou quelqu'un d'autre ?

— On se boit un thé ? poursuivit Clara.

Sans attendre de réponse, elle passa son bras sous celui d'Andy et la conduisit vers la ferme.

— Je ne sais absolument pas pourquoi, mais j'ai pensé à Andrew ce matin. À ce qui lui est arrivé…

Elle posa la main au bas de son cou et se mit à pleurer.

— … Jane, je suis tellement désolée.

— Euh…

Andy n'avait aucune idée de ce dont elle parlait, mais elle éprouva une étrange envie de pleurer, elle aussi.

*Andrew ? Andrea ?*

Clara poussa la porte d'entrée du bout du pied.

— Ne parlons pas de choses déprimantes aujourd'hui. Tu as déjà eu ta dose jusqu'à maintenant. Bon, raconte-moi comment tu vas. Tout va bien ? Tu as toujours du mal à dormir ?

— Euh…, répondit Andy, parce que apparemment c'est tout ce qu'elle était capable de sortir. J'ai…

Elle essaya de réfléchir et d'inciter cette femme à continuer la conversation.

— … et toi ? Qu'est-ce que tu fais de beau ?

— Oh ! tellement de choses. J'ai découpé des photos de magazine pour me donner des idées de déco pour la chambre d'enfant et j'ai fait des albums sur mes années de gloire. La pire sorte d'auto- encensement qui soit, mais bon, tu sais, c'est tellement étrange, j'ai oublié la plupart de mes représentations. Pas toi ?

— Euh…

Andy ne voyait toujours pas de quoi la femme parlait.

— Je parie que tu te souviens de chacune d'elles ! lâcha Clara dans un rire. Tu étais toujours si précise…

Du pied, elle repoussa une porte battante.

— … assieds-toi. Je vais nous faire du thé.

Andy réalisa qu'elle se retrouvait une nouvelle fois dans une cuisine avec une inconnue pouvant détenir des informations sur sa mère.

Clara ouvrit des placards.

— Je crois que j'ai quelques cookies.

Andy considéra la cuisine. L'espace était petit, séparé du reste de la maison, et avait probablement subi peu de changements depuis la construction. Les meubles de rangement en métal étaient peints en bleu sarcelle éclatant. Les plans de travail étaient taillés dans des billots de boucher et l'électroménager paraissait appartenir au décor de la série *The Partridge Family.*

Près du réfrigérateur se trouvait un grand tableau blanc sur lequel quelqu'un avait écrit :

*Clara : on est dimanche. Edwin restera en ville de 13 h à 16 h. Le déjeuner se trouve dans le frigo. Ne te sers pas de la cuisinière.*

Clara alluma la cuisinière. Le bouton d'allumage émit plusieurs clics avant que le gaz ne s'enflamme.

— Camomille ?

— Euh… Oui, merci.

Andy s'assit à la table. Elle essaya de réfléchir à quelques questions à poser à Clara, par exemple en quelle année on était ou qui était l'actuel président, mais finalement elle se ravisa parce qu'on ne laissait pas des mots comme ceux-là sur un tableau, à moins que cette personne ait des problèmes de mémoire.

Andy ressentit une tristesse presque écrasante qui fut rapidement chassée par une généreuse dose de culpabilité, parce que, si Clara souffrait d'un début d'Alzheimer précoce, alors les événements de la semaine dernière avaient complètement disparu, mais ce qui lui était arrivé trente et un ans plus tôt affleurait probablement à la surface de sa mémoire.

— Quelles couleurs tu voyais pour la chambre d'enfant ? demanda Andy.

— Pas de rose, déclara Clara avec assurance. Peut-être du vert et du jaune ?

Andy essaya de la faire parler.

— Je trouve ça joli. Comme les tournesols là-dehors.

— Oui, exactement, répondit Clara qui parut apprécier la remarque. Edwin dit que nous essaierons dès que tout sera terminé, mais je ne sais pas. Il me semble qu'on devrait commencer dès maintenant. Je ne rajeunis pas.

Elle posa la main sur son ventre en riant. Ce son était si beau qu'Andy ressentit un pincement au cœur. Il émanait une telle gentillesse de cette femme qu'il lui semblait déloyal d'essayer de la tromper.

— Comment est-ce que tu te sens ? Toujours épuisée ? s'enquit Clara.

Andy observa Clara verser de l'eau froide dans les deux tasses. Elle n'avait pas fait chauffer la bouilloire. Les hautes flammes tremblotaient sur la gazinière. Andy se leva pour l'éteindre.

— Je vais mieux, merci. Tu te souviens de notre rencontre ? J'essayais de m'en remémorer les détails l'autre jour.

— Oh ! c'était tellement horrible, fit-elle en se touchant la gorge. Pauvre Andrew.

*Andrew à nouveau.*

Andy se rassit à table. Elle n'était pas armée pour ce genre de subterfuge. Quelqu'un de plus futé saurait comment soutirer des informations à cette femme visiblement perturbée. Sans aucun doute, Paula Kunde parviendrait à la faire se mettre à table.

Ce qui donna une idée à Andy.

— J'ai vu Paula il y a quelques jours.

Clara leva les yeux au plafond.

— J'espère que tu ne l'as pas appelée comme ça.

— Quel autre nom lui donner ? Salope ? suggéra Andy.

Clara s'assit en riant. Elle avait plongé les sachets de thé dans l'eau froide.

— Je ne le lui dirais pas en face. Penny préférerait certainement nous voir tous morts à cet instant précis.

*Penny ?*

Andy médita le surnom dans sa tête. Et alors elle se souvint du billet de un dollar que Paula Kunde lui avait fourré dans la main. Andy n'avait pas changé de jean entre-temps. Elle farfouilla dans sa poche et dénicha le billet froissé en boule. Elle le lissa sur la table et le fit glisser vers Clara.

— Ah, lança Clara avec une moue malicieuse. Dollar Bill, au rapport.

*Une autre réussite spectaculaire.*

Andy devait cesser de faire dans la subtilité. Elle demanda :

— Tu te souviens du nom de famille de Paula ?

Clara haussa les sourcils.

— C'est un genre de test ? Tu crois que je ne me le rappelle pas ?

Andy s'efforça de déchiffrer le ton soudain cassant de Clara. L'avait-elle agacée ? Avait-elle gâché sa chance ?

Clara rompit la tension dans un éclat de rire.

— Bien sûr que je m'en souviens. Qu'est-ce qui te prend, Jane ? Tu te comportes bizarrement.

*Jane ?*

Clara répéta le prénom.

— Jane ?

Andy joua avec la ficelle du sachet de thé. L'eau était devenue orange.

— J'ai oublié, voilà le problème. Elle a pris un nouveau nom.

— Penny ?

*Penny ?*

Andy n'arrivait plus à continuer ce jeu-là.

— Je… Dis-le, Clara. Quel est son nom de famille ?

Clara fut abasourdie par sa demande. Des larmes roulèrent sur ses joues.

Andy se sentit affreusement coupable.

— Pardon. Je n'aurais pas dû te crier dessus.

Clara se leva. Elle alla jusqu'au réfrigérateur et l'ouvrit. Au lieu d'en sortir quelque chose, elle resta plantée là.

— Clara, je suis tellement…

— C'est Evans. Paula Louise Evans.

La honte éprouvée par Andy tempéra sensiblement son euphorie.

Le dos de Clara s'était raidi.

— Je ne suis pas complètement cinglée. Je me souviens de l'essentiel. Comme toujours.

— Je le sais. Je suis vraiment désolée.

Interdite, Clara fixait l'intérieur du frigo.

Andy avait envie de se jeter par terre et de lui demander pardon à plat ventre. Tout comme elle avait envie de sortir en courant et d'aller chercher son ordinateur, mais elle avait besoin d'une connexion Internet pour faire des recherches sur Paula Louise Evans. Elle marqua une hésitation, avant de demander à Clara :

— Tu connais le…

Elle s'interrompit parce que Clara ne savait probablement pas ce qu'était le wi-fi, sans parler de connaître un mot de passe.

— … Il y a un bureau dans la maison ?

Clara ferma le frigo et se retourna, son sourire chaleureux était de retour.

— Bien sûr. Tu as besoin de passer un coup de fil ?

— Oui, répondit Andy, parce que acquiescer était le moyen le plus rapide d'avancer. Ça t'embête ?

— C'est un appel longue distance ?

— Non.

— Tant mieux. Edwin a râlé à cause de la dernière facture de téléphone.

Le sourire de Clara commença à s'estomper. Elle avait perdu le fil de la conversation.

Andy rebondit :

— Quand j'aurai terminé mon appel, on pourra reparler un peu d'Andrew.

Le sourire de Clara s'illumina.

— Bien sûr. C'est par là, mais je ne sais pas exactement où est Edwin. Il a travaillé tellement dur ces derniers temps. Et les infos l'ont beaucoup inquiété.

Andy ne demanda pas quelles infos parce qu'elle ne pouvait courir le risque de relancer la femme sur un autre sujet.

Elle suivit Clara à travers la maison. Malgré son mauvais genou, la démarche de la danseuse conservait une incroyable grâce. Ses pieds touchaient à peine le sol. Andy ne pouvait laisser libre cours à son admiration, son esprit étant submergé par de trop nombreuses questions : qui était Jane ? Et Andrew ? Pourquoi Clara pleurait-elle chaque fois qu'elle prononçait ce prénom ?

Et pourquoi Andy éprouvait-elle le désir de protéger cette femme fragile qu'elle n'avait jamais rencontrée auparavant ?

— C'est là.

Clara était arrivée au bout du couloir. Elle ouvrit la porte sur une pièce qui avait dû être une chambre à un moment donné, mais qui était devenue un bureau bien ordonné : un mur composé de meubles de rangement fermés à clé, un bureau à cylindre et un MacBook Pro posé sur le bras d'un canapé en cuir.

Clara sourit à Andy.

— De quoi as-tu besoin ?

Andy hésita à nouveau. Elle ferait mieux de retourner au McDonald's pour utiliser leur wi-fi. Il n'y avait aucune raison de faire cela ici. Sauf qu'elle voulait toujours des réponses. Et si elle ne trouvait rien en ligne sur Paula Louise Evans ? Alors elle devrait revenir. Edwin Van Wees serait probablement rentré à ce moment-là, et il ne voudrait sûrement pas que Clara parle à Andy.

— Je peux t'aider ?

— L'ordinateur ?

— C'est facile. Ils ne sont pas aussi effrayants que tu le penses.

Clara s'assit par terre et ouvrit le MacBook. L'invite du mot de passe s'afficha. Andy s'attendait à ce que la femme bute sur le code, mais Clara appuya le doigt sur la Touch ID et le bureau se déverrouilla.

— Il faut que tu t'asseyes ici, sinon la lumière de la fenêtre va t'empêcher de bien voir l'écran.

Elle voulait parler de la gigantesque fenêtre derrière le canapé. Andy apercevait le pick-up de Mike garé devant la grange rouge. Elle avait encore la possibilité de partir. Edwin serait de retour dans moins d'une heure. Il était temps d'y aller.

— Viens, Jane. Je te montre comment ça marche. Ce n'est pas très compliqué.

Andy s'assit sur le sol à côté de Clara.

L'ancienne danseuse posa l'ordinateur sur l'assise du canapé pour qu'elles le voient toutes les deux.

— J'ai regardé des vidéos de moi, ajouta-t-elle. Est-ce que ça fait de moi une horrible vaniteuse ?

Andy dévisagea cette inconnue, installée si près d'elle, qui ne cessait de lui parler comme si elles étaient des amies de longue date, et répondit :

— J'ai visionné tes vidéos, moi aussi. Presque toutes. Tu étais… tu es une danseuse magnifique, Clara. Je n'aurais jamais cru aimer le ballet, mais en te regardant j'ai été transportée.

Clara toucha la jambe d'Andy.

— Oh ! ma chérie, c'est si gentil. Tu sais que je ressens la même chose pour toi.

Andy ne sut que dire. Elle tendit la main vers l'ordinateur. Trouva le navigateur. Ses doigts tripotèrent le clavier. Elle transpirait sans raison et serra les poings pour empêcher ses mains de trembler. Elle posa les doigts sur le clavier. Tapa lentement.

*Paula Louise Evans.*

Le petit doigt d'Andy reposait sur la touche *Entrée,* mais elle ne l'enfonça pas. Elle était sur le point de découvrir quelque chose à propos de l'horrible femme qui avait connu sa mère trente et un ans plus tôt.

Andy pressa la touche.

*Putain de merde.*

Paula Louise Evans avait sa propre page Wikipédia.

Andy cliqua sur le lien.

Un avertissement en haut de la page indiquait que les informations étaient sujettes à controverse. Ce qui était logique : Paula semblait être le genre de femme à aimer la polémique.

Elle sentit une tension nerveuse s'emparer d'elle tandis qu'elle parcourait rapidement le contenu du site. Elle fit défiler une bio exhaustive qui recensait tout depuis la maternité où Paula avait vu le jour jusqu'à son numéro de détenue dans l'établissement pénitentiaire fédéral pour femmes de Danbury.

*A grandi à Corte Madera, en Californie… Berkeley… Stanford… Meurtre.*

L'estomac d'Andy se serra.

Paula Evans avait assassiné une femme.

Andy leva les yeux vers le plafond un instant. Elle revit Paula braquer le fusil sur sa poitrine.

— Il y a tellement de renseignements sur elle, dit Clara. C'est horrible que je sois un peu jalouse, non ?

Andy fit défiler la partie suivante :

*Engagée dans l'Armée du monde en mutation.*

Une photo floue de Paula. La date au-dessous indiquait « juillet 1986 ».

*Trente-deux ans auparavant.*

Andy se souvint d'avoir fait le calcul à Carrollton, devant l'ordinateur de la bibliothèque. Elle avait recherché des événements qui avaient eu lieu aux alentours de sa conception.

Des attentats à la bombe, des détournements d'avion et des fusillades dans des banques.

Andy scruta la photo de Paula Evans.

Elle portait une robe étrange qui ressemblait à une nuisette ainsi que des mitaines, des rangers et un béret en coton. D'épais traits noirs cernaient ses yeux et une cigarette pendouillait au coin de sa bouche. Elle tenait un revolver dans une main et un couteau de chasse dans l'autre. Cela aurait pu être drôle, si Paula n'avait pas assassiné quelqu'un.

Et n'avait pas été impliquée dans un complot pour renverser le monde, apparemment.

— Jane ? On prendrait une tasse de thé ? demanda Clara qui s'était enveloppé les épaules d'une couverture bleue.

— Un instant, répondit Andy en recherchant le prénom *Jane* sur la page Wikipédia de Paula.

Rien.

*Andrew.*

Rien.

Elle cliqua sur le lien qui l'amena sur la page Wikipédia de l'Armée du monde en mutation.

Débutant avec l'assassinat de Martin Queller à Oslo…

— QuellCorp, dit Andy.

Clara émit une sorte de sifflement.

— Ils sont affreux, n'est-ce pas ?

Andy sauta directement au bas de la page. Elle vit une photo de leur chef, un type qui ressemblait à Zac Efron avec le regard de Charles Manson. Les crimes de l'Armée venaient à la suite du meurtre de Martin Queller. Ils avaient kidnappé et assassiné une professeure de Berkeley. Été impliqués dans une fusillade ainsi que dans une chasse à l'homme à travers tout le pays. Leur taré de chef avait rédigé un manifeste, une demande de rançon qui avait fait la une du *San Francisco Chronicle.*

Andy cliqua sur le message.

Elle lut la première partie à propos du régime fasciste, puis son regard se voila.

C'était digne de *Calvin et Hobbes.* Ils auraient pu concocter le même message pendant une réunion de leur club pour se venger de leur voisine Susie Derkins.

Andy revint sur la page de l'Armée et découvrit une rubrique intitulée *Membres*. La plupart des noms étaient en bleu ; des liens hypertextes contrastant avec l'océan de texte noir. Des douzaines de personnes. Comment se faisait-il qu'Andy n'ait jamais vu de reportages ni de films inspirés de cette secte démente ?

William Johnson. Mort.

Franklin Powell. Mort.

Metta Larsen. Morte.

Andrew Queller…

Le cœur d'Andy bondit, mais le nom d'Andrew apparaissait en noir, ce qui signifiait qu'il n'avait pas de page dédiée. Et puis, pas besoin d'être Sherlock Holmes pour le relier à QuellCorp et à son homonyme décédé.

Elle remonta sur la page au niveau de Martin Queller et cliqua sur son nom. Elle découvrit d'autres Queller célèbres, dont elle ne savait rien. Son épouse, Annette Queller, née Logan, appartenait à une lignée qui aurait demandé des heures d'exploration. Le nom du fils aîné, Jasper Queller, était écrit en bleu, mais de toute façon Andy connaissait déjà ce connard de milliardaire qui ne cessait de présenter sa candidature et d'échouer aux élections présidentielles.

Le curseur survola le nom suivant : Fille, Jane « Jinx » Queller.

— Jane ? s'enquit Clara, parce qu'elle avait Alzheimer et que son esprit était piégé plus de trente ans auparavant, à une époque où elle était proche d'une femme prénommée Jane qui ressemblait trait pour trait à Andy.

Tout comme Andy ressemblait à la photo de Daniela B. Cooper sur le faux permis de conduire canadien.

*Sa mère.*

Andy se mit à pleurer. Sa bouche laissa échapper un gémissement tandis que des larmes inondaient son visage. Elle se pencha en avant, le menton posé sur l'assise du canapé.

Clara s'était agenouillée, avait pris les épaules d'Andy dans ses bras.

— Oh ! ma belle.

Andy se tordait de chagrin. Le vrai nom de Laura était-il Jane Queller ? Pourquoi ce seul mensonge importait-il tellement plus que les autres ?

Clara fit glisser l'ordinateur vers elle et commença à taper.

— Là, laisse-moi faire. Ne t'inquiète pas, ma chérie. Je pleure quand je visionne les miennes parfois, moi aussi, mais regarde celle-ci. Elle est parfaite.

Clara fit glisser à nouveau le portable entre elles.

Andy s'essuya les yeux. Clara lui mit un mouchoir dans la main. Andy se moucha, tenta d'arrêter le flot de larmes. Contempla l'ordinateur.

Clara avait affiché une vidéo sur YouTube.

*! ! ! Rare ! ! ! Jinx Queller 1982 au Carnegie Hall ! ! !*

*Quoi ?*

Les yeux de Clara brillaient d'enthousiasme. Elle cliqua sur l'icône pour passer en mode plein écran.

— Cette robe verte ! Un *moment de grâce*.

Andy ne savait que faire à part regarder la vidéo qui s'exécuta automatiquement. L'enregistrement était flou et les couleurs étranges, comme tout ce qui datait des années 1980. Un orchestre se trouvait déjà sur scène. Un énorme piano à queue se dressait devant, en plein milieu.

Clara augmenta le son.

Andy entendit de faibles murmures monter du public.

— C'était mon moment préféré, déclara Clara. Je jetais toujours un coup d'œil pour sonder l'ambiance.

Pour une raison inconnue, Andy retint son souffle.

Un silence total régnait dans le public. Une femme très mince vêtue d'une robe du soir vert foncé sortit des coulisses.

— Si élégante, chuchota Clara, mais Andy tint à peine compte du commentaire.

La femme qui traversait la scène avait l'air jeune, peut-être dix-huit ans, et visiblement elle avait du mal à marcher avec des chaussures aussi distinguées. Ses cheveux étaient décolorés, presque blancs, permanentés.

La caméra balaya le public. Ce dernier lui offrait une *standing ovation* avant même qu'elle ait adressé un regard à la salle. La caméra zooma sur le visage de la femme.

L'estomac d'Andy se serra.

*Laura.*

Sur la vidéo, sa mère inclina légèrement la tête. Elle avait l'air si calme tandis qu'elle fixait les visages de milliers de personnes. Andy avait déjà vu cette expression chez d'autres artistes. Une certitude absolue. Elle avait toujours adoré être en coulisses et observer la transformation d'un acteur. Elle était toujours sidérée qu'une personne puisse s'exposer devant un panel d'inconnus à l'esprit critique et feindre d'être quelqu'un d'autre de façon si convaincante.

Tout comme sa mère l'avait fait depuis sa naissance.

*Des conneries de la pire sorte.*

Les acclamations allèrent decrescendo lorsque Jinx Queller s'assit au piano.

Elle fit un signe de tête au chef d'orchestre qui leva alors les mains.

Le public fit brusquement silence.

Clara mit le volume au maximum.

On gratta des violons. Une faible vibration lui chatouilla les tympans. Puis le tempo rebondit, se calma, avant de rebondir à nouveau.

Andy ne connaissait pas la musique, surtout le classique. Laura n'en écoutait jamais à la maison. Les Red Hot Chili Peppers. Heart. Nirvana. Voilà les groupes que sa mère écoutait à la radio quand elle roulait en ville, qu'elle faisait le ménage ou qu'elle travaillait sur le dossier d'un patient. Elle avait mémorisé les paroles de « Mr Brightside » avant tout le monde. Téléchargé « Lemonade » la nuit de sa sortie. Ses goûts éclectiques faisaient d'elle une maman cool, la maman à qui tout le monde se confiait parce qu'elle ne vous jugeait pas.

Parce qu'elle avait joué à Carnegie Hall et qu'elle savait exactement de quoi elle parlait, bordel.

Sur la vidéo, Jinx Queller attendait toujours au piano, les mains sur les genoux, les yeux braqués droit devant elle. D'autres instruments avaient rejoint les violons. Andy ne savait pas lesquels, parce que sa mère ne lui avait jamais rien appris sur la musique. Elle avait dissuadé Andy de rejoindre un groupe, avait grimacé chaque fois que sa fille jouait des cymbales.

Des flûtes. Andy voyait les types du devant pincer les lèvres.

Des archers bougeaient. Des hautbois. Des violoncelles. Des cuivres.

Jinx Queller attendait toujours patiemment son tour devant le piano à queue.

Andy appuya la paume d'une main sur son ventre, comme pour l'apaiser. Elle était malade de stress pour la femme sur la vidéo.

Sa mère.

*Cette inconnue.*

À quoi pensait Jinx Queller pendant qu'elle attendait ? Est-ce qu'elle se demandait comment sa vie tournerait ? Savait-elle qu'elle aurait une fille un jour ? Qu'il ne lui restait que quatre ans avant qu'Andy arrive et l'arrache à cette vie incroyable ?

Après deux minutes vingt-deux de vidéo, sa mère leva enfin les mains.

La tension fut perceptible avant que ses doigts effleurent les touches.

En douceur pour commencer, seulement quelques notes, une lente et paisible progression.

Les violons la rejoignirent, puis ses mains bougèrent plus rapidement, montant et descendant sur le clavier avec légèreté, faisant naître le plus magnifique des sons qu'Andy ait jamais entendu.

*Fluide. Luxuriant. Riche. Exubérant.*

Il n'y avait pas assez d'adjectifs au monde pour décrire ce que Jinx Queller arrivait à obtenir du piano.

Un trop-plein d'émotions : voilà ce qu'Andy éprouvait. Son cœur enflait.

*De fierté. De joie. De confusion. D'euphorie.*

Ses sentiments suivaient les différentes expressions du visage de sa mère. La musique passait du solennel au dramatique, puis à l'exaltation avant de ralentir de nouveau. Chaque note s'incarnait dans l'attitude de Jane : ses sourcils levés, ses yeux fermés, le coin de ses lèvres remonté par le plaisir. Elle vivait une extase absolue. La confiance irradiait de la vidéo granuleuse comme des rayons de soleil. Un sourire s'affichait sur le visage de sa mère, un sourire qu'Andy n'avait jamais vu auparavant. Jinx Queller, malgré son incroyable jeunesse, avait l'air d'une femme qui avait trouvé sa place dans le monde.

Pas à Belle Isle. Pas à une réunion parents-professeurs ou sur le canapé de son bureau avec un patient, mais sur scène, tenant la salle au creux de sa main.

Andy essuya les larmes qui coulaient en un flot continu le long de ses joues. Elle ne comprenait pas comment sa mère n'avait pas pleuré chaque jour du reste de sa vie.

Comment pouvait-on renoncer à quelque chose d'aussi magique ?

Andy resta assise, complètement subjuguée, pendant la vidéo entière, incapable de détacher ses yeux de l'écran. Parfois, les mains de sa mère montaient et descendaient rapidement sur toute la longueur du clavier, d'autres fois, elles paraissaient grimper l'une sur l'autre. Les doigts bougeaient de façon autonome sur les touches blanches et noires, et Andy se souvint de Laura en train de travailler une pâte dans la cuisine.

Le sourire ne quitta pas son visage jusqu'aux dernières notes débordantes d'exubérance.

Puis ce fut terminé.

Ses mains voletèrent jusqu'à ses genoux.

Le public se déchaîna. Il était debout. Les applaudissements se muèrent en un solide mur sonore, évoquant le bruit continu d'une pluie d'été.

Jinx Queller resta assise, les mains dans son giron, les yeux baissés sur les touches, haletant à la suite de l'effort physique. Ses épaules étaient rentrées. Elle hocha la tête et sembla prendre un instant avec le piano, avec elle-même, pour s'imprégner de cette sensation d'absolue perfection.

Elle acquiesça une dernière fois. Se leva. Serra la main du chef d'orchestre. Fit un signe à l'orchestre. Ils se levaient déjà tous, la saluant avec leurs archets, applaudissant à tout rompre.

Jane se tourna vers le public et les acclamations enflèrent. Elle s'inclina à gauche de la scène, à droite, au milieu, et sourit – un sourire différent, moins assuré, moins joyeux – avant de quitter la scène.

C'était terminé.

Andy referma l'ordinateur avant que la vidéo suivante se mette en marche.

Elle leva les yeux vers la fenêtre derrière le canapé. Le soleil éclatant resplendissait dans le ciel bleu. Des larmes coulèrent dans le col de sa chemise. Elle essaya de réfléchir à un mot pour décrire ce qu'elle ressentait…

*Étonnée ? Perplexe ? Submergée ? Abasourdie ?*

Laura était la seule personne dont Andy n'avait jamais pu se détacher.

Une *star.*

Elle examina ses propres mains. Ses doigts étaient ordinaires : ni trop longs ni trop fins. Quand Laura était malade et incapable de prendre soin d'elle, Andy lui avait lavé les mains, leur avait appliqué de la crème, les avait frictionnées, serrées. Mais à quoi ressemblaient-elles vraiment ? Elles devaient être emplies de délicatesse, envoûtées, imprégnées d'une sorte de grâce surnaturelle. Andy aurait dû sentir des étincelles quand elle les lui massait, être ensorcelée, ou… quelque chose de semblable.

Pourtant, c'étaient les mêmes mains, tout à fait ordinaires, qui avaient fait signe à Andy de se dépêcher pour ne pas être en retard à l'école. Qui avaient creusé la terre du jardin quand le moment était venu de planter des fleurs printanières. Qui s'étaient enroulées autour de la nuque de Gordon quand ils dansaient. Et qui désignaient Andy avec une colère noire quand elle faisait quelque chose de mal.

*Pourquoi ?*

La jeune femme battit des paupières, s'efforça de chasser les larmes de ses yeux. Clara avait disparu. Peut-être n'avait-elle pu supporter son chagrin, ou plutôt la douleur qu'elle percevait chez celle qu'elle prenait pour Jane Queller. Les deux femmes avaient clairement discuté de cette représentation auparavant.

*Cette robe verte !*

Andy porta la main à sa poche arrière pour attraper le téléphone prépayé.

Elle composa le numéro de sa mère.

Patienta.

Sous les rayons de soleil, elle ferma les yeux et imagina Laura dans sa cuisine. Marcher vers le téléphone, vers l'endroit où elle le mettait à charger sur le plan de travail. Voir le numéro inconnu s'afficher sur l'écran. Se demander si elle allait répondre ou pas. Était-ce un appel publicitaire ? Un nouveau client ?

— Allô ? dit Laura.

En entendant la voix de sa mère, le cœur d'Andy se rompit en deux. Pendant presque une semaine entière, elle avait attendu désespérément l'appel de sa mère, attendu de l'entendre dire qu'elle pouvait rentrer en toute sécurité. Mais, maintenant qu'elle était au téléphone, Andy ne pouvait rien faire d'autre que pleurer.

— Allô ? répéta Laura.

Puis, parce qu'elle avait déjà reçu ce genre d'appels auparavant :

— Andrea ?

Andy perdit le peu qu'elle avait réussi à rassembler. À genoux, pliée en deux, la tête dans la main, elle luttait pour réprimer un gémissement.

— Andrea, pourquoi m'appelles-tu ? demanda Laura d'un ton sec. Qu'est-ce qui ne va pas ? Qu'est-ce qui s'est passé ?

Andy ouvrit la bouche, uniquement pour respirer.

— Andrea, s'il te plaît, dis-moi que tu m'entends… Andy ?

— Qui es-tu ?

Laura n'émit aucun son. Les secondes s'écoulèrent, puis ce qui parut être une minute entière.

Andy regarda l'écran et se demanda si elles avaient été coupées. Elle appuya le téléphone à nouveau contre son oreille et distingua finalement le doux clapotis des vagues sur la plage. Laura était sortie. Elle se trouvait sur la terrasse couverte, à l'arrière du pavillon.

— Tu m'as menti…

Rien.

— … ma date d'anniversaire. Où je suis née. Notre maison. Cette fausse photo de mes faux grands-parents. Est-ce que tu sais au moins qui est mon père ?

Laura ne répondit toujours pas.

— Tu étais quelqu'un, maman. Je l'ai vu sur Internet. Tu étais sur scène au… au Carnegie Hall. Les gens t'admiraient. Ça a dû te prendre des années pour devenir aussi douée. Toute ta vie. Tu étais quelqu'un et tu y as renoncé.

— Tu te trompes, dit enfin Laura, la voix dénuée de toute émotion, juste une froideur sans relief. Je ne suis personne et c'est exactement ce que je veux.

Andy appuya les doigts sur ses paupières. Elle ne supportait plus ces putains de mystères. Sa tête allait exploser.

— Où es-tu ? demanda Laura.

Andy avait envie de refermer le téléphone, d'envoyer balader sa mère, mais le moment était trop désespéré pour des actes dérisoires.

— Nulle part. Est-ce que tu es ma vraie mère au moins ?

— Bien sûr que oui. Le travail a duré seize heures. Les médecins ont cru qu'ils allaient nous perdre toutes les deux. Mais on s'est battues. On a survécu. Toutes les deux.

Andy entendit une voiture s'arrêter dans l'allée.

*Merde.*

— An… Andrea, dit Laura avec peine. Où es-tu ? J'ai besoin de savoir que tu es en sécurité.

Andy s'agenouilla sur le canapé et regarda par la fenêtre. Edwin Van Wees avec sa moustache guidon débile. Il aperçut le pick-up de Mike et tomba presque de sa voiture avant de se ruer vers la porte d'entrée.

— Clara ! s'écria-t-il. Clara, où…

Clara répondit, mais Andy ne parvint pas à émettre un son.

— Où es-tu ? répéta Laura, qui avait dû entendre quelque chose.

Andy perçut de lourdes bottes marteler le sol du couloir.

— Andrea, répéta Laura d'un ton sec. Je ne rigole pas. Il faut que tu me dises…

— Qui êtes-vous, putain ? demanda Edwin.

Andy se retourna.

— Merde, marmonna Edwin. Andrea.

— Est-ce que c'est…, s'enquit Laura, mais Andy colla le téléphone contre sa poitrine.

Elle s'adressa à l'homme :

— Comment est-ce que vous me connaissez ?

Edwin fit signe à Andy de sortir du bureau.

— Éloigne-toi de la fenêtre. Tu ne peux pas rester ici. Il faut que tu partes. Tout de suite.

Andy ne bougea pas.

— Dites-moi comment vous me connaissez.

Edwin aperçut le téléphone dans la main d'Andy.

— À qui est-ce que tu parles ?

Comme Andy ne répondait pas, il lui arracha le téléphone des mains et le porta à son oreille.

— Qui est… Putain !

Edwin tourna le dos à Andy.

— Non, je n'ai aucune idée de ce que Clara lui a dit. Tu sais qu'elle ne va pas très bien… Je ne lui ai pas dit… Non. Clara ne le sait pas. Ce sont des informations confidentielles. Je ne ferais jamais… Laura, tu dois te calmer. Personne ne sait où c'est sauf moi.

Ils se connaissaient, c'était certain. Ils se disputaient comme de vieux amis. Edwin l'avait reconnue au premier regard. Clara l'avait prise pour Jane, qui était en réalité Laura…

Andy claquait des dents, elle les entendait s'entrechoquer à l'intérieur de sa tête. Pratiquement gelée, elle se frictionna les bras pour tenter de se réchauffer.

— Laura, je…

Edwin pencha la tête et regarda par la fenêtre.

— … écoute, tu dois me faire confiance. Tu sais que jamais je ne…

Il se retourna et dévisagea Andy. Elle vit sa colère s'adoucir et se muer en autre chose. Il lui sourit exactement comme Gordon lui souriait, quand elle merdait, mais qu'il voulait malgré tout qu'elle sache qu'il l'aimait.

Pourquoi un homme qu'elle n'avait jamais rencontré la regardait-il exactement comme son père ?

— Je le ferai, Laura. Je te promets que je…

Il y eut un *crack* assourdissant.

Puis un autre.

Puis encore un autre.

Andy se retrouva au sol, exactement comme la dernière fois qu'un coup de feu avait éclaté.

Tout était absolument identique.

Du verre se brisa. Des papiers s'envolèrent. L'air s'emplit de débris.

Edwin prit le plus gros des balles : ses bras se dressèrent brusquement, son crâne fut pratiquement pulvérisé, des os et des touffes de cheveux éclaboussèrent le canapé, les murs, le plafond.

Andy était à plat ventre, la tête enfouie sous ses mains, lorsqu'elle distingua un bruit sourd qui lui souleva l'estomac : le bruit d'un corps qui percute le sol.

Elle scruta le visage d'Edwin. Un trou sombre, émaillé d'éclats crâniens blancs, la dévisagea en retour. La moustache était toujours retroussée aux extrémités, raidie par une cire épaisse.

Andy avait un goût de sang dans la bouche. Son cœur battait contre ses tympans. Elle pensait avoir perdu l'ouïe, mais en réalité il n'y avait rien à entendre.

Le tireur s'était interrompu.

Andy balaya la pièce à la recherche du téléphone. Elle l'aperçut à moins de cinq mètres dans le couloir. Elle ignorait s'il fonctionnait encore, mais elle percevait la voix de sa mère aussi nettement que si elle était dans la pièce…

*Je veux que tu coures, ma chérie. Il ne rechargera pas assez vite pour te blesser.*

Andy essaya de se lever, mais réussit à peine à s'agenouiller avant de vomir, secouée par la douleur. Le milk-shake du McDonald's était rose de sang. Chaque fois qu'elle se relevait, elle avait l'impression que du feu lui déchirait le flanc gauche.

Des bruits de pas. Dehors. Se rapprochaient.

La jeune femme se força à se redresser sur les mains et les genoux. Rampa vers la porte, les mains enfoncées dans le verre brisé, les genoux glissant sur le sol. Elle réussit à rejoindre le couloir avant qu'une douleur fulgurante ne la contraigne à s'arrêter. Elle tomba sur la hanche. S'appuya pour se relever en position assise. S'adossa au mur. Son crâne résonnait de sifflements stridents. Des éclats de verre lui faisaient des bras de porc-épic.

Andy tendit l'oreille.

Elle entendit un bruit étrange venir de l'autre côté de la maison.

Le barillet d'un revolver qui tournait ?

Elle jeta un œil au téléphone. L'écran s'était brisé.

Nulle part où aller. Rien à faire qu'attendre.

Andy porta la main à son flanc. Sa chemise était trempée de sang. Ses mains découvrirent un minuscule trou dans le tissu.

Puis le bout de son doigt repéra un autre orifice dans sa peau.

Elle était touchée.

# 2 AOÛT 1986

# 14

Jane effleura les touches d'ivoire du piano à queue Steinway. Les projecteurs de la scène chauffaient le côté droit de son corps. Elle s'autorisa un coup d'œil furtif au public, identifia quelques visages sous les lumières.

*Extatique.*

Le Carnegie Hall avait épuisé tous les tickets en une seule journée. Plus de deux mille places. Jane était la femme la plus jeune à avoir jamais occupé le centre de cette scène. L'acoustique de la salle était remarquable. La réverbération coulait comme des flots de miel dans ses oreilles, courbant et prolongeant chaque note. Le Steinway donnait à Jane plus qu'elle n'aurait osé l'espérer. L'action des touches était assez libre pour permettre une sensibilité tout en nuances, qui baignait la pièce dans une vague sonore presque céleste. Elle se sentit comme un sorcier réussissant le plus merveilleux des tours. Chaque toucher était parfait. L'orchestre était parfait. Tout comme le public. Elle baissa le regard, scruta l'espace au-delà des projecteurs et balaya le premier rang.

Jasper, Annette, Andrew, Martin…

*Nick.*

Il applaudissait. Souriait, empli de fierté.

Jane manqua une note, puis une autre, et finit par suivre le staccato martelé par les mains de Nick comme elle ne l'avait pas fait depuis que Martin l'avait assise sur le banc et lui avait demandé de jouer pour la première fois. Le bruit gagna en netteté, et les applaudissements de Nick s'amplifièrent à travers la salle. Jane dut se couvrir les oreilles. La musique cessa. La bouche de Nick se tordit en un rictus. Il continuait d'applaudir encore et encore. Du sang coula de ses mains, puis le long de ses bras, sur ses cuisses. Il applaudit avec plus de violence. Plus fort. Le sang éclaboussa sa chemise blanche, puis Andrew, son père, la scène.

Jane ouvrit les yeux.

La pièce baignait dans l'obscurité. La confusion et la peur mêlées lui soulevèrent le cœur jusque dans la gorge. Lentement, elle reprit ses esprits. Elle était allongée dans un lit. Jane écarta de ses jambes une couverture en lainage bleue qu'elle reconnut aussitôt.

*La ferme.*

Elle se redressa si vite qu'elle fut prise de vertiges. En avançant à tâtons, elle finit par trouver l'interrupteur de la lampe.

Une seringue et une fiole se trouvaient sur la table.

*De la morphine.*

La seringue avait toujours son bouchon, mais la petite bouteille était pratiquement vide.

Paniquée, Jane inspecta ses bras, ses jambes, ses pieds à la recherche de traces de piqûres.

Rien, mais que craignait-elle ? Que Nick l'ait droguée ? Qu'il l'ait infectée avec le sang contaminé d'Andrew ?

Elle posa une main sur son cou. Il l'avait étranglée. Elle se rappelait ces derniers instants dans la salle de bains, quand elle ouvrait éperdument la bouche en quête d'air. Sa gorge pulsait sous ses doigts. Sa peau était sensible. Jane descendit la main plus bas. L'arrondi de son ventre lui emplit la paume. Lentement, elle fit courir ses doigts jusqu'à son entrejambe à la recherche de traces de sang. Lorsqu'elle retira sa main, elle était propre. Le soulagement faillit lui couper le souffle.

Nick n'avait pas expulsé un autre enfant de son corps à coups de poing.

Cette fois – du moins pour l'instant –, elles étaient en sécurité.

Jane trouva ses chaussettes par terre, roulées en boule

dans ses bottes, se dirigea vers la grande fenêtre de l'autre côté du lit et ouvrit les rideaux. Sur l'obscurité. Ses yeux identifièrent la silhouette du fourgon garé devant la grange, mais les deux autres voitures avaient disparu.

Elle écouta les bruits alentour et perçut des voix lointaines. Deux personnes au moins discutaient, à l'autre bout de la maison. Le claquement d'un hachoir. Le tintement de casseroles et de poêles qui s'entrechoquent.

Jane se pencha en avant pour boucler ses bottes. L'espace d'une seconde, elle se rappela avoir fait la même chose quelques jours plus tôt. Avant de descendre pour parler aux agents Barlow et Danberry. Avant de filer au volant de la Porsche de Jasper sans avoir conscience qu'ils ne reviendraient jamais. Avant que Nick lui demande de choisir entre lui et Andrew.

*Ces groupes anarchistes pensent agir pour le bien, jusqu'à ce qu'ils atterrissent en prison ou à la morgue, allongés sur le dos.*

La porte s'ouvrit.

Jane ne savait pas qui elle s'attendait à voir. Sûrement pas Paula, qui aboya :

— Attends dans le salon !

— Où est Andrew ?

— Parti faire un jogging. Où crois-tu qu'il soit, putain ?

Paula sortit, la démarche raide. Ses pas résonnèrent tels des marteaux cognant le sol.

Jane savait qu'elle devait chercher Andrew, mais il fallait qu'elle se calme avant de parler à son frère. Elle ne voulait pas que les derniers jours ou heures de sa vie soient emplis d'aigreur.

Elle longea le couloir jusqu'à la salle de bains et alla aux toilettes en priant pour ne pas ressentir la douleur aiguë, pour ne pas voir des taches de sang.

Jane baissa les yeux sur la cuvette.

*Rien.*

La baignoire attira son attention. Elle ne s'était pas lavée intégralement depuis presque quatre jours. Sa peau lui paraissait cireuse, mais la perspective de se déshabiller, de dénicher du savon et de localiser des serviettes dépassait de loin ses forces. Elle tira la chasse. Ses yeux évitèrent le miroir, pendant qu'elle se nettoyait les mains, puis le visage, avec de l'eau chaude. Elle chercha un bout de tissu, s'essuya les aisselles et l'entrejambe. Elle éprouva une autre vague de soulagement, lorsqu'elle constata qu'il n'y avait toujours pas de sang.

*Tu étais assez bête pour croire que je te laisserais le garder ?*

Jane entra dans le salon. Elle chercha un téléphone, mais en vain. De toute façon, il ne servirait certainement à rien d'appeler Jasper. Toutes les lignes téléphoniques de la famille seraient sur écoute. Même si son frère était enclin à l'aider, il aurait les mains liées. Jane se retrouvait tout à fait seule à présent.

Elle avait fait son choix.

Le son d'un téléviseur provenait de la cuisine. Quelqu'un avait dû l'y déplacer. Jane battit des paupières et se retrouva dans le passé.

Nick était agenouillé devant le poste, occupé à régler le volume, insistant pour qu'ils regardent tous l'inventaire de leurs crimes recensé par les journalistes. Le groupe s'était déployé autour de lui comme les pales d'un ventilateur. Clara sur le sol, absorbant toute cette énergie frénétique. Edwin solennel et attentif. Paula souriant à Nick comme s'il était le Christ ressuscité. Jane debout, sonnée par la nouvelle que Clara venait de lui apprendre. Même alors, Jane était restée plantée dans la pièce plutôt que de chercher Andrew, parce qu'elle ne voulait pas laisser tomber Nick. Aucun d'eux ne le voulait. C'était leur plus grande hantise à tous : pas de se faire prendre, ni de mourir, ni d'être jetés en prison pour le reste de leur vie, mais de décevoir Nick.

Elle savait qu'elle serait jugée pour avoir défié les ordres. Nick l'avait laissée ici avec Paula pour une bonne raison.

Jane posa une main sur la porte battante de la cuisine et écouta.

Elle distingua le bruit d'une lame de couteau heurter une planche à découper. Le murmure d'un programme télé. Sa propre respiration.

Elle poussa la porte. La cuisine était petite et très chargée, la table calée contre l'extrémité du plan de travail en stratifié. Malgré tout, elle avait du cachet. Les placards métalliques étaient peints dans un jaune lumineux. L'électroménager flambant neuf.

Andrew était assis à table.

En le voyant, le cœur de Jane bondit. Il était ici. Il vivait toujours, même s'il ne lui adressa qu'un faible sourire.

Il fit signe à Jane d'éteindre la télévision. Les yeux rivés sur lui, elle tourna le bouton.

Savait-il ce que Nick lui avait fait dans la salle de bains ?

— Je t'ai dit d'attendre là-bas, lâcha Paula en balançant des aromates dans une casserole posée sur la cuisinière. Hé, DéBile, j'ai dit…

Jane lui fit un doigt d'honneur avant de s'asseoir en lui tournant le dos.

Andrew gloussa. La boîte en métal était ouverte devant lui. Des dossiers étaient étalés sur la table. La minuscule clé posée près de son coude. Une grande enveloppe adressée au *Los Angeles Times*. Il jouait sa partition pour Nick. Même à l'article de la mort, le soldat restait loyal.

Jane s'efforça de chasser sa tristesse. Si incroyable que cela puisse l'être, il avait l'air encore plus pâle. On aurait dit que ses yeux étaient soulignés au crayon rouge. Ses lèvres commençaient à bleuir. Chacun de ses souffles évoquait une scie qui allait et venait sur un morceau de bois mouillé. Sa place était dans un hôpital, où il pourrait se reposer confortablement, et pas ici, à batailler pour rester bien droit sur une chaise en bois dur.

— Tu es mourant, dit Jane.

— Mais pas toi. Nick a fait un test le mois dernier. Il est sain. De toute manière, tu sais à quel point il est terrifié par les aiguilles. Et pour le reste, eh bien… ça n'a jamais été son truc.

Jane eut des sueurs froides. Cette pensée ne lui avait traversé l'esprit à aucun moment. Elle se sentit écœurée en réalisant que, même si Nick avait été contaminé, il ne lui aurait probablement jamais dit. Ils auraient continué de faire l'amour durant sa grossesse, et elle n'aurait découvert la vérité que de la bouche d'un docteur.

Ou d'un médecin légiste.

— Tout ira bien, dit Andrew. Je te le promets.

Le temps était venu de traiter son frère de menteur.

— Et Ellis-Anne ?

— Elle n'a rien. Je lui ai dit de faire le test dès que…

Sa voix faiblit.

— … elle voulait rester avec moi. Tu y crois, toi ? Je ne pouvais pas la laisser faire. C'était injuste. Et nous avions tout ça en cours, alors… Barlow, l'agent du FBI. Il m'a dit qu'ils lui avaient parlé. Je sais qu'elle a dû avoir peur. Je le regrette… En fait, je regrette tout un tas de choses.

Jane ne voulait pas qu'il s'appesantisse sur des regrets. Elle tendit la main vers les siennes. Elles lui parurent lourdes, lestées par ce qui allait advenir. Le col de sa chemise était ouvert, laissant entrevoir les lésions violacées sur sa poitrine.

Il ne pouvait pas rester ici dans cette maison surchauffée avec la moitié d'un dé à coudre de morphine. Elle ne le permettrait pas.

— Qu'est-ce qu'il y a ? demanda-t-il.

— Je t'aime.

Andrew n'avait jamais été du genre à avouer qu'il partageait les mêmes sentiments, mais il lui serra les mains. Il sourit pour qu'elle sache que lui aussi.

— Merde, marmonna Paula.

Jane se retourna pour lui lancer un regard noir. Elle découpait une tomate. Le couteau était mal aiguisé. La peau se déchirait comme du papier.

— Vous faites dans l'inceste maintenant tous les deux ?

Jane se retourna.

— Je vais aller me reposer un moment, déclara Andrew. OK ?

Elle acquiesça. Ils auraient plus de chances de partir si son frère n'était pas impliqué dans la négociation.

— Mets une écharpe, dit Paula. Garde ta gorge au chaud. Ça aide contre la toux.

Andrew leva un sourcil sceptique vers Jane, tout en essayant de se lever. Il ignora son aide.

— Je n'en suis pas encore à ce stade.

Sa sœur le regarda chanceler jusqu'à la porte battante. Sa chemise était trempée de sueur. Ses cheveux humides. Jane ne détourna ses yeux de la porte qu'une fois celle-ci refermée.

Elle prit la place d'Andrew, à côté à Paula, parce qu'elle ne voulait pas lui tourner le dos. Elle baissa les yeux sur les dossiers. Ils contenaient les deux choses auxquelles Nick accordait le plus de valeur : la signature de Jasper attestant son implication dans la fraude. Les polaroids entourés de leur élastique rouge.

— Je sais à quoi tu penses, et tu n'iras nulle part.

Jane n'avait jamais exécré Paula autant qu'en cet instant.

— Je veux juste le conduire à l'hôpital.

— Et dire aux flics où nous trouver ? lança Paula en éclatant de rire. Tu peux retirer tes bottes de luxe tout de suite, parce que tu n'iras nulle part.

Jane lui tourna le dos et joignit les mains sur la table.

— Hé, DéBile.

Paula souleva sa chemise et montra à Jane le pistolet coincé à la ceinture de son jean.

— Te fais pas de films. Parce que je me ferai une joie de t'exploser le crâne.

Jane regarda la pendule sur le mur. 22 heures. L'équipe de Chicago était déjà en ville. Nick roulait vers New York. Elle devait trouver un moyen de sortir d'ici.

— Où sont Clara et Edwin ? s'enquit-elle.

— Selden et Tucker sont en position.

L'appartement d'Edwin en ville. Il était censé attendre près du téléphone, au cas où l'un d'eux se ferait arrêter.

— La fac de Northwestern ne doit pas être loin d'ici. Ils ont un centre hospitalier. Ils sauront prendre soin de…

— Pour Northwestern, il faut prendre la I-88 pendant quarante-cinq minutes. Mais elle pourrait tout aussi bien être sur la Lune, parce que tu n'iras nulle part et lui non plus, bordel ! Écoute-moi bien, connasse, ajouta Paula, la main sur sa hanche. Ils ne peuvent rien pour lui. Tu as fait ta petite fille de bourge qui va s'encanailler auprès des séropos. Tu sais donc comment l'histoire se termine. Le prince ne remonte pas en selle. Ton frère va mourir. Ce soir. Il ne verra pas le soleil se lever.

En entendant ses peurs confirmées, Jane eut l'impression qu'une boule se coinçait dans sa gorge.

— Les médecins peuvent l'aider à se sentir mieux.

— Nick a laissé une fiole de morphine pour ça.

— Elle est pratiquement vide.

— C'est tout ce qu'on a pu trouver à la dernière minute, et déjà on a eu de la chance d'en avoir. Ce sera probablement assez, et si ce n'est pas le cas… On ne peut rien faire, conclut-elle en haussant les épaules.

Jane repensa à Ben Mitchell, un des premiers jeunes hommes qu'elle avait rencontrés parmi les patients atteints du sida. Il voulait à tout prix retourner dans le Wyoming pour revoir ses parents avant de mourir. Ils avaient finalement cédé, et Ben avait passé les dernières huit minutes de sa vie dans la terreur, à s'étouffer avec ses propres fluides, parce que le personnel de l'hôpital rural était trop effrayé pour lui enfoncer un tube dans la gorge et l'aider à respirer.

Jane connaissait la panique que l'on ressentait quand on s'asphyxiait. Nick l'avait déjà étranglée. Une fois pendant des rapports sexuels. Une autre durant sa dernière grossesse. Et quelques heures plus tôt, quand il avait menacé de la tuer. Qu'importe le nombre de fois où on endurait ce traumatisme, il n'y avait aucun moyen de se préparer à la sensation terrifiante de ne plus pouvoir remplir ses poumons d'air. Le cœur donnait l'impression de se gorger de sang. Une douleur fulgurante parcourait les muscles saisis de crampes. Les poumons brûlaient. Les mains et les pieds s'engourdissaient, pendant que le corps renonçait à tout, sauf à rester en vie.

Jane ne pouvait laisser son frère subir une telle terreur. Même pas une minute, et certainement pas huit.

— Les médecins l'assommeront pour qu'il soit inconscient au pire moment.

— Peut-être qu'il a envie d'être conscient, dit-elle. Peut-être qu'il a envie de sentir la mort arriver.

— Tu parles comme Nick.

— Je prends ça comme un compliment.

— Ce n'en est pas un. C'est censé te faire réfléchir à ce que tu fais, parce que c'est mal. Tout ça est mal.

— Le concept du bien et du mal relève d'une construction patriarcale destinée à contrôler le peuple.

Jane tourna la tête vers la femme.

— Tu n'es pas sérieuse.

— Et toi, tu es trop aveugle pour le voir. En tout cas, pour l'instant.

Paula avait pris un couteau. Elle hachait une botte de carottes d'un geste brusque.

— Je t'ai entendue parler avec lui dans le fourgon, poursuivit-elle. Toutes ces conneries mièvres, sur combien il est merveilleux, combien tu l'aimes, combien tu crois en ce que nous faisons. Puis tu viens ici et, d'un seul coup, tu le lâches.

— Tu l'as entendu dans la salle de bains quand il m'a étranglée jusqu'à ce que je m'évanouisse ?

— J'écouterais ça avec joie chaque jour du reste de ma vie.

Un morceau de carotte atterrit aux pieds de Jane.

Si Jane se levait, si elle faisait un tout petit pas, elle réduirait la distance entre elles et pourrait attraper le couteau de la main de Paula, arracher le flingue de sa ceinture.

*Et après quoi ?*

Serait-elle capable de la tuer ? Il y avait une différence entre mépriser quelqu'un et l'assassiner.

— C'est arrivé avant Berlin, pas vrai ? demanda Paula

en montrant son propre ventre avec le couteau. J'ai cru que tu engraissais mais… (Elle souffla de l'air entre ses lèvres.) Pas de chance.

Jane baissa les yeux sur son ventre. Elle était tellement nerveuse de parler aux gens du bébé, mais tout le monde paraissait l'avoir deviné sans son aide.

— Tu ne mérites pas de porter son enfant.

Jane observa le couteau monter et descendre. Paula ne lui prêtait pas attention.

*Lève-toi, avance d'un pas, saisis le couteau…*

— Si ça ne tenait qu'à moi, je te ferais une césarienne, ajouta Paula en pointant la lame vers Jane. Tu veux que j'essaie ?

La menace lui transperça le cœur comme une flèche, mais Jane resta impassible. Elle devait penser à son enfant. Il ne s'agissait pas seulement d'Andrew. Si elle attaquait Paula et qu'elle échouait, alors elle perdrait peut-être son bébé avant de pouvoir le serrer dans ses bras.

— C'est ce que je pensais.

Paula se pencha vers les carottes avec un sourire tandis que Jane baissait la tête. Elle n'avait jamais été bonne dans les affrontements et se contentait généralement de garder le silence en attendant que l'orage passe. C'était ce qu'elle avait toujours fait avec son père. C'est ce qu'elle faisait avec Nick.

Elle contempla le paquet de polaroids sur la table. La photo du dessus montrait la profonde entaille sur sa jambe. La jeune femme se toucha la jambe à cet endroit et sentit l'arête de la cicatrice rose.

*Trace de morsure.*

Elle se souvenait nettement du moment où les photos avaient été prises. Jane et Nick séjournaient à Palm Spring, le temps que les coupures et les contusions de Jane guérissent. Nick était parti déjeuner et était revenu avec un appareil et du papier photo.

*Je suis désolé, ma chérie, je sais que tu souffres, mais je viens d'avoir une super idée.*

À la maison, Andrew avait remis en question le plan.

Il ne voulait pas que Laura Juneau aille en prison pour avoir aspergé Martin avec de l'encre rouge de maculage. Ni humilier son père. Malgré les raclées, les déceptions et même les horreurs découvertes par Nick pendant qu'il travaillait au Queller Healthcare, Andrew conservait une once d'amour pour Martin.

Puis, à leur retour de Palm Springs, Nick lui avait montré les polaroids.

*Regarde ce que ton père a fait à ta sœur. Martin Queller doit payer pour tous ses péchés.*

Nick était parti du principe que Jane jouerait le jeu. Qu'elle cacherait à son frère que c'était Nick qui l'avait cognée au visage, qui lui avait déchiré la peau avec les dents, qui avait roué son ventre de coups jusqu'à ce que le sang inonde son entrejambe et que leur bébé meure.

Pourquoi aurait-elle désobéi ?

Jane laissa tomber les polaroids dans la boîte en métal et essuya ses mains moites sur ses jambes. Elle se souvint d'être restée assise avec l'agent Danberry dans le jardin. En moins d'une semaine, les flics avaient percé Nick à jour.

*Il avait convaincu tous les membres de son cercle qu'il était plus malin qu'il ne l'était en réalité. Plus intelligent.*

— J'étais tellement jalouse de toi, reprit Paula. Tu le savais ?

Jane empila les dossiers et les remit dans la boîte.

— Sans dec'.

Paula découpait à présent une pomme de terre. Elle se servait d'un hachoir.

— La première fois que je t'ai rencontrée, je me suis dit : « Qu'est-ce que cette connasse prétentieuse fout ici ? Pourquoi est-ce qu'elle veut changer toute cette merde, alors qu'elle en tire des bénéfices ? »

Jane n'avait plus de réponse. Elle avait détesté son père. C'est par là que tout avait commencé. Martin l'avait violée enfant, l'avait frappée pendant toute son adolescence, terrorisée jusqu'à ses vingt ans, et Nick avait fourni à Jane un moyen d'y mettre un terme. Pas pour elle, mais pour les autres. Pour Robert Juneau. Pour Andrew. Pour tous les patients qui avaient souffert. Elle n'était pas assez forte pour se détacher de l'emprise de Martin dans son propre intérêt, alors Nick avait imaginé un plan pour l'arracher à son père.

Elle plaqua une main sur sa bouche. Elle avait envie de rire, parce qu'elle venait de réaliser que Nick avait fait la même chose avec Andrew. Il s'était servi des polaroids pour transformer la colère de son frère en arme, au nom de Jane.

*Ils étaient comme des yo-yo qu'il faisait revenir en place d'un mouvement de poignet.*

— Andy a tout lui aussi, mais il en est conscient, tu vois ? Il lutte avec ses contradictions.

D'un coup de dents, elle déchira l'emballage plastique d'une botte de céleris.

— Tu n'as jamais donné l'impression de lutter, mais je suppose que c'est tout le problème avec les nénettes comme toi, pas vrai ? Les écoles qui vont bien, les vêtements à la mode, la coupe de cheveux impeccable. Ils modèlent tes petites fesses blanches toutes maigrichonnes depuis ta naissance pour que tu n'aies à te soucier de rien. Tu sais quelle fourchette utiliser, qui a peint Mona Lisa et bla-bla-bla. Mais au fond tu éprouves…

Elle serra les poings.

— … une putain de colère.

Jane ne s'était jamais vue comme la personne que Paula était en train de dépeindre, mais elle comprenait à présent que cette colère avait bel et bien existé, tapie sous la peur, durant toutes ces années.

— La rage est un luxe.

— La rage est une putain de drogue, lâcha Paula dans un rire à l'instant où elle attaqua le céleri au couteau. Et Nick m'a tellement aidée. Grace à lui, j'ai pu faire de ma rage une force.

Jane haussa les sourcils.

— Tu fais du baby-sitting pour lui en gardant sa petite amie pendant qu'il place des bombes.

— Ferme ta putain de gueule ! hurla Paula en lançant le

couteau sur le plan de travail. Tu te crois tellement maline, hein ? Tu te crois meilleure que moi ?

Jane ne répondit pas.

— Regarde-moi, DéBile. Dis-le-moi en face. Dis que tu es meilleure que moi. Vas-y si tu l'oses !

Jane se tourna de côté sur sa chaise pour lui faire face.

— Est-ce que Nick t'a déjà baisée ?

Paula en resta bouche bée. De toute évidence, elle était désarçonnée par la question.

Jane ne savait pas d'où cela lui était venu, mais elle poursuivit :

— Pas de problème, si c'est le cas. Je suis pratiquement sûre qu'il a baisé Clara, déclara Jane en éclatant de rire, parce qu'elle y voyait clair à présent. Il a toujours été attiré par les femmes célèbres et fragiles. Et ce genre de femmes raffole des types comme Nick.

— C'est des conneries.

Jane s'étonna de sa propre réaction : la perspective de Nick et Clara ensemble n'éveillait pas la moindre lueur de jalousie en elle. Étrangement, elle enviait davantage le fait que Clara ait réussi à échapper à Nick que leur liaison.

— Je parie qu'il t'a pas touchée…

Elle devina à l'expression peinée de Paula qu'elle avait deviné juste.

— … il le ferait s'il en avait besoin, mais tu as si ouvertement besoin d'attention. Ne pas t'en donner est bien plus efficace, pas vrai ? Et ta haine peut se diriger vers quelqu'un – moi –, parce que je suis le seul obstacle qui t'empêche d'être avec lui.

La lèvre inférieure de Paula se mit à trembler.

— Ferme-la.

— Un des agents du FBI a mis le doigt dessus il y a quelques jours. Il a dit que Nick était juste un escroc de plus qui dirigeait une secte pour se taper les jolies filles et passer pour un dieu aux yeux des garçons.

— J'ai dit ferme ta putain de gueule.

Toute fanfaronnade avait déserté son ton. Elle appuyait

ses paumes au bord du comptoir. Des larmes coulaient le long de ses joues. Elle secouait la tête sans discontinuer.

— Tu ne sais pas. Tu ne sais rien de nous.

Jane remit le couvercle sur la boîte en fer. Il y avait une minuscule poignée sur le côté, trop petite pour la main d'Andrew, mais les doigts de Jane s'y glissèrent facilement.

Elle se leva de table.

Paula tendit la main vers le couteau et se retourna.

Jane fit un pas en avant. Balança la boîte sur la tête de Paula.

*Pop.*

Comme le bruit d'un pistolet en plastique.

La bouche de Paula s'ouvrit toute grande.

Le couteau s'échappa de sa main.

Elle s'effondra au sol.

Jane se pencha sur elle et, à son cou, trouva le pouls régulier. Elle lui souleva les paupières. Son œil gauche était recouvert d'un liquide blanc laiteux, mais la pupille de son œil droit se dilata sous la lumière crue du plafond.

Jane franchit la porte battante, la boîte calée sous le bras. Elle traversa le salon et longea le couloir. Andrew dormait dans la chambre. Le flacon de morphine était vide. Elle secoua son frère.

— Andy ! Andy, réveille-toi.

Il se tourna, attentif à sa voix, le regard vide.

— Qu'est-ce qui se passe ?

Jane ne songeait qu'à un seul mensonge susceptible de le faire bouger.

— Tu n'as pas entendu le téléphone ? Nick a appelé. On doit partir d'ici.

Il se redressa avec difficulté.

— Où est… Où est Paula ?

Jane peina à le mettre debout.

— Elle s'est tirée. Il y avait une autre voiture garée sur la route. J'ai la boîte. Il faut y aller, Andrew. Maintenant. Nick a dit qu'on devait partir.

Il tenta de se lever. Jane le souleva pour le mettre debout. Il était tellement mince qu'elle le soutenait presque sans mal.

— Où on va ?

— Il faut qu'on se dépêche.

Jane faillit lâcher la boîte en fer pendant qu'elle le guidait dans le couloir. Ils franchirent la porte d'entrée. La marche jusqu'au fourgon lui parut durer des heures. Elle aurait dû bâillonner Paula. La ligoter. Combien de temps avant qu'elle se réveille et se mette à hurler ? Est-ce qu'Andrew partirait quand même s'il pensait trahir Nick et désobéir au plan ?

Jane ne pouvait courir ce risque.

— Allez, implora-t-elle. Continue à avancer. Tu pourras dormir dans le fourgon, d'accord ?

Entre deux respirations rauques, Andrew ne put lui offrir qu'un faible « OK ».

Jane dut le traîner sur les derniers mètres. Elle l'adossa au fourgon, cala les genoux de son frère contre le sien pour l'empêcher de s'effondrer pendant qu'elle ouvrait la portière. Elle bouclait la ceinture de sécurité d'Andrew lorsqu'elle se rappela…

*Les clés.*

— Reste ici.

Jane repartit en courant vers la maison. Elle poussa la porte de la cuisine. Paula était à quatre pattes, elle secouait la tête comme un chien.

Sans réfléchir, Jane lui flanqua un coup de pied au visage Paula lâcha un *ouch* avant de s'écrouler au sol de tout son long.

Jane lui fit les poches jusqu'à ce qu'elle trouve les clés. Elle était à mi-chemin du fourgon lorsqu'elle se souvint du flingue coincé dans la ceinture de Paula. Elle pouvait retourner le prendre, mais quel intérêt ? Mieux valait partir plutôt que de donner à Paula une chance de les arrêter.

— Merde…, fit Andrew en la regardant grimper derrière le volant. Comment ont-ils… Comment ont-ils trouvé…

— Selden, répondit-elle. Clara. Elle a fait marche arrière. Elle a changé d'avis. Nick a dit qu'on devait se dépêcher.

Jane enclencha la marche arrière, appuya à fond sur l'accélérateur, puis remonta l'allée. Elle inspecta le rétroviseur. Ne distingua que de la poussière. Son cœur martelant contre sa gorge, elle sortit de la ferme et emprunta des routes sinueuses. Ce n'est qu'une fois qu'ils eurent rejoint l'autoroute inter-États que Jane réussit à calmer sa respiration. Elle jeta un coup d'œil à Andrew. Sa tête pendait sur le côté. À chaque respiration, la douleur marquait le visage de son frère, tandis qu'il cherchait l'air avec peine.

Pour la première fois en presque deux ans, Jane se sentait en paix avec elle-même. Un calme étrange l'envahit. Elle faisait ce qu'il fallait. Après s'être abandonnée à la démence de Nick pendant si longtemps, elle avait finalement recouvré sa lucidité.

Jane s'était déjà rendue au Northwestern Hospital une fois auparavant. Elle avait eu une otite au beau milieu d'une tournée. Pechenikov l'avait conduite aux urgences. Il avait fait toute une histoire, racontant aux infirmières que Jane était la patiente la plus importante qu'elles croiseraient jamais. Jane avait levé les yeux au plafond en entendant ses louanges, mais, en secret, elle était ravie d'être traitée avec autant d'égards. Elle avait tellement aimé Pechenikov, pas seulement parce qu'il était son professeur, mais aussi parce que c'était un homme respectable et affectueux.

Ce qui expliquait pourquoi Nick avait voulu qu'elle s'en éloigne définitivement.

*Pourquoi as-tu abandonné ?*

*Parce que mon petit ami était jaloux d'un homosexuel de soixante-dix ans.*

Une ambulance doubla Jane à toute allure par la droite. Elle la suivit jusqu'à la sortie et aperçut le panneau du Northwestern Memorial Hospital briller au loin.

La sirène de l'ambulance avait réveillé Andrew.

— Jane ? Qu'est-ce que tu fais ?

— Nick m'a demandé de t'emmener à l'hôpital.

Elle mit le clignotant, attendit que le feu passe au vert.

— Jane…

Andrew toussa. Il se couvrit la bouche des deux mains.

— Je fais juste ce que Nick m'a demandé de faire, mentit-elle.

Sa voix tremblait. Elle devait rester forte. Ils étaient si près du but.

— Il m'a fait promettre, Andrew. Tu veux que je rompe la promesse que j'ai faite à Nick ?

— Tu n'as pas…

Il dut s'interrompre pour reprendre son souffle.

— … je sais que tu es… que Nick n'a pas…

Jane dévisagea son frère.

Il tendit le bras, ses doigts effleurèrent le cou de Jane.

Elle jeta un coup d'œil au rétroviseur, aperçut les hématomes causés par les mains de Nick. Andrew savait ce qui s'était passé dans la salle de bains, il savait que Jane avait choisi de rester avec lui.

Elle réalisa alors que Nick avait dû soumettre Andrew au même ultimatum. Andrew n'avait pas pris la route jusqu'à New York aux côtés de Nick. Il était resté à la ferme avec Jane.

— On forme une sacrée paire, hein ?

Il ferma les yeux.

— On ne peut pas, dit-il. Nos visages… Aux infos… La police.

— Ça n'a pas d'importance.

Jane marmonna un juron à l'intention du feu rouge, puis un autre contre elle-même. Le fourgon était le seul véhicule en vue. C'était le milieu de la nuit et, malgré tout, elle respectait scrupuleusement le code de la route.

Elle appuya sur l'accélérateur et dépassa le feu en coup de vent.

— Jane…

Un autre accès de toux lui coupa la parole.

— Tu… tu ne peux pas faire ça… Tu vas te faire arrêter.

Jane tourna à droite, suivit une autre pancarte bleue ornée d'un H blanc.

— S'il te plaît…

Il se frotta le visage. Une habitude qui remontait à l'enfance, quand la situation devenait trop pénible pour lui.

Jane franchit un autre feu rouge sans marquer d'arrêt. Elle était passée en pilotage automatique. Elle retrouva cette sensation d'engourdissement. À l'image du fourgon, elle était une machine, un moyen de transport qui conduirait son frère à l'hôpital afin qu'il meure paisiblement dans son sommeil.

Andrew fit une autre tentative :

— S'il te plaît. Écoute…

La toux s'empara de lui à nouveau. Pas de râle, seulement un son trahissant l'effort, comme s'il tentait d'aspirer l'air à travers un roseau.

— Essaie d'économiser ton souffle.

— Jane, répéta-t-il, sa voix aussi faible qu'un murmure. Si tu me laisses ici, alors tu dois partir. Tu ne peux pas te faire arrêter. Il faut que tu…

Ses mots furent interrompus par la toux. Il baissa les yeux sur ses mains. Elles étaient tachées de sang.

Jane ravala son chagrin. Elle l'amenait à l'hôpital. Ils lui mettraient un tube dans la gorge pour l'aider à respirer, lui donneraient des médicaments pour l'aider à dormir. C'était probablement leur dernière conversation.

— Pardon, Andy. Je t'aime.

Les yeux de son frère s'emplirent de larmes. Elles roulèrent le long de son visage.

— Je sais que tu m'aimes. Même à l'époque où tu me détestais, je savais que tu m'aimais.

— Je ne t'ai jamais détesté.

— Je te pardonne, mais…

La toux l'interrompit à nouveau.

— … pardonne-moi aussi. OK ?

Jane accéléra.

— Tu n'as rien à te faire pardonner.

— Je savais, Janey. Je savais qui il était. Ce qu'il était. C'est ma… faute. Ma faute. Je suis tellement…

Jane se tourna vers lui, mais ses yeux étaient clos. Sa

tête ballottait de gauche à droite au gré des mouvements du fourgon.

— Andrew ?

— Je savais, marmonna-t-il. Je savais.

Elle prit un virage serré à gauche. Son cœur s'emballa à la vue du panneau Northwestern devant les urgences.

— Andy ?

Jane céda à la panique. Elle ne l'entendait plus respirer. Elle agrippa sa main. Sa peau était glacée.

— On y est presque, mon chéri. Juste une minute.

Il ouvrit les yeux et battit des paupières.

— Balance... balance-le.

Le panneau de l'hôpital se rapprochait.

— Andy, n'essaie pas de parler. On y est presque. Une minute, mon chéri. Tiens bon encore un instant.

— Balance-les tous...

Les paupières d'Andrew papillotèrent. Son menton retomba sur sa poitrine. Seul le sifflement de l'air qui s'infiltrait entre ses dents lui garantit qu'il vivait toujours.

L'hôpital.

Jane faillit perdre le contrôle du véhicule lorsque les pneus percutèrent le rebord du trottoir. Le fourgon zigzagua. Elle réussit de justesse à s'arrêter devant les urgences dans un crissement de pneus. Deux aides-soignants fumaient sur un banc, près de l'entrée.

Jane bondit hors du fourgon.

— Aidez-moi ! Aidez mon frère. S'il vous plaît !

Les hommes étaient déjà debout. L'un d'eux courut à l'intérieur. L'autre ouvrit la portière.

— Il a...

La voix de Jane se brisa.

— Il est contaminé par...

— Pigé.

L'homme passa ses bras autour des épaules d'Andrew pour l'aider à sortir.

— Allez, mon pote. On va bien s'occuper de toi.

Les larmes de Jane, depuis longtemps taries, recommencèrent à affluer.

— Tout va bien, dit l'homme à Andrew.

Il lui parlait avec une telle gentillesse qu'elle eut envie de se jeter au sol et de lui baiser les pieds.

— Tu peux marcher ? Allons jusqu'au banc et…

— Où…

Andrew cherchait sa sœur.

— Je suis là, mon chéri.

Elle posa une main sur son visage. Pressa les lèvres sur son front. Il tendit la main. Toucha l'arrondi de son ventre.

— Balance-les…, chuchota-t-il, … tous.

L'autre aide-soignant franchit la porte au pas de course, poussant un brancard.

Les deux hommes soulevèrent Andrew. Il était si léger qu'ils le hissèrent sur le brancard sans effort. Andrew tourna la tête vers Jane :

— Je t'aime.

Les hommes poussèrent le brancard à l'intérieur. Andrew garda le regard rivé sur sa sœur aussi longtemps qu'il le put.

Les portes se refermèrent.

Par la vitre, elle vit qu'on poussait Andrew au fond de la salle des urgences. Les portes à double battant s'ouvrirent à la volée. Des infirmières et des médecins affluèrent autour de lui. Les portes se refermèrent. Il disparut.

*Tu vas te faire arrêter.*

Jane inspira l'air frais de la nuit. Personne ne se rua hors de l'hôpital, un flingue à la main, pour lui crier de s'allonger au sol. Aucune infirmière ne passa de coup de fil au comptoir de l'accueil.

Elle était en sécurité. On prenait soin d'Andrew. Elle pouvait partir désormais. Personne ne savait où elle était. Personne ne la trouverait à moins qu'elle ne le veuille.

Jane retourna au fourgon. Elle referma la portière côté passager. Remonta derrière le volant. Le moteur tournait encore. Elle tenta de se rappeler les paroles d'Andrew.

Quelques instants plus tôt, elle parlait à son frère, et maintenant elle savait qu'elle n'entendrait plus jamais sa voix.

Elle enclencha une vitesse.

Jane conduisit sans but précis, dépassa les places de stationnement réservées aux urgences. Traversa le parking de l'hôpital, celui de l'université, celui du centre commercial situé au bout de la rue.

*Canada. Le faussaire.*

Jane pouvait démarrer une nouvelle vie pour elle et son enfant. Les deux cent cinquante mille dollars en liquide devaient toujours se trouver à l'arrière du fourgon. La petite glacière. La thermos d'eau. Le paquet de saucisses sèches Slim Jims. La couverture. Le futon. Toronto n'était qu'à huit heures de route. Contourner par le nord de l'Indiana, traverser le Michigan, puis entrer au Canada. C'était le plan de Nick après son retour triomphal de New York. Ils séjourneraient à la ferme quelques semaines après les attentats à la bombe, puis conduiraient jusqu'au Canada, achèteraient d'autres papiers au faussaire sur East Kelly Street, avant de s'envoler pour la Suisse.

Nick avait pensé à tout.

Un klaxon retentit. Jane sursauta. Elle s'était arrêtée au beau milieu de la route. Dans le rétroviseur, l'homme derrière elle agitait le poing. Elle lui répondit par un geste d'excuse avant d'enfoncer la pédale de l'accélérateur.

Le conducteur en colère la doubla. Jane avança encore sur quelques mètres avant de ralentir et de suivre un panneau de parking longue durée. La température du fourgon fraîchit alors que le véhicule descendait la rampe en spirale. Jane repéra une place entre deux berlines, au niveau le plus bas. Elle se gara à reculons. S'assura que personne ne l'observait. Aucune caméra aux murs. Aucun miroir grand angle.

La précieuse boîte en fer de Nick gisait par terre entre les sièges. Jane la cala sous son bras, exactement comme son frère le faisait toujours. Elle s'accroupit et passa à l'arrière du fourgon. Le cadenas pendait de la boîte boulonnée au sol.

6-12-32.

Ils en connaissaient tous la combinaison.

Le cash était toujours là. La thermos. La glaciaire. Le paquet de saucisses sèches Slim Jims.

Jane ajouta la boîte de Nick dans la planque. Elle retira trois cents dollars, puis referma le couvercle et fit tourner le verrou avant de sortir du véhicule.

À l'arrière du fourgon, le pare-chocs en acier était creux. Jane posa la clé en équilibre sur le rebord intérieur. Puis remonta par la rampe en spirale. Il n'y avait pas de gardien en dehors des heures d'ouverture, juste une pile d'enveloppes et une boîte aux lettres. Jane inscrivit le numéro d'emplacement du fourgon, puis fourra les trois cents dollars dans l'enveloppe, assez pour un mois de stationnement.

Dehors, elle suivit la brise fraîche en direction du lac Michigan. Son fin chemisier claquait dans le vent. Jane se rappelait la première fois où elle avait volé jusqu'à Milwaukee pour jouer au Performing Arts Center. On aurait dit que l'avion était sorti de la piste et qu'il avait terminé sa course dans l'Atlantique. Même à vingt mille pieds d'altitude, elle ne distinguait pas les limites de ce lac gigantesque. Pechenikov lui avait dit que toute la Grande-Bretagne pouvait tenir entièrement dans le lac sans que ses bords touchent les berges.

Une tristesse profonde et inopportune s'empara de Jane. Une partie d'elle avait espéré y revenir un jour. Sur la scène. Accompagnée de Pechenikov. Plus maintenant. L'époque des tournées était révolue. Elle ne reprendrait probablement pas l'avion et ne ferait jamais plus de tournée. Ni de scène.

Une pensée soudaine la fit éclater de rire.

Les dernières notes qu'elle avait jouées étaient les premières mesures nerveuses et légères de « Take On Me » de a-ha.

La salle d'attente de l'hôpital était bondée. Jane prit conscience de son apparence. Elle ne s'était pas lavé les cheveux depuis des jours. Ses vêtements étaient tachés de sang. Son nez avait l'air cassé. Des hématomes noirs ceinturaient son cou. Des points rouges minuscules, caractéristiques en cas de rupture des vaisseaux sanguins, criblaient probablement le blanc de ses yeux. Elle capta les regards interrogatifs des infirmiers.

*Femme battue ? Junkie ? Call-girl ?*

Sœur était le seul rôle qu'il lui restait. Elle retrouva Andrew derrière un rideau, au fond de la salle des urgences. Ils l'avaient enfin intubé. Jane était heureuse qu'il puisse respirer, mais elle comprit qu'elle n'entendrait plus jamais le son de sa voix. Son frère ne la taquinerait plus jamais, ni ne ferait plus de blagues sur son poids, pas plus qu'il ne connaîtrait le bébé qui grandissait en elle.

L'unique chose que Jane pouvait faire pour Andrew désormais, c'était lui tenir la main et écouter le moniteur retransmettre les lents battements de son cœur. Elle se cramponna à lui pendant qu'on le poussait dans l'ascenseur et qu'on le transportait dans sa chambre, en soins intensifs. Elle refusa de le quitter, même quand les infirmières lui dirent qu'en tant que visiteur elle n'était pas autorisée à rester plus de vingt minutes d'affilée.

La chambre d'Andrew était dépourvue d'ouverture sur l'extérieur. La seule paroi vitrée se composait d'une fenêtre et d'une porte coulissante qui donnaient sur la salle des infirmiers. Jane ne savait pas combien de temps s'écoulerait avant que quelqu'un – un médecin, un aide-soignant, un infirmier – reconnaisse leurs visages. Mais soudain elle perçut de l'agitation à travers la vitre. Puis un policier isolé apparut devant la porte. Il n'entra pas. Personne ne pénétra dans la petite chambre d'Andrew, à part l'infirmière de l'USI, qui ne se montra plus aussi bavarde. Jane patienta une heure, puis une heure de plus, avant de perdre le compte. Pas d'agent de la CIA, de la NSA, des services secrets, du FBI, ni d'Interpol. Personne pour l'arrêter lorsqu'elle posa sa tête sur le lit, à côté de celle d'Andrew.

Elle approcha ses lèvres du visage de son frère. Combien de fois Nick avait-il fait de même avec elle ? Poser ainsi sa bouche au creux de son oreille et faire s'évanouir le monde autour d'eux ?

— Je suis enceinte…

La première fois qu'elle prononçait ces mots à voix haute pour quelqu'un.

— … et je suis heureuse. Si heureuse, Andy, d'attendre un bébé.

Les yeux d'Andrew bougèrent sous ses paupières, mais l'infirmière avait dit à Jane de ne pas en déduire trop de choses. Il était dans le coma. Il ne se réveillerait plus. Jane n'avait aucun moyen de savoir si son frère avait conscience de sa présence. Mais elle était auprès de lui, et c'était tout ce qui comptait.

*Je ne laisserai plus personne te faire de mal.*

— Jinx ?

Son frère aîné se tenait dans l'embrasure de la porte. Jane aurait dû deviner que Jasper se fraierait un chemin jusque-là. Jasper fendait toujours les airs à son secours. Elle voulut se lever et l'étreindre, mais, à bout de forces, elle ne put que se laisser tomber sur une chaise. Jasper, lui aussi, lui parut démuni lorsqu'il referma la porte vitrée derrière lui. Le policier lui adressa un signe de tête avant de traverser le couloir jusqu'à la salle des infirmiers. C'était l'uniforme de l'Air Force, toujours aussi impressionnant, même froissé. Jasper ne s'était manifestement pas changé depuis qu'elle l'avait vu pour la dernière fois dans le petit salon.

Il se retourna. Ses lèvres pincées dessinaient un trait droit. Jane était rongée par la culpabilité. Jasper avait le teint blême. Les cheveux en bataille. La cravate de travers. Il devait arriver tout droit de l'aéroport, après quatre heures de vol depuis San Francisco.

Quatre heures dans les airs. Trente heures dans un fourgon. Douze heures jusqu'à New York.

Nick devait se trouver à Brooklyn à cette heure-ci.

— Tu vas bien ? s'enquit Jasper.

Jane en aurait pleuré s'il lui était resté quelques larmes. Elle agrippa la main d'Andrew et tendit l'autre vers Jasper.

— Je suis heureuse que tu sois là.

Il serra ses doigts un instant avant de les lâcher. Puis

recula de quelques pas et s'adossa au mur. Elle s'attendait à ce qu'il l'interroge sur son rôle dans le meurtre de Martin, mais, à la place, il lui dit :

— Une bombe a explosé au Chicago Mercantile Exchange.

C'était si étrange de l'entendre prononcer ces mots. Ils avaient planifié cette action depuis tellement longtemps, et à présent elle avait réellement eu lieu.

— Un mort au minimum. Un blessé grave. Les flics pensent qu'ils essayaient d'installer le détonateur quand la bombe a explosé.

*Spinner et Wyman.*

— C'est l'unique raison pour laquelle tu n'es pas cernée par les forces de l'ordre en cet instant. Le moindre type avec badge ou uniforme fouille les décombres à la recherche d'éventuelles victimes.

Jane serra fort la main d'Andrew. Le visage de son frère était détendu, sa peau de la même couleur que les draps.

— Jasper, Andy est…

— Je suis au courant pour Andrew.

Le ton de Jasper était sans relief, indéchiffrable. Il n'avait pas regardé une seule fois son frère depuis son arrivée.

— Il faut qu'on parle. Toi et moi.

Jane savait qu'il allait l'interroger sur Martin. Elle se concentra sur Andrew, parce qu'elle ne voulait pas voir l'espoir, puis la déception, et enfin le dégoût défiler sur le visage de Jasper.

— Nick est un imposteur, déclara-t-il. Il ne s'appelle même pas Nick.

La tête de Jane pivota.

— Cet agent du FBI, Danberry, il m'a dit que Nick s'appelait en réalité Clayton Morrow. Ils l'ont identifié grâce aux empreintes dans ta chambre.

Jane resta sans voix.

— Le vrai Nicholas Harp est décédé d'une overdose il y a six ans, lors de son premier jour à Stanford. J'ai vu le certificat de décès. De l'héroïne.

*Le vrai Nicholas Harp ?*

— Le dealer du vrai Nick, Clayton Morrow, a usurpé son identité. Tu comprends ce que je dis, Jinx ? Nick n'est pas vraiment Nick. Son vrai nom est Clayton Morrow. Il a volé l'identité d'un mort. Peut-être qu'il a même fourni à Harp la dose qui l'a tué. Qui sait de quoi il est capable ?

*Volé l'identité d'un mort ?*

— Clayton Morrow a grandi dans le Maryland. Son père est pilote pour l'Eastern Airways. Sa mère préside l'association des parents d'élèves. Il a quatre frères plus jeunes que lui et une sœur. La police d'État le soupçonne d'avoir assassiné sa petite amie. Elle a eu le cou brisé. On l'a battue si violemment qu'ils ont identifié son corps grâce à des radios dentaires.

*Elle a eu le cou brisé.*

Jasper avait glissé le long du mur, posé les coudes sur ses genoux, pour être à sa hauteur.

— Jinx, dis-moi que tu comprends ce que je dis. L'homme que tu connais sous le nom de Nick nous a menti. Il nous a menti à tous.

Jane peinait à trouver une logique dans tout cela.

— Mais… l'agent Barlow nous a dit dans le salon que la mère de Nick l'avait envoyé en Californie pour vivre avec sa grand-mère. Nick nous a raconté la même histoire.

— La mère du vrai Nick l'a envoyé à l'Ouest, répliqua Jasper en s'efforçant de tempérer l'agacement dans sa voix. Il a mis une fille en cloque dans son bled. Ils ne voulaient pas que sa vie soit foutue. Ils l'ont envoyé ici vivre avec sa grand-mère. Cette partie était vraie, à propos du déménagement, mais le reste n'était que des conneries pour qu'on compatisse.

Jane n'avait plus de questions à poser, parce que rien n'était réel. La mère prostituée. La grand-mère violente. L'année d'errance. L'entrée triomphale à Stanford.

— Tu ne vois pas que Clayton Morrow a emprunté juste assez à l'histoire du vrai Nick pour rendre ses mensonges crédibles ?

Il attendit, mais Jane restait sans voix.

— Tu entends ce que je te dis, Jinx ? Nick, ou Clayton Morrow, ou qui qu'il soit, est un imposteur. Il nous a menti. Il n'est rien d'autre qu'un dealer et un escroc.

*... qu'un escroc de plus qui dirigeait une secte pour se taper les jolies filles et passer pour un dieu aux yeux des garçons.*

Jane sentit un son s'extraire de sa gorge. Pas un cri de chagrin, mais un rire. Le son se répercuta contre les murs de la minuscule pièce. Il parut déplacé parmi les machines et les pompes. Elle posa une main sur sa bouche. Des larmes ruisselaient le long de ses joues. Les muscles de son ventre se contractaient, elle riait si fort.

Jasper se releva. Il la dévisagea comme si elle avait perdu l'esprit.

— Bon Dieu. Jinx, c'est sérieux. Tu vas aller en prison si tu ne passes pas un marché.

Jane s'essuya les yeux. Elle regarda Andrew, si proche de la mort que sa peau était pratiquement translucide. C'était ce qu'il avait essayé de lui dire dans le fourgon. Le vrai Nick avait été son camarade de chambre à Stanford. Elle imaginait très bien Nick persuader Andrew de jouer le jeu, tout comme elle voyait bien Andrew faire tout ce qu'il fallait pour se lier d'amitié avec le dealer de son ancien colocataire.

Elle s'essuya à nouveau les yeux. Elle serra fort la main d'Andrew. Rien n'avait plus d'importance. Elle lui pardonnait tout, tout comme il lui avait pardonné.

— Qu'est-ce qui cloche avec toi ? demanda Jasper. Tu ris en pensant au connard qui a assassiné notre père.

Maintenant, il en venait au fait.

— Laura Juneau a tué notre père.

— Tu crois que quiconque dans cette putain de secte fait le moindre geste sans qu'il en ait donné l'ordre ? répliqua Jasper, la mâchoire serrée. C'est sérieux, Jinx. Reprends-toi. Si tu veux avoir un semblant de vie normale, tu vas devoir tourner le dos aux soldats.

*Soldats ?*

— Ils ont déjà capturé cette idiote de San Francisco.

Elle a volé une voiture et a tiré sur un officier de police, ajouta-t-il en desserrant sa cravate tandis qu'il arpentait la pièce minuscule. Il faut que tu parles avant elle. Ils passeront un marché avec la première qui dénoncera les autres. Si tu veux sauver ta peau, nous devons agir vite.

Jane observait son frère faire les cent pas. Il transpirait à grosses gouttes. Il avait l'air stressé, ce qui chez qui que ce soit d'autre aurait été une réaction normale. Mais le don le plus précieux de Jasper était sa capacité à garder son calme en toutes circonstances. Jane comptait sur les doigts d'une main le nombre de fois où Jasper l'avait vraiment perdu.

Pour la première fois depuis des heures, elle lâcha la main d'Andrew. Elle se leva pour border la couverture autour de lui. Posa les lèvres sur son front froid. L'espace d'un instant, elle regretta de ne pas lire dans son esprit, parce qu'il avait su bien plus de choses qu'elle.

— Tu les as appelés « soldats ».

Jasper interrompit ses pas.

— Comment ?

— Tu as appartenu à l'Air Force pendant quinze ans. Tu es encore réserviste. Tu ne déshonorerais pas ce mot en l'employant pour qualifier les membres d'une secte…

Mentalement, Jane visualisa Nick en train de frapper des mains, de se préparer pour un de ses discours de mobilisation.

— … C'est comme ça que Nick nous appelle. Ses *soldats*.

Jasper aurait pu la mettre au défi de prouver ses dires, mais il jetait sans cesse des regards nerveux vers le flic posté de l'autre côté du couloir.

— Tu étais au courant. Pour Oslo, tout au moins.

Il secoua la tête, mais tout portait à croire que Nick avait trouvé un moyen de l'entraîner dans leur folie. Jasper avait quitté l'Air Force pour diriger la société. Martin promettait en permanence qu'il allait céder sa place, mais la date limite approchait, et il trouvait toujours des excuses pour rester.

— Dis-moi la vérité, Jasper. J'ai besoin de l'entendre de ta bouche.

— Arrête de parler.

Sa voix n'était guère plus qu'un murmure. Il avança vers elle, son visage à quelques centimètres du sien.

— J'essaie de t'aider à te sortir de là.

— Tu as donné de l'argent ? demanda Jane, parce que beaucoup de gens avaient soutenu la cause financièrement.

Parmi eux, seul Jasper profitait à titre personnel de l'humiliation publique de Martin.

— Pourquoi est-ce que je donnerais de l'argent à ce salopard ?

Le mépris de Jasper le trahit. Elle l'avait vu s'en servir comme d'une arme toute sa vie durant, mais il ne l'avait jamais, au grand jamais, dirigé contre Jane.

— Introduire la société en Bourse était bien plus lucratif si Père était contraint de démissionner. Tous ses essais et ses discours à propos du modèle de correction Queller alimentaient trop la polémique.

Jasper serra la mâchoire. Elle devina à l'expression de son visage qu'elle avait vu juste.

— Nick t'a fait chanter, devina Jane.

La boîte en fer. Comme il avait dû être content de lui en informant Jasper qu'il avait dérobé les formulaires sous son nez.

— Dis-moi la vérité, Jasper.

Ses yeux se posèrent sur le flic. L'homme était toujours planté de l'autre côté du couloir, il bavardait avec une infirmière.

— Je suis de ton côté, que tu me croies ou pas, poursuivit-elle. Je n'ai jamais voulu que tu souffres. Je n'ai appris l'existence des documents que peu de temps avant que tout parte en vrille.

Jasper s'éclaircit la gorge.

— Quels documents ?

Elle se retint de lever les yeux au ciel. Ce petit jeu n'avait aucun intérêt.

— Nick a volé les rapports d'intervention avec ta signature. Tu as validé la facturation de patients décédés, comme Robert Juneau, qui avaient déjà abandonné le programme.

C'est une escroquerie. Nick t'a pris la main dans le sac, et je sais qu'il l'a utilisé pour…

L'air étonné de Jasper frisait le comique. Il haussa les sourcils d'un coup. Écarquilla les yeux, et sa bouche dessina un cercle parfait.

— Tu ne savais pas ?

Jane connaissait la réponse à cette question. Nick avait doublement trahi son frère. Il ne s'était pas contenté de prendre l'argent. Jasper devait payer pour l'avoir snobé aux dîners, pour l'avoir pris de haut, pour avoir posé des questions insidieuses sur son passé, pour lui avoir bien fait sentir qu'il n'était pas l'un des leurs.

Jasper s'appuya au mur. Il était devenu livide.

— Putain. Je crois que je vais vomir.

— Je suis désolée, Jasper, mais ne t'inquiète pas.

— Je vais aller en prison. Je vais…

Jane lui frotta le dos, essaya de dissiper ses peurs.

— Tu n'iras nulle part. Jasper, j'ai les…

Il lui agrippa les bras, subitement désespéré.

— S'il te plaît. Il faut que tu me soutiennes. Quoi que Nick dise, il faut que tu…

— Jasper, j'ai…

— La ferme, Jinx. Écoute-moi. On peut dire… on peut dire… C'était Andrew, d'accord ?

Il regarda enfin leur frère mourant, à quelques pas de là.

— On leur dira que c'était Andrew.

Jane se concentra sur la douleur : son frère lui enfonçait ses doigts dans la peau.

— Il a contrefait ma signature sur les rapports, déclara Jasper. Il l'a déjà fait. Il a imité la signature de Père sur les formulaires scolaires, les chèques, les bordereaux de carte de crédit. Il existe un long passif que nous pouvons utiliser. Je sais que Père gardait tout dans son coffre. Je suis sûr qu'ils…

— Non, le coupa Jane, avec assez de fermeté pour se faire entendre. Je ne te laisserai pas faire ça à Andrew.

— Il est mourant, Jinx. Quelle importance ?

— Son héritage importe. Sa réputation.

Jasper la secoua si fort que les dents de Jane s'entrechoquèrent.

— Tu es cinglée, putain ? L'héritage d'Andrew est le même que pour les autres… C'était un pédé, et il meurt en pédé.

Jane essaya de se dégager, mais Jasper ne relâcha pas sa poigne.

— Tu sais combien de fois je l'ai sauvé d'une autre tarlouze dans le quartier de Tenderloin ? Combien de cash je lui ai donné pour qu'il paie un minet qui menaçait d'aller voir Père ?

— Ellis-Anne…

— Ne risquait pas d'être séropositive avec un type comme Andy, incapable de bander devant une femme.

Jasper la relâcha enfin. Il posa la main sur son front.

— Merde, Jinx, tu ne t'es jamais demandé pourquoi Nick te fourrait sa langue jusqu'à la glotte ou t'attrapait les fesses chaque fois qu'Andrew était dans les parages ? Il le narguait. On le voyait tous, même Mère.

Jane le voyait aussi à présent… Tous les signaux qu'elle avait manqués. Elle entrelaça ses doigts à ceux d'Andrew et examina son visage ravagé. Elle ne l'avait jamais remarqué auparavant, mais son front portait les rides précoces nées de son inquiétude permanente.

Pourquoi ne s'était-il jamais confié à elle ?

Elle n'aurait pas cessé de l'aimer. Peut-être l'en aurait-elle même aimé davantage, parce que, tout à coup, le dégoût de soi et cette vie de supplices auraient pris sens.

— Peu importe. Je ne salirai pas sa mort.

— Andy a sali sa propre mort, répliqua Jasper. Tu ne vois pas qu'il récolte exactement ce qu'il a semé ? Avec un peu de chance, tous les autres finiront comme lui.

Jane sentit son sang se glacer dans ses veines.

— Comment peux-tu dire une chose pareille ? C'est notre frère.

Jasper s'était ressaisi. Il essayait de reprendre le contrôle.

— Réfléchis une minute. Andy peut enfin nous être

utile à tous les deux. Tu peux dire aux flics que Nick et lui t'ont kidnappée. Regarde-toi… Ton nez est sûrement cassé. Quelqu'un a tenté de t'étrangler. Andy a laissé faire. Il a contribué au meurtre de notre père. Il se moquait que des gens meurent. Il n'a pas tenté d'intervenir.

— On ne peut pas…

— Ce qui lui arrive aujourd'hui, c'est une correction…

Jasper invoquait la théorie de Martin Queller comme si elle était soudain parole d'Évangile.

— … nous devons accepter le fait que notre frère était une abomination. Il a défié les lois de la nature. Il est tombé amoureux de Nick. Il l'a fait entrer chez nous. Tu aurais dû laisser Andy pourrir dans la rue. J'aurais dû le laisser se pendre au sous-sol. Rien de tout ça ne serait arrivé sans sa perversion dégueulasse.

Jane réussissait à peine à regarder cet homme qu'elle avait admiré sa vie entière. Elle s'était mise en quatre pour le défendre. Elle s'était disputée avec Andrew pour le garder à l'abri.

— Sauve ta peau, Jinx. Sauve-moi. On peut encore éviter que notre nom de famille soit traîné dans la boue. Dans six mois, peut-être un an, on introduira la société en Bourse. Ce ne sera pas facile, mais, si on se serre les coudes, ça marchera. Andrew n'est rien d'autre que du pus qu'on doit drainer de la lignée Queller.

Jane s'affaissa sur le lit d'Andrew, la main posée sur la jambe de son frère. Elle répéta les mots de Jasper en silence, parce que dans le futur, si elle venait à flancher et souhaitait reparler à son frère, elle voulait se rappeler toutes ses paroles en détail.

— J'ai tous les papiers, Jasper. Tous. Je témoignerai devant n'importe quel juge que c'est ta signature. Je leur dirai que tu étais au courant pour Oslo, et que tu voulais faire porter le chapeau à Andrew.

Jasper la dévisagea fixement.

— Comment peux-tu le préférer à moi ?

Jane en avait assez des hommes qui lui posait des ultimatums.

— Je suis restée là à t'écouter pendant que tu essayais de justifier tes crimes et que tu traitais Andrew d'aberration, mais c'est toi qui me fais honte.

Il lâcha un rire écœuré.

— Tu es en train de *me* juger ?

— Tu étais de mèche pour Oslo, parce que tu voulais le pouvoir, l'argent, les jets privés, une autre Porsche, et le seul moyen pour toi de prendre les rênes consistait à écarter Père de ton chemin. Cela fait de toi le pire d'entre nous. Au moins, nous avons agi par conviction. Tu as agi par pure avidité.

Jasper se dirigea vers la porte. Jane crut qu'il allait partir, mais il referma le rideau. Le flic souleva le menton pour s'assurer que tout allait bien. Jasper le congédia d'un revers de main.

Il se retourna. Lissa sa cravate.

— Tu ne comprends pas comment ça marche, Jane.

— Explique-moi.

— Tout ce que tu as dit est vrai. Les théories à la con de Père compromettaient notre introduction sur le marché boursier. On allait perdre des millions. Nos investisseurs voulaient qu'il parte, mais il refusait.

— Alors tu as pensé que l'encre de maculage ferait l'affaire.

— Il n'y a pas d'affaire qui tienne, Jinx. Nous sommes face à des hommes très riches qui seront très énervés s'ils venaient à perdre leur argent parce qu'une petite salope pourrie gâtée ne peut pas fermer sa gueule.

— J'irai en prison, Jasper…

Les mots dits à voix haute ne l'effrayaient pas autant qu'elle l'aurait cru.

— … je vais dire au FBI tout ce que nous avons fait. Je me fiche des dommages collatéraux. Le seul moyen de racheter les atrocités commises consiste à dire la vérité.

— Tu es vraiment assez bête pour penser qu'ils ne nous tueront pas en prison ?

— Qui ça ?

Il la dévisagea comme si elle était une enfant têtue qu'il fallait raisonner.

— Les investisseurs. J'en sais trop. Il ne s'agit pas seulement d'escroquerie. Tu n'as aucune idée de la corruption merdique que Père pratiquait pour gonfler les chiffres. Je ne survivrai pas à la taule, Jinx. Ils ne prendront pas le risque que je passe un marché pour sauver ma peau. Ils me tueront et ensuite ils te tueront.

— Ce sont des hommes d'affaires, pas des mafieux.

— Père était un homme d'affaires, et regarde ce qu'il a fait à Robert Juneau, Jinx. Regarde ce que nous lui avons fait, tous les trois.

Il baissa la voix.

— Tu crois vraiment que nous sommes l'unique famille au monde capable de comploter pour assassiner nos ennemis de sang-froid ?

Il lui tournait autour.

Jane se leva pour le forcer à reculer.

— Tu signeras ton arrêt de mort si tu dis un mot contre eux, lâcha-t-il en lui enfonçant un doigt dans la poitrine. Ils te traqueront et te mettront une balle dans la tête.

La main de Jane voleta jusqu'à son ventre.

*Balance-le.*

— Je ne déconne pas, insista Jasper.

— Tu crois que moi, oui ? Je ne suis pas toute seule dans cette histoire.

Jasper lança un regard vers le ventre de Jane. Il avait deviné lui aussi.

— C'est pour ça que tu dois peser sagement tes actes. Ils n'ont pas de crèche en prison.

*Balance-les tous.*

— Ces hommes-là, ils ont une putain de bonne mémoire. Si tu les contraries…

— Quelle heure est-il ?

— Quoi ?

Elle lui tourna le poignet pour voir sa montre : 3 h 9 du matin.

— C'est l'heure de Chicago ?

— Tu sais que je la mets toujours à l'heure quand j'atterris.

Elle laissa retomber sa main.

— Rentre à la maison, Jasper. Je ne veux plus jamais te revoir.

Il eut l'air abasourdi.

— Vis ta vie de corrompu. Fais-en sorte de contenter ces sales types, mais souviens-toi que j'ai ces documents, et que je peux foutre en l'air ta vie et la leur, à tout moment.

— Ne fais pas ça.

— Ce que je fais ou pas n'est plus ton problème. Je n'ai pas besoin que tu me sauves. Je m'en sortirai toute seule.

Il éclata de rire avant de constater qu'elle était sérieuse.

— J'espère que tu as raison, Jinx, parce que, si un peu de ta merde m'éclabousse, je n'hésiterai pas à leur dire où te trouver. Tu as fait ton choix.

— Tu as raison, je l'ai fait. Et si quiconque vient me chercher, je me servirai de ces documents pour m'assurer que tu plonges avec moi.

Jane ouvrit le rideau. Fit coulisser la porte vitrée.

Le flic s'était déjà retourné. La main sur son arme.

— Dites au FBI qu'ils ont moins de trois heures pour me proposer un marché ou il y aura une énorme explosion à New York.

# 26 AOÛT 2018

# 15

Andy sentit le bout de son doigt pénétrer dans l'orifice qui lui trouait la peau.

Elle était touchée.

Elle bascula la tête en arrière contre le mur, inspira de l'air entre ses dents et lutta pour ne pas s'évanouir.

Edwin Van Wees gisait sur le sol de son bureau. Du verre brisé était éparpillé autour de son corps. Des morceaux de papier. Du sang. Le MacBook qu'Andy avait utilisé pour se renseigner sur sa mère.

*Laura.*

Andy tendit la main, ses doigts frôlèrent le téléphone prépayé. L'écran était brisé. Elle ferma les yeux, concentrée sur son ouïe. Était-ce la voix de sa mère ? Était-elle toujours en ligne ?

Un hurlement de femme provenait de l'autre côté de la maison.

Le cœur d'Andy s'arrêta net.

La femme poussa un second cri, plus fort, brusquement interrompu par un bruit sourd.

Andy serra fermement la mâchoire pour s'empêcher de crier aussi.

*Clara.*

Andy ne pouvait rester paralysée cette fois. Elle devait agir. Ses jambes tremblèrent lorsqu'elle tenta de se lever. Elle s'aida du mur. La douleur la déchira en deux. Elle dut se recroqueviller pour faire cesser les crampes. Du sang goutta depuis l'impact de la balle, sur son flanc. Lorsqu'elle essaya d'avancer, ses jambes vacillèrent. C'était sa faute. Tout. Laura l'avait prévenue d'être prudente et, malgré tout, Andy les avait conduits ici.

Les hommes qui la poursuivaient.

Ils avaient tué Edwin. Ils s'en prenaient à Clara.

L'épaule d'Andy glissa le long du mur. Elle voulait trouver Clara, se rendre, arrêter l'affreuse pagaille qu'elle avait semée. Ses pieds se prirent dans le tapis. Une douleur lui transperça le flanc. Sa tête percuta les photographies qui tapissaient les murs du couloir. Elle dut faire une halte pour reprendre son souffle. Ses yeux se focalisaient sur un point, puis se perdaient dans le brouillard. Sans cesse. Elle contempla fixement les photos sur le mur. Des cadres différents, des poses différentes, certaines en couleur, d'autres en noir et blanc. Clara et Edwin avec deux femmes de l'âge d'Andy environ. Quelques clichés de ces femmes quand elles étaient plus jeunes, au lycée, à la maternelle, puis…

La toute petite Andy dans la neige.

En voyant son image plus jeune, elle se sentit tout engourdie.

Était-ce la main d'Edwin qu'elle tenait ? La photo contiguë montrait Andy bébé assise sur les genoux de Clara et d'Edwin. Laura avait découpé Andy, l'avait arrachée de leurs existences avant de la superposer à la photo des faux grands-parents Randall.

— Charmant, pas vrai ?

Andy tourna la tête. Elle s'était attendue à trouver Mike, mais c'était une voix de femme. Une femme qu'elle ne connaissait que trop bien.

Paula Kunde se tenait au bout du couloir.

Elle braquait sur Andy un revolver à l'allure familière.

— Merci d'avoir laissé ça pour moi dans ta voiture. C'est toi qui as effacé le numéro de série ou c'est maman ?

Andy ne répondit pas. Elle n'arrivait pas à reprendre son souffle.

— Tu fais de l'hyperventilation, dit Paula. Ramasse le téléphone.

Andy détourna le regard. Le portable était par terre derrière elle. Dans le silence, elle entendait sa mère pleurer.

— Merde.

Paula longea le couloir d'un pas lourd, ramassa le téléphone et le porta à son oreille.

— Ferme ta gueule, connasse.

Laura ne la ferma pas. Sa voix métallique vibrait de rage.

Paula mit le haut-parleur.

« … touches à un putain de ses cheveux… »

— Elle est en train de mourir.

Paula sourit face au silence subit de Laura. Elle brandit le téléphone sous le menton d'Andy.

— Dis-lui, mon ange.

Andy étreignit son flanc. Elle sentait le sang s'échapper de son corps.

— Andrea ? dit Laura. S'il te plaît, parle…

— Maman…

— Oh ! ma chérie, s'exclama Laura. Tu vas bien ?

Andy éclata en sanglots, un cri étranglé jaillit des profondeurs de son être.

— Maman…

— Qu'est-ce qui s'est passé ? S'il te plaît… Oh ! mon Dieu, dis-moi que tu vas bien, s'il te plaît !

— Je…

Andy ne savait pas si elle était capable de prononcer les mots.

— … j'ai été touchée. Elle m'a tiré dans le…

— Ça suffit.

Paula leva le revolver, et Andy se tut.

— Tu sais ce que je veux, D. B.

— Edwin…

— Est mort.

Paula leva les sourcils en direction d'Andy, comme si c'était un jeu.

— Espèce d'abrutie, siffla Laura. Il était le seul à savoir…

— Ferme ta gueule et arrête de dire des conneries, dit Paula. Tu sais où ça se trouve. Combien de temps il te faut ?

— Je peux… Deux jours.

— Bien sûr, pas de problème, fit Paula en adressant un large sourire à Andy. Peut-être que ta gamine tombera en état de choc avant de se vider de son sang.

— Espèce de salope.

Andy était déconcertée par les propos haineux de sa mère. Elle ne l'avait jamais entendue parler ainsi.

— Je trancherai ta putain de gorge en deux si tu fais le moindre mal à ma fille. Tu m'as bien compris ?

— Espèce d'attardée, lâcha Paula. Je suis précisément en train de lui faire du mal en ce moment même.

Andy entrevit un éclair.

Tout devint noir.

Andy était consciente que quelque chose n'allait pas avant même d'ouvrir les yeux. À aucun moment elle ne retrouva subitement la mémoire, pour la bonne raison qu'elle n'avait rien oublié de ce qui s'était passé.

Elle avait pris une balle. Elle se trouvait dans le coffre d'une voiture. Ses pieds et ses mains étaient attachés par des menottes assemblées. On avait fixé une serviette autour de sa taille avec de l'adhésif entoilé pour stopper l'hémorragie. Le bâillon dans sa bouche avait une balle en caoutchouc qui gênait sa respiration. Son nez était gorgé de sang à cause du coup de crosse qui l'avait plongée dans l'inconscience.

Comme tout le reste, Andy se rappelait les coups assenés avec le revolver. Elle n'avait pas vraiment perdu connaissance. Elle avait eu l'impression d'évoluer entre la frontière du sommeil et l'état de veille. Quand Andy suivait son cursus à l'école d'art, elle recherchait ardemment cet état d'inertie parce qu'elle y puisait ses meilleures idées. Son esprit semblait vide en apparence, mais il étudiait les multiples teintes de dégradé qu'elle tirerait de son crayon.

Souffrait-elle d'une commotion cérébrale ?

Elle aurait dû paniquer, mais la panique s'était évacuée en tourbillonnant comme l'eau qui disparaît en cercles autour d'une bonde. Une heure plus tôt ? Deux heures ? À présent, le sentiment dominant relevait d'un intense inconfort. Elle avait la lèvre fendue. Des contusions sur la joue. Un œil tuméfié. Les mains engourdies. Les poignets endoloris. Si elle s'allongeait comme il fallait, si elle gardait la colonne vertébrale pliée, si elle ne respirait pas trop profondément, la brûlure au niveau de son flanc était gérable.

La culpabilité était une tout autre affaire.

Andy ne cessait de rejouer mentalement ce qui s'était passé dans la ferme, en essayant de déterminer le moment où tout avait déraillé. Edwin lui avait demandé de partir. Est-ce qu'elle aurait pu décamper avant que les balles qui lui avaient criblé le dos déchirent le devant de sa chemise ?

Elle ferma les yeux très fort.

*Clic-clic-clic-clic.*

Le barillet du revolver qui tourne. Andy analysa les deux cris poussés par Clara, l'étonnement du premier, le bruit sourd qui avait interrompu le second. Pas une gifle ni un coup de poing. Paula avait frappé Andy avec le revolver. Clara avait-elle subi un sort identique ? S'était-elle réveillée, sonnée dans sa cuisine, avait-elle marché le long du couloir et découvert Edwin mort, allongé par terre ?

Ou n'avait-elle plus jamais rouvert les yeux ?

La jeune femme poussa un cri lorsque la voiture heurta une bosse sur la route.

Paula ralentit avant de tourner. Andy sentit le changement de vitesse, la force de la gravité. L'éclat des feux stop emplit l'obscurité. Elle aperçut le bout du câble qui ouvrait le coffre, Paula l'avait sectionné pour l'empêcher de s'échapper.

Elles roulaient dans une voiture de location immatriculée au Texas. Andy avait aperçu la plaque avant de basculer dans le coffre. Paula ne pouvait prendre l'avion avec un flingue. Elle avait dû conduire depuis Austin, tout comme Andy, et n'avait sans doute même pas eu besoin de la suivre. Elle avait su exactement où la jeune femme finirait par se retrouver. Et Andy s'était jetée dans la gueule du loup.

Un goût de bile remonta jusqu'à sa gorge.

Pourquoi n'avait-elle pas écouté sa mère ?

La voiture ralentit à nouveau, avant de s'arrêter complètement. Paula avait fait une seule halte auparavant. Vingt minutes plus tôt ? Trente ? Andy n'était pas certaine. Elle avait essayé de tenir le compte, mais ses yeux se fermaient sans cesse et elle avait fini par se réveiller en sursaut et par tout recommencer à zéro.

Était-elle mourante ?

Son cerveau traitait les événements avec une étrange indifférence. Elle était terrorisée, mais son cœur ne battait pas la chamade, ses mains n'étaient pas moites. Elle souffrait, mais elle ne faisait pas d'hyperventilation, ne pleurait pas, ni ne suppliait pour que tout cela s'arrête.

Était-elle en état de choc ?

Andy distingua le cliquetis du clignotant.

Les roues de la voiture rencontrèrent une allée de gravier.

Elle chassa de son esprit tous les films d'horreur qui commençaient par une voiture sur un chemin de gravier roulant vers un camping désert ou une cabane abandonnée.

— Non, dit-elle à voix haute dans l'obscurité du coffre.

Elle ne laisserait pas la panique prendre le dessus et l'empêcher de saisir les occasions de s'enfuir. Laura détenait quelque chose que Paula voulait. Et cette dernière ne la tuerait pas avant de l'avoir obtenu.

*N'est-ce pas ?* Les freins gémirent lorsque la voiture s'immobilisa. Cette fois, on coupa le moteur. La portière côté conducteur s'ouvrit, puis se referma.

Andy attendit qu'on ouvre le coffre. Elle avait passé mentalement en revue toutes sortes de scénarios sur ce qu'elle allait faire quand elle reverrait Paula : en premier, lever le pied et balancer un grand coup dans la face de cette cinglée. Toutefois, pour lever le pied, il fallait solliciter les abdominaux, et Andy parvenait à peine à respirer sans avoir l'impression qu'un chalumeau lui brûlait le flanc.

Elle laissa reposer sa tête sur le plancher du coffre, à l'affût du moindre bruit, mais ne perçut que le bloc-moteur en train de refroidir.

*Clic-clic-clic-clic.*

Comme le barillet qui tourne dans le revolver, mais en plus lent. Andy se mit à compter pour s'occuper. Après toutes ces heures coincée dans la Reliant, puis dans le pick-up de Mike, elle était tout à fait capable de parler à voix haute uniquement pour rompre la monotonie.

— Un, marmonna-t-elle. Deux... Trois...

Elle en était à neuf cent quatre-vingt-cinq lorsque le coffre s'ouvrit enfin.

Andy cligna des yeux. Dehors, il faisait sombre, une nuit sans lune. L'unique lumière provenait d'une cage d'escalier, en face du coffre. Elle ne savait absolument pas à quel endroit elles se trouvaient, à part qu'il s'agissait d'un autre motel merdique dans une autre ville merdique.

Paula fourra le revolver sous le menton d'Andy.

— Regarde-moi. Fais pas chier ou je te balance une autre balle. Compris ?

Andy hocha la tête.

Paula rentra le flingue dans la ceinture de son jean. Elle inséra la clé dans les menottes. Andy grogna de soulagement lorsque ses bras et ses jambes furent enfin libérés. Elle tira sur le bâillon. Les lanières en cuir rose qui semblaient tout droit sorties du tournage de *Cinquante nuances de Grey* claquèrent à l'arrière de sa tête.

Paula reprit le revolver en main et jeta un coup d'œil à la ronde sur le parking.

— Sors et ferme ta gueule.

Andy essaya de bouger, mais la blessure et son long confinement l'en empêchèrent.

— Putain, lâcha Paula en la redressant brusquement par le bras.

Andy ne put que se laisser rouler, elle s'affala contre le pare-chocs et s'écroula par terre. La douleur fut telle qu'Andy n'aurait su dire d'où elle venait. Du sang coula de sa bouche. Elle s'était mordu la langue. Lorsque la circulation sanguine reprit dans ses membres, ses pieds furent assaillis de fourmillements.

Paula lui saisit le bras et la mit sur ses pieds.

— Lève-toi.

Andy hurla et se plia en deux pour arrêter les spasmes.

— Arrête de chouiner, dit Paula. Enfile ça.

Andy reconnut un polo blanc à col boutonné provenant de la Samsonite bleue. Un vêtement préparé par Laura et stocké dans le box de Carrollton.

Paula regarda autour d'elle dans le parking, tout en aidant Andy à passer le polo.

— Dépêche. Si tu envisages de crier, n'essaie même pas. Je ne vais pas te buter, mais je peux abattre quiconque essaiera de t'aider.

Andy s'attaqua aux boutons.

— Qu'est-ce que vous avez fait à Clara ?

— Ta deuxième maman ? fit Paula qui gloussa devant l'expression d'Andy. Elle t'a élevée pendant presque deux ans, enfin Edwin et elle. Tu le savais ?

Andy fit de son mieux pour n'afficher aucune réaction. Elle garda la tête baissée, observa ses doigts qui manipulaient les boutons.

Edwin l'avait-il regardée ainsi parce qu'il était son père ?

— Ils voulaient te garder, mais Jane t'a emmenée pour t'avoir pour elle toute seule, parce que c'est une grosse salope égoïste.

Paula dévisageait Andy avec attention.

— On dirait que tu n'es pas surprise d'apprendre que le vrai prénom de ta mère est Jane.

— Pourquoi avoir tué Edwin ?

Paula attrapa une paire de menottes et claqua la porte du coffre. D'une main, elle ramassa deux sacs en plastique. Le flingue retourna dans la ceinture de son jean, mais elle garda une main sur la crosse.

— Bouge.

— Est-ce qu'Edwin…

Andy s'efforça de réfléchir à une ruse pour l'amener à dire la vérité, mais son cerveau était inapte à la moindre gymnastique.

— … c'est lui mon père ?

— Si c'était ton père, je t'aurais déjà tiré une balle dans la poitrine et j'aurais chié dans le trou. Monte cet escalier.

Andy avait marché avec une relative facilité, mais, au moment de grimper les marches, elle se retrouva quasiment pliée en deux. Elle gardait une main posée sur le flanc, mais elle n'avait aucun moyen d'atténuer la douleur, c'était comme si un couteau lui triturait la peau. Chaque fois qu'elle levait un pied, elle avait envie de hurler. Son cri rameuterait probablement des gens hors de leurs chambres, Paula les abattrait, et Andy aurait d'autres morts sur la conscience en plus d'Edwin Van Wees et de Clara Bellamy.

— À gauche, dit Paula.

Andy longea un long couloir baigné d'obscurité. Des ombres dansaient devant ses yeux. La nausée était de retour. La douleur sourde était redevenue aiguë. Andy appuya une main contre le mur pour ne pas trébucher, voire s'écrouler. Pourquoi suivait-elle toutes les directives sans broncher comme un mouton de Panurge ? Pourquoi n'avait-elle pas hurlé sur le parking ? Les gens n'accouraient plus pour aider qui que ce soit. Ils appelaient la police, et ensuite la police…

— Ici.

Paula agita la carte magnétique devant la porte.

Andy entra en premier dans la pièce. Les lumières étaient déjà allumées. Deux lits *queen size*, une télévision, un bureau, une petite table bistrot flanquée de deux chaises assorties. La salle de bains se trouvait près de la porte. Les rideaux étaient fermés, car la fenêtre donnait probablement sur le parking.

Paula laissa tomber les sacs d'épicerie sur la table. Des bouteilles d'eau. Des fruits. Des chips. Andy renifla. Du sang roula au fond de sa gorge. Elle avait l'impression que tout le côté gauche de son visage était empli d'eau chaude.

La main de Paula demeurait sur la crosse du revolver.

— Vas-y, gueule si t'en as envie. Cette aile est entièrement déserte, et de toute façon ce n'est pas le genre d'hôtel où les gens s'inquiètent quand ils entendent une gonzesse crier à l'aide.

Andy dévisagea la femme avec toute la haine dont elle était capable.

Paula sourit de toutes ses dents, boostée par la rage.

— Si t'as besoin de pisser, fais-le maintenant. Je ne te le proposerai pas une deuxième fois.

Andy essaya de fermer la porte de la salle de bains, mais Paula l'en empêcha. Elle observa Andy tenter de s'asseoir difficilement sur la cuvette, sans solliciter ses abdos. La jeune femme lâcha un cri perçant lorsque ses fesses heurtèrent le siège. Elle dut se pencher au-dessus de ses genoux pour chasser la douleur. En temps normal, Andy avait du mal à uriner en présence d'autrui, mais, après être restée si longtemps dans la voiture, elle se laissa aller sans peine.

Se lever fut une tout autre histoire. Elle parvint à redresser les genoux, et soudain se retrouva à nouveau assise sur la cuvette, dans un grognement.

— Putain…

D'un geste brusque, Paula souleva Andy par l'aisselle et la remit sur ses pieds. Elle remonta la fermeture Éclair et reboutonna son jean comme si Andy avait trois ans. Puis elle la repoussa jusque dans la pièce.

— Va t'asseoir à table.

Le dos voûté, Andy se dirigea vers une chaise bancale et s'assit. Son flanc s'embrasa comme un éclair.

Paula poussa sans ménagement la chaise sous la table.

— Tu vas faire ce que je dis quand je le dis.

Les mots s'échappèrent de sa bouche avant qu'Andy ait pu les retenir :

— Allez vous faire foutre.

— Va te faire, toi aussi.

Paula agrippa le bras gauche d'Andy. Elle attacha une menotte au poignet de la jeune fille, puis passa brusquement une main sous la table et fixa la deuxième menotte au pied en métal.

Andy tira sur son entrave. La table émit un bruit de ferraille. La jeune femme posa son front sur le plateau.

Pourquoi n'était-elle pas allée en Idaho ?

— Si ta mère a chopé le premier avion, elle n'arrivera pas avant au moins deux heures.

Paula dénicha un flacon d'ibuprofène dans un des sacs et arracha le sceau de sécurité avec les dents.

— Ça fait mal comment ?

— Comme quand on se fait tirer dessus, espèce de putain de psychopathe.

— OK, t'as pas tort.

Au lieu de se mettre en rogne, Paula parut se réjouir de la colère d'Andy. Elle posa quatre gélules sur la table. Ouvrit une bouteille d'eau.

— Barbecue ou normal ?

Andy la dévisagea sans ciller. Paula brandissait deux paquets de chips.

— Il faut que tu manges un truc, sinon les médicaments vont te filer des maux de ventre.

Andy n'eut d'autre réponse que :

— Barbecue.

Paula ouvrit le sachet avec les dents, puis déballa deux sandwichs.

— Moutarde et mayo ?

Andy acquiesça en regardant la folle qui lui avait tiré dessus et l'avait kidnappée étaler de la mayonnaise et de la moutarde sur son sandwich à la dinde avec un couteau en plastique.

Qu'est-ce qui se passait, bordel ?

Paula fit glisser le sandwich vers Andy, puis elle tartina le sien de moutarde.

— Mange au moins la moitié. Je suis sérieuse, la mioche. La moitié. Ensuite, tu pourras avaler les médocs.

Andy le prit dans ses mains, mais elle eut une vision saugrenue : le sandwich jaillissant par le trou de son flanc.

— On n'est pas censé manger avant une opération.

Paula braqua ses yeux sur elle.

— La balle. Je veux dire, si… Quand… ma mère arrivera et…

— Ils ne vont pas t'opérer. Plus simple de laisser la balle à l'intérieur. Tu devrais plutôt t'inquiéter d'une potentielle infection. Cette merde te tuera.

Paula alluma la télévision. Elle fit le tour des chaînes jusqu'à ce qu'elle tombe sur Animal Planet, puis elle coupa le son.

*Les pitbulls et les détenus en liberté conditionnelle.*

Paula pivota et fit gicler de la mayonnaise sur son sandwich.

— Cet épisode est pas mal. J'aurais aimé qu'ils aient ce programme à Danbury.

Andy l'observa étaler une couche uniforme de sauce avec le couteau en plastique.

La situation aurait dû sembler étrange, mais elle ne l'était pas. Pourquoi ? En début de semaine, Andy avait contemplé sa mère tuer un gamin, puis elle-même avait assassiné un tueur à gages de ses propres mains. Elle avait démarré une cavale et agressé un malfrat, avant de faire tuer une personne, voire deux. Alors pourquoi ne lui aurait-il pas paru naturel d'être menottée à une table, et de regarder des détenus en liberté conditionnelle s'occuper d'animaux maltraités en compagnie d'une ancienne taularde complètement tarée devenue prof de fac ?

Paula reconstitua le sandwich. Elle tira sur le foulard noué autour de son cou, le même qu'elle portait deux jours et demi plus tôt à Austin.

— Je croyais que vous aviez été asphyxiée.

Paula prit une grosse bouchée.

— J'ai chopé un rhume, répondit-elle la bouche pleine. Il faut garder le cou au chaud pour arrêter la toux.

Andy ne prit pas la peine de souligner la crétinerie de ce conseil santé. Un rhume expliquait la voix rauque de Paula, mais Andy ajouta :

— Votre œil…

— Ta putain de mère.

Des bouts de nourriture tombèrent de sa bouche, mais elle poursuivit malgré tout :

— Elle m'a frappée à la tête. Ils n'ont pas levé le petit doigt pour moi en taule. Le gauche est devenu tout blanc, le droit s'est infecté. Encore aujourd'hui, je suis sensible à la lumière, c'est pour ça que je porte des lunettes de soleil. Grâce à ta maman, c'est mon look depuis trente-deux ans.

*Calcul intéressant.*

— Qu'est-ce que tu veux savoir d'autre ?

Andy sentit qu'elle n'avait plus rien à perdre.

— Vous avez envoyé le type dans la maison de ma mère, pas vrai ? Pour la torturer ?

Paula rit avant de se mettre à tousser. Elle avait avalé de travers.

— Samuel Godfrey Beckett. Il méritait son salaire juste pour son nom débile. J'étais sûre que Jane jetterait l'éponge. Elle n'a jamais été bonne dans les affrontements. Cela dit, elle a buté ce gamin dans le snack. J'ai failli me chier dessus quand j'ai reconnu son visage aux infos. Putain de Laura Oliver. Qui vivait sur une foutue plage pendant que, nous, on pourrissait en taule.

Andy colla sa langue à son palais. Le flingue était toujours coincé dans le jean de Paula, mais les mains de la femme tenaient le sandwich. Est-ce qu'elle pourrait repousser la table contre le ventre de Paula, tendre sa main libre et attraper le revolver ?

— Quoi d'autre, la mioche ?

Andy détailla mentalement tous les scénarios. Aucun ne fonctionnait. Son poignet menotté était attaché trop loin sous la table. Elle finirait par s'empaler si elle tendait l'autre main pour saisir le revolver.

Paula arracha un autre morceau de sandwich.

— Allez. Pose-moi toutes les questions que tu ne peux pas poser à ta mère.

Andy détourna le regard vers le hideux couvre-lit à fleurs, puis jeta un regard à la porte à presque six mètres de là. Paula lui offrait tout sur un plateau, mais, après de si longues recherches, Andy ne cherchait plus seulement des réponses. Elle voulait une explication et elle ne pourrait l'obtenir que de sa mère.

Paula fouilla le sac en quête d'une serviette.

— Tu fais ta timide avec moi ?

— Comment je saurai que vous me dites la vérité ? ne put s'empêcher de demander la jeune femme.

— Je suis plus franche que cette pute que tu appelles « maman ».

Andy mordit le bout de sa langue déjà douloureuse pour s'empêcher de lui hurler dessus.

— Qui avez-vous tué ?

— Une connasse qui a essayé de me planter en prison. Ils n'ont pas pu me poursuivre pour la Norvège. Maplecroft, ce n'était pas ma faute. Quarter l'a enlevée. Je n'étais pas responsable des autres trucs…

Elle s'interrompit pour mâcher.

— … j'ai plaidé coupable pour avoir fui une scène de crime. Ça m'a valu six ans. La salope que j'ai plantée, c'était par légitime défense, mais ils m'ont rallongé jusqu'à vingt piges. Une autre question ?

— Comment vous avez décroché ce boulot à la fac ?

— Ils cherchaient à recruter des personnes issues de la diversité, et j'ai eu de la chance avec mon histoire triste d'ancienne criminelle. Poses-en une autre.

— Est-ce que Clara va bien ?

— Ah, bien tenté. Et celle-là : pourquoi est-ce que je hais ta connasse de mère, ça t'intéresse ?

Andy patienta, mais Paula attendait, elle aussi.

— Pourquoi est-ce que vous haïssez ma mère ? finit-elle par demander d'un ton aussi las et indifférent que possible.

— Elle s'est retournée contre nous. Chacun de nous sauf Edwin et Clara, mais c'était seulement parce qu'elle voulait les contrôler.

Paula attendit une réaction de la part d'Andy, mais la jeune femme resta impassible.

— En échange de son témoignage, Jane a intégré un programme de protection des témoins. Elle a conclu un marché en or, parce que la montre faisait littéralement tic-tac. On avait une autre bombe prête à exploser, mais elle a tout stoppé net avec sa putain de grande gueule.

Andy scruta le visage de Paula à la recherche d'un signe de duplicité, mais elle n'en vit aucun.

*Protection de témoin.*

Andy essaya d'imprégner son cerveau de l'information pour décrypter son propre ressenti. Laura lui avait menti, mais elle s'était habituée aux mensonges de sa mère. Peut-être éprouvait-elle un léger soulagement. Durant tout ce temps, Andy avait pris Laura pour une criminelle. Et c'en était une, mais elle avait agi pour le bien en les trahissant tous.

*N'est-ce pas ?*

— Les flics l'ont quand même bouclée pendant deux ans. Ils peuvent le faire, tu sais. Même avec une protection de témoin. Et Jane a fait d'abominables saloperies. On en a tous fait, mais on a agi pour la cause. Jane l'a fait parce que c'était une conne pourrie gâtée qui en avait ras le bol de dépenser l'argent de papa.

— QuellCorp, lâcha Andy.

— Des milliards, dit Paula. Le fruit de la souffrance et de l'exploitation des malades.

— Alors, vous m'avez prise en otage pour obtenir une rançon ?

— Putain, non. Je veux pas de son fric. Ça n'a rien à voir avec QuellCorp. La famille s'en est débarrassée il y a des années. Aucun d'eux n'a plus rien à voir avec la société, aujourd'hui. Mis à part engranger le blé des *stock options.*

Andy se demanda si le cash de la Reliant provenait de là. On devait payer des impôts sur l'argent des actions, mais, si Laura était sous protection de témoin, alors tout était légal.

*N'est-ce pas ?*

— Jane ne t'a jamais rien raconté ?

Andy ne prit pas la peine de confirmer ce que la femme savait déjà.

— Est-ce qu'elle t'a dit qui était ton père ?

Andy garda le silence. Elle savait qui était son père.

— Tu ne veux pas savoir ?

Gordon était son père. Il l'avait élevée, avait pris soin d'elle, supporté ses silences exaspérants et son indécision.

Paula lâcha un profond soupir de déception.

— Nicholas Harp. Elle ne t'a jamais dit ?

Andy sentit sa curiosité piquée au vif, mais pas pour la raison la plus évidente. Elle reconnaissait le nom qui figurait sur la page Wikipédia. Harp était mort d'une overdose des années avant la naissance d'Andy.

— Vous mentez.

— Non. Nick est le chef de l'Armée du monde en mutation. Tout le monde devrait connaître son nom, toi surtout.

— Sur Wikipédia, il est écrit que Clayton Morrow…

— Nicholas Harp. C'est le nom que ton père a choisi. La moitié des conneries écrites sur Internet sont des mensonges. L'autre moitié, des spéculations.

Paula se pencha sur la table, excitée tout à coup.

— L'Armée du monde en mutation se battait pour une cause. On allait changer le monde. Puis ta mère a perdu son sang-froid et elle a tout fait foirer.

Andy secoua la tête. Ces activistes avaient assassiné des gens et terrifié le pays.

— Vous avez abattu cette prof à San Francisco. La plupart des membres de votre groupe sont morts. Martin Queller a été tué.

— Tu veux dire, ton grand-père ?

Andy en fut ébranlée. Elle n'avait pas eu le temps de faire le rapprochement.

Martin Queller était son grand-père.

Il s'était marié à Annette Queller, sa grand-mère. Ce qui faisait de Jasper Queller, le salopard de milliardaire, son oncle.

Laura était-elle milliardaire aussi ?

Paula lança un bout de charcuterie égaré dans sa bouche.

— Tu fais enfin le lien, hein ? Ton père a passé trois décennies en prison à cause de Jane. Elle t'a tenue éloignée de lui. Vous auriez pu avoir une vraie relation, tu aurais appris à le connaître, mais elle t'a refusé cet honneur.

Andy savait exactement qui était Clayton Morrow et elle ne voulait rien avoir à faire avec lui. Il n'était pas plus son père que Jerry Randall. Elle devait s'accrocher à cette conviction, parce que sinon il ne lui restait plus qu'à se rouler en boule sur le sol.

Paula s'essuya la bouche d'un revers de main.

— Allez. Pose-moi encore des questions.

Andy repassa le fil des événements de ces derniers jours dans sa tête. La liste d'inconnues qu'elle avait griffonnées après sa première rencontre avec Paula.

— Qu'est-ce qui vous a fait changer d'avis à Austin ? Une minute vous me demandez de partir, la suivante vous m'envoyez chercher Clara Bellamy.

Paula hocha la tête, comme si elle approuvait la question.

— Le poulet dont tu as réduit les couilles en purée. J'ai compris que tu n'aurais pas fait ça si tu faisais équipe avec ta mère.

— Qui ?

— Le poulet. Le marshal.

Andy sentit une rougeur remonter le long de son cou.

— Tu l'as foutument démonté. Ce connard est resté une heure allongé devant ma porte.

Andy posa le front sur la table pour cacher son visage.

*Mike.*

Le bureau du marshal gérait le programme de protection de témoin. Ils pouvaient fabriquer tous les permis de conduire qu'ils voulaient, parce que la confection de nouveaux papiers faisait partie intégrante de leur boulot : de faux extraits de naissance, de fausses déclarations d'impôts et même de fausses notices nécrologiques pour un type complètement fictif du nom de Jerry Randall.

Andy sentit un tourbillon au creux de ses entrailles.

Mike était le référent de Laura. D'où sa présence à sa sortie d'hôpital. Est-ce que c'était pour cette raison qu'il suivait Andy ? Essayait-il de l'aider, parce qu'elle faisait partie du programme à son insu ?

Avait-elle éliminé la seule personne capable de les sauver des griffes de ce monstre ?

Paula martela la table avec ses articulations.

— Hé. D'autres questions. Accouche. On n'a rien de mieux à faire.

Andy secoua la tête. Elle tenta de réfléchir à l'implication de Mike depuis le départ. Son pick-up dans l'allée des Hazelton avec le porte-clés patte de lapin. Les pancartes magnétiques qu'il remplaçait à chaque nouvelle ville.

*Le mouchard sur la glacière.*

Mike avait dû le placer pendant qu'Andy s'était assoupie dans le motel de Muscle Shoals. Puis il avait traversé la rue, s'était offert une bière pour célébrer ce succès et avait sans doute improvisé à l'arrivée d'Andy.

Elle avait supposé qu'il était ami avec le barman, mais les types comme Mike liaient connaissance partout où ils allaient.

— Hé, répéta Paula. Concentre-toi sur moi, la mioche. Si tu ne fais rien pour me divertir, alors je vais te ligoter et regarder mes émissions à la télé.

Andy secoua la tête pour s'éclaircir les idées. Elle leva le menton, le posa sur sa main libre. Elle n'avait aucune idée à part revenir à sa liste.

— Pourquoi vous m'avez envoyée vers Clara ?

— La salope a refusé de me répondre quand elle avait encore toute sa tête, et Edwin a menacé de me balancer à mon agent de probation. J'espérais que tu ferais remonter ses souvenirs. Ensuite, j'aurais mis la main sur toi, tu m'aurais donné les renseignements que je veux, et happy end pour tout le monde. Sauf qu'Edwin s'est mis en travers de ma route. Mais tu sais quoi ? Qu'il aille se faire foutre, il a aidé Jane à obtenir son marché et il lui a évité trente ans de prison, ajouta Paula en se fourrant une poignée de chips dans la bouche. Ta mère a participé au complot visant à assassiner ton grand-père. Alexandra Maplecroft est morte sous ses yeux. Elle était là quand Quarter s'est pris une balle dans le cœur ; elle a aidé à conduire le fourgon jusqu'à la ferme ; elle était avec nous à cent pour cent à chaque étape.

— Jusqu'à ce qu'elle en sorte, déclara Andy, parce qu'elle voulait se cramponner à cette partie.

— Ouais, bon, on a démoli le Chicago Mercantile avant la fin.

Elle surprit le regard vide d'Andy.

— C'est là où les denrées sont échangées. Un marché des dérivés financiers. Tu en as entendu parler ? Et Nick entrait dans Manhattan quand ils l'ont attrapé, il allait tenter de faire exploser la Bourse. À nous la gloire.

Comme tout le monde, Andy avait vu les avions percuter les buildings, les camions faucher des piétons et toutes les autres horreurs perpétrées par les groupes terroristes. Elle savait pertinemment que ce genre d'attaques n'avait rien de glorieux, tout comme elle savait que, quoi que ces tarés essaient de démolir, on le reconstruirait en plus grand, en plus fort, en mieux.

— Alors pourquoi je suis ici ? Qu'est-ce que vous lui voulez, à ma mère ?

— Il t'a fallu pas mal de temps pour arriver à cette question, répondit Paula. Jane a des documents signés de la main de ton oncle Jasper.

*Oncle Jasper.*

Andy n'arrivait pas à se faire à l'idée qu'elle avait une famille, même si elle n'était pas certaine de vouloir connaître les Queller.

Paula fit une boule avec le sachet de chips et le lança vers la poubelle.

— Nick a demandé six fois la liberté conditionnelle ces douze dernières années. À chaque putain de fois, ce connard de Jasper Queller est monté en haut de son estrade, avec son insigne débile de l'Air Force et son pin's du drapeau américain, pour raconter en pleurnichant comment Nick avait tué son père, contaminé son frère et lui avait fait perdre sa sœur à vie, ouin, ouin.

— Contaminé son frère ?

— Nick n'a rien à voir avec ça. Ton oncle était une tarlouze. Il est mort du sida.

Andy eut un mouvement de recul en entendant l'insulte.

Paula poussa un grognement.

— Ta génération et son politiquement correct de mes deux.

— Votre génération et son homophobie de mes deux.

Paula grogna à nouveau.

— Merde, si j'avais su qu'il suffisait de te tirer dessus pour qu'il te pousse des couilles, je t'aurais fait cet honneur dès ton arrivée à Austin.

Andy ferma les yeux une seconde. Elle détestait ces changements constants d'humeur.

— Qu'est-ce qu'il y a sur ces documents ? Pourquoi ils sont si importants ?

— Escroquerie, lâcha Paula qui haussa les sourcils en guettant la réaction d'Andy. Queller Healthcare foutait ses patients à la rue, mais il continuait de facturer l'État pour leurs soins.

Andy attendit la suite, mais apparemment c'était tout.

— Et… ?

— Qu'est-ce que tu veux dire avec ton *et*… ?

— Je peux aller sur Internet là tout de suite et dénicher des douzaines de vidéos qui montrent des pauvres en train de se faire jeter des hôpitaux, répliqua Andy en haussant les épaules. Les hôpitaux présentent des excuses et ils paient une amende. Parfois, ils ne le font même pas. Personne ne perd son boulot, sauf peut-être l'agent de sécurité qui exécutait les ordres.

Paula fut visiblement déconcertée par son impassibilité.

— Il n'empêche que c'est un crime.

— OK.

— Ça t'arrive de regarder les infos ou de lire le journal ? Jasper Queller veut devenir président.

Andy n'était pas certaine qu'une condamnation pour escroquerie puisse l'arrêter. Paula luttait toujours selon les règles des années 1980, avant que les chargés de communication et les équipes de gestion de crise ne s'emparent des médias. Il suffisait à Jasper d'entamer une tournée d'excuses, de pleurer un peu, et sa popularité ne ferait que s'accroître, même bien plus qu'avant.

Paula croisa les bras. Elle arborait une expression suffisante.

— Fais-moi confiance, Jasper s'effondrera au moindre parfum de scandale. L'essentiel pour lui, c'est la réputation de la famille Queller. On le manipulera comme une marionnette.

Andy ratait forcément quelque chose. Elle essaya de comprendre quoi.

— Vous avez vu ma mère à la télé. Vous avez recruté un type pour la torturer et localiser ces documents, et maintenant vous me gardez en otage pour les récupérer. Avec, vous allez faire chanter Jasper et le réduire au silence pour que Clayton… Nick obtienne sa liberté conditionnelle ?

— C'est pas sorcier, la mioche.

Effectivement, ça ne volait pas bien haut.

Comment sa mère avait-elle pu côtoyer de tels crétins ?

— J'ai tout prévu pour la sortie de Nick. On achètera des œuvres d'art pour les murs, et aussi des meubles. Nick a vraiment bon goût. Je ne me permettrais pas de choisir ces trucs sans lui.

Andy se souvint de la banalité formelle qui régnait dans la maison de Paula. Vingt ans de prison, au moins une décennie dehors, et elle attendait toujours que Clayton Morrow lui dise quoi faire.

— C'est Nick qui vous a entraînés dans tout ça ?

Elle se rappela les paroles prononcées par Paula.

— … et c'est pour ça que vous ne m'avez pas tuée, n'est-ce pas ? Parce que je suis sa fille.

Elle sourit.

— Je suppose que tu n'es pas aussi idiote que tu en as l'air.

Andy entendit un téléphone vibrer.

Paula fouilla dans les sacs et trouva le téléphone prépayé à l'écran brisé. Elle fit un clin d'œil à Andy avant de répondre.

— Qu'est-ce qu'il y a, DéBile ? Porter Motel. Je sais que tu connais. Chambre 310.

Elle referma le clapet du téléphone sous le regard d'Andy.

— Elle est en route ?

— Elle est ici. Je suppose qu'elle a utilisé quelques milliards du patrimoine Queller pour affréter un avion. (Paula se leva et arrangea le flingue à sa ceinture.) On est à Valparaiso, dans l'Indiana. J'ai pensé que tu aimerais voir l'endroit où tu es née.

Andy s'était déjà mordu la langue jusqu'au sang. Elle s'attaqua à sa joue.

— Edwin s'est battu pour qu'elle reste à la prison du comté de Porter. Ta débile de mère était trop bien pour se mélanger aux autres détenus. Elle a passé tout le temps en isolement.

Le cerveau d'Andy ne parvenait pas à traiter toutes les informations en même temps.

— Et…

Paula retira son foulard et l'enfonça dans la bouche d'Andy. Puis s'agenouilla et détacha la menotte du pied de la table.

— Désolée, la mioche, mais je ne peux pas me laisser distraire par tes conneries. Mets ton bras droit dessous.

Andy étendit les deux bras vers la base, et Paula resserra les menottes.

— Huhhh, risqua Andy.

Le foulard était introduit trop profondément dans sa gorge. Elle essaya de l'expulser avec sa langue.

— Si ta maman fait ce qu'il faut, tout ira bien pour toi.

Paula sortit une bobine de corde à linge du sac. Elle ligota les chevilles d'Andy au pied de la chaise.

— Juste au cas où il te viendrait des idées.

Andy se mit à tousser. Plus elle luttait pour repousser le foulard, plus il s'enfonçait profondément.

— Tu sais que ton oncle, celui qui est mort, a essayé de se pendre avec ce truc une fois ?

Elle remit la main dans le sac en plastique. Y dégota

une paire de ciseaux. Se servit de ses dents pour retirer l'emballage.

— Non, je suppose que tu n'es pas au courant. Ça lui a laissé une cicatrice dans le cou, ici…

Elle désigna son cou de la pointe des ciseaux, juste sous un petit amas de grains de beauté noirs.

Andy espérait que c'était un cancer de la peau.

— Jasper l'a sauvé de justesse cette fois-là, poursuivit Paula en coupant l'extrémité de la corde à linge. Andy avait toujours besoin d'être sauvé. Étrange que ta mère t'ait donné son prénom.

Laura n'aimait pas appeler sa fille par le prénom de son frère. Elle grimaçait chaque fois qu'on employait une autre forme qu'Andrea.

Paula inspecta les menottes, puis les nœuds, pour s'assurer qu'ils étaient bien attachés.

— Bon, je vais pisser, dit-elle en enfonçant les ciseaux dans sa poche arrière. T'avise pas de faire un truc débile.

Andy patienta jusqu'à ce que la porte de la salle de bains se referme, puis elle chercha un truc débile à faire. Le téléphone prépayé était toujours posé sur la table. Ses mains étaient hors jeu, mais elle pouvait peut-être se servir de sa tête. Elle essaya d'avancer sa chaise en douceur, mais la brûlure était si intense qu'un flot de vomi remonta dans sa gorge.

Le foulard le repoussa en sens inverse.

*Putain.*

Andy scruta la pièce du sol au plafond. Un seau à glaçons et des verres en plastique sur le bureau, sous la télé. Des bouteilles d'eau. Une poubelle. Andy enroula ses doigts autour du pied de la table. Elle en évalua le poids autant que possible. Trop lourd. Par ailleurs, elle avait une balle logée dans le corps. Même si elle réussissait à réprimer la douleur et à soulever la table, elle s'écroulerait, le visage collé au sol, parce que ses chevilles étaient attachées à la chaise.

Le bruit d'une chasse d'eau retentit dans la salle de bains, suivi d'un robinet que l'on ouvre. Paula sortit, une serviette dans les mains. Elle la balança sur le bureau. Au lieu de s'adresser à Andy, elle s'assit sur le bord du lit et regarda la télévision.

La jeune femme posa le front sur la table. Ferma les yeux. Une plainte vibra au fond de sa gorge. Cela faisait beaucoup à digérer. C'était trop. Beaucoup trop.

Mike officiait en tant que marshal.

Sa mère faisait partie d'un programme de protection de témoin.

Son père biologique avait dirigé une secte criminelle.

Edwin Van Wees était mort.

Clara Bellamy…

Andy distinguait encore nettement le bruit sourd qui avait interrompu le cri de Clara.

Le *clic-clic-clic-clic* du barillet. La danseuse étoile et l'avocat avaient pris soin d'elle les deux premières années de sa vie, et elle ne se rappelait aucun détail les concernant.

Un bruit s'échappa du couloir.

Le cœur d'Andy bondit. Elle leva la tête.

Deux coups firent vibrer la porte, suivis d'une pause, puis d'un autre coup.

Paula rit avec un petit grognement.

— Ta maman croit être rapide en arrivant ici plus tôt qu'elle ne l'avait dit.

Elle éteignit la télé. Posa un doigt sur ses lèvres, comme si Andy pouvait faire autre chose que de garder le silence.

Le revolver se retrouva dans la main de Paula avant qu'elle ouvre la porte.

*Maman.*

Andy se mit à pleurer. Incapable de s'en empêcher. Le soulagement était tellement écrasant qu'elle avait l'impression que son cœur allait exploser.

Leurs regards se croisèrent.

Laura secoua la tête une fois, mais Andy ne comprit pas pourquoi.

*Ne rien faire ?*

*C'est la fin ?*

Paula braqua le flingue sur le visage de Laura.

— Avance. Grouille.

Laura prit lourdement appui sur une canne en aluminium et progressa à l'intérieur de la pièce. Son manteau lui couvrait les épaules. Elle avait les traits tirés. L'air fragile, comme si elle avait le double de son âge.

— Tu vas bien ? demanda-t-elle à sa fille.

Andy acquiesça, alarmée par l'apparente faiblesse de sa mère. Elle avait eu presque une semaine pour se remettre de ses blessures. Était-elle retombée malade ? Sa blessure à la jambe s'était-elle infectée, ou bien l'entaille dans sa main ?

Paula appuya le canon du revolver contre la tête de Laura.

— Où sont-ils ? Les dossiers. Où sont-ils ?

Laura riva son regard à celui d'Andy. Elles semblaient reliées par un rayon laser. Andy se rappela ce même regard, lorsque les infirmières poussaient Laura dans la salle d'opération, vers la radiothérapie, ou encore dans la salle de chimiothérapie.

C'était sa mère. Cette femme, cette inconnue, avait toujours été sa mère.

— Allez, lâcha Paula. Où…

Laura haussa l'épaule droite et laissa son manteau glisser jusqu'au sol. Elle avait le bras gauche en écharpe et non plus sanglé à la poitrine. Un paquet de dossiers était glissé dessous. L'attelle de l'hôpital avait disparu. Un bandage élastique formait une boursouflure autour de sa main. Ses doigts enflés rebiquaient à l'extrémité comme la langue d'un chat.

Paula lui arracha les dossiers de sous le bras et les ouvrit sur le bureau. Le flingue toujours braqué sur Laura, elle les feuilleta. La tête de Paula ne cessait d'aller des dossiers à Laura, comme si elle craignait que cette dernière ne lui saute dessus.

— Ils y sont tous ?

— C'est suffisant, répliqua Laura qui ne détachait pas ses yeux d'Andy.

Qu'essayait-elle de lui dire ?

— Écarte les jambes. Enlève l'écharpe.

Paula palpa le corps de Laura de haut en bas, sans ménagement.

Laura ne bougea pas.

— Tout de suite, ordonna Paula d'un ton tranchant qu'Andy ne lui avait pas entendu auparavant.

Paula avait-elle peur ? Cette salope intrépide était-elle réellement effrayée par Laura ?

— Retire-la, répéta Paula.

Elle était complètement crispée. Elle balançait le poids de son corps d'un pied sur l'autre.

— Tout de suite, DéBile.

Laura soupira et cala sa canne contre le lit. Elle porta la main à son cou. Trouva la fermeture en velcro et détacha l'écharpe avec précaution. Elle maintint la main bandée loin de son corps.

— Je ne porte pas de micro.

Paula souleva la chemise de Laura, passa un doigt tout autour de la ceinture.

Les yeux de Laura croisèrent ceux d'Andy. Elle secoua à nouveau la tête, juste une fois.

*Pourquoi ?*

— Assieds-toi sur le lit.

— Tu as ce que tu voulais, dit Laura d'un ton calme, presque froid. Laisse-nous partir et personne ne sera blessé.

Paula braqua le flingue sur le visage de Laura.

— Tu es la seule qui sera blessée.

Laura fit un signe de tête à Andy, comme si c'était exactement ce à quoi elle s'attendait. Elle regarda enfin Paula.

— Je reste. Laisse-la partir.

*Non !* Le mot resta coincé dans la gorge d'Andy. Avec acharnement, elle s'efforça de recracher le foulard. *Non !*

— Assieds-toi.

Paula bouscula sa mère sur le lit. Avec un seul bras valide, Laura fut incapable de se retenir. Elle s'affala sur le côté. Andy vit les traits de sa mère se déformer sous le coup de la douleur.

La colère s'empara d'Andy comme un accès de fièvre. Elle se mit à grogner, à renifler, faisant tous les bruits possibles.

Paula flanqua un coup de pied dans la canne en aluminium.

— Ta fille va te regarder mourir.

Laura se tut.

Paula lança la bobine de corde à Laura.

— Prends ça.

Elle l'attrapa d'une seule main. Ses yeux se posèrent sur Andy. Puis ils revinrent sur Paula.

*Quoi ?* Andy voulait hurler. *Qu'est-ce que je dois faire ?*

Laura brandit la bobine.

— C'est censé m'effrayer ?

— C'est censé te ligoter comme un cochon pour que je puisse t'étriper.

*T'étriper ?*

Andy tira sur les menottes. Pressa sa poitrine contre le bord de la table. La douleur était quasiment insoutenable, mais elle devait agir.

Laura glissa vers le bord du lit.

— Penny, arrête ça. Nick ne voudrait pas…

— Parce que tu crois savoir ce que Nick veut, maintenant ? Espèce de salope frigide.

Paula saisit le flingue à deux mains. Elle le secouait avec fureur.

Les pieds de Laura se posèrent à plat sur le sol.

— On s'est aimés pendant six ans. J'ai donné naissance à son enfant. D'après toi, il aimerait que sa fille assiste au meurtre de sa mère ?

— Je devrais te buter, dit Paula. Tu vois mon œil ? Tu vois ce que tu m'as fait ?

— En fait, j'en suis assez fière.

Paula lui balança le revolver en plein visage.

Andy sentit son estomac se serrer, pendant que Laura s'évertuait à rester droite.

Paula éleva à nouveau le revolver.

Andy ferma les yeux très fort, mais elle entendit le craquement horrible du métal percutant les os. Elle était de retour à la ferme. Edwin était mort. Clara avait poussé son premier cri, puis…

*Clic-clic-clic-clic.*

Le barillet tournait dans le revolver.

Andy rouvrit les yeux.

— Sale pute.

Paula frappa Laura en plein visage. Sa peau s'était fendue. Sa bouche saignait.

*Maman !* Le hurlement d'Andy sortit sous la forme d'un grognement. *Maman !*

— Ça ne fait que commencer, dit Paula à Andy. Garde tes forces.

*Maman !* s'écria Andy. Ses yeux se posèrent sur Laura, puis sur le flingue, puis revinrent sur Laura.

*Réfléchis !*

Pourquoi Paula menaçait-elle de l'étriper ? Pourquoi n'avait-elle pas tiré sur Clara à la ferme ? Pourquoi ne les abattait-elle pas Laura et elle, sur-le-champ ?

Le cliquetis à la ferme. En fait, Paula regardait combien de cartouches avaient été utilisées.

Il ne restait plus de balles dans le flingue.

*Maman !* Andy secoua la chaise si fort que du sang frais s'écoula de son flanc. La table heurta sa poitrine. Elle se tordit les poignets, essaya de lever les mains en l'air pour que Laura les voie.

*Regarde !* Andy grognait, forçait ses cordes vocales, suppliait sa mère de lui accorder un regard.

Paula assena un autre coup de flingue. La tête de Laura roula sur le côté. Elle était sonnée.

*Maman !* Andy secoua la table plus fort. Ses poignets étaient à vif. Elle agitait les mains, tentait rageusement d'attirer l'attention de sa mère.

— Arrête, la mioche, dit Paula. Tu vas juste réussir à te faire mal.

Andy grogna, agita les mains en l'air, si haut que les menottes lui entamèrent la peau.

*Regarde !*

Avec une pénible lenteur, les yeux de Laura se focalisèrent enfin sur les gestes d'Andy.

Quatre doigts levés à gauche. Un doigt levé à droite.

Le même nombre que Laura avait montré à Jonah Helsinger au snack.

*C'est pour ça que vous n'avez pas encore appuyé sur la détente. Il ne reste qu'une seule balle.*

Pendant que Laura regardait, Andy leva le pouce de sa main gauche.

Six doigts.

Six balles.

Le flingue était vide.

Laura se redressa sur le lit.

Paula fut désarçonnée par sa rapidité de récupération malgré tous les coups reçus, ce qui était exactement ce dont Laura avait besoin.

Elle saisit le revolver de la main droite. La gauche tournoya dans les airs et s'abattit en coup de poing sur la gorge de Paula.

Tout s'arrêta.

Aucune des deux femmes ne bougea.

Le poing de Laura restait accroché au cou de Paula.

D'une main, Paula tenait le bras de Laura.

Un réveil émettait son tic-tac quelque part dans la pièce.

Andy entendit un bruit de gargouillis.

D'un geste sec, Laura éloigna sa main bandée.

Un ruban rouge s'affaissa dans le col de chemise de Paula. Sa gorge avait été tranchée en deux, la peau béait autour d'une blessure en forme de croissant.

Du sang gouttait de la lame de rasoir que Laura tenait encore entre les doigts.

*Je trancherai ta putain de gorge en deux si tu fais le moindre mal à ma fille.*

Voilà pourquoi Laura ne portait pas d'attelle. Elle devait avoir les doigts libres pour tenir la lame et sectionner le cou de Paula.

La femme cracha de fines gouttelettes de sang. Elle tremblait : pas de peur cette fois, mais d'une fureur noire.

Laura se pencha vers elle. Lui chuchota quelque chose à l'oreille.

Telle la flamme d'une bougie, la rage vacilla dans son regard. Elle toussa. Ses lèvres tremblèrent. Ses doigts. Ses paupières.

Andy appuya son front contre la table. Indifférente face au carnage. Elle comprit enfin la sérénité sur le visage de sa mère, lorsqu'elle avait tué Jonah Helsinger.

Elle avait déjà vu tout cela auparavant.

# Un mois plus tard

*J'ai senti une Fissure dans mon Esprit –*
*Comme si mon Cerveau s'était fendu –*
*Je tentai de le rabouter – Couture sur Couture –*
*Mais ne pus les rajuster –*

*Je m'efforçai de joindre, la pensée de tout à l'heure*
*À celle de maintenant –*
*Mais les Enchaînements déboulèrent hors de Portée –*
*Comme des Pelotes – Sur un Parquet.*

Emily DICKINSON
(Poésies complètes, traduites par Françoise Delphy,
p. 797, Flammarion, Paris, 2009.)

# Épilogue

Laura Oliver était assise sur un banc devant l'institution correctionnelle fédérale du Maryland. Le complexe ressemblait à un grand lycée. L'établissement voisin, une antenne de l'institution, rappelait davantage une colo de vacances pour garçons. Une sécurité minimale, pour une population essentiellement composée de criminels en col blanc qui avaient détourné des fonds spéculatifs ou oublié de payer des décennies d'impôts. Il y avait des courts de tennis et des terrains de basket-ball ainsi que deux pistes d'athlétisme. Le grillage paraissait sommaire. Les tours de garde clairsemées. Nombre de détenus étaient autorisés à sortir pendant la journée pour travailler dans les usines à proximité.

Étant donné la gravité de ses crimes, Nick n'aurait pas dû être incarcéré ici, mais il avait toujours été doué pour s'introduire dans les endroits où il n'avait pas sa place. Il avait été condamné pour homicide involontaire dans l'affaire de meurtre sur la personne d'Alexandra Maplecroft, et pour complot avec arme de destruction massive pour les actions perpétrées à New York. Le jury non seulement avait décidé d'épargner la vie de Nick, mais encore lui avait accordé la possibilité d'une liberté conditionnelle. Voilà probablement comment il avait pu négocier son transfert au Club Féd. Dans les capsules au toit bleu qui dépassaient du bâtiment principal, le pire sujet d'inquiétude chez les détenus était l'ennui.

Laura savait tout de l'ennui inhérent à l'incarcération,

mais ce qu'elle avait vécu n'avait rien à voir avec les conditions exceptionnelles dont bénéficiait Nick. À la suite de sa négociation de peine, sa condamnation à deux années d'emprisonnement s'était déroulée en isolement. Au début, Laura avait cru devenir folle. Elle avait hurlé et pleuré et même confectionné un clavier sur le montant de son lit. Elle jouait des notes qu'elle était seule à entendre. Puis, au fur et à mesure de sa grossesse, l'épuisement l'avait submergée. Quand elle ne dormait pas, elle lisait. Quand elle ne lisait pas, elle attendait les heures des repas ou bien fixait le plafond en parlant à son frère Andrew comme elle ne l'avait jamais fait de son vivant.

*Je peux être forte. Je peux m'en sortir. Je peux m'évader.*

Elle pleurait la perte de ses frères – Andrew ravi par la mort, Jasper par sa propre cupidité. L'absence de Nick la rongeait, parce qu'elle l'avait aimé pendant six ans et que cet amour lui manquait comme un membre amputé. Puis Andrea était née, et elle ne pouvait retenir ses larmes chaque fois qu'elle pensait à cette petite fille qu'on lui avait arrachée.

Laura avait eu le droit de serrer Andy une seule fois dans ses bras avant qu'Edwin et Clara ne l'emmènent. De tous les deuils de sa vie, une seule blessure ne guérirait jamais : avoir manqué les dix-huit premiers mois de la vie de sa fille.

Laura dénicha un mouchoir dans sa poche. S'essuya les yeux. Tourna la tête et aperçut Andy qui marchait vers le banc. Sa magnifique fille avançait les épaules droites, la tête haute. Durant sa cavale, Andy avait changé et Laura ne s'y habituait pas encore tout à fait. Pendant si longtemps, elle avait craint que sa fille n'ait hérité de ses faiblesses, mais, aujourd'hui, Laura constatait qu'elle lui avait aussi transmis sa ténacité.

— Tu avais raison, dit Andy en s'asseyant sur le banc à côté d'elle. Ces toilettes sont dégueulasses.

Laura lui passa un bras autour des épaules. Elle l'embrassa sur la tête, même si déjà sa fille s'écartait.

— Maman…

Laura savourait la banalité de ce ton agacé. Depuis sa

sortie de l'hôpital, sa protection excessive irritait Andy. Sa fille ne savait pas à quel point Laura se maîtrisait. Si on lui avait donné le choix, elle aurait volontiers pris sa grande fille sur ses genoux pour lui lire une histoire.

Maintenant qu'Andy connaissait la vérité – tout au moins la part de vérité que Laura voulait bien partager –, elle réclamait sans cesse des anecdotes.

— J'ai parlé aux filles hier, déclara Andy. Elles ont trouvé un endroit spécialisé pour les personnes atteintes d'Alzheimer. Un bel endroit, pas comme une maison de retraite, plutôt une sorte de foyer. D'après elles, elle ne demande plus autant après Edwin.

Laura frictionna l'épaule d'Andy et ravala sa jalousie.

— C'est bien, je suis contente.

— Je suis stressée. Tu es stressée, toi ?

Laura secoua la tête, mais elle n'en était pas sûre.

— C'est agréable de ne plus avoir d'attelle, répondit-elle en bougeant le poignet. Ma fille est en sécurité et en bonne santé. Mon ex-mari me reparle. Je crois que, dans l'ensemble, j'ai plus de raisons de me réjouir que le contraire.

— Waouh, voilà une esquive de première classe.

Laura lâcha un rire étonné, surprise que les mots qu'Andy avait l'habitude de garder pour elle franchissent enfin ses lèvres.

— Je suis peut-être un peu stressée. C'est mon premier amour.

— Il t'a tabassée à mort. Ce n'est pas de l'amour.

Les polaroids.

Andy avait été la première personne à qui Laura avait avoué l'identité de son bourreau.

— Tu as raison, mon cœur. Ce n'était pas de l'amour. Pas à la fin.

Andy serra les lèvres. Elle oscillait entre l'envie de tout savoir sur son père biologique et le rejet absolu.

— Comment ça s'est passé ? La dernière fois que tu l'as vu ?

Laura ne réfléchit pas longtemps pour convoquer ses derniers souvenirs à la barre des témoins.

— J'étais terrorisée. Il assurait lui-même sa défense, donc il avait le droit de m'interroger en audience publique.

Nick s'était toujours cru bien plus intelligent que tout le monde.

— Ça a duré six jours. Le juge me demandait tout le temps de parler plus fort, parce que je ne réussissais qu'à chuchoter. Je me sentais impuissante. Alors j'ai regardé le jury et j'ai réalisé qu'ils ne gobaient pas son numéro. C'est le truc avec les escrocs… ça prend du temps. Ils vous étudient et devinent vos manques les plus intimes, puis ils vous font croire qu'ils sont les seuls à pouvoir combler ces failles.

— Qu'est-ce qu'il te manquait ?

Laura pinça les lèvres. Elle avait décidé d'épargner à Andy les détails des abus sexuels de Martin. Certains jours elle était même capable de se persuader qu'elle les refoulait pour le bien d'Andy plutôt que pour le sien.

— Je venais d'avoir dix-sept ans quand Andrew a invité Nick à la maison. J'avais passé la majorité de ma vie toute seule devant un piano. J'ai fréquenté très peu l'école, puis j'ai eu un professeur particulier, ensuite… Je voulais à tout prix qu'on me remarque, avoua-t-elle en baissant la voix. (Elle haussa les épaules.) Ça paraît absurde avec le recul, mais c'est tout ce qu'il m'a fallu pour devenir accro. Il m'a remarquée.

— C'est au tribunal que tu allais quand tu disparaissais le week-end ? (Andy s'était de nouveau éloignée du sujet Nick.) Comme quand tu as visité le Tubman Museum et que tu m'as rapporté la boule à neige ?

— Je retrouvais l'officier responsable du WitSec. Le programme de protection des témoins.

Andy leva les yeux au ciel. Elle se considérait comme une spécialiste du système pénal depuis sa cavale.

— Je sais ce qu'est le WitSec.

Laura sourit en ramenant ses cheveux vers l'arrière.

— Ma conditionnelle a duré quinze ans. Mon premier

référent était bien plus décontracté que Mike, mais je devais malgré tout me présenter.

— Je suppose que tu n'aimes pas Mike ?

— Il ne me fait pas confiance parce que je suis une criminelle et je ne lui fais pas confiance parce que c'est un flic.

Andy frappa la terre du bout de sa chaussure. Elle peinait encore à réconcilier le passé sordide de Laura avec l'image de cette mère qu'elle avait toujours connue. Ou peut-être s'efforçait-elle de faire la paix avec ses propres crimes.

— Tu ne peux pas raconter à Mike ce qui s'est passé, lui rappela Laura. Nous avons beaucoup de chance qu'il ne l'ait pas découvert.

Andy acquiesça sans piper mot. Apparemment, elle ne se sentait plus coupable d'avoir tué l'homme qui s'en était pris à sa mère, mais, comme Laura, elle avait du mal à se pardonner le fait d'avoir mis la sécurité de Gordon en péril.

La nuit où Andy avait fui la maison, Laura s'était assise par terre dans son bureau, le cadavre gisant à quelques pas, et elle avait attendu que la police défonce la porte et vienne l'arrêter.

Puis elle avait entendu des hommes hurler sur la pelouse devant la maison.

Elle avait ouvert la porte et découvert Mike allongé à plat ventre. Une demi-douzaine de flics braquaient leurs flingues dans sa direction. Il avait été assommé, certainement par l'intrus. Ce qui lui apprendrait à rôder devant sa maison. Si Laura avait voulu que le bureau du marshal soit impliqué dans l'affaire Jonah Helsinger, elle aurait appelé Mike elle-même.

Malgré tout, elle ne devrait pas se montrer aussi dure avec lui, car, grâce à Mike, Laura ne s'était pas fait arrêter cette nuit-là.

Le texto d'Andy était plutôt vague :

*419 Seaborne Av homme armé danger imminent svp urgence*

Si Laura était douée pour quelque chose, c'était bien la ruse. Elle avait dit aux flics qu'elle avait paniqué quand elle avait repéré un homme par la fenêtre, qu'elle ne savait absolument pas que c'était Mike, qu'elle n'avait aucune idée de qui l'avait assommé, et qu'elle ne comprenait pas pourquoi ils voulaient entrer chez elle, mais elle savait qu'elle avait le droit légal de s'y opposer.

Comme Mike était trop hébété pour rétorquer que c'étaient des conneries, ils l'avaient crue. L'ambulance avait emmené Mike à l'hôpital. Laura avait attendu le lever du soleil avant d'appeler Gordon. Ils avaient patienté jusqu'au coucher du soleil pour transporter le corps de la maison jusqu'à la rivière.

Voilà ce qu'Andy n'arrivait pas à digérer. Le meurtre relevait de la légitime défense. La participation de Gordon pour étouffer le crime d'Andy était plus complexe.

Laura essaya de dissiper sa culpabilité.

— Chérie, ton père n'a aucun regret. Il te l'a répété encore et encore. Ce qu'il a fait est mal, mais il l'a fait pour une bonne raison.

— Il peut s'attirer des ennuis.

— Pas si nous fermons tous notre clapet. Souviens-toi que Mike ne te suivait pas partout pour veiller à ta sécurité. Il essayait de comprendre ce que tu fabriquais parce qu'il croyait que je violais la loi. (Laura serra fermement la main d'Andy.) Tout ira bien si nous nous serrons les coudes. Fais-moi confiance. Je sais comment me sortir de ce genre de situations.

Andy leva les yeux vers sa mère avant de les détourner. Ses silences avaient du sens à présent. Ils n'étaient plus le symptôme de son indécision. Ils annonçaient souvent une question délicate.

Laura retint son souffle et patienta.

Le moment était venu où Andy allait la questionner sur Paula. Pourquoi l'avoir tuée au lieu de lui arracher le pistolet déchargé ? Que lui avait-elle chuchoté à l'oreille, pendant qu'elle mourait ? Pourquoi avait-elle demandé à sa fille de dire à la police qu'elle était inconsciente lors du décès de Paula ?

— Il n'y avait qu'une seule valise dans le box, finit par dire Andy.

Laura relâcha son souffle. Son cerveau prit un instant pour chasser son angoisse et trouver la réponse appropriée.

— D'après toi, il n'y avait qu'un seul garde-meuble ?

Andy haussa les sourcils.

— L'argent vient de ta famille ?

— Il provient des planques, des fourgons. Je n'aurais pas pris l'argent des Queller.

— Paula a dit la même chose.

Laura retint à nouveau sa respiration.

— Est-ce que tout cet argent n'est pas lui aussi taché de sang ?

— Si.

Laura s'était dit que l'argent de la planque était différent. Elle avait trouvé des excuses pour le garder, parce qu'elle était terrifiée à l'idée que Jasper la poursuive. La trousse à maquillage enfouie dans le canapé. Les garde-meubles. Les faux papiers d'identité qu'elle avait achetés au faussaire de Toronto, le même qui avait bossé sur les références d'Alexandra Maplecroft. Elle avait élaboré toutes ces manigances, au cas où Jasper devinerait où elle se trouve.

Et toutes ses peurs s'étaient avérées vaines, parce que Andy avait raison.

Jasper n'en avait rien à faire de ces documents frauduleux. Le délai de prescription ne courait plus depuis des années, et sa tournée d'excuses publiques avait effectivement fait gonfler ses chiffres au début des élections présidentielles.

Andy continuait de cogner le sol du bout de sa chaussure.

— Pourquoi as-tu abandonné ?

Laura faillit éclater de rire, parce qu'on ne lui avait pas posé cette question depuis si longtemps que son premier réflexe avait été de penser : *Abandonné quoi ?*

— La réponse la plus courte, c'est Nick, mais c'est plus compliqué que ça.

— On a assez de temps pour la réponse longue.

Laura estimait qu'une vie entière n'aurait pas suffi, mais elle essaya tout de même :

— Quand tu joues du classique, tu joues les notes exactement telles qu'elles sont écrites. Il faut s'exercer en permanence, au risque de perdre ta dynamique, ta manière d'exprimer les notes. Même en quelques jours, on peut sentir l'agilité quitter ses doigts. La conserver exige beaucoup de temps. Du temps que l'on ne passe pas à faire autre chose.

— Comme être avec Nick.

— Comme être avec Nick, confirma Laura. Il ne m'a pas explicitement demandé d'arrêter, mais il émettait sans cesse des commentaires sur les choses qu'on pourrait faire ensemble. Alors, quand j'ai abandonné ma carrière en classique, j'ai cru que je prenais cette décision pour moi, mais en réalité c'était lui qui me l'avait mise en tête.

— Et alors tu as joué du jazz ?

Laura sourit. Elle avait adoré le jazz. Encore aujourd'hui, il lui était impossible d'en écouter, parce que la blessure était toujours trop vive.

— Le jazz, ce n'est pas simplement les notes, c'est l'expression de la mélodie. Moins d'entraînement, plus d'émotion. Avec le classique, il existe un mur entre le public et toi. Avec le jazz, c'est un voyage partagé. À la fin de la performance, on n'a pas envie de quitter la scène. Et d'un point de vue technique, le toucher est complètement différent.

— Le toucher ?

— La manière d'appuyer sur les touches. La vitesse, la profondeur. Difficile de le verbaliser, mais c'est l'essence même de l'interprétation. J'ai adoré participer à quelque chose d'aussi vivant. Si j'avais su ce que c'était que de jouer du jazz, je n'aurais jamais emprunté la voie du classique. Et Nick l'a compris, avant même que je m'en aperçoive

— Alors il t'a convaincue d'arrêter ça aussi ?

— C'était mon choix, répondit Laura, parce que c'était la vérité. Puis je suis allée dans ce studio et j'ai fait en sorte d'aimer ça. Nick a recommencé à se plaindre et…

Elle haussa les épaules.

— … ils restreignent ta vie. Les hommes tels que Nick. Ils t'arrachent à tout ce que tu aimes pour devenir l'unique chose sur laquelle tu te concentres. Si tu les laisses faire, se sentit-elle obligée d'ajouter.

Quelque chose avait détourné l'attention d'Andy. Mike Falcone sortait de sa voiture. Il portait un costume et une cravate. Un large sourire fendit son beau visage tandis qu'il approchait. Laura s'efforça d'ignorer la manière dont Andy se redressait. Mike était charmant, il avait de l'autodérision. Tout chez lui faisait grincer les dents de Laura.

*Du charisme.*

Quand il fut suffisamment près, Andy lui lança :

— Quelle coïncidence.

Il désigna son oreille.

— Désolé, je ne t'entends pas. Un de mes testicules est encore coincé dans mon canal auditif.

Andy éclata de rire, et Laura sentit son ventre se contracter.

— Belle journée pour rendre visite à un taré, ajouta Mike.

— Tu te sous-estimes, se moqua Andy.

Son visage affichait un sourire décontracté que Laura ne lui connaissait pas.

— Comment vont tes trois sœurs aînées ?

— Cette partie était vraie.

— Et ce truc sur ton père ?

— Vrai aussi, dit-il. Tu veux m'expliquer comment tu t'es retrouvée dans la maison de Paula Kunde ? Elle figure au sommet de la liste rouge de ta mère.

Laura sentit Andy se raidir à ses côtés. Elle avait les nerfs à vif chaque fois qu'elle songeait à sa fille espionnant sa conversation avec l'homme qui avait pénétré dans sa maison. Laura ne se pardonnerait jamais d'avoir envoyé sa fille dans la fosse aux lions.

Pourtant, Andy se débrouilla bien, et, pour toute réponse, se contenta de hausser les épaules.

Mike refit une tentative :

— Et ces liasses de liquide dans tes poches arrière ? Ça ruine pas mal l'ambiance.

Andy sourit et haussa à nouveau les épaules.

Laura attendit, mais seule une tension sexuelle alourdissait l'air entre eux.

— Nerveuse ? lui demanda Mike.

— Pourquoi le serais-je ?

Il haussa les épaules.

— Juste une journée normale, où vous retrouvez un gars que vous avez envoyé en prison pour le restant de ses jours.

— Il s'est lui-même envoyé en prison. C'est vous les abrutis qui l'autorisez sans cesse à se présenter devant le juge pour négocier une conditionnelle.

Mike montra la cicatrice rose sur sa tempe, là où il avait pris un coup.

— Vous n'avez toujours pas deviné qui m'a assommé devant chez vous ?

— Comment savez-vous que ce n'était pas moi ?

Mike sourit, et Laura l'imita.

Il s'inclina faiblement en signe de capitulation et désigna la prison.

— Après vous, mesdames.

Elles le précédèrent et se dirigèrent vers l'entrée des visiteurs. Laura leva la tête en direction de l'immeuble qui s'étirait en hauteur, troué de fenêtres en verre armé striées de barreaux. Nick l'attendait à l'intérieur. Laura se sentit soudain vaciller après des jours de certitude. En était-elle capable ?

Avait-elle le choix ?

Les portes s'ouvrirent dans un bourdonnement, et Laura sentit ses épaules se contracter. Le gardien qui les accueillit était énorme, plus grand que Mike, son ventre débordait de sa ceinture en cuir noir. Ses chaussures couinèrent lorsqu'il leur fit franchir les différentes étapes du dispositif de sécurité. Une fois qu'elles eurent rangé leurs sacs à main et leurs téléphones dans des casiers en métal, il les conduisit dans un long couloir.

Laura réprima un frisson. Les murs donnaient l'impression de se rapprocher. Chaque fois qu'une porte se refermait en claquant, son estomac se serrait. Elle n'avait été enfermée que deux ans, mais la pensée d'être à nouveau prisonnière toute seule dans une cellule lui donnait des sueurs froides.

Ou alors pensait-elle à Nick ?

Andy glissa sa main dans celle de Laura quand elles atteignirent l'extrémité du couloir. Elles suivirent le gardien dans une petite pièce dépourvue d'aération. Des écrans affichaient les images de toutes les caméras. Six gardiens étaient assis, écouteurs sur les oreilles, occupés à espionner les conversations des détenus dans la salle des visites.

— Marshal ?

Un homme était adossé au mur. Contrairement aux autres, il portait un costume et une cravate. Il serra la main de Mike.

— Bonjour. Marshal Rosenfeld.

— Marshal Falcone, répondit Mike. Voici mon témoin. Sa fille.

Rosenfeld leur adressa un signe de tête à chacune et sortit un petit étui en plastique de sa poche.

— Vous porterez ces trucs dans les oreilles. Ils retransmettront le son au récepteur là-bas, où nous enregistrerons tout ce qui se dira entre vous et le détenu.

Laura fronça les sourcils à la vue des écouteurs en plastique dans l'étui.

— On dirait des prothèses auditives.

— C'est fait exprès.

Rosenfeld prit les dispositifs d'écoute et les déposa dans la paume de Laura.

— Les paroles seront perçues par le biais des vibrations dans votre mâchoire. Pour que nous captions Clayton Morrow, il doit être tout près. Il y a beaucoup de bruit ambiant dans la salle des visites. Tous les détenus savent comment fonctionnent les zones mortes. Si vous voulez qu'on l'enregistre, il faut vous placer à moins d'un mètre de lui.

— Ça ne sera pas un problème.

Laura se souciait davantage de son orgueil. Elle ne voulait pas que Nick la prenne pour une vieille femme qui a besoin de prothèses auditives.

— Si vous vous sentez menacée, ou si vous voulez faire machine arrière, dites la phrase : « J'aimerais bien boire un Coca. » Il y a une machine là-dedans. Ça ne lui paraîtra pas bizarre. Nous demanderons au gardien le plus proche d'intervenir, mais si Morrow, on ne sait comment, possède une lame ou une arme…

— Je ne m'inquiète pas pour ça. Il n'userait que de ses mains.

Andy déglutit.

— Tout ira bien pour moi, mon cœur. C'est juste une conversation.

Laura enfonça les écouteurs en plastique dans ses oreilles. On aurait dit des petits cailloux. Elle s'adressa à Rosenfeld :

— Qu'est-ce qu'il faut qu'il dise exactement ? Qu'est-ce qui l'incriminera ?

— N'importe quoi qui engage sa responsabilité dans les actes commis par Paula Evans-Kunde. Par exemple, si Morrow dit qu'il l'a envoyée à la ferme, ça suffit. Il n'a pas besoin de préciser qu'il l'y a mandatée pour tuer qui que ce soit ou pour kidnapper votre fille. C'est la beauté du complot. Tout ce que vous avez à faire, c'est de l'enregistrer au moment où il s'attribue le mérite des actes de Kunde.

Par le passé, Nick s'attribuait volontiers le mérite des actions des autres, mais Laura ne savait absolument pas s'il avait fini par retenir la leçon.

— Je peux toujours essayer.

L'un des gardiens leva le pouce.

— Paré. La réception du son est parfaite.

Rosenfeld lui répondit par un signe du pouce identique.

— Prête ? demanda-t-il à Laura.

Une boule coincée dans la gorge, Laura sourit à Andy.

— Ça ira.

— Je dois dire que ça nous rend tous un peu nerveux de vous envoyer dans la même pièce que ce type, précisa Mike.

Laura savait qu'il tentait d'alléger l'atmosphère.

— On va essayer de ne rien faire sauter, répliqua-t-elle.

Andy s'esclaffa.

— Je vous accompagne jusqu'à la porte. Vous êtes toujours d'accord pour qu'Andy écoute ?

— Bien sûr.

Laura pressa la main d'Andy, bien qu'assaillie par l'incertitude. Elle redoutait que, d'une manière ou d'une autre, Nick ne pousse Andy à se ranger à ses côtés. Elle craignait pour sa propre santé mentale, parce qu'il l'avait ramenée vers lui des centaines de fois, et qu'elle n'avait réussi à s'échapper qu'à une seule reprise.

— Tu vas assurer, maman…

Andy afficha un large sourire, et Laura entrevit une telle ressemblance avec Nick qu'elle peina à respirer.

— … Je serai ici quand tout sera fini. OK ?

Laura se contenta d'acquiescer.

Mike recula pour que Laura suive un gardien le long d'un autre long couloir. Il maintint une distance entre eux, mais elle entendait ses pas lourds derrière elle. Laura frôla le mur du bout des doigts pour s'occuper les mains et ne pas les tordre dans tous les sens. Des papillons voletaient dans son ventre.

Il lui avait fallu un mois de préparation et, maintenant qu'elle était ici, elle ne se sentait absolument pas prête.

— Comment va-t-elle ? demanda Mike pour essayer de détourner son attention. Comment va Andy ?

— À merveille, répondit Laura, sans vraiment exagérer. Le chirurgien a retiré la plus grosse partie de la balle. Il n'y aura pas de dommages à long terme.

Mike ne faisait pas allusion à son rétablissement physique, mais Laura n'avait aucune intention de discuter de choses personnelles avec un homme qui avait flirté si ouvertement avec sa fille.

— Elle a trouvé un appartement en ville. Peut-être qu'elle retournera à l'université.

— Elle devrait essayer le Bureau du Marshal. Elle s'est révélée une sacrée bonne détective quand elle était sur la route.

Laura lui lança un regard agressif.

— Je l'enfermerai volontiers au sous-sol plutôt que de la laisser devenir flic.

Il éclata de rire.

— Elle est craquante, et un brin ridicule.

Laura avait oublié les écouteurs. Ses mots s'adressaient à Andy. Laura ouvrit la bouche pour le remettre à sa place, mais tout commentaire incisif aurait été noyé par le bourdonnement lointain des conversations.

Sa gorge se serra. Laura se rappelait encore les bruits d'une salle de visite.

Le gardien introduisit la clé dans la serrure.

— Madame, fit Mike en lui adressant un salut avant de faire demi-tour vers la salle de surveillance.

Laura serra les dents lorsque le gardien ouvrit la porte. Elle la franchit. Il la referma, chercha la clé de la suivante

Elle ne put s'empêcher de se tordre les mains. C'étaient les souvenirs les plus vivaces de sa période d'incarcération : une série de portes et de grilles, qu'elle n'avait aucun droit d'ouvrir.

Laura leva les yeux au plafond. Elle serra les dents plus fort. Elle se revoyait dans la salle d'audience avec Nick. Debout à la barre, se tordant les mains, elle essayait de ne pas le regarder dans les yeux, parce qu'elle savait que, si elle s'autorisait cette seule faiblesse, elle s'effondrerait et tout serait terminé.

*Balance-le.*

Le gardien ouvrit la porte. Les conversations se firent plus assourdissantes. Elle entendit des rires d'enfant. Des balles de ping-pong heurter des raquettes. D'une main, elle toucha les écouteurs en plastique pour s'assurer qu'ils étaient bien en place. Pourquoi était-elle si nerveuse ? Elle s'essuya les mains sur son jean, plantée là devant la grille verrouillée, l'ultime barrière entre Nick et elle.

Tout semblait aller de travers.

Laura avait envie de rembobiner sa journée jusqu'à ce matin et de recommencer tout à zéro. Elle n'avait pas voulu bien s'habiller pour l'occasion, mais à présent elle regrettait son choix : un simple pull-over noir et un jean bleu. Elle aurait dû mettre des talons. Teindre ses cheveux gris. Se maquiller plus soigneusement. Mais, surtout, elle aurait dû faire demi-tour et partir. Mais alors, la grille s'ouvrit. Laura tourna à un angle et elle le vit.

Nick était assis à une table au fond de la pièce.

Il leva le menton pour la saluer.

Laura fit semblant de ne pas le remarquer, fit mine que son cœur ne frémissait pas, que tous ses os ne vibraient pas à l'intérieur de son corps.

Elle était ici pour Andrew, pour honorer ses dernières volontés.

Elle était ici pour Andrea, parce qu'elle avait enfin trouvé un but à sa vie.

Et puis, pour elle-même, parce qu'elle voulait que Nick sache qu'elle lui avait définitivement échappé.

En traversant le grand espace décloisonné, Laura perçut des mouvements soudains autour d'elle. Des pères en uniforme kaki soulevaient des bébés dans les airs. Des couples parlaient à voix basse en se tenant la main. Quelques avocats s'exprimaient d'une voix étouffée. Des enfants jouaient dans un coin délimité par une corde. Des adolescents à l'air joyeux occupaient deux tables de ping-pong. Des caméras étaient installées tous les trois mètres, des microphones dépassaient du plafond, des gardiens attendaient plantés près des portes. La machine à Coca. La sortie de secours.

Nick était assis à quelques mètres de là. Laura regarda derrière lui, pas encore prête pour un contact visuel. Son cœur bondit à la vue d'un piano droit collé au mur du fond. Le modèle d'études Baldwin Hamilton en noyer satiné. Le couvercle manquait. Les touches étaient usées. Elle supposa qu'on ne l'accordait qu'à de rares occasions. Elle était tellement captivée par la vue du piano qu'elle faillit dépasser Nick.

— Jinx ?

Les mains jointes, posées sur la table. Si invraisemblable que cela fût, il était exactement le même que dans son souvenir. Pas comme dans la salle d'audience, pas comme dans la salle de bains de la ferme lorsque Laura s'était évanouie, mais comme dans la remise. Alexandra Maplecroft vivait encore. Aucune des bombes n'avait explosé. Nick avait déboutonné son caban bleu marine et l'avait embrassée sur la joue.

*La Suisse.*

— Dois-je t'appeler Clayton ? demanda-t-elle, toujours incapable de le regarder.

Il désigna le siège en face de lui.

— Ma chérie, tu peux m'appeler comme tu veux.

Laura en eut presque le souffle coupé, honteuse que le doux son de sa voix puisse encore l'émouvoir. Elle s'assit. Ses yeux mesurèrent l'espace entre eux, et elle estima qu'ils se trouvaient bien à moins d'un mètre, comme nécessaire. Elle joignit les mains sur la table. L'espace d'une seconde, elle s'autorisa le plaisir de regarder son visage.

Toujours beau.

Un peu ridé, mais pas tellement. Son énergie était constante, comme un ressort très serré à l'intérieur de lui.

*Le charisme.*

Nick arbora un large sourire. Il avait toujours adoré qu'on l'examine à la loupe.

— C'est Laura aujourd'hui ? Comme notre héroïne d'Oslo ?

— Pur hasard, mentit-elle en regardant derrière lui, d'abord le mur, puis le piano. Le programme de protection des témoins ne te laisse pas le choix. Soit tu joues le jeu, soit pas.

Il secoua la tête, comme si les détails ne l'intéressaient pas.

— Tu n'as pas changé.

Laura passa la main sur ses cheveux gris d'un geste nerveux.

— N'en aie pas honte, mon amour. Ça te va bien. À l'époque, tu faisais toujours tout avec une telle grâce.

Elle le regarda enfin dans les yeux.

Les mouchetures dorées dans ses iris dessinaient un motif aussi familier que les étoiles. Ses longs cils. L'éclat de curiosité teinté d'émerveillement, comme si Laura se révélait la personne la plus intéressante qu'il ait jamais rencontrée.

— Voilà ma nana, lâcha-t-il alors qu'elle posait les yeux sur lui pour la première fois.

Laura lutta contre le frisson suscité par son attention, cette inexplicable attirance. Elle pourrait retomber dans sa spirale si facilement. Elle avait dix-sept ans, son cœur montgolfière menaçait de s'envoler de sa poitrine.

Laura rompit le contact en premier et regarda le piano derrière lui.

Elle se remémora que, en bas du couloir, Andy se trouvait dans une petite pièce sombre et écoutait tout ce qu'ils disaient. Mike, aussi. Le marshal Rosenfeld. Les six gardiens avec leurs casques et leurs écrans.

Laura n'était plus une adolescente solitaire. Elle avait cinquante-cinq ans. C'était une mère, une survivante du cancer, une femme d'affaires.

Là était sa vie.

Et Nick n'en faisait pas partie.

Elle s'éclaircit la gorge.

— Tu n'as pas changé non plus.

— Pas beaucoup de stress par ici. On organise tout pour moi. Il suffit que je me pointe. Malgré tout…

Il pencha un peu la tête sur le côté et regarda l'oreille de Laura.

— … l'âge punit la jeunesse avec cruauté.

Laura toucha l'écouteur. Le mensonge lui vint avec facilité.

— Toutes ces années de concerts m'ont finalement rattrapée.

Il étudia son expression avec attention.

— Oui, j'en ai entendu parler. Ça a un lien avec les cellules nerveuses.

— Les cellules ciliées à l'intérieur de l'oreille moyenne, répliqua Laura qui savait qu'il la testait. Elles traduisent les sons en signaux électriques qui activent les nerfs. Enfin, quand elles ne sont pas détruites par une musique trop forte.

Il parut accepter l'explication.

— Dis-moi, mon amour. Comment tu vas ?

— Bien. Et toi ?

— Eh bien, je suis en prison. Tu n'as pas eu vent de ce qui s'est passé ?

— Je crois que j'ai vu quelque chose aux infos.

Il se pencha par-dessus la table.

Laura recula, comme si elle faisait face à un serpent.

Nick afficha un large sourire, la lueur dans son regard s'embrasa.

— J'essayais juste de jeter un œil aux dégâts.

Elle leva sa main gauche pour que Nick voie la cicatrice à l'endroit où le couteau de Jonah Helsinger l'avait transpercée.

— Tu lui as fait un Maplecroft, pas vrai ? Un peu plus réussi que celui de cette pauvre vieille.

— J'aimerais autant ne pas plaisanter à propos de la femme que tu as tuée.

Son rire débordait presque de joie.

— Homicide involontaire, mais je comprends ton point de vue.

Laura serra ses mains sous la table et se força à reprendre le contrôle.

— Je suppose que tu as vu la vidéo du snack.

— Oui. Et notre fille. Elle est si adorable, Jinx. On dirait toi.

Le cœur de Laura fit un bond et tambourina violemment. Andy écoutait. Que ferait-elle de ce compliment ? Verrait-elle toujours la monstruosité de Nick ? Ou est-ce que leur échange de paroles banaliserait sa nature d'une certaine façon ?

— Tu as eu des nouvelles de Paula ?

— Paula ? répéta-t-il en secouant la tête. Ça ne me dit rien.

Laura se tordit les mains. Elle s'obligea à arrêter.

— Penny.

— Ah, oui. Cette chère Penny. Un soldat si loyal. Elle

t'avait dans le pif, pas vrai ? Je suppose que même les personnalités les plus lumineuses ont leurs détracteurs.

— Elle me haïssait.

— C'est vrai, concéda-t-il en haussant les épaules. Un brin jalouse, je pense. Mais pourquoi donc évoquer cette belle époque où nous nous amusions tant ?

Laura chercha ses mots. Elle ne pouvait continuer de la sorte. Elle était venue pour une bonne raison, et cette raison lui filait entre les doigts.

— Je suis orthophoniste.

— Je sais.

— Je travaille avec des patients qui…

Elle dut s'arrêter pour déglutir.

— Je voulais aider les gens. Après ce que nous avons fait. Et en prison, le seul livre dont je disposais, c'était un manuel sur le langage…

Nick l'interrompit avec un grognement bruyant.

— Tu sais, c'est triste, Jinxie. On avait tellement de choses à se dire, mais tu as changé. Tu es tellement…

Il parut chercher le mot juste.

— … ordinaire.

Laura éclata de rire, parce que Nick voulait à l'évidence provoquer la réaction inverse.

— Je *suis* ordinaire. Je voulais que ma fille ait une vie normale.

Elle attendit qu'il la reprenne sur le possessif par rapport à Andy, mais il dit :

— Ça a l'air fascinant.

— En effet.

— Mariée à un homme noir aussi. Comme c'est cosmopolite de ta part.

*Un homme noir.*

Environ un million d'années plus tôt, l'agent Danberry avait employé les mêmes termes pour décrire Donald DeFreeze.

— Tu as divorcé. Qu'est-ce qui s'est passé, Jinx ? Il t'a trompée ? Tu l'as trompé ? Tu as toujours eu les yeux baladeurs.

— Je ne sais pas, dit-elle, en ayant clairement à l'esprit son auditoire, installé dans une pièce éloignée. Je croyais qu'être amoureuse signifiait vivre constamment sur des charbons ardents. La passion, la fureur, les disputes et les réconciliations.

— Mais ce n'est pas ça ?

Elle secoua la tête, parce qu'elle avait appris au moins une chose grâce à Gordon.

— C'est sortir la poubelle et économiser pour les vacances. Vérifier que les formulaires scolaires sont signés. Ne pas oublier de rapporter du lait à la maison.

— C'est vraiment ce que tu penses, Jinx Queller ? L'excitation ne te manque pas ? Le frisson ? Baiser comme des fous ?

Laura s'empêcha de rougir.

— L'amour ne te maintient pas dans une tourmente perpétuelle. Il t'apporte la paix.

Il posa son front sur la table et fit semblant de ronfler. Elle rit, à contrecœur. Nick ouvrit un œil et lui sourit.

— Ce son m'a manqué.

Laura jeta un nouveau coup d'œil au piano par-dessus l'épaule de Nick.

— J'ai appris pour ton cancer du sein…

Elle secoua la tête. Elle n'allait pas lui parler de ça.

— … Je me souviens de ce que ça faisait de poser ma bouche sur tes seins. Ta façon de gémir et de te tortiller quand je te léchais entre les jambes. Tu repenses parfois à ça, Jinx ? Au beau couple que nous formions ?

Laura le dévisagea fixement. Elle ne s'inquiétait plus d'Andy. Le vice mortel de Nick avait fait tomber le masque. Il en faisait toujours trop.

— Comment vis-tu avec ça ?

Il haussa un sourcil. Elle avait piqué sa curiosité.

— La culpabilité. D'avoir tué des gens. D'avoir tout organisé.

— *Des gens ?* répéta-t-il, parce que le jury avait été divisé sur son rôle dans les attentats à la bombe de Chicago.

À toi de me dire, ma chérie. Jonah Helsinger ? C'était bien son nom ?

Il attendit que Laura acquiesce.

— Tu lui as découpé la gorge, même s'ils ont flouté cette partie-là à la télé.

Elle se mordit l'intérieur de la joue.

— Comment vis-tu avec ça ? Qu'est-ce que tu ressens d'avoir assassiné ce garçon ?

Laura laissa une minuscule partie de son cerveau réfléchir à ses actes. C'était difficile : pendant longtemps, elle n'avait réussi à affronter chaque journée qu'en se débarrassant du souvenir de la veille.

— Tu te souviens de l'expression sur le visage de Laura Juneau ? Quand nous étions à Oslo ?

Nick hocha la tête, et elle s'émerveilla du fait qu'il était la seule personne encore vivante avec qui elle pouvait discuter de l'un des moments charnières de son existence.

— Elle paraissait presque en paix quand elle a appuyé sur la détente, poursuivit Laura. Les deux fois. Je me suis demandé comment elle avait fait. Comment elle avait éteint son humanité. Mais je crois qu'en réalité elle l'a allumée. Ça te paraît sensé ? Elle était complètement en paix avec ses actes. C'est pour ça qu'elle avait l'air si sereine…

Il haussa un sourcil, et cette fois, elle le savait, il attendait qu'elle en vienne au fait.

— Je n'arrêtais pas de dire que je ne voulais pas voir la vidéo du snack, mais j'ai fini par craquer, et l'expression de mon visage était exactement identique à celle de Laura. Tu ne trouves pas ?

— Oui, confirma Nick. Je l'ai remarqué aussi.

— Je ferai tout pour protéger ma fille. Tout.

— La pauvre Penny l'a appris à ses dépens.

Il leva les sourcils. Attendit.

Laura laissa l'appât accroché à la ligne, bien qu'il lui arrivât encore de sentir le sang chaud de Paula goutter le long de sa main.

— Tu as vu Jasper aux infos ? s'enquit-elle.

Nick gloussa.

— Sa grande tournée d'excuses publiques ? Tu sais, c'est cruel à dire, mais j'apprécie assez qu'il soit devenu très très gras…

Laura conserva une expression neutre.

— Je suppose que vous avez tenu une espèce de réunion familiale ? Un réapprovisionnement des comptes bancaires grâce aux coffres des Queller ?

Laura ne répondit pas.

— Je vais te dire un truc, ça a été un grand plaisir de revoir le major Jasper en chair et en os chacune des fois où j'ai demandé ma putain de liberté conditionnelle. Il est si éloquent, quand il raconte comment, à cause de mes actes, il a perdu toute sa famille.

— Il a toujours été un bon orateur.

— Il tient ça de Martin, je suppose. J'ai été très surpris quand Jasper est devenu libéral. Il tolérait à peine l'addiction d'Andrew, mais quand il a découvert que c'était une grosse folle…

Nick fit le geste de trancher le cou.

— Oh, pardon chérie, le décès de Penny est trop récent ?

Laura sentit sa bouche s'assécher. Elle avait baissé la garde juste assez pour qu'il la blesse.

— Pauvre Andrew, si désespéré. Tu lui as offert une belle mort au moins ? Ton choix en valait la peine, Jinx ?

— On s'est bien moqués de toi, dit-elle à Nick, parce qu'elle savait que c'était le moyen le plus facile de le blesser. À cause des enveloppes. Tu t'en souviens ? Celles que tu voulais envoyer à tous les bureaux du FBI et aux principaux journaux ?

Nick serra la mâchoire.

— Andrew a ri quand j'y ai fait allusion. Pour une bonne raison. Tu n'as jamais été doué pour aller au bout des choses, et c'est trop dommage. Si tu avais tenu parole, Jasper aurait atterri en prison il y a bien longtemps, et aujourd'hui tu serais en liberté conditionnelle en train de choisir tes meubles avec Penny.

— Des meubles ? répéta Nick.

— J'ai vu les lettres que tu as envoyées à Penny.

Nick leva un sourcil.

Le directeur de la prison et les marshals qui passaient son courrier au crible n'avaient rien pigé, parce qu'ils ne connaissaient pas le code.

Laura le connaissait.

Nick leur avait fait mémoriser.

— Tu la menais toujours par le bout du nez. À lui dire que vous vous mettriez ensemble, si tu trouvais un moyen de sortir d'ici.

Il haussa les épaules.

— Des paroles en l'air. Je ne pensais pas qu'elle agirait. Elle a toujours été un peu dingue.

Mike avait dit qu'un jury verrait les choses de la même façon. Même en écrivant en code, Nick se montrait toujours prudent.

*Ce n'est de la paranoïa que si tu as tort.*

— Quand tout a commencé, je n'ai pas pensé une seule seconde que c'était toi, reprit Laura.

Elle devait faire preuve de prudence par rapport à l'homme qui l'avait agressée, parce que Mike poserait des questions, mais elle voulait que Nick sache :

— Tu ne m'as même pas effleuré l'esprit…

C'était au tour de Nick de regarder par-dessus l'épaule de Laura.

— Je croyais que c'était Jasper, qu'il avait vu la vidéo du snack, et qu'il me traquait…

Laura fit une pause et choisit ses mots avec précaution.

— Quand j'ai entendu la voix de Penny au téléphone, à la ferme, ça m'a fait un choc.

Nick avait toujours eu tendance à ignorer ce qui lui déplaisait. Il posa les coudes sur la table, le menton sur ses mains.

— Parle-moi du flingue, Jinx.

Elle hésita, nerveuse à la perspective de changer de sujet.

— Quel flingue ?

— Le revolver que Laura Juneau a retrouvé scotché

au dos des toilettes et dont elle s'est servie pour assassiner ton père, précisa-t-il en lui offrant un clin d'œil. Comment est-il arrivé à Oslo ?

Laura jeta un regard circulaire. Vers les caméras accrochées aux murs, les microphones qui pendaient du plafond, les gardiens plantés en sentinelle. Elle avait les nerfs à vif.

— On discute, c'est tout, mon amour. Qu'est-ce qui t'inquiète ? Est-ce que quelqu'un écoute ?

Laura pinça les lèvres. Les occupants avaient déserté la table voisine. Elle ne percevait que les bruits secs de la balle de ping-pong qui rebondissait sur la table.

— Ma chérie ? Ta visite se termine si vite ? On a le droit de se toucher ici, dit-il en tendant les mains vers elle.

Laura contempla fixement les mains de Nick. À l'image de son visage, elles étaient presque suspendues dans le temps.

— Jane ?

Par automatisme, elle allongea les bras sur la table, entremêla ses doigts aux siens. La connexion fut instantanée, une fiche qui s'enfonce dans une prise. Elle leva la tête. Les larmes affleurèrent lorsqu'elle sentit une énergie magnétique, bien connue, se répandre dans tout son corps. Que Nick puisse si facilement l'ébranler était dévastateur.

— Raconte-moi.

Il se pencha sur la table. Son visage près du sien. La salle des visites s'estompa. Elle se retrouva dans la cuisine, elle lisait un magazine. Il entra, l'embrassa sans un mot, puis s'éloigna en reculant.

— Si tu parles à voix basse, ils n'entendront pas.

— N'entendront pas quoi ?

— Comment tu t'es procuré le flingue, Jane ? Celui dont Laura Juneau s'est servie pour abattre ton père. Ce n'était pas moi. Je ne savais rien avant qu'elle le sorte de son sac.

Laura reporta son regard sur le piano derrière lui. Elle n'avait pas encore joué pour Andy. D'abord sa blessure à la main, puis son angoisse l'en avait dissuadée.

— Chérie, murmura Nick. Parle-moi du revolver.

Laura éloigna son attention du piano. Elle baissa les yeux

sur leurs doigts entrelacés. Ses mains paraissaient vieilles, les rides prononcées. Elle avait de l'arthrite. La cicatrice laissée par le couteau de chasse de Jonah Helsinger était encore rouge et irritée. La peau de Nick semblait toujours aussi douce. Elle se remémora le contact de ses mains sur son corps. Ses caresses délicates. Les gestes intimes qui s'attardaient au creux de ses reins. Il avait été le premier homme à lui faire l'amour. Il avait touché Laura comme personne ne l'avait fait auparavant, ni depuis.

— Dis-le-moi, répéta-t-il.

Elle n'avait d'autre choix que lui donner ce qu'il voulait. Très doucement, elle répondit :

— J'ai acheté l'arme à Berlin pour quatre-vingts marks.

Il sourit.

— Je…

La gorge de Laura se resserra autour de son chuchotement rauque. Elle pouvait presque sentir la fumée de cigarette qui flottait dans le bar *underground* où Nick l'avait envoyée. Les motards qui se passaient la langue sur les lèvres. Qui se moquaient d'elle. Qui la touchaient.

— J'ai pris un avion depuis Berlin Est, parce que la sécurité était moins stricte. J'ai apporté le flingue à Oslo. Je l'ai glissé dans un sac en papier. Je l'ai scotché derrière le réservoir pour que Laura Juneau le retrouve.

Nick sourit de plus belle.

— La vieille nénette n'a pas hésité une seconde, pas vrai ? C'était magnifique.

— Tu as envoyé Penny pour qu'elle retrouve les documents de Jasper ?

Nick essaya de reculer, mais elle se cramponna à ses mains.

— Tu voulais les papiers de la boîte en fer. Tu as cru que tu pourrais les exploiter pour obtenir ta liberté conditionnelle. Tu as demandé à Penny de les récupérer.

Le large sourire de Nick lui indiqua qu'il était lassé de ce jeu. Il fit glisser ses mains loin des siennes. Croisa les bras sur la poitrine.

— Tu savais ce que Penny fabriquait ? Tu savais qu'elle allait kidnapper ma fille ? Essayer de me tuer ?

Laura patienta, mais Nick garda le silence.

— Penny a tué Edwin. Elle a blessé Clara si grièvement qu'elle lui a fracturé la pommette. Ça ne te pose pas de problème, Nick ? C'est ce que tu voulais qu'elle fasse ?

Il détourna la tête. Brossa des peluches imaginaires sur son pantalon.

Laura sentit son estomac se nouer. Elle connaissait l'expression de Nick lorsqu'il en avait terminé avec quelqu'un. Son plan n'avait pas fonctionné. Les marshals. Les écouteurs. Andy qui attendait au bout du couloir. Tout avait foiré à cause de son insistance.

Était-ce intentionnel ?

Avait-elle tout saboté exprès, parce que l'emprise de Nick sur elle était trop forte ?

Elle fixa le piano à la recherche d'un moyen de relancer la conversation.

— Tu joues encore ?

Le cœur de Laura bondit à l'intérieur de sa poitrine, mais elle garda le regard rivé au piano.

Nick se retourna pour le regarder de ses propres yeux.

— Tu le fixes en permanence. Tu joues encore ?

Un nerf tressaillit sur sa paupière, alors qu'elle essayait de ne pas se trahir.

— Je n'en avais pas le droit. Quelqu'un aurait pu reconnaître ma façon de jouer et alors…

— Le spectacle serait terminé… Littéralement, lança Nick, amusé par son jeu de mots. Tu savais, mon amour, que j'ai pris des leçons de piano ?

— Vraiment ?

Laura teinta le mot de sarcasme, mais intérieurement elle respirait à peine.

— Il prenait la poussière dans la salle de jeux depuis des années, mais un crétin a lancé une pétition afin qu'on le déménage ici pour les enfants, et bien sûr tout le monde a signé, expliqua-t-il en levant les yeux au plafond. Tu n'imagines pas à quel point c'est pénible d'entendre des gamins de trois ans jouer *Chopsticks* à deux doigts.

Elle prit une rapide inspiration avant de dire :

— Joue-moi quelque chose.

— Oh ! non, Jinxie. On ne va pas en arriver là…

Il se leva, fit un geste pour attirer l'attention du gardien et montra le piano.

— Mon amie veut jouer, ça ne dérange pas ?

Le gardien haussa les épaules, mais Laura secoua la tête.

— Non. Je ne le ferai pas.

— Oh ! ma chérie. Tu sais que je déteste quand tu me refuses quelque chose.

Son ton était celui d'une plaisanterie qui n'en était pas une. Laura sentit une peur enfouie se réveiller. Une partie d'elle-même serait toujours la jeune fille terrifiée qui s'était évanouie dans la salle de bains.

— Je veux t'entendre jouer à nouveau, Jinx. Je t'ai poussée à abandonner autrefois. Je ne peux pas te faire reprendre ?

Les mains de Laura tremblaient sur ses genoux.

— Je n'ai pas joué depuis… depuis Oslo.

— S'il te plaît…

Il pouvait encore prononcer ce mot sans que sa requête en paraisse une. Nick contourna la table jusqu'à elle. Laura ne sursauta pas cette fois. Ses doigts lui entourèrent le bras avec légèreté et la tirèrent doucement.

— … c'est le moins que tu puisses faire pour moi. Je te promets de ne rien te demander d'autre.

Laura se laissa faire. Elle marcha à contrecœur vers le piano. L'adrénaline parcourait ses liaisons nerveuses. Un sentiment de terreur l'envahit.

Sa fille écoutait.

— Allez, ne sois pas timide.

Nick obstruait la vue du gardien. Il la repoussa pour l'asseoir sur le banc, d'un geste si brusque qu'elle ressentit une douleur dans le coccyx.

— Joue pour moi, Jinx.

Les yeux de Laura s'étaient fermés de leur propre chef.

Elle sentit son ventre se nouer. La boule de peur, restée longtemps en sommeil, s'éveillait peu à peu.

Les doigts de Nick s'enfoncèrent dans ses épaules.

— Jane. J'ai dit : joue-moi quelque chose.

Elle se força à ouvrir les yeux. Regarda les touches. Nick se tenait tout près. La morsure de ses doigts dans ses épaules finit de ranimer sa peur ancienne.

— Maintenant, dit-il.

Laura éleva les mains. Posa doucement les doigts sur les touches, mais sans les enfoncer. Le placage en plastique était usé. Des bandelettes de bois transparaissaient par endroits.

— Quelque chose de joyeux, lâcha Nick. Vite, avant que ça me lasse.

Elle n'allait pas s'échauffer pour lui. Elle ne savait même pas si cela valait la peine d'essayer. Laura réfléchit à un morceau spécial pour Andy : un titre interprété par ces horribles groupes niais qu'elle adorait. Sa fille avait passé des heures à regarder des vidéos de l'ancienne Jinx Queller sur YouTube, à écouter des enregistrements pirates. Laura n'avait plus le classique dans les doigts. Puis elle se souvint de ce bar enfumé à Oslo, de sa conversation avec Laura Juneau, et elle se dit que les choses devaient se terminer où elles avaient commencé.

Elle prit une profonde inspiration. Joua la ligne de basse de la main gauche et martela les notes si familières. Elle improvisa en *mi* mineur, puis en *la*, et revint en *mi* mineur, puis descendit en *ré*, passa ensuite le triolet en *do*, avant d'entamer le refrain dans les notes dominantes, de *sol* à *ré*, puis en *do*, en *si*, et retour en impro sur le *mi* mineur.

Mentalement, elle entendit le morceau faire un tout : Ray Manzarek maîtrisait les parties schizophrènes de la basse et du piano. La guitare de Robby Krieger. John Densmore et l'irruption de la batterie, et enfin Jim Morrison au chant…

Nick éleva la voix pour couvrir la musique :

— Génial !

Laura laissa ses yeux se refermer. Elle s'aligna sur le triolet entraînant. Le rythme était trop rapide. Elle s'en moquait.

Elle sentit son cœur se gonfler. Voilà son premier amour, le véritable, et pas Nick. Le simple fait de rejouer était un cadeau. Elle se fichait que ses doigts soient vieux et maladroits, qu'elle traîne sur le point d'orgue. Elle retournait à Oslo. Elle martelait le rythme sur le bar. Laura Juneau avait vu le caméléon en Jane Queller, cette femme avait été la première à repérer cette part d'elle en constante adaptation.

*Si vous n'arrivez pas à jouer une musique que les gens apprécient à sa juste valeur, alors vous jouez une musique qu'ils adorent.*

— Ma chérie.

La bouche de Nick frôlait l'oreille de Laura.

Elle réprima un frisson. Elle avait toujours su qu'ils en viendraient là. Elle l'avait senti rôder autour de son oreille si souvent, d'abord les six ans passés ensemble, puis dans ses rêves, et enfin dans ses cauchemars. Elle avait prié pour l'attirer jusqu'au piano, il ne résisterait pas.

Du pouce, il lui caressa le cou.

— Jane, dit-il en croyant que le piano couvrirait sa voix. As-tu toujours peur d'être étouffée ?

Laura ferma les paupières bien fort. Elle tapa du pied pour garder le rythme, amplifia le placement de ses doigts. Un morceau tout en simplicité. C'est ce qui le rendait si beau. Comme dans un match de ping-pong : les mêmes notes renvoyées sans cesse.

— Je me souviens de ce que tu disais à propos d'Andrew : que d'être asphyxié, c'était comme si on avait un sac sur la tête. Pendant vingt secondes, c'est cela ?

Il s'attribuait le mérite d'avoir envoyé l'homme chez elle. Laura fredonna la chanson en espérant que les vibrations dans sa mâchoire perturbent l'enregistrement.

— Tu as eu peur ? demanda Nick.

Elle secoua la tête, appuya sur la pédale de sourdine pour augmenter les vibrations dans les cordes.

— Tout est ta faute, mon amour. Tu ne le vois pas ?

Laura cessa de fredonner. Elle connaissait le rythme des menaces de Nick aussi bien que les notes de la chanson.

— C'est ta faute si j'ai dû envoyer Penny à la ferme…

La sensation de sa bouche contre son oreille lui rappelait le contact du papier de verre, mais elle ne s'éloigna pas.

— Si tu m'avais donné ce que je voulais, Edwin serait en vie, Clara n'aurait pas été blessée, Andrea aurait été en sécurité. Tu es la cause de tout, mon amour, parce que tu ne m'as pas écouté.

*Complot.*

Laura continuait de jouer, même si l'air s'échappait lentement de son cœur montgolfière. Il avait avoué pour Paula. Ils l'avaient sur l'enregistrement là-bas, dans la petite salle sombre. Le séjour de Nick au Club Féd prenait fin.

Mais lui n'avait pas fini.

Des lèvres, il lui effleura l'extrémité de l'oreille.

— Je vais te laisser une alternative, ma chérie. J'ai besoin que notre fille parle en mon nom. Que devant la commission, elle dise qu'elle veut que son papa rentre à la maison. Tu peux lui faire dire ça ?

Il appuya son pouce contre sa carotide, comme quand il l'avait étranglée jusqu'à ce qu'elle s'évanouisse.

— … Ou dois-je te forcer à faire un autre choix ? Pas Andrew cette fois, mais ta précieuse Andrea. Ce serait atroce si tu la perdais. Je ne veux pas faire de mal à notre enfant, mais je lui en ferai si nécessaire…

*Menaces terroristes. Intimidation. Chantage.*

Laura continua de jouer, parce que Nick ne savait pas s'arrêter.

— … je t'ai dit que je brûlerais la terre entière pour te ramener, ma chérie. Qu'importe le nombre de personnes que je devrais envoyer, ou le nombre de victimes. Tu m'appartiens, Jinx Queller. Chaque partie de toi m'appartient.

Il attendit sa réaction, le pouce sur son pouls guettait des signes de panique.

Mais Laura ne paniquait pas. Elle était folle de joie. Elle rejouait du piano. Sa fille écoutait. Nick leur avait donné assez, elle aurait pu s'arrêter sur-le-champ, mais elle n'allait pas se refuser le plaisir de finir ce qu'elle avait commencé.

Jusqu'au *la*, puis retour au *mi* mineur, descendre jusqu'au *ré*, marteler les triolets en *do* encore et se retrouver au Hollywood Bowl. Elle était à Carnegie Hall. À Tivoli. Au Musikverein. Dans le Hansa Tonstudio. Elle serrait son bébé. Elle aimait Gordon. Le rejetait. Elle luttait contre le cancer. Chassait Andrea. Regardait sa fille grandir enfin et devenir une jeune femme intelligente et pleine de vie. Et elle se cramponnait à elle, parce que Laura n'abandonnerait jamais plus rien de ce qu'elle aimait pour cet homme haïssable.

Elle avait fredonné les paroles de la chanson « Love Me Two Times » dans sa cellule. L'avait martelée sur son clavier imaginaire matérialisé par le montant du lit, tout comme elle l'avait fait sur le comptoir pour Laura Juneau. Même maintenant, alors que Nick jouait au diable sur son épaule, Laura s'offrit la joie de jouer le morceau jusqu'au bout, jusqu'au vif staccato qui menait à une fin abrupte…

Les mains de Laura voletèrent jusqu'à son giron. Elle garda la tête baissée. Il y eut un silence théâtral, comme d'habitude, puis…

Les applaudissements. Les acclamations. Les pieds qui frappent le sol.

— Génial ! cria Nick.

Il savourait le feu des applaudissements, comme s'ils lui étaient destinés.

— C'est ma nana, mesdames et messieurs.

Laura se leva, ignora la main de Nick. Passa devant lui, devant les tables de pique-nique et l'aire de jeux des enfants, mais, soudain, elle prit conscience qu'elle voyait pour la dernière fois l'homme qui se faisait appeler Nicholas Harp.

Elle fit volte-face. Le regarda dans les yeux et lui dit :

— Je ne suis plus abîmée.

Il y eut un dernier applaudissement avant que la pièce sombre dans le silence.

— Chérie ?

Le sourire de Nick renfermait un sévère avertissement.

— Je ne suis pas blessée, lui dit-elle. Je me suis guérie.

Ma fille m'a guérie… *Ma* fille. Mon mari m'a guérie. Ma vie sans toi m'a guérie.

Il gloussa.

— Très bien, Jinxie. Va-t'en maintenant. Tu as une décision à prendre.

— Non.

Elle prononça le mot avec la même détermination qu'elle l'avait exprimé trois décennies auparavant à la ferme.

— Je ne te choisirai jamais. Peu importe l'autre option. Je ne te choisis pas…

Nick serrait les dents. Elle sentait la rage le gagner.

— … je suis formidable.

Il gloussa à nouveau, mais il ne riait pas franchement.

— Je suis formidable, répéta-t-elle, les poings serrés sur le côté. Je suis formidable parce que je suis moi-même, simplement…

Laura posa une main sur son cœur.

— … j'ai du talent. Et je suis belle. Je suis merveilleuse. J'ai trouvé ma voie, Nick. Et c'était la bonne, parce que c'est le chemin que je me suis tracé.

Nick croisa les bras. Elle le gênait.

— Nous parlerons de ça plus tard.

— Nous en reparlerons en enfer.

Laura fit demi-tour. Elle tourna à l'angle, se planta devant la grille verrouillée. Ses mains tremblaient pendant qu'elle attendait que le gardien trouve la clé. Les vibrations remontèrent le long de ses bras, dans son buste, à l'intérieur de sa poitrine. Lorsque la grille s'ouvrit, ses dents s'étaient mises à claquer.

Laura franchit la grille. Puis une autre porte. Une autre clé.

Ses dents s'entrechoquaient comme des billes. Elle regarda par la fenêtre. Mike se tenait entre deux portes verrouillées. Il avait l'air inquiet.

Il avait des raisons de l'être.

Laura fut submergée par la nausée lorsqu'elle prit conscience de ce qui venait de se passer. Nick avait menacé

Andy. Il lui avait posé un ultimatum. Laura avait fait son choix. Tout recommençait.

*Je ne veux pas faire de mal à notre enfant, mais je lui en ferai si nécessaire.*

La porte s'ouvrit.

— Il a menacé ma fille, Mike. S'il nous traque…

— Nous nous en chargerons.

— Non, dit-elle. Je m'en chargerai. Vous me comprenez ?

— Waouh, lâcha Mike en levant les mains. Faites-moi une faveur, appelez-moi d'abord. Comme vous auriez pu me téléphoner avant d'aller dans cette chambre d'hôtel. Ou quand vous vous êtes retrouvée dans une fusillade en plein centre commercial. Ou…

— Tenez-le éloigné de ma famille.

Laura ressentit une sensation de brûlure le long de sa colonne vertébrale, signe qu'il fallait rester prudente. Mike était un flic. Elle n'avait pas été tenue pour responsable de la mort de Paula, mais elle était bien placée pour savoir que le gouvernement trouvait toujours un moyen de vous faire tomber si tel était son souhait.

— Il sera enfermé sous très haute surveillance, ajouta Mike. Il n'écrira pas de courrier, ne recevra pas de visites. Il prendra une douche par semaine, verra peut-être une heure de soleil par jour, s'il a de la chance.

Laura retira ses écouteurs. Elle les laissa tomber dans la paume de Mike. La montée d'adrénaline se calmait. Ses doigts ne tremblaient plus. Son cœur ne frémissait plus comme les moustaches d'un chat. Elle avait fait ce qu'elle était venue faire. C'était terminé. Elle n'aurait plus jamais à revoir Nick.

Pas à moins qu'elle ne le décide.

— Je dois vous avouer, j'ai cru que vous aviez un grain quand vous m'avez demandé d'imaginer un subterfuge pour déménager ce piano.

Laura savait qu'elle devait rester dans ses bonnes grâces.

— La pétition, c'était plutôt rusé.

— École des marshals, leçon numéro 1 : un détenu ferait n'importe quoi pour un paquet de chips…

Mike roulait des mécaniques, gonflait la poitrine. À l'évidence, il adorait ce jeu.

— Votre façon de fixer le piano, comme une gamine un paquet de bonbons. Vous l'avez vraiment manœuvré.

Laura aperçut Andy par la partie vitrée de la porte. Elle avait l'air plus âgée aujourd'hui, elle faisait plus femme que jeune fille. Sa fille plissait le front. Elle semblait inquiète.

— Je ferai tout ce qu'il faut pour garder ma fille en sécurité.

— Je peux nommer au moins deux cadavres qui l'ont découvert à leurs dépens.

Elle se retourna pour le regarder.

— Gardez-le à l'esprit si jamais vous envisagez d'inviter Andrea à sortir.

La porte s'ouvrit.

Andy se précipita dans les bras de Laura.

— Maman…

— Je vais bien, dit Laura en souhaitant de tout son cœur que ce soit vrai. Juste un peu secouée.

— Elle a été géniale, fit Mike en adressant un clin d'œil à Laura, comme s'ils étaient solidaires dans cette affaire. Elle l'a travaillé au corps comme Tyson. Le boxeur, pas les vendeurs de poulets.

Andy se fendit d'un large sourire.

Laura détourna le regard. Elle ne supportait pas de reconnaître les traits de Nick chez son enfant.

— Il faut que je sorte d'ici.

Mike fit signe au gardien. Laura faillit trébucher sur les chaussures de l'homme, lorsqu'ils ressortirent en suivant le protocole de sécurité. Elle attendit qu'Andy récupère son sac à main dans le casier, son téléphone et ses clés.

— Je pensais à quelque chose, dit Mike, parce qu'il était incapable de rester silencieux. Ce vieil escroc de Nickster ne savait pas que vous aviez déjà avoué pour le flingue à Oslo, pas vrai ? C'est pour ça que vous avez pris deux ans au trou. Le juge a masqué cette partie-là de votre accord d'immunité. Il ne voulait pas aggraver les tensions internationales. Si les Allemands avaient découvert qu'une Américaine avait fait passer un flingue clandestinement de l'Ouest à l'Est dans l'intention de commettre un meurtre, ça aurait chié des bulles…

Laura prit son sac des mains d'Andy et vérifia que son portefeuille se trouvait bien à l'intérieur.

— … donc, quand vous avez parlé à Nick du flingue, il a cru que vous vous mettiez en danger. Alors que non.

— Merci, Michael, pour cette fidèle synthèse des événements, répliqua Laura en lui serrant la main. Nous nous débrouillerons à partir d'ici. Je sais que vous avez beaucoup de travail en perspective.

— C'est sûr. Je pensais faire du scrapbooking pour me détendre, peut-être m'ouvrir une bouteille de pinot. Toujours un plaisir, beauté, ajouta-t-il en serrant la main d'Andy.

Laura n'avait aucune intention de regarder sa fille flirter avec un flic. Elle suivit le gardien jusqu'aux ultimes portes. Enfin, avec bonheur, elle se retrouva dehors, où il n'y avait plus ni verrous ni barreaux.

Laura inspira profondément l'air frais et le retint dans ses poumons jusqu'à ce qu'ils menacent d'éclater. La vive luminosité lui fit venir les larmes aux yeux. Elle avait envie de boire un thé sur la plage, de lire un livre et de regarder sa fille jouer dans les vagues.

Andy passa sa main sous le bras de Laura.

— Prête ?

— Tu conduis ?

— Tu détestes quand je conduis. Ça t'angoisse.

— On s'habitue à tout.

Laura monta dans la voiture. Elle avait toujours mal à la jambe à cause de l'éclat reçu dans le snack. Elle leva les yeux sur la prison. Aucune fenêtre de ce côté-ci du bâtiment, mais une partie d'elle-même ne pouvait éradiquer la sensation que Nick l'observait.

À vrai dire, elle l'éprouvait depuis plus de trente ans.

Andy quitta la place de parking à reculons et franchit le portail. Laura ne se détendit qu'une fois sur l'autoroute. La conduite d'Andy s'était améliorée au cours de son interminable *road trip*. Laura n'avait le souffle coupé que toutes les vingt minutes, au lieu des dix habituelles.

— Quand j'ai parlé de mon amour pour Gordon, j'étais sincère. Il a été la meilleure chose qui me soit jamais arrivée. Mis à part toi. Et je n'avais pas conscience de la chance que j'avais.

Andy acquiesça, mais la petite fille qui priait pour que ses parents se remettent ensemble s'était volatilisée.

— Tu vas bien, mon cœur ? Ça n'a pas été trop pénible d'entendre sa voix, ou…

— Maman.

Andy jeta un œil au rétroviseur avant de doubler un camion qui roulait lentement. Elle posa son coude sur la portière. Pressa les doigts sur le côté de sa tête. Laura observa les arbres se brouiller sur leur passage. Des bribes de sa conversation avec Nick ne cessaient de lui revenir en tête, mais elle ne s'appesantirait pas sur ce qui s'était dit. Si elle avait appris une chose et une seule, c'était qu'elle devait continuer à avancer. Si jamais elle s'arrêtait, Nick la rattraperait.

— Tu parles comme lui.

Comme Laura ne réagit pas, elle continua :

— Il t'appelle ma chérie et mon amour, exactement comme tu le fais avec moi.

Laura caressa les cheveux d'Andy et les ramena vers l'arrière pour voir son visage.

— Je ne parle pas comme lui. C'est lui qui parle comme ma mère. C'étaient les mots qu'elle employait avec moi. Grâce à eux, je me suis sentie aimée. Je n'allais pas laisser Nick m'empêcher de les utiliser avec toi.

— « Elle savait toujours où étaient les couvercles des Tupperware », cita Andy, une des rares formules que Laura avait imaginées pour capturer l'essence de sa mère.

— Plutôt, elle savait quel service en porcelaine provenait

de la lignée des Queller et où l'argenterie Logan avait été moulée et tout un tas de choses sans importance qui lui donnaient le sentiment de contrôler sa vie…

Laura énonça une vérité qu'elle n'avait réalisée que récemment :

— … ma mère était une victime de mon père tout autant que nous.

— C'était une adulte.

— On ne l'avait pas élevée pour être indépendante. On l'avait élevée pour être l'épouse d'un homme riche.

Andy parut méditer cette distinction. Laura pensa qu'elle en avait terminé avec les questions, mais :

— Qu'as-tu dit à Paula au moment de sa mort ?

Laura avait redouté tout questionnement sur Paula depuis si longtemps qu'elle prit un instant pour se préparer.

— Pourquoi est-ce que tu me demandes ça maintenant ? Ça s'est passé il y a plus d'un mois.

L'épaule d'Andy se leva. Au lieu de se réfugier dans un de ses silences prolongés, elle répondit :

— Je n'étais pas certaine que tu me dirais la vérité.

Laura ne discuta pas le point de vue de sa fille et prouva d'ailleurs qu'elle avait vu juste, en répondant :

— C'était une variante de ce que j'ai dit à Nick. Que je la verrais en enfer.

— Vraiment ?

— Oui.

Laura ne savait pas vraiment pourquoi les derniers mots adressés à Paula s'ajoutaient à la longue liste des éléments qu'elle continuait de cacher à Andy. Peut-être ne voulait-elle pas atteindre les limites de la nouvelle morale ambiguë de sa fille. Dire à une folle avec une lame de rasoir logée dans la gorge « Nick ne te baisera plus jamais maintenant » semblait jaloux et mesquin. Et Laura l'avait justement dit dans cet état d'esprit.

— Ce que j'ai fait à Paula te perturbe ?

Andy haussa les épaules.

— C'était une mauvaise personne. Je veux dire… Je

suppose qu'on pourrait analyser ça et dire que c'était un être humain malgré tout, et que peut-être il y avait une autre manière de faire, mais c'est facile à dire quand ta propre vie n'est pas en danger.

*Ta vie*, avait envie de corriger Laura, parce qu'elle avait su en cachant la lame de rasoir dans sa main bandée qu'elle allait tuer Paula pour lui faire payer les blessures infligées à sa fille.

— Là-bas, à la prison, quand tu t'es éloignée, pourquoi tu ne lui as pas dit pour les écouteurs ? Que tout ce qu'il t'a dit était enregistré ? Comme un dernier « va te faire foutre ».

— J'ai dit tout ce que j'avais besoin de dire, conclut Laura.

Même si, quand il s'agissait de Nick, elle n'était plus sûre d'elle. C'était tellement bon de lui balancer ces choses en face. Mais à présent qu'elle s'était éloignée de lui, les doutes l'assaillaient.

Le yo-yo remontait d'un coup sec.

Andy parut satisfaite que la conversation se termine là-dessus. Elle alluma la radio. Parcourut les stations.

— Tu as aimé le morceau que j'ai joué ?

— Ouais, pas mal. Mais ça a l'air plutôt vieux.

Laura posa une main sur son cœur, blessée.

— J'apprendrai autre chose. Choisis un morceau.

— Que dis-tu de « Filthy » ?

— Que dis-tu d'un vrai morceau de musique ?

Andy leva les yeux au ciel. Elle appuya sur les boutons à la recherche d'un morceau à son goût.

— Je suis désolée pour ton frère.

Laura ferma les yeux pour lutter contre les larmes.

— Tu as fait ce qu'il fallait pour lui, dit Andy. Tu t'es battue pour lui. Ça demandait beaucoup de courage.

Laura dénicha un mouchoir et s'essuya les yeux. Elle ne parvenait toujours pas à accepter ce qui était arrivé.

— Je suis restée près de lui. Même quand on négociait l'accord avec le FBI.

Andy cessa de tripoter la radio.

— Andrew est mort environ dix minutes après la signature de l'accord. C'était très paisible. Je lui tenais la main. J'ai réussi à lui dire au revoir.

Andy renifla pour refouler ses larmes. Les sentiments de Laura l'avaient toujours affectée.

— Il a tenu assez longtemps pour être sûr que tu irais bien.

Laura tendit le bras et ramena une mèche de cheveux derrière l'oreille de sa fille.

— C'est ce que j'aime penser.

Andy s'essuya les yeux. Elle ne toucha plus à la radio, maintenant qu'elle roulait sur l'autoroute inter-États pratiquement déserte. Elle réfléchissait, mais à l'évidence elle souhaitait garder ses pensées pour elle.

Laura se laissa aller contre le repose-tête. Elle observa les arbres se brouiller sur leur passage et tenta d'apprécier ce silence confortable. Pas une nuit ne s'était écoulée depuis le retour d'Andy à la maison sans que Laura s'éveille trempée de sueur. Elle ne souffrait pas de stress post-traumatique et ne s'inquiétait pas pour la sécurité d'Andy. Mais elle était terrifiée de revoir Nick. Elle redoutait que le piège du piano et des écouteurs ne fonctionne pas. Qu'il ne tombe pas dans le panneau. Qu'elle tombe aveuglément dans le sien.

Elle le haïssait trop.

C'était le problème.

Vous ne détestiez pas quelqu'un à ce point à moins qu'une part de vous ne l'aime encore. Et, depuis le début, leur amour était teinté de haine.

Pendant six ans, même lorsqu'elle l'aimait, une part de Laura avait haï Nick avec cette puérilité qui rend détestable ce que l'on ne peut contrôler. Il était têtu, borné et usait de son charme pour faire oublier les erreurs qu'il commettait en permanence ; les mêmes, encore et toujours, car à quoi bon en tenter de nouvelles alors que les anciennes lui réussissaient si bien ?

Il était charmant. C'était bien là le problème. Elle était sous son emprise. Même lorsqu'elle finissait par le détester, il parvenait toujours à la récupérer, à la séduire de nouveau, si bien qu'elle ne savait plus qui était le serpent et qui était le dresseur.

Le yo-yo revenait en claquant dans la paume de Nick.

Il malmenait les gens, les faisait souffrir, puis trouvait de nouvelles personnes, plus attrayantes à ses yeux, et abandonnait les anciennes, brisées, dans son sillage.

Jane avait été l'une de ces personnes brisées, abandonnées. Nick l'avait envoyée à Berlin parce qu'il s'était lassé d'elle. Au début, elle avait savouré sa liberté, mais ensuite elle avait paniqué à l'idée qu'il ne veuille pas qu'elle rentre. Elle l'avait supplié et imploré, et avait fait son possible pour attirer son attention.

Puis l'attaque d'Oslo était arrivée.

Son père était mort, Laura Juneau était morte. Soudain, le charme de Nick avait cessé d'opérer. Un tramway qui déraille. Un train sans conducteur. Ses erreurs se remarquaient, elles devenaient impardonnables. L'une d'elles eut des conséquences terribles : la mort d'Alexandra Maplecroft, une condamnation à mort pour Andrew… Elle aussi faillit perdre la vie, dans la salle de bains de la ferme.

Inexplicablement, Laura l'aimait toujours. L'en avait peut-être même aimé davantage.

Nick avait épargné sa vie… elle se le répétait en boucle, tandis qu'elle sombrait dans la folie, entre les quatre murs de sa cellule. Il avait laissé Paula à la ferme pour la surveiller. Il avait prévu de revenir la chercher. De l'emmener dans le petit appartement de leurs rêves en Suisse, un pays qui n'avait signé aucun traité d'extradition avec les États-Unis.

Et Laura avait nourri une espèce d'espoir délirant.

Andrew était mort, Jasper était parti, Laura fixait le plafond de la prison, les larmes ruisselaient sur son visage, son cou l'élançait toujours, ses hématomes étaient toujours visibles, son ventre gonflait, renfermant son enfant à lui, et elle l'aimait éperdument.

Clayton Morrow. Nicholas Harp. Dans sa détresse, elle s'en moquait.

Pourquoi était-elle si stupide ?

Comment pouvait-elle continuer à aimer un homme qui avait essayé de l'éliminer ?

Quand Laura était avec Nick – et elle était résolument à ses côtés durant sa longue chute en disgrâce –, ils avaient enragé contre le système qui avait si irrévocablement abusé Andrew, Robert Juneau, Paula Evans, William Johnson, Clara Bellamy, et tous les membres qui composaient leur petite armée : les foyers d'accueil. Les services des urgences. L'hôpital psychiatrique. Les conditions sordides. Le personnel qui néglige les patients. Les aides-soignants qui serrent trop les camisoles de force. Les infirmières qui détournent les yeux. Les médecins qui distribuent des comprimés. L'urine sur le sol. Les excréments sur les murs. Les internés, les codétenus, qui narguent, exigent, cognent, mordent.

Ce n'était pas l'injustice qui stimulait le plus Nick, c'était la rage, l'étincelle qu'elle provoquait en lui. L'attrait d'une cause toute neuve. La possibilité d'anéantir. Les jeux dangereux. La violence. La gloire. Leurs noms dans la lumière. Les enfants à qui l'on enseignerait leurs actes vertueux à l'école.

*Un penny, un nickel, un dime, un quarter, un billet de un dollar…*

Pour finir, leurs actes devinrent de notoriété publique, mais pas comme Nick l'avait imaginé. Le témoignage sous serment de Jane Queller exposa le plan depuis sa conception jusqu'à sa chute. L'entraînement. Les exercices. Les manœuvres. Jane avait oublié qui avait eu l'idée en premier, mais, comme avec tout le reste, le plan s'était propagé de Nick à tous les autres, un incendie violent qui, à la fin, consumerait chacune de leurs existences sans exception.

Ce que Jane avait tenu caché, le seul péché qu'elle ne pourrait jamais confesser, c'était qu'elle avait provoqué cette première étincelle.

De l'encre de maculage.

Voilà ce qu'ils avaient tous convenu de mettre dans le sac en papier. C'était le plan d'Oslo : que Martin Queller soit souillé du sang symbolique de ses victimes, sur la scène internationale. La cellule de Paula avait infiltré le fabricant en périphérie de Chicago. Nick avait donné les paquets à Jane à son arrivée à Oslo.

Dès qu'il était parti, Jane les avait jetés à la poubelle.

Tout avait débuté par une plaisanterie… pas une plaisanterie de Jane, mais une blague faite par Laura Juneau. Andrew l'avait relayée dans une de ses lettres cryptées envoyées à Berlin :

*La pauvre Laura m'a dit qu'elle préférerait découvrir un flingue dans le sac plutôt que de l'encre. Elle rêve souvent de tuer Père avec un revolver identique à celui de son mari, avant de se suicider, elle.*

Personne, pas même Andrew, n'avait su que Jane avait décidé de prendre la plaisanterie au sérieux. Elle avait acheté le revolver à un motard allemand dans un bouge, le même où Nick l'avait envoyée quand elle venait d'arriver à Berlin. Celui où Jane avait craint de subir un viol collectif. Celui dans lequel elle était restée exactement une heure, parce que Nick lui avait dit qu'il saurait si elle partait une minute plus tôt.

Pendant plus d'une semaine, elle avait laissé le revolver sur le comptoir dans son studio, dans l'espoir qu'on le lui vole. Elle avait décidé de ne pas l'emporter à Oslo, mais l'avait finalement pris avec elle. Puis elle s'était dit qu'elle le garderait dans sa chambre d'hôtel, mais elle l'avait transporté dans un sac en papier kraft jusqu'aux toilettes pour dames. Elle l'avait scotché derrière le réservoir comme dans une scène du *Parrain*. Et elle s'était assise au premier rang, avait regardé son père pontifier sur scène, en priant Dieu que Laura Juneau n'aille pas au bout de son fantasme.

Et priant, en même temps, qu'elle le fasse.

Nick avait toujours été attiré par les choses nouvelles et excitantes. Rien ne l'ennuyait plus que le prévisible. Jane avait haï son père, mais elle était motivée par bien plus qu'une simple vengeance. Elle était prête à tout pour attirer l'attention de Nick, lui prouver qu'elle se rangeait à ses côtés. En aidant Laura Juneau à commettre un meurtre, elle espérait éperdument reconquérir l'amour de Nick.

Et cela avait marché. Pour un temps, seulement.

Jane fut anéantie par la culpabilité. Mais Nick l'en avait débarrassée à force de paroles.

Et Jane s'était convaincue que tout se serait déroulé à l'identique sans le flingue.

Mais alors elle s'était demandé…

À quoi ressemblaient ces six années passées ensemble.

Le rejet et l'attirance. La spirale. Le yo-yo. Les montagnes russes. Elle le vénérait. Elle le méprisait. Il était sa faiblesse. Il était son destructeur. Son tout ou rien par excellence. Il y avait tellement de manières de décrire ce minuscule fragment d'elle-même que Nick pouvait toujours pousser à la démence.

Laura avait réussi à se détacher de lui uniquement pour le bien d'autrui.

D'abord Andrew, puis Andrea.

Voilà la véritable raison qui avait motivé sa visite en prison aujourd'hui : elle n'y était pas allée pour punir Nick, mais pour l'écarter. Pour s'assurer qu'il reste derrière les barreaux et qu'elle puisse vivre libre.

Laura avait toujours cru – avec véhémence, avec grande conviction – que l'unique moyen de changer le monde était de le détruire.

## Remerciements

Un grand merci à mon éditrice, Kate Elton, et à mon équipe chez Victoria Sanders and Associates, y compris, mais pas uniquement, Victoria Sanders, Diane Dickensheid, Bernadette Baker Baughman et Jessica Spivey. De nombreuses personnes chez HarperCollins International and Morrow doivent être ici remerciées : Liate Stehlik, Heidi Richter-Ginger, Kaitlin Harri, Chantal Restivo-Alessi, Samantha Hagerbaumer et Julianna Wojcik. Également un grand coup de chapeau à tous les services sensationnels que j'ai visités l'année dernière et aux personnes avec qui j'ai passé du temps à Miami. Je voudrais inclure Eric Rayman sur la liste de l'équipe : merci pour tout ce que tu fais.

La rédaction de ce livre m'a emmenée sur de nombreuses pistes de recherche différentes, dont certaines ne figurent pas dans le roman. Malgré tout, l'aide de certaines personnes s'est révélée cruciale pour capter certaines ambiances et sensations. Mon amie et consœur, l'auteur Sara Blaedel, m'a mise en contact avec Anne Mette Goddokken et Elisabeth Alminde pour obtenir des informations sur la Norvège et son contexte. Une autre fantastique auteur et amie, Regula Venske, m'a parlé de l'Allemagne : je regrette tellement qu'une infime partie de notre fascinante conversation à Düsseldorf se retrouve dans le récit. Elise Diffie m'a procuré son aide en matière de références culturelles. Je suis très reconnaissante à Brandon Bush et Martin Kearns de m'avoir offert un aperçu de la vie d'un pianiste professionnel.

Merci du fond du cœur à Sal Towse et Burt Kendall, mes chers amis et spécialistes de San Francisco.

Sarah Ives et Lisa Palazzolo, vous avez gagné le concours : « avoir votre nom dans le prochain livre ». Adam Humphrey, j'espère que tu as apprécié ce nouveau clin d'œil.

À mon père : merci beaucoup de prendre soin de moi pendant que je combats les affres de l'écriture et que j'essaie de mener ma barque.

Le meilleur pour la fin, merci à DA, mon cœur, de n'être personne, toi non plus.

Composé et édité par HarperCollins France.

Achevé d'imprimer en mars 2020.

CPI
BLACK PRINT

Barcelone

Dépôt légal : avril 2020.

Pour limiter l'empreinte environnementale de ses livres, HarperCollins France s'engage à n'utiliser que du papier fabriqué à partir de bois provenant de forêts gérées durablement et de manière responsable.

*Imprimé en Espagne.*